D1703221

A Stefania,
che ha reso possibile tutto questo

Für Stefania
die das alles möglich gemacht hat

Bruno Cisamolo

Paradisi di ieri
Paradiese von gestern

Traduzione in tedesco di
Übersetzt aus dem Italienischen von

Sarah Wollberg

Dello stesso autore:	*Von den gleichen Autor*

Noi, Terra Marique e l'Atlantico	1997
Quando volano gli angeli	2000
Alle porte del cielo	2001
Incontri con gli dei (versione italiana)	2003
Begegnungen mit den Göttern (deutsche Fassung)	2004

Titolo originale *Originaltitel*
Paradisi di ieri

Tradotto da *Übersetzt aus dem Italienischen von*
Sarah Wollberg

Testi e foto *Texte und Fotos*
Bruno Cisamolo

Casa editrice *Verlag*
Pro Literatur Verlag Robert Mayer-Scholz

Edito da *Herausgeber*
Bruno Cisamolo
Schanzenstrasse 3a, 51063 Köln
Tel. +49 0221 624066   Fax 626119
e-mail: bruno@bruno-cisamolo.de
http://www.bruno-cisamolo.de

ISBN 3-86611-101-0
Copyright Bruno Cisamolo

Stampato in Germania da *Gedruckt in Deutschland von*
DIBA - DRUCK DIEFENBACH GmbH
Oskar Schindlerstrasse 21
50769 Köln

Prima edizione	*Erste Ausgabe*
Novembre 2005	*November 2005*

Nessuna parte di questa pubblicazione può essere riprodotta, memorizzata o trasmessa in nessun modo o forma, sia essa elettronica, elettrostatica, fotocopia, ciclostile, senza il permesso scritto dell'autore.

Alle Rechte vorbehalten! Ohne ausdrückliche Erlaubnis des Autors darf das Werk, auch nicht Teile daraus, weder reproduziert, übertragen noch kopiert werden, wie z. B. manuell oder mit Hilfe elektronischer und mechanischer Systeme inklusive Fotokopieren, Bandaufzeichnung und Datenspeicherung.

SOMMARIO - *INHALT*

1	Il ganadero	9
	Der Ganadero	
2	Dal Kilimanjaro alle Ande	55
	Vom Kilimandscharo zu den Anden	
3	Santa Cruz de la Sierra	95
	Santa Cruz de la Sierra	
4	Guendà Arriba	127
	Guandà Arriba	
5	Il Beni	161
	Der Beni	
6	La Ceiba	193
	La Ceiba	
7	Andrès	201
	Andrès	
8	Charly-Papa	217
	Charly-Papa	
9	Le nascite	229
	Die Geburte	
10	La Dama in Nero	247
	Die Dame in Schwarz	
11	Il Burdizzo	255
	Der Burdizzo	
12	Il visionario	281
	Der Visionär	
13	El Negro	295
	El Negro	
14	In canoa	319
	Mit dem Kanu	
15	l'Arca	355
	Die Arche	
16	Il nostro paradiso	369
	Unser Paradies	

Coloro i quali nella notte sognano
nei polverosi recessi delle loro menti,
si svegliano nel giorno e scoprono
l'inconsistenza dei loro sogni:
ma i sognatori del giorno
sono uomini pericolosi che potrebbero
tentare di realizzare i loro sogni ad occhi aperti,
per renderli possibili.

T.E. Lawrence: I sette pilastri della saggezza.

*Diejenigen, die des Nachts
in den staubigen Schlupfwinkeln ihres Geistes träumen,
erwachen am Tage und entdecken
die Unhaltbarkeit ihrer Träume:
doch Tagträumer
sind gefährliche Menschen, denn sie könnten
versuchen, ihre Träume mit offenen Augen zu verwirklichen,
um sie zu ermöglichen.*

T.E. Lawrence – Die sieben Säulen der Weisheit

1

Il ganadero

Anche quel giorno c'eravamo alzati con le prime luci dell'alba. Ad est il sole era ancora nascosto dietro il tratto di foresta che costeggia la *Quebrada Seca* oltre la *pampa* ma la luce cominciava già ad invadere il cielo ed a minacciare un'altra giornata calda. Ai tropici il passaggio dalla notte al giorno è quasi immediato. Come al solito, avevamo dormito nella tendina canadese perché, tutto sommato, lì stavamo più comodi che nella „*casa*" o, per lo meno, eravamo meglio protetti dagli insetti. In casa invece a proteggerci dal loro assalto costante non sarebbero bastate neppure le *mosquito-nets* che non avevano una chiusura perfetta. Ma il problema maggiore era che fra le foglie di palma di *motacù* che formavano il tetto, si annidavano milioni di *vampiros*, i pipistrelli minuscoli che nella notte escono a sciami fitti come zanzare e sembrano intagliare il buio coi loro voli irregolari che danno l'idea di veloci colpi di frusta sferzati in tutte le direzioni possibili e immaginabili. Non che noi avessimo paura dei pipistrelli, ma questi la sera uscivano dagli strati di *motacú* in processioni che sembravano non avere mai fine e, nell'uscire dai loro nascondigli facevano cadere un'infinità di „palline nere", le loro feci più o meno

Der Ganadero

Auch an diesem Tag waren wir wieder mit den ersten Sonnenstrahlen aufgestanden. Im Osten lag die Sonne noch hinter dem Waldabschnitt, der jenseits der Pampa *entlang der* Quebrada Seca *verläuft, aber das Licht begann bereits den Himmel zu erobern und uns mit einem weiteren heißen Tage zu drohen. In den Tropen erfolgt der Übergang von der Nacht zum Tag fast nahtlos. Wie üblich hatten wir in unserem kanadischen Zelt übernachtet, denn alles in allem hatten wir es dort bequemer als im „Haus" oder waren dort zumindest besser vor den Insekten geschützt. Im Haus dagegen hätten wir uns vor ihren unermüdlichen Angriffen noch nicht einmal mit den Moskitonetz schützen können, da sie sich nicht wirklich hundertprozentig schließen ließen. Doch das größte Problem war, dass sich zwischen den Palmenblättern der* motacù*, aus denen das Dach bestand, Millionen von* vampiros *eingenistet hatten. Diese kleinen Fledermäuse, die wie Mücken in dichten Schwärmen durch die Nacht schwirren und mit ihren unvorhersehbaren Flügen das Dunkel zerschneiden, erinnern an knallende Peitschenhiebe, die in alle nur möglichen und denkbaren Richtungen zielen. Nicht*

1 Il Ganadero

secche accumulate durante le ore di riposo del giorno. Erano tante che andavano a formare sul pavimento un vero e proprio strato. La stessa cosa succedeva poi la mattina presto quando rientravano dalle loro scorribande notturne e si infilavano di nuovo fra le foglie di *motacù* per dormire tutto il giorno tranquilli e protetti. In casa non avevamo dei letti ma delle amache da appendere alle pareti, come si usa laggiù. Per chi non c'è abituato sono veramente scomode. Le poche volte che avevamo dormito in casa, per ripararci dalla pioggia di „palline nere", avevamo appeso al soffitto alcune pelli secche di mucca, ma alla fine avevamo deciso che tutto sommato si stava meglio nella tenda. In questa oltretutto c'era anche il vantaggio di essere completamente protetti dagli insetti, il grande flagello dell'America del Sud ed in particolare della regione amazzonica del Beni. Del resto, quelle che lì venivano definite „case" altro non erano che capanne con le pareti di canne di bambù, il tetto di foglie di *motacú* ed il pavimento di terra. Tutte costruzioni adatte più alla comodità degli insetti che degli uomini. Di notte, poi, sul pavimento si aggiravano insetti di ogni razza, tipo, grandezza e colore. C'erano millepiedi lunghi oltre venti centimetri e spesso grossi quanto un dito. Innocui anche loro, naturalmente, ma quando ti camminano tra i piedi sono veramente fastidiosi. Più fastidiose ancora erano le *buscacojones*, le formiche di fuoco che attaccano e mordono chiunque si azzardi a mettere un piede nei loro paraggi. Queste formiche le trovi un po' dappertutto ma prediligono vivere nel tronco di un arbusto, detto *palomaria*, che

Vier Pferde grasen auf der Landebahn

dass wir Angst vor den Fledermäusen gehabt hätten, doch schlüpften diese des Nachts in endlosen Reihen aus den Schichten des *motacù* und ließen beim Verlassen ihrer Verstecke unzählige „schwarze Bällchen" fallen – all ihr mehr oder weniger trockener Kot, den sie am Tage, während ihrer Ruhestunden angesammelt hatten. Und das war so viel, dass sich auf dem Fußboden eine richtig schöne Schicht bildete. Der Vorgang wiederholte sich morgens früh, wenn sie von ihren nächtlichen Streifzügen wieder-

La nostra inseparabile canadesina

Unser unentbehrliches Kanadisches Zelt

Quattro cavalli al pascolo nel recinto della pista d'atterraggio

scelgono come loro dimora e lo difendono con tutte le loro forze. Se ti capita di toccare un ramo di *palomaria* ti trovi assalito da migliaia di formiche che mordono con una ferocia impensabile. Gli *indios* del Beni lo usano per torturare i loro nemici o per eseguire le condanne a morte decretate dai *brujos*, gli stregoni. Si lega la vittima ad un *palomaria* ed in pochi minuti si vede l'effetto dell'attacco delle loro abitanti. Queste mordono dappertutto ma prediligono le parti umide del corpo, come le narici, gli angoli della bocca e soprattutto gli occhi e se la vittima non viene tolta alla svelta, viene divorata completamente. Sono formiche che portano via di tutto: escrementi, resti di animali, penne di uccello. Non per mangiarli ma per alimentare i letti di coltivazione di un tipo particolare di fungo che rappresenta il loro unico alimento.

Certo, in una superficie enorme quanto *La Ceiba*, un'area di *diecimila ettari* e cioè di ben *cento milioni di metri quadrati*, potrebbe sembrare assurdo ridursi a dormire in due persone in poco più di un metro quadrato di una tendina canadese. Ma noi ormai ci avevamo fatto l'abitudine. Una casa vera e propria era in progetto ma i problemi pratici erano tanti e per la sua costruzione avremmo dovuto aspettare ancora un bel po'.

Dormendo in tenda, nella notte sentivamo il terreno vibrare sotto di noi quando fuori i cavalli giocavano e si rincorrevano nella pampa vicina. Durante tutto il giorno, a

1 Der Ganadero

kamen, um es sich erneut zwischen den Blättern des motacù *bequem zu machen, wo sie den ganzen Tag über ruhig und sicher schliefen.*

Im Haus gab es keine Betten, sondern nur – wie es dort unten üblich ist – an den Wänden zu befestigende Hängematten, die wirklich unbequem sind, wenn man nicht daran gewöhnt ist. Die wenigen Male, die wir im Haus übernachteten, hängten wir getrocknete Kuhhäute an die Decke, die uns vor dem Regen der „schwarzen Bällchen" schützen sollten, doch letzten Endes beschlossen wir, dass es uns im Zelt besser erging. Es bot außerdem den Vorteil, dass wir absolut sicher vor den vielen Insekten waren – die große Plage Südamerikas und besonders der Amazonasregion Beni. Überhaupt, das, was sie dort unter „Häusern" verstanden, waren nur einfache Hütten mit Wänden aus Bambusrohre, Dächern aus Blättern des motacù und Fußböden aus Erde. Eine Bauweise, die sehr viel mehr dem Wohlempfinden der Insekten, als dem der Menschen entsprach. Des Nachts tummelten sich zudem Insekten jeglicher Rasse, Art, Größe und Farbe auf dem Fußboden herum. Darunter waren Tausendfüßler, die bestimmt 20 Zentimeter lang und häufig so dick wie ein ganzer Finger waren. Auch diese waren natürlich harmlos, und doch sind sie lästig, wenn sie einem ständig zwischen den Füßen umherlaufen. Noch viel störender waren allerdings die buscacojones, *die Feuerameisen, die jeden anfallen und beißen, der sich wagt, auch nur einen Fuß in ihre Nähe zu setzen. Diese Ameisen kann man fast überall finden, aber am liebsten mögen sie den Stamm eines Busches namens* palomaria, *den sie zu ihrem Wohnsitz erklären und mit all ihren Kräften verteidigen. Berührt man zufällig einen Ast der* palomaria, *wird man von Tausenden Ameisen mit einer unvorstellbaren Angriffslust zerbissen. Auf diese Art foltern die* indios *des Beni ihre Feinde und so führen sie auch die von den* brujos, *den Medizinmännern, verhängten Todesstrafen aus. Sie fesseln das Opfer an eine* palomaria *und schon nach wenigen Minuten kann man das Ausmaß des Angriffs ihrer Bewohner beobachten. Sie beißen überall hin, aber mit besonderer Vorliebe in die Schleimhäute, beispielsweise in die Nasenlöcher, die Mundhöhle und ganz besonders in die Augen; und wenn sie das Opfer nicht rechtzeitig befreien, wird es ganz und gar zerfressen. Es handelt sich um Ameisen, die so gut wie alles wegtragen: Exkremente, Tierreste, Vogelfedern. Sie*

Carne asada: il pasto di tutti i giorni

Carne asada: *das alltägliche Essen*

meno che non venissero sellati e montati per qualche *rodeo* di bestiame, se ne stavano tranquilli e sonnolenti a brucare sotto il sole cocente oppure a ripararsi sotto qualche albero. Dopo il tramonto, però, cominciavano a giocare ed a correre e non si calmavano fino a quando il sole, risorgendo nel nuovo giorno, non ritornava a picchiare sulle loro povere teste con la sua solita violenza. È inutile negare che dormire in tenda mentre fuori un branco di cavalli si rincorre nel buio, dia un certo senso di insicurezza. Ci si sente tanto piccoli e non protetti. In realtà, i cavalli sanno benissimo dove mettono i piedi, anche nel buio, e non potrebbe mai succedere che non vedano una cosa tanto grande come una tenda e la travolgano nella loro corsa. Nondimeno, quando nella notte si comincia a sentire il suolo vibrare sotto il battito degli zoccoli di un branco di cavalli al galoppo, è inevitabile provare un senso di disagio. Stefania dormiva sempre con la torcia in mano. Ci si era abituata e, quando dalle vibrazioni del suolo sentiva l'inizio di un galoppo, accendeva la sua torcia puntata verso l'alto. Allora la tendina si illuminava dall'interno come un lampioncino cinese e diventava ben visibile sulla superficie buia della pampa. Secondo lei, in quel modo i cavalli non avrebbero potuto fare a meno di vederla e di evitarla. Ovviamente, quella era soltanto una forma di tranquillante psicologico ma, tutto sommato, funzionava e lei riusciva a dormire tranquilla accendendo e spegnendo la sua torcia quasi senza svegliarsi e guidata soltanto dall'abitudine e dall'istinto.

I cavalli nell'*estancia* erano 25, comprese le *lleguas*,

fressen diese nicht, sondern düngen damit den Nährboden für eine spezielle Pilzart, welche ihr einziges Nahrungsmittel darstellt.

Sicher, es klingt vielleicht etwas abwegig, dass sich zwei Menschen auf einer Fläche, die so riesig wie La Ceiba *ist -* ein zehntausend Hektar *und somit* hundert Millionen Quadratmeter *großes Gebiet -* zum Schlafen in ein, nur ein Quadratmeter großes Zelt zurückziehen. Doch wir hatten uns mittlerweile daran gewöhnt. Ein richtiges Haus war in Planung, aber die Umsetzung barg so viele Probleme, dass wir mit dem Bau noch ein gutes Weilchen warten mussten.

Während der Nächte im Zelt spürten wir, wie die Erde unter uns bebte, wenn die Pferde draußen auf der nahen Pampa spielten. Tagsüber, wenn sie nicht gerade für irgendein rodeo *gesattelt und geritten wurden, grasten sie ruhig und schläfrig unter der glühenden Sonne oder zogen sich unter einen der Bäume zurück. Nach Sonnenuntergang jedoch fingen sie an zu spielen und zu laufen und hörten erst auf, als die Sonne des neuen Tages aufging und wieder mit aller Kraft auf die Häupter des armen Tiere knallte. Ich brauche wohl nicht zu leugnen, dass man sich im Zelt recht unsicher fühlt, wenn draußen im Dunkeln eine Herde Pferde an einem vorbei prescht. Man fühlt sich winzig klein und unbeschützt. In Wirklichkeit wissen die Pferde sehr gut, auch im Dunkeln, wo sie ihre Hufe hin setzen und es könnte ihnen niemals passieren, dass sie ein so großes Ding wie ein Zelt übersehen und mit sich fortreißen. Trotzdem, wenn der Boden des Nachts unter den galoppierenden Hufen einer ganzen Pferdeherde zu beben beginnt, kann man gar nicht anders, als sich unwohl zu fühlen. Stefania schlief immer mit der Taschenlampe in der Hand. Sie hatte sich daran gewöhnt und wenn die bebende Erde ihr das nahen galoppierender Pferde verkündete, schaltete sie die Taschenlampe ein und richtete sie nach oben. Dadurch erstrahlte unser kleines Zelt von innen wie ein chinesischer Lampion und wurde in der ganzen Gelände der dunklen Pampa gut sichtbar. Ihrer Ansicht nach, konnten die Pferde es so gar nicht mehr übersehen und würden es großräumig umgehen. Natürlich war das nur ein psychisches Beruhigungsmittel, doch alles in allem wirkte es, denn es gelang ihr, ruhig durch-*

1 Der Ganadero

cioè le cavalle, ed i puledri. Quella settimana erano nati altri due puledrini, un maschio e una femmina, che portavano il numero dei cavalli a 27. Graziosissimi coi loro musetti sottili, le gambe lunghe e malferme, la coda mozza e le „ginocchia" sproporzionate. Il giorno prima eravamo stati a lungo a coccolarceli sotto gli occhi attenti delle loro mamme un po' gelose. Il *potro*, lo stallone, era uno solo per evitare le classiche baruffe dei maschi per la supremazia nel branco e, tranne lui, tutti gli altri maschi erano castroni.

Quando siamo usciti dalla nostra tenda, Surupía, l'india *sirionò* moglie di Andrès, aveva iniziato a ravvivare il fuoco e già si sentiva il profumo pungente della carne arrostita. In Bolivia si mangia *carne asada* tutti i giorni, tre volte al giorno, *"por el desayuno, por el almuerzo y tanbien por la cena"*, come dicono loro.

Andrès era il nostro *vaquero*, o mandriano. Lui, veramente, si definiva *administrador* e non ho mai capito dove abbia potuto imparare un termine tanto altisonante. Quella mattina era già in piedi prima di noi e, quando siamo usciti dalla tenda, l'avevamo visto che gironzolava nel *corral* per il solito primo giro di controllo. Ci era venuto incontro tutto allegro per informarci che, durante la notte, erano nati ben 19 vitellini, quasi un record, e che stavano tutti bene. Allora ci eravamo messi subito al lavoro.

Avevamo preso una bomboletta di *Blue Spray*, eravamo entrati con lui nel *corral* ed avevamo cominciato a disinfettare gli ombelichi dei neonati, una pratica che avevamo sperimentato da tempo e che aveva dato dei risultati inaspettati. Nella maggior parte dei casi riuscivamo ad avvicinarci ai piccoli e a spruzzare un po' di liquido blu sull'ombelico senza che le mamme si opponessero. Andrès ed io acchiappavamo il vitellino, lo

zuschlafen und das An -und Ausknipsen der Taschenlampe von Gewohnheit und Instinkt geleitet, zu überlassen.

Auf der estancia *gab es 25 Pferde, die* lleguas, *die Stuten und Fohlen mit gerechnet. In dieser Woche waren weitere zwei kleine Fohlen geboren, ein männliches und ein weibliches, die, die Zahl der Pferde auf 27 erhöhten. Mit ihren kleinen zierlichen Mäulern, den langen wackligen Beinen, dem fransigen Schweif und den übergroßen „Knien" waren sie wirklich sehr anmutig. Am Tag zuvor waren wir lange bei ihnen geblieben, um sie – unter den aufmerksamen Blicken der etwas eifersüchtigen Mütter – ausgiebig zu streicheln. Es gab nur einen* potro, *der Zuchthengst, alle anderen waren Wallache. So wurden die üblichen Raufereien der Hengste um die Vorherrschaft in der Herde vermieden.*

Als wir aus unserem Zelt kletterten, hatte Surupìa, die aus dem Volk der sirionò *stammende Frau von Andrès, schon das Feuer entzündet und der eindringliche Duft gerösteten Fleisches schlug uns entgegen. In Bolivien isst man jeden Tag* carne asada, *jeden Tag dreimal*: "por el desayuno, por el almuerzo y tanbien por la cena", *wie sie zu sagen pflegen.*

Andrés war unser vaquero *oder Viehhüter. Er selber nannte sich eigentlich* administrador *und ich habe nie verstanden, wo er dieses so wohl klingende Wort eigentlich aufgeschnappt hatte. An diesem Morgen war er schon vor uns auf den Beinen und von unserem Zelt aus sahen wir ihn bei seinem üblichen ersten Kontrollgang über den* corral *schlendern. Er kam uns freudig entgegen und teilte uns mit, dass in der Nacht gut 19 Kälber geboren waren, beinahe ein Rekord, und dass es allen Neugeborenen gut ginge. Daraufhin machten wir uns so-*

I due puledrini

Die zwei Fohlen

1 Il Ganadero

sdraiavamo per terra a zampe in su e lo tenevamo fermo mentre Stefania entrava in azione con la bomboletta. Era facilissimo e rapido. Ma non sempre! Qualche volta, anzi direi piuttosto spesso, non venivamo accettati da qualche mamma gelosa che, sentendosi in dovere di proteggere il suo piccino, ci caricava a testa bassa come una furia. Allora dovevamo darcela a gambe tutti e tre ed arrampicarci rapidamente sulla staccionata più vicina del *corral* per evitare di finire infilzati nelle sue corna. In Bolivia avevamo imparato che i tori non sono poi così pericolosi come tutti ritengono ma bisogna invece stare molto più attenti alle vacche, soprattutto se hanno appena partorito.

Nel *corral* quella mattina c'erano i diciannove vitellini nati durante la notte più gli undici nati il giorno prima. Trenta neonati! Erano tutti sani e vivaci e, stando all'esperienza che avevamo fatto negli ultimi anni, sarebbero sopravvissuti quasi tutti fino all'età della marchiatura, dodici mesi dopo. Un vero capitale. Erano quasi tutti bianchi, col pelo corto e rado e quindi discendenti di prima e seconda generazione

fort an die Arbeit. Wir nahmen eine Dose Blue Spray, *gingen mit ihm in den* corral *und fingen an, die Bauchnabel der Neugeborenen zu desinfizieren – eine Vorgehensweise, die wir lange Zeit erprobt hatten und die uns unerwartete Ergebnisse erbracht hatte. In den meisten Fällen gelang es uns, in die Nähe der Kleinen zu gelangen und ihnen ein wenig von der blauen Flüssigkeit auf den Bauchnabel zu sprühen, ohne dass ihre Mütter sich uns widersetzten. Andrès und ich schnappten uns das Kälbchen, legten es rücklings auf den Boden und hielten es fest während Stefania die Dose auf es ansetzte. Alles verlief reibungslos und schnell. Allerdings nicht immer! Manchmal, oder besser gesagt, ziemlich häufig wurden wir von der ein oder anderen eifersüchtigen Mutter, die meinte, ihren Kleinen beschützen zu müssen, nicht akzeptiert und sie raste mit gesenktem Kopf auf uns los. Dann mussten wir alle drei ganz schnell reißaus nehmen und uns auf den* corral *nächsten Zaun retten, um nicht von ihren Hörnern aufgespießt zu werden. In Bolivien haben wir gelernt, dass*

Un gruppo di vecchie *criollo*   ***Eine Gruppe alter** criollo*

L'autore presso il *corral*

Der Autor vor dem corral

dei tori *nellore* importati dal Brasile da Don Gonzalo, il vecchio proprietario.

I *nellore* sono originari dell'omonimo stato indiano che si affaccia sul golfo del Bengala fra 14 e 15 gradi di latitudine. È la stessa latitudine della *Ceiba*. Il nome deriva da „Nell" che nella lingua *gujarati* significa *"campi di riso"*. Per una strana coincidenza questi animali sono venuti a vivere alla Ceiba che non è altro che un enorme campo di *arrozillo*, una varietà selvatica di riso.

Uno dei tanti neonati

Stiere gar nicht so gefährlich sind, wie es immer heißt, sondern dass man bei Kühen viel vorsichtiger sein muss, besonders dann, wenn sie gerade gekalbt haben.

An diesem Morgen waren sowohl die nachts zuvor geborenen neunzehn Kälbchen im corral, als auch die elf Kälbchen vom Vortag: dreißig Neugeborene! Sie waren alle gesund und lebhaft, und aus der Erfahrung der letzten Jahre wussten wir, dass sie fast alle bis zum Tag ihrer Brandmarkung, zwölf Monate später, überleben würden. Ein echtes Kapital. Sie waren fast alle weiß, hatten ein kurzes dünnes Fell und waren in erster und zweiter Generation Abkömmlinge der Stiere der nellore, *die von ihrem vorherigen Besitzer Don Gonzalo aus Brasilien importiert worden waren.*

Die nellore *kommen ursprünglich aus dem gleichnamigen indianischen Land, das sich zwischen dem 14. und 15. Breitengrad am bengalischen Golf erstreckt. Das ist dieselbe Breite, auf der auch die* La Ceiba *liegt. Der Name stammt von „Nell", was auf* gujarati *„Reisfelder" bedeutet. Durch einen seltsamen Zufall gelangten diese Tiere nun in die* La Ceiba, *die im Grunde nichts anderes ist, als ein riesiges Feld von* arrozillo, *eine Sorte wilden Reises.*

Am Tag zuvor hatten wir in dem anderen, älteren corral an die hundert einjährige Kälber zusammen getrieben und gebrandmarkt. Bei dieser Gelegenheit kontrollierten wir sie auch noch einmal ganz genau, indem wir sie durch den brete, *eine hölzerne dafür hergerichteten Gasse, laufen ließen. Sie waren alle kerngesund, schön und kräftig. Für dieses Vorhaben hatten wir zwei gleiche Brandeisen aus massiver Bronze. Ich selber hatte sie gezeichnet und*

Ein Neugeborenes

Femmine e vitelli di un anno nel nuovo corral

Kühe und einjährige Kälber im neuen corral

Il giorno prima avevamo radunato nell'altro *corral*, quello vecchio, un centinaio di vitelli di un anno e li avevamo marchiati. Con l'occasione li avevamo anche controllati per bene facendoli passare nel *brete*, la strettoia di legno che serve a tale scopo. Erano tutti sani, belli e robusti. Per quell'operazione avevamo due marchi identici in bronzo massiccio. Li avevo disegnati io stesso e li avevo fatti fondere da un fabbro di Santa Cruz. Erano molto massicci e una volta infuocati per bene, mantenevano la temperatura per cinque o sei marchiature. L'intera operazione si era svolta con una certa rapidità e senza problemi. I vitelli venivano fatti entrare nel *brete* in quattro o cinque per volta, mentre i marchi venivano fatti arroventare sulla brace di un fuoco acceso vicino al recinto. Quando i quattro o cinque vitelli erano in posizione, si toglieva dal fuoco uno dei due marchi roventi e si appoggiava leggermente sulla coscia destra di ciascun animale. Era un'operazione rapidissima e quasi indolore ed il

Controllo nel *brete*

von einem Schmied aus Santa Cruz gießen lassen. Sie waren wirklich sehr massiv und wenn sie einmal richtig glühten, speicherten sie die Hitze für fünf oder sechs Brandzeichen. Der ganze Vorgang hatte sich ziemlich schnell und problemlos abwickeln lassen. Die Kälber wurden zu fünft oder sechst in den *brete* getrieben, während die Eisen in der Glut des Feuers nahe dem Zaun erhitzt wurden. Wenn die vier oder fünf Kälber die richtige Stellung eingenommen hatten, nahmen wir eins der Brandeisen vom Feuer und setzten es ganz leicht auf den rechten Schenkel eines jeden Tieres. Es verlief alles ganz schnell und nahezu schmerzfrei und das Brandeisen konnte gar nicht erst erkalten. Don Gonzalo, der mir diese Vorgehensweise beigebracht hatte, hatte uns nahe gelegt, die Eisen so heiß wie möglich zu machen und sie ruhig, vorsichtig und nur für den Bruchteil einer Sekunde auf ihr Fell zu setzen. Denn seiner Meinung nach, bestand das Fell der *nellore* nur aus einer sehr dünnen Schicht

Kontrolle im *brete*

A volte è necessaria la forza

marchio non faceva in tempo a raffreddarsi. Don Gonzalo, che mi aveva istruito in quell'operazione, si era raccomandato di arroventare i marchi quanto più possibile e di appoggiarli sulla pelle in maniera ferma ma con delicatezza e per una breve frazione di secondo perché secondo lui la pelle dei *nellore* è ricoperta da uno strato sottilissimo di pelo ed è quindi molto più sensibile di quella dei vecchi *criollos*. In quel modo non avrebbero sofferto molto ed il marchio sarebbe rimasto ben visibile per tutta la vita. Intanto ci avevo preso la mano e ci tenevo ad essere io a fare quell'operazione per essere sicuro che i vitelli non soffrissero troppo.

Il marchio della Ceiba, che avevamo addirittura depositato all'associazione dei *ganaderos*, rappresentava una barca a vela stilizzata, cioè uno scafo con due vele spiegate. Un oggetto che non aveva niente a che vedere né con il Beni, né con la *ganaderia*, ma che si ricollegava bene ad un'altra nostra grande passione, la navigazione a vela. Con la scelta di quel simbolo mi sembrava di aver avvicinato, in qualche

1 Der Ganadero

Manchmal ist Gewalt notwendig

feiner Haare und war daher weitaus empfindlicher als die der alten criollos. *Auf diese Weise litten sie nicht all zu sehr und das Brandzeichen wäre trotzdem ihr Leben lang gut sichtbar geblieben. Ich hatte mittlerweile ein Händchen dafür entwickelt und es war mir sehr wichtig, die Arbeit selber zu verrichten, denn nur so konnte ich sicher gehen, dass die Kälber wirklich nicht zu sehr litten.*

Das Brandzeichen der La Ceiba, *das wir sogar bei dem Verband der* ganaderos *hatten eintragen lassen, stellte ein stilisiertes Segelboot dar, oder genauer gesagt, einen Rumpf unter zwei gesetzten Segeln. Ein Gegenstand, der weder etwas mit dem* Beni *noch mit der* ganaderia *zu tun hatte, der aber eine Brücke zu einer anderen unserer Leidenschaften, der Segelschifffahrt, schlug. Mit der Wahl dieses Symbols schien es mir, als hätte ich die beiden Welten, in denen ich gerne lebte, einander irgendwie näher gebracht.*

Während der Brandmarkungsarbeiten gibt es immer ein Kalb, das widerspenstiger als die anderen ist und das

Cattura delle vacche col *lazo*

Fang der Rinder mit dem *lazo*

Quando si cattura un vitellino bisogna tenere sott'occhio la mamma

modo, i due mondi nei quali mi piaceva vivere.

Durante le operazioni di marchiatura c'è sempre qualche vitello più selvatico degli altri e che non si riesce a far entrare nel *brete*. Allora bisogna prenderlo al *lazo*, rovesciarlo a terra con la forza e tenerlo fermo mentre viene marchiato. Un'operazione abbastanza pericolosa che richiede una certa esperienza. Personalmente, non ci sono mai riuscito!

Quando avevamo finito di spruzzare di blu l'ultimo ombelico dei diciannove neonati il sole era già salito ben alto nel cielo e cominciava a dar prova della sua potenza. Ai tropici il giorno nasce con una velocità violenta ed aggressiva, che non dà il tempo di rendersi conto di come il buio si sia trasformato in una luce così intensa. Si fa appena in tempo ad accorgersi che l'orizzonte ad oriente comincia a schiarirsi che già il sole spunta fuori con tutta la sua forza ed in breve tempo invade il creato con la stessa intensità di luce che c'è a mezzogiorno.

Alla fine del nostro lavoro, Stefania ed io eravamo andati a sciacquarci in un *curichi*, uno

Il marchio della Ceiba

Wenn ein Kalb einfängt, muß man die Kuhmutter im Blick behalten

man nicht in den *brete* hineinbekommt. Dann muss man es am *lazo* packen, es mit Gewalt zu Boden werfen und fest halten, während es sein Brandzeichen bekomt. Das ist ein ziemlich gefährliches Unterfangen, das ein gewisses Maß an Erfahrung voraussetzt. Mir persönlich ist es nie gelungen!

Als wir auch den letzten Nabel der neunzehn Neugeborenen blau eingesprüht hatten, stand die Sonne schon hoch am Himmel und begann all ihre Kraft unter Beweis zu stellen. In den Tropen bricht der Tag mit einer solch aggressiven und gewaltsamen Geschwindigkeit an, dass man gar keine Zeit hat zu verstehen, wie das Dunkel zu so einem intensiven Licht werden konnte. Man kann gerade noch rechtzeitig bemerken, wie der Horizont sich im Osten aufhellt, da zeigt die Sonne sich auch schon in ihrer ganzen Größe und in kürzester Zeit fällt sie mit der selben Leuchtkraft wie zur Mittagszeit über die gesamte Schöpfung her.

Nach getaner Arbeit wuschen Stefania und ich uns in einem *curichi, einem Teich, der hinter der Landebahn in Richtung der* Laguna Azul *lag.* Danach kehrten wir wieder um, um unter dem Vordach des größeren Hauses zu frühstücken. Andrès beobachtete uns von weitem und wartete bereits darauf, uns auszuschimpfen. Gutmütig und mit dem nötigen Respekt sagte er uns, dass wir vorsichtiger zu sein hätten, da er, wie wir doch wüssten, in der Nähe des *curichi die Spuren einer riesigen Anaconda gesehen hätte.* Außerdem hätte er am Abend zuvor häufig ihre Laute vernommen. Seines Erachtens begann die Schlange Hun-

Das Brandzeichen der La Ceiba

Stefania col pulcino di struzzo, la mascotte dell'*estancia*

Stefania mit dem Straußenküken, das Maskottchen der estancia

stagno al di là della pista d'atterraggio, verso la *Laguna Azul*, poi eravamo tornati per fare colazione sotto la tettoia della casa più grande. Andrès ci aveva osservati da lontano e ci aveva aspettato per rimproverarci. Bonariamente e senza mancarci di rispetto aveva detto che saremmo dovuti stare più attenti perché nei paraggi di quel *curichi* aveva visto le orme di un grosso anaconda e noi lo sapevamo bene. Inoltre, la sera precedente aveva sentito spesso il suo verso. Secondo lui il serpente cominciava ad aver fame e si era avvicinato alle case più del solito. Con molte probabilità, una di quelle mattine ci saremmo accorti che il pulcino di struzzo, che era diventato la mascotte dell'*estancia*, sarebbe sparito ed avremmo subito saputo quale ne era stata la causa. Andrès, andando a cavallo nella pampa, aveva trovato quel pulcino abbandonato, se l'era preso in braccio e l'aveva portato a casa. Era alto quasi come un tacchino e buffissimo, col suo corpo tozzo ricoperto di piume sottili e giallo-rosa, il collo lungo e le cosce nude. Girava libero intorno alle case come un animale domestico senza mai allontanarsi troppo e per l'anaconda sarebbe stato una preda estremamente facile e comoda.

ger zu verspüren und hatte sich den Häusern deswegen mehr als gewöhnlich genähert. Mit großer Wahrscheinlichkeit würden wir an einem der nächsten Morgen feststellen müssen, dass unser kleines Straußenküken, das Maskottchen der estancia, verschwunden wäre – wohl wissend wohin. Andrès hatte dieses verlassene Küken gefunden, als er durch die Pampa geritten war, er hatte es auf den Arm genommen und mit nach Hause gebracht. Es war fast so groß wie ein Truthahn und einfach nur urkomisch – mit seinem von dünnen gelb-roten Federn bedeckten, stämmigen Körper, seinem langen Hals und den nackten Schenkeln. Es lief wie ein Haustier frei herum und entfernte sich nie zu weit von den Häusern. Für die Anaconda wäre es eine leichte und überaus bequeme Beute gewesen.

Einige Tage zuvor hatte einer von Andrès' Söhnen, in einem etwas kleineren Teich nahe dem Haus, eine Schlange von einigen Metern Länge gefangen und nach seiner Rückkehr fröhlich verkündet, dass er die Anaconda erlegt hätte, doch handelte es sich bei seiner Beute um eine Boa, die zwar ebenso gefährlich, aber viel kleiner war. Der Junge hatte einfach so lange mit einem Stock auf ihren Kopf eingeschlagen, bis die Schlange sich nicht mehr bewegte.

Die Anaconda ist die größte Schlange der Welt und erinnert an ein Relikt aus den Zeiten der Dinosaurier. Die vielen Geschichten und Legenden, die die Indios über sie erzählen, machen aus ihr eine wahre Gottheit. Eine Vorstellung von ihrer Größe kann man sich durch ihre Häute machen, die von den Schmugglern aus dem Inneren des Landes verkauft werden. Sie sind durchschnittlich 12 Meter lang aber es gibt Beweise dafür, dass noch weitaus größere Anacondas erlegt wurden. Der englische Forscher Oberst P.H. Fawcett, der wie viele andere Forscher in den

L'autore nel *corral* **Der Autor im** *corral*

Alcuni giorni prima, in uno stagno più piccolo non lontano da casa, uno dei figli di Andrès aveva preso un serpente lungo un paio di metri ed era tornato gridando felice di aver ucciso l'anaconda, ma si trattava invece di un boa, altrettanto pericoloso ma molto più piccolo. Il ragazzino l'aveva semplicemente preso a colpi di bastone sulla testa e non aveva smesso di picchiare fino a che il serpente non aveva cessato di muoversi.

L'anaconda è il più grande serpente che esiste al mondo, e fa pensare ad un animale sopravvissuto ai dinosauri. Su di lui gli indios raccontano tante storie e leggende da farne una vera e propria divinità. Un'idea della sua grandezza viene data dalle pelli che vengono vendute dai contrabbandieri che vivono nell'interno. In media hanno una lunghezza di 12 metri, che non sono pochi, ma esistono prove che l'anaconda può raggiungere dimensioni di gran lunga superiori. L'esploratore inglese, colonnello P.H. Fawcett, scomparso come tanti altri esploratori nelle giungle del *Beni* e del *Madre de Dios*, una volta

Urwäldern des Beni und des Madre de Dios verschollen ist, hatte sogar eine neunzehneinhalb Meter lange erlegt. Ein anderes Mal sah und dokumentierte er Spuren, die ihn annehmen ließen, die Schlange sei mehr als vierundzwanzig Meter lang. In den Erzählungen und Legenden der Indios haben diese Schlangen natürlich noch weitaus größere Ausmaße. Die Anaconda ist jedenfalls wirklich so groß und stark, dass sie ohne Probleme einen Menschen oder auch größere Tiere verschlingen kann. Meistens nähert sie sich ihrem Opfer unter Wasser an, packt es mit seinem Schlund, der mit den kräftigsten Zähnen ausgestattet ist und verschleppt es in tieferes Gewässer, wo sie es ersäuft, um es in aller Ruhe verschlingen zu können. Wenn das Reptil zu Land angreift, betäubt es sein Opfer zunächst mit dem „Hammerschlag", den es mit dem knochenharten Vorderteil seines Kopfes erteilt. Wenn das Opfer ohnmächtig oder benommen ist, zerquetscht die Schlange es in seinen Windungen, um es besser hinunterschlingen zu können. Seine weite und flache Kinnlade

Un vitellino di pochi giorni **Ein ein paar Tage altes Kälbchen**

Il serpente catturato

Die erlegte Schlange

ne aveva ucciso uno lungo diciannove metri e mezzo. Un'altra volta vide e documentò una traccia che lo indusse a calcolare la lunghezza di un serpente di oltre ventiquattro metri. Nei racconti e nelle leggende degli indios, naturalmente, questi serpenti raggiungono dimensioni addirittura maggiori. L'anaconda, comunque, è veramente tanto grande e forte che, senza fatica, può ingoiare un uomo intero e addirittura anche animali più grandi dell'uomo. Di solito si avvicina sott'acqua, afferra la vittima con le fauci, che sono munite di denti fortissimi, poi la trascina dove l'acqua è più fonda e l'annega per poi poterla ingoiare con tutta calma. Se invece l'aggressione avviene a terra, la vittima viene prima tramortita con un „colpo di martello", che il rettile infligge con la parte anteriore della testa, durissima e ossuta e quando la vittima è svenuta o stordita il serpente la stringe nelle sue spire e la stritola per renderla meglio ingoiabile. Le sue mandibole larghe e piatte si slogano a volontà e la vittima, in questo caso l'uomo, viene ingurgitata intera per la testa. La testa della vittima deve essere prima bagnata per renderla più scivolosa e l'anaconda ci sbava sopra una gran quantità di liquido. Dopo il pasto, poi, il serpente cade in letargo e può restare senza cibo anche per mesi. Deve solo stare attento a non essere attaccato dall'unico suo grande nemico, le formiche, contro le quali non ha alcuna forma di difesa e che potrebbero divorarlo interamente fino allo scheletro.

Fawcett sostiene di aver visto nel Beni anche un altro grosso animale, lungo circa venticinque metri e del peso stimato di almeno venticinque tonnellate. Molti scienziati ritengono che questo animale potrebbe essere un *diplodoco*, un dinosauro che potrebbe ancora esistere in quelle zone perché si nutre di piante acquatiche la cui scorta nel Beni è praticamente inesauribile. La storia dell'esistenza di questo dinosauro è confermata anche da molte tribù dell'interno che sostengono di averlo visto e lo descrivono tutti allo stesso modo. In Amazzonia però le storie e le

1 Der Ganadero

lässt sich nach Belieben verrenken und das Opfer, in diesem Fall ein Mensch, wird mit dem Kopf zuerst an einem Stück verschlungen. Der Kopf des Opfers muss zunächst ausreichend feucht sein, damit er besser hinunterrutscht, und so sabbert die Schlange ihn reichlich voll. Nach dem Mahl fällt die Schlange dann in einen Tiefschlaf und kann monatelang ohne weitere Nahrung auskommen. Sie muss dabei nur aufpassen, nicht von ihrem einzigen großen, unbezwingbaren Feind, den Ameisen, angegriffen zu werden, weil diese sie bis auf die Knochen zerfressen können.

Fawcett behauptet im Beni auch noch ein anderes großes Tier gesehen zu haben. Es soll ungefähr fünfundzwanzig Meter lang und um die fünfundzwanzig Tonnen schwer gewesen sein. Viele Wissenschaftler halten es für möglich, dass es eventuell ein *diplodoco war* – *ein Dinosaurier der in diesen Gegenden noch existieren könnte, da er sich von Wasserpflanzen, die im Beni so gut wie unerschöpfbar sind, ernährt. Dass dieser Dinosaurier noch existiert, ist auch von vielen Stämmen aus dem Inneren des Landes bestätigt, die alle behaupten, ihn gesehen zu haben und ihn auch alle in der gleichen Weise beschreiben. Im Amazonas vermischen sich die Geschichten und Legenden jedoch allzu häufig mit der Realität, von der sie dann nur noch schwer zu unterscheiden sind.*

Ein anderer Forscher, der Amerikaner Leonard Clark, der Mitte der Fünfziger Jahre die Urwälder und Flüsse des hohen Beni *auf der Suche nach dem legendären* El Dorado *haargenau durchkämmte, dokumentiert in seinen Aufzeichnungen eine vierzehn Meter lange Anaconda, die ein 250 Kilo schweres Wildschwein an einem Stück verschlungen hat.*

Surupìa brachte uns die yuquita *und zwei riesige Stücke gegrillten Kalbfleisches. Köstlich! Im Beni wissen sie Kalbfleisch nicht zu schätzen und bevorzugen das Fleisch*

1 Il Ganadero

Quarti di vitellone appesi nella capanna

Jungochsenfleisch in der Hütte

leggende si confondono troppo spesso con la realtà dalla quale è poi sempre difficile distinguerle.

Un altro esploratore, l'americano Leonard Clark, che nella metà degli anni cinquanta ha setacciato minuziosamente le giungle ed i fiumi dell'alto Beni alla ricerca del mitico *El Dorado*, ha documentato il pasto di un anaconda di quattordici metri che ha ingoiato, tutto intero, un cinghiale di oltre 250 chili!

Surupía ci aveva portato la *yuquita* e due grossi pezzi di carne di vitello arrostita sulla brace. Squisita! Nel Beni il vitello non è molto apprezzato e si preferisce la carne di animali più maturi. Ma tre giorni prima, in un tratto di pampa non lontano dalle case, avevamo trovato un vitellone di due anni gravemente ferito ed avevamo dovuto somministrargli il colpo di grazia. Dalle brutte ferite che riportava al collo e sulla schiena avrei detto che era stato aggredito da un giaguaro, ma Andrès sosteneva che, molto più probabilmente, si era trattato di un *tigrillo*, o *ocelot* come lo chiamano nel Messico, un animale molto più piccolo del giaguaro e che, evidentemente, non era stato all'altezza di uccidere il torello, un animale giovane, agile e robusto. Un giaguaro, più grande e forte, avrebbe avuto maggior

älterer Tiere. Doch drei Tage zuvor hatten wir in einem nahen Teil der Pampa ein schwer verwundetes, zwei Jahre altes Jungrind gefunden, dem wir den Gnadenschuss verpassen mussten. Von den schweren Wunden, die es an Hals und Rücken davongetragen hatte, schloss ich darauf, dass es von einem Jaguar angefallen worden war, doch Andrès vermutete, dass es sich höchstwahrscheinlich um den Angriff eines *tigrillo, oder eines* ocelot, *wie sie ihn in Mexiko nennen, handelte. Der* tigrillo *ist viel kleiner als ein Jaguar,* und war, wie man sah, nicht im Stande gewesen, den jungen, flinken und kräftigen Stier zu überwältigen. Der viel größere und stärkere Jaguar hätte sicherlich mehr Erfolg gehabt und der Stier wäre chancenlos gewesen. Andrès hatte in den letzten Tagen tatsächlich einen* tigrillo, *der sich am Waldrand herumgetrieben hatte, beobachten können. In Körperbau und Farben ähnelt der* tigrillo *einem Jaguar, allerdings ist er wesentlich kleiner.*

Es handelte sich hierbei um einen Einzelfall, denn dass wir auf der La Ceiba *Opfer durch Beutezüge anderer Tiere zu verbuchen hatten, geschah höchst selten. Obwohl es im Urwald und in den Sümpfen von Jaguaren und Kaimanen nur so wimmelte, wagten sie nur selten Übergriffe auf un-*

successo e con lui il torello non avrebbe avuto scampo. Nei giorni scorsi Andrès aveva visto per l'appunto un *tigrillo* che gironzolava ai bordi della foresta. Nella forma e nei colori il *tigrillo* assomiglia al giaguaro ma è molto più piccolo.

Si era trattato di un caso raro perché alla *Ceiba* le perdite dovute all'attacco di animali predatori erano piuttosto rare. Nonostante la giungla e le paludi circostanti brulicassero di giaguari e di caimani, sembra che questi si azzardassero di rado ad uscire all'aperto per attaccare il nostro bestiame e si accontentavano invece delle prede più tradizionali che vivevano nel fitto della giungla. Del resto, nella giungla di prede ce n'erano a volontà.

Il nome "giaguaro" deriva dall'indio „*yaguara*", che significa „*colui che uccide con un balzo*". Questo animale, infatti, non insegue la sua preda, ma la attende in agguato e nel momento più opportuno le balza addosso azzannandole la testa ai due lobi temporali. L'attacco è talmente rapido che quando il giaguaro tocca terra, la preda è già morta con il cranio spaccato. Se però fallisce il colpo, non ci riproverà una seconda volta. È un felino più massiccio del leopardo e più piccolo del leone e della tigre, ma più feroce perfino di quest'ultima. Delle sue abitudini si sa ancora pochissimo perché è un animale misterioso e solitario ed è molto difficile riuscire a vederlo. I giaguari abitano un territorio che può estendersi fino a 500 chilometri e si incontrano fra loro soltanto quando una femmina è in calore, ma sono così solitari e scontrosi da irritarsi a vicenda perfino durante il sesso.

Il loro potere è al contempo forte e versatile. Il giaguaro, infatti, sa cacciare tanto nella prateria come nella foresta e nelle paludi, ma predilige la vicinanza dell'acqua, nella quale, a differenza della maggioranza degli altri felini, si trova a suo agio. Sa pescare con le zampe alla maniera degli orsi, è un ottimo nuotatore e caccia anche piccoli caimani. Per gli indios il giaguaro rappresenta una specie di divinità e raccontano spesso leggende di giaguari che volano sulle cime degli alberi e che si riparano nel letto dei fiumi.

Andrès abbatteva malvolentieri il bestiame della Ceiba perché, per una sola famiglia, se ne poteva utilizzare soltanto una piccola parte e c'era troppo spreco. Quando, come in quel caso, era costretto a farlo, allora, lui e i figli per quattro

Un bell'esemplare di giaguaro

ser Vieh und schienen mit der traditionelleren Beute, die in den Tiefen des Urwaldes hauste, durchaus zufrieden zu sein. Im Übrigen gab es im Dschungel ja auch Beute in Hülle und Fülle.

Der Name „Jaguar" kommt vom Guarani „yaguara", was übersetzt heißt „derjenige, der mit einem einzigen Sprung tötet" bezeichnet. Dieses Tier verfolgt seine Beute nämlich nicht, sondern legt sich auf die Lauer, und wenn der passende Augenblick gekommen ist, stürzt es sich darauf und packt es an den Schläfen. Der Angriff verläuft mit einer solchen Schnelligkeit, dass das Beutetier schon längst an ihrem Schädelbruch gestorben ist, wenn der Jaguar wieder auf dem Erdboden landet. Wenn ihm der Schlag allerdings misslingt, versucht er es kein zweites Mal. Diese Raubkatze ist kräftiger als der Leopard und kleiner als der Löwe und der Tiger, aber selbst wilder als letzterer. Man weiß noch sehr wenig über seine Gewohnheiten und, da er ein geheimnisvoller Einzelgänger ist, ist es sehr schwer, ihn überhaupt zu Gesicht zu bekommen. Jaguare leben in einem Gebiet, das bis zu 500 Quadratkilometer groß sein kann und sie treffen sich nur zur Brunstzeit, aber auch dann sind sie so selbst genügend und eigensinnig, dass sie sogar während des Paarungsaktes wütend aufeinander losgehen.

Ihr Können ist kraftvoll und vielseitig zugleich. Der Jaguar kann nämlich sowohl in der Prärie, als auch in Wäldern und Sümpfen jagen, allerdings zieht er die Nähe

Ein schöner Jaguar

1 Il Ganadero

Raduno dei cavalli

o cinque giorni arrostivano e mangiavano a volontà le parti migliori e, contemporaneamente, si davano da fare a tagliare a fette sottili le parti più magre per essiccarle al sole e farne il *charqui*, di cui gli indios sono ghiotti. Noi, che abbiamo avuto la sventura di doverlo mangiare un paio di volte, lo eravamo molto meno perché per noi il *charqui* sa soltanto di marcio e di rancido! Per il nostro palato era veramente disgustoso! Ma la maggior parte dei quattrocento o cinquecento chili di carne andava comunque a male e doveva essere abbandonata agli avvoltoi. Uno spreco per Andrès che aveva un senso della morale tutto suo. In ogni modo, era contento quando in quelle occasioni c'eravamo anche noi, così ci potevamo godere assieme spiedi generosi di *carne asada* e poi avremmo potuto portarci via una buona parte dell'animale per farne uso in città o, come succedeva di solito, per distribuirlo agli amici. Normalmente, per sopperire alle necessità di carne per la famiglia, Andrès preferiva uccidere un *tropero*, un pecari, che con i suoi 30-40 chili era molto più adatto ad alimentare la famiglia senza sprechi inutili. Molto più spesso sparava ad un'anatra di passaggio e Surupía ne preparava un'ottima *sopa de pato*. Tanto, alla *Ceiba*, di *troperos* e di *patos* ce n'erano a volontà e l'equilibrio ecologico non ne avrebbe risentito affatto.

La colazione era stata piacevole ed abbondante. La carne era ben frollata, morbida e succulenta e la yucca rovente

Die Pferde werden eingetrieben

des Wassers vor, das ihm im Gegensatz zu den anderen Raubkatzen sehr zusagt. Er kann nach der Art der Bären mit seinen Pranken Fische fangen, ist ein guter Schwimmer und fängt sogar kleine Kaimane. Für die Indios kommen die Jaguare einer Gottheit gleich, sie erzählen häufig Legenden von Jaguaren, die in Baumkronen fliegen oder in Flussbetten Zuflucht suchen.

Andrès schlachtete ungern das Vieh der La Ceiba. *Da eine kleine Familie auch nur einen kleinen Teil davon verwerten konnte, war es reine Verschwendung. Wenn er, wie dieses Mal dazu gezwungen war, grillten er und seine Kindern vier oder fünf Tage lang und ließen sich die besten Happen endlos munden. Gleichzeitig schnitten sie emsig die mageren Stücke in dünne Scheiben, legten sie zum Trocknen in die Sonne und machten daraus den* charqui, *auf den die Indios so wild waren. Wir, die es unglücklicherweise einige Male probieren mussten, waren dies weitaus weniger. Für uns schmeckte der* charqui *nur faulig und ranzig! Für unsere Geschmacksnerven war er einfach nur widerlich! Der größte Teil der vier -oder fünfhundert Kilogramm Fleisch verdarb jedoch und musste den Aasgeiern überlassen werden. Für Andrès, der eine sehr eigenwillige Moral hatte, war das eine große Verschwendung. Jedenfalls freute er sich sehr, wenn wir bei solchen Gelegenheiten dabei waren, denn so konnten wir uns gemeinsam großzügige Bratspieße des* carne asada *gönnen und außerdem konnten wir einen Großteil des Tieres in die Stadt bringen oder wie es meistens geschah, unseren Freunden übergeben. Um dem Verlangen seiner Familie nach Fleisch nachzukommen erlegte Andrès normalerweise einen* tropero, *ein Pekari-Schwein, das sich mit seinen 30-40 Kilogramm sehr viel mehr dazu eignete, eine Familie zu ernähren, ohne dabei etwas verschwenden zu müssen. Öfter noch schoss er auf eine vorbeifliegende Ente, und Surupìa machte daraus eine hervorragende* sopa de pato. *Auf der* La Ceiba *gab es eine solche Vielzahl an* troperos *und* patos, *dass das ökologische Gleichgewicht bestimmt nicht darunter gelitten hat.*

Das Frühstück war schmackhaft und reichlich gewesen. Das Fleisch war mürbe, weich und saftig und die glü-

aveva un profumo irresistibile. Quella mattina c'era addirittura anche la frutta ed avevamo concluso la colazione con un paio di *piñas,* ananas selvatici che Surupía aveva trovato ai bordi della foresta al di là della pista d'atterraggio. L'unico neo dei pasti alla Ceiba era il caffè, un intruglio veramente imbevibile.

Mentre noi finivamo la nostra colazione i due figli più grandi di Andrès, Josè e Julio, erano andati a cercare i cavalli, che in quel momento stavano pascolando in branco nel tratto di prateria a nord della pista vicino alla striscia di foresta, e li avevano sellati. Secondo le leggi della tradizione, a me, in qualità di *dueño,* cioè di padrone, toccava di diritto cavalcare il *potro,* lo stallone. Era un cavallo più grande degli altri e dall'atteggiamento fiero, tipico degli stalloni, ma abbastanza docile. Con il *potro* mi spettava di diritto anche l'unica sella texana. Pure questo faceva parte della tradizione. Gli altri invece dovevano massacrarsi il fondo schiena cavalcando con l'*apero,* una specie di sella rigida ed incredibilmente scomoda sia per i *jinetes,* i cavalieri, che per i cavalli.

La sella è probabilmente lo strumento più importante di un *vaquero.* Nel Texas ogni *cow boy* ha la propria sella che adopera con cavalli diversi che gli vengono messi a disposizione dal datore di lavoro. La sella texana, come

hende Yucca *duftete unwiderstehlich. An diesem Morgen gab es sogar Obst und so aßen wir zum Nachtisch ein paar der* piñas, *wild wachsende Ananas, die Surupìa am Waldrand hinter der Landebahn gepflückt hatte. Der einzige Makel an den Mahlzeiten auf der* La Ceiba *war der Kaffee, ein schlechthin ungenießbares Gebräu.*

Während wir fertig frühstückten, machten sich Andrès' älteste Söhne, Josè und Julio, auf die Suche nach den Pferden, die auf einer Wiese nördlich der Landebahn nahe des Waldes weideten und sattelten sie. Wie es die Tradition besagt, stand mir als der dueño, *der Herr, das Recht zu, den* potro, *den Zuchthengst zu reiten. Er war größer als die anderen Pferde und so stolz wie alle Zuchthengste, aber dennoch sehr zutraulich. Außer dem* potro *stand mir auch noch der einzige texanische Sattel zu. Auch das war Tradition. Die anderen hingegen mussten sich auf dem* apero – *einer Art steifen Sattels, der sowohl für die* jinetes, *die Reiter, als auch für die Pferde unglaublich unbequem war – den Rücken zu Grunde richten.*

Der Sattel ist vermutlich das wichtigste Werkzeug eines vaquero. *In Texas hat jeder Cowboy seinen eigenen Sattel, den er all den verschiedenen Pferden, die ihm von seinen Arbeitgeber anvertraut werden, aufschnallt. Der texanische Sattel, wie sie ihn in Bolivien nennen, oder*

L'autore col *potro*   ***Der Autor mit dem* potro**

Arreando verso *il Bajìo Grande*

viene chiamata in Bolivia, o sella western, come viene detta da noi in Europa, è caratterizzata dalla sua comodità e dal pomello, o corno, che spunta dalla parte anteriore. Su entrambi i lati vi sono ganci e fibbie per attaccarvi il *lazo*, la fondina per il fucile, le borse con le provviste e le borracce per l'acqua. Stefania ed io non portavamo né lazo né fucile e l'unica arma che avevo sempre con me alla cintura, era un grosso pugnale che mi ero portato dall'Africa.

Andrès cavalcava quasi sempre il *Plateado,* un cavallo massiccio e tranquillo dal pelo marrone punticchiato di bianco. Stefania si era affezionata a *Lapita,* una femmina nera molto vivace che in una lite era stata gravemente ferita ad un orecchio che era rimasto storpiato e le pendeva di lato in una posizione innaturale. Josè e Julio avevano sellato per sé due *lleguas* giovani, ancora poco abituate a lavorare e che dovevano essere addestrate.

Alla fine della colazione avevamo messo in testa i nostri *sombreros* di cuoio a tesa larga ed eravamo saliti in sella. Ad un mio segnale, Josè e Julio avevano aperto la *tranquera* del vecchio *corral* ed avevano fatto uscire i vitelli che avevamo marchiato il giorno prima. Questi erano partiti in una corsa sfrenata, ma dopo poche centinaia di metri avevano abbassato il muso nell'erba e si erano messi a brucare con avidità. I poveretti erano stati rinchiusi, senza mangiare, per oltre venti ore ed erano affamati. Noi li avevamo lasciati brucare in pace per qualche minuto poi avevamo cominciato a radunarli in un branco più o meno ordinato. I cavalli conoscevano bene il loro mestiere e si comportavano da veri professionisti come fanno i cani da pastore con le pecore. Non appena eravamo riusciti a formare un branco piuttosto unito ci eravamo avviati lentamente verso nord.

***Vieh treiben zum* Bajìo Grande**

aber der Westernsattel, wie er bei uns in Europa genannt wird, zeichnet sich durch seine Bequemlichkeit und den Knauf bzw. das Horn am Vorderteil aus. Auf beiden Seiten sind Haken und Schnallen, an denen man den lazo, *die Gewehrtasche, den Proviantbeutel und die Feldflasche anbringen kann. Stefania und ich nahmen weder* lazo *noch Gewehr mit. Die einzige Waffe, die ich immer mit mir führte, war ein großer Dolch, den ich mir aus Afrika mitgebracht hatte.*

Andrès ritt fast immer auf Plateado, *ein kräftiges und ruhiges Pferd, das ein schönes braunes Fell mit weißen Punkten hatte. Stefania hatte* Lapita *ins Herz geschlossen, eine sehr lebhafte schwarze Stute, die sich bei einem Streit schwer am Ohr verletzt hatte. Dieses war nun entstellt und hing ihr seitlich auf sehr ungewöhnliche Art vom Kopf hinunter. Josè und Julio hatten sich zwei junge* lleguas *gesattelt, die es noch nicht gewöhnt waren zu arbeiten und noch dressiert werden mussten.*

Nach dem Frühstück setzten wir uns unsere weiten sombreros *aus Leder auf und stiegen in die Sättel. Auf mein Signal hin, öffneten Josè und Julio die* tranquera *des alten* corral *und ließen die Kälber, die wir am Vortag gebrandmarkt hatten, hinaus. Sie stürmten darauf los wie die Wilden, aber nach einigen hundert Metern steckten sie ihr Maul ins Gras und fingen gierig an zu fressen. Die Ärmsten waren länger als zwanzig Stunden ohne Nahrung eingeschlossen gewesen und total ausgehungert. Wir ließen sie ein paar Minuten in Ruhe weiden und trieben sie dann zu einer, mehr oder weniger geordneten, Herde zusammen. Die Pferde machten ihre Aufgabe gut und verhielten sich wie echte Profis, ganz so, wie es die Hirtenhunde mit ihren Schafen tun. Sobald es uns gelungen war,*

Volevamo portare quei vitelli lontano dalle loro mamme per essere sicuri che smettessero di poppare ed imparassero a vivere da soli. Da „adulti", insomma. Era una vera e propria azione di svezzamento. Ormai avevano compiuto un anno di età e, con molte probabilità, le loro mamme stavano già per partorire di nuovo o, forse, avevano addirittura già partorito. Le mamme, quindi, dovevano rimanere nei paraggi delle case e del *corral*, nella parte sud dell'*estancia*, per permetterci di controllare le nascite e noi avremmo accompagnato i giovani a dieci o dodici chilometri di distanza verso nord, nei pressi del *Bajío Grande*.

Nella prima ora di marcia eravamo riusciti a fare poca strada. I vitelli avevano fame e si fermavano in continuazione. Inoltre era difficile tenerli uniti perché, non essendo abituati ad essere guidati, scappavano in tutte le

sie in einer mehr oder weniger geschlossenen Herde zusammenzutreiben, ritten wir langsam gen Norden.

Wir wollten diese Kälber so weit wie möglich von ihren Mutter wegführen, um sicher zu gehen, dass sie aufhörten an ihren Eutern zu hängen und lernten, sich allein zu ernähren. So wie „Erwachsene" eben. Es war sozusagen eine richtige Entwöhnungskur. Sie waren mittlerweile ein Jahr alt und ihre Mütter waren mit hoher Wahrscheinlichkeit schon erneut trächtig oder hatten sogar schon wieder gekalbt. Die Mütter mussten daher in der Nähe der Häuser und des corral, *im südlichen Teil der estancia, bleiben,* damit wir die Geburten unter Kontrolle hatten. Die Jungtiere brachten wir zehn oder zwölf Kilometer weiter nördlich, in die Nähe des Bajìo Grande.

In der ersten Stunde legten wir nur eine kurze Strecke

Stefania al lavoro   ***Stefania bei der Arbeit***

1 Il Ganadero

direzioni. I cavalli erano abituati a questo genere di lavoro e reagivano prontamente al minimo segnale. Bastava che un vitello uscisse dal branco che i cavalli si lanciavano alla rincorsa in un galoppo sfrenato, lo superavano e lo costringevano a rientrare di nuovo nel branco. Noi non dovevamo fare quasi niente, tranne che stare saldamente in sella. Era un lavoro divertente per tutti noi ed avevamo addirittura l'impressione che si divertissero anche i cavalli. Finalmente, dopo una buona ora di marcia, di corse e di inseguimenti, i vitelli si erano calmati e si erano lasciati guidare più facilmente e così noi ci siamo goduti a fondo la cavalcata tranquilla nella prateria. Andrès, come sempre, era in testa al corteo, Josè e Julio si erano messi uno per parte e Stefania ed io avevamo scelto i posti più difficili, ma anche i più divertenti, dietro di loro. I vitelli non scappavano mai in avanti ma di lato e, quasi sempre, tocca agli ultimi *jinetes* rincorrerli e riportarli nel branco. Stefania era diventata una mandriana provetta. Con la sua cavallina nera e agile dall'orecchio storto era sempre la prima a scattare e la più veloce nell'inseguire i fuggiaschi e riportarli nei ranghi. Era ben ferma in sella ed aveva la perspicacia di accorgersi quando un capo di bestiame stava per scappare, quasi prima ancora che questo lasciasse il branco.

Il mondo, visto così dalla sella dei nostri cavalli, sembrava che fosse fatto soltanto di erba, erba a non finire, erba a perdita d'occhio fino al limite estremo dell'orizzonte. Avanzavamo lentamente ma con passo costante ed i vitelli, un centinaio di bellissimi capi, quasi tutti bianchi con leggere sfumature di grigio in prossimità della testa e delle zampe, avevano un aspetto maestoso, nobile ed nobile. Erano fatti

zurück. Die Kälber waren hungrig und blieben ständig stehen. Außerdem war es schwierig, sie alle beisammen zu halten, denn sie waren es nicht gewöhnt sich führen zu lassen und entliefen uns in alle Richtungen. Die Pferde kannten diese Arbeit gut und reagierten prompt auf das kleinste Zeichen. Wenn auch nur eins der Kälber sich von der Herde entfernte, galoppierten sie ihm ohne Zögern hinterher, überholten es und zwangen es, zur Herde zurückzukehren. Wir mussten eigentlich fast nichts tun, außer fest im Sattel zu sitzen. Für uns alle war diese Arbeit ein großes Vergnügen und wir hatten das Gefühl, dass auch die Pferde Spaß daran fanden. Nach einer guten Stunde Weg voller Wettrennen und Verfolgungen beruhigten sich die Kälber endlich und ließen sich von uns führen, so konnten wir den ruhigen Ausritt in die Prärie nun vollends genießen. Andrès ritt wie immer allen voran, Josè und Julio hatten die Seiten übernommen und Stefania und ich bildeten die Schlusslichter, denen die schwierigste aber auch lustigste Aufgabe zufiel. Die Kälber brechen nie nach vorne aus, sondern immer seitlich aus, und meistens müssen die hinten reitenden *jinetes* sie verfolgen und in die Herde zurücktreiben. Stefania war eine meisterhafte *Ganadera* geworden. Auf ihrer flinken schwarzen Stute mit dem schiefen Ohr war sie immer die erste, die losschnellte, um die Flüchtlinge zurück in ihre Reihen zu bringen. Sie saß fest im Sattel und ihre Sinne waren so wachsam, dass sie schon, bevor das Vieh überhaupt losbersten konnte, wusste, was Sache war.

Von unseren Sätteln aus betrachtet, schien die Welt nur aus Gras zu bestehen, aus unendlichem Gras. So weit

La mandria al *Bajìo Grande*   ***Die Herde am* Bajìo Grande**

Un grosso maniro

per quel mondo ed era come se quel mondo fosse fatto tutto ed esclusivamente per loro e per la loro esistenza.

Dopo altre due ore di marcia tranquilla avevamo visto in lontananza la vegetazione acquatica che costeggia il *Bajío Grande*. Eravamo arrivati e finalmente avevamo lasciato il branco in libertà. Quella era una zona dell'*estancia* che veniva poco frequentata. Il bestiame preferiva il sud e ci si concentrava perché dopo le piogge si asciugava più alla svelta. Il nord, probabilmente più basso di qualche centimetro, restava allagato più a lungo e l'erba, soprattutto l'*arrozillo*, era più bella, fitta ed alta. Di acqua, fra il *Bajío Grande* ed i vari piccoli *curichi* sparsi dappertutto, ce n'era in abbondanza e i vitelli si sarebbero trovati sicuramente bene.

Lasciato il branco che pascolava tranquillamente in quell'abbondanza di *arrozillo* avevamo ripreso la strada del ritorno. Josè e Julio ci avevano salutati ed erano ripartiti al galoppo per mettere alla prova le loro *lleguas*. Noi invece, prendendo una direzione diversa e conversando, ci eravamo avviati al passo più verso ovest. Volevo fare un giro nei

1 Der Ganadero

Ein großer maniro

das Auge reichte, gab es in der endlosen Weite bis zum Horizont nur Gras. Wir kamen langsam aber stetig voran und die hundert Kälber wirkten mit ihren weißen Fellen, die nahe der Köpfe und der Hufen leicht gräulich eingefärbt waren, majestätisch und edel. Sie schienen extra für diese Welt geschaffen zu sein und diese Welt wiederum schien ausschließlich für sie gemacht zu sein.

Nachdem wir weitere zwei Stunden Weg zurückgelegt hatten, sahen wir von weitem das Feuchtgebiet, das entlang des Bajìo Grande *verläuft. Wir hatten unser Ziel erreicht und konnten die Herde endlich frei laufen lassen. Es war eine wenig genutzte Gegend der* estancia. *Das Vieh versammelte sich bevorzugt im Süden, da es dort nach den Regenfällen schneller wieder trocken wurde. Das Gras im Norden, besonders der* arrozillo, *war schöner, dichter und höher. Er lag vermutlich einige Zentimeter tiefer und stand daher länger unter Wasser. Davon gab es zwischen dem* Bajìo Grande *und den diversen anderen kleinen* curichi *mehr als genug und den Kälbern wird es hier sicherlich gut gehen.*

Wir ließen die Herde, die in aller Ruhe im reichlichen arrozillo *weidete, zurück und machten uns auf den Heimweg. Josè und Julio hatten sich bereits von uns verabschiedet und waren, um ihre* lleguas *auf die Probe zu stellen, in wildem Galopp davon geritten. Während wir uns unterhielten, schlugen wir unseren Weg in Richtung Westen ein. Ich wollte einen kleinen Ausflug an die Ufer des Flusses San Juan machen, der am westlichen Ende unseres Landes lag. Ich wusste, dass es acht oder zehn Kilometer mehr waren, als der Weg, den wir vorher mit dem Vieh genommen hatten, aber es war die Gegend, die mich auf der ganzen* estancia *am meisten faszinierte und ich ließ keine Gelegenheit aus, dorthin zurückzukehren. Andrès ergoss sich mal wieder in einem unaufhaltsamen Redeschwall, bei dem er die Worte ohne Punkt und Komma in seinem langsamen Tonfall nur so ausspuckte und ich, in Gedanken versunken, beschränkte mich darauf, nur ab und zu mal ein mehr oder weniger stimmiges „claro que sì" oder „claro que no" einzuwerfen, meistens überließ ich es einfach dem Zufall.*

Stefania hatte in der Ferne zwei große rote Hirsche,

L'acqua calma e densa del San Juan

Das stille und trübe Wasser der San Juan

pressi del fiume San Juan, ai confini occidentali della proprietà. Sapevo che ci sarebbe costato otto o dieci chilometri in più rispetto al percorso fatto all'andata col bestiame, ma quella era la zona che di tutta l'*estancia* mi affascinava maggiormente e non perdevo occasione per ritornarci. Andrès aveva preso a parlare con la sua solita valanga inarrestabile di parole buttate fuori con quella cadenza lenta e priva di punteggiatura che gli era tanto tipica ed io, immerso nei miei pensieri, mi accontentavo di intercalare soltanto qualche „claro que sì" o „claro que no" più o meno appropriati o molto più spesso affidandomi semplicemente al caso.

Stefania aveva visto in lontananza due grossi cervi rossi, che gli indios chiamano *maniro*, e si era avviata al galoppo nella loro direzione. Noi l'avevamo seguita al trotto. Arrivata ad una distanza accettabile aveva rallentato la corsa della sua *llegua* ed aveva fatto un giro ampio intorno ai due stupendi esemplari. Questi non si erano minimamente scomposti ed erano rimasti immobili. Evidentemente non avevano imparato ad aver paura dell'uomo. Avevano soltanto smesso di brucare e guardavano con curiosità i nuovi venuti. Erano molto alti e slanciati e sembrava che le gambe fossero sproporzionatamente lunghe. Appena avevamo ripreso il cammino i due *maniro* avevano buttato

die die Indios maniro *nannten, gesichtet und war in ihre Richtung galoppiert. Wir waren ihr hinterher getrabt. Als sie ihnen nah genug gekommen war, hatte sie ihre* llegua *etwas gezügelt und die beiden Prachtexemplare aus einiger Entfernung betrachtet. Diese bewegten sich keinen Schritt weit und standen ganz still an ihrem Platz. Offensichtlich hatten sie niemals Angst vor den Menschen haben müssen. Sie hörten bloß auf zu grasen und beäugten die Ankömmlinge voller Neugier. Sie waren sehr groß und schlank und ihre Beine schienen ungewöhnlich lang zu sein. Sobald wir unseren Weg fortsetzten, senkten die beiden* maniro *wieder ihre Köpfe und grasten unbeeindruckt weiter.*

Nach weniger als einer Stunde erreichten wir den Fluss genau an der Stelle, an der er an der Laguna Azul *vorbeifließt. Zwischen dem Fluss und dem See liegt ein fünfzig Meter großes Stück Land, auf dem Bäume wachsen, die mehr als 40 Meter hoch sind; es sind überwiegend* ochoo *mit einem kegelförmigen Baumstamm und einer unendlich weiten, dichten und dunklen Krone, aber auch einige* cambara *mit einem zylinderförmigen und geraden Stamm und einer lichten Krone. Links von uns blickten wir auf eine weite, klare und vom Wind leicht gekräuselte Wasseroberfläche, in der die Sonne sich derart widerspiegelte,*

giù di nuovo la testa ed avevano ripreso a brucare con noncuranza.

Dopo poco meno di un'ora avevamo raggiunto il fiume proprio nel punto in cui questo passa vicino alla riva della *Laguna Azul*. Fra il fiume ed il lago ci sono soltanto una cinquantina di metri di terra, ricoperti da alberi di 40 metri ed oltre, in prevalenza *ochoo* dal tronco conico e la chioma ampia ampia, folta e scura e qualche *cambara* dal tronco cilindrico e diritto e la chioma rada. Sulla nostra sinistra la vista si perdeva su una distesa di acqua limpida e leggermente increspata dal vento, dove il sole si rifletteva tanto da far quasi male agli occhi. Per Andrès la *Laguna Azul* si chiamava *"Ipakaray"*, che in *sirionò* significa semplicemente „lago". Il vento del nord, il *Norte*, sollevava delle onde corte e veloci che si andavano ad infrangere contro le isole galleggianti di papiri tutte appoggiate alla sponda opposta, quella meridionale. Verso est avevamo visto qualcosa di grande muoversi nell'acqua. Pensavamo che fosse un grosso caimano, ma poi abbiamo notato che era una vacca. Faceva tranquil-lamente il bagno nuotando tutta sola nel lago!

Eravamo scesi. Sulla nostra destra il *San Juan* scorreva lentamente portando verso l'Atlantico un'acqua densa color crema, un viaggio di oltre ottomila chilometri che sarebbe durato ancora tanti mesi. Buona parte di quell'acqua non avrebbe mai raggiunto il mare ma sarebbe evaporata nel

dass uns fast die Augen brannten. Für Andrès hieß die Laguna Azul „Ipakaray", was auf sirionò einfach „See" bedeutete. Der Nordwind, der Norte, *ließ kurze und schnelle Wellen aufkommen. Sie brachen sich an den schwimmenden Papyrusinseln, welche sich am gegenüberliegenden, dem südlichen Ufer, ansammelten. Im Osten sahen wir, wie sich etwas sehr Großes im Wasser bewegte. Erst dachten wir, es sei ein riesiger Kaiman, aber dann bemerkten wir, dass es nur eine Kuh war. Sie nahm seelenruhig ein Bad und schwamm mutterseelenallein im See herum!*

Wir stiegen vom Pferde. Zu unserer Rechten begab sich das beigefarbene, dickflüssige Wasser des San Juan *gemächlich auf seine achttausend Kilometer und viele Monate lange Reise zum Atlantik. Ein Großteil des Wassers wird schon lange vor seiner Ankunft am Meer verdunstet sein. Als wir uns ausruhten und auf das langsam fließende Wasser schauten, schrie Stefania auf: rechter Hand schwammen zwei große* bufeo *gegen den Strom – zwei Delfine, die durch ihre typische Art zwischen Wasser und Luft hin -und herzuspringen voran kamen. Sie waren von einem matten gleichmäßigen Grau, ganz anders als ihre Verwandten des Meeres. Wir waren ganz verzaubert und bewunderten sie so lange, bis sie im Süden hinter einer Kurve des Flusses verschwunden waren.*

Wieder auf dem Sattel richteten wir uns gen Osten und ritten durch die zwei oder drei Kilometer der Pampa, *die*

L'acqua azzurra e limpida della *Laguna Azul*   ***Das klare und blaue Wasser der* Laguna Azul**

Uccelli in volo sulla *Laguna Azul*   ***Ein Vogelschwarm über der* Laguna Azul**

corso del lungo viaggio. Mentre ci riposavamo guardando il lento avanzare del fiume, Stefania aveva lanciato un grido: da destra, nuotando controcorrente, c'erano due grossi *bufeo*, due delfini che avanzavano col loro tipico dondolare fra dentro e fuori della superficie dell'acqua. Erano di un color grigio opaco uniforme, molto diverso dal colore dei cugini marini. Eravamo rimasti lì estasiati ad ammirarli fino a che li abbiamo visti sparire verso sud dietro un'ansa del fiume.

    Risaliti in sella, ci eravamo diretti verso est attraversando i due o tre chilometri di *pampa* che separava il fiume da una delle cinque strisce di foresta che si diramano dalla *Laguna Azul* verso nord. *Le cinque dita*, come le aveva definite Don Gonzalo. Quì la *pampa* era punteggiata da centinaia di capi di bestiame che brucavano beatamente. Ad un certo punto Andrès aveva visto una tartaruga rovesciata ed era sceso da cavallo. A modo suo Andrès era un amante della natura. La tartaruga era un grosso esemplare grigio scuro e penso che avrà pesato non meno di venti chili. Per fortuna era ancora viva. Chissà da quanto tempo sarà stata lì, poveretta, con le gambe in aria, senza la minima possibilità di raddrizzarsi e nell'attesa di una morte sicura e incredibilmente lenta. Andrès non riusciva a spiegarsi come poteva essersi rovesciata ed era felice di averla salvata. L'accarezzava e le parlava promettendole che sarebbe

den Fluss von einem der fünf Waldabschnitte, die von der Laguna Azul gen Norden gehen, trennen. Die fünf Finger, wie Don Gonzalo sie getauft hatte. Hier war die *Pampa voller weißer Punkte: Hundertschaften von Vieh, das hier fröhlich weidete. Andrès sah eine Schildkröte und stieg vom Pferd. Andrès war ein Naturliebhaber ganz besonderer Art. Die Schildkröte war sehr groß und dunkelgrau und ich denke, sie wog sicherlich nicht weniger als zwanzig Kilo. Zum Glück lebte sie noch. Wer weiß, wie lange die Ärmste schon so da gelegen hatte - mit den Beinen in der Luft, ohne die Möglichkeit sich umzudrehen und in Erwartung des sicheren und unglaublich langsamen Todes. Andrès konnte sich ihre Position nicht erklären und war glücklich, sie gerettet zu haben. Er streichelte sie, während er ihr versprach, dass sie überleben und keinerlei Gefahr mehr ausgesetzt sein würde. Auch Stefania war vom Pferd gestiegen und begleite sie, als sie nach, wer weiß wie langer Zeit, ihre ersten unsicheren Schritte wagte.*

Die Mittagssonne stand fast im Zenit und die Hitze wurde unerträglich. Oben auf dem Pferd hielt man es etwas besser aus, da es ein wenig luftiger war. Vor allem aber war man dort nicht dem Angriff der Insekten ausgesetzt. Doch wenn wir auch nur für einen Moment stehenblieben, holte uns sofort all das Negative unseres großen

sopravvissuta ed assicurandola che non c'era più nessun pericolo. Anche Stefania era scesa e l'aveva accompagnata nei suoi primi passi incerti, i primi dopo chissà quanto tempo.

Il sole di mezzogiorno picchiava quasi in verticale su di noi ed il caldo si stava facendo insostenibile. Andando a cavallo incontro all'aria si sopportava meglio. Soprattutto si evitava l'assalto degli insetti. Ma quando ci si fermava anche per un solo istante ci si trovava subito immersi in tutto ciò che c'era di negativo in quel nostro Grande Sogno, nel nostro Paradiso: il caldo, l'umidità e, soprattutto i *bichos*, gli insetti.

A volte ci lasciavamo prendere da uno sgomento strano. Una paura repressa dell'eterna presenza degli insetti su di noi, senza un attimo di tregua dai loro morsi. Sembra che gli insetti non cessino mai i loro attacchi. I grandi animali, come il leone, la tigre, la iena o il leopardo attaccano soltanto se vengono provocati oppure se sono affamati. Gli insetti invece non cessano mai di attaccare. Non perdono mai un'occasione per pungere e sembra che non dormano mai.

Un grosso tapiro

Traumes, unseres Paradieses ein: Die Hitze, die Feuchtigkeit und allem voran die bichos, *die Insekten.*

Manchmal ergriff eine merkwürdige Bestürzung von uns Besitz. Die unterdrückte Angst vor der ständigen Anwesenheit der beißenden Insekten, die auch nicht nur für einen Moment von uns abließen. Es schien uns, als würden sie niemals aufhören, uns anzufallen. Die wilden Tiere wie der Löwe, der Tiger, die Hyäne oder der Leopard greifen nur an, wenn sie provoziert wurden oder hungrig sind. Die Insekten aber hörten nicht eine Sekunde auf, uns zu belästigen. Sie ließen sich keine Gelegenheit entgehen, uns zu stechen und es schien fast so, als schliefen sie nie.

Die Insekten, und nicht die wilden Tiere, sind für uns Menschen die eigentliche Gefahr des Urwaldes und der angrenzenden Pampas.

Nachdem wir die Schildkröte ihrem Schicksal überlassen hatten, beeilten wir uns, wieder in den Sattel zu steigen und im Galopp zum Waldrand zu gelangen, wo wir uns für einige Minuten in den Schatten flüchteten. Unsere Ankunft bei den ersten Bäumen hatte Vögel aller Farben, Ausmaße und Arten aufgescheucht. Unter ihnen waren weiße, ein Meter große Störche, blaue und größere weiße Reiher, weiße Ibis und riesengroße Aras, deren herrlich bunte Farbpalette von rot über gelb bis blau reichte. Während der heißesten Stunden des Tages, bleiben die Tiere und Vögel eigentlich immer im Schutz des Waldes. Wenn sie nicht gerade wie jetzt gestört werden, zeigen sie sich nur gegen Abend, und messen sich in atemberaubenden Flug- und Gesangswettbewerben.

Wir hielten am Waldrand im Schatten eines gigantischen Baumes namens curupau *mit einem verkrüppelten Stamm und stiegen ab. Unter den Bäumen am Waldrand lagen ein paar wiederkäuende Kühe, doch ein wenig weiter*

Ein großer Tapir

1 Il Ganadero

Cicogne giganti

Gli insetti, e non gli animali più grandi, sono il vero pericolo della vita nella giungla e quindi anche nelle pampas adiacenti.

Lasciata la tartaruga al suo destino, ci eravamo sbrigati a risalire in sella, diretti al galoppo verso il limite della foresta per ripararci per qualche minuto all'ombra. Il nostro arrivo presso i primi alberi aveva provocato una fuga generale di uccelli di tutti i colori, di tutte le dimensioni e di tutti i tipi. C'erano cicogne bianche giganti, alte oltre un metro, aironi azzurri, egrette, ibis bianchi e ara enormi dai colori più sgargianti, dal rosso al giallo e al blu. Durante le ore più calde gli animali e gli uccelli se ne stanno tranquilli al riparo della foresta e, a meno che non vengano disturbati come in quel caso, escono soltanto sul tardi per esibirsi in voli e in gorgheggi spettacolari.

C'eravamo fermati al limite della foresta all'ombra di un albero gigantesco, un *curupau* dal tronco contorto ed eravamo scesi. Sotto gli alberi più esterni c'erano alcune vacche che ruminavano standosene sdraiate all'ombra e, pochi metri più in là, c'era il buio assoluto e quasi

Große weiße Störche

hinten, herrschte bereits die typische fast undurchschaubare, kohlrabenschwarze Finsternis des Dschungels. Die Pferde begannen sofort zu grasen. Einige Meter weiter kam ein großer Tapir aus dem Dickicht, machte ein paar Schritte auf uns zu und blieb dann stehen, um uns einige Sekunden lang neugierig zu betrachten, dann kehrte er seelenruhig zurück in den dichten Dschungel. Andrès legte daraufhin zwei Finger in den Mund und stieß einen heiter klingenden Pfiff aus. Der Tapir, ein mindestens 250 Kilo schweres Tier, kam zurück, näherte sich uns bis auf circa zwanzig Meter an und betrachtete uns noch einmal mit all seiner Neugier. Tapire haben wirklich ein komisches Verhalten: sie haben nicht nur keine Angst vor Menschen, sondern nähern sich ihnen auf einen Pfiff hin sogar an. Das hatte ich schon von meinem Freund Max, während meiner ersten Kanuexpedition auf dem San Juan *gelernt. Eine andere Sache, die mir Max damals beigebracht hatte, war, dass die Spuren der Tapire leicht zu erkennen sind da ihre Vorderfüße vier, ihre Hinterfüße aber nur drei Zehen haben.*

Der vor uns liegende Dschungel war ein, circa ein Kilometer breiter Landstrich, der sieben oder acht Kilometer in die Pampa hineinreichte. Im Süden schloss er an den dichten Urwald an, der sich hinter der Laguna Azul *für Hunderte von Kilometern ohne Unterbrechungen ausdehnte. Von diesen Abschnitten gab es in der* La Ceiba *fünf an der Zahl. Die berühmten* fünf Finger.

Den Urwald zu beschreiben ist eigentlich ein fast unmögliches Unterfangen. Manchmal ist er so hoch wie zehn– oder fünfzehnstöckige Häuser, durch seine vielen Kilometer langen Lianen, die wie dicke Spinnweben miteinander verknüpft sind, wird er so dicht und undurchdringbar wie eine feste Felswand, er birgt enorme Blätter von mehr als zwei Metern Durchmesser oder auch winzig kleine.

1 Der Ganadero

Un tropero

Ein tropero

Seine Vegetation ist so dicht, dass sie jeglichen Blick bis auf wenige Meter verwehrt. Stämme, Äste, Blätter, Büsche, Lianen, Blumen und überall – auf umgestürzten Stämmen, auf den Ästen der höchsten Bäume und im Dickicht des Waldbodens – wachsen Orchideen. Orchideen jeder Art, jeder Größe und jeder Farbe. Ich erinnere mich, dass ich einmal an einem einzigen Baum mehr als dreihundert gezählt habe, und fast alle waren sie verschieden. Die schreienden Affen und tausend verschiedenen Vogelarten bilden dort oben auf den höchsten Ästen einen unglaublichen Höllenchor. Und erst die Zikaden und Kletterfrösche mit ihrem ohrenbetäubenden Lärm. Die Vielfalt seiner leuchtenden Farben, seiner Formen, seiner Düfte und seiner ekelhaft stinkenden Gerüche zu beschreiben, käme der Anstrengung, jedes einzelne Sandkorn eines Strandes einzeln zu beschreiben, gleich.

Wenn in diesem Moment hinter einem der Bäume die blonde Eva neben ihren schönen Adam aufgetaucht wäre und sie mir anmutig, mit einer Hand auf ihrem Feigenblatt, entgegengeschritten wäre, gefolgt von der verführerischen Schlange mit dem Apfel im Mund, hätte ich mich nicht mehr wundern können als über den Tapir, der uns so nahe kam, die wiederkäuenden Kühe, die ruhig im Schatten lagen, die bunten Aras, die sich in den Baumspitzen

impenetrabile, tipico della giungla. I cavalli si erano subito messi a brucare. Qualche decina di metri più avanti un grosso tapiro era uscito dal fitto della vegetazione, era venuto verso di noi e poi si era fermato a guardarci con curiosità per qualche secondo prima di rientrare di nuovo in tutta tranquillità nel fitto della giungla. Allora Andrès si era infilato due dita in bocca ed aveva emesso un fischio robusto ma pacato e costante. Il tapiro, un bestione che avrà pesato non meno di 250 chili, era tornato indietro, si era avvicinato fino ad una ventina di metri e si era messo di nuovo ad osservarci con curiosità. I tapiri hanno veramente un comportamento strano: non hanno paura dell'uomo e, addirittura, si avvicinano quando vengono chiamati con un fischio. Questo l'avevo già imparato dal mio amico Max durante la mia prima spedizione in canoa nel fiume San Juan. Un'altra cosa che mi aveva fatto notare Max in quell'occasione era che le orme dei tapiri sono facilmente riconoscibili perché i piedi anteriori hanno quattro dita mentre quelli posteri ne hanno solo tre.

La giungla che ci stava davanti era una striscia larga circa un chilometro che penetrava nella pampa per sette o

Eine Schar Aras während der Mittagsruhe

Una famiglia di ara si riposa

1 Il Ganadero

otto chilometri. Verso sud si collegava alla massa di giungla densa che, al di là della Laguna Azul, prosegue ininterrotta per centinaia di chilometri. Nella Ceiba di quelle strisce ce n'erano cinque. Le famose *cinque dita*.

Descrivere la giungla potrebbe rappresentare un compito impossibile. A volte alta come palazzi di dieci o quindici piani, fitta ed impenetrabile come una parete di solida roccia con i suoi milioni di chilometri di liane intrecciate come spesse ragnatele, foglie enormi di oltre due metri o piccole come punti microscopici. La vegetazione è così fitta da impedire la vista nell'interno se non per pochi metri. Tronchi, rami, foglie, arbusti, liane, fiori e dappertutto, sui tronchi abbattuti, sui rami degli alberi più alti e sulla vegetazione del sottobosco ci sono orchidee. Orchidee di ogni genere, di ogni grandezza e di ogni colore. Ricordo che una volta in un solo albero ero riuscito a contarne più di trecento, quasi tutte diverse l'una dall'altra. Sopra, sui rami più alti, le scimmie urlatrici e mille specie diverse di uccelli compongono un incredibile coro infernale. E poi le cicale e le rane arrampicatrici che fanno un baccano assordante.

ausruhten und die riesigen Störche, die sich bei unserer Ankunft in die Lüfte erhoben hatten. Das waren für uns alles Naturschauspiele, wie in Paradies völlig normal sind, und dies „war" das Paradies, unser PARADIES.

Die Pferde grasten faul vor sich hin und wir gönnten uns einige Minuten Ruhe im Schatten. Stefania war in der Zwischenzeit ein kleiner See in den Sinn gekommen. Er hatte sich aus dem alten Flussbett des San Juan gebildet und wir hatten ihm den Namen Rio Chuto *gegeben. Wir waren einige Male dort gewesen, und wenn wir uns recht erinnerten, durfte es gar nicht weit sein. Als wir wieder im Sattel saßen, galoppierten wir in östliche Richtung entlang des Waldrandes, der vor vielen Jahren an den Ufern des Flusses gelegen haben musste. Weiter vorne in eine Pfütze sahen wir eine Herde Pekari-Schweine, die in Bolivien* troperos *genannt werden. Es waren an die dreißig, sie wühlten im Schlamm herum und sonderten einen höllischen Gestank ab. In Bolivien gibt es zwei verschiedene Arten von Wildschweinen: Die* troperos *sind kleiner, grau, plump, 30 – 40 Kilo schwer und rotten sich in Herden zu*

Il *Rio Chuto*

Der Rio Chuto

Caimani nel Rio Chuto

Kaimane im Rio Chuto

Descrivere la moltitudine dei suoi colori accesi, delle sue forme, dei suoi profumi e dei suoi miasmi comporterebbe una fatica non inferiore a quella di descrivere ad uno ad uno i granelli di sabbia di una spiaggia.

Se in quel momento, dietro uno di quegli alberi, fosse apparsa la bionda Eva accanto al suo bell'Adamo e mi fosse venuta incontro con una manina vezzosamente appoggiata alla sua foglia di fico, e se avessi anche visto un serpente incantatore seguirli con una bella mela rossa in bocca, non avrei potuto meravigliarmi più di quanto avrei potuto meravigliarmi nel vedere il tapiro venirci così vicino, le vacche che ruminavano tranquille sdraiate all'ombra, le centinaia di ara variopinti che riposavano sulle cime degli alberi e gli stormi di cicogne giganti che avevano preso il volo al nostro arrivo. Erano tutte scene che nel Paradiso sono perfettamente normali e quello „era" il Paradiso. Il nostro PARADISO.

I cavalli si erano messi a brucare pigramente e noi ci eravamo goduti qualche minuto di riposo all'ombra. Stefania intanto si era ricordata di un bel laghetto formato da un vecchio letto del San Juan cui avevamo dato il nome di *Rio Chuto*. C'eravamo stati un paio di volte e, da quanto ci ricordavamo, non doveva essere molto lontano. Risaliti di nuovo in sella, eravamo partiti al galoppo verso est costeggiando la striscia di foresta che tanti anni addietro doveva essere stata sulla vecchia riva del fiume. Più avanti,

mehr als Zweihunderten zusammen. Die Indios nennen sie sajino. *Die* troperos *sind ziemlich harmlos. Die größeren Wildschweine hingegen, die* huanganas *wiegen 150 – 200 Kilo und sind schwarz, sie haben helle Lippen und zwei nach oben gebogene Stoßzähne, die Respekt einflößen. Sie haben vor nichts Angst, sind sehr aggressiv und man sagt, dass sie es sogar wagen, Jaguare anzugreifen. Beide Arten haben die gleiche Eigenschaft immer und überall einen unerträglichen Gestank zu hinterlassen. Der wird erzeugt durch die Flüssigkeit, welche die Eber zu sexuellen Zwecken, aber auch zur Kennzeichnung ihres Gebiets oder, wenn sie aufgeregt, erschreckt oder wütend sind, ausscheiden.*

Wir galoppierten ziemlich gemächlich in angenehmem Tempo und ließen die Pferde sich selber ihren Weg im hohen Gras suchen. Die troperos *betrachteten uns neugierig, während wir, ohne langsamer zu werden, den Teich umrundeten. Bald darauf erreichten wir den* Rio Chuto *– ein kleiner See, der etwas mehr als hundert Meter breit, ungefähr dreihundert Meter lang und einige Dutzend Zentimeter tief war. Wahrscheinlich war er aus einem ehemalige Bett eines Flusses entstanden, der später seinen Lauf geändert hatte. Als wir letzte Mal hier waren, war dieser so entstandene See voller Vögel jeglicher Art gewesen. Dieses Mal hingegen war er vollständig von einer grünen Schicht Wasserpflanzen aus Seerosen und Hyazinthen bedeckt. Andrès führte die Hände zum Mund, formte sie zu*

Il *Rio Chuto* ricoperto di vegetazione

Der Rio Chuto *mit Wasserpflanzen bedeckt*

in un acquitrino avevamo visto un branco di pecari, che in Bolivia chiamano *troperos*. Erano una trentina, grufolavano nel fango ed emanavano un fetore d'inferno. In Bolivia ci sono due tipi di cinghiali: i *troperos* sono i più piccoli, grigi, goffi, pesano intorno ai 30-40 chili e si possono vedere in branchi di oltre duecento individui. Gli indios li chiamano *sajino*. I *troperos* sono relativamente innocui. I più grandi invece, detti *huanganas*, pesano 150-200 chili, sono neri con le labbra chiare e due zanne piegate in su che incutono rispetto. Non hanno paura di niente, sono aggressivi e si dice che attacchino perfino i giaguari. Entrambi i tipi hanno la caratteristica comune di lasciare al loro passaggio un puzzo insopportabile dovuto alla secrezione, da parte dei maschi, di un liquido che emettono sia per scopi sessuali che per marcare il loro territorio ma anche quando sono eccitati, spaventati oppure arrabbiati.

Andavamo ad un galoppo tranquillo, un'andatura molto comoda e lasciavamo che i cavalli scegliessero i passaggi più comodi fra i cespugli d'erba. Senza rallentare avevamo aggirato lo stagno mentre i *troperos* ci guardavano incuriositi e dopo poco avevamo raggiunto il Rio Chuto. Si trattava di un laghetto largo poco più di cento metri, lungo forse trecento e profondo poche decine di centimetri. Probabilmente era formato da un vecchio letto del fiume che poi ha cambiato il suo corso. L'ultima volta che c'eravamo stati l'avevamo visto pieno di uccelli di ogni tipo. Questa volta, invece, era completamente ricoperto di

einer Art Megaphon und stieß ein paar merkwürdig tiefe und gutturale Töne aus. In nur wenigen Sekunden tauchten aus dieser gleichmäßig grünen Schicht eine Reihe von Nasen und ebenso viele Augenpaare auf - lagartos, *die uns ohne mit der Wimper zu zucken anstarrten. Es war ein völlig unerwartetes Schauspiel. Stefania und ich bewegten uns nicht und bewunderten schweigend und wie hypnotisiert all die Augenpaare, die zu uns hoch blickten.*

Die europäischen Forscher haben den südamerikanischen Reptilien aus der Familie der Crocodylia *von Beginn an den Namen* Alligator, *spanisch* lagarto, *gegeben. Es handelt sich hierbei um einen großen Fehler: In Südamerika gibt es keine Alligatoren, sondern nur* Kaimane, *die zu den Krokodilen und nicht zu den Alligatoren zählen. Ein Alligator hat im Gegensatz zum Kaiman einen kürzeren und breiteren Kopf und ein anderes Gebiss. Doch mit der Zeit hat die Definition* lagarto *sich so sehr verbreitet, dass man dem anfänglichen Fehler keine Beachtung mehr schenkte. Ganz so, wie es auch mit der Bezeichnung* Indianer, *spanisch* indios, *für die Einwohner des Neuen Kontinents, der für Indien gehalten worden war, geschehen ist.*

Wir blieben im Sattel und erwiderten die Blicke der zwanzig Kaimane. Es war ein wunderschönes Gefühl, das uns an ähnliche Situationen, in denen wir in Afrika wilde Tiere unter solchen Voraussetzungen beobachtet hatten, erinnerte. Wir hatten natürlich keinerlei Angst. Eigent-

uno strato di vegetazione verde galleggiante, di ninfee e di giacinti acquatici. Andrès aveva portato le mani alla bocca come per farne un megafono ed aveva emesso un paio di strani suoni bassi e gutturali. Nel giro di pochi secondi, da quello strato uniforme di verde, avevamo visto emergere una ventina di nasi allineati ad altrettante coppie di occhi di *lagartos* che ci fissavano nell'immobilità più assoluta. Era stata una scena inaspettata. Stefania ed io eravamo rimasti immobili ed in silenzio ad ammirare, come ipnotizzati, tutti quegli occhi puntati su di noi.

Gli esploratori europei hanno da sempre dato ai rettili sudamericani della famiglia dei *Crocodylia* il nome di *alligatore* e quindi in spagnolo *lagarto*. Si tratta di un grosso errore: in Sud America non esistono alligatori ma *caimani* che sono coccodrilli e non alligatori. L'alligatore, rispetto al caimano, ha la testa più corta e più larga ed una dentatura diversa. Ma col tempo la definizione di *lagarto* si è talmente diffusa da non tenere più conto dell'errore iniziale. Un po' come quello che è successo con l'adozione del termine di *indiani*, in spagnolo *indios*, usato per definire gli abitanti del Nuovo Continente che i primi navigatori ritenevano si trattasse appunto dell'India.

lich hatten weder Stefania noch ich jemals Angst vor Tieren. Bis auf einige wenige Ausnahmen. Ein Mal, zum Beispiel, an den Füßen des Kilimandscharo waren wir von einer vierhundertköpfigen Elefantenherde umringt worden. Es war die größte Herde, die ich jemals gesehen hatte, und hätten wir ein Messgerät für unseren Adrenalinspiegel dabei gehabt, hätte es bestimmt ganz oben angeschlagen. Aber auch in diesem Fall hatte es sich eigentlich nicht um wirkliche Angst gehandelt, sondern eher um Anspannung, die ja außerdem auch ziemlich gerechtfertigt war.

Angst ist der größte Feind derjenigen, der sich in Gefahr befinden. Vor allem gegenüber Tieren, denn die Angst überträgt sich auf sie als ein Zeichen der Schwäche und der Anerkennung ihrer Überlegenheit und löst in ihnen die Angriffslust aus. Heutzutage haben die Forscher herausgefunden, dass die Angst sich durch eine Art Geruch bemerkbar macht. Wer Angst hat, ob Mensch oder Tier, sondert also einen besonderen Geruch ab. Tiere nehmen diesen Geruch wahr und legen ihn als einen Beweis der Schwäche das Gegenübers aus, was sie dazu treibt, es anzufallen, ihn anzugreifen. Das wird beispielsweise von der Tatsache gestützt, dass niemals ein Mensch, der keine

Caimani sui bordi del *Rio Chuto*   ***Kaimane am Ufer des* Rio Chuto**

1 Il Ganadero

Noi eravamo rimasti fermi in sella e ricambiavamo lo sguardo attento dei venti caimani. Era una sensazione bellissima e ci ricordava altre occasioni simili in cui in Africa avevamo osservato animali selvaggi in condizioni come quella. Ovviamente non avevamo alcuna paura. In realtà né io né Stefania avevamo mai avuto veramente paura degli animali, tranne che in rare eccezioni. Una volta, per esempio, sotto il Kilimanjaro, ci eravamo trovati attorniati da un branco di almeno quattrocento elefanti, il più grosso branco che io abbia mai visto, e se avessimo avuto a disposizione uno strumento per misurare l'adrenalina, questa avrebbe sicuramente coperto l'intera scala. Ma non si era trattato, nemmeno in quel caso, di vera paura ma soltanto di tensione, peraltro ben giustificata.

La paura è il peggior nemico di chi si trovi in pericolo. Soprattutto in contatto con gli animali perché la paura si trasmette all'altro come un segno di cedimento e di riconoscimento della sua superiorità e scatena nell'animale l'istinto di attaccare. Oggi gli scienziati stanno dimostrando che la paura si comunica sotto forma di una specie di odore. Sembra che chi ha paura, uomo o animale, emetta un odore particolare. L'animale percepisce questo odore e lo interpreta come una prova di debolezza da parte del suo avversario che gli sta davanti e gli stimola l'istinto di attaccare, di aggredire. Questo dato sembra dimostrato dalla semplice constatazione che nessun cane ha mai morso un uomo che non ha paura dei cani. Nell'interno dell'Amazzonia questo

Angst vor Hunden hat, jemals von einem solchen angefallen worden ist. Im Amazonas wird dieses Prinzip weitgreifend von den Medizinmännern, den *brujos*, angewendet. Um jemanden vor einer Gefahr zu bewahren, fertigen sie in vielen Fällen Amulette an oder verhängen Zauber. Auf diese Weise können sie zum Beispiel einen Indio vor den Angriffen eines Jaguars bewahren. Der Indio, der selbstverständlich an die Hexerei glaubt, fühlt sich von dem Amulett oder dem Zauber beschützt und tritt dem Jaguar ohne Angst gegenüber. Dieser wiederum wird ihn daher, in einem Großteil der Fälle, nicht angreifen. Das ist wirklich so und das ist es auch, was den Medizinmännern, ihre Kraft und ihre Macht gibt und bewahren lässt, denn in ihrem Aberglauben funktioniert die Hexerei. Wissenschaftlich allerdings passiert folgendes: Der furchtlose Indio, der von der beschützenden Macht des Zaubers oder des Amuletts überzeugt ist, produziert keinen Angstschweiß, dessen Geruch den Jaguar zum Angriff veranlassen würde.

Andrès stieg vom Pferd, nahm ein Stück Holz und warf es ins Wasser. Die Kaimane stoben mit weit aufgerissenen Mäulern auseinander und wühlten die grüne Wasseroberfläche auf. Sie waren zwei oder drei Meter lang. Nach einigen Sekunden verschwanden sie schutzsuchend auf den Grund des Sees, das Wasser beruhigte sich, und die grüne Pflanzendecke schloss sich wieder über ihnen. Andrés sagte, dass der Kaiman in seiner Sprache, der sirionò, *Jacaré* heißt.

Ritorno verso le case ***Rückkehr vom Ausritt***

Doña Estefanía, la giovane ganadera

principio viene utilizzato ampiamente dagli stregoni, i *brujos*. Questi in molti casi producono amuleti ed effettuano sortilegi per proteggere qualcuno da qualche pericolo. In tal modo, per esempio, possono esorcizzare un indio per renderlo immune dall'attacco del giaguaro. Quell'indio, che ovviamente crede nella stregoneria, sentendosi così protetto dal sortilegio o dall'amuleto, affronterà il giaguaro senza paura ed il giaguaro, nella stragrande maggioranza dei casi, non lo attaccherà. È una realtà ed è quello che dà e mantiene forza e potere agli stregoni perché, nella loro superstizione, la stregoneria funziona. Scientificamente, invece, succede che l'indio, non avendo paura del giaguaro, perché

1 Der Ganadero

Doña Estefanía, *die junge* **ganadera**

Es war Mittag geworden. Die Sonne stand im Zenit und ihre Strahlen schienen mit all ihrer Kraft auf unsere Köpfe. Wir waren schon seit fünf Uhr auf den Beinen und hatten bereits viel erlebt. Die sättigende Wirkung des reichhaltigen Frühstücks vom frühen Morgen ließ langsam nach und durch die klare Luft der Pampa und all die Bewegung bekamen wir einen Mordshunger. Es war an der Zeit zurückzukehren. Der Orientierung halber warfen wir einen Blick in die Runde und galoppierten dann langsam los. Wir umrundeten den Wald und gelangten in eine Prärie, in der wir immer wieder auf kleine Gruppen weidenden Viehs stießen.

Die Pampa war in dieser Gegend eine gleichmäßige Weite aus arrozillo, nur manchmal wurde sie von einem etwas höheren Büschel cañuela morada unterbrochen. Wie aus dem Nichts tauchte links von uns auf einmal ein Strauß auf. Er lief mit so hoher Geschwindigkeit neben uns her, dass seine grauen Federn im Winde flatterten. Er machte kräftige und sehr lange Schritte und war viel schneller als wir in unserem langsamen und gemütlichen Galopp. Andrès deutete uns stehen zu bleiben, er war langsamer

1 Il Ganadero

convinto della forza protettrice del sortilegio o dell'amuleto, in realtà non emette quell'odore che potrebbe scatenare nell'animale l'istinto di attaccare.

Andrès era sceso da cavallo, aveva raccolto un pezzo di legno e l'aveva lanciato in acqua. I caimani erano scattati tutti assieme con le fauci spalancate ed avevano sconvolto la superficie verde dell'acqua. Erano lunghi due o tre metri. Dopo qualche secondo erano spariti cercando protezione nel fondo del laghetto, l'acqua si era calmata e lo strato verde di vegetazione si era richiuso sopra di loro. Andrès aveva detto che nella sua lingua, il *sirionò*, il caimano si chiama *Jacaré*.

Intanto si era fatto mezzogiorno. Il sole era sulla verticale delle nostre teste ed i suoi raggi avevano raggiunto il massimo della loro potenza. Eravamo in piedi dalle cinque ed avevamo fatto già tante cose. L'effetto della colazione abbondante fatta la mattina presto stava scemando mentre l'aria pura della pampa ed il movimento ci avevano messo una fame da lupi. Era ora di rientrare. Avevamo dato un'occhiata in giro per orientarci sulla direzione da prendere, poi avevamo lanciato i cavalli in un galoppo tranquillo. Aggirata la striscia di foresta avevamo attraversato una grande prateria dove, di tanto in tanto, incontravamo decine di capi di bestiame che pascolava.

La pampa, in quella zona, era uno strato uniforme di *arrozillo* intercalato soltanto qua e là da qualche ciuffo più alto di *cañuela morada*. Ad un tratto, alla nostra sinistra, era apparso da chissà dove uno struzzo e si era messo a correre velocissimo nella stessa nostra direzione con le piume grigie fluttuanti al vento. Aveva una falcata potente e lunghissima ed era molto più veloce di noi che avanzavamo ad un galoppo comodo e lento. Andrès ci aveva fatto segno di fermarci, aveva rallentato il suo cavallo ed era tornato indietro, poi, dopo qualche decina di metri si era fermato ed era sceso. Noi l'avevamo raggiunto. Fra due ciuffi alti di *cañuela morada* c'era un nido con 14 uova. Ciascun uovo

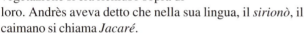

Il *ñandú*

Der ñandú

geworden und ein Stück weit zurückgeritten, nach ein paar weiteren Metern blieb er stehen und stieg vom Pferd. Wir folgten ihm. Zwischen zwei hohen Büscheln cañuela morada *lag ein Nest mit 14 Eiern. Jedes Straußenei wiegt 750-800 Gramm. Andrès beförderte glücklich eine grobe Satteltasche, die aus zwei zusammen genähten Mehlsäcken bestand, zu Tage, legte die Eier und zu ihrem Schutze noch einige Grasbüschel hinein und lud sie vorsichtig, hinter dem Sattel auf Plateados Buckel. Er war schon dabei wieder auf zu steigen, als er auf einmal inne hielt und begann durch die Grasbüschel zu rennen. Nach zwanzig Metern schmiss er sich auf den Boden und stand mit einem Tier in den Händen wieder auf. Es war ein* armadillo, *ein kleines niedliches Gürteltier, das sich in seinen Händen wandet. Er hatte es nur gefangen, um es uns zu zeigen. Denn seiner Meinung nach konnte man Gürteltiere nicht essen, da sie sich von Aas ernähren. Ihr einziger Nutzen besteht in dem Gebrauch ihrer Panzer als Küchenbehälter, oder für die* collas *zum Bau der Klangkörper ihrer* charangos. *Es handelt sich dabei vermutlich um einen Glauben der Indios vom Stamme* sirionò, *denn so weit ich weiß, schätzen die anderen Indios das Fleisch der* armadillo *mindestens genauso wie das der* iguanas. *Wir hatten zum Glück bisher weder das eine noch das andere essen müssen.*

Als es wieder frei war, verschwand das Tierchen sehr schnell zwischen den Büscheln des arrozzillo. *Wir entschieden, dass es besser wäre, sich zu trennen und deshalb verabschiedeten wir uns von Andrès und ritten im Galopp davon. Andrès hingegen, mit seiner elf oder zwölf Kilo schweren Ladung an Eiern, musste uns* muy despacito, con mucho cuidado, *ganz langsam und mit großer Vorsicht zu den Häusern folgen. Andrès' Meinung nach konnten Straußennester bis zu 50 Eier enthalten. Der südamerikanische Strauß ist kleiner als der afrikanische. Die Indios nennen ihn* ema *oder* sury, *aber der richtige Name lautet* ñandù maggiore. *Er ist grau bis braun und ist am*

di struzzo pesa 750-800 grammi! Andrès, felice, aveva tirato fuori una specie di bisaccia grezza fatta con due sacchi da farina cuciti assieme, vi aveva messo dentro le uova mescolandole a ciuffi d'erba per proteggerle e l'aveva messa con cura sulla groppa del Plateado, di traverso dietro la sella. Stava già per risalire in sella quando, tutto d'un tratto, aveva lasciato il cavallo e si era messo a correre fra i ciuffi d'erba. Dopo una ventina di metri l'avevamo visto buttarsi a terra e rialzarsi con un animale in mano. Era un *armadillo*, un animaletto simpatico, che si agitava nelle sue mani. L'aveva catturato soltanto per farcelo vedere. Secondo Andrès l'armadillo non è commestibile perché mangia le carogne e l'unica sua utilità sta nell'uso della corazza come recipiente da cucina oppure, per i *collas*, come cassa armonica nella costruzione dei *charangos*. Si trattava probabilmente di una credenza degli indios *sirionò* perché mi risulta che, per la maggior parte degli indios, le carni dell'*armadillo* sono molto pregiate, almeno tanto quanto quelle delle *iguanas*. Noi, per nostra fortuna, non avevamo avuto occasione di dover mangiare né l'uno né l'altra.

Rimesso in libertà, l'animaletto si era allontanato alla svelta trotterellando fra i ciuffi di *arrozillo*. Noi intanto avevamo deciso che sarebbe stato meglio separarci e, salutato Andrès, eravamo risaliti in sella e ci eravamo allontanati al galoppo. Andrès, invece, col suo carico di undici o dodici chili di uova, avrebbe dovuto proseguire *muy despacito, con mucho cuidado,* pianino, con molta attenzione, e ci avrebbe raggiunto alle case. Secondo Andrès i nidi di struzzo possono contenere fino a 50 uova. Lo struzzo sudamericano è più piccolo dello struzzo africano. Gli indios lo chiamano *ema* o *sury* ma il nome vero è *ñandù*

ganzen Körper voller Federn, sogar am Hals. Er hat keinen Schwanz, aber die Federn des Körpers sind so gut entwickelt, dass sie ihn voll und ganz bedecken. Der männliche Strauß ist polygam und hat normalerweise eine Familie mit fünf oder sechs Weibchen. Diese legen ihre Eier alle in das gleiche Nest und es ist die Aufgabe des männlichen Tieres sie auszubrüten. Der *ñandù* hat einen stattlichen Schritt. Im Unterschied zu seinem afrikanischen Verwandten hat er drei anstatt zwei Zehen.

Vor uns lag eine Prärie, die sich bis zum Himmel auszudehnen schien. Gras, Gras, Gras und nur hier und da, eine Kuh, die in aller Ruhe und Freiheit weidete oder wiederkäute. Ein echtes Paradies.

Ja! Wirklich, es war unser Paradies, unser Großer Traum, unser El Dorado, unsere Welt. Für diese Welt haben wir das Verrückte getan, die Standards und die Kriterien des modernen Alltagslebens, mit all seinen Regeln und Gewohnheiten, seinen Computern, seinen Fabriken, seinen Marktgesetzen und seinem übertriebenen Drang zum Fortschritt und zu einer immer schneller werdenden Evolution aufzugeben. Und wir hatten Glück. Wir wollten Natur und wir haben sie gefunden. Viel Natur! Beliebig viel Natur! Natur so weit das Auge reichte!

Als wir die Häuser erreichten, wartete Surupìa mit dem *almuerzo, dem Mittagessen auf uns. Es gab eine* sopa de pato *und dazu* arroz con queso. *Das waren ihre Spezialitäten und sie hatte sie extra wie für ein Fest anlässlich unseres Abfluges nach Santa Cruz zubereitet. Wir hatten einen Mordshunger aber wollten noch warten, bis auch Andrès zurückgekehrt war. Wir hatten noch Zeit. Wir sollten nur versuchen, so gegen vier Uhr, wenn die Luft lang-

Bestiame al pascolo ai bordi della foresta   **Das Vieh weidet am Waldrand**

1 Il Ganadero

Un *armadillo* **Ein** *armadillo*

maggiore. Ha un colore che va dal grigio al marrone ed è ricoperto di piume su tutto il corpo, compreso il collo. Non ha coda ma le penne del corpo sono ben sviluppate e lo ricoprono completamente. Il maschio è poligamo ed ha in genere una famiglia di cinque o sei femmine. Queste depongono le uova tutte nello stesso nido ed è il maschio che ha il compito di covarle. Il *ñandù* ha una falcata imponente. A differenza del suo parente africano i suoi piedi hanno tre dita anziché due.

Davanti a noi avevamo una prateria che sembrava confinare col cielo. Erba, erba, erba e, qua e là, soltanto qualche vacca tranquilla che brucava o ruminava in piena libertà. Un vero Paradiso.

Si! Quello era davvero il nostro Paradiso, il nostro Grande Sogno, il nostro El Dorado, il nostro Mondo. Per quel mondo avevamo fatto la pazzia di abbandonare gli standard ed i criteri della vita comune del secolo in corso, con le sue regole e le sue consuetudini, coi suoi computer, con le sue fabbriche, con le sue leggi di mercato e con la sua spinta forsennata verso il progresso ed un'evoluzione sempre più rapida. Però avevamo avuto fortuna. Volevamo la natura e l'avevamo trovata. Tanta natura! Natura a volontà! Natura a perdita d'occhio.

All'arrivo alle case, Surupía ci stava aspettando per servirci l'*almuerzo*, il pranzo. Aveva cucinato una *sopa de*

sam dichter werden würde, mit dem Flugzeug aufzubrechen. Wir bauten das Zelt ab, packten unsere wenigen Sachen und luden alles in den Charly-Papa. *Um Zeit zu sparen, machte ich auch noch den ersten Kontrollgang – Reifen, Benzin, Öl, Propeller, Querruder, Klappen, etc. etc. Alles war in Ordnung. Stefania war in der Zeit ein letztes Mal in den* corral *gegangen, um die Kälber noch einmal zu sehen und mit ihren Mäulchen zu spielen. Sie suchte sich eins, deren Mutter ruhig war, und ließ es an ihrem Daumen saugen, während sie es zwischen den Ohren kraulte. Dann ging sie hinter die Landebahn zu den neugeborenen Fohlen. Sie waren noch ganz unsicher auf den Beinen und stolperten um ihre Mütter herum. Für einen Moment verlor ich sie aus den Augen dann erblickte ich Pancho, der in langsamen und stattlichen Schritten aus der großen Pampa im Osten kam. Pancho war „mein" Stier, ein mächtiger* nellore *der ersten Generation, der auf der* estancia *geboren war. Er war sehr wild gewesen und es hatte uns viel Schweiß gekostet ihn zu brandmarken, aber eines Tages hatte ich all meinen Mut und all mein Wissen aus „Animal Behaviour" zusammen genommen und es war mir gelungen, ihm näher zu kommen und ihn lange zwischen den Hörnern und hinter den Ohren zu kraulen. Seitdem war er mein treuer Freund. Der wilde Stier von einst war fast zu so etwas wie einem Haustier geworden. Sobald er mich sah, kam er zu mir und legte mir seinen großen Kopf auf die Beine, damit ich ihn kraulte. Ich hätte*

pato accompagnata con *arroz con queso*. Erano le sue specialità con le quali evidentemente voleva festeggiare la nostra partenza per Santa Cruz. Avevamo una fame da lupi ma avevamo voluto aspettare che arrivasse anche Andrès. C'era ancora abbastanza tempo. Dovevamo soltanto cercare di decollare verso le quattro, quando l'aria avrebbe cominciato ad addensarsi un po'. Intanto avevamo smontato la tenda, avevamo gettato in borsa le nostre poche cose ed avevamo caricato il tutto su *Charly-Papa*. Per guadagnar tempo avevo anche fatto i primi controlli, pneumatici, benzina, olio, alettoni, flaps, ecc. ecc. Era tutto a posto. Intanto Stefania era voluta tornare un'ultima volta nel *corral* per rivedere i trenta vitellini e giocare con i loro musetti. Ne sceglieva uno la cui mamma stava tranquilla e gli metteva il pollice in bocca per farselo succhiare mentre lei gli accarezzava la testa fra le orecchie. Poi era andata al di là della pista dove c'erano i due puledrini appena nati che, ancora incerti sulle gambe, gironzolavano con le loro mamme e per un po' l'avevo persa di vista. Io, intanto, avevo scorto Pancho che si avvicinava dalla pampa grande verso est col suo passo lento e imponente. Pancho era il „mio" toro, un nellore della prima generazione nato nell'*estancia*. Era stato un animale molto selvaggio e ci aveva dato del filo da torcere per la marchiatura ma un giorno mi ero fatto coraggio e,

mich niemals meiner Pflicht entziehen können, mich von ihm zu verabschieden. Als ich Andrès langsam aus der westlichen Pampa kommen sah, war ich gerade mit Pancho beschäftigt. Er wurde es einfach nicht satt, sich von mir kraulen zu lassen und streckte mir immer wieder störrisch seinen Kopf hin. Doch wie dem auch sei, letztendlich musste ich mich schweren Herzens von meinem Stier verabschieden. Dann ging ich in die Laube der größeren Hütte, wo Stefania sich schon die *sopa* servieren ließ.

Andrès ritt bis vor das Haus, lud ganz vorsichtig die Satteltasche mit den Eiern ab, beauftragte einen der Jungen, Plateado vom Sattel zu befreien und setzte sich schließlich zu uns an den Tisch. Die *sopa* war vorzüglich und der Hunger machte sie noch besser.

Wir aßen ganz genüsslich und in aller Ruhe, aber die Zeit drängte. Mit Stefanias Hilfe baute ich die Hintersitze *Charly-Papas* aus und legte ein paar leere Säcke auf den Boden. Andrès hatte extra für uns zwei Rinderschenkel aufbewahrt. Er holte sie mit Hilfe seiner Söhne aus der Hütte, die als Küche diente, legte sie dann vorsichtig auf die ausgebreiteten Säcke und bedeckte sie mit einem alten Tuch. Julio wickelte in der Zwischenzeit sieben der Straußeneier in Bananenblätter ein und legte sie unter die Sitze, wo sie vor allen Turbulenzen gut geschützt waren.

L'ora del commiato *Zeit zum Abschiednehmen*

mettendo assieme tutto quello che avevo imparato nei miei studi di *"Animal Behaviour"*, ero riuscito ad avvicinarlo ed a grattarlo a lungo fra le corna e dietro gli orecchi. Da quel giorno, era diventato il mio amico fedele. Da selvaggio che era, si era trasformato in un animale quasi domestico. Quando mi vedeva mi veniva vicino e mi appoggiava in continuazione il suo testone contro le gambe per farsi grattare. Quel giorno non avrei potuto esimermi dal mio dovere e partire senza salutarlo. Quando vidi Andrès che arrivava a passo lento dalla pampa ad occidente, ero per l'appunto occupato con Pancho che non si stancava di farsi grattare e mi strofinava addosso con forza il suo testone. Però, sia pure a malincuore, avevo dovuto salutare il mio toro ed ero andato a sedermi sotto il portico della capanna più grande dove Stefania stava già facendosi servire la *sopa*.

Andrès era arrivato col cavallo fino alla casa, aveva scaricato con cura la bisaccia piena di uova, aveva ordinato ad uno dei ragazzi di togliere la sella al Plateado e di liberarlo ed infine si era messo a tavola con noi. La *sopa* era veramente squisita e la fame la rendeva ancora migliore.

Avevamo mangiato con gusto e con calma ma intanto il tempo cominciava a stringere. Allora, con l'aiuto di Stefania, avevo smontato i sedili posteriori di Charly-Papa e avevo steso sul fondo un paio di sacchi vuoti. Andrès, con l'aiuto dei figli, aveva staccato dal soffitto della capanna che fungeva da cucina le due cosce del vitellone che avevano lasciato intatte per noi, l'aveva sdraiate per bene nell'aereo sui sacchi stesi e l'aveva ricoperte con un vecchio telo. Julio intanto aveva avvolto sette delle uova di struzzo in foglie di banana e le aveva messe sotto i sedili al riparo da eventuali urti.

Erano quasi le quattro. Era l'ora di andare. Ci eravamo congedati con la solita litania di parole, eravamo saliti a bordo ed avevo avviato il motore. *Charly-Papa* si era messo a vibrare tranquillo sotto il rombo del motore mentre io completavo i controlli. Il vento era il solito „*Norte*" e quindi a favore, non solo per la rotta verso Santa Cruz, ma anche per il decollo perché a nord, dopo la fine della pista, la vegetazione era bassa e mi dava più tempo e spazio per prendere quota. Mi ero portato al centro della fascia erbosa, avevo fatto urlare il motore e avevo tolto i freni. *Charly-Papa*, che noi avevamo ribattezzato *Ndegito* (pron. Ndeghito), per prendere la rincorsa si era lanciato sulla pista

Es war fast vier Uhr. Wir mussten los. Nach den üblichen Worten des Abschieds stiegen wir an Bord und ich startete den Motor. Charly Papa *begann unter dröhnenden Motoren ruhig vor sich hin zu knattern und ich führte noch schnell die letzten Kontrollen durch. Wie sonst auch, wehte der „Norte". Das kam uns, nicht nur was die Route nach Santa Cruz betraf, sondern auch für den Abflug sehr gelegen, denn im Norden am Ende der Landebahn waren die Bäume relativ niedrig und es blieb uns mehr Zeit und Raum, um an Höhe zu gewinnen. Ich steuerte die Mitte der Grasfläche an, ließ den Motor aufheulen und stieg von den Bremsen. Charly-Papa, das kleine Flugzeug dass wir auf den Namen* Ndegito *(sprich Ndeghito) umgetauft hatten, holperte und stolperte voran, um auf der unebenen Grasbahn Anlauf zu nehmen. Als es soeben die nötige Geschwindigkeit erreicht hatte, um sein Schwänzchen in die Höhe zu schwingen, raste es noch einige Meter in der Horizontalen auf nur zwei Rädern dahin, und hob dann endlich ab. Wir waren wieder in der Luft. Mit all dem Fleisch an Bord waren wir ziemlich schwer. Um ihm mehr Zeit zu lassen, es Geschwindigkeit zu gewinnen, anstatt sofort nach oben zu steigen, flog ich zunächst flach gen Norden nur wenige Meter über dem Boden. Dann, nach dem kleinen Stück Wald mit den niedrigeren Bäumen am Ende der Landebahn, sahen wir, so weit wir blicken konnten, nur Pampa. Der Bajio Grande war als die nördliche Grenze unseres Besitzes nur einige Dutzend Kilometer entfernt und wir erreichten ihn schon nach wenigen Minuten. Er zog sich stark in die Länge und sein Wasser war komplett von Pflanzen bedeckt. Nördlich von ihm breitete sich, so weit das Auge reichte, der hohe und dichte Dschungel aus. Von oben erblickten wir die Rinderherde, die wir noch am selben Morgen zu Pferd begleitet hatten. Sie waren noch immer fast alle beieinander geblieben. Einige weideten, andere lagen wiederkäuend im Gras und wieder andere hatten sich schon durstig in Richtung* Bajìo Grande *aufgemacht. Ich drehte eine sehr weite Linkskurve von 180 Grad und flog am San Juan entlang.*

Es war ein idealer Tag, um zu fliegen. Drei Tage zuvor waren wir in Trinidad einkaufen gewesen und ich hatte voll getankt. Ich hatte also genügend Kraftstoff, um den Flug in aller Ruhe anzugehen und einer alternativen Route zu folgen. Von oben war die La Ceiba *ein einziger grüner*

Il bestiame visto dall'aereo **Das Vieh aus der Luft gesehen**

d'erba poco uniforme vibrando e saltellando. Appena raggiunta una velocità sufficiente per sollevare il codino, era rimasto per qualche decina di metri in orizzontale correndo su due sole ruote e poi finalmente si era sollevato da terra. Eravamo di nuovo in volo. Con tutta la carne che avevamo a bordo eravamo piuttosto pesanti. Per dargli tempo di prendere velocità, anziché salire subito mi ero mantenuto ad un paio di metri dal suolo puntando il naso dritto verso nord. Dopo il breve tratto di vegetazione bassa alla fine della pista, la pampa si estendeva a perdita d'occhio. Il *Bajío Grande,* il confine della proprietà a nord, era ad una decina di chilometri ed erano bastati pochi minuti per raggiungerlo. Era una lunga striscia di acqua ricoperta di vegetazione e al di là, verso nord, la giungla alta e fitta si estendeva a perdita d'occhio. Dall'alto avevamo avvistato il branco dei cento vitelli che avevamo accompagnato in mattinata coi cavalli. Erano rimasti abbastanza uniti. Alcuni brucavano, altri ruminavano sdraiati nell'erba e qualcuno stava già dirigendosi verso il *Bajío Grande* per andare a bere. Allora avevo fatto una virata di 180 gradi molto larga a sinistra e mi ero portato parallelo al San Juan.

Teppich, der nur hier und dort mit kleinen weißen Pünktchen versehen war. Aus dieser Höhe hätte man sie für Margarethenblumen halten können, dabei waren es unsere geliebten Kühe, die in dieser unberührten Natur ihre Freiheit genossen. Hier hatten menschliche Eingriffe noch weder drastische Veränderungen noch Zerstörungen mit sich gebracht; höchstens, im Einklang mit der Natur, die ein oder andere Verbesserung. Das klare Wasser der Laguna Azul, *die das südliche Ende der* estancia *repräsentierte, glitzerte in der Nachmittagssonne und der Nordwind trieb die schwimmenden Papyrus-Inseln an ihr südliches Ufer.*

Während Charly-Papa *an Höhe gewann, schlängelte sich der San Juan in weiten Schleifen durch die gleichmäßige Decke der Pflanzenwelt, als würde er sie messerscharf durchschneiden. Östlich und westlich des Flusses breitete sich der Dschungel so viele Kilometer weit aus, dass man ihn in der Ferne nicht mehr von der Dunstschicht des feucht-warmen Nachmittags unterscheiden konnte. Der Verlauf des San Juan lag weiter links als die gewöhnliche Route nach Santa Cruz, aber ich beschloss, ihm noch für etwa eine Stunde, bis zum* Puente, *zu folgen.*

Dall'alto il San Juan sembra molto più piccolo

Era una giornata ideale per volare. Tre giorni prima eravamo stati a fare spese a Trinidad ed avevo fatto rifornimento, quindi nel serbatoio avevo carburante sufficiente per prendermela comoda e seguire una rotta alternativa. Dall'alto, la Ceiba era una distesa verde punteggiata qua e là di macchioline bianche che da quell'altezza potevano sembrare margheritine ma erano invece le nostre amate mucche che vivevano in piena libertà in una natura incontaminata, dove l'intervento dell'uomo non aveva portato né drastici cambiamenti negativi né distruzioni di alcun tipo ma soltanto qualche piccola miglioria, sempre in armonia con la natura. La *Laguna Azul*, che rappresentava il confine meridionale dell'*estancia*, brillava alla luce del pomeriggio con la sua acqua pulita ed il vento del nord manteneva le sue isole galleggianti di papiri appoggiate addosso alla riva meridionale.

Mentre *Charly-Papa* prendeva quota, il fiume San Juan serpeggiava in anse ampie che sembravano essere state intagliate di netto nello strato uniforme di vegetazione. Ad est e ad ovest del fiume la giungla si estendeva per chilometri e chilometri fino a confondersi in lontananza con lo strato di foschia rada creato dal caldo umido del pomeriggio. Il corso del San Juan era più a sinistra della nostra rotta normale per Santa Cruz ma io avevo deciso di seguirlo fino al *Puente*, a poco meno di un'ora di volo.

La giungla sotto di noi cominciava a svegliarsi dal letargo di un altro giorno caldo. Al di sopra delle cime degli alberi si vedevano già migliaia di uccelli multicolori in volo. Erano bianchi, gialli, neri, verdi, blu e di ogni altra combinazione di colori possibile ed immaginabile. I grandi pappagalli, gli ara, sono i più spettacolari, anche se il loro volo è piuttosto goffo.

Appena stabilizzato l'assetto di volo sui cinquecento metri di quota, Stefania aveva tirato fuori il termos ed aveva servito il caffè. In volo era diventata una tradizione, quasi una cerimonia. Era un avanzo del caffè che avevamo fatto a Santa Cruz cinque giorni prima ed era freddo, ma sempre meglio dell'intruglio di Surupía per il quale, almeno quella volta, l'avevamo fatta franca.

Arrivati in prossimità del Puente avevo rallentato per perdere quota ed ero scivolato giù fino a 50 metri. Quel tratto di fiume era abitato da un gruppo di indigeni *guarayos*.

Der San Juan sieht aus der Luft deutlich kleiner aus

Unter uns erwachte der Dschungel, nach einem weiteren heißen Tage, langsam wieder zum Leben. Über den Baumspitzen tauchten Tausende von Vögeln in allen Farben auf. Sie waren weiß, gelb, schwarz, grün, blau und von jeder anderen Farbkombination, die man sich auch nur irgend vorstellen kann. Am beeindruckendsten sind die großen Papageien, die Aras, auch wenn ihre Art zu fliegen recht tollpatschig ist.

Als das Höhenmesser sich auf fünfhundert Metern einpendelte, holte Stefania die Thermoskanne heraus und goss uns einen Kaffee ein. In der Luft war das zu einer Tradition, ja, fast zu einer Zeremonie geworden. Es war der Rest des Kaffees, den wir fünf Tage zuvor in Santa Cruz gekocht hatten, und er war kalt, aber immer noch besser als Surupìas Gebräu, vor dem wir, zumindest für heute, noch einmal davongekommen waren.

In der Nähe des Puente *angelangt, verlangsamte ich die Geschwindigkeit, um an Höhe zu verlieren und glitt bis auf 50 Meter hinab. In dieser Gegend des Flusses wohnte eine Gruppe Ureinwohner namens* guarayos. *Wir sahen ein paar Kanus, die sich gemächlich flussaufwärts bewegten und eine Handvoll Kinder, die nahe der Hütten im Wasser planschten. Der San Juan ist voller* pirañas, *einer Fischart, die derart gefräßig ist, dass sie, in weniger als einer Minute, ein ganzes Pferd zerfressen könnte. Die Indios aber sind der Überzeugung, dass sie völlig ungefährlich sind, solange sie nicht durch Blut angelockt werden.*

Avevamo visto un paio di canoe che risalivano pigramente la corrente e, vicino ad un gruppo di capanne, una decina di bambini che facevano il bagno. Il San Juan è pieno di *pirañas*. Sono pesci talmente voraci che potrebbero divorare un cavallo intero in meno di un minuto ma gli indios sono convinti che questi sono assolutamente innocui se non vengono stuzzicati con perdite di sangue. Anni addietro, io stesso mi ero immerso in quello stesso fiume ed avevo pregato Dio che gli indios avessero ragione e che anche i *pirañas* la pensassero allo stesso modo.

Poche centinaia di metri dopo il Puente, fra il verde cupo della vegetazione, spiccava il rosso-bordeaux dell'*Arca*. Era ormeggiata sulla sponda destra in un'ansa tranquilla e con la prua alla corrente. L'Arca era un altro nostro orgoglio. Mi sarebbe piaciuto atterrare ed andare a darle un'occhiata ma nei paraggi non c'era una pista vera e propria. Avrei dovuto tentare un atterraggio sulla strada di terra battuta, molto stretta, ma c'era un po' di vento laterale e non mi ero azzardato. L'avevo fatto una volta ed avevo giurato che non ci avrei più provato. Comunque era già troppo tardi e per arrivare a Santa Cruz avevamo ancora quasi due ore di volo.

Avevo fatto un giro lento poi avevo dato di nuovo manetta riprendendo quota verso sud. Dopo il Puente

Vor vielen Jahren einmal hatte ich selbst in diesen Fluss gebadet und dabei zu Gott gebetet, dass die Indios Recht behalten und auch die Fische ihnen zustimmen würden.

Einige hundert Meter nach dem Puente, *ragte die bordeaux-rote* Arca *aus der dunkelgrünen Pflanzenwelt hervor. Sie war am rechten Ufer einer ruhigen Flussbiegung festgemacht und lag mit dem Bug am Strom. Die* Arca *war ebenfalls unser Stolz. Wie gern hätte ich nach ihr gesehen, doch in unmittelbarer Nähe gab es keine, auch nur halbwegs brauchbare Landebahn. Ich hätte eine Landung auf der äußerst engen Straße aus aufgestampfter Erde versuchen müssen, aber aufgrund des Seitenwindes wagte ich es nicht. Nachdem ich in der Vergangenheit einmal geschafft hatte, dort zu landen, hatte ich geschworen, es nie wieder zu versuchen. Außerdem war es schon spät und bis Santa Cruz würden wir noch weitere zwei Stunden fliegen müssen.*

Ich drehte noch ein Ründchen und flog dann wieder höher in Richtung Süden. Nach der Puente *lag eine gute Stunde "ungemütlichen" Fluges vor uns. Ich musste eines der gefährlichsten Sumpfgebiete Benis überfliegen und fühlte mich dabei immer etwas unwohl. Für etwa eine Stunde gab es nicht die geringste Chance für eine Notlandung. Keine Pampa, und kein Gewässer ohne Bäume ~in*

La *Laguna Azul* ed il *San Juan*   ***Die* Laguna Azul *und der* San Juan**

dovevo affrontare una buona ora di volo „scomodo". C'era da sorvolare una delle peggiori paludi di tutto il Beni e mi sentivo sempre un po' a disagio. Per circa un'ora di volo non esisteva nessuna possibilità di un atterraggio di fortuna, nessuna pampa e nessun acquitrino senza alberi. In caso di un guasto al motore le possibilità di sopravvivere sarebbero state pressoché nulle. Il pericolo non consisteva soltanto nel dover cadere sugli alberi della giungla ma, anche in caso di farla franca, non saremmo mai riusciti ad uscire vivi da una tale zona di acque malsane e infestate da caimani, serpenti, pirañas e giaguari e, soprattutto e peggio ancora, da tanti insetti. Come sempre, in quel tratto di volo stavo particolarmente attento ad ogni manovra e ad ogni minima variazione degli indici dei pochi strumenti di bordo.

Quando poi, dopo la palude la vegetazione si diradava e si sorvolavano le prime tenute dei menoniti, tutte incredibilmente ordinate, mi sentivo subito meglio, il cuore riprendeva il suo ritmo regolare ed il piacere del volo era di nuovo completo. Riconosciuta la strada per Montero, mi ero portato ancora più ad ovest per sorvolare il fiume Piraì, poi il San Martin, per trovare infine il corso del Guendà e seguirlo verso sud. Quest'ultimo aveva un percorso abbastanza diritto ed attraversava tratti di foresta alternati da tratti di prateria o, addirittura, da campi coltivati. Era una zona ancora piana ed uniforme poi, ad un tratto, la pianura sembrava finire in una linea ben definita ed il panorama cambiava drasticamente. Il terreno cominciava ad elevarsi in una serie di colline dalle linee dolci e ricoperte da una vegetazione fitta, ricca, cupa e maestosa.

Ancora poco più a sud, a destra del fiume, c'era *Guendà Arriba*, la nostra prima *estancia*, quella che ci aveva permesso l'acquisto della Ceiba e di completare così il nostro Grande Sogno, il nostro Paradiso, il nostro El Dorado. Avevo una gran voglia di rivederla dall'alto perché dall'aereo l'avevo vista una volta sola, ed in circostanze quanto mai tristi. Ad un tratto il fiume faceva un'ampia curva a destra ed il suo letto si allargava a qualche centinaio di metri. Verso il centro scorreva un piccolo rigagnolo d'acqua e per il resto era sabbia. Una sabbia rosa e sottile. Bella come non avevo visto nessun'altra sabbia in nessun altro posto al mondo. Era il confine orientale dell'*estancia*. L'altro confine era il Rio Surutù, diciassette chilometri più ad ovest.

Avevo tolto manetta e mi ero lasciato scivolare dolcemente verso la casa che si trovava a poco meno di

Sicht. Im Falle eines Motorpanne wären die Überlebenschancen gleich Null gewesen. Die Gefahr lag nicht nur in dem unvermeidlichen Sturz auf die Bäume des Dschungels. Auch wenn wir den überstehen würden, wäre es unmöglich in diesen tückischen Gewässern voller Kaimanen, Schlangen, Pirañas, Jaguaren und, vor allem, unendlich vielen Insekten zu überleben. Auf dieser Strecke konzentrierte ich mich, wie immer, ganz besonders auf jede meiner Bewegungen und auf jede kleine Veränderung auf den spärlich vorhandenen Armaturen.

Wenn sich nach den Sümpfen das Dickicht langsam zu lichten begann und wir die ersten, ordentlichen Landgüter der Menoniten überflogen, fühlte ich mich sofort besser, mein Herz schlug wieder regelmäßig und die Freude am Fliegen erfüllte mich von Neuem. Nachdem ich die Straße nach Montero *wieder erkannt hatte, lenkte ich uns noch ein Stück weiter nach Westen und überflog die Flüsse* Piraì *und San Martin. Dann erreichte ich den* Guendà *und folgte ihm in Richtung Süden. Sein Verlauf führte fast gerade durch Wälder und Wiesen und manchmal sogar durch Felder. Er floss durch eine einheitliche und ebene Gegend, die sich dann ganz plötzlich und wie aus dem Nichts, veränderte. Aus der Erde erhoben sich eine Reihe sanfter Hügel, deren dichte, reiche, dunkle und majestätische Pflanzenwelt sich gen Himmel wölbte.*

Noch etwas weiter südlich, auf der rechten Seite des Flusses, lag die Guendà Arriba, *unsere erste estancia. Sie hatte uns den Kauf der* La Ceiba *und die Erfüllung unseres Großen Traumes, unseres Paradieses, unseres El Dorado, ermöglicht. Ich wollte sie unbedingt noch einmal aus der Luft sehen. Denn vom Flugzeug aus, hatte ich sie nur ein einziges Mal gesehen. Und das war eine unglaublich traurige Begebenheit gewesen. Der Fluss machte auf einmal eine große Rechtskurve und sein Bett wurde einige hundert Meter breit. Mittig floss ein kleiner Bach, der von Sand umgeben war, von einem rosafarbenen, feinen und so schönem Sand, wie ich ihn nie zuvor gesehen habe. Es war das östliche Ende der* estancia. *Das andere Ende war der* Rio Surutù, *siebzehn Kilometer weiter westlich.*

Ich ließ den Gashebel los und glitt langsam hinab zu dem Haus, welches ungefähr zwei Kilometer weiter rechts des Flusses lag. Von oben erschien es mir noch viel ordentlicher. Die Orangen-, Mandarinen-, und Pomelosbäume standen in schöner, ordentlicher Reihe und man

Una delle tante paludi del *Beni*   *Eine der vielen Sümpfe Benis*

due chilometri a destra del fiume. Dall'alto sembrava ancora più in ordine. Le piante di aranci, di mandarini e di pomelo erano ben allineate e sotto i filari di guayava si vedeva che era appena stata falciata l'erba. La stradina che porta giù al Guendà non era quasi visibile, tanto era intagliata come un tunnel nella foresta fitta. I venti ettari di *chaqueo*, sboscamento fatto a mano, non erano stati più coltivati da quattro o cinque anni perché non ne valeva la pena e la foresta li stava inghiottendo di nuovo. Poi avevo fatto un giro ampio sulle colline per vedere qualche segno del lavoro dei *madereros* ma, tranne un breve tratto disboscato nel quale avevano costruito il campo base, non si scorgeva niente. In fondo, il numero di alberi che riuscivano a selezionare e tagliare in una superficie tanto vasta era forse

sah, dass zwischen den Guayavabäumen das Grass frisch gemäht wurde. Der kaum wahrnehmbare Pfad zum Guendà führte wie ein Tunnel durch den dichten Wald. Die zwanzig Hektar des chaqueo (manuelle Abholzung) *waren seit vier oder fünf Jahren nicht mehr angebaut worden, da der Aufwand sich nicht lohnte und der Wald gab sich große Mühe, sie sich schnell wieder anzueignen. Ich drehte eine große Runde über die Hügellandschaft, um etwas von der Arbeit der* madereros *mit zu bekommen, aber außer einem Basiscamp auf einer kleinen abgeholzten Lichtung, konnte ich nichts weiter erkennen. Auf dieser riesigen Fläche waren es außerdem wohl mehr Bäume, die von selber umfielen oder aus natürlichen Gründen abstarben, als die, die Madereros selber fällen konnten. Alles in allem han-*

inferiore a quello degli alberi che, nello stesso tempo, cadevano da sé o morivano per motivi naturali. Tutto sommato era un'azione di sfoltimento che faceva più bene che male. Finito il mio giro d'ispezione avevo ripreso quota e puntato il naso di Charly-Papa verso est.

La nostra avventura boliviana era iniziata pochi anni prima proprio lì, su quelle colline, in quella meraviglia della natura al di là del fiume Guendà. Con *Guendà Arriba* avevamo fatto un grande salto indietro nel tempo per ricominciare a vivere in un secolo passato. Con *Guendà Arriba* avevamo ritrovato la natura così com'era prima che iniziasse la foga distruttiva degli uomini dei tempi di oggi. Con *Guenda Arriba*, soprattutto, avevamo avuto la conferma di essere nel giusto.

Nel nostro secolo desiderare di tornare indietro nel tempo potrebbe sembrare blasfemo. Oggi vogliamo tutti andare soltanto avanti. Addirittura, vorremmo avere già oggi i benefici delle trasformazioni tecnologiche di domani. Aspiriamo a vivere nel futuro perché siamo convinti che le evoluzioni e l'emancipazione portino soltanto benefici e

delte es sich demnach nur um ein spärliches Lichten des Waldes, das ihm wohl eher zugute kam, als dass es ihm Schaden zufügte. Nachdem ich meine Inspektion aus der Luft beendet hatte, lenkte ich Charly-Papa nach Osten.

Genau dort hatte vor einigen Jahren unser bolivianisches Abenteuer begonnen. Dort, auf diesen Hügeln, diesem Wunder der Natur jenseits des Guendà. Auf der Guendà Arriba *haben wir die Zeit zurückgedreht und wie vor Hunderten von Jahren gelebt. Auf der* Guendà Arriba *haben wir die Natur in ihrem Urzustand entdecken dürfen, so wie sie war, bevor der Mensch an ihr sein Unwesen trieb. Und vor allem hat uns die* Guendà Arriba *die Überzeugung geschenkt, dass wir das Richtige taten.*

Der Wunsch, die Zeit zurückzudrehen, könnte lästerlich erscheinen. Heutzutage zählt für alle nur der Fortschritt. Am liebsten hätten wir schon heute die technischen Errungenschaften von Morgen. Wir würden am liebsten schon in der Zukunft leben, weil wir davon überzeugt sind, dass Evolution und Emanzipation nur Gutes mit sich bringen. Alles, was von gestern ist, wird abgelehnt, weil

Un'ansa del *Guendà*   ***Eine Flussschleife der* Guendà**

tutto ciò che appartiene a ieri viene respinto e rinnegato perché già superato e non più adatto a noi. Viviamo costantemente proiettati verso il futuro. Ma nella nostra corsa verso il domani non teniamo conto di quanto trasformiamo, calpestiamo e distruggiamo di questo nostro bel pianeta e della nostra stessa natura umana. Soprattutto ci dimentichiamo dei diritti della natura e, addirittura, della sua stessa esistenza.

Stefania ed io, innamorati della natura come siamo sempre stati, avevamo deciso di fare un tuffo indietro nel tempo perché eravamo convinti che vedere e vivere il mondo com'era ieri è molto più difficile ma anche molto più bello ed importante che vederlo com'è oggi e, addirittura, anche di come potrà essere, forse, domani. Per vivere nel futuro basta soltanto aspettare che il presente si evolva. Tornare nel passato, invece, è come resuscitare, come tornare a vivere una seconda volta, tornare a vivere una vita che è stata già vissuta. Un'esperienza meravigliosa, se ci si pensa bene, perché si ritorna a vivere nel passato ma portandosi dietro una buona parte dell'esperienza e delle conoscenze di oggi. È un po' come vivere i vent'anni con l'esperienza degli anziani.

Noi avevamo avuto fortuna e c'eravamo riusciti. Avevamo fatto un salto indietro di almeno un secolo ed avevamo trovato la natura così com'era prima e come desideravamo di trovarla.

Avevamo proprio avuto fortuna.

Pochi minuti dopo eravamo in vista di Santa Cruz che si stendeva nel verde sotto di noi e, per radio, mi ero annunciato alla torre di controllo chiedendo il permesso di atterrare sulla grande pista asfaltata dell'aeroporto El Trompillo.

es bereits überholt ist und nicht mehr zu uns passt. Wir leben immer nur für den nächsten Tag. Und bei diesem Wettlauf mit der Zeit merken wir nicht, wie sehr wir unseren schönen Planeten und uns selbst verändern, überrollen und zerstören. Aber vor allem vergessen wir die Rechte der Natur, und manchmal vergessen wir sogar, dass sie überhaupt existiert.

Weil Stefania und ich seit jeher unsterblich in die Natur verliebt waren, beschlossen wir, uns auf eine Reise in die Vergangenheit zu begeben. Wir wussten, dass es nicht einfach war, aber es lag uns am Herzen, die Welt nicht nur so zu sehen, wie sie heute und vielleicht schon morgen ist. Um in der Zukunft zu leben, reicht es völlig aus, darauf zu warten, dass die Gegenwart sich fortentwickelt. In die Vergangenheit zurückzukehren aber heißt aufzuerstehen. Es ist, als würde man ein Leben, das schon einmal gelebt wurde, ein zweites Mal leben.

Welch wundervolles Erlebnis! Denn wenn man es genau nimmt, reist man zwar in die Vergangenheit, aber im Gepäck hat man einen Großteil der Erfahrungen von heute. Es ist fast so, als wäre man noch einmal jung und hätte schon die Erfahrungen des Alters.

Wir hatten Glück und schafften es. Wir reisten mindestens ein Jahrhundert weit in die Vergangenheit, wo die Natur noch so ursprünglich war, wie wir sie uns gewünscht hatten.

Wir hatten wirklich großes Glück.

Einige Minuten später erblickten wir inmitten der grünen Wiesen Santa Cruz. Über Funk bat ich um Landeerlaubnis und ließ Charly-Papa weich sinken auf der großen asphaltierten Landebahn des Flughafens El Trompillo.

2

Dal Kilimanjaro alle Ande

Vom Kilimandscharo zu den Anden

Il tutto era cominciato soltanto pochi anni prima ma le cose si erano evolute ad una velocità ed in una sequenza che non avevamo davvero previsto. Avevamo avuto proprio tanta fortuna. Nel nostro Paradiso di Ieri ci sentivamo completamente liberi, felici ed orgogliosi.

Liberi, perché ci potevamo muovere entro spazi immensi.

Felici, perché quel genere di vita era il frutto di una nostra decisione.

Orgogliosi, perché avevamo avuto il coraggio di fare quella scelta.

D'altronde una delle più grandi soddisfazioni della vita è appunto la sensazione di essere liberi, di poter prendere delle decisioni, di fare delle scelte e di organizzare il nostro tempo e le nostre azioni a nostro piacimento e secondo le nostre regole. Ma il più delle volte è soltanto un'illusione, un'utopia. A pensarci bene la nostra vita non è mai interamente nelle nostre mani e le decisioni che possiamo prendere in piena libertà ed in linea col nostro carattere, con la nostra mentalità e per il nostro proprio bene sono veramente poche. Abbiamo delle aspirazioni e siamo convinti di avere anche il diritto di seguirle ma nella realtà siamo

Das alles hatte erst vor wenigen Jahren begonnen. Damals ahnten wir nicht, wie schnell die Dinge sich entwickeln würden. Wir hatten wirklich großes Glück gehabt. In unserem Paradies aus einer anderen Zeit waren wir gänzlich erfüllt vom Gefühl der Freiheit, des Glückes und des Stolzes.

Wir waren frei, wenn wir uns in diesen endlosen Weiten bewegten.

Wir waren glücklich darüber, uns für dieses Leben entschieden zu haben.

Wir waren stolz darauf, den Mut dafür gefunden zu haben.

Frei zu sein - seine Entscheidungen und Wahlen selbst treffen, seine Zeit selbst in die Hand zu nehmen und ganz nach den eigenen Wünschen und Regeln zu handeln – ist doch eines der schönsten Gefühle, das man überhaupt haben kann. Häufig ist es leider nur eine Illusion, eine Utopie. Genauer genommen bestimmen wir eigentlich nie ganz allein über unser Leben. Es gibt nur wenige Momente, in denen wir Entscheidungen wirklich ganz frei aus dem Einverständnis mit uns selber, mit unsere Mentalität und un-

condizionati da troppi fattori esterni. Dobbiamo tutti riconoscere che, in fondo, siamo soltanto piccolissimi attori di fila che si muovono come automi su un enorme palcoscenico artificiale e tutto quello che facciamo e diciamo fa sempre parte di un Grande Copione scritto da altri apposta per noi. Su quel palcoscenico trascorriamo tutta la nostra vita cercando in ogni occasione di recitare il nostro ruolo nel migliore dei modi e ci immedesimiamo talmente nella parte che ci è stata affidata che nemmeno ci accorgiamo più che stiamo soltanto recitando le battute di un copione scritto per noi da altri. Anzi, siamo addirittura convinti che stiamo di volta in volta improvvisando ogni nostra battuta.

Quando l'uomo era ancora un animale relativamente raro e vagava completamente nudo su questo pianeta alla ricerca del cibo, probabilmente godeva ancora di libertà praticamente illimitate. Poi il tempo, il progresso e l'emancipazione lo hanno trasformato e gli hanno dato tanti benefici e tanti vantaggi. Tanti, indubbiamente, ma li ha dovuti pagare tutti, senza alcuna eccezione ed a caro prezzo. Con il progresso e l'evoluzione si son dovute creare le leggi, le convenzioni, le regole, le abitudini e le prassi e l'uomo ci si è sottomesso e ne è diventato schiavo. Il mangiare non rappresentava più la semplice soddisfazione di un bisogno fisiologico di nutrirsi ma diventava anche piacere e soprattutto simbolo. Chi aveva più cibo a disposizione era un privilegiato, un ricco. Ed ecco le differenze sociali, ecco le convenzioni. Il vestirsi non era più il semplice proteggersi dal freddo ma diventava sinonimo di benessere e di ricchezza, quindi un altro simbolo. Ed ecco di nuovo le convenzioni.

Oggi vivere bene significa allinearsi ai dettami delle convenzioni: potersi permettere cibi pregiati, vestiti alla moda, l'ultimo modello di televisore e di cellulare e automobili di lusso. Sentirsi veramente liberi è un'illusione. Siamo soltanto liberi di muoverci nell'ambito ben definito di regole, leggi e convenzioni. Un po' come i carcerati che hanno la libertà di muoversi nel cortile della prigione, in orari determinati e sotto lo sguardo vigile dei carcerieri che li controllano con le armi puntate su di loro. Ciononostante, nel fondo della sua anima, l'uomo ha conservato l'aspirazione alla vera libertà, al diritto dell'autodeterminazione, e di tanto in tanto lo dimostra con comportamenti ed azioni tanto fuori dalle convenzioni da fare titolo, da fare notizia e, in qualche caso, da passare

seren Bedürfnissen treffen können. Wir alle haben unsere Bestrebungen und wir alle wollen ihnen auch nachgehen, aber in Wirklichkeit lassen wir uns von einer Vielzahl äußerer Bedingungen einschränken. Wir alle müssen uns eingestehen, dass wir im Grunde nichts weiter sind als die Marionetten eines Puppenspiels. Auf der großen Bühne der Welt erscheinen wir alle als selbstständige Individuen, doch alles, was wir tun und sagen, stammt bloß aus einem großen Regiebuch, das andere für uns geschrieben haben. Unser ganzes Leben lang bemühen wir uns, unsere Rolle so gut wie möglich zu spielen. Wir gehen vollends in ihr auf und merken dabei nicht einmal, dass wir uns bloß eines Regiebuches bedienen, sondern sind sogar noch davon überzeugt, dass jeder unserer Sprüche der eigenen Fantasie entspringt.

Als der Mensch noch eine verhältnismäßig seltene Spezies war, als er noch splitternackt auf dieser Erde nach Nahrung suchte, da lebte er praktisch noch in unbegrenzter Freiheit. Die Zeit, der Fortschritt und die Emanzipation haben ihn dann verändert und mit vielen Wohltaten und Vorteilen versorgt. Mit wirklich vielen, daran besteht kein Zweifel, doch sind sie ihm alle, ohne Ausnahme, teuer zu stehen gekommen. Fortschritt und Entwicklung gingen mit einer Vielzahl an Gesetzen, Konventionen, Regeln, Gewohnheiten und Gepflogenheiten einher und der Mensch wurde ihnen zum gefügigen Untertan. Man aß nicht mehr um des Hungers willen, sondern der Befriedigung und des Ansehens wegen. Speisen wurden zum Statussymbol, denn wer viel Geld für Essen ausgeben konnte, gehörte zu den Auserwählten, zu den Reichen. Und schon gab es soziale Unterschiede, schon mussten die ersten Konventionen her. Die Kleidung verlor ihren ursprünglichen Zweck und wurde zum Synonym von Wohlstand und Reichtum, zu einem weiteren Symbol, zu einem Anlass für weitere Konventionen.

Ein gutes Leben zu führen heißt heutzutage, den Konventionen zu entsprechen: Sich also feinstes Essen, modischste Kleidung, die größten Fernseher, neuesten Handys und schicksten Autos leisten zu können. Wer sich dabei frei fühlt, macht sich etwas vor. Wir können uns nämlich nur innerhalb strenger Regeln, Gesetze und Konventionen frei bewegen. So ähnlich wie Gefängnisinsassen, die zu festen Uhrzeiten und unter bewaffneter Aufsicht – frei – ihre Runden im Gefängnishof drehen dürfen. Und doch

addirittura alla storia. Non è forse così? Coloro che restano nella memoria dei posteri e che si fanno ricordare nella storia sono esseri umani che hanno fatto cose straordinarie. In altre parole, sono esseri umani che non si sono fatti attanagliare completamente dalle convenzioni e non hanno vissuto recitando sempre e soltanto le particine che il Grande Copione riserva a tutti i mortali, ma hanno scelto, almeno una volta o almeno per un momento, di percorrere una loro strada propria e si sono comportati in maniera diversa. Magari soltanto per un breve periodo della loro vita, un anno, un giorno o anche soltanto un'ora. Sono gli eroi, gli scienziati, gli inventori, gli esploratori, i poeti, gli artisti, i saggi, i navigatori, i santi, i filosofi. Grandi personaggi, si, ma in fondo esseri umani come noi che, però, hanno avuto almeno una volta lo stimolo di esprimersi in modo diverso, l'opportunità di farlo e, soprattutto, il coraggio di deciderlo. A volte, forse, basta soltanto avere a disposizione una marcia in più e la semplice volontà di innescarla e si riesce a fare della propria vita qualcosa di più o di diverso di quanto altrimenti viene riservato a noi tutti dagli standard fissi del Grande Copione.

A volte, nella mia presunzione, mi piace pensare che la natura mi abbia dotato di questa marcia in più e glie ne sono veramente grato. Forse è soltanto un modo di dare una giustificazione a tante cose che ho fatto nella vita, a tante libertà che mi sono preso. Cose che, spesso, per gli altri hanno qualcosa di straordinario, di fuori del normale. Per quanto mi riguarda ho soltanto cercato di guardare qualche volta al di là delle convenzioni e di vivere avvicinandomi almeno un po' alle più antiche leggi della natura. Niente di più! Però, per farlo ho dovuto trovare il coraggio di chiudere un attimo il Copione e di improvvisare qualche battuta sul Grande Palcoscenico della vita lasciandomi ispirare soltanto dalla fantasia, dai miei sogni e dal coraggio. Posso permettermi di dire che qualche volta ci sono riuscito e le sensazioni che ne ho provato sono state sempre meravigliose, indimenticabili.

Nella mia vita ho avuto la fortuna di fare un po' di tutto e di operare un po' in tutti i continenti del globo. Ho viaggiato molto e questo lo devo soprattutto a mia madre che mi ha sempre spronato a muovermi, a non fossilizzarmi, ad andare a conoscere le bellezze del mondo vivendole in prima persona. Per mia fortuna ho avuto un mestiere che mi ha

hat der Mensch das Streben nach Freiheit und nach Selbstbestimmung im Grunde seines Herzens bewahrt. Ab und zu gelingt es ihm, die Normen zu durchbrechen und sich mit außergewöhnlichen Leistungen einen Namen zu machen, die Aufmerksamkeit auf sich zu ziehen und manchmal sogar in die Geschichte einzugehen. Ist es denn nicht so? Spätere Generationen und die Geschichtsschreibung gedenken der Menschen, die Außergewöhnliches geleistet haben. Anders gesagt: Sie gedenken der Menschen, die sich nicht völlig von den Konventionen haben einschränken lassen, die nicht immer nur aus dem großen Regiebuch aller Sterblichen geschöpft haben, sondern die sich entschieden haben, für einen Moment lang, ihrer eigenen Straße zu folgen und einmal etwas anderes zu tun. Und wenn auch nur für einen kurzen Teil ihres Lebens, für ein Jahr, einen Tag oder eine Stunde. Sie sind Helden, Wissenschaftler, Erfinder, Forscher, Dichter, Künstler, Weise, Seefahrer, Heilige, Philosophen. Sie sind große Persönlichkeiten, aber letztendlich auch nur Menschen wie wir. Der Punkt, in dem sie sich von den anderen unterscheiden, ist der Ansporn, den sie haben, sich einmal auf andere Art und Weise mitteilen zu wollen und die Gelegenheit nutzen, aber vor allem den Mut haben, dies dann auch wirklich zu tun. Manchmal reicht die Prädisposition „eine höhere Gangart" einzuschlagen, und der Wille dazu, diese Gangart anzutreiben, vielleicht schon völlig aus, um aus unserem Leben etwas mehr zu machen, als es die ewigen Standards des Regiebuches vorschreiben.

In einem Anfall von Überheblichkeit gefällt mir der Gedanke, dass die Natur mich mit dieser „höheren Gangart" versehen haben könnte und dafür bin ich ihr äußerst dankbar. Vielleicht will ich mich und all die Freiheiten, die ich mir im Leben gönnte, damit auch einfach nur rechtfertigen. Für viele Leute galten sie als außergewöhnlich, als wenig normal. Was mich betrifft, habe ich einfach nur versucht, mich nicht nur innerhalb der Vereinbarungen zu bewegen, sondern mit ihnen zu brechen, um mich so weit wie möglich an die ältesten Naturgesetze anzunähern. Nicht mehr und nicht weniger! Ich musste nur den Mut aufbringen, das Regiebuch für einen Moment lang beiseite zu legen und auf der großen Bühne frei zu improvisieren. Meine Fantasie, meine Träume und mein Mut halfen mir dabei. Immer, wenn es mir gelang, erlebte ich wunderbare Glücksmomente, die ich nie wieder vergessen werde.

portato a lavorare un po' in tutto il mondo. Ho lavorato in Europa, in America, in Africa, in Australia, in Medio ed in Estremo Oriente e nell'Unione Sovietica. Dappertutto, insomma. Naturalmente sono molto orgoglioso di quello che ho fatto ed il ricordo di ogni mia azione è sempre legato intimamente agli scenari ed ai luoghi in cui si è svolta ma è anche ovvio che vi sono fatti che prediligo e luoghi dove ho vissuto più a lungo e più intensamente e dei quali conservo quindi i ricordi più marcati. Uno di questi è il Sud America, o per essere più precisi, la Bolivia. Per vivere in Bolivia avevo dovuto prendere iniziative e decisioni che andavano tutte contro i principi, le regole e le convenzioni con le quali ero cresciuto ed alle quali ero stato educato. Al momento poteva sembrare una vera e propria pazzia ma ho avuto il coraggio di farlo, l'ho fatto ed il tempo mi ha dato ragione: in Bolivia ho vissuto delle esperienze straordinarie che valgono molto più di qualunque altra forma di ricchezza che forse avrei potuto accumulare altrove, sempre che parliamo di quel genere di ricchezza definita secondo il metro della vita normale di tutti noi esseri umani di oggi.

In tutto questo sto parlando in prima persona ma, per correttezza, devo ammettere che, sicuramente, non ci sarei riuscito se non avessi potuto contare sul costante sostegno della miglior compagna che ci si possa immaginare: Stefania. Lei mi ha sempre sostenuto in ogni iniziativa e in ogni nuova impresa. Lei ha sempre creduto nelle mie idee e nelle mie iniziative. Mi ha sempre assecondato in tutte le mie decisioni e le ha sempre condivise. Credo, e lo affermo con orgoglio, che poche persone al mondo possano permettersi di fare in tutta sincerità simili affermazioni. Ma Stefania è un caso unico. Stefania è per me un grande dono di Dio: è sicuramente venuta dal cielo apposta per me che, nella vita, non avrei potuto desiderare niente di meglio.

Con Stefania ho vissuto esperienze meravigliose che vale la pena di raccontare. Karen Blixen comincerebbe così, con la frase che l'ha resa famosa:

„I had a farm in Africa....".

Potrei farlo anch'io, senza pericolo di smentirmi, e potrei cominciare scrivendo:

„Avevo un'estancia in Sud America....".

In realtà ne avevo addirittura due, una più bella ed interessante dell'altra.

Ma forse è meglio che comincio a modo mio, dall'inizio.

Zu meiner großen Freude habe ich im Verlauf meines Lebens überall auf der Welt auf vielfältige Weise arbeiten können. Dass ich schon immer viel unterwegs war, verdanke ich vor allem meiner Mutter, die mich schon früh zum Reisen ermutigte, damit ich die Schätze der Welt mit den eigenen Augen sähe. Zum Glück hatte ich einen Beruf, der mich in die ganze Welt brachte. Ich habe in Europa, Amerika, Afrika, Australien, im nahen und fernen Osten und in der Sowjetunion gearbeitet. Kurz gesagt, überall.

Ich bin stolz darauf und alle meine Erinnerungen sind sehr eng an die entsprechenden Situationen und Orte gebunden. Natürlich ziehe ich bestimmte Umstände anderen vor, habe ich an manchen Orten länger oder intensiver gelebt als an anderen und erinnere mich daher viel deutlicher an sie. Einer dieser Orte ist Südamerika, genauer gesagt: Bolivien. Um nach Bolivien zu ziehen, verstieß ich gegen alle Prinzipien, Regeln und Vereinbarungen, mit denen ich aufgewachsen war. In einigen Momenten schien es reiner Wahnsinn zu sein, aber ich zog es mutig durch und das war gut so: In Bolivien sammelte ich Erfahrungen von so außergewöhnlichem Wert, dass keine Reichtümer der Welt jemals an sie herankommen könnten. Ich spreche natürlich von den schon erwähnten Reichtümern des normalen, modernen Lebens.

Ich erzähle meine Geschichte zwar in der Ich-Form, aber um ehrlich zu sein, hätte ich das alles ohne Stefania niemals schaffen können. Sie ist meine große Stütze und die beste Lebensgefährtin, die man sich überhaupt vorstellen kann. Sie hat mich bei jedem meiner Vorhaben tatkräftig unterstützt. Sie hat immer an mich und meine Ideen geglaubt. Sie hat all meine Entscheidungen begünstigen und teilen können. Ich glaube – und das behaupte ich voller Stolz – dass nur wenige Menschen auf der Welt guten Gewissens ähnliche Aussagen treffen können, aber: Stefania ist wirklich einzigartig! Stefania ist für mich ein Geschenk Gottes. Sie ist für mich aus dem Himmel hinab gestiegen, denn ich hätte mir in meinem Leben nichts Schöneres wünschen können.

Mit Stefania habe ich so wundervolle Dinge erlebt, dass ich sie einfach erzählen muss. Karen Blixton begann mit dem berühmten Satz:

„Ich hatte eine Farm in Afrika…"

Come ho scritto nel mio ultimo libro *„Incontri con gli Dei"*, prima dell'avventura boliviana avevo vissuto in Africa e precisamente a Nairobi, in Kenya, e gli ultimi anni trascorsi laggiù con Stefania sono stati fra i più belli della mia vita. In Kenya ci siamo goduti il successo nel lavoro, ci siamo goduti il contatto con esseri umani meravigliosi e tanto vicini alla natura e, soprattutto, ci siamo goduti la natura stessa e gli animali che ancora vi vivevano in armonia. Potremmo quasi dire che è proprio in Kenya che abbiamo *conosciuto* la natura. Sul nostro capo, però, pendeva sempre una spada di Damocle che ci impediva di poter sperare che tutto quello sarebbe durato a lungo nel futuro. Un futuro che, per vari motivi, in Kenya non ci sarebbe potuto essere. Innanzitutto perché quel bel mondo si stava sgretolando ad una velocità vertiginosa, trasformato e distrutto dall'invasione della nostra „civiltà", ma anche perché per noi, come per tanti altri bianchi, i giorni in Africa erano letteralmente contati. In Kenya vivevamo con un permesso di soggiorno condizionato ad un contratto di lavoro a tempo limitato e non più rinnovabile. Sapevamo benissimo che, allo scadere del contratto, avremmo dovuto lasciare il Paese ed andare a vivere altrove. Ma dove? Dopo aver conosciuto delle condizioni di vita tanto diverse ed affascinanti, l'idea di ritornare a vivere nella vecchia Europa non ci attirava affatto. È vero che con la mia esperienza e con le mie referenze avrei potuto facilmente trovare un impiego ed una posizione di prestigio presso qualche grossa azienda italiana o multinazionale, ma questo per me rappresentava un *„deja vue"*, una cosa che avevo già vissuto e sperimentato con i miei tanti anni di viaggi intorno al mondo per l'azienda Buitoni-Perugina e non mi attirava più. Volevo fare qualcosa di nuovo e di diverso e credevo più nella vita e nei sogni che nel prestigio, nel benessere e nella carriera. Sognavo l'avventura. Volevo vivere altre esperienze collegate al rapporto con la natura e con gli animali e per seguire questi sogni ero disposto a buttare a mare il capitale di conoscenze e di esperienze che avevo accumulato fino a quel momento e che sarebbe dovuto servire a garantirmi un futuro agiato, decoroso, tranquillo e sicuro.

Volevo vivere seguendo i sogni del momento. Quando si ha il coraggio di seguire i propri sogni e di dedicarsi con tutte le forze a realizzarli, le probabilità che si avverino non possono essere che buone. Trasformare i sogni in realtà è

Ich könnte ebenfalls so beginnen, ohne Gefahr zu laufen, mir untreu zu werden:
„Ich hatte eine estancia *in Südamerika…"*
Eigentlich hatte ich sogar zwei, eine schöner als die andere.
Aber vielleicht ist es doch besser, auf meine Art und Weise zu beginnen, und zwar am Anfang.

Wie man es in meinem letzten Buch „Begegnungen mit den Göttern" lesen kann, lebte ich vor dem bolivianischen Abenteuer in Afrika, in Nairobi, Kenia. Diese Jahre mit Stefania dort zählten zu den schönsten meines ganzen Lebens. Gemeinsam genossen wir in Kenia den beruflichen Erfolg, die Begegnung mit wundervollen, sehr naturtreuen Menschen und vor allem aber die Nähe zur Natur selbst und zu den Tieren, die dort noch in völliger Harmonie lebten. Man könnte sagen, dass wir erst in Kenia die Natur wirklich kennen lernten. Wäre da nur nicht die ständige Präsenz eins Damoklesschwertes gewesen, denn sie nahm uns jede Hoffnung auf eine Zukunft in Kenia. Es gab viele Gründe, weshalb keine Zukunft geben konnte. Das Fundament dieser schönen Welt begann mit Schwindel erregender Schnelligkeit zu bröckeln, denn unsere rücksichtslose „Zivilisation" war dabei, sie zu verändern und zu zerstören. Hinzu kam, dass die Tage vieler Weißer in Afrika so gut wie gezählt waren. Unsere Aufenthaltserlaubnis hing von einem zeitlich begrenzten Arbeitsvertrag ab und der würde nicht mehr erneuert werden. Wir wussten nur allzu gut, dass wir nach Auslauf des Vertrages das Land verlassen und uns einen neuen Platz in der Welt suchen mussten.

Aber wo sollte der sein? Nachdem wir eine so andere und faszinierende Lebensweise kennen gelernt hatten, wollten wir auf keinen Fall zurück nach Europa. Natürlich hätte ich mit meiner Erfahrung und meinen Referenzen leicht einen hohen Posten in irgendeiner italienischen Firma oder in eine multinationalen Konzern finden können, aber das wäre ein reines „déjà-vu" gewesen. Ich war lange genug im Dienste der Firma Buitoni-Perugina um die Welt gereist. Nun wollte ich etwas Neues, Anderes tun, auch weil ich sehr viel mehr an die Kraft des Lebens und der Träume glaubte als an Prestige, Wohlstand und Karriere. Ein Abenteuer – das war mein Traum. Ich wollte weitere Erfahrungen im Kontakt mit der Natur und ihren

una delle più grandi aspirazioni dell'essere umano e quando ciò avviene si raggiungono i più alti picchi del piacere, della felicità e della soddisfazione. Comunque, anche quando non avviene, i sogni restano soltanto sogni, è vero, ma non per questo perdono la loro bellezza ed il loro fascino. Soprattutto non perdono mai la capacità di stimolarci a sognare ancora e ad inseguire altri sogni sempre nuovi.

Per noi il Kenya di allora sarebbe stato lo scenario ideale per il genere di vita che avremmo voluto vivere ma, come ho già detto, in Kenya non ci sarebbe stata più nessuna possibilità. Me l'ero goduto per tredici anni sfruttando ogni possibile stratagemma per ottenere i permessi di soggiorno ed i tanti rinnovi. Ma soprattutto gli ultimi due anni vissuti con Stefania avevano reso quel Paese ancora più bello ed affascinante. Dopo la mia ultima missione in Kenya avrei voluto andare a vivere in un Paese dove la natura fosse ancora, per quanto possibile, incontaminata e dove le condizioni politiche, economiche e razziali ci permettessero di vivere in pace e di costruirci un futuro anche modesto ed anche a costo di ricominciare tutto da zero.

Ma *con* la natura e *nella* natura!

Sarebbe potuta sembrare un'utopia ma il mondo è veramente grande e l'uomo non è ancora riuscito a distruggerlo tutto. In qualche posto sperduto del nostro bel pianeta ci sarebbe stato sicuramente un angolino adatto a sognatori pazzi come noi. Almeno così speravamo.

Ci eravamo messi a prendere in considerazione e ad analizzare con metodo vari Paesi in tutti i continenti e ad accumulare quante più informazioni possibili consultando libri e bussando alla porta delle varie ambasciate di Nairobi, di Roma e di Londra.

L'Africa ormai offriva ben poco. Dappertutto c'erano restrizioni, problemi razziali, focolai di rivolte e scarse possibilità di prevedere il futuro.

L'Australia era già troppo evoluta e sfruttata e qualunque iniziativa, anche nelle zone più interne e remote, richiedeva dei capitali di cui noi non disponevamo. Per l'America del Nord eravamo in ritardo perché il boom del pionierismo c'era stato qualche secolo prima ed il Medio e l'Estremo Oriente sono mondi troppo lontani dal nostro tipo di cultura e di civiltà.

Restava, in qualche modo, il Sud America. Una serie di Paesi pieni di incertezze, di governi instabili, di colpi di stato fatti in serie e di inflazioni galoppanti. Però, almeno sulla

Tieren machen. Dafür war ich bereit, mein ganzes Kapital an Bekanntschaften und Erfahrungen zu opfern, anstatt es weiterhin in eine sichere und angenehme Zukunft anzulegen.

Ich wollte den Träumen des Augenblickes folgen. Wenn man den Mut hat, seinen Träumen zu folgen und sie mit allen Kräften zu verwirklichen, dann ist die Wahrscheinlichkeit, dass sie wahr werden, sehr hoch. Eine der größten Wünsche des Menschen ist es doch, dass seine Träume Wirklichkeit werden. Gelingt ihm das, erreichen seine Freude, sein Glück und seine Zufriedenheit nie erahnte Höhen. Aber auch wenn es mal nicht gelingen sollte, bleiben Träume doch immer Träume, die ihre Schönheit und ihre Faszination niemals verlieren werden. Vor allem erlischt niemals ihre Kraft, die uns dazu ermutigt, immer weiter zu träumen und immer neuen Träumen zu folgen.

In Kenia hätten wir so leben können, wie wir es gerne gewollt hätten, es wäre der ideale Platz für uns gewesen, doch wie ich schon sagte, war das leider nicht mehr möglich. In den dreizehn Jahren meines Aufenthaltes habe ich wirklich alles versucht, um die Aufenthaltsgenehmigungen zu erhalten und sie dann immer wieder zu verlängern. Und die letzten beiden Jahre mit Stefania ließen dieses Land noch viel schöner und faszinierender auf mich wirken. Nach meinem letzten Auftrag in Kenia träumte ich von einem Land, in dem die Natur noch so unberührt wie irgend möglich war. Ich träumte von einem Land, in dem keine Fremdenfeindlichkeit herrschte und die politische und wirtschaftliche Lage es uns erlauben würde, friedlich zu leben und eine bescheidene Zukunft aufzubauen. Und wenn ich dafür wieder bei Null anfangen müsste.

Hauptsache, wir konnten mit *und in* der Natur leben.

Das klingt vielleicht etwas utopisch, aber die Welt ist so groß und der Mensch hat sie noch nicht überall zerstört. Irgendwo auf dieser Erde würde es bestimmt noch ein kleines, abgelegenes Plätzchen für unsere verrückten Träumereien geben. So hofften wir zumindest.

Wir machten uns daran, die Länder aller Kontinente genauestens unter die Lupe zu nehmen. Wir lasen unendlich viele Bücher und gingen zu den Botschaften von Nairobi, Rom und London, um so viele Informationen, wie nur möglich zusammenzusammeln.

Afrika hatte nicht mehr viel zu bieten. Überall wurden Einschränkungen auferlegt, im ganzen Kontinent kam es

carta, c'erano ancora ampie zone di natura non sfruttata, se non addirittura incontaminata ed inesplorata, e poche leggi protezionistiche che servissero a tener lontani gli stranieri.

Nonostante avessi viaggiato molto in giro per il mondo, conoscevo il Sud America soltanto in parte e circa le condizioni sociali ed economiche di quei Paesi avevo soltanto nozioni molto vaghe. Per motivi di lavoro ero stato varie volte in Brasile, in Ecuador, nel Venezuela ed in Colombia, cioè nel nord, ma non conoscevo affatto l'interno ed il sud del continente. Dalle nostre ricerche a tavolino erano venute alla luce delle informazioni interessanti sul Paraguay, l'Uruguay, la Colombia e la Bolivia. In questi Paesi lo straniero era ben accetto e nell'interno c'erano ancora zone poco progredite che offrivano la possibilità di acquistare terreni a prezzi accessibili e di iniziare una qualche attività in forme più o meno pionieristiche.

Era quello che cercavamo.

La lingua non rappresentava un problema perché il mio spagnolo era molto buono, sia parlato che scritto. Stefania avrebbe dovuto impararlo alla svelta ma non avrebbe avuto sicuramente grosse difficoltà vista la velocità con cui a Nairobi aveva imparato sia l'inglese che il swahili.

Dei quattro Paesi, la Bolivia era quello che sembrava offrire di più ma anche quello di cui si sapeva di meno e per il quale era più difficile racimolare informazioni e documentazioni soddisfacenti. Un Paese praticamente sconosciuto che sembrava esistere sulla carta e basta. Avevamo intensificato le ricerche in quella direzione prendendo contatti con ogni fonte possibile e procurandoci ogni genere di libri e documentazioni, soprattutto tramite Foyles di Londra che è sempre stato per me una importante fonte di informazione e di documentazione.

La Bolivia è, con ogni probabilità, il Paese meno popolato del mondo. La sua superficie è di 1.100.000 kmq, quasi quanto tutta l'Europa centrale. L'Italia, con i suoi 330.000 kmq comprese le isole, è poco più di un quarto della sua superficie. La popolazione, invece, allora contava soltanto poco più di sei milioni di persone, tante quante ne vivono in una città media europea. Di queste, oltre quattro milioni, cioè oltre due terzi, vivono sugli altipiani incredibilmente inospitali delle Ande in un terzo della superficie totale del Paese mentre il resto è distribuito nelle valli orientali e nel bassopiano che si estende dalle foreste pluviali

zu rassistischen Auseinandersetzungen und bewaffneten Aufständen. Die Zukunft dort sah finster aus.

Australien war bereits viel zu erschlossen und ausgebeutet. Selbst für die entlegensten Gegenden verlangten sie mittlerweile immense Summen, die wir uns nicht zahlen konnten. Für Nordamerika war es zu spät, da die Zeit der Pioniere bereits Jahrhunderte vor uns ausgebrochen war. Und die Welten des Mittleren und Fernen Osten waren uns zu weit von der eigenen Kultur entfernt.

Es blieb also nur noch Südamerika übrig: Eine Reihe von Ländern, die mit großen Unklarheiten, instabilen Regierungen, zahllosen Staatsstreichen und einer ins Unendliche kletternden Inflationsrate zu kämpfen hatten, die aber, zumindest auf der Landkarte, noch immer großflächige Gebiete unberührter, ja sogar unerforschter Natur versprachen. Außerdem hatten sie nur wenige Gesetze, die es Ausländern schwer machen könnten.

Obwohl ich soviel gereist war, wusste ich nur wenig über die sozialen und wirtschaftlichen Verhältnisse Südamerikas. Aus beruflichen Gründen war ich einige Male in Brasilien, Ecuador, Venezuela und Kolumbien, also im Norden, gewesen. Das Inland und den Süden kannte ich aber überhaupt nicht. Zuhause hatten wir allerdings viel versprechende Dinge über Paraguay, Uruguay, Kolumbien und Bolivien herausgefunden. In diesen Ländern waren Ausländer gerne gesehen und es gab vor allem noch die Möglichkeit, günstig an unerschlossenes Land zu kommen und sich als Pionier zu versuchen.

Das war es doch, was wir wollten.

Die Sprache stellte kein Problem dar, denn mein Spanisch war sowohl im Mündlichen als auch im Schriftlichen sehr gut. Stefania hätte es eben lernen müssen, aber das bereitete ihr ganz gewiss keine großen Schwierigkeiten. In Kenia hatte sie in kürzester Zeit zunächst Englisch und dann sogar Swahili gelernt.

Von den vier Ländern schien Bolivien am meisten für uns bereit zu halten. Aber es war auch das Land, von dem man am wenigsten wusste und von daher kamen wir nur schwer an Informationsmaterial heran. Ein völlig unbekanntes Land, das es nur auf der Landkarte zu geben schien. Wir verstärkten unsere Suche, griffen auf jede mögliche Quelle zurück und versorgten uns mit jeder Art von Büchern und Dokumentationen. Foyles in London war

dell'Amazzonia fino alla steppa semiarida del Chaco verso il Paraguay.

Il Paese non ha sbocco sul mare e confina a nord e ad est con il Brasile, a sud con il Paraguay e l'Argentina e ad ovest con il Cile ed il Perú. Il suo terreno è per il 20 % arido e deserto, soprattutto sulle Ande, il 40 % è coperto da foreste tropicali, il 25 % da pascoli e pampas, e soltanto il 2 % è arato e coltivato.

La sua struttura fisica può essere divisa in tre zone ecologiche ben distinte:

1) L'*Altiplano,* la parte più alta delle Ande formata da due catene montuose parallele, la Cordigliera Occidentale e la Cordigliera Orientale, fra le quali si estende un vasto altopiano arido e semidesertico e con il lago Titicaca;

2) Le *Yungas,* la zona semitropicale delle valli che scendono dalla Cordigliera Orientale verso il bassopiano;

3) L'*Oriente,* il bassopiano orientale, che si estende ad est delle Ande dalla regione semiarida del Chaco al sud fino alla giungla amazzonica del Beni e del Pando al nord.

Il clima va dall'estremamente caldo e piovoso del Beni al nord-est al temperato delle Yungas fino all'estremo delle condizioni artiche nei 5500 e più metri di altezza delle zone più alte dell'Altiplano.

I gruppi etnici più importanti sono i Quechua, 30 %, gli Aymara, 25 % ed i meticci, 30 %. I bianchi sono una vera minoranza e fluttuano fra il 5 ed il 10 % della popolazione.

Nel bassopiano, come abbiamo visto poco popolato, vi sono circa 100.000 indigeni indiani divisi in una trentina di tribù provenienti da nove gruppi linguistici diversi.

La storia della Bolivia è molto interessante. Innanzi tutto bisogna tener presente che la Bolivia geografica è composta da due ambienti completamente diversi, l'altopiano ed il bassopiano, che nella storia non sono mai stati veramente uniti e, in un certo senso, non lo sono ancora neppure oggi che politicamente appartengono allo stesso Paese. Fino a tempi relativamente recenti, fra l'altopiano e la parte bassa orientale non ci sono mai stati contatti significativi.

La teoria più comune dei ricercatori ortodossi sostiene che l'essere umano avrebbe raggiunto queste regioni provenendo dal continente asiatico attraverso lo stretto di Bering congelato. Recentemente, un antropologo dell'Università del Michigan, studiando la struttura ossea dei resti di un essere umano vissuto 10.000 anni fa, è giunto alla conclusione che appartengono ad un membro degli

mir dabei auch diesmal wieder eine verlässliche Hilfe und wichtige Informationsquelle.

Bolivien ist mit hoher Wahrscheinlichkeit das bevölkerungsärmste Land der Erde. Es hat eine Fläche von 1.100.000 km², und ist damit ungefähr so groß wie Mitteleuropa. Italien ist, die Inseln dazu gerechnet, mit seinen 330.000 km² gerade einmal so groß wie ein Viertel Boliviens. Es hatte zu jener Zeit etwas mehr als 6 Millionen Einwohner, in etwa so viele, wie durchschnittlich in einer großen europäischen Stadt wohnen. Vier Millionen, d.h. über zwei Drittel von ihnen, leben in den unglaublich rauen Hochebenen der Anden auf einem Drittel des gesamten Landes. Die anderen leben in den halbtropischen Tälern und in den Tiefebenen, die sich von den Regenwäldern des Amazonas bis zu den trockenen Savannen des Chacos nahe Paraguay hinziehen.

Bolivien ist ein Binnenland. Im Norden und Osten grenzt es an Brasilien, im Süden an Paraguay und Argentinien und im Westen an Chile und Peru. Auf 20% seiner Fläche, vor allem in den Anden, herrscht die totale Dürre, 40% ist bedeckt von tropischen Regenwäldern, 25% von Weiden und Pampas und nur 2% werden zu landwirtschaftlichen Zwecken benutzt.

Man kann Bolivien deutlich in drei verschiedene Ökosysteme einteilen:

1) Der Altiplano ist die Hochebene der Anden. Sie setzt sich aus zwei parallel zueinander verlaufenden, enormen Bergketten zusammen. Zwischen der östlichen und der westlichen Bergkette liegt das zentrale Hochland mit dem Titicaca-See.

2) Die Yungas bezeichnen die halbtropischen Täler, die von der östlichen Bergkette bis hinab in die Tiefebene gehen.

3) Der Oriente ist die östliche Tiefebene der Anden. Sie reicht von der halbtrockenen Region des Chaco bis zum Dschungel des Amazonas im Beni und im nördlichen Pando.

Außerdem findet man in Bolivien so gut wie alle Klimazonen: feuchte Hitze im nordöstlichen Beni, recht gemäßigte Temperaturen in den Yungas und klirrende Kälte auf den 5.5000 Meter hohen Anden.

Die Bevölkerung setzt sich aus Quechua (30%), Aymara (25%) und Mestizen (30%) zusammen. Die weiße

Yomon. Si tratta di una popolazione giapponese oggi estinta, la quale avrebbe raggiunto l'Alaska per via terra, ossia percorrendo la sottile lingua che una volta univa la Siberia con il Nordamerica, prima che il mare invadesse lo Stretto di Bering. Questa popolazione si sarebbe poi spinta fino all'America centrale. Qui, trovando condizioni di habitat favorevoli, si è moltiplicata ed è poi avanzata ulteriormente verso sud seguendo due direzioni parallele ma geologicamente del tutto diverse: quella della montagna, sulla cordigliera delle Ande, e quella del bassopiano seguendo il corso dell'Orinoco e la distesa amazzonica. Della storia e dell'evoluzione delle tribù del bassopiano non si hanno prove che permettano di andare oltre un certo tipo di supposizioni più o meno attendibili perché il loro ambiente e la specificità del suolo non hanno permesso di lasciare vestigia significative. Si ritiene che tre delle tribù derivanti dagli antichi immigrati asiatici siano gli *Arawak*, i *Tupì-Guaranì* ed i *Caribi* che si sono contesi per secoli la supremazia sulle isole e sulle coste settentrionali del continente sudamericano, prima di inoltrarsi lungo il corso dell'Orinoco ed insediarsi nel bacino amazzonico. Qui, nel quaternario, forse 20 o 30.000 anni fa', l'Amazzonia non era coperta di vegetazione come la vediamo oggi e la scarsità di piogge la riduceva ad una distesa di deserti e di savane. Gli scarsi insediamenti umani di allora erano ovviamente adeguati alle condizioni inospitali del suolo. Col ritorno delle piogge, poi, l'Amazzonia si è ricoperta di vegetazione e le acque hanno occupato buona parte del territorio creando fiumi, laghi ed immense paludi. La flora e la fauna cambiavano e l'uomo veniva spinto ancora più a sud alla ricerca di condizioni più umane. Le tribù allora si dividevano ulteriormente e formavano altri nuovi sottogruppi che ancora oggi popolano la regione. Probabilmente gli Arawak sono rimasti vicini alle montagne e si sono trasformati nelle tribù che ancora oggi popolano il nord e l'ovest dell'Amazzonia, i Caribi si sono infiltrati nelle zone più orientali in quello che oggi è il Brasile ed i Tupì-Guaranì sono scesi ancora più a sud verso i terreni più asciutti del Chaco, attualmente Paraguay, e poi attraverso le pampas dell'Argentina fino alla Patagonia e cioè fino alla punta estrema del continente. Sono questi ultimi che hanno dato origine alle tribù del ceppo linguistico Tupì-Guaranì, le più diffuse nell'Amazzonia meridionale e quindi nel bassopiano della Bolivia.

Minderheit pendelt sich irgendwo zwischen 5 – 10% ein.

In der spärlich besiedelten Tiefebene leben in etwa 100.000 Indios, die in 30 Stämme unterteilt sind und neun verschiedenen Sprachgruppen angehören.

Die Geschichte Boliviens ist sehr interessant. Man muss sich zunächst im Klaren darüber sein, dass Bolivien aus zwei geographisch völlig unterschiedlichen Teilen besteht. Die Hoch -und die Tiefebene haben nie etwas miteinander zu tun gehabt und auch wenn sie heute dem gleichen Staat angehören, hat sich daran nicht viel geändert. Bis noch vor kurzem hat es zwischen der Hochebene und der östlichen Tiefebene nie eine bedeutendes verbindung gegeben.

Die am weitesten verbreitete Forschungstheorie besagt, dass der Mensch über die zugefrorene Beringstraße aus Asien hierher gekommen sei. Neulich erst hat ein Anthropologe der Universität Michigan 10.000 Jahre alte Knochen untersucht und herausgefunden, dass sie von der heute ausgestorbenen, japanischen Bevölkerungsgruppe Yomon *stammen. Es heißt, sie hätten Alaska zu Fuß erreicht und seien, lange bevor das Meer die Beringstraße überschwemmte, über diese dünne Landzunge, die einst Sibirien mit Nordamerika verband, gekommen. Daraufhin drangen sie dann bis nach Mittelamerika vor. Dort trafen sie auf den richtigen Lebensraum, vermehrten sich und zogen später nach Süden weiter. Dabei wählten sie zwei Wege, die zwar parallel zueinander verliefen, aber trotzdem nicht unterschiedlicher hätten sein können: Die einen folgten der Bergkette der Anden, die anderen folgten dem Verlauf des Orinoko in der Amazonasebene. Über die Geschichte und Evolution der Stämme der Tiefebene lässt sich nur wenig sagen, denn durch die Beschaffenheit der Umgebung und des Bodens konnten keine bedeutungsvolle Spuren zurückbleiben. Man vermutet, dass die drei Stämme* Arawak, Tupì-Guaranì *und* Caribi *von den alten asiatischen Einwanderern hervorgegangen seien. Jahrelang hielten sie die Vorherrschaft über die Inseln und die nördliche Küste des südamerikanischen Kontinents aufrecht, später dann folgten sie dem Orinoko und kamen ins Amazonasgebiet, das damals, vor 20.000 bis 30.000 Jahren, noch nicht so aussah wie heute. Da Regenfälle äußerst selten waren, gab es anstelle der reichhaltigen Pflanzenwelt nur Savannen und Wüsten. Die spärlichen Siedlungen von damals waren natürlich ihrem unfruchtbaren*

Il *Kalasasaya* visto dall'esterno

Ma queste sono soltanto supposizioni basate unicamente sullo studio delle somiglianze culturali, linguistiche e comportamentali delle varie tribù che vivono nelle pianure del Sud America. Altre forme di ricerca non sono praticamente applicabili.

Di contro, l'altopiano ha conservato abbondanti, importanti, imponenti e spesso sconcertanti vestigia delle popolazioni che l'hanno abitato per vari secoli. Vi sono indizi che l'uomo vi abbia vissuto da almeno 21.000 anni. I resti della città di Tiahuanaco, nei pressi del lago Titicaca, sono prove dell'esistenza di una civiltà molto antica ed estremamente evoluta che disponeva di conoscenze tecnologiche incredibilmente avanzate. Non si sa chi fossero i fondatori di Tiahuanaco ma è certo che possedevano forme di energie meccaniche o animali, come pure tecnologie atte ad utilizzare tali energie. Si tratta di tecnologie, a noi tuttora sconosciute, che, fra l'altro, permettevano loro la movimentazione di pesi enormi. Gli archeologi sono ancora perplessi nello studio di opere architettoniche monumentali realizzate con vari blocchi monolitici di pietra arenaria del peso di oltre 170 tonnellate. Questi blocchi sono stati trasportati per distanze di 80 chilometri e messi in opera con una perfezione tale da aver resistito all'azione distruttiva

Der *Kalasasaya* *von außen gesehen*

Boden angepasst. Als der Regen dann dort Einzug erhielt, bildete sich die dichte Pflanzenwelt des Amazonas und es entstanden Flüsse, Seen und weite Sumpfgebiete. Die Pflanzen -und Tierwelt änderte sich fortwährend und zwang den Menschen, sich auf die Suche nach einem geeigneteren Lebensraum weiter südlich zu begeben. Die Stämme spalteten sich weiter auf und bildeten die Untergruppen, die noch heute in der Region ansässig sind. Die Arawak sind wahrscheinlich in der Nähe der Berge geblieben und haben sich dann zu den Stämmen entwickelt, die noch heute im Norden und Westen des Amazonas leben. Die Caribi sind in die östlichen Gebiete des heutigen Brasilien gezogen und die Tupì-Guaranì sind noch weiter in Richtung Süden gewandert. Sie haben die Trockengebiete des Chaco im heutigen Paraguay und die Pampas Argentiniens bis nach Patagonien durchquert und sind bis an das äußerste Ende des Kontinents gelangt. Auf sie gehen alle Stämme mit der Sprachwurzel der Tupì-Guaranì zurück. Im südlichen Amazonas und demnach in der Tiefebene Boliviens sind sie am weitesten verbreitete.

All diese Vermutungen basieren allerdings nur auf Untersuchungen, die sich mit den Ähnlichkeiten in der Kultur, der Sprache und des Verhaltens der verschiedenen Stämme Südamerikas auseinandergesetzt haben. Alle anderen Forschungsmethoden sind praktisch gar nicht anwendbar.

Auf der anderen Seite haben wir die Hochebene, dessen Einwohner über Jahrtausende hinweg eine Vielzahl an wichtigen, stattlichen und erschütternden Spuren hinterlassen haben. Es gibt Anzeichen dafür, dass der Mensch hier seit mindestens 21.000 Jahren lebt. Die Überreste der antiken Stadt Tiahuanaco in der Nähe des Titicacasees zeugen von einer uralten, erstaunlich weit entwickelten Zivilisation, die über unglaublich fortschrittliche, technische Erkenntnisse verfügte. Wir können nicht sagen, wer die Gründer dieser Stadt gewesen sind, aber es steht fest, dass sie im Besitz von mechanischer Energie bzw. von Tieren waren, die diese Energie in Gang brachten. Es handelt sich um Technologien, die uns bis heute nicht bekannt sind und die ihnen beispielsweise ermög-

dei secoli e soprattutto agli assalti dei tanti movimenti tellurici di cui la zona è stata vittima nel corso dei secoli. Una di quelle pietre pesa addirittura 440 tonnellate! È difficile ammetterlo, ma ai tempi nostri, con la nostra civiltà tecnologica così avanzata, non conosciamo sistemi né disponiamo di macchine che ci permetterebbero di fare altrettanto.

Le leggende locali narrano che Tiahuanaco sia stata fondata nel corso di una sola notte da esseri divini dalle sembianze umane. I Tiahuanacani, o comunque chiunque fossero i costruttori di quelle opere monumentali, avevano conoscenze molto approfondite anche dell'agricoltura, della matematica e soprattutto dell'astronomia e ci ripropongono, in quest'angolo di mondo altrimenti tanto inospitale, lo stesso stupore, gli stessi interrogativi, le stesse incognite e gli stessi misteri che gli archeologi affrontano nello studio di altre civiltà esistite in tempi remoti in Egitto, in Mesopotamia, in Europa, nell'America del nord e nell'Estremo Oriente. Civiltà nelle quali si riscontrano affinità incredibili e tutt'ora inspiegabili.

Le ipotesi basate sulle ricerche più attuali sostengono che gli autori di quelle opere grandiose non siano stati i Tiahuanacani, né gli aymara né i quechua ma che sia esistita un'altra cultura molto più antica e completamente diversa, di cui sarebbe andata perduta ogni traccia. Sono le stesse ipotesi che si applicano alle origini dei grandi templi degli Egizi, dei Sumeri, degli Aztechi, dei Maia e degli Yomon.

Nei miti e nelle leggende di Tiahuanaco e di Cuzco si riscontrano tante affinità con quelli di altre civiltà lontane. Qui, a Tiahuanaco, si narra di un dio giunto dal mare con i suoi uomini. Uomini alti, con la barba lunga e vestiti elegantemente con lunghi camici bianchi. Il nome che ci è stato tramandato di questo dio era „Wiraqocha" e si racconta che era venuto per fondare città, per portare la civiltà e la legge e per insegnare l'agricoltura, l'astronomia, la medicina e l'architettura. Poi, compiuta la sua missione, Wiraqocha ed i suoi uomini erano ripartiti sul mare ma avevano promesso che sarebbero ritornati. E le popolazioni che si sono susseguite a Tiahuanaco hanno tutte creduto a quella promessa.

Le opere lasciate da questi uomini, o comunque da chiunque abbia appartenuto ad una civiltà più antica di

Tiahuanaco: il *Kalasasaya*

lichte, tonnenschwere Gewichte zu versetzen. Die Archäologen können sich immer noch nicht erklären, wie diese architektonischen Meisterwerke aus ganzen Sandsteinblöcken von bis zu 170 Tonnen zu Stande gekommen sein könnten. Diese Blöcke stammen aus einem Umfeld von bis zu 80 Kilometern und sind mit einer solchen Präzision angeordnet worden, dass weder die Zeit noch die vielen Erdbeben an ihnen haben rütteln können. Einer dieser Steinblöcke wiegt sogar 440 Tonnen! Es fällt einem nicht leicht, das zuzugeben, aber von all den hoch technologisierten Errungenschaften, die wir heutzutage haben, ist keine einzige fähig, auch nur Annäherndes zu erreichen.

Der Legende nach ist Tiahuanaco im Laufe einer einzigen Nacht von Göttern in Menschengestalt gegründet worden. Auch von der Landwirtschaft, der Mathematik und vor allem der Astrologie hatten die Einwohner Tiahuanacos, oder wer auch immer die Gründer dieser Bauwerke sein mögen, genaueste Kenntnisse. Sie stellen uns, in dieser abgelegenen Ecke der Welt, vor die gleichen Wunder, Fragen, Unkenntnisse und Geheimnisse, wie es andere antike Zivilisationen in Ägypten, Mesopotami-

***Tiahuanaco: Der* Kalasasaya**

quelle di cui ci sono state tramandate vestigia più recenti, hanno caratteristiche eccezionali. A Tiahuanaco c'è un porto, che attualmente si trova ad oltre 30 km dalla riva del lago Titicaca, dove avrebbero potuto attraccare navi di grande stazza. Nei secoli il lago si è ritirato e la zona si è rialzata per una forma di bradisismo. A Cuzco, nell'attuale Perú, vi sono muri costruiti con pietre enormi di varie tonnellate e messe in opera con una precisione tale che non sarebbe possibile neppure ai tempi nostri. In tutto il territorio vi sono resti di canalizzazioni gigantesche per l'irrigazione di terreni adibiti all'agricoltura. Ma uno degli aspetti più affascinanti di quelle civiltà è l'abilità di organizzare un'efficiente rete stradale in grado di collegare Cuzco con tutte le regioni dell'impero. La cosiddetta Strada Reale era divisa in due arterie principali: quella andina, ripida e scoscesa come la Cordigliera che attraversava, e quella costiera, a ridosso delle coste del Pacifico. La prima era lunga ben 5200 chilometri. Partiva dal limite settentrionale dell'impero ed attraversava quelli che oggi sono l'Ecuador, il Perú, la Bolivia, il Cile e l'Argentina fino a Tucuman. La seconda, lunga oltre 4000 chilometri e larga ben 7 metri, partiva dall'estremo nord dell'impero e proseguiva verso sud lungo il Pacifico per tutta la lunghezza del Perú e del Cile. Parliamo di strade come potrebbero essere concepite e costruite, con poche varianti, anche ai giorni nostri, con muri di contenimento, ponti ad alto contenuto tecnologico ed una larghezza di ben 7 metri.

I ricercatori e gli storici di oggi si chiedono: a che cosa poteva servire una rete stradale di quella portata in un continente che, a quanto ne sappiamo oggi, non contava più di qualche milione di abitanti? E che mezzi di trasporto avrebbero dovuto percorrere quelle strade? Oggi sappiamo che, prima dell'arrivo dei conquistatori spagnoli, le popolazioni del Sud America non conoscevano né la ruota né il ferro, due elementi che per noi sono basilari in ogni tipo di movimento e di trasporto. E, soprattutto, a cosa serviva a quei tempi una larghezza di ben sette metri?

Comunque sia, i tiahuanacani, chiunque essi fossero, e con loro anche le civiltà che si erano sviluppate dopo di loro, scompaiono completamente e non lasciano nella storia alcuna traccia fino intorno al 1200 d.c. quando, almeno per la storia conosciuta e documentata, emergono le tribù *Aymara* con 7 regni coalizzati nei territori che oggi rappresentano più o meno la Bolivia montana. Gli Aymara,

en, Europa, Nordamerika und im Fernen Osten getan haben. Die unglaublichen Ähnlichkeiten all dieser Zivilisationen zueinander sind bis heute unerklärlich.

Die neuesten Erkenntnisse lassen vermuten, dass die Gründer dieser großartigen Bauwerke weder die Einwohner Tiahuanacos, noch die Aymara oder die Quechua waren, sondern dass noch lange vor ihnen eine völlig andere Zivilisation existiert hat, deren Spuren längst verwischt sind. So wie man es auch für die großen Tempel Ägyptens, die Sumerer, die Azteken und die Mayas und die Yomon vermutet.

Die Mythen und Legenden Tiahuanacos und Cuzcos ähneln auf unwahrscheinliche Weise denen anderer, ferner Zivilisationen. Hier in Tiahuanaco erzählt man sich von einem Gott, der mit seinen Männern über das Meer gekommen sei. Groß seien diese Männer gewesen, mit langen Bärten und eleganten, weißen Kleidern. Ihr Gott namens „Wiraqocha" sei gekommen, um die Stadt zu gründen, um ihnen eine Kultur und Gesetze zu geben und um ihnen Landwirtschaft, Astronomie, Medizin und Architektur beizubringen. Als die Mission erfüllt war, stachen sie, mit dem Versprechen wiederzukommen, in See. Alle Völker, die danach in Tiahuanaco lebten, verloren nie ihren Glauben daran.

Die Werke, die diese Männer, oder wer auch immer, hinterlassen haben sind großartig. Im Hafen von Tiahuanaco, der heutzutage 30 km vom Ufer des Titicaca-See entfernt liegt, hätten sie Schiffe von enormer Größe befestigen können. Der See hat sich im Lauf der Jahrhunderte zurückgezogen und der Boden hat sich vulkanartig gewölbt. In Cuzco, im heutigen Peru, kann man Mauern aus tonnenschweren Steinen bewundern. Sie sind mit einer Genauigkeit angeordnet, wie es nicht einmal in heutiger Zeit möglich wäre. In der ganzen Gegend gibt es Reste von riesigen Kanalsystemen, die der Bewässerung der Landwirtschaft dienten. Aber einer der faszinierenden Aspekte dieser Zivilisationen ist das überwältigend Straßennetz, das von Cuczo aus in alle Regionen des Imperiums führt. Die so genannte Königsstraße bestand aus zwei Hauptadern: die Hochstraße, die so steil war, wie die Bergkette, durch die sie führte und die Küstenstraße, die eng am Pazifik entlang verlief. Die erste der beiden war 5200 Kilometer lang. Sie begann am nördlichsten Ende des Imperiums und durchquerte die Gegenden Ecuadors, Perus,

una razza aggressiva e bellicosa, hanno la singolare capacità di adattarsi alle condizioni quasi proibitive dell'altopiano e di saperle utilizzare per produrre e conservare i prodotti della terra con complicati processi di essiccazione e di congelamento. Gli Aymara avevano colonizzato anche le zone semitropicali verso oriente, cioè le valli, le attuali Yungas, e le falde occidentali delle Ande dove prima avevano dominato gli *Uru*, una razza ancora più antica degli Aymara e di cui si sa molto poco. Oggi, degli Uru rimangono soltanto alcune centinaia di esemplari che vivono in condizioni inumane di povertà e di malnutrizione sulle isole galleggianti di giunchi di totora del lago Titicaca.

Ma gli Aymara, comunque, sono restati in auge soltanto un paio di secoli e poi anche loro hanno cominciato gradualmente, ma molto rapidamente e misteriosamente a decadere.

Intanto, più a nord, in quello che oggi è il Perú, dopo il collasso dell'impero dei Tiahuanacani, o di chiunque fossero i loro immediati predecessori, era emersa anche un'altra tribù, quella dei *Quechua*, che aveva fondato uno stato nuovo intorno a Cuzco. I Quechua si erano poi andati espandendo rapidamente verso sud ed avevano preso il sopravvento sugli Aymara che intanto, per motivi pressoché inspiegabili, si erano indeboliti.

Tiahuanaco: il *Puma Puncu*

Boliviens, Chiles und Argentiniens bis hin nach Tucuman. Die zweite war über 4.000 Kilometer lang und 7 Meter breit. Sie begann am nördlichen Ende des Imperiums und führte am Pazifik entlang, durch Peru und Chile, nach Süden. Diese beiden Straßen könnten mit wenigen Abweichungen genauso gut in unserer Zeit entworfen und gebaut worden sein. Sie weisen Stützmauern, hoch entwickelte Brücken, und eine Breite von 7 Metern auf.

Forscher und Historiker der ganzen Welt fragen sich, wozu ein so gut ausgebautes Straßennetz diente, wenn der Kontinent, wie wir heute wissen, doch nicht mehr als einige Millionen Einwohner hatte. Und womit verkehrten sie überhaupt auf diesen Straßen? Heute wissen wir, dass die Südamerikaner vor der Eroberung durch die Spanier weder Eisen noch Räder kannten. Für uns ist Bewegung und Transport ohne sie gar nicht denkbar. Und wozu vor allem in der Welt, benötigten sie eine Breite von 7 Metern?

Wer auch immer die Einwohner Tiahuanacos waren, sie und ihre Nachfolger verschwinden jedenfalls, ohne auch nur eine Spur zu hinterlassen. Erst um 1200 n. Chr., als der Stamm der Aymara *an Bedeutung gewinnt, setzt die Geschichtsschreibung wieder ein und dokumentiert 7 zusammenhängende Reiche, die sich über das Territorium der heutigen Berglandschaft Boliviens erstrecken. Der kämpferische Stamm der Aymara hat die außergewöhnliche Fähigkeit, mit den eigentlich unüberwindbaren Verhältnissen des Hochlandes zurechtzukommen. Sie nutzen die Produkte dieser Erde, indem sie sie auf komplizierte Art und Weise trocken legen und einfrieren.*

Die Aymara haben sogar die halbtropischen Gegenden im Osten, die Täler der heutigen Yungas, und die westlichen Gegenden am Fuße der Anden besiedelt. Vorher herrschte dort der noch viel ältere Stamm der Uru, *von dem man nur sehr wenig weiß und von dem es heute nur noch einige Hundert Menschen gibt. Völlig verarmt leben sie unter ständigem Hunger und unmenschlichen Verhältnissen auf den Binseninseln des Titicaca-See.*

Doch auch die Aymara standen lediglich für ein paar Jahrhunderte in der Blütezeit ihrer Macht. Ihr Niedergang erfolgte Schritt für Schritt und auf geheimnisvolle, aber äußerst schnelle Weise.

***Tiahuanaco: der* Puma Puncu**

Quechua è il nome originale di quelli che i conquistatori spagnoli hanno poi ribattezzato in *Incas*. In realtà il nome Inca si riferiva soltanto alla famiglia degli imperatori dei Quechua.

I Quechua avevano battezzato l'altopiano Aymara col nome di *Kollasuyo* (pron. *Cojasuyo*) che diventava uno dei distretti più importanti dell'immenso nuovo impero Quechua-Inca e gli Aymara, sopraffatti dalla nuova civiltà, si erano ridotti a lavorare per loro nelle miniere e negli ampi progetti di costruzione. Ma non come schiavi: per il loro lavoro venivano regolarmente pagati, le strutture dei loro regni erano state conservate e rispettate, i figli dei nobili potevano essere mandati alle scuole quechua di Cuzco ed avevano la libertà di conservare la propria cultura, la propria lingua e la propria religione. Ciononostante però, verso la metà del 1400, soltanto mezzo secolo prima dell'arrivo dei conquistatori spagnoli, gli Aymara avevano tentato di ribellarsi ma erano stati sconfitti e sottomessi. Con questo evento, alla fine dello stesso secolo, i Quechua-Incas avevano stabilito il completo dominio sull'immenso territorio di Kollasuyo e sugli Aymara che da allora sarebbero rimasti sottomessi per sempre.

Ma, altrettanto misteriosamente, anche l'egemonia dei Quechua-Incas non era destinata a durare a lungo: alcuni storici sostengono che gli sforzi dedicati all'espansione, a placare le rivolte e soprattutto l'impegno di amministrare

Tiahuanaco: la Porta del Sole

Im Norden, dem heutigen Peru, stieg nach dem Zerfall des Imperiums Tiahuanacos, oder welches auch immer ihnen direkt vorausgegangen war, ein weiterer Stamm empor. Die Quechua gründeten in der Gegend um Cuzco ein neues Reich. Schnell zogen sie auch gen Süden und besiegten die Aymara, deren Kraft in der Zwischenzeit aus unerklärlichen Gründen nachgelassen hatte.

Quechua ist der ursprüngliche Name des Volkes. Später wurden sie von den spanischen Eroberern in *Incas* unbenannt. Eigentlich galt der Name Inka nur der Herrscherfamilie der Quechua.

Die Quechua tauften die Hochebene Aymara auf den Namen *Kollasuyo* (sprich *Kojasuyo*) und sie wurde zu einem der bedeutendsten Gebiete des ganzen Quechua-Inka-Reiches. Die von der neuen Zivilisation überwältigten Aymara mussten von nun an in den Gruben und den großen Bauprojekten schuften. Sie wurden jedoch nicht versklavt, sondern für ihre Arbeit regulär bezahlt. Die Einrichtungen ihre Reiche wurden aufrechterhalten und respektiert, die Kinder ihrer Adligen durften in Cuzco auf die Quechua-Schule gehen und man gewährte ihnen das Recht, ihre Kultur, Sprache und Religion beizubehalten. Trotzdem kam es um 1450, nur 50 Jahre vor der Ankunft der spanischen Eroberer, zu einem Aufstand, der jedoch brutal niedergeschlagen werden konnte. Mit diesem Triumph besiegelten die Quechua-Inkas ihre Vormachtstellung endgültig, sie regierten fortan über das gesamte Gebiet des Kollasuyo sowie über alle Stammesangehörigen der Aymara.

Aber auch die Herrschaft der Quechua-Inkas sollte merkwürdigerweise nicht von langer Dauer sein: Der unermüdliche Drang das Imperium zu erweitern, der ewige Kampf gegen die aufständischen Feinde und der enorme Verwaltungsaufwand des immensen Reiches, sind für viele Historiker nur einige Gründe, weshalb die Quechua-Inkas sich um 1500 durch politische Unruhen und harte Nachfolgekriege selbst zu Grunde richte-

Tiahuanaco: das Sonnentor

2 Vom Kilimandscharo zu den Anden

India colla alla raccolta delle patate

un impero tanto vasto li avevano indeboliti al punto tale che l'inizio del 1500 li vedeva impelagati in disordini politici e lotte di successione mai conosciute prima. Ma sono tutte soltanto supposizioni di comodo troppo semplicistiche e non esiste a loro supporto alcuna documentazione attendibile. Comunque sia, c'è da notare che quella dei Quechua era stata una forma di indebolimento e di decadenza tanto misteriosa e simile, se non addirittura identica, a quella precedente degli Aymara, e, chissà, forse anche degli Uru e dei Tiahanacani o di chiunque altro li abbia preceduti. In base a questa considerazione vien fatto di pensare che in quelle rapide ascese ed altrettanto rapide decadenze vi possa essere stato un fattore comune e molto importante. Di fatto, negli ultimi decenni, vari studiosi e ricercatori si stanno dedicando per l'appunto alla ricerca ed allo studio di una causa comune.

Gli spagnoli, fin dal loro primo arrivo nel territorio americano, erano rimasti talmente affascinati dalle leggende di quella ricca zona del continente, rappresentata dall'immenso impero dei Quechua, o Incas, che nel 1524 Francisco Pizzarro, Diego de Almagro ed Hernando de Luque erano partiti per la prima volta da Panama per scendere lungo la costa del Pacifico guidando gli spagnoli alla ricerca di una mitica terra colma d'oro detta „Birú". Le

Einheimische colla bei der Kartoffelernte

ten. Wirkliche Beweise gibt es dafür keine, alles was wir haben, sind einfache und wenig stichhaltige Vermutungen. Aber wie auch immer es letztendlich gewesen sein mag, so fällt doch zumindest auf, dass der Untergang der Quechua ebenso mysteriös und unerklärlich ist, wie die vorangegangene Niederlage der Aymara; und vielleicht sogar wie die der Uru und der Bewohner Tiahuanacos oder ihrer Vorfahren. Diese Überlegungen führen zu der Annahme, dass all diesen rasanten Aufstiegen und Niedergängen eine äußerst wichtige Gemeinsamkeit zu Grunde liegt. Und daher widmen sich die Forscher und Denker der letzten Jahrzehnte genau dieser Frage nach dem, allen gemeinsamen Grund.

Die Legenden, die man sich über das reiche Imperium der Quechua bzw. Inkas erzählte, faszinierten die Spanier von der ersten Sekunde an, da sie amerikanischen Boden betreten hatten. Im Jahre 1524 verließen Francisco Pizzarro, Diego de Almagro und Hernando de Luque daher Panama zum ersten Mal und folgten dem Weg, der entlang des Pazifiks führte. Mit den Spaniern im Gefolge machten sie sich auf die Suche nach einem geheimnisvollen Ort namens Birù, wo das Gold nur so vom Himmel fallen sollte. Das, was sie in ihrer Mission bisher darüber aufschnappt hatten, klang sehr viel versprechend. Birù war demnach eine wahre Goldgrube, die man schnellst möglich erobern musste. Pizzaro und Almagro kümmerten sich daraufhin um die Organisation und kehrten nur wenige Jahre später, im Jahre 1532, mit 260 bis auf die Zähne bewaffneten Männern zurück. Ihre Absicht war es, in das Inka-Reich einzufallen, es zu erobern und sich seine legendären Schätze zu Eigen zu machen.

Den Informationen der Historiker zufolge, hat der Herrscher Atahuampa-Inka keinerlei Widerstand geleistet. Manch einer glaubt sogar an die zweifelhafte Theorie, dass der Herrscher gar nicht begriff, was dort im Gange war, und dass er sowieso nicht fähig gewesen wäre, sich gegen die Spanier zur Wehr zu setzen. Wie die Wahrheit auch immer aussehen mag, fest steht, dass Pizzarro auf keine Form von Widerstand gestoßen ist. Auch wenn die Aufmerksamsten unter den Historikern sich mit dieser Version nicht ganz zufrieden geben wollen, so bestätigen sie

Indios davanti ai loro „trulli" *Einheimische vor ihren Steinhütten*

informazioni che avevano raccolto nella loro missione erano entusiasmanti. Il Birú era una vera e propria miniera d'oro che bisognava a tutti i costi conquistare. Tanto è vero che pochi anni dopo, nel 1532, Pizzarro ed Almagro, organizzatisi a tale scopo, erano ritornati con 260 uomini armati fino ai denti con l'intento di penetrare nel territorio dell'Impero Inca, conquistarlo ed impadronirsi delle sue ricchezze leggendarie. Stando alle informazioni tramandateci dagli storici, l'imperatore Atahuampa-Inca, da parte sua, non aveva opposto alcuna resistenza. Qualcuno arriva addirittura a sostenere, anche se è una teoria piuttosto inverosimile, che l'imperatore non si fosse neppure reso conto di quanto stava succedendo e che, comunque, non avrebbe avuto né mezzi né capacità per impedire l'avanzata

doch zumindest, dass Atahuampas Gefangennahme und die Eroberung des Reiches schnell und ohne große Verluste vonstatten gegangen sei und dass die zwei „conquistadores" die neuen Errungenschaften unmittelbar untereinander aufteilten. Pizzarro nahm sich den Norden mit der Hauptstadt Cuzco, während sein Mitstreiter Almagro die Kontrolle über das südliche Charcas bzw. Alto Perù vom legendären Namen Birù, dem einstigen Kollasuyo übernahm. Letzterer gab sich jedoch nicht zufrieden mit dieser Aufteilung und es dauerte keine fünf Jahre, bis er Cuzco angriff. Er wollte es erobern und unter seine Herrschaft stellen, doch hatte er Pizzarro anscheinend unterschätzt. Dieser siegte glorreich und wurde zum Alleinherrscher über beide Teile des Reiches.

degli spagnoli. Comunque siano andate le cose, sta di fatto che Pizzarro non aveva incontrato alcuna resistenza. Ma è una versione dei fatti che non soddisfa gli storici più attenti. Essi ci tramandano comunque, che Atahuampa veniva facilmente catturato e passato alla garrotta e l'immenso impero, conquistato rapidamente con pochissime perdite, veniva subito diviso fra i due *„conquistadores"*.

Pizzarro si era tenuto il nord con la capitale, Cuzco, mentre il sud, il Kollasuyo che fu ribattezzato *Charcas* o *Alto Perù* dal nome leggendario di *Birù*, passava sotto il controllo del suo compagno d'armi, Almagro. Quest'ultimo, però, non era rimasto soddisfatto della divisione e soltanto cinque anni dopo attaccava Cuzco nel tentativo di conquistarla ed annetterla al proprio dominio. Ma senza successo: Pizzarro aveva la meglio, Almagro veniva sconfitto e passato alle armi e le due colonie venivano unificate.

La facilità con cui Pizzarro aveva annientato gli eserciti Incas e conquistato l'intero impero senza, praticamente, incontrare una vera e propria resistenza, viene generalmente attribuita alla differenza di armamenti e alla ferocia, alla determinazione ed alla atrocità degli uomini del conquistatore ma è una spiegazione che non accontenta alcuni storici più attenti. Atahualpa era un uomo abile e forte che era stato capace di tenere sotto controllo un mosaico di nazioni e di tribù, differenti per lingua e per abitudini di vita e sparsi in un'area che comprendeva quasi l'intero subcontinente americano. Probabilmente l'impero più vasto che sia mai esistito sul nostro pianeta. Inoltre, numericamente, è impensabile che un piccolo gruppo di avventurieri spagnoli, 260 uomini in tutto, per quanto aggressivi fossero, potessero prevalere tanto facilmente sugli eserciti di un impero di vari milioni di persone.

La spiegazione potrebbe essere un'altra, e gli storici si stanno concentrando sempre più attivamente nelle ricerche in tal senso. Nei miti, nelle leggende e nelle religioni tramandate dalle civiltà più antiche ed assimilate anche dai Quechua, cioè dagli Incas, c'era sempre l'immagine del *Wiraqocha*, il dio, il creatore, il fondatore, l'uomo alto con la barba e ben vestito, venuto dal mare e ripartito poi di nuovo sul mare con la promessa di ritornare: l'uomo bianco! E Pizzarro, come pure tutta la sua masnada di carnefici e di distruttori, era per l'appunto un uomo bianco, sia lui che i suoi uomini erano più alti e slanciati dei Quechua, vestivano

Dass Pizzarro das scheinbar wehrlose Inka-Reich so einfach erobern konnte, erklärt man sich häufig mit der Überlegenheit seiner Waffen und der Grausamkeit, mit der er und seine entschlossenen Männer sie einsetzten. Doch auch darüber äußern die Aufmerksamsten unter den Historikern rege Zweifel. Atahualpa muss ungewöhnlich stark und geschickt gewesen sein. Wie sonst hätte er, die über den ganzen amerikanischen Subkontinent verstreuten Stämme, die zudem noch verschiedenen Sprach– und Kulturkreisen angehörten, unter Kontrolle halten können? Er war der Herrscher des vermutlich vielfältigsten Reiches, das es jemals auf unserer Erde gegeben hat. Außerdem ist es faktisch doch ganz unmöglich, dass eine kleine Gruppe spanischer Abenteurer von gerade mal 260 Mann, die millionstarken Heere eines ganzen Reiches so einfach in die Knie zwingen kann, seien sie auch noch so aggressiv.

Die Erklärung dafür muss woanders liegen, und die Historiker orientieren sich immer mehr in diese Richtung. In allen Mythen, Legenden und Religionen der antiken Völker, und also auch in denen der Quechua bzw. Inkas, taucht immer wieder das Bild des Gottes, Schöpfers und Gründers Wiraqocha *auf – der stattliche Mann mit dem langen Bart und der guten Kleidung, der über das Meer gekommen und dorthin zurückgegangen war, der versprochen hatte wiederzukehren: Der weiße Mann! Und Pizzarro, sowie seine ganze Horde mordender Krieger, war eben dieser weiße Mann. Er und seine Männer waren größer und schlanker als die Quechua, ihre Uniformen waren aus reichen, auffälligen Stoffen, sie kamen über das Meer und sie trugen Bärte. Mit hoher Wahrscheinlichkeit war Pizzarro für Atahualpa-Inca ein neuer* Wiraqocha, *ein Gott, ein Schöpfer, ein Wohltäter, der wie versprochen zurückgekehrt war, um sie wieder mit Kultur, Fortschritt und Wohlergehen zu segnen. Viel zu lange hatten sie auf seine Rückkehr warten müssen und nun, da er endlich zurückgekehrt war, öffneten sie ihm Tür und Tor. Nur so erklärt sich die Tatsache, wie eine Handvoll Männer, praktisch ohne auch nur einen Finger zu heben, das größte Reich der Erde erobern konnte. Den Beweis dafür liefert uns ein ähnlicher, aber besser dokumentierter Fall: Der des berühmten Aztekenherrschers Montezuma. In der Religion und in den Mythen dieser Kultur des nördlichen*

Il volto triste degli Aymara   **Das traurige Gesicht einer Aymara**

divise fatte di tessuti ricchi e vistosi, venivano dal mare ed avevano la barba. Con molte probabilità, per Atahualpa-Inca Pizzarro altri non era che un nuovo *Wiraqocha*, il dio, il creatore, il benefattore che, in fede alla sua vecchia promessa, ritornava a portare un'altra ondata di civiltà, di progresso e di benessere. L'avevano aspettato per secoli e per lui erano state aperte le porte dell'impero. Solo questo può spiegare la facilità con cui un pugno di uomini, praticamente senza combattere e senza incontrare alcuna resistenza, si fosse impadronito di uno dei più grandi imperi che siano mai esistiti al mondo. La prova di ciò ci può essere data da un comportamento identico, ma meglio documentato, da parte dell'imperatore degli Aztechi, il mitico Montezuma.

Kontinents gab es ebenfalls einen weißen, großen, bärtigen und gut gekleideten Mann, der über das Meer kam, sie mit Kultur segnete und dann, mit dem Versprechen zurückzukehren, wieder über das Meer verschwand. Die Azteken überlieferten uns den Namen Quetzalcòatl. *Als Montezuma den* conquistador *Hernando Cortès erblickte, zögerte er keinen einzigen Moment, denn er war der Überzeugung* Quetzalcòatl *höchstpersönlich gegenüberzustehen. Endlich war er mit seinen Männern zurückgekehrt, um sie erneut mit Kultur, Fortschritt und Wohlergehen zu bereichern. Er überhäufte ihn mit Gold und Silber und überließ ihm die Schlüssel zur Stadt.*

Anche nella religione e nei miti di questa civiltà del continente settentrionale c'era stato un uomo bianco, alto, con la barba, che vestiva elegantemente, che era venuto dal mare per portare la civiltà ed era ripartito sul mare con la promessa di ritornare. Gli Aztechi ne hanno tramandato il mito ricordandolo col nome di *Quetzalcóatl*. Quando Montezuma si era trovato di fronte al *conquistador* Hernando Cortès non aveva avuto alcuna esitazione. Per lui Cortès altri non era che *Quetzalcóatl* che ritornava con i suoi uomini a riportare un'altra ondata di civiltà, di progresso e di benessere e quindi gli aveva dato il benvenuto ricoprendolo di doni d'oro e d'argento e gli aveva consegnato le chiavi della città.

Delle atrocità, dello sterminio e della distruzione di capitali culturali, sociali ed umani compiuti dai *conquistadores* spagnoli nel Nuovo Mondo si è parlato e scritto per secoli, ma non potrà mai essere scritto e documentato abbastanza da mettere nella giusta evidenza la vera entità dei danni arrecati dalla barbara cupidigia di quei „civilizzatori" militari e cristiani.

Gli spagnoli fondarono la città di La Paz e pochi anni dopo, nel tentativo di avanzare verso est nel bassopiano, la città di Santa Cruz de la Sierra. Il bassopiano, però, non è mai stato veramente conquistato. Da nessuno! Qui gli indiani di origine *Tupì-Guaranì*, e fra questi soprattutto i *Chiriguanos*, hanno sempre opposto una resistenza feroce ad ogni tentativo di avvicinamento, di conquista o di colonizzazione da parte di ogni altra razza o cultura. Praticamente fino ad oggi.

Il dominio spagnolo è durato fino al 1825. La Bolivia, al momento dell'indipendenza, misurava oltre due milioni di kmq, circa il doppio della superficie attuale, ma in una serie di scaramucce e di guerricciole con i Paesi confinanti perdeva ampie regioni del proprio territorio che venivano annesse al Chile, al Perù, al Brasile ed al Paraguay. Il Paese si riduceva a poco più di un milione di kmq, comunque ancora circa quattro volte la superficie dell'Italia.

Ma la cosa più grave era che, con la perdita delle regioni costiere in favore del Cile e del Perú, la Bolivia perdeva lo sbocco al mare e restava completamente isolata nell'interno del continente.

Seit Jahrhunderten spricht und schreibt man von den Gräueltaten, von der Vernichtung und der Zerstörung kultureller, sozialer und menschlicher Güter, die die spanischen conquistadores *in der Neuen Welt angerichtet haben. Doch kann man den unermesslichen Schaden, den die gnadenlose Gier dieser kriegerischen und christlichen „Botschafter der Zivilisation" angerichtet hat, gar nicht oft genug betonen.*

Die Spanier gründeten die Stadt La Paz und nur wenige Jahre später, während sie versuchten in der Tiefebene gen Osten vorzustoßen, auch Santa Cruz de la Sierra. Die Tiefebene aber ist niemals ganz erobert worden. Von niemandem! Die von den Tupì-Guaranì *abstammenden Indios, vor allem die* Chiriguanos, *haben sich immer heftig zur Wehr gesetzt, wenn eine fremde Kultur sie erobern und beherrschen wollte oder wenn diese auch nur einen Fuß in ihre Nähe setzte. Und das bis zum heutigen Tage.*

Die Vorherrschaft Spaniens dauerte bis zum Jahre 1825. Am Tag seiner Unabhängigkeit war Bolivien mit einer Fläche von zwei Millionen km² circa doppelt so groß wie heute. Doch aufgrund einer Vielzahl an bedeutungslosen Scharmützeln und Gefechten mit den angrenzenden Ländern, verlor es einen Großteil seiner Gebiete an Chile, Peru, Brasilien und Paraguay. Das Land verkleinerte sich auf eine Fläche von einer Million km², was immerhin noch das Vierfache Italiens ist.

Doch das Schlimme daran war, dass Bolivien seine Küstenregionen völlig an Chile und Peru verlor. Dadurch, dass es keinerlei Meeresmündungen mehr besaß, war es ganz und gar im Inneren des Kontinents abgeschottet.

Nachdem wir aus Kenia zurückgekehrt waren, ging die Reise im Jahre 1979 endlich los. Wir kauften uns zwei bequeme Rucksäcke und zwei günstige Tickets von Italien nach La Paz und es begann ein äußerst anstrengender Marathonlauf von Flughafen zu Flughafen: von Rom über London, New York, Washington, Miami und Panama bis Lima. La Paz war wirklich der letzte Ort, an dem ich leben wollte. Ich hatte im Vorfeld schon viel darüber gelesen und auch, wenn ich nicht großartig überrascht war, so erlitten wir bei der Ankunft dennoch einen Schock. Auf 4200 Metern über dem Meeresspiegel muss ein Flugzeug doppelt so schnell aufsetzen und doppelt so lange brem-

Il nuovo e il vecchio di La Paz

Era il settembre del 1979 quando, lasciato finalmente il Kenya e ritornati in Italia, ci eravamo comperati due comodi zaini e con due biglietti economici eravamo partiti per La Paz facendo una maratona bestiale fra gli aeroporti di Roma, Londra, New York, Washington, Miami, Panama e Lima. La Paz è l'ultimo posto al mondo dove accetterei di vivere, ma questo lo sapevo a priori da quanto avevo già letto in merito e non mi aveva sorpreso troppo. Ciononostante il nostro arrivo all'aeroporto ci aveva scioccati. A 4200 metri di altezza l'aereo deve toccare terra ad una velocità quasi doppia di quella di cui avrebbe bisogno su una pista al livello del mare e poi, per fermarsi, ha bisogno di rullare per una lunghezza quasi doppia. Per chi è abituato a volare, questo da' la sensazione di un atterraggio d'emergenza fuori pista.

La cabina normalmente è pressurizzata sull'equivalente di 1500 metri, già una discreta altezza per i polmoni, ma quando l'aereo si è fermato al terminal ed il personale di bordo ha aperto le porte, la differenza di pressione con i 4200 metri reali del luogo è stata tale che ha messo tutti i passeggeri in difficoltà. Era come se, in una frazione di secondo, fossimo stati catapultati 2700 metri più in su, ai limiti della troposfera ed ai confini con la stratosfera. Ci siamo trovati tutti ad ansimare ed a cercare affannosamente di respirare un'aria che non c'è, fino a star male. Tre persone erano svenute subito ed erano state portate via di peso dal personale abituato a queste situazioni. Anche noi, come la maggior parte degli altri passeggeri, tranne, forse, i pochi locali, avevamo letto tutte le raccomandazioni in merito al *saroche*, il male causato dall'altitudine ma, come si suol dire, altro è parlar di morte ed altro è morire e, per quanto tentassimo di star calmi, il panico era inevitabile. Comunque, abbiamo fatto in modo di restare tranquilli e siamo riusciti a

Das moderne und das alte in La Paz

sen, als es normalerweise der Fall ist. Wer schon oft geflogen ist, hat das unbehagliche Gefühl einer außerplanmäßigen Notlandung.

Der Druck in der Kabine entspricht normalerweise einer Höhe von 1500 Metern, was schon eine beachtliche Belastung für die Lungen darstellt. Doch als das Flugzeug endlich zum Stillstand kam und das Bordpersonal die Türen öffnete, blieb uns bei dem weiteren Druckverlust, auf 4200 Metern, fast die Luft weg. Es war so, als ob wir mit einem Mal 2700 Meter in die Höhe katapultiert worden wären und uns plötzlich irgendwo zwischen der Troposphäre und der Stratosphäre befänden. Wir rangen mühselig nach Atem und versuchten keuchend Luft zu holen, bis uns ganz schwindelig wurde. Drei der Passagiere wurden sofort ohnmächtig und das Personal, das auf diese Situationen vorbereitet war, eilte ihnen sofort zu Hilfe. Wie der Großteil der ausländischen Passagiere hatten auch wir alle Maßnahmen für diesen Fall in und auswendig gelernt, aber es waren zwei verschiedene Dinge, bloß über den Tod zu sprechen oder ihn wahrhaftig zu spüren. Auch wenn wir alles daran gaben, die Ruhe zu

fare tutte le formalità di immigrazione ed a recuperare i nostri zaini senza svenire. Intanto erano crollati altri cinque passeggeri ed erano stati portati via sulle lettighe. Il personale dell'aeroporto si era dato da fare ad offrire a tutti i passeggeri in difficoltà una tazza di *mate de coca*, una tisana di foglie di coca che serve a guarire tutti i mali. O per lo meno questo è quanto credono i boliviani!

Il tassì che ci ha portati in città era sceso velocemente fra i tornanti del grande crepaccio nel quale è stata costruita La Paz ed avevamo notato subito un po' di sollievo ad ogni metro che scendevamo. L'autista, che conosceva bene il problema, ci aveva consigliato di scegliere un albergo nella parte più bassa della città dove l'altezza era a non più di

bewahren, war das Gefühl der Panik unvermeidlich. Und doch haben wir es irgendwie geschafft, die Formalitäten hinter uns zu bringen und unsere Rucksäcke zu holen, ohne dabei in Ohnmacht zu fallen. In der Zwischenzeit lagen bereits weitere fünf Passagiere bewusstlos auf den Tragen. Das Bodenpersonal reichte allen Passagiere mit Atembeschwerden eine Tasse *mate de coca, einen Kräutertee aus Blättern des Kokastrauches, der – so glauben es zumindest die Bolivianer - von allen Übeln befreite.*

Das Taxi raste auf der kurvigen Straße der steilen Felsschlucht in Richtung La Paz und bei jedem Meter, den wir an Höhe verloren, ging es uns bereits ein wenig besser. Der Taxifahrer, der die Höhenkrankheit nur allzu gut

Un quartiere popolare

Eine arme Stadtviertel

Colla con bambino

3800 metri. Qui abbiamo dovuto affrontare la fatica di una rampa di scale fino al primo piano, ovviamente senza ascensore, poi, finalmente, ci siamo buttati sul letto e siamo rimasti fermi ed immobili per tutta la notte senza chiudere occhio e conquistandoci a fatica una boccata d'aria dopo l'altra mentre il cervello ci esplodeva nel cranio.

A La Paz dovevamo mettere insieme una serie di informazioni facendo il giro dei ministeri e degli enti statali. Volevamo sapere tutto sui permessi di soggiorno, sulle leggi che regolano e permettono gli investimenti degli stranieri, sui permessi di lavoro e sull'esistenza di eventuali agevolazioni su iniziative industriali ed agricole. Insomma dovevamo familiarizzarci con tutto quanto avrebbe potuto servirci come guida nella scelta di una qualunque attività o iniziativa che avessimo intrapreso in quel Paese. Siamo rimasti soltanto pochi giorni ma è stata una vera sofferenza.

Dopo aver vissuto tanto tempo nella bella Nairobi, La Paz, con le sue costruzioni povere arroccate l'una sull'altra nei crepacci che si aprono nella roccia viva verso valle da un altipiano di 4200 metri, dava l'idea di una città appartenente ad un pianeta abbandonato di un'altra galassia. Il terreno e le rocce scoperte sono privi di vita. Gli esseri umani che si muovono in essa erano altrettanto privi di vita quanto il terreno e le rocce ed esprimevano soltanto indolenza, apatia, abbandono, rassegnazione, miseria, tristezza, desolazione e dolore. Esseri bassi e tarchiati, dai toraci enormi, la pelle color grigio-cenere opaco con striature bluastre e gli occhi profondi, sottili, duri, freddi e tristi.

Einheimische *Colla mit Kind*

kannte, empfahl uns, ein Hotel im talabwärts gelegenen Teil von La Paz, auf einer Höhe von 3800 Metern, zu beziehen. Hier kämpften wir dann mit einer steilen Treppe, die uns ins erste Stockwerk bringen sollte, einen Aufzug gab es natürlich nicht. Als wir endlich in unserem Zimmer waren, warfen wir uns nur noch auf das Bett und bewegten uns kein Stück mehr. Im Kampf gegen die Atemnot und unter höllischen Kopfschmerzen verbrachten wir eine schlaflose Nacht.

La vita, dove c'era, aveva l'aspetto di una condanna, di un martirio, di una sofferenza o di un castigo di Dio. Lo sporco, il disordine e l'abbandono erano dappertutto, nelle strade, nelle case e soprattutto nelle persone stesse che, a quanto sembra, non hanno neppure l'abitudine di lavarsi. Non c'è nessun tipo di vegetazione: non c'è erba e non ci sono alberi, tranne pochissime eccezioni. L'aria scarseggia, c'è il 40% in meno di ossigeno e devi trascinarti lentamente da un posto all'altro cercando di farti bastare il respiro e le forze che sono sempre al limite. Basta distrarsi soltanto un istante e fare qualche movimento brusco per trovarsi subito senza fiato e con la testa che ti scoppia dal dolore.

L'unico colore vivo e dominante di La Paz è il blu del cielo. Un blu intenso e vivo, quasi artificiale che contrasta con tutto il grigio e lo sporco che c'è sulla terra. L'aria è fredda e ti fa rabbrividire quando sei all'ombra ma, in contrasto, il sole, vicinissimo, ha una forza feroce quando ti ci esponi. Camminando per le strade e passando da zone assolate a zone d'ombra devi continuamente sottoporti a sbalzi di temperatura di 20 e più gradi.

La visita ai ministeri si era presentata meno problematica di quanto ci eravamo aspettati ma i risultati erano stati pressoché nulli. C'era poco da sapere e sembrava che nessuno avesse la minima idea di quanto eravamo andati a chiedere. Tutto sommato era solo tempo perso e quindi avevamo deciso di accorciare la nostra tortura e di proseguire verso il bassopiano ad oriente alla ricerca di un po' d'aria da respirare.

La nostra meta finale era Santa Cruz de la Sierra e noi avevamo in programma di arrivarci passando per Cochabamba, nelle Yungas. Volevamo prendere il famoso treno più alto del mondo, che per arrivare a Cochabamba percorre poco più di 200 km in 13 o 14 ore, e poi

Raduno di *collas*

Um an die nötigen Informationen zu kommen, drehten wir in La Paz zunächst eine Runde durch die Ministerien und Ämter. Wir wollten alles wissen, bei den Aufenthaltsgenehmigungen angefangen, über die Gesetze zur Regelung ausländischer Investitionen bis hin zu den Arbeitsgenehmigungen und den eventuellen staatlichen Beihilfen bei industriellen oder landwirtschaftlichen Aktivitäten. Wir mussten uns mit allem vertraut machen, was uns helfen könnte, die eine oder andere Entscheidung zu treffen.

Wir sind nur wenige Tage dort gewesen, aber die waren dafür umso scheußlicher.

Nachdem wir so viele Jahre im wunderschönen Nairobi gelebt hatten, erschien uns La Paz unbewohnbar zu sein. Unzählige Felsspalten zogen sich von der Hochebene ins Tal hinab und in ihnen wimmelte es nur so von

Alte *collas* *im Gespräch*

Stradina del centro della citta *Eine Gasse im Stadtzentrum*

proseguire per Santa Cruz con un autobus che impiega circa 24 ore per gli altri 300 km. Sapevamo che avremmo visto dei panorami incredibili con burroni da pelle d'oca e crepacci da capogiro, profondi centinaia e centinaia di metri. Avevamo già comperato i biglietti in anticipo e la mattina alle 5,30 eravamo già alla stazione in attesa del treno che doveva partire alle 6. Non vedevamo l'ora di lasciare quella città inumana e di arrivare finalmente a Santa Cruz.

Al nostro arrivo la stazione era vuota, assolutamente vuota, ed era rimasta vuota fino alle sei. Non c'era nessun treno in vista e non c'era proprio nessuno in giro, né passeggeri né personale della ferrovia. Nessuno! Verso le sei, preoccupati, ci siamo finalmente decisi a cercare qualcuno negli uffici per chiedere spiegazioni. C'erano solo un paio di impiegati semiaddormentati che ci hanno saputo dire soltanto che il treno quel giorno non c'era. Punto! Perché? Non era tornato da Cochabamba! Quando ci sarà il prossimo? Chissà! Forse domani! *Mañana!* Chi può

armen, dicht übereinander gebauten Behausungen. Das gab der Stadt den Anschein eines fremden, verlassenen Planeten aus einer fernen Galaxie. Das ganze Gebiet und die nackten Felsen waren völlig leblos. Starre, Einsamkeit, Aussichtslosigkeit, Schwermut, Trostlosigkeit und Leid übertrugen sich von den Felsen auf ihre Bewohner. Diese waren klein und untersetzt, sie hatten enorme Brustkörbe und dunkle, aschgraue Haut mit bläulichen Streifen. Der Blick ihrer tiefen und schmalen Augen war hart, kalt und traurig.

Wenn wir überhaupt einmal auf ein Lebenszeichen stießen, dann ließ es uns an eine Verurteilung, eine Qual, ein Leiden oder eine Strafe Gottes denken. Der Schmutz, die Unordnung und die Verlassenheit hatten von allem Besitz ergriffen, von den Straßen, den Häusern und vor allem von den Personen, denen Reinigung scheinbar ein völlig unbekannter Begriff war. Es gab nicht das kleinste Anzeichen einer Pflanzenwelt, es spross kein einziger Grashalm

saperlo! In Bolivia, *Quizas* e *Mañana* sono i due vocaboli più usati.

Allora, presi dalla disperazione, siamo saliti su un tassì e ci siamo fatti portare direttamente all'aeroporto.

Se è vero che in vita mia ho conosciuto tanti posti belli ed interessanti, altrettanto vero è che non ho mai visto un posto brutto, squallido, tetro, triste e morto come La Paz. Per noi, che eravamo andati in Bolivia alla ricerca di un contatto e di un rapporto più stretto e più intimo con la natura, con l'essere umano e con gli animali, il primo impatto era stato una vera catastrofe. Da quanto avevamo letto, sapevamo già che il Nostro Paradiso non l'avremmo trovato a La Paz e, per fortuna, la nostra meta era nel bassopiano, a Santa Cruz, ma ci era sembrato impossibile che a poche centinaia di chilometri di distanza, almeno in linea d'aria, ci potessero essere condizioni di vita tanto diverse. Per nostra fortuna avremmo poi scoperto che La Paz e Santa Cruz sono due mondi assolutamente diversi.

Facevamo addirittura fatica ad accettare che i Quechua

und bis auf einige Ausnahmen gab es auch keine Bäume. Luft ist absolute Mangelware, sie enthält nur 40% des gewöhnlichen Sauerstoffgehaltes. Um sich langsam von einem Platz zum anderen zu schleppen, muss man sich die Luft und sein bisschen Kraft genau einteilen. Wenn man auch nur einen Moment abgelenkt wird und eine plötzliche Bewegung macht, ist man sofort außer Atem und der Kopf droht einem vor Schmerzen zu platzen.

Die einzige lebendige Farbe in La Paz ist das Blau des Himmels. Es ist lebendig und tief, ja beinahe künstlich und bildet einen scharfen Kontrast zu dem dreckigen Grau der Stadt. Die Luft ist kalt und lässt einen im Schatten ganz schön frösteln, doch im Gegensatz dazu, ist die nahe Sonne umso heißer. Wenn man durch die Stadt läuft und dabei vom Schatten in die Sonne kommt, muss man sich Temperaturschwankungen von mehr als 20ºC aussetzen.

Der Besuch bei den Ministerien war unkomplizierter als wir gedacht hätten, doch die Ergebnisse waren trotzdem gleich Null. Es gab einfach nicht viel zu wissen und es schien uns so, als hätte keiner eine Ahnung davon, was

Una chiesetta di La Paz *Eine kleine Kirche in La Paz*

e gli Aymara, che avevamo visto a La Paz, potessero essere classificabili nella categoria degli esseri umani, per lo meno in conformità coi concetti che fino a quel momento ci eravamo fatti dell'umanità. Per noi, quelli non erano neppure da classificare come esseri viventi. Erano morti dentro, vuoti, assenti, privi di vita, privi di luce, privi di tutto.

Eravamo rimasti talmente sciocatti che ci eravamo ripromessi di non tornare mai più a La Paz. E di fatto ci siamo ritornati, e malvolentieri, soltanto altre tre o quattro volte in tutto: un paio di volte di passaggio da Lima, perché non avevamo trovato rotte alternative, ed una volta per dare l'esame di teoria in spagnolo al Ministero dell'Aeronautica per l'omologazione del mio brevetto di volo. Per i tanti altri voli dall'Europa avevamo sempre cercato rotte diverse, anche complicate, e raggiungevamo Santa Cruz da Miami, da Bogotà, da Sao Paolo, da Puerto Rico e, soprattutto, dal Paraguay.

Gli aspetti caratteriali degli indios dell'altopiano boliviano sono oggi oggetto di una corrente di studi e di ricerca che appassiona gli antropologi. L'apatia ed il vuoto che si riscontra in quelle genti rappresentano un caso unico nel genere umano ma si ritiene che debbano pur avere un'origine in qualche modo definibile. Il capofila di questa corrente di pensiero è il Dott. Humberto Fajardo Sainz che ritiene di poter dimostrare che nelle popolazioni andine vi sia stato un lungo processo di trasformazione e di debilitazione sia fisica che psichica. Un processo tanto lungo da aver trasformato le caratteristiche genetiche di quei popoli e ne fa risalire la causa alla scoperta ed all'uso della foglia di coca. Per studiare più a fondo la propria teoria il Dott. Fajardo Sainz, in origine ingegnere, ha dedicato anni allo studio della chimica, della medicina, della farmacologia e della scienza della nutrizione.

Dagli indigeni dell'altopiano la foglia di coca è considerata un alimento, addirittura uno degli alimenti più importanti, e viene per l'appunto usata come tale. Per molti indigeni addirittura essa rappresenta l'unico alimento, non integrato da altri. Il consumo medio pro-capite di un lavoratore medio boliviano è di 55 grammi giornalieri, anche se alcuni arrivano a consumarne addirittura fino a 300 grammi. Una quantità comunque troppo piccola per poter pensare che l'apporto nutrizionale possa essere sufficiente. All'analisi di laboratorio 100 grammi di coca contengono

wir überhaupt wollten. Alles in allem waren wir bloß dabei, noch mehr Zeit zu verlieren, und daher beschlossen wir, der Qual ein Ende zu setzen und in die Tiefebene weiterzuziehen, um mal wieder einmal kräftig durchatmen zu können.

Unser Ziel war Santa Cruz della Sierra, und wir wollten den Weg über Cochabamba in den Yungas nehmen, um dorthin zu gelangen. Wir hatten vor, den höchsten Zug der Welt zu nehmen, der für die 200 km nach Cochabamba 13 bis 14 Stunden brauchte. Dort wollten wir dann in den Bus nach Santa Cruz umsteigen, der für die restlichen 300 km noch weitere 24 Stunden brauchte. Wir wussten, dass uns ein unglaubliches Panorama mit haarsträubenden Abgründen und schwindelerregenden Schluchten erwarten würde. Wir hatten die Fahrkarten bereits im Vorfeld gekauft und um halb sechs Uhr morgens warteten wir bereits auf dem Bahnsteig. Der Zug sollte erst um sechs Uhr abfahren, aber wir konnten es kaum erwarten, diese unmenschliche Stadt endlich zu verlassen und nach Santa Cruz zu reisen.

Bei unserer Ankunft war der Bahnhof wie leer gefegt, und daran änderte sich auch in der folgenden halben Stunde nichts. Weit und breit war kein Zug und keine Menschenseele – weder Passagiere noch Bahnpersonal – zu sehen. Wirklich nichts und niemand! Gegen sechs Uhr machten wir uns langsam Sorgen und suchten die Büros auf. Die einzige Auskunft, die wir von ein paar schläfrigen Beamten bekamen, war, dass der Zug heute gar nicht fuhr. Punkt. Und warum? Er war einfach nicht aus Cochabamba zurückgekehrt. Wann fährt denn der nächste? Gute Frage! Morgen, vielleicht! Mañana! Wer weiß das schon! Die Worte Quizas und Mañana sollten wir von nun an nur allzu häufig zu hören bekommen.

Le foglie di coca

19,9 grammi di proteine, 46,2 grammi di idrati di carbonio ed una certa quantità di calcio, ferro, fosforo e vitamine A e B. L'apporto totale di calorie è di 305. Rapportando questi valori ad un consumo medio giornaliero di 55 grammi di foglie di coca vediamo che la quantità totale di calorie assunte si riduce a sole 168, tante quante contenute in una fettina di pane, e con un contenuto di proteine di 11 grammi. Secondo le tabelle del Dipartimento dell'Alimentazione degli Stati Uniti il limite minimo indispensabile di proteine per un adulto medio è di 56,5 grammi, tanti quanti contenuti in due litri di latte.

La coca quindi non è e non può essere considerata un alimento ma uno pseudo-alimento.

Il boliviano assimila la coca masticandola a lungo e poi sputando il „bolo" quando questo non ha praticamente più sostanza. Con questa operazione il masticatore, in piccolo, riproduce nella propria bocca il processo standard di estrazione e quindi di produzione della cocaina. Per produrre in massa questo alcaloide si pressano le foglie e si fanno macerare in un bagno acido per il quale sono utilizzati i solventi più eterogenei, dall'alcool di bassa qualità all'acetone fino, addirittura, al diesel. Nelle foreste delle Yungas la pratica più comune dei produttori clandestini è di stendere un telo di plastica in un avvallamento del terreno, riempirlo di foglie, aggiungere il solvente, mettervi dentro cinque o sei *peones* scalzi, accendere la radio a tutto volume e farli ballare in quella poltiglia per dieci o dodici ore senza sosta. Il contenuto di cocaina per chilo di foglie di coca varia da 6 a 8 grammi ma, con quei sistemi rudimentali, la quantità di cocaina grezza effettivamente estratta varia da 1 a 3 grammi.

Ma il processo di estrazione dell'alcaloide nella bocca del

Die Kokablätter

Völlig verzweifelt nahmen wir daraufhin ein Taxi, das uns auf direktem Wege zum Flughafen bringen sollte.

Es stimmt zwar, dass ich in meinem Leben viele wunderschöne und interessante Orte kennen gelernt habe, aber genau so wahr ist es, dass ich niemals einen hässlicheren, elenderen, düsteren und traurigeren Ort als La Paz zu Gesicht bekommen habe. Es war eine Katastrophe! Wir waren doch schließlich nach Bolivien gekommen, um im engen Kontakt mit der Natur, den Menschen und den Tieren zu leben. Wir waren bereits darüber informiert, dass wir unser Paradies in La Paz lange hätten suchen können, und zum Glück lag unser eigentliches Ziel ja auch woanders, in der Tiefebene, in Santa Cruz. Aber es erschien uns unwahrscheinlich, dass wir nur ein paar Hundert Kilometer Luftlinie entfernt, auf völlig andere Verhältnisse stoßen würden. Glücklicherweise durften wir dann herausfinden, dass La Paz und Santa Cruz wirklich zwei ganz verschiedene Welten sind.

Unter den Aspekten, die bis dahin unser Verständnis von Menschlichkeit geprägt hatten, kostete es uns große Mühe überhaupt zu akzeptieren, dass die Quechua und die Aymara, die wir in La Paz gesehen hatten, den Menschen zugeordnet wurden. Wir konnten sie sogar nur schwerlich den Lebewesen zuordnen. Sie waren innerlich tot, abwesend, sie waren ohne Leben, ohne Licht, einfach ohne alles.

Wir standen derart unter Schock, dass wir uns gegenseitig das Versprechen abnahmen, nie wieder nach La Paz zurückzukehren. Und wir sind auch wirklich nur drei oder vier Mal zwangsweise wieder dort gewesen: Ein paar Mal, aus Mangel an Alternativstrecken auf der Durchreise von Lima, und dann ein Mal am Ministerium für Luftfahrt, wo ich meine spanische Theorieklausur ablegte, die ich für die Zulassung meines Flugführerscheins benötigte. Für all die anderen Flüge aus Europa haben wir immer andere, wenn auch umständlichere Routen nach Santa Cruz gefunden: von Miami, Bogotà, San Paolo, Puerto Rico und vor allem von Paraguay aus.

Die Charakterzüge der Indios des bolivianischen Hochlandes sind zum Objekt einer Forschungsrichtung der anthropologischen Studien geworden. Die Indios sind von einer Teilnahmslosigkeit und einer Leere erfüllt, die

Aymara con flauto

Aymara mit Flöte

masticatore è molto più efficace di quello dei ballerini che pestano la poltiglia nel telo di plastica perché, con la masticazione, la coca viene macerata molto più accuratamente e gli acidi della salivazione, provocata durante la masticazione, sono meglio distribuiti nella massa della materia. Si più dire che il masticatore riesce ad estrarre almeno 6 grammi di cocaina per chilo di foglie e quindi, con i suoi 55 grammi, ingerisce ed assimila giornalmente 0,32 grammi di cocaina pura.

Tanta! Tantissima! Stando alle statistiche della Food and Drug Administration degli Stati Uniti il consumo medio giornaliero di un tossicodipendente delle grandi città degli Stati Uniti è di 0,12 grammi. Il masticatore boliviano, quindi, ingerisce quasi il triplo di cocaina di quanta ne utilizza un tossicodipendente medio. Ogni giorno e per quasi tutta la vita!

Il Dott. Fajardo Sainz fa due importanti considerazioni. In primo luogo, se il costo medio della droga necessaria ad un tossicodipendente europeo o americano è, diciamo, di 200 dollari, il masticatore consuma giornalmente il valore

in der menschlichen Geschichte ihres Gleichen sucht und daher spezielle Gründe haben muss. Der Hauptvertreter dieser Denkströmung ist Dott. Humberto Fajardo Sainz, der bei den Andenvölkern einen langen, sowohl körperlichen als auch geistigen Prozess der Wandlung und des Verfalls zu beobachten meint. Dieser Prozess ist von solcher Dauer, dass er sogar schon Einfluss auf die genetischen Eigenschaften der Indios genommen hat. Er begann mit der Entdeckung und des Genusses des Kokablattes. Um seine Theorie zu belegen, hat Dott. Fajardo Sainz, der eigentlich Ingenieur ist, sich jahrelang dem Studium der Chemie, der Medizin, der Pharmazie und den Ernährungswissenschaften gewidmet.

Für die Ureinwohner des Hochlandes sind die Blätter der Kokapflanzen ein Nahrungsmittel mit wichtigen Nährstoffen und als ein solches verzehren sie es auch. Für viele von ihnen ist es sogar das einzige Nahrungsmittel, welchem sie also keine weiteren mehr hinzufügen. Der durchschnittliche Pro-Kopf-Konsum eines durchschnittlichen bolivianischen Arbeiters beträgt 55 Gramm am Tag, manche verzehren allerdings auch bis zu 300 Gramm. In jedem Falle ist die Menge zu gering, um eine ausreichende Nahrungszufuhr zu gewährleisten.

Forschungsergebnisse besagen, dass 100 Gramm Kokablätter 19,9 Gramm Proteine, 46,2 Gramm Kohlenhydrate und kleinere Mengen an Kalzium, Eisen, Phosphor und Vitamin A und B enthalten. Die Kalorienzufuhr beträgt 305. Wenn man diese Werte auf den täglichen Gebrauch von 55 Gramm Kokablättern bezieht, ergibt sich eine Kalorienzahl von 168, die vergleichbar mit einer dünnen Scheibe Brot ist, und eine Einnahme von nur 11 Gramm Proteinen. Den Tabellen des amerikanischen Ernährungsinstituts zufolge, liegt die nicht zu unterschreitende Grenze für einen durchschnittlichen Erwachsenen

equivalente di 600 dollari al giorno, che però in realtà gli costano molto meno di 50 centesimi. In secondo luogo l'effetto della cocaina immessa direttamente nel sangue dal tossicodipendente è molto più scioccante perché immediato mentre la stessa, assimilata lentamente per vie orali tramite la masticazione ha, come effetto immediato, principalmente il fattore anestetico. È, per l'appunto, quel fattore che ha fatto della coca un „alimento" tanto importante. Quell'effetto anestetico serve ad attutire i sensi della fame, della stanchezza e del sonno ed ha rappresentato uno strumento eccezionale utilizzato dai governanti e dai baroni delle industrie minerarie per soggiogare per secoli e quindi per generazioni e generazioni gli abitanti dell'altopiano ai lavori inumani nelle miniere di stagno e d'argento.

Il Dott. Fajardo vuole dimostrare così che l'effetto continuato e così fortemente dosato della cocaina ha influenzato lo sviluppo genetico di quelle popolazioni. E questo, in sostanza, dovrebbe essere il motivo dello stato di apatia, di indolenza, di tristezza, di vuoto e di abbandono

Donna colla *con la caratteristica bombetta*

bei einer Proteinzufuhr von mindestens 56,6 Gramm, so viel wie in zwei Litern Milch.

Kokablätter sind also kein Nahrungsmittel und dürfen auch nicht als solche verstanden werden. Es sind höchstens Pseudo-Nahrungsmittel.

Der Bolivianer nimmt die Kokablätter in sich auf, indem er sie lange kaut und den bolo, *wenn er keinen Geschmack mehr hat, ausspuckt. Mit dieser Tätigkeit reproduziert der Kauende praktisch den Entstehungsprozess des Kokains. In der Massenproduktion dieses Alkaloids werden die Blätter gepresst und in ein saures Bad eingelegt. Dafür werden die verschiedenartigsten Lösungsmittel verwendet, vom billigen Alkohol über Nagellackentferner bis hin zu Diesel. Die meisten der illegalen Hersteller in den Wäldern der Yunglas spannen eine Plastikfolie in eine Erdmulde, füllen sie mit Kokablättern und geben das Lösungsmittel hinzu. Dann drehen sie die Musik laut auf und beauftragen fünf oder sechs* peones *damit, zehn bis zwölf Stunden ohne Pause darin herumzutanzen. Pro Kilo enthalten die Blätter etwa 6 bis 8 Gramm Kokain, aber mit diesen rudimentären Methoden ergeben sich gerade einmal 1 bis 3 Gramm.*

Die Gewinnung von Alkaloiden durch Kauen ist sehr viel ertragsreicher als die während des Tanzens auf einer Plastikfolie. Die Kokablätter werden viel genauer bearbeitet und die Säuren, die dabei entstehen, verteilen sich in der Kaumasse ebenfalls sehr viel besser. Der Kauende entzieht einem Kilo Blätter bis zu 6 Gramm puren Kokains, das heißt, er nimmt bei 55 Gramm täglich 0,32 Gramm dieser Droge ein.

Das ist viel! Sogar sehr, sehr viel! Den Statistiken der Food and Drug Administration der Vereinigten Staaten zufolge, liegt die tägliche Dosis der Drogenabhängi-

Einheimische colla *mit der typischen Melone*

insito nel sistema genetico di quei popoli. Sono razze che si sono evolute e moltiplicate per decine e decine di generazioni sotto l'effetto continuo e costante della droga ed in uno stato costante di malnutrizione.

Nella storia nota della Bolivia si può risalire soltanto a poco prima del tempo degli Uru e degli Aymara e quindi soltanto a pochi secoli prima dell'arrivo dei conquistatori spagnoli. Però ci colpisce il contrasto che c'è fra il grado di evoluzione delle civiltà più antiche, che ci hanno tramandato testimonianze tanto imponenti come quelle di Tiahuanaco e di Cuzco, ed una serie di civiltà più recenti che, negli stessi identici luoghi si sono susseguite l'una all'altra in tempi brevissimi. Degli Uru sappiamo poco, mentre sappiamo che gli Aymara sono emersi molto rapidamente, forse nel dodicesimo secolo, che sono rimasti in auge un tempo brevissimo e che poi, altrettanto rapidamente, si sono indeboliti ed hanno perso ogni potere per cederlo, apparentemente senza opporre alcuna resistenza, alla tribù emergente dei Quechua. Una parabola che non trova nessuna giustificazione logica. Inoltre, sappiamo che, dopo gli Aymara, anche i Quechua hanno seguito una parabola pressoché identica. Sono comportamenti che non trovano niente di simile in nessun altro angolo del globo e in nessun altro momento storico noto.

Il Dott. Fajardo ed i suoi seguaci stanno cercando di collegare questi eventi all'effetto della coca. È certo che il passato ha visto sull'altipiano delle civiltà molto avanzate. Sicuramente l'altipiano avrà potuto offrire all'insediamento dell'essere umano tanti vantaggi e tante attrattive, altrimenti non sarebbero stati creati i capolavori di Cuzco e di Tiahuanaco ma, a causa dell'altezza, la terra è sempre stata molto parca, tanto è vero che per alimentarsi gli antichi abitanti erano stati costretti ad inventare sistemi e sviluppare tecnologie estremamente avanzate nel campo dell'agricoltura e della conservazione degli alimenti. È probabile che, nell'ovvia costante ricerca di soluzioni alimentari, gli antichi tiahuanacani siano scesi più in basso nelle Yungas, dove la natura è molto più generosa, ed abbiano provato a mangiare le foglie di una pianta locale che ha dato loro quel senso di sazietà che ci è noto: avevano scoperto la coca. È molto probabile che la coca, una pianta dagli effetti tanto straordinari, sia stata inizialmente usata esclusivamente come alimento delle famiglie reali oppure dai sacerdoti per qualche forma di cerimonia religiosa. Casi

gen in den großen Städten der Vereinigten Staaten im Durchschnitt bei 0,12 Gramm. Ein Kokablatt kauender Bolivianer nimmt daher dreimal soviel Kokain zu sich wie ein durchschnittlicher Drogenabhängiger. Und das sein Leben lang jeden Tag!

Dott. Fajardo Sainz stellt zwei wichtige Überlegungen an. Zunächst einmal hat er ausgerechnet, dass ein amerikanischer oder europäischer Drogenabhängiger durchschnittlich ungefähr für 200 Dollar Kokain zu sich nimmt, ein Bolivianer also jeden Tag 600 Dollar konsumiert, aber weit weniger als 50 Cent dafür ausgibt. Weiter, so erklärt er, hat das direkt ins Blut gespritzte Kokain bei den Drogenabhängigen eine schockartige Wirkung, wo hingegen die Einnahme des Kokains über den Mundweg bei den Bolivianern lediglich Betäubung auslöst. Und eben das ist seinen Untersuchungen zufolge der Effekt, der aus den Kokablättern ein so wichtiges „Nahrungsmittel" gemacht hat - sie betäuben das Gefühl des Hungers, der Müdigkeit und der Erschöpfung. Die Regierenden und die Barone machten es sich zu Nutze, indem sie die Bewohner der Hochebene über Jahrhunderte und Generationen hinweg, unter unmenschlichsten Bedingungen in den Zinn- und Silberminen arbeiten ließen.

Dott. Fajardo Sainz möchte beweisen, dass der ununterbrochene und hoch dosierte Drogenkonsum die genetische Entwicklung dieser Völker beeinflusst hat. Dass der Grund für ihre Teilnahmslosigkeit, Trägheit, Traurigkeit, Leere und Verlassenheit hier begründet liegt, weil sie über die Jahre hinweg in die Gene dieser Völker übergegangen sind. Ihre Generationen haben sich über all die Jahrhunderte hinweg unter dem Einfluss von Drogen und Unterernährung fortgepflanzt.

Man kann die bolivianische Geschichte nur bis zu der Zeit der Uru und Aymara zurückverfolgen, d.h. nur bis zu wenigen Jahrhunderten vor der Ankunft der spanischen Eroberer. Der Unterschied des Entwicklungsgrades, der zwischen den antiken Kulturen von Tiahuanaco und Cuzco und den neueren Kulturen liegt, ist erschreckend. An den gleichen Orten wie ihre großen Vorfahren lösten sie sich, eine nach der anderen, mit großer Geschwindigkeit ab. Von den Uru wissen wir nur sehr wenig, aber von den Aymara ist bekannt, dass sie im 12. Jahrhundert unglaublich schnell die Herrschaft ergriffen, um sie dann schon kurz darauf, genau so schnell und vor allem widerstands-

simili, con altre piante con contenuti allucinogeni, sono stati riscontrati in varie altre civiltà del passato più o meno in tutto il globo, dall'India, alla Cina, alla Mesopotamia, alla Polinesia ed all'America del nord. Poi gradualmente la coca, coltivata forse più intensivamente, deve essere arrivata alla portata di tutti e soprattutto dei ceti più poveri. È quello che è successo in Europa con l'introduzione del caffè, del cioccolato e del tabacco che, prima di diventare prodotti di massa come sono oggi, erano stati per lungo tempo prodotti di élite.

Stando così le cose, la coca ha lavorato lentamente ma costantemente in profondità trasformando gradualmente ciascuna di quelle razze, una dopo l'altra, in quelle masse di relitti umani che ancora oggi si vedono per le strade di La Paz e di tutte le città principali della Bolivia dell'altopiano.

La nostra meta finale in Bolivia era Santa Cruz, il capoluogo del dipartimento omonimo, ad est delle Ande situato ad una altezza umana di 450 metri sul livello del mare.

A quei tempi Santa Cruz faceva parlare di sé come di una cittadina di pionieri, rapidamente in espansione, un po'

los, an die aufkommenden Quechua abzutreten. Eine Abfolge, der keine logische Erklärung unterliegt. Außerdem wissen wir, dass die Quechua einen ganz ähnlichen Weg eingeschlagen haben. An keinem anderen Ort der Welt und in keinem anderen Moment der Geschichte können wir ähnliche Verhaltensweisen nachweisen.

Dott. Fajardo Sainz und seine Anhänger versuchen diese Ereignisse mit der Wirkung des Kokains in Zusammenhang zu bringen. Fest steht, dass die Hochebene in der Vergangenheit sehr hoch entwickelte Kulturen beheimatet hat. Ohne Frage hatte die Hochebene den Siedlungen und ihren Bewohnern viele Vorteile und Reize zu bieten, sonst hätten sie dort bestimmt nicht solche Meisterwerke wie in Tiahuanaco und Cuczo erbaut. Doch man darf dabei nicht vergessen, dass der Boden, aufgrund der Höhe, nie viel zu bieten hatte. Um sich zu ernähren, erfanden ihre antiken Bewohner allerlei fortschrittliche Systeme, die es ihnen erlaubten, Nährstoffe anzubauen und zu konservieren. Aber das schien auf Dauer nicht zu reichen und so trieb die ständige Nahrungssuche sie bis in die tiefe Pflanzenwelt der Yunglas hinab. Dort stießen sie auf eine Pflanze, die ihnen ein - uns wohl bekanntes -

Veduta dall'aereo **Luftansicht**

l'equivalente di tante cittadine del famoso *far west* del continente nordamericano nel secolo precedente. Nei suoi paraggi erano state trovate delle modeste riserve di petrolio e vi era stata installata una raffineria che, in tempi quanto mai irregolari, produceva carburanti in misura più o meno sufficiente per tutto il Paese. A nord della città, una grossa comunità di menoniti si era accaparrata ampie distese di foresta che aveva metodicamente raso al suolo per dedicarle all'agricoltura. Una pratica purtroppo molto in voga in Brasile e che, sia pure in misura molto più piccola, stava prendendo piede anche in Bolivia. Nella regione si produceva canna da zucchero, mais e cotone. Nell'interno vi erano dei ranch dove si allevavano incroci rustici di vacche di origine europea portati, ai loro tempi, dai conquistatori spagnoli in avanzata dal sud attraverso il Paraguay e le regioni aride del Chaco.

Il nostro arrivo a Santa Cruz resterà impresso indelebilmente nella nostra memoria. Nelle nostre aspettative ce la immaginavamo, e speravamo proprio che fosse, una copia di una cittadina dell'interno del Kenya, semiaddormentata sotto un sole feroce, con le stradine di terra battuta, le case impolverate, i tetti di paglia e di lamiera ondulata, qualche vecchia automobile sgangherata ma con tanti alberi pieni di verde, fiori e frutti e con tanti uccelli variopinti. Eravamo preparati a lasciarci sorprendere soltanto dal colore diverso della pelle dei suoi abitanti.

Grazie a Dio non c'eravamo sbagliati di molto.

In pochi minuti l'aereo era sceso dai 4200 metri dell'aeroporto „*El Alto*" di La Paz sorvolando le rocce nude e le pareti innevate della cordigliera orientale delle Ande ed aveva raggiunto una pianura verde solcata da vari fiumi dal letto largo e sabbioso che serpeggiavano fra foreste e palme di *motacú*. Scavata in quel mare di verde a 450 metri d'altezza sul livello del mare c'era Santa Cruz de la Sierra, un paesone piatto con case basse disseminate nel verde ed accenni di stradine interrate e disposte ad anelli concentrici. Al centro c'era la piazza con la chiesa ed il campanile ed un paio di edifici a due o tre piani.

A lato della pista dell'aeroporto „*El Trompillo*" c'erano una decina di piccoli aerei monomotore parcheggiati in disordine sull'erba incolta. Il terminal era un capannoncino piccolo e spartano ma di costruzione piuttosto recente. L'aereo si era fermato ad una certa distanza dal terminal e ci

Sättigungsgefühl vermittelte: auf den Kokastrauch. Höchstwahrscheinlich wurde der Genuss dieser außergewöhnlichen Pflanze zunächst nur den Königsfamilien, und vielleicht noch den Priestern für ihre Zeremonien, gegönnt. Ähnliche Fälle anderer Pflanzen mit halluzinogenen Wirkungsstoffen sind in der Vergangenheit schon öfter und in der ganzen Welt vorgekommen: in Indien, China, Mesopotamien, Polynesien und Nordamerika. Im weiteren Verlauf erreichten die Kokablätter durch einen verstärkten Anbau dann auch die ärmeren Schichten. Wie es auch in Europa, beispielsweise mit dem Kaffee, der Schokolade oder dem Tabak, geschehen ist. Bevor sie zu Massenprodukten wurden, waren sie für lange Zeit ausschließlich ein Privileg der Reichen.

Wenn das so ist, dann hat das Kokain jedes dieser Völker, eines nach dem anderen, langsam aber sicher in diese abgestumpfte Menschenmasse verwandelt, die noch heute in den Straßen von La Paz und jeder anderen großen Stadt des bolivianischen Hochlandes herumlungert.

Unser Ziel in Bolivien war Santa Cruz, in der gleichnamigen Region östlich der Anden, auf einer menschengerechten Höhe von 450 Metern über dem Meeresspiegel.

Zu dieser Zeit hatte Santa Cruz den Ruf einer Pioniersstadt, die sich rasch erweiterte; fast so wie all die Städtchen des Wilden Westen Nordamerikas im vergangenen Jahrhundert. In seinem Umfeld gab es bescheidene Erdölvorkommen und die Raffinerie versorgte das ganze Land, mal mehr, mal weniger, mit Kraftstoff. Eine große Mennonitengemeinschaft hatte den Wald nördlich der Stadt bis auf den letzten Baum abgeholzt, um den Boden für landwirtschaftliche Zwecke zu nutzen. Leider hatte sich diese Art der Landgewinnung in Brasilien bereits stark verbreitet, und begann nun, wenn auch in kleinerem Rahmen, in Bolivien ebenfalls Fuß zu fassen. In dieser Gegend baute man Zuckerrohr, Mais und Baumwolle an. Auf den Ranch im Innern des Landes züchteten sie eine abgehärtete Rasse Kühe europäischer Herkunft. Die spanischen Eroberer hatten sie ihrer Zeit auf dem Weg nach Süden über Paraguay und der trockenen Chaco-Region hierher gebracht.

Unsere Ankunft in Santa Cruz wird uns für immer unauslöschlich ins Gedächtnis gebrannt bleiben. Wir hatten es uns unendliche Male in unseren Träumen ausgemalt. In

aveva fatti scendere su un piazzaletto asfaltato, impolverato e rovente. Qui i bagagli erano stati scaricati per terra a lato dell'aereo ed i passeggeri, come veri selvaggi, si erano avventati tutti in massa spingendosi e scavalcandosi alla ricerca del proprio. Noi, stranieri non abituati a quel genere di assalti, siamo riusciti ad avvicinarci soltanto quando tutti

uns lebte die Hoffnung, dass es wie in den unter der heißen Sonne halbverschlafenen Städtchen im Inneren Kenias sein würde: mit engen Straßen aus gestampfter Erde, mit staubigen Häusern, deren Dächer aus Stroh oder Wellblech waren, nur hier und dort ein altes ausrangiertes Auto, dafür aber viele, viele grüne Bäume voller Blüten,

Una stradina di Santa Cruz presso l'aeroporto

Eine Sandstrasse von Santa Cruz in der Nähe des Flughafens

gli altri si erano già serviti e sull'asfalto rovente erano rimasti soltanto i nostri due zaini rossi impolverati.

Però, per fortuna, c'era un'atmosfera completamente diversa da quella di La Paz. L'aria era calda, la gente era allegra, urlava, gesticolava, salutava, rideva. Fuori del „terminal", dal carrettino sgangherato di un venditore

Früchte und bunter Vögeln. Wir waren darauf vorbereitet, uns lediglich von der anderen Hautfarbe ihrer Bewohner überraschen zu lassen.

Gott sei Dank behielten wir Recht.

Das Flugzeug brauchte nur wenige Minuten, um die

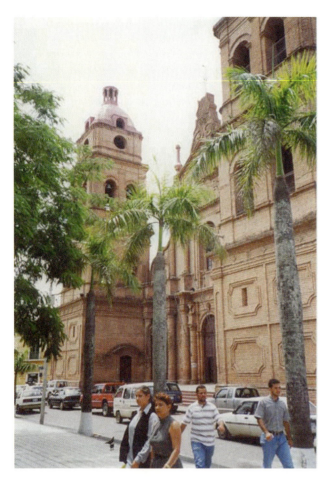

Plaza 24 de Septiembre

ambulante, una radiolina portatile urlava una samba sfrenata e due bambini malvestiti ballavano a piedi nudi sul marciapiedi. L'omino salutava tutti e sorrideva felice come se conoscesse tutti e fossero tutti amici suoi. Per noi, che avevamo bisogno di riprenderci dallo shock di La Paz, era una forma di benvenuto spontanea e meravigliosa. C'era una specie di tranquillità, di armonia e di allegria contagiosa ed abbiamo avuto la sensazione immediata di essere ben accetti in quel nuovo ambiente. Davanti all'uscita, più o meno in fila, c'era una serie di tassì altrettanto sgangherati ed i *chofèr* cercavano di riempirli con passeggeri che andassero pressappoco nella stessa direzione. A Santa Cruz

***Die* Plaza 24 de Septiembre**

Höhe von 4200 Metern des Flughafens „El Alto" von La Paz zu verlassen. Wir überflogen die nackten Felsen und die schneebedeckte Bergkette der östlichen Anden. Nur kurze Zeit später erblickten wir eine grüne Ebene, in der breite, sandige Flüsse sich ihren Weg durch Wälder und Palmen bahnten. Eingelassen in dieses Pflanzenmeer lag auf nur 450 Metern Höhe Santa Cruz de la Sierra. Ein flach gehaltenes Städtchen, dessen Häuser so niedrig waren, dass sie sich im Grünen zu verlieren schienen, und dessen Straßen aus aufgestampfte Erde alle an fünf konzentrische Ringe angeschlossen waren. Im Zentrum lag der Platz mit der Kirche und dem Glockenturm und einigen zwei - bis dreistöckigen Gebäuden.

Neben der Landebahn des Flughafens „El Trompillo" standen auf einer wilden Wiese ein Dutzend kleiner Propellerflugzeuge. Die Ankunftshalle war eine bescheidene Hütte, die aber noch ziemlich neu zu sein schien. Das Flugzeug hielt auf sicherer Entfernung zur Ankunftshalle und man ließ uns auf einem kleinen, ziemlich staubigen und glühend heißen, asphaltierten Platz aussteigen. Das Gepäck wurde direkt vor Ort ausgeladen und wie ein Haufen Wilder fielen die Passagiere darüber her. Wir Ausländer waren einen solchen Kampf nicht gewöhnt und kamen erst zum Zuge, als alle anderen sich längst bedient hatten und nur noch unsere beiden roten, verstaubten Rucksäcke einsam und allein auf dem glühenden Asphalt lagen.

Zum Glück war die Stimmung ganz anders als in La Paz. Die Luft war heiß und die herumfuchtelnden Menschen riefen, grüßten und lachten einander fröhlich zu. Vor der „Ankunftshalle" stand das heruntergekommene Wägelchen eines Straßenhändlers. Er hatte sein kleines Radio auf volle Lautstärke gestellt und uns drangen die schallenden Töne eines schwungvollen Sambas in die Ohren. Auch den zwei spärlich bekleideten, barfüßigen Kindern auf dem Bürgersteig schienen sie ins Blut übergegangen zu sein und sie schwangen munter das Tanzbein. Als wären wir alles alte Freunde, begrüßte das Männlein die Ankömmlinge mit einem glücklichen Lächeln. Da wir uns noch immer nicht von dem Schock in La Paz erholt hatten, nahmen wir diese Begrüßung erleichtert wie

non esiste un servizio pubblico di autobus e i tassì percorrono più o meno rotte fisse caricando chiunque vada nella loro direzione. Funzionavano come se fossero autobus, solo che si fermavano dovunque ci fosse qualcuno in attesa e soltanto se a bordo c'era spazio per altri passeggeri.

Si vedeva che la semplicità e la povertà dominavano in ogni cosa ma c'era musica ed allegria. Le radio erano tenute tutte a pieno volume ed i ritmi vivaci delle musiche brasiliane si accavallavano alle canzoni strappacuore di stile argentino in un contrasto avvincente. Noi ovviamente, eravamo stati sorpassati da tutti e ci siamo trovati soli a trattare con l'ultimo tassì che era rimasto tutto per noi.

Il conducente era allegro, gioviale e sorridente ed aveva intavolato una conversazione tale da far sembrare che, piuttosto che clienti, fossimo vecchi amici finalmente ritornati dopo una lunga assenza. Stando a lui a Santa Cruz c'erano solo tre alberghi. Uno era da escludere a priori perché un *„gringo"* non ci metterebbe mai piede, tante erano le *cucarachas*, gli scarafaggi, che gironzolavano per le stanze. Il secondo, al contrario, era per *„gringos con mucha plata"*, per americani con tanti soldi e noi, in jeans e T-shirts e con i nostri zaini rossi e impolverati sulle spalle, non davamo proprio l'idea di appartenere a quella classe rara e privilegiata. Restava quindi soltanto l'Hotel Italia,

Una stradina del centro

ein spontanes und wundervolles Willkommensgeschenk entgegen. Die beruhigende, ausgeglichene Stimmung und die ansteckende Fröhlichkeit gaben uns sofort das Gefühl dazuzugehören. Vor dem Ausgang standen, kreuz und quer, eine Reihe verbeulter Taxis, deren chofèr *schwer damit beschäftigt waren, sie mit Passagieren der gleichen Zielrichtung vollzustopfen. In Santa Cruz gibt es keine öffentlichen Verkehrsmittel und die Taxis verkehren auf festen Routen. Dabei nehmen sie alle mit, die irgendwie in ihre Richtung müssen. Sie funktionierten eigentlich wie Linienbusse, sie hielten allerdings – wenn noch Platz war – überall da, wo jemand wartete.*

Schlichtheit und Armut waren nicht zu übersehen, aber dennoch hatten Musik und Frohsinn von allem Besitz ergriffen. Die Radios liefen alle bei voller Lautstärke und es erklang ein abenteuerliches Wechselspiel zwischen temperamentvollen, brasilianischen Rhythmen und herzzerreißenden, argentinischen Schnulzen. Alle andere Passagiere hatten sich natürlich mal wieder vorgedrängelt und so hatten wir das letzte Taxi ganz für uns alleine.

Der liebenswürdige Fahrer lächelte uns fröhlich an und begann sofort ein Gespräch mit uns. Er behandelte uns kein bisschen wie Fahrgäste, sondern vielmehr wie alte Freunde, die nach langer Zeit endlich zurückgekommen waren. Ihm zufolge gab es in Santa Cruz nur drei Hotels. Eins war von vornherein auszuschließen, ein „gringo" würde dort nämlich niemals auch nur einen Fuß hineinsetzen, da es restlos von cucarachas, *Kakerlaken, besiedelt war. Das zweite kam ebenfalls nicht in Frage, da es lediglich „gringos con mucha plata", reichen Amerikanern, vorbehalten war, und wir, in Jeans und T-Shirt und mit den staubigen roten Rucksäcken auf dem Rücken, schienen dieser seltenen, privilegierten Kategorie nicht gerade anzugehören. Es blieb also noch das Hotel Italia, das uns, nicht nur wegen des Namens, zusagte. Auch wenn wir ihn natürlich als ein gutes Vorzeichen deuteten.*

Die meisten Straßen, auf dem kurzen Weg vom Flughafen zum Hotel, bestanden aus gestampfter Erde. Während das Taxi über sie hinwegfegte, stob es eine dichte Wolke feinen Staubes auf, die bei jedem Bremsen in den fensterlosen Innenraum drang. Die Blüten der Flamboyant-Bäume schmückten viele der Straßenränder mit ihrem leuch-

Eine kleine Strasse im Zentrum

Flamboyants lungo le strade di Santa Cruz

Flamboyants am Strassenrand in Santa Cruz

che, non fosse altro che per il nome, si addiceva perfettamente al nostro tipo di passeggeri. Per noi era decisamente di buon auspicio.

Buona parte delle strade percorse nel breve tratto che il tassì ha bruciato dall'aeroporto all'albergo erano di terra battuta ed il tassì nel percorrerle sollevava un polverone denso e sottilissimo che, ad ogni rallentamento, invadeva la cabina priva di vetri laterali. Ai lati di alcune strade c'erano lunghe file di alberi di flamboyant ricoperti di fiori rossi, che ricordavano il vialone che porta all'aeroporto di Mombasa. In altre, c'erano filari di mangos e di avocados stracarichi di frutti che ricordavano le strade di Kisumu sul lago Vittoria e quelle di Nyeri vicino al Monte Kenya. Le bugavillea erano dappertutto come a Nairobi, a Thika, a Eldoret, a Naivasha o a Nakuru. In un certo senso, eravamo di nuovo in Africa, eravamo tornati a casa!

L'Hotel Italia era ad una „*quadra*" dalla piazza centrale. Avevamo trovato di buon auspicio che, di soli tre hotel, uno portasse proprio il nome della nostra patria! Si trattava di una costruzioncina modesta a due piani arroccata intorno ad un patio nel quale c'erano il bancone della reception ed

tenden Rot und erinnerten mich an die Allee, die zum Flughafen von Mombasa führt. Dann wiederum bewunderten wir Reihen von Mango- und Avocadobäumen, die schwer an ihren Früchten trugen hatten und uns an die Straßen von Kisumu am Viktoriasee und von Nyeri am Keniaberg denken ließen. Die Bougainvilleen wuchsen einfach überall, so wie in Nairobi, Thika, Eldoret, Naivasha oder Nakuru. Es war irgendwie so, als wären wir wieder in Afrika, als wären wir wirklich endlich wieder zu Hause!

Das Hotel lag nur eine „quadra" vom Stadtkern entfernt. Wir hatten es als ein gutes Vorzeichen gedeutet, dass von nur drei Hotels, eins ausgerechnet den Namen unserer Heimat trug. Es war ein kleines, bescheidenes, zweistöckiges Gebäude mit einem Innenhof, in dem sich die Rezeption und ein Dutzend Tische befanden. Auch die Zimmer waren sehr klein und die klapprigen Fenster führten alle zum Hof hinaus, die Einrichtung war äußerst spärlich gehalten und aus dem Wasserhahn tröpfelte nur ab und zu mal ein dünner Strahl Wasser. Ein Zettelchen an der Wand machte darauf aufmerksam, dass man das benutzte Toilettenpapier nicht das „inodoro", das Klo, her-

una decina di tavoli. Le camere erano piccole con le finestre sgangherate che davano tutte nell'interno del patio, l'arredamento era estremamente spartano e soltanto qualche volta dal rubinetto del lavabo arrivava un filino d'acqua. Un foglio incollato alla parete del bagno ricordava il divieto di gettare la carta igienica usata nell' *"inodoro"* (la tazza) ma di metterla nell'apposito cestino. Questo al nostro arrivo era già pieno e la cosa era confermata dall'odore che emanava.

Dato il nome così "esotico" per Santa Cruz, ci aspettavamo che il proprietario dell'albergo fosse italiano ma la proprietaria, una vecchietta dai capelli unti, piccola, magra e vestita di nero, non aveva neppure un'idea del perché l'Hotel si chiamasse proprio Italia. Sapeva soltanto che *Italia* era una importante città degli Stati Uniti! Le strade della notorietà sono veramente infinite!

A poche centinaia di metri dall'albergo c'era la *Plaza 24 de Septiembre* con la Chiesa, l'*Alcaldìa* (il Palazzo del Comune), il bar ed un ristorante. La piazza era l'unica superficie pavimentata di tutta la città. Era stata ricoperta proprio quello stesso anno con lastre esagonali di cemento che rappresentavano il grande orgoglio di tutti i *cruzeños*. A poca distanza dalla piazza le stradine erano tutte di terra battuta con casette basse dai tetti di tegole annerite sulle quali crescevano cactus e pianticelle di ogni genere. Davanti avevano quasi tutte una veranda con il classico palo orizzontale per legarvi i cavalli. Erano veri scenari da *far west*.

Eravamo arrivati. Con calma avremmo dovuto immergerci nella vita locale, conoscere la gente e le loro abitudini per poi arrivare a formarci nella mente un'idea di cosa avremmo potuto fare della nostra vita a Santa Cruz. Per nostra fortuna eravamo aperti a tutto.

Da una parte ci sentivamo come se ci mancasse il terreno sotto i piedi. Dopo aver vissuto una vita tanto movimentata ci trovavamo senza un lavoro, senza una casa, senza alcuna forma di entrate e senza prospettive concrete. Avevamo soltanto alcuni risparmi, ma molto scarsi, e tanti, tanti sogni. Dall'altra parte, però, ci sentivamo come se davanti a noi ci fossero tutte le prospettive di questo mondo. Eravamo talmente aperti a tutto che era come se tutto il mondo si dovesse adeguare alle nostre aspettative. In fondo dovevamo ritenerci fortunati perché queste occasioni e

unterspülen durfte, sondern in den dafür vorgesehenen Korb werfen musste. Der war bei unserer Ankunft leider schon voll, was sich dadurch bemerkbar machte, dass ein übler Geruch von ihm ausging.

Aufgrund des, für Santa Cruz doch sehr „exotischen" Namen des Hotels vermuteten wir, dass der Besitzer ein Italiener sei. Doch dem war gar ganz und gar nicht so, die Besitzerin war ein, in schwarz gekleidetes, altes, mageres Mütterchen mit fettigen Haaren, das keinen blassen Schimmer davon hatte, warum das Hotel ausgerechnet „Italia" hieß. Das einzige, was sie wusste, war, dass Italia *eine wichtige Stadt der Vereinigten Staaten war. Die Wege die zum Berühmtheit führen sind wirklich unendlich.*

Nur einige Hundert Meter vom Hotel entfernt lag der Plaza 24 de Septiembre *mit der Kirche, l'*Alcaldìa *(das Rathaus), ein Café und ein Restaurant. Der Platz war in der ganzen Stadt die einzige gepflasterte Fläche. Sie war noch in diesem Jahr entstanden und bestand aus sechseckigen Zementplatten, die der ganze Stolz eines jeden* cruzeños *waren. Nicht weit vom Platz entfernt bestanden alle Straßen aus festgestampfter Erde und alle Dächer der niedrigen Häuschen aus rauchgeschwärzten Dachziegeln, auf denen Kakteen und Pflänzchen jeglicher Art gediehen. Nach vorne heraus hatten fast alle eine kleine Veranda und den so typischen Pfahl, an dem man die Pferde fest band. Wie im Wilden Westen.*

Wir waren angekommen. In aller Ruhe mussten wir uns nun einleben und uns mit den Leuten und ihren Gewohnheiten vertraut machen. Dann mussten wir uns eine Idee davon machen, was wir mit unserem Leben in Santa Cruz anfangen wollten. Zum Glück waren wir offen für alles.

Einerseits fühlten wir uns so, als hätte uns jemand den Boden unter den Füßen weggerissen. Nachdem wir jahrelang unendlich viel zu tun gehabt hatten, standen wir plötzlich ohne Arbeit, ohne Haus, ohne Aufenthaltsgenehmigung und vor allem ohne Perspektiven da. Das einzige was uns blieb, waren die paar jämmerlichen Ersparnisse. Und unsere unendlich vielen Träume. Andererseits hatten wir das Gefühl, dass uns die ganze Welt offen stand. Wir waren allem gegenüber so offen, dass uns schien, die ganze Welt müsse unseren Erwartungen entsprechen. Im Grunde mussten wir uns glücklich schätzen, denn die Gelegen-

queste opportunità di scegliere in un campo talmente vasto non si presentano sempre e non a tutti. Il muratore può aspirare soltanto di trovare un'occupazione nel settore delle costruzioni così come un contabile può soltanto inserirsi nel mondo del lavoro fatto di scrivanie, di calcolatrici e di numeri da elaborare in un modo o in un altro. Ma noi avremmo potuto fare di tutto e l'unico limite era il nostro desiderio di fare qualcosa che ci tenesse in contatto con la natura.

Il nostro Grande Sogno era di acquistare della terra ed allevare bestiame allo stato brado. Era un sogno come un altro perché non avevamo la benché minima idea di cosa volesse dire allevare del bestiame allo stato brado. Avevo visto qualcosa in Australia, in Kenya e nel Botzwana ma soltanto superficialmente e, forse, tutto quello che sapevo lo avevo imparato soltanto dai films western. Ben poco, quindi. L'altro grosso aspetto negativo era il fatto che avevamo a disposizione soltanto una cifra molto, ma molto modesta. Erano i pochi risparmi che avevamo messo da parte in Kenya soltanto negli ultimi due anni. Ma resta sempre il fatto che sono un sognatore. Volevo vivere più vicino alla natura di quanto lo fossi stato montando fabbriche, fondando aziende e vendendo spaghetti e prodotti alimentari nei mercati più disparati in giro per il mondo. Sono sempre stato un sognatore e quello era il momento ideale per seguire i miei sogni senza voltarmi indietro e senza sentirmi limitato dall'obbligo di tenere i piedi ben saldi per terra.

Era il momento di inseguire il Grande Sogno e in quel momento potevo permettermelo. Ci sono pochi momenti nella vita in cui lo si può fare e sarebbe un sacrilegio lasciarsi scappare occasioni così rare. Sognare è un sacrosanto diritto dell'essere umano. Tutti sogniamo e tutti sogniamo di poter „sognare". Per quanto possa sembrare soltanto un gioco di parole è proprio così. Sogniamo di trovare il coraggio di liberarci dalle leggi e dalle convenzioni che ci limitano entro i confini delle regole di ogni giorno e sogniamo di andare liberi per il mondo alla ricerca di qualcosa di nuovo, di qualcosa di bello, di stimolante e di diverso, di qualcosa che ci appaghi nel nostro modo di pensare e di agire. Sogniamo di vivere secondo concetti e principi che conosciamo soltanto per aver avuto l'occasione di prenderli in considerazione sognando ad occhi aperti.

Per sognare così bisogna liberarsi dai legami della vita

heit, aus einem so weiten Feld auswählen zu können, bekommt man nicht oft. Ein Maurer kann immer nur auf eine Stelle im Baugeschäft hoffen und ein Buchhalter kann sich bloß um einen Platz in der Welt der Schreibtische, Taschenrechner und Zahlen bemühen. Doch wir konnten alles Mögliche tun. Die einzige Bedingung, die wir stellten, war die Nähe zur Natur.

Unser großer Traum war es, ein Stück Land zu kaufen und in freier Natur frei lebendes Vieh zu züchten. Es war ein Traum wie jeder andere, denn wir hatten absolut keinen Schimmer davon, was es hieß, frei lebendes Vieh in Freiheit zu züchten. Das Bisschen, was ich davon in Australien, Kenia und Botswana mitbekommen hatte, war wirklich nicht der Rede wert und alles, was ich sonst darüber wusste, stammte aus den alten Westernfilmen. Das war also nicht gerade viel. Das andere Problem war, dass uns nur sehr sehr wenig Geld zur Verfügung stand. Es pendelte sich bei dem ein, was wir in den letzten zwei Jahren in Kenia zusammengespart hatten. Doch ich bin und bleibe ein Träumer. Ich wollte der Natur viel näher sein, als ich es war, während ich Fabriken und Firmen gründete und während ich Spaghetti und Nahrungsmittel auf den verschiedensten Märkten der Welt verkaufte. Ich bin immer ein Träumer gewesen und nun war der richtige Zeitpunkt, nicht mehr zurückzublicken und nicht mehr mit beiden Beinen fest auf der Erde zu stehen, sondern meine Träume endlich zu verwirklichen.

Es war der Zeitpunkt gekommen, an dem ich es mir erlauben konnte, meinen Großen Traum zu verwirklichen. Es gibt nur wenige Gelegenheiten dieser Art im Leben und es wäre eine Schande, auch nur einen davon einfach so verstreichen zu lassen. Träume sind das heilige Recht eines jeden Menschen. Wir alle träumen, und wir alle träumen davon, „träumen" zu dürfen. Wie sehr das auch nach einem einfachen Wortspiel klingen mag, im Endeffekt ist es doch nun einmal so. Wir träumen davon, den Mut zu finden, uns von den Gesetzen und Vereinbarungen, die uns im Rahmen der täglichen Regeln diktiert werden, zu befreien. Wir träumen davon, frei in die Welt hinauszuziehen, um etwas Neues, Schönes, Anregendes und Anderes zu suchen - etwas, das unser Denken und Tun mit Erfüllung segnet. Wir träumen davon, nach Konzepten und Prinzipien zu leben, die uns nur in den Sinn gekommen sind, weil wir die Gelegenheit genutzt haben, mit offenen Augen zu träumen.

di tutti i giorni e portare la nostra mente su livelli utopici formati da una mescolanza di cose reali e pensieri irreali. Il vero sognatore non desidera qualcosa di materiale legato alla vita di tutti i giorni. Non sogna una macchina più potente, un vestito nuovo, un secondo televisore, una casa più grande o l'ultimo modello di cellulare, ma vola molto più in alto in un mondo irreale che non conosce ma che vuole esplorare ad ogni costo. Ecco perché il sognatore è assolutamente libero.

Perché sa che tutto ciò che ha o che ha avuto appartiene già ad un passato del quale apprezza, sì, ogni valore ma dal quale non si lascia tirannizzare.

Perché ha bisogno di muoversi entro spazi illimitati alla ricerca di quanto di nuovo vorrebbe ancora realizzare.

Perché sa che ciò che occupa i suoi sogni è sempre molto più bello di ogni altra realtà.

Perché aspira a trasformare in realtà tutte quelle cose che ha visto e che vede in continuazione nel suo mondo di sogni e di desideri.

Stefania credeva in quei sogni tanto quanto ci credevo io. Forse per lei quei sogni erano ancora più grandi che per me, perché lei era ancora tanto giovane e non aveva ancora avuto il tempo di crearsi delle radici troppo profonde nel mondo delle convenzioni e della realtà. Nel sogno di una nuova vita vicina alla natura eravamo guidati soltanto da visioni, da miti e da fiabe. Il mondo, visto così, per quanto irreale possa sembrare, è soltanto bello. La realtà sarebbe venuta da sola, forse carica di crudeltà, di sofferenze, di sconfitte, di disillusioni e di amarezze. Ma saremmo partiti con un approccio positivo che ci avrebbe guidati ed aiutati in ogni nostra scelta.

Un proverbio indiano dice:

„Se aspiri soltanto alla luna, mira comunque al sole".

Le crudeltà, i dolori, le sconfitte, le disillusioni e le amarezze della vita ci si presentano comunque, senza che nessuno di noi vada a cercarle o cerchi di provocarle. Ma non sono mai presenti nel mondo dei sogni, dei miti e delle fiabe.

Für diese Träume muss man sich von den Bindungen des Alltags befreien und seine Gedanken auf die Reise schicken - in utopische Sphären, wo nackte Tatsachen auf spielerische Luftschlösser treffen. Ein echter Träumer braucht die materiellen Werte des Alltags nicht. Er träumt nicht von schickeren Autos, schönerer Kleidung, einem zweiten Fernseher, einem größeren Haus oder dem neuesten Handymodell. Er setzt sich über all das hinweg und schwebt in eine unbekannte, höhere Welt, die ihm die Möglichkeit gibt, ganz neue Erkundungen anzustellen. Darum ist ein Träumer auch absolut frei.

Er weiß, dass alles, was er hat und hatte, der Vergangenheit angehört. Und er schätzt all diese Werte, aber er lässt sich von ihnen nicht tyrannisieren. Er bewegt sich in unendlichen Weiten, um all das, was er noch verwirklichen will, zunächst einmal zu entdecken. Er weiß, dass der Inhalt seiner Träume, tausendmal schöner ist, als es die Realität jemals sein könnte.

Er strebt danach, all die Dinge, denen er unaufhörlich in seiner Welt der Träume und Wünsche begegnet, wahr werden zu lassen. Stefania glaubte mit der gleichen Überzeugung wie ich an unsere Träume. Für sie waren sie vielleicht sogar noch größer als für mich, denn da sie noch sehr jung war, war sie noch nicht so fest in der Welt der Vereinbarungen und Realitäten verankert. In unserem Traum von einem neuen Leben in der Natur ließen wir uns ausschließlich von Visionen, Mythen und Fabeln leiten. So gesehen, ist die Welt, so unecht es einem auch vorkommen mag, doch einfach nur schön. Die Realität hätte uns schon noch früh genug eingeholt, und vielleicht waren ihr Grausamkeiten, Leid, Niederlagen, Enttäuschungen und Bitterkeit ins Gesicht geschrieben. Doch wir gingen positiv an die Sache heran und diese Einstellung sollte uns bei jeder Entscheidung führen und weiterhelfen. Ein indianisches Sprichwort besagt:

„Wenn Du den Mond willst, ziele an die Sonne."

All die Grausamkeiten, Schmerzen, Niederlagen, Enttäuschungen und Bitterkeiten des Lebens kommen von ganz allein, ohne dass wir sie suchen oder herausfordern müssten. Aber in der Welt der Träume, Mythen und Fabeln haben sie nichts zu suchen.

3

Santa Cruz de la Sierra

Santa Cruz de la Sierra

Santa Cruz è la città boliviana dell'eterna estate in quanto si trova nella parte tropicale del Paese. La sua ubicazione geografica le permette di godere di una temperatura costante fra i 30° e i 40° C.

Fino alla fine degli anni '70 Santa Cruz era un paesino dove, per le strade non asfaltate della città, si vedevano soltanto carri portati dai buoi e le persone si spostavano a cavallo. Oggi, oltre che ad un traffico congestionato di automobili, i buoi e i cavalli ci sono ancora, ma in cambio quel paesino ha la pretesa di trasformarsi rapidamente in una vera e propria città. Santa Cruz rappresenta l'antitesi dell'immagine della Bolivia come la vedono gli europei: l'indio con il suo lama! È una città all'avanguardia, un pezzo tipico della nuova Bolivia, simile a una città texana, una città di frontiera che vive soprattutto dell'agricoltura, dell'esportazione di gas naturale, del petrolio e del commercio con il Brasile e l'Argentina.

Santa Cruz al tempo offriva ben due quotidiani, *„El Mundo"* e *„El Deber"*, e tutte le mattine un esercito di ragazzini li offriva per le strade urlando a squarciagola i titoli delle prime pagine. Entrambi si dichiaravano

Da Santa Cruz sich im tropischen Teil des Landes befindet, ist sie die bolivianische Stadt des ewigen Sommers. Dank ihrer geografischen Lage liegt die Temperatur das ganze Jahr über bei 30 – 40 Grad C.

Bis Ende der 70er Jahre glich Santa Cruz noch einem kleinen Dörfchen, auf dessen holprigen Straßen nur Ochsenkarren und Reiter zu Pferde sich fortbewegten. Heutzutage haben sich den Ochsen und Pferden eine Unmenge Autos hinzugesellt und das Dörfchen scheint es kaum erwarten zu können, eine richtige Stadt zu werden. Santa Cruz ist das genaue Gegenteil des typischen Bolivien-Bildes eines Europäers vom Indio mit seinem Lama! Es ist eine fortschrittliche Stadt, die das neue Bolivien repräsentiert und ein wenig an texanische Kleinstädte denken lässt. Eine Grenzstadt, die vor allem von der Landwirtschaft, dem Export von Erdgas, von Erdöl und dem Handel mit Brasilien und Argentinien lebt.

In Santa Cruz gab es damals zwei Tageszeitungen, „El Mundo" und „El Deber". Jeden Morgen zog ein ganzes Heer an Jungen durch die Straßen und verkündete lauthals die Schlagzeilen der Titelseite. Beide erklärten sich

„*quotidiani indipendenti*". Una buona metà delle quattro pagine era occupata da annunci di ogni genere. C'era chi cercava di acquistare un'automobile dando in cambio la propria casa, chi cercava la figliola scomparsa, chi vendeva legname, chiodi, filo spinato, pezzi di ricambio, formaggio, medicinali, mobili, attrezzi agricoli, maiali, polli, ecc. ecc. ecc. ma c'era anche chi vendeva terreni: 500 ettari, 2000 ettari, 5000 ettari. Non credevo ai miei occhi! Non avevo mai visto annunci del genere in vita mia! Per le cose in offerta non era mai richiesto un prezzo espresso in Pesos ma, generalmente, un baratto con cose di altro genere. Un'automobile, un camion, una casa, un lotto di terreno in città, un trattore, del bestiame. Meraviglioso!

für „*unabhängige Tageszeitungen*". Anzeigen jeglicher Art nahmen den Großteil der vier Seiten ein. Man fand dort einfach alles: Einer wollte sein Haus gegen einen Auto tauschen, einer anderer suchte seine verschwundene Tochter, wieder andere verkauften Holz, Nägel, Stacheldraht, Ersatzteile, Käse, Medikamente, Möbel, Werkzeuge für die Landarbeit, Schweine, Hühner, etc. etc. etc. Und dann waren da noch diejenigen, die Land anboten: 500 Hektar, 2000 Hektar, 5000 Hektar. Ich traute meinen Augen nicht! Nie zuvor hatte ich solche Anzeigen gesehen. Bei keiner der Anzeigen wurde ein Preis in Pesos verlangt, sondern wie selbstverständlich ein Tausch vorgeschlagen – gegen Autos, Laster, Häuser, Parzellen Land in der Stadt, Traktoren, Vieh. Herrlich!

Wir waren auf dem richtigen Weg. Aber wir mussten noch ein einiges über die Entfernungen, die Kommunikationsmöglichkeiten, die Qualität und den Nutzen dieser Gebiete in Erfahrung bringen. Ich begann sofort, Kontakte aufzunehmen. Die Telefone waren sehr spartanisch, aber dafür schon ganz gut zugänglich. Das Netz funktionierte besser als in Nairobi, auch wenn die Kommunikation nur innerhalb von Santa Cruz möglich war. Für Ferngespräche gab es komplizierte Überbrückungen über Funk. Sie funktionierten allerdings nie, und zum Glück, benötigten wir sie auch nicht.

Sui tetti di tegole di Santa Cruz nascono i fiori

Blumen wachsen sogar auf den Dachziegeln

Eravamo sulla strada buona ma dovevamo saperne di più. Sulle distanze, sui mezzi di comunicazione, sulla qualità e sull'uso di queste terre. Avevo cominciato subito a prendere qualche contatto. Il sistema di telefoni era molto spartano ma ben diffuso e funzionava meglio che a Nairobi, anche se limitatamente all'interno della città di Santa Cruz. Per le „interurbane" invece c'erano dei complicatissimi ponti radio che non funzionavano mai, ma tanto a noi non servivano.

Il primo vero ostacolo l'avevamo incontrato con le descrizioni dell'ubicazione dei terreni in vendita che erano sempre molto vaghe e per noi pressoché incomprensibili. Le proprietà erano quasi sempre „*aquí cerquita, por allà,*

Die Lage der angebotenen Grundstücke bereitete uns große Probleme, sie war mehr als ungenau beschrieben und für uns daher absolut unverständlich. Der Besitz war fast immer „*aqui cerquita, por allà, a no mas de cinco o seis dias a caballo!*", das hieß „von hier aus, in diese Richtung, nicht mehr als fünf oder sechs Tagesritte entfernt". Wenn es nicht gerade fünf oder sechs Tagesritte waren, dann waren es sechs oder sieben Tage mit dem Kanu. Doch auch diese Maßeinheit sagte uns nichts und unsere Verwirrung machte uns völlig verlegen. In unserer, längst weit entfernten Welt aus Regeln, Gesetzen und Bestimmungen hatten die

a no mas de cinco o seis dias a caballo!", cioè „qui vicino, da quella parte, a non più di cinque o sei giorni a cavallo" o giù di lì! Quando non erano cinque o sei giorni a cavallo, erano sei o sette giorni in canoa, il che, trattandosi di unità di misura di distanze alle quali noi non eravamo abituati, non migliorava affatto le cose e ci metteva in serio imbarazzo. Nel nostro mondo ormai lontano, fatto di regole, di leggi e di convenzioni, ci eravamo troppo abituati a definire le distanze con altre unità di misura, come chilometri, fermate di autobus, numero di "isolati" o ore di macchina. Ai giorni di cavallo o di canoa avremmo dovuto abituarci!

Le cose non erano poi così semplici e facili come potevano sembrare al primo approccio e, dopo un entusiasmo iniziale, ci stavamo facendo prendere dallo sconforto. Inizialmente avevamo pensato che, se ci fossimo presentati come investitori, i venditori avrebbero fatto la fila per presentarci ed offrirci le loro proprietà e noi non avremmo dovuto far altro che scegliere fra i tanti proprietari disposti a portarci a vedere le loro terre. Tanto più che, in genere, i venditori aspiravano sempre soltanto ad una forma di baratto mentre noi eravamo disposti addirittura a pagare con soldi! O perlomeno così avremmo detto!

Ma le cose non stavano esattamente così.

Uno dei primi „venditori" che avevamo trovato sul giornale era un giovane *camba* snello e simpatico che possedeva un terreno di 500 ettari „*vicino alla strada*" e „*adatto a tutto*": allevamento, agricoltura, industria. Si chiamava Armando Julio Gutierrez Vaca. La strada, venimmo a sapere, era quella per Conception, verso est, ed il terreno, „poco" al di là del Rio Grande, era addirittura raggiungibile con „l'autobus". Il prezzo richiesto era una Jeep, cioè un'auto 4x4.

Era arrivata la prima occasione di metterci in moto ed andare ad esplorare l'interno. L'autobus partiva alle 5 del mattino. Era un trabiccolo costruito localmente sullo chassis giapponese di un Isuzu ed aveva un enorme portabagagli sul tetto. Quando eravamo arrivati al capolinea era già pieno come un uovo di passeggeri indios che emanavano un odore nauseante ed il portabagagli era colmo di cesti pieni di ogni genere di cose: polli, avocados, sedie, bidoni di plastica. All'interno dell'autobus il puzzo era a mala pena sopportabile solo quando l'autobus era in movimento e lasciava entrare aria dai finestrini aperti. Durante le tante soste, invece, ci sentivamo letteralmente soffocare. La velocità non superava

Maßeinheiten aus Kilometern, Bushaltestellen, „Häuserblöcken" oder Autostunden bestanden. Wir würden uns erst daran gewöhnen müssen, in Tageseinheiten zu Pferd oder mit dem Kanu zu rechnen!

Da die Dinge in Wirklichkeit nicht so leicht und einfach waren, wie wir im ersten Moment gedacht hatten, verließ uns nach der ersten Begeisterung ein wenig der Mut. Zu Beginn hatten wir angenommen, dass uns die Verkäufer nur so die Tür einrennen würden, um uns ihr Land anzubieten und zu zeigen; und wir, als die Investoren, hätten uns dann einfach das beste Angebot ausgesucht. Außerdem waren die Verkäufer ja fast immer bereit, einen Tauschhandel einzugehen, und wir hätten sie sogar mit Bargeld bezahlt; oder hätten das zumindest behauptet.

Aber ganz so glatt wollten die Dinge irgendwie nicht laufen. Einer der ersten „Verkäufer", den wir in der Zeitung aufgestöbert hatten, war ein junger, flinker und netter camba. *Er besaß ein 500 Hektar großes Grundstück, das „an der Straße" lag und sich eigentlich „für alle Zwecke eignete": die Viehzucht, die Landwirtschaft und die Industrie. Er hieß Armando Julio Gutierrez Vaca. Die Straße, so erfuhren wir, führte nach Conception, nach Osten und das Grundstück lag „kurz" hinter dem Rio Grande, man konnte es sogar mit dem „Bus" erreichen. Der zu bezahlende Preis war ein Jeep mit Vierradantrieb.*

Der Tag, an dem wir uns auf den Weg machen wollten, um das Gebiet zu erkunden, war gekommen. Der Bus fuhr um 5 Uhr morgens los. Er war eine klapprige Blechkiste, die auf das Fahrgestell eines japanischen Isuzu montiert worden war. Auf dem Dach hatte er einen riesigen Gepäckträger. Als wir an der Haltestelle ankamen, war er bereits rappelvoll und von den Indios an Bord ging ein strenger Geruch aus. Der Gepäckträger quoll ebenfalls fast über, denn sie hatten ihn mit allem Möglichen voll gestopft: Hühnern, Avocados, Stühlen und Kanister aus Plastik. Der Gestank im Innern des Busses war nur auszuhalten, wenn wir fuhren und ein bisschen Luft durch die Fenster hinein wehte. Während der vielen Pausen hingegen waren wir regelrecht dabei zu ersticken. Der Fahrer fuhr nie schneller als 20 oder 30 km/h und außerdem blieb er alle paar Meter stehen. Es reichte völlig aus, dass ihm eine Person am Wegrand ein Zeichen gab, und er hielt an. Auch wenn es sich vielleicht nur um einen kurzen Gruß gehandelt hatte, begannen sie jedes Mal ein ellenlanges

mai i 20 o 30 km orari ed il conducente si fermava in continuazione. Bastava soltanto che la gente ai lati della strada facesse un cenno con la mano, magari soltanto per salutare, e l'autobus si fermava ed il conducente imbastiva una lunga conversazione con le persone a terra. Qualche volta discutevano a lungo sul prezzo per salire a bordo, che poi risultava quasi sempre troppo alto, ma nella maggior parte dei casi si trattava semplicemente di un'occasione per scambiare quattro chiacchiere. Non c'era nessuna fretta!

Nelle 5 ore di viaggio avevamo percorso 80 km di cui i primi 40, fino a Montero, sull'unica strada asfaltata di tutto il dipartimento ma stretta, sporca e già piena di buche. Poi finalmente l'autobus si era fermato su uno spiazzo sabbioso in mezzo ad un canneto ed il „chofèr", il conducente, ci aveva dato l'ordine di scendere: eravamo arrivati al capolinea, al Rio Grande. Armando aveva detto che da lì avremmo dovuto proseguire a piedi.

 In realtà non si vedeva nessun fiume. Dallo spiazzo interrato, dove eravamo scesi, si vedevano tre o quattro sentieri che si infilavano nel canneto e noi, assieme ad un paio di indios, ci eravamo avviati in uno di questi.

Man mano che avanzavamo il fondo diventava sempre più fangoso e ricoperto di rami, di canne tagliate e di foglie di *motacú*, la famosa palma tipica della Bolivia, che erano state usate per far avanzare qualche veicolo sul fango sabbioso del fondo. Più avanzavamo, più affondavamo nel fango, ma intanto il canneto si era diradato ed in lontananza era apparsa la superficie del Rio Grande, lucente sotto i raggi obliqui del sole della tarda mattinata. Una Toyota era immersa nel fango con tutte e quattro le ruote ed una ventina di ragazzini si davano da fare per spingerla, sollevarla, mettere sotto le ruote pezzi di legno, canne, rami e foglie di *motacú* e farla salire in qualche modo su una zattera affondata nel fango. La zattera era formata da sei o sette tronchi legati fra di loro con delle funi grezze. Quello, ci aveva detto Armando, era l'unico mezzo per attraversare il Rio Grande.

Eravamo stati una buona mezz'ora a guardare la scena con gli occhi spalancati dalla sorpresa e dall'ammirazione per il coraggio, la volontà e la tenacia di quei giovani. Poi, quando a forza di spinte, la zattera, con la sua Toyota sopra, aveva cominciato a galleggiare nell'acqua fangosa del fiume, noi ci siamo tolti gli scarponcini, ci siamo arrotolati i jeans fin sopra il ginocchio e poi, affondando nel fango e

Gespräch. Manchmal diskutierten sie ewig lange über den Fahrpreis, der dann natürlich doch wieder viel zu hoch war, aber meistens handelte es sich einfach nur um eine gute Gelegenheiten, mal wieder ein gemütliches Schwätzchen zu halten. Keiner hatte es eilig!

In 5 Stunden legten wir nur 80 km zurück, die ersten 40 davon, bis nach Montero, auf der einzigen asphaltierten Straße, die trotzdem eng, dreckig und schon voller Schlaglöcher war. Dann hielt der Bus endlich auf einem sandigen Plätzchen inmitten von Schilfrohr und der „chofèr", der Fahrer, forderte uns auf, auszusteigen: Wir waren an der Endhaltestelle, am Rio Grande, angekommen. Armando teilte uns mit, dass es von nun an zu Fuß weitergehen würde. Von einem Fluss war weit und breit nichts zu sehen. Von dem Fleckchen Erde, auf dem wir standen, sah man drei oder vier Wege, die sich im Schilf verloren und zusammen mit ein paar Indios schlugen wir einen davon ein.

Mit jedem Schritt wurde der Boden unter uns schlammiger. Man hatte ihn allerdings mit Schilfrohren, und den Blättern der motacù, *der berühmten bolivianischen Palme, bedeckt, um auf dem matschigen, sandigen Grund überhaupt vorankommen zu können. Je weiter wir gingen, umso mehr versanken wir im Schlamm, aber langsam begann das Schilfrohr sich zu lichten und in der Ferne erblickten wir den Rio Grande, der unter den Strahlen der späten Vormittagssonne herrlich schimmerte. Ein Toyota war mit allen vier Rädern im Schlamm versunken und an die zwanzig kleine Jungen bemühten sich, ihn irgendwie vom Fleck zu bewegen. Sie legten Holz, Schilfrohre, Äste und Blätter der* motacù *unter seine Räder und versuchten, ihn irgendwie auf ein im Schlamm liegendes Floß zu schieben. Das Floß bestand aus sechs oder sieben Stämmen, die mit dikken Tauen aneinander gebunden waren. Armando erklärte uns, dass es die einzige Möglichkeit war, über den Rio Grande zu gelangen.*

Für eine gute halbe Stunde beobachteten wir das Geschehen mit weit aufgerissenen, überraschten Augen. Wir waren voller Bewunderung für diese mutigen, entschlossenen und zähen Burschen. Dann hatten sie es endlich geschafft, ein letzter Schub, und das Floß glitt mit dem Toyota ins schlammige Wasser des Flusses. In Windeseile zogen wir uns die Schuhe aus, krempelten uns die Jeans hoch und stürzten hinterher. Von unten bis oben mit

La pubblicità è l'anima del commercio *Wer nicht wirbt, stirbt*

impantanandoci peggio di loro, ci siamo arrampicati anche noi sulla zattera.

I ragazzi, immersi fino alla cintola, avevano cominciato a spingerci verso il largo urlando, ridendo e cantando. Si divertivano a lavorare in quelle condizioni! Lo zatterone procedeva lentamente verso un'acqua più profonda, fitta come una crema e non molto più pulita della melma della sponda ed i ragazzi affondavano sempre di più per far forza sul fondo e spingerci verso il largo. Percorse poche decine di metri, la corrente aveva cominciato a trascinarci verso nord ed i ragazzi, che evidentemente non toccavano più, si erano aggrappati ai bordi della zattera e si erano lasciati portare.

La zattera avanzava alla deriva più o meno nel centro del fiume girando lentamente su sé stessa in balia della poca corrente. Ricordo che in quel momento avevo pensato che ci sono veramente poche cose che ti fanno sentire così impotente quanto l'essere portati alla deriva dalla corrente. Qualche centinaio di metri più avanti, però, il fiume faceva una leggera curva sulla sinistra e lo zatterone, per abbrivio, si era avvicinato un po' più alla sponda destra, quella opposta a quella dalla quale eravamo partiti. Qui, dove l'acqua era meno profonda, aveva cominciato a toccare di nuovo sul fondo. I ragazzi intanto erano riusciti di nuovo a far presa e ci avevano spinti ancora di più verso la sponda fino a che lo zatterone si era completamente arenato ed era rimasto fermo infilato in un canneto folto. Noi tre, assieme ad altri due viandanti indios, eravamo saltati giù fra le canne affondando nel fango e nella melma viscida fino alle

Schlamm bedeckt, kletterten auch wir im letzten Moment auf das Floß.

Die Jungen, die bis zum Hals im Schlamm steckten, schrieen, lachten und sangen, während sie uns vom Ufer weg stießen. Sie hatten sichtlich Spaß an ihrer Arbeit. Das Floß kam nur langsam in dem immer tieferen Wasser voran, denn es war genauso dickflüssig und dreckig wie die Brühe am Ufer. Bei dem Versuch uns noch weiter hinauszutreiben, sackten die Jungen immer mehr auf dem schlammigen Grund ein. Nach wenigen Metern riss die Strömung uns von allein in Richtung Norden mit und die Jungen, die natürlich schon längst nicht mehr stehen konnten, hielten sich am Rand des Floßes fest und ließen sich ziehen.

Das Floß war der schwachen Strömung ausgeliefert. Es trieb mehr oder weniger in der Mitte des Flusses und drehte sich einige Male um sich selber. Ich habe mich im Leben nur selten zuvor so machtlos gefühlt, wie in diesem Moment, als wir von der Strömung des Flusses davongetrieben wurden. Einige Hundert Meter flussaufwärts, näherte sich das Floß in einer Linkskurve jedoch wieder dem Ufer, und zwar diesmal dem gegenüber gelegenen. Das Wasser war hier flacher und wir berührten den Boden. Die Jungen schoben uns noch näher ans Ufer, bis das Floß endgültig auf Grund gelaufen war und in einem dichten Hain aus Schilfrohr liegen blieb. Zusammen mit zwei anderen wandernden Indios sprangen wir drei herunter und versanken erneut bis zum Knie im klebrigen Schlamm. Wir suchten uns eine trockenere Stelle, setzten uns auf

ginocchia poi avevamo cercato un posto in cui la sabbia della riva era asciutta, ci eravamo seduti su un tronco abbandonato, ci eravamo tolti di dosso il fango, alla meglio, e c'eravamo rimessi le scarpe.

Erano passate le undici ed il sole picchiava senza pietà. La temperatura doveva essere intorno ai 40°, l'aria era densa di umidità e l'arsura aveva cominciato a farsi sentire. Non avevo portato con me niente da bere e la cosa cominciava a preoccuparmi. Armando, però, aveva ritrovato la sua allegria ed aveva annunciato che lì vicino c'era un *„buon ristorante"* e che ne avremmo approfittato per mangiare e bere qualcosa. Non riuscivo a figurarmi come e dove avrebbe potuto esserci „un buon ristorante" in un posto del genere, ma stavamo imparando che la Bolivia è piena di sorprese ed ero disposto a lasciarmi sorprendere.

Con la zattera eravamo scesi parecchio verso valle e quindi ci siamo avviati per risalire la riva sabbiosa in direzione del „buon ristorante". A parte alcuni tratti di canneto, la sponda del fiume era una striscia di sabbia bianca, morbida e sottile, quasi una polvere dalle sfumature

Un bagno rigenerante per la scrofa

einen alten Baumstamm, befreiten uns so gut es ging vom Schlamm und zogen uns die Schuhe wieder an.

Es war nach elf Uhr und die Sonne brannte ohne Gnade auf unsere Köpfe. Das Thermometer war bis auf die 40°-Marke geklettert, die Luft war von einer schweren Feuchtigkeit erfüllt und ein höllischer Durst machte sich bemerkbar. Ich hatte nicht daran gedacht, etwas zu trinken einzupacken und das begann mir Sorgen zu machen. Armando jedoch verkündete fröhlich, dass ganz in der Nähe „ein gutes Restaurant" sei, wo wir hätten essen und trinken können. Ich konnte mir nicht erklären, wie und wo dort ein „gutes Restaurant" hätte sein sollen, aber wir waren gerade dabei zu entdecken, dass Bolivien ein Land voller Überraschungen war. Und ich war bereit, mich überraschen zu lassen.

Das Floß hatte talabwärts gehalten und so stiegen wir nun das sandige Ufer hinauf, um zum „guten Restaurant" zu gelangen. Abgesehen von einigen Schilfhainen war das Ufer aus einem feinen, weichen, weißen Sand, der beinahe rosa zu sein schien. Nur hier und dort mussten wir über einen grünen Busch oder einen angeschwemmten Baumstamm klettern. Die Sonne machte aus der Wanderung über den Sand einen Wettlauf auf heißen Kohlen.

Die Sohlen unserer Schuhe erhitzten sich dabei so sehr, dass es uns schwer fiel weiter zu laufen. Doch in einiger Entfernung erblickte ich bereits ein Waldstück, das direkt am Wasser lag, und ich hoffte inbrünstig, dass wir es bald erreichen würden, damit wir uns vor der mittlerweile unerträglichen Sonne schützen konnten.

In diesem Waldabschnitt mussten Menschen sein, denn ich sah Rauch, der über den Ästen emporstieg. Als wir näher kamen, sah ich lauter weiße und schwarze Ferkel, die quiekend durcheinander liefen. Ein dürrer, abgewetzter Hund kam uns entgegen, bellte erst ein paar Mal ohne

Die Sau nimmt ein erfrischendes Bad

rosa, interrotta soltanto qua e là da qualche arbusto verde o da qualche tronco portato dalle piene. Il sole vi si rifletteva infuocandola. Le suole dei nostri scarponcini affondavano e si riscaldavano rendendo il nostro avanzare sempre più difficile. Ma in lontananza avevo già visto un tratto boscoso proprio sulla riva a ridosso dell'acqua e speravo di raggiungerlo quanto prima per ripararmi dal sole e riprendermi un po' dall'effetto del calore che ormai facevo veramente fatica a sopportare.

Sotto quegli alberi doveva esserci gente perché vedevo del fumo sollevarsi al di sopra dei rami. Avvicinandoci ulteriormente avevo notato un branco di maialetti bianchi e neri che correvano qua e là, poi un cane magro e spelacchiato ci era venuto incontro, prima abbaiando senza convinzione e poi scodinzolando sempre più man mano che ci si avvicinava, come se in noi avesse riconosciuto vecchi amici. Sotto un grosso albero di mango una donna grassa e tarchiata, vestita di rosso e grondante di sudore, ci aveva visti arrivare e ci aveva salutati cerimoniosamente. Teneva in mano un grosso mestolo di legno e trafficava con una pentola annerita che brontolava su un fuoco di legna. Al di là del grosso mango una scrofa nera si rotolava nell'acqua bassa e melmosa del fiume.

Eravamo arrivati al *„buon ristorante"!*

Vicino al fuoco c'era un tavolo rustico con due panche sulle quali sedevano quattro ceffi magri e sporchi, con la barba lunga ed il cappello di paglia. La donna, con maniere piuttosto brusche e parlando in una lingua che ancora non ero in grado di definire, aveva dato loro l'ordine di alzarsi immediatamente e di lasciare il posto agli stranieri in arrivo, dopodiché ci aveva invitati a prendere posto *„a tavola"*. Noi, piuttosto timidi ed impacciati, avevamo ringraziato e c'eravamo messi a sedere sulle panche rustiche e decisamente scomode, fatte di legno grezzo intagliato col *machete* e piantate fermamente nel terreno. Armando aveva ordinato da bere. Sul tavolo c'erano quattro grandi piatti di metallo smaltato con dentro i resti della *„sopa"* che i quattro ceffi stavano mangiando al nostro arrivo e che avevano dovuto abbandonare per farci posto.

La *sopa* è il piatto boliviano più comune. Si tratta di una minestra in cui viene messo a cuocere tutto ciò di cui dispone la cuoca: carne, pollo, pesce, patate, riso, grano, fagioli, arachidi, yucca, banane e verdure. Tutto assieme. Nei piatti

große Überzeugung und wedelte dann immer freudiger mit dem Schwanz, als hätte er in uns alte Bekannte wieder erkannt. Unter einem großem Mangobaum stand eine dikke, untersetzte Frau. Sie war ganz in Rot gekleidet und der Schweiß lief ihr nur so herunter. Als sie uns erblickte, begrüßte sie uns feierlich. Sie fuchtelte mit einem großen Holzlöffel in der Luft herum und ließ den rußgeschwärzten Kochtopf, der auf dem Feuer köchelte, keinen Moment lang aus den Augen. Hinter dem großen Mangobaum wälzte sich eine schwarze Sau in dem seichten und schlammigen Wasser des Flusses.

Wir waren im „guten Restaurant" angelangt!

In der Nähe der Feuerstelle, stand ein grober Tisch mit zwei Bänken, auf denen vier düstere Gestalten saßen. Sie waren dürr und schmutzig, mit bärtigen Visagen und Strohhüten auf den Kopf. Die Frau, forderte sie in einer Sprache, die mir noch unbekannt war, wirsch auf, den Tisch für die Fremden freizumachen. Daraufhin rief sie uns „zu Tisch". Wir dankten ihr ein wenig schüchtern und verlegen und nahmen Platz. Die Bänke waren absolut unbequem, aus grobem Holz mit der machete *geschnitten und fest in den Grund gestampft. Armando bestellte uns etwas zu trinken. Auf dem Tisch standen vier große Emailleteller, in denen noch die Reste der* sopa *klebten, die die vier Gestalten gerade aufessen wollten, als sie ihr Mahl wegen uns unterbrechen mussten. Die* sopa *ist ein typisch bolivianisches Gericht. Es handelt sich dabei um eine Suppe, in die alles, was die Köchin gerade hat, hineinkommt: Fleisch, Hühnchen, Fisch, Kartoffeln, Reis, Getreide, Bohnen, Erdnüsse, Yucca, Bananen und Gemüse. Alles zusammen. In den Tellern konnte man Reste von Hühnchen, Fisch, Kartoffeln und Reis erkennen. Daneben standen die üblichen achteckigen Gläser der französischen Firma Arcor, die sie an alle armen Länder der Welt verteilt hat. Zwei von ihnen waren fast bis zum Rand mit einer rötlich, künstlich wirkenden Flüssigkeit gefüllt. Die Schweine rieben sich nicht nur an den Beinen der Bänke, sondern auch an den unseren, und der Hund jagte ein paar aufgescheuchten Hühnern, die versucht hatten, ein Stückchen Fisch zu ergattern, hinterher.*

Die Frau kam mit einer Flasche des örtlichen Orangensaftes, der vor lauter Farbstoff aussah wie roter Lack, und füllte ihn in die Gläser. Stefania beobachtete die Szene mit Schrecken und erstarrte zu Eis. Mit weit aufgerisse-

3 Santa Cruz de la Sierra

si vedevano resti di pollo, di pesce, di patate e di riso. I bicchieri erano quelli soliti di vetro dal fondo ottagonale che la ditta francese Arcor ha distribuito in tutti i paesi poveri del mondo. Due di questi erano quasi pieni di un liquido rossiccio artificiale. Sotto il tavolo i maialetti si grattavano la schiena contro le gambe delle panche e contro le nostre mentre il cane rincorreva un paio di galline che avevano provato a beccare un pezzo di pesce lanciato all'ultimo momento da uno dei commensali.

La donna era venuta al tavolo con una bottiglia di aranciata locale tanto carica di coloranti artificiali che sembrava vernice rossa ed aveva rimboccato i quattro bicchieri. Stefania, che ormai aveva capito in che situazione ci stavamo trovando, era rimasta come impietrita e mi stava guardando con gli occhi spalancati e pieni di terrore che cercavano chiedere disperatamente aiuto. Prima di partire per il Sud America avevamo letto tante raccomandazioni sui pericoli di infezioni intestinali dovute ai tanti batteri contenuti nell'acqua e nelle bibite. Armando, col bicchiere in mano, ci aveva invitato a bere ma noi, come per guadagnar tempo e rinviare in qualche modo quello che stavamo affrontando, avevamo fatto cenno ai quattro piatti pieni di resti rimasti sul tavolo, intendendo implicitamente che avremmo aspettato che la donna „sparecchiasse". Armando allora aveva indicato alla donna i quattro piatti e questa, per tutta risposta, aveva afferrato il suo mestolone di legno, l'aveva affondato nel pentolone nero che bolliva sul fuoco vicino al tronco del mango ed aveva rimboccato i quattro piatti con altra *sopa*. Signore e signori, il pranzo era servito! Le posate erano già lì, „nei piatti". Era evidente che avremmo dovuto mangiare dai resti dei clienti di prima ed utilizzando le loro posate.

La speranza di sfuggire al pericolo dei batteri delle bibite che avremmo dovuto bere da quei bicchieri usati e sporchi veniva completamente annebbiata dalla vista dei piatti di *sopa* fumante nei quali troneggiavano ancora le lische di pesce e i resti di pollo lasciati dai quattro figuri magri e sporchi con la barba lunga e il cappello di paglia.

Stefania aveva assunto un atteggiamento serio, duro e fermo e, guardandomi fermamente negli occhi, aveva detto:

„No! Questo proprio no! È più forte di me! Non ce la faccio proprio!"

Armando aveva preso in mano il bicchiere, l'aveva scolato con un solo sorso, si era asciugato la bocca col

nen Augen und einem verzweifelten Blick schickte sie einen stummen Hilfeschrei in meine Richtung. Vor unserer Abreise nach Südamerika haben wir unzählige Warnhinweise über dieses Thema gelesen – die vielen Bakterien im verseuchten Wasser und anderen Getränken rufen schlimme Magen-Darm-Entzündungen hervor. Armando prostete uns zu, aber wir versuchten die Sache zu umgehen und zeigten daher auf die vier Teller. Wir wollten ihn sachte darauf hinzuweisen, dass die Frau noch „abdecken" müsse. Armando deutete also seinerseits auf die vier Teller und die Frau tauchte daraufhin ihren Holzlöffel in den großen, schwarzen Topf, der auf dem Feuer nahe dem Mangobaum schmorte, um die vier Teller unweigerlich wieder mit *sopa* zu füllen. Meine Damen und Herren, das Essen war serviert! Das Besteck war da, es lag bereits „in den Tellern". Es war eindeutig, dass wir aus den Tellern unsere Vorgänger hätten essen sollen, und außerdem noch mit ihrem Besteck. Eben noch beschäftigten wir uns mit der Frage, wie wir vor den Bakterien dieser gebrauchten und schmierigen Gläser Reiß aus nehmen konnten, da wurden unsere Gedanken schon von dem nächsten Problem überschattet: in der rauchenden *sopa* schwammen sogar noch die Gräten und Knochen, die, die vier dünnen, dreckigen Typen mit den langen Bärten und den Strohhüten übriggelassen hatten.

Stefania wurde ernst. Hart und unbeweglich blickte sie mir in die Augen, als sie sagte:

„Nein! Das kann ich nicht! Das sprengt meine Grenzen! Das kann ich nicht schaffen!"

Armando nahm das Glas und leerte es mit einem Zuge, dann wischte er sich mit dem Handrücken über den Mund und ließ einen tiefen Rülpser verlauten. Er angelte in den Tiefen der *sopa* nach dem Besteck und begann genüsslich zu essen. Er hatte ja auch Recht: an einem Tag wie diesem, nach einer langen Busreise und einer hitzigen Floßfahrt über den Rio Grande, gab es nichts Besseres als ein ordentliches Mittagessen in einem guten Restaurant. Ich erhob mich in der Zwischenzeit und aus einem gewissen Fluchtinstinkt heraus entfernte ich mich einige Meter. Um noch ein bisschen Zeit zu gewinnen, entleerte ich an einem Busch meine Blase. Danach fand ich endlich den Mut, der Situation gegenüber zu treten und kehrte zum Tisch zurück, wo ich die arme, versteinerte Stefania allein gelassen hatte. Ihr Blick streifte in die Ferne, noch weit über

dorso della mano e, lasciandosi andare in un rutto potente, aveva ripescato il cucchiaio da sotto le ossa di pollo che erano nel piatto che gli stava davanti ed aveva cominciato a mangiare la *sopa* con un gusto da invidiare. Era proprio vero: in un giorno come quello, dopo un lungo viaggio in autobus ed un'infuocata di sole attraverso il Rio Grande, non c'era niente di meglio che un buon pranzo in un buon ristorante! Io intanto mi ero alzato, spinto dall'istinto di scappare e di sparire e mi ero allontanato di qualche metro, poi, per darmi un contegno e guadagnare ancora qualche minuto, ero andato a fare pipì contro un cespuglio sulla sponda del fiume. Dopo, però, avevo dovuto trovare il coraggio di affrontare la situazione e di ritornare al tavolo dove avevo lasciato la povera Stefania impietrita, immobile con lo sguardo fisso lontano oltre la superficie dell'acqua. Intanto avevo deciso per un compromesso: avrei bevuto ma non avrei toccato la *sopa*.

Armando non riusciva a capire: la *sopa* era veramente buona e c'era dentro di tutto. Io, almeno per la forma, avevo cercato di spiegare che noi preferivamo non mangiare per non farci prendere dall'arsura. Il concetto, però, era troppo complicato per il povero Armando che comunque, e per fortuna, sul comportamento di quei due strani *gringos* non pretendeva di capire proprio tutto. Per quanto lo riguardava, aveva finito con gusto la sua *sopa* masticando rumorosamente a bocca aperta e sputando nel piatto gli ossicini di pollo e le lische di pesce. Poi se n'era fatta dare dell'altra, ne aveva mangiata la metà lasciando un piatto ancora più colmo di ossa di come l'aveva trovato all'inizio ed aveva segnalato la fine del pranzo con un altro rutto lungo e potente lanciato con gusto a bocca spalancata.

Intanto da lontano avevamo sentito il rumore della Toyota che era riuscita a scendere dallo zatterone ed avanzava a fatica nella nostra direzione sulla sabbia morbida della riva del Rio Grande. La donna aveva invitato il conducente a sedersi decantando la bontà della sua *sopa* ma il poveretto, ancora tutto sudato dalle fatiche della traversata con lo zatterone, aveva detto di non aver tempo.

Armando si era alzato e gli aveva chiesto un passaggio ed io ne avevo approfittato per pagare il conto del „ristorante": 20 pesos, poco più di un Dollaro. Se non altro, non eravamo stati „pelati".

Il conducente, per darci un passaggio, aveva chiesto 20

den Fluss hinaus. Ich aber hatte eine Entscheidung getroffen: Ich würde zwar trinken, aber die sopa *würde ich nicht anrühren.*

Armando konnte das nicht verstehen: Die sopa *war ausgezeichnet und sie enthielt auch einfach alles. Aus Höflichkeit erklärte ich ihm, dass wir lieber nicht essen würden, um dem höllischen Durst vorzubeugen. Doch das war Armando alles viel zu kompliziert, und zum Glück musste er auch nicht alles, was diese zwei merkwürdigen* gringos *taten, verstehen. Er löffelte seine* sopa *zufrieden aus, das heißt, er aß sie geräuschvoll mit offenem Mund und spuckte von Zeit zu Zeit eine Gräte oder einen Knochen zurück in den Teller. Als er seinen Teller leer gegessen hatte, ließ er sich noch einen Nachschub geben, von dem er aber nur noch die Hälfte aß. Der Teller, den er hinterließ, war nun doppelt so voll an Gräten und Knochen, wie der, den er vorgefunden hatte. Mit einem weiteren, ausführlichen Rülpser erklärte er das Mittagessen für beendet*

In der Zwischenzeit musste es auch der Toyota geschafft haben, vom Floß herunterzukommen, denn wir hörten seinen Motor bei dem Versuch das sandige Ufer des Rio Grande heraufzufahren, immer wieder gequält aufheulen. Die Frau lud auch den Fahrer dazu ein, Platz zu nehmen und ihre einzigartige sopa *zu kosten, doch der Ärmste, der noch völlig verschwitzt von den Strapazen der Überfahrt war, antwortete, keine Zeit zu haben.*

Armando erhob sich und fragte ihn, ob er uns nicht ein Stück weit mitnehmen könne. Ich nutzte die Zeit, die Rechnung des „Restaurants" zu bezahlen: 20 Pesos, gut einen Dollar. Wenigstens was das anging, zogen sie uns nicht über den Tisch. Als der Fahrer, um uns mitzunehmen, 20 Pesos pro Kopf verlangte, ging Armando regelrecht in die Luft. Doch der Fahrer gab nach und brüllte ihm hinterher:

„*Zehn Pesos!*"

Armando zeigte ihm, ohne sich umzudrehen, den Mittelfinger und der Fahrer fügte mit versöhnender Stimme hinzu:

„*… für alle Drei!*"

Wenn wir so weiter gemacht hätten, hätte er uns vermutlich noch dafür bezahlt, bei ihm mitzufahren. Armando sah mich an, als wolle er von mir wissen, ob es in Ordnung sei, das Angebot dieses Geldeintreibers anzunehmen.

pesos a testa e Armando era andato su tutte le furie. Il conducente allora gli aveva urlato dietro:

„*Dieci pesos!*"

Armando, senza voltarsi, gli aveva fatto un cenno volgare indicandogli il dito medio rivolto in alto ed il conducente, con tono accomodante, aveva aggiunto:

„*. . . .per tutti e tre!*"

Se avessimo continuato così, probabilmente ci avrebbe pagati lui per farci salire sulla Toyota. Armando mi aveva guardato come per chiedermi se era il caso di cedere al ricatto ed accettare la proposta di quello strozzino. Poi, al mio cenno di approvazione si era rivolto al conducente e, come per ripicca, gli aveva dettato la condizione di non fermarsi per nessun altro e di non caricare altri passeggeri. Per dieci Pesos avevamo il diritto di avere la Toyota tutta per noi!

Eravamo saliti dietro, sul cassonetto. La Toyota volava sulle onde di sabbia della pista sollevando un polverone che si andava a posare sulla sterpaglia dei bordi. La pista, intagliata nella foresta fitta, era perfettamente diritta e per chilometri e chilometri non abbiamo visto altro che alberi, palme e polvere. Poi, dopo quasi un'ora, avevamo raggiunto un gruppo di cinque o sei capanne deserte: era Santa Ana.

Eravamo arrivati. O per lo meno così pensavamo. Nel villaggio viveva il fratello di Armando ma nella sua capanna, come nelle altre, non c'era nessuno. Il *pueblo* era deserto. Vicino ad una delle capanne c'era una vecchia Jeep militare sgangherata e Armando ci aveva informati che, senza il fratello, e cioè senza la Jeep, non avremmo potuto proseguire per vedere il terreno. Intorno non c'era nessuno a cui chiedere informazioni sul fratello e, almeno per Armando, la cosa sarebbe finita lì: avremmo dovuto aspettare che, prima o poi, il fratello tornasse ed intanto, eventualmente, utilizzare la capanna.

Ma, mi chiedevo io, dove può essere andato il fratello, e con che mezzi, visto che la Jeep era lì? E come si può sapere quando tornerà? Intanto avevo notato che vicino alle ruote della jeep era cresciuta l'erba e che quindi la jeep, o non era stata usata da tanto tempo oppure, cosa molto più probabile, era completamente fuori uso. Una chiave per provare a metterla in moto non c'era. Non accettando di darmi per vinto così facilmente avevo proposto ad Armando di provare a metterla in moto mettendo in corto circuito i cavi

Nachdem ich ihm bejahend zugenickt hatte, wendete er sich trotzig dem Fahrer zu und erlegte ihm auf, kein weiteres Mal zu halten und keine weiteren Passagiere ein-zuladen. Für zehn Pesos hatten wir schließlich das Recht, den Toyota ganz für uns allein zu haben!

Wir waren hinten auf die Ladefläche gesprungen. Der Toyota flog regelrecht über die Sanddünen hinweg und bedeckte das Gestrüpp ringsum mit einer dichten Staubschicht. Die Strecke führte geradewegs durch den tiefen Wald und etliche Kilometer sahen wir nichts anderes als Bäume, Palmen und Staub. Dann, nach fast einer Stunde, erreichten wir eine kleine Siedlung von fünf oder sechs leer stehenden Hütten: Santa Anna. Wir waren da. Oder zumindest dachten wir das. In dem Dorf lebte Armandos Bruder, aber in seiner Hütte, so wie in den anderen auch, war niemand zu sehen. Der pueblo war menschenleer. Neben einer der Hütten stand ein alter, verbeulter Militärjeep. Ohne den Bruder, so sagte Armando, waren wir auch ohne Jeep. Und ohne den Jeep konnten wir un-

Im Wald nahe Santa Ana

104

d'accensione. L'impianto elettrico delle vecchie Jeep è veramente spartano e l'operazione è abbastanza facile anche per chi non è uno scassinatore di professione. Per Armando il tutto era arabo ma non aveva niente in contrario. Allora mi ero messo all'opera. Localizzati i cavi giusti li avevo tirati fuori ed avevo provato a fare il contatto. La batteria quasi scarica era riuscita a far fare al motore soltanto tre o quattro giri e questo aveva reagito con un paio di scoppi ma poi si era arreso. Però era già un buon segno. Allora avevamo provato a spinta e la vecchia Jeep era andata in moto emettendo rumorosi boati da un troncone di tubo di scarico senza marmitta. Armando non sapeva guidare e quindi avevo dovuto prendere io il comando dell'ultimo tratto del viaggio.

La proprietà, che doveva essere „vicino alla strada", era in realtà „aquí cerquita, a non più di un'ora di Jeep". Ci eravamo inoltrati fra gli alberi in una pista appena riconoscibile e poco battuta dove la Jeep procedeva a fatica sob-

Nella foresta presso Santa Ana

möglich zu dem Grundstück gelangen. Es war niemand da, den wir nach dem Bruder fragen konnten, und, zumindest für Armando, war die Sache damit erledigt: Wir hätten auf den Bruder warten und es uns so lange in einer der Hütten bequem machen können. Aber ich fragte mich, wo der Bruder denn – ohne den Jeep – hingegangen sein könnte? Und woher sollten wir wissen, wann er wieder kam? Zwischenzeitlich war mir aufgefallen, dass um die Räder des Jeeps Gras wuchs. Von daher, war es entweder sehr lange her, dass ihn jemand benutzt hatte, oder aber, was noch viel wahrscheinlicher war, er fuhr überhaupt gar nicht mehr. Einen Schlüssel, um den Motor anzulassen, gab es nicht. Ich wollte mich nicht so einfach geschlagen geben, und so schlug ich Armando vor, den Motor anzulassen, indem wir die Zündkabel kurzschlossen. Die Elektroanlage der alten Jeeps ist übersichtlich, und der Eingriff ist selbst für Amateurdiebe ein Kinderspiel. Armando verstand nur Bahnhof, aber er hatte keinerlei Einwände. Also machte ich mich an die Arbeit. Ich fand die richtigen Kabel, zog sie heraus und versuchte einen Kontakt herzustellen. Die Batterie war fast leer und ließ den Motor nur drei oder vier Umdrehungen machen, er heulte ein paar Mal kurz auf und verstummte dann ganz. Aber das war doch zumindest ein Lebenszeichen. Wir versuchten ihn anzuschieben und der Motor regte sich tatsächlich. Da er keinen Auspuff besaß, knallte es unentwegt aus einem abgebrochenen Abflussrohr, aber er lief und das war doch das Wichtigste. Armando konnte nicht fahren und so übernahm ich für das letzte Stück unserer Reise das Kommando.

Das Grundstück, das ja „an der Straße" liegen sollte, war in Wirklichkeit „aqui, cerquita, a non più di un'ora di Jeep", nicht weit von hier, nicht mehr als eine Stunde Jeep. Wir fuhren inmitten der Bäume auf einem Weg, der nur schwer zu erkennen war und der Jeep holperte nur langsam voran. Der Wald war sehr dicht und hoch. Nach etwas mehr als einer Stunde verkündete Armando:

„Dort! Wir sind da! Hier ist es!"

„Dort" gab es nichts außer Bäumen. Bäume, Bäume und nochmals Bäume. Armando zufolge mussten die Grenzen noch genau von einem „agrimensor" festgelegt werden, aber das Grundstück lag „dort, in dieser Richtung", und er deutete etwas ungenau in den Wald hinein.

Ich hätte heulen können! Meine Nerven lagen blank

3 Santa Cruz de la Sierra

balzando ad ogni metro. La foresta era molto alta e fitta. Dopo poco più di un'ora Armando aveva annun-ciato:

„*Ecco! Ci siamo! È qui!*"

„*Lì*" c'erano solo alberi. Nient'altro che alberi. Alberi a non finire. Secondo Armando i confini dove-vano essere ancora definiti da un „*agrimensor*" ma la proprietà era „*là, da quella parte*" ed aveva fatto un cenno vago con la mano in direzione della foresta.

Mi sarei messo a piangere! Con i nervi che mi martellavano in testa avevo girato la Jeep e ripreso la pista a ritroso per tornare a Santa Ana. Dopo quasi un'ora la Jeep aveva cominciato a sbuffare e singhiozzare ed infine si era fermata. La batteria era ancora scarica ed il serbatoio era vuoto: eravamo rimasti senza benzina. Allora, facendo buon viso a cattiva sorte avevamo abbandonato la Jeep nella foresta, ci eravamo avviati a piedi e, per quando abbiamo visto le capanne di Santa Ana in lontananza, il sole stava già calando all'orizzonte. Sembrava proprio che avremmo dovuto passare la notte a Santa Ana e l'idea mi terrorizzava.

La canadesina, la tenda che ci eravamo portati dall'Europa, era rimasta a Santa Cruz perché, per visitare un terreno „*aqui cerquita, vicino alla strada*" non avevamo previsto di dover pernottare fuori. Era un'altra delle tante lezioni che avremmo dovuto imparare in Bolivia.

Proprio mentre stavamo arrivando alle capanne ancora deserte, tra il ronzio assordante di milioni di zanzare che si stavano svegliando, abbiamo sentito il rombo di un grosso motore ed in pochi minuti avevamo visto arrivare un camion che stava rallentando per venirsi a fermare vicino a noi. L'autista era un *colla* (pronuncia coja), cioè un indio dell'altopiano, il vecchio Kollasuyu, dalla pelle grigia e sporca. Portava una camicia lurida a brandelli ed un cappello di paglia dal quale mancava mezza falda e masticava coca a bocca aperta. Il camion era uno strano aggeggio antidiluviano con un grosso paraurti, un solo parafango sopra la ruota anteriore sinistra e con la cabina senza vetri. Il *colla* ci aveva invitati a salire con un ghigno sdentato che, probabilmente, nelle sue intenzioni sarebbe dovuto essere un sorriso; Stefania ed io, senza perdere troppo tempo, ci eravamo arrampicati sul cassone e c'eravamo seduti su uno dei tre enormi tronchi di *mara* che stava trasportando. Sui tronchi c'erano altri tre indios, due uomini e una donna, che ci avevano ceduto il posto migliore subito

und ich riss den Jeep herum, um schnurstracks nach Santa Anna zurückzupreschen. Nach einer Stunde fing der Jeep an zu ächzen und zu seufzen, um dann schließlich ganz aufzugeben. Die Batterie war noch immer leer und der Tank nun ebenfalls: Uns war das Benzin ausgegangen. Wir machten gute Miene zum bösen Spiel und gingen zu Fuß weiter. Als wir in der Ferne endlich die Hütten von Santa Anna erkennen konnten, stand die Sonne bereits tief am Horizont. Es sah ganz danach aus, als müssten wir die Nacht in Santa Anna verbringen, und die Idee versetzte mich in Angst und Schrecken.

Unser Zelt, das wir aus Europa mitgebracht hatten, lag in Santa Cruz, denn um uns ein Grundstück „aqui cerquita, an der Straße" anzusehen, hatten wir nicht angenommen, draußen übernachten zu müssen. Es war nur eine von vielen Lehren, die wir aus Bolivien mitnehmen würden. Als wir gerade an den Hütten ankamen, hörten wir zwischen dem lärmenden Summen der Mücken, auch noch ein anderes Geräusch: Das Knattern eines großen Motors. Nur wenige Minuten später erschien ein Lastwagen vor unseren erleichterten Gesichtern. Der Fahrer war ein colla *(sprich Koja), das heißt ein Indio aus dem Hochland, dem alten Kollasuyu, grauhäutig und schmutzig im Aussehen. Er hatte ein völlig verdrecktes und zerfetztes Hemd an, seinem Strohhut fehlte die halbe Krempe und er kaute, mit weit aufgerissenem Mund, auf Kokablättern herum. Sein Lastwagen war ein merkwürdiges Ding aus der Steinzeit; er hatte eine riesige Stoßstange, aber nur einen einzigen Kotflügel über dem linken Vorderrad und die Fahrerkabine wiederum war längst ohne Fenster. Der* colla *forderte uns mit einem zahnlosen Grinsen auf, einzusteigen; eigentlich hatte es wahrscheinlich ein Lächeln sein sollen. Stefania und ich verloren keine Zeit und kletterten sofort auf die Ladefläche, um auf einem der riesigen Stämme des* mara *Platz zu nehmen. Auf der Ladefläche waren bereits drei weitere Indios, zwei Männer und eine Frau, die uns sofort die besten Plätze direkt hinter der Fahrerkabine überließen. Armando hingegen war in Santa Anna geblieben, um auf seinen Bruder zu warten. Der Lastwagen setzte sich sofort wieder in die Gänge und startete mit dem lauten Knall eines Dieselmotors, der keinen Auspuff mehr besaß. In nur wenigen Sekunden umgab uns eine große, stinkende Rauchwolke. Der Himmel war nicht nur von der hereinbrechenden Nacht dunkel, sondern auch*

dietro la cabina. Armando, invece, era rimasto a Santa Ana ad aspettare il fratello.

Il camion si era subito avviato con il rombo assordante di un grosso motore diesel senza marmitta ed in pochi secondi ci siamo trovati immersi nella nuvola di fumo puzzolente che ci aveva avvolti. Il cielo, oltre che dal buio che cominciava ad avanzare, era oscurato anche dal nuvolone di fumo e dagli sciami di zanzare e il movimento del camion ci proteggeva soltanto in parte da queste ultime.

Al fiume eravamo scesi dal camion ed avevamo fatto appena in tempo a salire su una zattera che cominciava a spostarsi con a bordo un camioncino ed altri quattro indios. La traversata di ritorno si era svolta più o meno come quella dell'andata ad eccezione delle zanzare che compensavano la mancanza del fastidio dell'azione diretta del sole, ma erano molto più insopportabili.

Dall'altra parte c'era un altro camion carico di canna da zucchero e noi tutti ci eravamo arrampicati sopra senza essere invitati e senza chiedere il permesso a nessuno. L'assalto delle zanzare era tremendo, almeno per noi. Gli indios si limitavano a darsi qualche pacca svogliata sulle guance e a grattarsi. L'autista era salito in quella che una volta sarà stata sicuramente una cabina di guida ed era partito. Stessa storia del camion di prima: fumo, puzza ed un rombo assordante.

A mezzanotte eravamo a Santa Cruz. Quel giorno ci eravamo arricchiti di un'altra esperienza che avremmo sicuramente ricordato per il resto dei nostri giorni. Probabilmente le grandi estensioni di terra da comprare con quattro soldi erano solamente un miraggio, un'utopia, una favola, una chimera.

Nei giorni successivi eravamo andati a vedere altre „proprietà" ma col solo risultato di tornare sempre più avviliti. Avevamo visitato posti interessantissimi, almeno sotto certi aspetti, avevamo visto tante cose nuove ed affascinanti e conosciuto tante persone simpatiche. Per noi era tutto nuovo ed entusiasmante, ma dovevamo abituarci a certi estremi che non avevamo dovuto affrontare neppure nelle zone più arretrate dell'Africa.

Avevamo viaggiato su camion che trasportavano legname e, una volta, su una *camioneta* che si era perso il carburatore. Per fortuna ero riuscito a fissarlo alla meglio

von der großen Rauchwolke und den unendlichen Mückenschwärmen, vor denen der fahrende Lastwagen uns nur zum Teil schützen konnte.

Am Fluss angelangt, schafften wir es gerade noch rechtzeitig auf ein Floß aufzuspringen. Es hatte bereits abgelegt und außer uns waren ein kleiner Transporter und weitere vier Indios an Bord. Die Rückfahrt verlief ebenso wie die Hinfahrt, mit der kleinen Ausnahme, dass die Abwesenheit der Sonne mit der Anwesenheit der Mükken kompensiert wurde. Nur, dass letztere noch sehr viel störender sein konnten. Am anderen Ufer stand ein Laster, der Zuckerrohr geladen hatte und wir kletterten allesamt auf die Ladefläche, ohne dazu eingeladen worden zu sein und ohne irgendjemanden auch nur nach der Erlaubnis zu fragen. Die Mücken waren, zumindest für uns, unerträglich. Die Indios begnügten sich damit, sich ab und zu auf die Wange zu klatschen oder sich hier und dort einmal zu kratzen. Der Fahrer kletterte in das Teil, was sicherlich einmal das Führerhäuschen gewesen war, und fuhr los. Und wieder die gleiche Story: Rauch, Gestank und ein ohrenbetäubendes Knallen.

Um Mitternacht waren wir in Santa Cruz. An diesem Tag, waren wir um eine Erfahrung reicher geworden, die wir bis ans Ende unserer Tage nicht mehr vergessen würden. Wahrscheinlich waren die riesengroßen, für wenig Geld zum Verkauf anstehenden estancias *bloß ein Wunschdenken, eine Utopie, eine Fabel, ein Trugbild. Je mehr "Grundstücke" wir in den darauf folgenden Tagen besichtigten, desto entmutigter kehrten wir wieder zurück. Wir sahen, unter gewissen Gesichtspunkten, durchaus interessante Orte, wir entdeckten viele neue, aufregende Dinge und lernten einen Haufen netter Menschen kennen. Für uns war alles neu und aufregend. Aber häufig fanden wir uns in Extremsituationen wieder, an die wir uns erst noch gewöhnen mussten. Nicht einmal in den ärmsten Zonen Afrikas waren wir solchen Bedingungen ausgesetzt gewesen.*

Wir fuhren häufig auf Holztransportern mit, und einmal verlor eine dieser camioneta *plötzlich ihren Vergaser. Ich klaute vom Zaun einer* estancia *ein Stückchen Stacheldraht und versuchte ihn so gut wie möglich wieder festzubinden. Zum Glück gelang es mir einigermaßen.*

Ein anderes Mal ritten wir auf zwei alten Kleppern in den Wald. Mücken und allerhand anderer aggressiver

legandolo con un pezzo di filo spinato che avevo rubato dal recinto di una *estancia*.

Eravamo andati nell'interno di una foresta a cavallo di vecchi ronzini che perdevano sangue come colabrodi per i morsi di migliaia di tavani ed altri insetti aggressivi.

Eravamo andati a piedi per un paio di chilometri su una pista allagata avanzando con l'acqua che ci arrivava fino alla vita.

Avevamo dormito nella canadesina montata in un cortile dove, durante la notte, i maiali che vi circolavano liberi non avevano mai smesso di darci dei potenti spintoni nella schiena.

Avevamo dormito, ospiti di uno dei tanti ex-Presidenti della Repubblica, il Sig Suarez, in una stanza senza porta e nella quale, per raggiungere il letto, dovevamo fare lo slalom fra le cacche di cane.

Il Paraì visto dall'alto

Insekten fielen derart über sie her, dass ihnen das Blut in Strömen über den Leib rann. Dann wieder kämpften wir uns kilometerweit zu Fuß durch eine überschwemmte Ebene, deren Wasser uns bis zu den Hüften reichte.

Eines Nachts bauten wir unser Zelt in einem Innenhof auf, in dem Schweine frei ihre Runde drehten, wobei sie auch nicht für eine Minute damit aufhörten, uns in den Rücken zu treten

Eine andere Nacht wiederum waren wir zu Gast bei einem der vielen Ex-Präsidenten der Republik, dem Herrn Suarez. Wir bekamen ein Zimmer ohne Tür, und um ins Bett zu gelangen musten wir uns vorsichtig im Zickzacklauf zwischen den unzähligen Hundehaufen fortbewegen, die den Boden bedeckten.

Auf einer Toilette in Conception krochen Stefania eine Unzahl cucarachas *erst in die Jeans und dann die Beine hoch.*

Auf einem kleinen Weg wenige Kilometer südlich von Santa Cruz überfiel uns ein großer Schwarm winzigkleiner Wespen. Es waren so viele, dass ihr Summen einem abhebenden Düsentriebwerk glich. Ich schubste Stefania eilig zu Boden und warf mich dann auf sie darauf, um sie mit meinem Körper zu beschützen. Trotzdem waren alle freiliegenden Stellen, wie der Hals, die Knöchel und die Handgelenke, mit Hunderten von Wespen übersät, die uns mindestens mit genauso vielen schmerzhaften Stichen versahen, so dass wir für vier oder fünf Tage wahre Höllenqualen leiden mussten.

Der Piraí aus der Luft gesehen

Wir kamen beinahe zu der Überzeugung, dass uns der Große Traum von einem Leben in der Natur unüberwindbare Weichen stellte. Aber wir waren noch nicht bereit zu glauben, dass ganz Bolivien so sein sollte. Wir mussten nur durchhalten und weitersuchen, irgendwo musste unser kleines Paradies doch schließlich sein. Wir wollten

In una toilette a Conception Stefania si era trovata le gambe ricoperte di *cucarachas* che si erano infilate nell'interno dei jeans.

In un sentiero a pochi chilometri a sud di Santa Cruz eravamo stati assaliti da uno sciame di vespe piccole piccole. Ricordo che erano tante che il loro ronzio sembrava quello di un reattore in fase di decollo. Io avevo dato uno spintone a Stefania per farla sdraiare a terra, poi mi ci ero buttato addosso per proteggerla col mio corpo.

Gli acquitrini del San Martin

Ciononostante, tutte le parti esposte, come il collo, le caviglie ed i polsi erano state ricoperte da centinaia di vespe che ci avevano inflitto altrettante punture dolorosissime e per quattro o cinque giorni avevamo sofferto le pene dell'inferno.

Stavamo arrivando a convincerci che il nostro Grande Sogno di vivere vicino alla natura ci stava imponendo delle condizioni inaccettabili. Ma non potevamo credere che la

auf keinen Fall aufgeben und darauf verzichten. Es wäre wie ein abruptes Auslöschen all unserer Träume gewesen.

Um unsere Suche voranzutreiben und unsere Chancen zu erhöhen, entschieden wir, nun selbst die Initiative zu ergreifen und eine Anzeige in „El Mundo" aufzugeben:

„Kaufe estancia *nahe Santa Cruz, die sich für Landwirtschaft und Viehzucht eignet. Zahle bar."*

Damit schien die Wende endlich gekommen zu sein, denn von diesem Moment an lief alles in anderen Bahnen.

Es könnte sein, dass Bolivien und seine Natur uns auf die Probe stellen wollten, aber wir hatten durchgehalten und ehrenvoll gesiegt. Eines Morgens kam der Ing. Nestor Jaime Ferreira Piña ins Hotel. Er war ein untersetztes, kräftiges Männlein um die Sechzig und machte auf uns einen bescheidenen, ehrlichen und netten Eindruck. Er besaß westlich von Santa Cruz, am Fuße der Anden, ein Landgut, das ihm die Familie seiner Frau vererbt hatte. Der exotische Name der estancia *gefiel uns auf Anhieb. Sie hieß* Guendà Arriba, *was daher kam, dass sie „hinter dem Fluss Guendà" lag. Sie war zu Beginn dieses Jahrhunderts entstanden und Ferreira trug das Original der mit Tusche geschriebenen Besitzurkunde bei sich. Die in den Dokumenten verzeichnete Grundstücksfläche betrug 2700 Hektar, aber Ferreira erklärte, dass sie mit moderneren Messgeräten eine Fläche von 3200 Hektar ausgerechnet hätten. Das Grundstück befand sich 35 km von Santa Cruz entfernt und war vollständig bewaldet. Es erstreckte sich auf einer circa 17 km großen Fläche zwischen den Flüssen Guendà, von dem es den Namen hatte, und Surutù, der etwas weniger wichtig war und direkt unter den Anden entsprang, um etwas weiter nördlich in den Guendà zu fließen.*

Ferreira war ein maderero, *mit anderen Worten ein*

Der Morast des San Martin

Bolivia fosse tutta così. Dovevamo soltanto tener duro e continuare a cercare il nostro angolo di Paradiso che, in qualche posto, doveva sicuramente esserci. Non volevamo assolutamente rinunciare ed arrenderci. Sarebbe stato come annullare e distruggere tutti i nostri sogni.

Per accelerare il nostro lavoro di ricerca e per poter scegliere meglio avevamo deciso di mettere noi un annuncio su „*El Mundo*":

„*Compro* estancia *non lontana da Santa Cruz adatta per agricoltura ed allevamento. Pago in contanti*".

Forse eravamo arrivati finalmente al classico giro di boa perché da quel momento le cose hanno preso un'altra piega. È probabile che la Bolivia e la sua natura abbiano voluto metterci alla prova ma noi eravamo stati tenaci e l'avevamo superata con onore. Una mattina si era presentato in albergo l'Ing. Nestor Jaime Ferreira Piña, un omino tarchiato e robusto sui sessant'anni dall'aspetto modesto, onesto e simpatico. Aveva una tenuta ad ovest di Santa Cruz, alle falde delle Ande, che aveva ereditato dalla famiglia della moglie. Il nome esotico dell'*estancia* ci era piaciuto: si chiamava *Guendà Arriba*, un nome che deriva dal fatto che si trovava appunto „al di là del fiume Guendà". Era stata accatastata all'inizio del secolo e Ferreira aveva con sé i documenti originali scritti a mano con inchiostro di china. La superficie ufficiale calcolata nei documenti era di 2700 ettari ma secondo Ferreira, ricalcolata con mezzi più moderni, risultava di oltre 3200 ettari. La proprietà, completamente boscosa, a 35 km da Santa Cruz, era una striscia di foresta che si estendeva per circa 17 km fra il fiume Guendà, dal quale prendeva il nome, ed il Surutú, un fiume meno importante che nasceva proprio sotto le Ande e poi, più a nord, si immetteva nel Guendà stesso.

Ferreira era un *maderero*, in altre parole un boscaiolo, ed aveva sfruttato la tenuta soltanto per estrarre il *cuchi* (pron. cuci), un legname duro pregiato e raro della famiglia del mogano, ma negli ultimi anni i prezzi erano crollati al punto tale da non coprire più neppure i modesti costi d'estrazione. Ferreira sosteneva che nella tenuta, nell'immediata vicinanza del confine sul fiume Guendà, c'erano ancora almeno 750 alberi di cuchi maturi, migliaia e migliaia di alberi di *mara*, un altro legno altrettanto pregiato, e tantissimi di *roble*, ma che in quel momento, vista la situazione del mercato, non valeva proprio la pena di abbatterli. Più all'interno, poi, ce n'erano a migliaia e migliaia

Holzfäller, der das Grundstück nur des cuchi (*sprich Kutschi*) *wegen genutzt hatte. Es war ein hartes, hochwertiges und seltenes Holz aus der Familie der Mahagonibäume. Doch in den letzten Jahren waren die Preise so stark eingebrochen, dass sie noch nicht einmal mehr die niedrigen Arbeitskosten deckten. Ferreira vermutete, dass auf dem Grundstück in der unmittelbaren Nähe zum Fluss, noch mindestens 750 Bäume von der Art der* cuchi, *weitere abertausende Bäume aus* mara, *einem ebenbürtigen Holz, und ebenso viele aus* roble *standen, doch angesichts der schlechten Marktpreise lohnte sich die Rodung einfach nicht mehr. Im Landesinnern gab es noch viel mehr Bäume jeder Art, doch um sie zu erreichen, musste man Wege für Arbeitsmaschinen öffnen lassen. Das Gleiche galt auch für all die anderen, unzähligen Bäume von geringerem Marktwert. Im Moment gab es für sie zwar noch keine Abnehmer, aber die sich im Aufwind befindende Stadt würde sie schon bald bei ihrem Aufbau benötigen können.*

Ferreiras Aussagen zufolge, war das Landgut ebenso gut für die Viehzucht und die Landwirtschaft geeignet. Da sie am Fuße der Anden lag, wo es ausgiebiger als im restlichen Tiefland regnete, war ihr Boden äußerst fruchtbar. Natürlich musste man dazu den Wald chaquear, *abholzen. Ferreira war allerdings* maderero *und hatte weder von Viehzucht noch von der Landwirtschaft die leiseste Ahnung. Aber nicht nur das, er hielt sie darüber hinaus noch für niedere, ja sogar, entwürdigende Tätigkeiten, die von Angehörigen unterer „Schichten" erledigt werden sollten. Der Ärmste wusste ja nicht, dass eben dies die „Schichten" waren, zu denen wir gehören wollten!*

Waren wir etwa dabei, so tief zu fallen?

Am Tage darauf machten wir uns in den frühen Morgenstunden auf den Weg, die 35 Kilometer zwischen Santa Cruz und Guendà Arriba mit seinem Ford Bronco zurückzulegen. Fünfunddreißig Kilometer waren doch nun wirklich ein Katzensprung, so dachten wir zunächst. Doch auch dieses Mal sollte Bolivien uns eines Besseren belehren. Vom segundo anillo *bogen wir in die Straße ein, die am* Jardin Botanico *vorbeiführte. Diese Gegend der Stadt unterschied sich von den anderen nur durch das Schildchen mit dem Namen „Jardin Botanico". Vermutlich hatte hier jemand die gute Absicht gehabt, wirklich einen botanischen Garten entstehen zu lassen, doch offensichtlich war*

di ogni tipo ma, per raggiungerli, bisognava costruire delle piste percorribili con automezzi pesanti. Il discorso era ancora più valido per tante altre migliaia di migliaia di alberi di valore commerciale minore per i quali al momento non c'era una grande richiesta ma, coll'espanderesi della città, avrebbe acquisito un notevole valore come materiale da costruzione.

Stando alle parole del Ferreira, la tenuta si sarebbe prestata anche all'allevamento del bestiame e per fare dell'agricoltura perché il terreno era fertile e alle falde delle Ande le piogge erano più soventi ed abbondanti che nel resto del bassopiano. Ovviamente bisognava *chaquear*, cioè abbattere la foresta. Ma il Ferreira era un *maderero* e non si era mai occupato né di bestiame né tantomeno di agricoltura di cui non aveva la benché minima idea. Non solo, ma le considerava addirittura attività troppo umili e

er über die gute Absicht nicht hinausgekommen und so hatte sich damit begnügt, ihm doch wenigstens schon einmal einen Namen zu verleihen.

Die Straße, und somit die Stadt, endete auf dem sandigen Ufer des Rio Piraì, dessen Bett unendlich breit und mindestens genauso trocken war; nur rechter Hand floss ein kleines, vielleicht 20 Meter breites Rinnsal. Brücken gab es natürlich in diesem Teil der Erde nicht und uns war ziemlich schnell klar, dass wir durch den Fluss hätten fahren müssen. Nach der Erfahrung auf dem Rio Grande war ich langsam davon überzeugt, dass die Herausforderungen einer Flussüberquerung hier in Zukunft zum Alltag gehören würden. Ferreira stieg aus und fragte ein paar Jungen, die im Schatten eines Baumes dösten, ob heute schon ein Auto versucht hätte, den Fluss zu über-

Una colonia di uccelli acquatici *Eine Kolonie Wasservögel*

3 Santa Cruz de la Sierra

addirittura degradanti, adatte a persone di „*ceti*" decisamente inferiori. Il poveretto non sapeva che quelli erano proprio i „*ceti*" ai quali noi aspiravamo di appartenere! Stavamo forse scendendo così in basso?

Il giorno dopo eravamo partiti all'alba con il suo Ford Bronco ed avevamo affrontato i 35 km che separano Guendà Arriba da Santa Cruz. Trentacinque chilometri, avevamo pensato, erano veramente un tiro di schioppo. Ma anche questa volta la Bolivia aveva qualcosa da insegnarci. Dal *segundo anillo* avevamo imboccato la strada che passava a lato del *Jardin Botanico*, una zona della città che si distingueva dalle altre soltanto per il cartello che portava il nome „Jardin Botanico". Probabilmente qualche buon intenzionato aveva progettato davvero di istituire un orto botanico ma evidentemente non era andato oltre il successo di definirlo come tale e di piantarvi un cartello.

La strada, così come la città, terminava sulla sabbia della riva del Rio Piraí, un fiume dal letto molto ampio nel quale scorreva soltanto un rigagnolo d'acqua vicino alla sua sponda destra e non più largo di venti metri. I ponti, naturalmente, in quella parte di mondo non esistevano proprio cd era evidente che bisognava passare a guado. Dopo l'esperienza fatta con il Rio Grande ormai mi stavo convincendo che in Bolivia l'attraversare i fiumi sarebbe stata sempre una grossa impresa.

Ferreira era sceso ed aveva chiesto ad un paio di ragazzi, che sonnecchiavano all'ombra di un albero, se quel giorno era già passata qualche macchina. Gli avevano risposto che no ma che il fondo era buono e si poteva passare tenendosi al centro di una serie di bastoncini conficcati nella sabbia a mo' di segnali. Ferreira allora era risalito in macchina, aveva inserito la trazione anteriore, era sceso nel letto del fiume guidando con cautela ed aveva attraversato senza problemi il rigagnolo d'acqua profondo soltanto una ventina di centimetri. Poi, chissà perché, si era fermato, aveva disinserito la trazione anteriore ed era ripartito. Ad essere più precisi aveva *tentato* di ripartire ma le ruote posteriori si erano piantate nella sabbia e, anziché spingere la macchina in avanti, avevano girato a vuoto e vi si erano conficcate ancora di più. Ferreira non si era scomposto, aveva inserito di nuovo la trazione anteriore e, facendo urlare il motore, aveva tentato di nuovo di ripartire. Inutile! L'unico risultato era stato quello di far affondare completamente anche le ruote anteriori. Eravamo arenati fino allo chassis!

queren. Sie verneinten, meinten aber, dass der Grund gut sei und es ohne Probleme zu schaffen sei, wenn man auf dem von Holzpfählen gekennzeichneten Wege bliebe. Ferreira stieg daraufhin wieder ins Auto, legte den Vorderradantrieb ein, ließ sich vorsichtig ins Flussbett rollen und fuhr ohne Probleme durch das Rinnsal, das bloß 20 cm tief war. Dann, aus welchen Gründen auch immer, blieb er stehen, nahm den Vorderradantrieb heraus und fuhr wieder an. Oder genauer genommen, versuchte er wieder anzufahren, aber die Hinterreifen steckten im Sand fest. Anstatt das Auto vorwärts zu treiben, drehten sie sich immer mehr in den Sand ein. Ferreira störte sich nicht daran, sondern legte wieder den Vorderradantrieb ein, ließ den Motor aufheulen, und versuchte erneut vom Fleck zu kommen. Vergeblich. Er hatte lediglich erreicht, dass nun auch die Vorderräder tief im Sand vergraben waren. Wir waren bis zum Fahrgestell eingesackt!

In Afrika hatte ich bereits einige Erfahrung darüber gesammelt, wie man auf schlammigen oder sandigen Untergrund am besten fährt. Der arme Ferreira sackte unter seinem Gewicht und seinem Alter vollends in sich zusammen, also krempelte ich schleunigst die Ärmel hoch, kramte die Werkzeuge hervor, hob den Bronco Stück für Stück aus dem Schlamm, legte Äste und Zweige unter seine Räder und schon eine halbe Stunde später waren wir wieder unterwegs. Nachdem wir das Flussbett hinter uns gelassen hatten, kamen wir in ein dichtes Waldstück, auf das wiederum ein weiteres Sumpfgebiet folgte. Hier gab es so einige Wege und Ferreira war bemüht, denen zu folgen, die am besten gekennzeichnet waren. Dieses Sumpfgebiet war der Grund eines weiteren Flusses, dem San Martin, der ganz in der Nähe entsprang und weiter nördlich dann in den Piraì überging. Wir sahen Tausende Wasservögel, die erst davonflogen, wenn wir sie schon beinahe überfahren hatten. Die meisten von ihnen waren weiße Ibisse, aber wir sahen auch viele graue und weiße Reiher, Kormorane und eine Vielzahl anderer, kleiner und großer Vogelarten. Die Ibisse erhoben sich bei unserer Ankunft in die Lüfte, und ließen sich dann kurz darauf wieder an einem der vielen Seen, die es in diesem bajio, *Sumpfgebiet gab, nieder.*

Nach dem Piraì hatten wir weder Häuser noch Menschen gesehen. Die Gegend aber war wunderschön und wild. Sehr viel schöner als all die Gegenden, die wir bis-

3 Santa Cruz de la Sierra

Un cavaliere fuori dell'ordinario *Ein außerordentlicher Reiter*

In Africa avevo fatto una certa esperienza di guida nel fango e nella sabbia. Il povero Ferreira, con il suo peso e la sua età, era piuttosto impacciato e quindi mi ero dato da fare io a tirar fuori gli attrezzi, a sollevare il Bronco un pezzo per volta, a mettere rami e sterpi sotto le ruote ed in meno di mezz'ora eravamo di nuovo in marcia.

Finito di attraversare il letto del fiume la pista si inoltrava in un breve tratto di foresta fitta e poi si apriva di nuovo in un pianoro acquitrinoso. Qui le piste erano molte e Ferreira aveva cercato di seguire quelle più marcate. La zona acquitrinosa era il fondo di un altro fiume, il San Martin, che nasceva nei paraggi e si immetteva poi nel Piraí poco più a nord. C'erano migliaia di uccelli acquatici che si sollevavano in volo soltanto quando stavamo per metterli sotto. Gli ibis bianchi erano la maggioranza ma c'erano anche tanti aironi grigi, cormorani, egrette ed un'infinità di altre razze piccole e grandi. Al nostro passaggio gli ibis si libravano leggeri nel vento e, poco dopo, si posavano di nuovo ai bordi dell'acqua di uno dei tanti stagni che formavano quel *bajío* o acquitrino.

Dopo il Piraí non avevamo visto né una casa né un

her gesehen hatten. Sie war viel lebendiger, viel grüner, viel bunter. Nachdem wir auch dieses Flussbett überquert hatten, führte der Weg uns in ein lichtes und niedriges Waldstück, und plötzlich, wie aus heiterem Himmel, befanden wir uns inmitten eines pueblo, *eines Dorfes. Es hieß Terevinto. In seiner Mitte war ein kleiner Platz, auf dem einige Kühe weideten, und auf dem eine einfache, aber schöne Kirche aus Holz und einem Dach aus* motacù *stand. Außerdem waren da noch einige Bäume mit schönen roten Blüten, und ein Schwein, das sich in einer großen Pfütze wälzte. Ein offensichtlich zahmer Strauß betrachtete uns neugierig von oben bis unten und ein paar sandige Pfade führten zu den wackligen Bretterhütten, aus denen uns nun ein Dutzend Kinder entgegengelaufen kam. Wir stiegen für ein paar Minuten aus, um die kleine Kirche zu besichtigen. Ihr Boden bestand aus Erde und auch sonst war sie zwar einfach, aber sehr offen und einladend. Auf dem hölzernen Altar lag eine Plastikdecke. Hinter ihm hing ein robustes Kreuz mit einem Christus aus Holz, in zu lebhaften Farben gefasst, und neben ihm stand die Madonna, deren Blick gen Himmel gerichtet war. An der*

La chiesetta di Terevinto

essere umano. Lo scenario però era bellissimo e selvaggio. Molto più bello di tutti gli altri scenari che avevamo visto fino a quel momento. Era più vivo, più verde, più rigoglioso. Finito di attraversare anche questo letto di fiume la pista saliva in un tratto di boscaglia rada e bassa e, ad un tratto, ci siamo trovati nel centro di un *pueblo*, un villaggio. Si chiamava Terevinto. C'era uno spiazzo quadrato con alcune vacche che brucavano nel centro, una chiesa molto spartana ma graziosa con la struttura di legno ed il tetto di *motacú*, un paio d'alberi ricoperti di fiori rossi, un maiale che si rotolava in una pozzanghera al centro della pista, uno struzzo, evidentemente addomesticato, che ci guardava incuriosito dall'alto in basso ed un paio di stradine di terra battuta fiancheggiate da capanne umili dalle quali ci erano venuti incontro una decina di bambini.

Ci siamo fermati per qualche minuto ed abbiamo visitato la chiesetta. Semplice, col pavimento di terra battuta, molto aperta e molto suggestiva. L'altare era di legno e ricoperto con una tovaglietta di plastica, dietro c'era una croce massiccia con un Cristo di legno verniciato con colori troppo vivi, a lato l'immancabile Madonna con gli occhi stralunati verso l'alto e sulle pareti una serie di quadretti di plastica con le stazioni della Via Crucis. Il tutto era invaso da un intricato groviglio di ragnatele. Ragnatele

Die kleine Kirche von Terevinto

Wand hingen eine Reihe von Bildchen aus Plastik, die die einzelnen Stationen des Kreuzweges darstellten. Alles war mit einem verwobenen Netz von Spinnweben behangen. Spinnweben, wohin man auch blickte! Aus einer Hütte trat ein alter Dorfbewohner. Er bedachte uns mit dem langsamen, weit schweifenden und feierlichen Gruß von Bolivianern aus dem Tiefland, an den ich mich langsam gewöhnte. Sie scheinen wirklich keinerlei Auffassung von Zeit zu haben und, ginge es nach ihnen, könnten Gespräche dieser Art ruhig bis zum nächsten Morgen dauern. Terevinto liegt 28 km von Santa Cruz und somit auch vom Piraì entfernt. Um zum Guendà zu gelangen, mussten wir weitere 7 km Weg auf uns nehmen. Und Ferreira verkündete uns, dass diese letzten 7 km die schwierigsten sein würden. Und so war es auch. Wir verließen das Dorf auf einem schlammigen Weg, der in einen immer dichteren Wald hineinführte. Die Äste der Baumkronen rechts und links über unseren Köpfen verzweigten sich und verliehen dem Weg das Aussehen eines Tunnels, der durch einen Dschungel voller Baumstämme und Lianen führte. Ferreira erklärte uns, dass dieser Weg auch nie nur einen einzigen Sonnenstrahl abbekam und der Schlamm daher normal war. In den trockenen Jahreszeiten war er ohne allzu große Probleme begehbar, aber wenn es auch nur einen Tag regnete, wurde er absolut unzugänglich. Und in dieser Gegend regnete häufig und heftig.

Der Bronco blieb immer öfter im Schlamm stecken. Ferreira hatte eine Machete bei sich und wir mussten immer wieder stehen bleiben, um Äste und Blätter der motacu *abzuschneiden und sie auf den Weg zu legen. Auf diese Art wurde der Untergrund ein bisschen fester und die Räder erhielten den nötigen Widerstand, den sie brauchten, um vorwärtszufahren. Der Wald aber war wunderschön, dicht bewachsen und dunkel. Unzählige Lianen hingen wie Spinnennetze von den höchsten Bäumen herunter. Er war tausendmal schöner, dichter, grüner und höher als der Wald, den wir jenseits des Rio Grande gesehen hatten. Es war nicht zu übersehen, dass die Regenfälle hier ausgiebiger waren. Denn außerdem gab es viele, viele Blumen. Sie waren wunderschön, groß und unzählbar. An vielen Bäumen wuchsen Orchideen und rechts und links des We-*

dappertutto! Da una capanna vicina era uscito un vecchio che ci aveva salutati col classico cerimoniale lento e prolisso dei boliviani del bassopiano al quale mi stavo abituando. Sembra proprio che questi non abbiano alcun concetto del tempo ed una qualunque conversazione come quella potrebbe andare avanti per giorni interi.

Terevinto si trova a 28 km da Santa Cruz e cioè dal Piraí. Per arrivare al Guendà dovevamo percorrere altri 7 km e Ferreira ci aveva avvertiti che quei 7 km sarebbero stati i più difficili.

Infatti, lasciato il villaggio ci eravamo avviati per una pista fangosa che penetrava in una foresta che si faceva man mano sempre più alta e fitta. Le cime degli alberi ai due lati si congiungevano e davano alla pista l'aspetto di un tunnel scavato nel verde fitto di tronchi e di liane. La pista, mi aveva spiegato Ferreira, non vedeva mai i raggi del sole e quindi il fango durava in maniera più o meno perenne. Nelle stagioni più asciutte si riusciva a passare più o meno senza problemi ma bastava un solo giorno di pioggia per rendere la pista impraticabile. E in quella zona pioveva molto e spesso.

Il Bronco continuava ad impantanarsi. Ferreira aveva con se un machete e dovevamo continuamente fermarci, tagliare rami o foglie di *motacù* e stenderli sui tratti più fangosi per dare alla pista un po' più di consistenza e far presa con le ruote. La foresta però era bellissima, fitta e buia con una folta ragnatela di liane che pendevano dagli alberi più alti. Era molto più bella, più fitta, più verde e più alta di quella che avevamo visto al di là del Rio Grande. Era proprio evidente che lì le piogge erano molto più abbondanti. E poi c'erano tanti, tanti fiori. Grandi, belli e tanti. Molti alberi erano ricoperti di orchidee e ai lati della pista avevamo visto bellissimi esemplari di *passiflora*. L'ombra dava una bella sensazione quasi di fresco.

Per percorrere i sette chilometri da Terevinto alla *Estancia San Pedro*, che si trova sulla riva del Guendà, avevamo impiegato quasi due ore. A metà strada avevamo incontrato un *camba* che ci era venuto incontro e ci aveva dato una mano ad avanzare nel fango. Aveva un cavallo e sullo strato di stracci e vecchie coperte che facevano da sella c'era un cagnolino. Il *camba* diceva di averlo trovato, tutto solo che piagnucolava a lato della pista ed aveva deciso di portarselo a casa. A San Pedro la pista attraversava il gruppo di capanne che costituivano

ges erblickten wir traumhaftschöne Exemplare der passiflora. *Der Schatten spendete eine angenehme Kühle.*

Um die sieben Kilometer von Terevinto bis zur Estancia San Pedro, *nahe dem Guendà zurückzulegen, brauchten wir fast zwei Stunden. Auf halber Strecke trafen wir einen* camba, *der uns dabei half, im Schlamm voranzukommen. Auf den sattelähnlichen Stofffetzen seines Pferdes hatte es sich ein kleines Hündchen bequem gemacht. Der camba erzählte, dass er es mutterseelenallein und winselnd am Wegrand gefunden hatte und es mit nach Hause nehmen wollte. In San Pedro fuhren wir an den Hütten der* estancia *vorbei; es war ein unordentlicher und verlassener, aber ruhiger Ort. Einige Kühe grasten frei herum, ein paar Dutzend Pferde standen in der Nähe und hier und dort gackerten Hühner und quakten Enten. Doch da wir keine Menschen erblicken konnten, hielten wir auch nicht an. Nach ein paar weiteren hundert Metern waren wir bereits am Fluss, dem Guendà, angekommen und stiegen aus. Auf der anderen Seite, erklärte Ferreira voller Stolz, fing seine* estancia *an und breitete sich 17 km weit nach Westen bis zum Surutù, aus.*

Ich weiß nicht warum, aber wir waren sehr bewegt. Wir fühlten uns so, als wären wir an den Toren Edens angelangt. Ein Eden, von dem wir schon lange geträumt hatten und von dem wir uns bis jetzt nie klar vorstellen konnten, wie es aussehen sollte. Der Guendà ist auf seine Art wahrscheinlich der schönste Fluss, den ich je in meinem Leben gesehen habe. Sein Bett ist aus einem rosafarbenen, ganz feinen Sand und an manchen Stellen ist es über 300 Meter breit. In dieser Jahreszeit bestand sein Wasser lediglich aus einem kleinen Rinnsal in der Mitte des Flusses, nicht breiter als 10 meter. Hier und dort lagen alte Baumstämme, die wohl in wasserreichen Zeiten von der Strömung mitgerissen worden waren; und anderswo sprossen kleine grüne Büsche aus dem Sand empor. Der Fluss war wunderschön, faszinierend, wild, natürlich. Er war der Beweis dafür, dass es das, was wir suchten, doch gab. Endlich hatten wir es gefunden!

Auf der gegenüberliegenden Seite erhob sich die Erde zu einem seichten Abhang, der von einem so dichten Wald bedeckt war, wie wir ihn schon auf dem Weg von Terevinto durchquert hatten. In dieser grünen Wand zeichnete sich der Weg als ein schwarzes, dunkles Loch ab. Der Bronco überquerte mit Bravour und ohne Probleme das Wasser

l'*estancia*, un luogo piuttosto disordinato ed abbandonato ma tranquillo. C'era qualche vacca che pascolava libera, una decina di cavalli, polli ed anatre ma non abbiamo visto nessun essere umano e quindi non ci siamo neppure fermati. Poche centinaia di metri più avanti eravamo già al fiume, il Guendà, e ci eravamo fermati. Dall'altra parte, indicava il buon Ferreira con orgoglio, cominciava la sua *estancia* e si estendeva per oltre 17 km verso ovest fino al fiume Surutú.

Non so perché ma sia io che Stefania ci eravamo emozionati. Ci sembrava di trovarci alle porte di un Eden sognato per tanto tempo senza mai riuscire a dargli una forma ed una fisionomia ben definite. Il Guendà nel suo genere è, probabilmente, il più bel fiume che io abbia mai visto al mondo. Ha un letto di sabbia rosa e sottilissima ed in alcuni punti è largo oltre 300 metri. L'acqua, in quella stagione asciutta era soltanto un rigagnolo non più largo di dieci metri che vi scorreva al centro. Qua e là, c'erano dei vecchi tronchi portati evidentemente dalla corrente quando il fiume è in piena e qualche ciuffo verde. Era un fiume bellissimo, affascinante, selvaggio, naturale. Era la prova che quello che eravamo venuti a cercare esisteva davvero e noi l'avevamo finalmente trovato.

Oltre la sponda opposta il terreno saliva con un pendio dolce ed era ricoperto di una foresta tanto fitta quanto quella che avevamo attraversato da Terevinto. Il passaggio della pista in quella parete di verde era indicato da un buco buio scavato di netto fra gli alberi. Il Bronco aveva attraversato con maestria e senza problemi il rigagnolo d'acqua e le due fasce di sabbia e poi si era arrampicato sulla sponda opposta infilandosi nel passaggio ombroso. Il luogo era selvaggio, fresco e affascinante. Quella distesa di sabbia rosa era talmente bella che da sola avrebbe potuto dare un senso alla nostra decisione di venire a vivere in Bolivia. Dovrei dire „*lì, alla fine del mondo*", ma interiormente urlavo „*lì, dove il mondo c'è ancora*" e „*lì, dove il mondo per noi cominciava di nuovo*". Il mondo come dovrebbe essere. Il mondo come lo volevamo noi. Il mondo non ancora deturpato dalla presenza o dall'opera dell'uomo. Anche senza vedere nient'altro dei 3200 ettari mi sentivo come se stessi arrivando „a casa" e sentivo che finalmente avevamo trovato quello che cercavamo. Ad essere onesti, avevamo trovato molto più e molto meglio. Eravamo veramente affascinati.

Flechtwerk aus Lianen jenseits des Flusses

und die beiden sandigen Ufer, fuhr dann den Abhang hinauf und verschwand letztendlich in dem dunklen Loch zwischen den Bäumen. Es war ein wilder, faszinierender und kühler Ort. Der rosafarbene Sand war so schön, dass er allein unserem Aufenthalt in Bolivien schon einen Sinn verliehen hatte. Ich hätte vielleicht „hier, am Ende der Welt" sagen müssen, aber innerlich schrie ich „hier, wo es die Welt noch gibt" und „hier, wo die Welt für uns von Neuem

Foresta e liane al di là del fiume

La pista era scavata come un tunnel nella foresta fitta e buia. C'era un senso di freschezza, di pace, di tranquillità. A differenza del tratto di pista dopo Terevinto, lì non c'era fango, forse perché saliva lentamente in un percorso abbastanza diritto. Ai lati le liane intrecciate formavano come una rete di protezione. Al nostro passaggio facevamo prendere il volo agli uccelli che si erano rifugiati in quell'ombra dal caldo della giornata. C'erano anche tante

begann". *Die Welt, ganz so, wie sie sein sollte. Die Welt, ganz so, wie wir sie wollten. Eine Welt, die noch nicht von der Anwesenheit und Zerstörungskraft des Menschen geprägt war. Auch wenn ich den Rest der 3200 Hektar noch nicht gesehen hatte, stieg in mir das Gefühl auf, „nach Hause" gekommen zu sein. Tief in mir drin spürte ich die Gewissheit, dass wir dabei waren, das zu finden, nach dem wir so lange gesucht hatten. Und um ehrlich zu sein, wir waren dabei, sogar noch viel Schöneres zu finden. Wir waren unendlich beeindruckt.*

Der Weg führte wie ein Tunnel durch den dichten und dunklen Wald. Die Luft war von Frische, Frieden und Ruhe erfüllt. Im Unterschied zu der Strecke, die hinter uns lag, war dieser Weg hier keineswegs schlammig. Vielleicht kam es daher, dass sie leicht und gerade anstieg. An den Seiten waren die Lianen so dicht, das sie eine Art Schutzwall bildeten. Im Vorbeifahren scheuchten wir die Vögel auf, die hier im Schatten Schutz vor der glühenden Hitze des Tages suchten; sahen wir viele Affen, die mit ihren langen Pfoten und mit Hilfe ihrer Greifschwänze flink von einem Ast zum nächsten sprangen und sich in die Wipfel der Bäume schwangen; und beobachteten vielerlei Schmetterlinge in den verrücktesten Farben. Nach ungefähr zwei Kilometern und einer letzten steilen Erhebung wurde der Weg plötzlich breiter und führte auf einen offenen Hof, der sehr weitläufig und in schlechtem Zustand war. Zu seiner Linken stand ein Haus. Nein, keine Hütte, wie wir es auf den anderen estancias *gesehen hatten, sondern ein richtiges Haus. Es war sehr einfach und bescheiden, die Wände aus* adobe *waren rissig, aber verputzt, das Dach bestand aus verwitterten, schwarzen Ziegeln und war mit allen möglichen Pflanzen bewachsen, und die Veranda war von kleinen Holzpfeilern eingerahmt. Rechter Hand stand eine Hütte mit einem Dach aus* motacù, *die, wie Ferreira uns erklärte, als Küche diente. Im Hof sahen wir ein paar Hühner, die im Dreck scharrten, einen abgemagerten Hund, dessen Fell mehr Flöhe als Haare hatte, und ein schwarzes Ferkelchen, das sich in einer Pfütze suhlte.*

Hinter dem Hof erspähten wir unzählige Obstbäume voller Orangen, Pampelmusen und Guaven und einige ganz besonders große Exemplare voller Mangos und Avocados.

Der peone, *der hier ganz allein wohnte, mochte vielleicht dreißig oder vierzig Jahre alt sein, schien aber vie-*

scimmie snelle dalle zampe lunghe lunghe che si spostavano sui rami più alti dondolando e aiutandosi con la coda prensile e c'erano tante farfalle dai colori più strani ed appariscenti.

Dopo circa due chilometri e dopo un'ultima salitina ripida, la pista si era allargata per poi terminare in un cortile aperto, ampio e mal tenuto. Sulla sinistra c'era una casa. Non una capanna, come avevamo visto in tutte le altre *estancias*, ma una casa vera, estremamente semplice e spartana, con le mura di *adobe* malandate ma intonacate, il tetto di tegole annerite dal tempo e ricoperte di vegetazione ed una veranda con le colonnine di legno che la circondava tutt'intorno. Sulla destra c'era una grossa capanna col tetto di *motacú* che, come ci aveva spiegato Ferreira, fungeva da cucina. Nel cortile c'erano un paio di polli che razzolavano, un cane scheletrico con la pelle ricoperta più di pulci che di pelo ed un maialetto nero sdraiato in una pozzanghera.

Oltre il cortile si vedevano tanti alberi da frutta, aranci, pomelo, guayava e grossi alberi di mango e di avocado.

Il *peone* che vi abitava da solo poteva avere trenta o quarant'anni ma aveva l'aria di un vecchietto molto più attempato. Portava un cappello di paglia consumato dal tempo, una camicia sporca che non lasciava immaginare quale fosse stato il suo colore originale e due sandali di plastica. Era molto sporco ed intanto stavamo imparando che quella è la caratteristica più peculiare dei *collas*, cioè delle tribù Quechua e Aymara che vivono sull'altipiano. Quando parlava metteva in mostra il solo dente che gli era rimasto e che sembrava essere un grande impedimento nell'articolazione delle parole quasi incomprensibili che gli uscivano a fiumi dalla bocca.

La pista finiva lì nel cortile. Per andare nell'interno della tenuta non c'erano altre piste percorribili con un automezzo. Bisognava procurarsi dei cavalli e prendere un sentiero che partiva dal Guendà, un chilometro più a valle della pista che avevamo seguito con la macchina. Ferreira, però non possedeva cavalli e, qualora fossimo interessati a vedere di più, avremmo dovuto organizzarci per conto nostro e tornare di nuovo con alcuni giorni a disposizione e procurarci, Dio sa come, dei cavalli. Intanto però si stava facendo tardi e bisognava rimettersi rapidamente in cammino per poter essere di ritorno a Santa Cruz prima che facesse buio. Peccato!

le Jahre mehr auf dem Buckel zu haben. Er trug einen alten, verschlissenen Strohhut, ein dreckiges Hemd, dessen ursprüngliche Farbe man nicht einmal mehr erahnen konnte, und zwei Plastiklatschen. Er war sehr schmutzig und langsam wurde uns bewusst, dass das wohl eine der typischsten Eigenarten der collas, *das heißt der Stämme Quechua und Aymara des Hochlandes, war. Während er sprach, legte er den einzigen Zahn frei, der ihm noch geblieben war. Er schien ihn eindeutig bei der Aussprache zu behindern, denn sein Redeschwall war nahezu unverständlich.*

Der Weg endete auf dem Hof. Um sich den Rest des Landgutes anzuschauen, musste man auf Fahrzeuge verzichten und sich Pferde zulegen. Ein Kilometer talabwärts des Weges, den wir gekommen waren, gab es einen kleinen Reiterpfad, der vom Guendà aus ins Landesinnere führte. Ferreira besaß nur leider keine Pferde und, um mehr zu sehen, hätten wir uns auf eigene Faust organisieren und mit ausreichend Zeit wiederkommen müssen. Außerdem, Gott allein weiß wie, hätten wir uns von irgendwoher Pferde beschaffen müssen. Heute allerdings war es schon spät und die Zeit drängte. Wir mussten sofort wieder umkehren, um Santa Cruz noch vor dem Einbruch der Dunkelheit wieder zu erreichen. So ein Pech aber auch!

Guendà Arriba hatte mich verzaubert. Nie zuvor hatte ich einen Ort gesehen, der so rückständig, wild, ursprünglich und schön war. Noch nicht einmal in den weit abgelegenen Gegenden im Innern Kenias. Das verwunderte mich ganz schön. Nach Kenya waren die Weißen erst vor einem dreiviertel Jahrhundert gekommen, während die Spanier schon zu Beginn des 16. Jahrhunderts losgezogen waren, um Bolivien zu erobern. Trotzdem sprachen nur ein Drittel der Bolivianer spanisch und im Landesinneren, nur 35 km von einer der Hauptstädte entfernt, war die Natur noch so unberührt, als wäre der Mensch noch gar nicht bis hierher gekommen.

War das vielleicht unser lang ersehntes großes Paradies? Ja, das schien es zu sein. Ich hätte mit dem guten Ing. Ferreira gefeilscht, und mit ein bisschen Glück hätten wir unsere Ersparnisse schon bald in ein 3200 Hektar großes, noch völlig unberührtes Stückchen Land unseres alten Planeten verwandelt.

Spätestens an diesem Punkt oder eigentlich schon viel früher hätten wir uns vielleicht mal fragen sollen, was wir

Una collezione naturale di orchidee

Guendà Arriba mi aveva affascinato. Non avevo mai visto un posto tanto arretrato, selvaggio, primitivo e bello come quello, neppure nelle zone più remote dell'interno del Kenya. La cosa mi aveva meravigliato non poco. Il Kenya è un Paese nel quale il bianco era arrivato soltanto da tre quarti di secolo mentre in Bolivia i conquistatori spagnoli erano arrivati già dall'inizio del 1500. Ciononostante soltanto un terzo dei boliviani parla spagnolo e, nell'interno, o addirittura soltanto a 35 chilometri da una delle principali città, la natura era ancora praticamente incontaminata e sembrava quasi che l'uomo non vi fosse ancora arrivato.

Era forse quello il Grande Paradiso che cercavamo? Sembrava proprio di sì. Avrei trattato con il buon ingegner

Eine natürliche Sammlung Orchideen

damit überhaupt wollten. Doch um ehrlich zu sein, wussten wir das selber nicht und außerdem interessierte uns das herzlich wenig. In anderen Teilen der Welt leben ganze Familien von den Erträgen weniger tausend Meter Land. Wir hatten keine Zweifel daran, dass wir aus 3200 Hektar, das heißt aus 32 Millionen Quadratmetern, schon irgendetwas Nützliches hätten machen können. Irgendetwas wäre uns schon in den Sinn gekommen, um nicht zu verhungern und das Leben zu genießen, ohne dabei zerstörerischen Unternehmungen nachkommen zu müssen.

In den Verhandlungen erwies Ing. Ferreira sich, auf seine Art und Weise, als sehr großherzig. Er wollte die estancia loswerden, da sie ihm in wirtschaftlicher Hinsicht nichts mehr einbrachte. Er war froh über jeden Be-

Ferreira e, con un po' di fortuna saremmo riusciti a trasformare i nostri pochi risparmi in 3200 ettari di una parte ancora praticamente intatta di questo vecchio nostro pianeta.

A quel punto, o forse già molto prima, ci saremmo dovuti chiedere: per farne che? Di questo, ad essere sinceri, non avevamo la benché minima idea ma la cosa non ci preoccupava affatto. Nel resto del mondo ci sono famiglie intere che vivono del prodotto di poche migliaia di metri di terra e noi non avevamo alcun dubbio che, con 3200 ettari, cioè con *32 milioni di metri quadrati*, saremmo sicuramente riusciti ad escogitare qualche idea per sfamarci e goderci la vita senza dover ricorrere ad iniziative distruttive.

Nella trattativa l'Ing. Ferreira era stato, a modo suo, molto nobile. Doveva liberarsi dell'*estancia* perché per lui, alle condizioni economiche del momento, non rendeva più ed era felice di qualunque cifra sarebbe riuscito a ricavarne. Per l'estrazione del *cuchi* non disponeva di mezzi moderni, non aveva risorse finanziarie adeguate per attrezzarsi meglio e non aveva alcun interesse ad altri tipi di utilizzazione dell'*estancia*. In quel momento, per lui Guendà Arriba non aveva più nessun valore e la cifra che noi, forse con un certo imbarazzo ma sicuramente con una grande spudoratezza, ci eravamo potuti permettere di offrire era stata accettata di buon grado.

Due giorni dopo eravamo seduti davanti ad un giovane avvocato, il Dr. Sergio Mendez Allagua, che ci aveva guidato nei particolari dell'accordo e nella stesura del contratto piuttosto semplice. Questo sarebbe stato finalizzato con il notaio suo vicino. Il notaio avrebbe poi preparato tutti i documenti del caso e ci saremmo visti due giorni dopo per le firme. Formalità! La parte più antipatica di ogni iniziativa. Ero sicuro e convinto che, per quanto pazza potesse sembrare la decisione, avevo fatto un ottimo affare ed avevo gettato delle ottime basi per il genere di futuro che eravamo venuti a cercare in quel Paese. Non vedevo l'ora di sedermi davanti al notaio e di formalizzare l'accordo prima di essere tentato di ripensarci o, peggio ancora, prima che ci ripensasse l'ing. Ferreira. Poi saremmo tornati subito in Europa e ci saremmo dedicati, con calma e serenità, a vagliare qualche milione di idee, di possibilità e di progetti da realizzare nel nostro nuovo Grande Paradiso terrestre. Avevamo bisogno di tempo ed in qualche modo avremmo dovuto prendercelo.

trag, den er noch aus ihr herausholen konnte. Für den Abbau der cuchi *hatte er nicht die nötigen, modernen Mittel und auch nicht genügend Geld, um sie sich über kurz oder lang anzuschaffen. Die* estancia *anderweitig zu nutzen, kam ihm wiederum gar nicht in den Sinn. Für ihn hatte die* Guendà Arriba *in diesem Zeipunkt absolut keinen Wert. Die Summe, die wir ihm eher unverschämt als verlegen anboten, nahm er sofort und ohne Einwände an.*

Schon zwei Tage später saßen wir bei einem jungen Anwalt namens Dr. Sergio Mendez Allagua. Er erläuterte uns die Einzelheiten und half uns, den einfachen Vertrag aufzusetzen. Dieser benötigte dann nur noch das Siegel des Notars, der auch für den restlichen Ablauf zuständig war. Es würde nur zwei Tage dauern, bis wir alles unterschreiben konnten. Formalitäten! Der unangenehme Teil einer jeden Tätigkeit.

Ich war bis zum Haaransatz davon überzeugt, dass ich ein gutes – wenn auch verrücktes – Geschäft gemacht hatte. Ich war mir sicher, die beste Grundlage für unsere Zukunft in diesem Land geschaffen zu haben. Ich konnte es kaum noch erwarten, mich endlich wieder mit dem Notar an einen Tisch zu setzen, um die Sache amtlich zu machen; sonst wäre ich vielleicht der Versuchung erlegen, alles noch einmal zu überdenken, oder es käme noch schlimmer und Ing. Ferreira änderte seine Meinung. Wenn wir den Vertrag endlich unterzeichnet hätten, würden wir schnurstracks nach Europa zurückkehren und die Dinge in aller Ruhe angehen; voller Freude würden wir unsere unzähligen Ideen, Möglichkeiten und Vorhaben besprechen; sie warteten nur darauf, endlich in unserem großen Paradies auf Erden verwirklicht zu werden. Wir benötigten Zeit und wir würden sie uns schon irgendwie nehmen.

Donnerstagmorgen wachte ich früher als sonst auf. Wir waren erst um 10 Uhr beim Notar verabredet, aber ich zählte jede Sekunde. Die Stimmen der Jungen, die lauthals die Titelanzeigen ihrer Zeitungen kundgaben, drangen bis in unser Zimmer im Hotel Italia. Es war heiß und ich hatte mehr schlecht als recht geschlafen. Ich konnte einfach nicht aufhören an dieses Meer aus rosafarbenem Sand zu denken. Vor meinen Augen erschienen immer wieder die 3200 Hektar dichtester Wald mit seinen unendlichen Lianen, riesengroßen Bäumen und verschiedenen

Il giovedì mattina mi ero svegliato più presto del solito. L'appuntamento dal notaio era alle 10 ed io contavo letteralmente i secondi. Dalla nostra camera dell'hotel Italia si sentivano già i ragazzini che agli angoli della strada urlavano i titoli dei loro giornali. Faceva caldo ed avevo dormito poco e male perché avevo in testa una distesa di sabbia rosa e 3200 ettari di foresta fitta, piena di liane, di alberi giganteschi e di animali e nella quale mi muovevo con gli occhi sgranati dalla sorpresa per ogni cosa che vedevo. Comunque ci eravamo alzati presto ed eravamo scesi in silenzio a fare colazione. La vecchia ce l'aveva servita con la solita flemma nel patio sotto il grande ventilatore che pendeva da una trave. Mentre prendevamo il caffè avevo sentito meglio gli strilloni che urlavano:

„ *El Mundo, El Deber*. Colpo di stato numero 84! Il Generale Camora prende il potere. *El Mundo, El Deber*".

Porca vacca! Non è possibile! Come, un colpo di stato? Proprio oggi? Porcaccia vacca schifosa!

Tierarten. Ich durchwanderte ihn immer und immer wieder, und meine Augen weiteten sich bei jedem Schritt ein bisschen mehr. Wer konnte da schon an Schlaf denken? Wir standen also auf und gingen leise frühstücken. Mit der üblichen Trägheit bediente uns das alte Mütterchen im Hof, von dessen Deckenbalken ein großer Ventilator baumelte. Während ich meinen Kaffee schlürfte, wurden die Stimmen draußen lauter:

„El Mundo, El Deber. Staatsstreich Nummer 84! General Camora übernimmt die Macht. El Mundo, El Deber".

Verdammter Mist! Das gibt es doch nicht! Wie, ein Staatsstreich? Ausgerechnet heute? So ein vermaledeiter, elendiger Schweinemist!

Ich schoss hinaus und kaufte gleich beide Zeitungen, auf denen die Nachricht gut ein Drittel der Titelseite einnahm. Der Artikel war kurz und bündig. Mit einem überraschenden Staatsstreich hatte ein General sich auf den Posten eines anderen gesetzt, der wiederum die Macht

La casa, orgoglio di Guendà Arriba.

Das Haus, der Stolz der Guendà Arriba.

Mi ero precipitato fuori ed avevo comprato i due giornali sui quali il titolo della notizia occupava un terzo della prima pagina. Il testo era molto breve. Con un colpo a sorpresa un generale aveva occupato il posto dell'altro generale che si era impadronito del potere sei mesi prima di lui e, senza spargere una goccia di sangue, si era autonominato Presidente della Repubblica. *Ad interim*, naturalmente, come tutti gli altri. A titolo simbolico aveva dato istruzioni all'esercito di occupare la piazza principale delle città di La Paz, Oruro, Sucre, Cochabamba, Potosì e Santa Cruz ed il popolo, almeno stando al testo dei due giornali, lo aveva acclamato come nuovo eroe e salvatore della Patria.

sechs Monate zuvor an sich gerissen hatte. Ohne auch nur einen Tropfen Blut zu vergießen, ernannte er sich kurz darauf selber zum Präsidenten der Republik. Ad interim natürlich, so wie alle anderen auch. Aus gegebenem Anlass befahl er dem Heer, in die großen Plätze der Städte La Paz, Oruro, Sucre, Cochabamba, Potosì und Santa Cruz einzumarschieren. Das Volk, so behaupteten die Zeitungsartikel, feierte den General als neuen Helden und Retter des Vaterlandes.

In weniger als zwei Stunden war ich mit Ing. Ferreira und Dott. Sergio Mendez, dem Anwalt, der uns geholfen hatte, den Kaufvertrag für Guendà Arriba aufzusetzen, beim Notar verabredet. In meinem Leben war es – sowohl in

Orchidee quasi su ogni albero   ***Orchideen auf fast jedem Baum***

In poco più di due ore dovevo incontrarmi dal notaio con l'Ing. Ferreira e col Dott. Sergio Mendez, l'avvocato che ci aveva assistito nella formalizzazione dell'accordo di acquisto di Guendà Arriba. In vita mia mi era già capitato più di una volta di assistere a scene di rivolta ed a sparatorie sia in Africa che in Medio Oriente. Non posso con questo dire di averci fatto l'abitudine, ma mi faceva una gran rabbia che quel maledetto colpo di stato numero 84 fosse capitato proprio nel momento in cui si stava per avverare quello che, con tutta probabilità, avrebbe potuto rappresentare la realizzazione del Grande Sogno, il sogno più bello ed importante della nostra vita.

Stefania era preoccupata ancora più di me ed aveva anche un po' di paura. Avevamo sbirciato con cautela attraverso la porta d'ingresso dell'albergo alla ricerca di un cenno qualunque di violenza, di soldati armati o di un qualunque altro segno di pericolo ma fuori era tutto tranquillo. Le solite poche macchine passavano con le radio che sparavano ritmi di samba a migliaia di decibel ed i passanti avevano la stessa espressione ebete di sempre. Nessun segno di squilibrio nel torpore della vita di tutti i giorni. Allora mi ero precipitato al telefono, avevo chiamato l'Ing. Ferreira e gli avevo sparato nella cornetta la domanda che mi bruciava dentro:

„*E adesso cosa si fa?*"

Il Ferreira, dopo un breve attimo d'esitazione, aveva risposto con calma:

„*L'appuntamento è alle dieci!*"

„*Sì, ma non ha sentito la notizia?*" avevo chiesto sorpreso.

„*Quale notizia?*" aveva chiesto.

„*C'è stato un colpo di stato! Cosa dobbiamo fare?*"

„*Ah! Quello! Ma noi che cosa c'entriamo? Quella è soltanto una cosa politica e noi non abbiamo niente a che fare con La Paz!*" Poi, dopo un attimo di esitazione aveva chiesto timidamente: „*È forse preoccupato?*"

„*No!*" mi ero precipitato a mentire, „*ma non ho molta esperienza con i vostri colpi di stato e non so come comportarmi.*"

Ferreira allora aveva riso molto timidamente, come se avesse paura di offendere la mia sensibilità, poi aveva concluso:

„*Ci vediamo alle dieci come d'accordo.*"

Alle nove e mezza eravamo usciti guardandoci intorno

Afrika als auch im Mittleren Osten – schon öfter vorgekommen, dass ich mich in einem Aufstand oder einer Schießerei wieder gefunden hatte. Ich kann zwar nicht gerade behaupten, dass ich mich daran gewöhnt habe, aber in diesem Moment machte es mich einfach nur wütend. Dieser verdammte Staatsstreich Nummer 84 hatte sich genau den Tag ausgesucht, an dem wir die Verwirklichung unseres großen Traumes – nicht irgendeines, sondern des schönsten und wichtigsten unseres ganzen Lebens – in Angriff nehmen wollten.

Stefania sorgte sich etwas mehr als ich und hatte noch dazu ein wenig Angst. Wir spähten vorsichtig nach draußen. Von der Tür des Hotels aus schien alles ganz friedlich, nirgends waren Anzeichen von Gewalt, bewaffnete Soldaten oder sonst irgendeine Gefahr zu sehen. Die wenigen Autos hatten wie sonst auch das Radio bis zum äußersten Anschlag aufgedreht und die Sambarhythmen dröhnten nur so über die Straße. Den Fußgängern stand der gleiche schwachsinnige Ausdruck wie auch an den anderen Tagen ins Gesicht geschrieben. Also stolperte ich hastig zum Telefon, um Ing. Ferreira anzurufen. Als er abhob, überfiel ich ihn sofort mit der Frage, die mir auf der Seele brannte:

„Und nun? Was sollen wir jetzt machen?"

Ferreira antwortete nach einem kurzen Zögern ganz ruhig:

„Der Termin ist um zehn!"

„Ja schon, aber haben sie denn die Zeitung nicht gelesen?"

„Wieso?" *fragte er.*

„Es hat ein Staatsstreich stattgefunden! Was sollen wir tun?"

„Ach so! Davon reden Sie! Aber was geht uns das denn an? Das ist doch bloß ein politisches Faktum, und mit La Paz haben wir doch nun wirklich nichts zu tun!"

Dann fragte er nach einem kurzen Zögern etwas verschüchtert:

„Machen Sie sich etwa Sorgen?"

„Nein!" *log ich vorschnell,* „aber ich kenn mich mit euren Staatsstreichen ja nicht so aus und daher weiß ich nicht, wie ich mich verhalten soll."

Ferreira lachte daraufhin etwas zurückhaltend, als fürchtete er, mich damit in meiner Sensibilität zu verletzen. Dann beschloss er:

3 Santa Cruz de la Sierra

con mille precauzioni ed in pochi minuti eravamo seduti nell'anticamera del notaio che non era ancora arrivato. Nell'ufficio c'era una grossa radio e la sua segretaria la teneva accesa a tutto volume in un assalto di musica locale che invadeva tutto il vicinato con i soliti ritmi tipici sudamericani che ti danno sempre la sensazione che il tuo corpo sia costretto a muoversi con loro per trasformare la musica in movimento. Credi di stare soltanto ad ascoltare la musica e non ti accorgi che in realtà stai già ballando. Anche in momenti come quello! Sembrava proprio che il colpo di stato, numerato come 84esimo, fosse soltanto sulle prime pagine dei due quotidiani ma che nessuno ne sapesse niente! La vita continuava indisturbata col ritmo di sempre. Come se il numero 84 non avesse aggiunto nulla di nuovo a quanto aveva già portato l'83 e, prima ancora di lui, l'82, l'81, l'80 e così via.

Il notaio era arrivato con calma poco dopo le dieci ed io l'avevo subito assalito, prima ancora che si sedesse, e gli avevo fatto una valanga di domande sulla gravità della situazione e su come avrei dovuto comportarmi. Lui era scoppiato in una sonora risata che lo aveva fatto sussultare da capo a piedi nella sua poltrona poi aveva commentato con calma:

„Se voi avete veramente intenzione di venire a vivere in Bolivia dovete imparare ad adeguarvi a noi. Dovete abituarvi alla nostra cultura, alla nostra musica, ai nostri balli, alla nostra cucina e, perché no, anche ai nostri colpi di stato. Perché ormai anche questi fanno parte integrante del folclore locale. Vedete, in questo Paese abbiamo troppi militari. Sono tutti ambiziosi, tutti vogliono fare carriera e tutti aspirano al titolo di Presidente della Repubblica. Naturale! Ma sono veramente tanti e devono fare i turni. Ognuno di loro, quando arriva il suo turno, si deve accontentare di sedere sulla poltrona del Presidente soltanto un paio di mesi, il tempo di farsi fotografare con la divisa ben stirata e piena di medaglie artificiali e di farsi iscrivere negli annali. Poi però deve lasciare il posto ad un altro! È la prassi. Ormai è nel sistema!"

In pochi minuti le firme venivano „apposte", le formalità erano finite e Guendà Arriba cambiava proprietà, almeno sulla carta. I documenti erano stati consegnati all'avvocato

„Wir sehen uns um zehn, wie vereinbart."

Um halb zehn machten wir uns auf den Weg. Wir blickten uns pausenlos aufmerksam nach allen Seiten um, und schon wenige Minuten später saßen wir im Wartezimmer des Notars, der natürlich noch gar nicht da war. Im Büro stand ein großes Radio und die Sekretärin hatte es auf volle Lautstärke gedreht, so dass eine Welle lokaltypischer Musik die ganze Nachbarschaft erfasste. Der Raum war erfüllt von diesen südamerikanischen Rhythmen, die einem immer das Gefühl geben, man müsse sich unbedingt zu ihnen bewegen, um der Musik einen Körper zu verleihen. Man meint, man lausche nur den Klängen der Musik, aber in Wirklichkeit ist man längst dabei zu tanzen. Und das sogar in Situationen wie dieser! Es schien so, als gebe es diesen so genannten vierundachtzigsten Staatsstreich nur auf den Titelblättern der Zeitungen, denn ansonsten scherte sich niemand darum. Das Leben ging weiter wie zuvor. Als bedeute die Nummer 84 im Vergleich zur Nummer 83 nichts Neues und als wären die Nummern 82, 81, 80 und so weiter auch nichts Anderes gewesen.

Der Notar kam um kurz nach zehn ganz gemütlich in sein Büro. Er war noch nicht ganz drin, da überhäufte ich ihn schon mit meinen Fragen. Ich wollte wissen, wie brenzlig die Situation wirklich war und wie man sich dementsprechend zu verhalten hatte. Er kippte vor Lachen fast aus den Latschen und erst als er sich wieder gefangen hatte, belehrte er uns seelenruhig:

„Wenn ihr wirklich in Bolivien leben wollt, dann müsst ihr euch den Gegebenheiten anpassen. Ihr müsst Euch an unsere Kultur, unsere Musik, unsere Tänze, unsere Küche und auch an unsere Staatsstreiche gewöhnen. Denn sie gehören mittlerweile genauso zur volkstümlichen Tradition wie der Rest auch. Wie ihr seht, haben wir in diesem Land zu viele Militaristen. Sie sind alle ehrgeizig und karrieresüchtig. Und natürlich wollen sie auch alle einmal Präsident der Republik werden. Doch es sind wirklich viele und von daher müssen sie sich abwechseln. Jeder darf sich, wenn er dran ist, für einige Monate auf den Thronsessel setzen. Doch wenn er genug Fotos mit feiner Uniform und falschen Medaillen hat machen lassen und sich noch dazu ins Jahrbuch eingetragen hat, dann muss er den Posten wieder für den nächsten frei machen. So funktioniert das nun mal. Das ist unser System!"

Sergio Mendez che avrebbe provveduto a registrarli soltanto dopo l'avvenuto trasferimento del denaro che noi avremmo dovuto organizzare dall'Europa.

Il colpo di stato numero 84 non aveva coinvolto soltanto gli strati superiori delle attività politiche ma aveva scatenato una serie di "*vuelgas*" che avevano più o meno paralizzato ogni attività nell'intero Paese. I "petroleros" avevano smesso di produrre carburanti e l'unico distributore di Santa Cruz era rimasto subito a secco. Le automobili ed i tassì erano rimasti fermi e le strade erano deserte. Anche l'aeroporto era stato paralizzato ed erano stati cancellati tutti i voli nazionali.

Dopo tre giorni di incertezza e di paura eravamo riusciti a trovar posto su un aereo per Lima ed avevamo lasciato la Bolivia a barcamenarsi col suo "Golpe" e col suo Presidente nuovo di zecca. Da Lima avevamo proseguito per Panama, poi per Miami, poi Washington, Londra e finalmente Roma.

Eravamo rientrati in Italia riportandoci le sensazioni che può provare un condottiero che ha conquistato il mondo intero.

Le tasche, però, erano rimaste completamente vuote!

In nur wenigen Minuten wurden die Unterschriften unter den Vertrag gesetzt. Die Formalitäten waren damit erledigt und Guendà Arriba hatte einen neuen Besitzer, zumindest auf dem Papier. Die Papiere gingen zunächst an den Rechtsanwalt Sergio Mendez, der sie nach der Überweisung des Geldes, die wir aus Europa tätigen mussten, anmelden würde.

Der Staatsstreich Nummer 84 traf nicht nur die obersten politischen Schichten, sondern löste ebenso eine Serie von vuelgas, *Streiks, aus, die alle Aktivitäten des Innlandes lahm legte. Die „petroleros" hatten die Kraftstoffproduktion niedergelegt und die einzigste Tankstelle in Santa Cruz war allzu bald ausgeschöpft. Autos und Taxis konnten nicht fahren und die Straßen waren wie leergefegt. Auch der Flughafen war lahm gelegt worden und alle nationalen Flüge wurden gestrichen.*

Nach drei Tagen voller Unsicherheiten und Ängste gelang es uns, einen Flug nach Lima zu bekommen, und wir ließen Bolivien seinen „Putsch" alleine ausbaden. Von Lima aus flogen wir über Panama, Miami, Washington und London nach Rom.

Als wir endlich wieder in Italien waren, fühlten wir uns wie Feldherren, die es geschafft hatten, die ganze weite Welt zu erobern.

Auch wenn in unseren Taschen ein riesiges Loch klaffte!

4

Guendà Arriba

Guendà Arriba

Quando gli spagnoli sono arrivati nel Nuovo Mondo avevano in testa una cosa sola: l'oro. E di oro ne avevano trovato! Oro, argento e gemme preziose in quantità inimmaginabili! Nell'impero incaico di Cuzco di oro ce n'era tanto che veniva usato addirittura come materiale da costruzione, come ad esempio nel tempio dedicato al dio Sole. In questo la statua del dio era di oro massiccio e sui suoi raggi erano incastonate migliaia di pietre preziose di valore incalcolabile. I cronisti spagnoli ci hanno tramandato che il suo scintillio era tale da essere quasi insopportabile.

Nel tempio della Luna, invece, la dea era d'argento e ai suoi piedi giacevano, schierate attorno, le mummie dorate delle regine inca delle dinastie passate. Nel tempio dell'Arcobaleno del Dio *Cuicha* si trovava un arco d'oro incastonato di pietre preziose che riproducevano i sette colori. Nel Tempio di Venere, erano conservate dodici anfore enormi, d'argento e d'oro, colme di offerte sacre di „cereali". Ma quei cereali erano rappresentati da mucchi di grani d'oro e di pietre preziose.

Persino le tubazioni di tutti questi templi e palazzi erano di oro massiccio. Inoltre, sempre nell'interno della capitale

Als die Spanier in die Neue Welt einfielen, hatten sie nur eines im Sinn: Gold. Und auf Gold stießen sie in der Tat. Auf Gold, Silber und Edelsteine in Hülle und Fülle. Im Inkareich Cuzco gab es soviel Gold, dass es sogar als Baumatierial verwendet wurde, wie es das Beispiel des Tempels für den Sonnengott verdeutlicht. Die Statue des Gottes in seinem Inneren war aus purem Gold und die Strahlen waren mit unzähligen Edelsteinen von unschätzbarem Wert geschmückt. Die spanischen Geschichtsschreiber überliefern uns, dass seinem Glanz so stark war, dass keiner lange Stand halten konnte.

Im Tempel des Mondes hingegen war die Göttin aus Silber und zu ihren Füßen lagen die goldenen Mumien der Inkaköniginnen aus den vorangegangenen Dynastien. Im Regenbogentempel des Gottes Cuicha *befand sich ein Bogen aus Gold und unzähligen Edelsteinen, die in den sieben Farben leuchteten. Im Tempel der Venus standen zwölf riesige Krüge aus Silber und Gold, die bis oben hin mit heiligen Gaben aus „Getreide" gefüllt waren. Die Körner dieses Getreides waren aus Gold und Edelsteinen.*

Selbst die Rohrleitungen dieser Tempel bestanden aus

incaica di Cuzco, le cui mura interne ed esterne di difesa erano anch'esse tappezzate di lamine massicce di oro puro, gli spagnoli dovevano essere rimasti sbalorditi al vedere con i loro occhi che, nella *Coricancha*, la Sacra Città dell'Oro, l'imperatore inca possedeva un enorme parco di alberi e di fiori, tutti forgiati in oro e argento. I fiori enormi erano di perle incastonate, di smeraldi e di gemme.

La città era bagnata dal fiume Huatenay e tutt'intorno si estendeva l'*Intipampa*, il Campo del Sole. Sia il parco che i prati della *Coricancha* erano abitati da pupazzi d'oro, in grandezza naturale, che riproducevano i Quechua, gli Aymara e gli Inca intenti alla lavorazione del vasellame e alle diverse attività agricole cui si dedicavano i milioni di sudditi dell'impero. Perfino le zappe, le vanghe e gli altri arnesi erano d'oro. Le statue sacre, le *Huecas*, non erano solo d'oro e di gemme, ma anche di un'amalgama di oro e di mercurio oppure di bronzo o di rame.

Appollaiati sugli alberi di metallo, si vedevano volatili d'oro, pappagalli e are, uccelli ombrellati e galli delle rocce e tanti altri uccelli variegati con rubini al posto degli occhi. E c'era anche un gregge di lama, tutti d'oro e con turchesi al posto degli occhi, e poi rettili, insetti e tanti altri animali, probabilmente una coppia di esemplari di ciascuna razza esistente nel paese, fatti di giada e d'oro.

E non basta. Esistevano altri idoli del Sole e della Luna, e nove statue di antichi imperatori incas, e musei, monasteri, altari, interi palazzi pubblici e viali tutti d'oro e d'argento, o rivestiti di spesse lamine di tali metalli.

Oro, oro, oro, oro. C'era oro dappertutto. Ma, si chiedevano gli spagnoli, da dove proveniva tutto quell'oro che a Cuzco si trovava in tale abbondanza? Doveva pur esserci una fonte, un luogo dove veniva estratto in tali e tante quantità. Gli indios affermavano che si, naturalmente, tutto l'oro di Cuzco era niente in confronto con il mitico El Dorado, la fonte prima di quel metallo. Solo che, a dispetto dei vari tentativi di farsi indicare l'ubicazione di questo mitico luogo, gli spagnoli non riuscirono mai nel loro intento. E non servirono allo scopo neppure le più atroci torture inflitte agli anziani che, secondo gli spagnoli, dovevano essere a conoscenza di tale informazione. Tutti nominavano il mitico El Dorado ma nessuno dava altre indicazioni e, col passare del tempo, per i *conquistadores* l'El Dorado era diventato una vera ossessione. Un'ossessione che è perdurata nel tempo e che ancora oggi turba la fantasia di qualche

purem Gold. Die äußeren und inneren Schutzmauern der Hauptstadt des Inkareiches, Cuzcos, waren häufig mit dikken Platten aus Gold verkleidet. Außerdem müssen die Spanier beim Anblick Coricanchas, der Heiligen Goldenen Stadt, den Mund vor Staunen nicht mehr zu bekommen haben; der Herrscher der Inkas besaß nämlich einen riesigen Park, in dem selbst alle Bäume und Blumen aus Gold waren. Die schönsten Blumen waren mit Perlen, Smaragden und Edelsteinen besetzt.

Die Stadt wurde von einem Fluss namens Huatenay bewässert und ringsherum lag die so genannte Intipampa *– das Sonnenfeld. Sowohl die Stadt* Coricancha *als auch ihre Wiesen waren mit menschengroßen Goldpuppen ausgestattet. Sie stellten die Quechua, Aymara und Inkas bei verschiedenen landwirtschaftlichen Aktivitäten dar. Sogar die Hacken, Spaten und anderen Geräte waren aus Gold. Die heiligen Statuen, die* Huecas, *waren nicht nur aus Gold und Edelsteinen, sondern auch ein Gemisch aus Gold und Quecksilber, aus Bronze und Kupfer.*

Auf den Bäumen aus Metall saßen Vögel aus Gold: Papagaien und Aras, Haubenvögel, Felsenhäne und viele andere Vogelarten. Als Augen hatten sie Rubine. Lamas durften natürlich auch nicht fehlen, und sie wiederum hatten Türkise anstelle der Augen. Dann waren da noch Reptilien, Insekten und viele andere Tiere, höchstwahrscheinlich ein Paar von jeder Tierart dieses Landes, und alle waren sie aus Jade und Gold geformt.

Und als würde das noch nicht reichen, gab es doch anbedeutungswürdige Bildnisse der Sonne und des Mondes und neun Statuen der antiken Inkaherrscher, außerdem Museen, Klöster, Altare, öffentliche Gebäude und Alleen – alles aus Gold und Silber oder zumindest mit dikken Platten dieser Metalle verziert.

Gold, Gold, Gold und noch mal Gold. Wohin man auch sah, nur Gold. Die Spanier fragten sich zu Recht, woher all das Gold, das es in Cuzco in solchem Übermaß gab, denn eigentlich kam. Es musste doch schließlich eine Quelle geben, einen Ort, an dem es in solchen Massen abgebaut wurde. Die Indios bestätigten ihre Vermutung; natürlich gebe es diesen Ort, und Cuzco war nichts im Vergleich zu dem legendären El Dorado – der Quelle dieses Metalls. Aber den Spaniern gelang es auch mit den übelsten Methoden nicht, die Lage dieses Ortes ausfindig zu machen. Auch die gemeinsten Folterungen, die sie den

sognatore e avventuriero. Col passare dei secoli l'El Dorado è diventato il sinonimo di una meta irraggiungibile.

In poco tempo gli spagnoli distrussero tutto quel capitale di cultura e di civiltà che avevano trovato nel Nuovo Mondo, lo fusero pezzo per pezzo riducendolo in barre e lingotti e lo trasportarono in Europa ad arricchire le casse del Regno di Spagna. Ma non proprio tutto. Gli incas riuscirono a far scomparire in tempo una grossa parte del loro tesoro. L'Oro del Perú, come venne nominato quel mitico tesoro, venne nascosto e scomparve. Per sempre. Gli storici ci tramandano che nella piazza principale di Cuzco c'era una catena massiccia d'oro che la cingeva completamente e gli incas erano riusciti a farla sparire prima che i *conquistadores* se ne impadronissero per fonderla in lingotti. Doveva essere talmente pesante che, per trasportarla, dovevano essere stati impiegati ben cinquemila uomini. Allo stesso modo, in quattro dei regni appartenenti all'impero fu raccolta una quantità tale di oro che, per trasportarlo a Cuzco, furono necessari non meno di diecimila lama. Ma quando la carovana che trasportava quel tesoro raggiunse una località ad una sola giornata di viaggio dalla capitale, gli indios infuriati la fecero dirottare dalla strada imperiale e ne fecero sparire ogni traccia. Di quel tesoro non si è mai più saputo niente. Scomparso! Un carico che doveva pesare cinquecento tonnellate.

Sono notizie, stime e dati che ci sono state tramandate da cronisti di allora e che, col tempo, sono state sicuramente influenzate e rimodellate dalla fantasia. Ciò non toglie che le quantità di oro dovevano essere tali che, per quanto oggi possano essere ricorrette per difetto, restano sempre immense. È dunque più che comprensibile l'ossessione degli spagnoli di trovare la fonte di tutte quelle ricchezze: l'El Dorado!

Ma l'unico indizio che avevano era che l'El Dorado doveva trovarsi in qualche luogo ad est delle Ande e quindi nel bassopiano amazzonico ricoperto di foreste e di paludi impenetrabili. Quelle regioni erano oggetto di fantasticherie di ogni genere anche a quei tempi perché non erano mai state visitate da nessuno.

Per secoli l'El Dorado ha attirato avventurieri, ricercatori, esploratori, masnadieri e sognatori di ogni tipo che hanno affrontato viaggi e rischi al limite dell'inverosimile. Avevano tentato di scendere dalle Ande da ovest, avevano tentato

nach ihrer Ansicht darüber informierten Ältesten zufügten, die diese Geheimort kennen sollten, führten zu keinem Ergebnis. Ihre Hoffnung, den Ort, auf welche Weise auch immer, zu erfahren, wurde von niemandem erfüllt. Jeder sprach von dem legendären El Dorado, aber niemand gab seine Lage Preis. Mit der Zeit wurden die conquistadores wie besessen von diesem El Dorado. Eine Besessenheit, die sich mit der Zeit keineswegs verlor und die sogar heute noch die Fantasien vieler Träumer und Abenteurer anregt. Mit der Zeit ist die Bezeichnung El Dorado gleichbedeutend geworden mit einem Ziel, das unerreichbar bleibt.

In kürzester Zeit zerstörten die Spanier die ganze Kultur und Zivilisation, die sie in der Neuen Welt vorgefunden hatten. Stück für Stück zerlegten sie alles und formten es zu Barren und Blöcken, die sie nach Europa brachten und in die Kasse des Spanischen Reiches steckten. Aber sie bekamen nicht alles. Den Inkas gelang es rechtzeitig, einen großen Teil ihres Schatzes in Sicherheit zu bringen. Das Peruanische Gold, wie man den legendären Schatz nannte, wurde gut versteckt und verschwand. Für immer. Von den Historikern wissen wir, dass es in Cuzco eine massive Goldkette gab, die den ganzen Hauptplatz einmal umspannte. Den Inkas gelang es, sie verschwinden zu lassen, bevor die conquistadores Goldbarren aus ihr machen konnten. Sie muss derart schwer gewesen sein, dass man fünftausend Personen benötigte, um sie fortzubringen. Und in vier der Reiche, die dem Imperium angehörten, häuften sie soviel Gold an, dass man sogar mehr als zehntausend Lamas dazu benötigte, um es nach Cuzco zu bringen. Aber als die Karawane, die den Schatz transportierte, nur noch eine Tagesreise von der Hauptstadt entfernt war, entführten die wild gewordenen Indios den Schatz und ließen ihn von der Bildfläche verschwinden. Der Schatz ward nie mehr, von niemandem, gesehen. Spurlos verschwunden! Eine Ladung von fünfhundert Tonnen.

Diese Nachrichten, Einschätzungen und Daten sind uns von zeitgenössischen Berichterstattern überliefert worden und sind zwischenzeitlich bestimmt häufig in der Fantasie überarbeitet worden. Das ändert aber nichts daran, dass die Menge des Goldes, auch wenn sie zahllosen Korrekturen unterlag, nichtsdestotrotz enorm sein muss. Die Besessenheit der Spanier, die Quelle all dieser

di risalire l'Orinoco per penetrare le foreste dell'Amazzonia dal nord e avevano tentato di risalire il Rio delle Amazzoni da est. Tutti, in un modo o nell'altro, erano riusciti ad addentrarsi almeno in parte nelle foreste ma tutti, indistintamente, erano stati respinti con enormi perdite di vite umane. Quando non erano i selvaggi ad attaccare e trucidare senza pietà gli invasori, era la natura stessa a fermarne l'avanzata con le sue difese naturali: i suoi insetti, la febbre e le malattie, i caimani ed i serpenti. Da quelle spedizioni sono tornati sempre in pochi.

L'El Dorado, l'origine mitica di tutto l'oro e le ricchezze scoperte e saccheggiate a Cuzco da Francisco Pizzarro, non è mai stato trovato da nessuno. L'El Dorado, con tutti i suoi strazi, i suoi spargimenti di sangue, il suo oro e i suoi tesori è stato in senso assoluto il più grande sogno che gli uomini abbiano mai sognato e ancora oggi resta un mito e un sogno che alimenta la fantasia di tanti sognatori e avventurieri.

Anche noi, a modo nostro, eravamo in cerca di un El Dorado ma, contrariamente a tutti gli avventurieri del

Reichtümer finden zu wollen, ist also mehr als verständlich: Das El Dorado!

Doch ihr einziger Anhaltspunkt war, dass El Dorado sich irgendwo östlich der Anden befand. Östlich, das hieß also, irgendwo im Amazonasgebiet des Tieflandes, das aus undurchdringlichen Wäldern und Sümpfen bestand. Diese Gebiete waren auch zu jener Zeit schon Gegenstand jeglicher Art von Fantasiegespinsten, denn noch niemand hatte jemals zu ihnen vordringen können.

Über Jahrhunderte hinweg zog das El Dorado Abenteurer, Forscher, Gauner und Träumer in seinen Bann. Um es zu erreichen, nahmen sie Reisen und Risiken jenseits von Gut und Böse auf sich. Sie versuchten die Anden im Westen hinter sich zu lassen, dem Orinoko bis in die Wälder des nördlichen Amazonas zu folgen und sich dem Rio entlang in das östliche Amazonasgebiet durchzuschlagen. Allen gelang es, auf die eine oder andere Art, zumindest ein Stück weit in den Wald zu gelangen, aber alle, ohne Ausnahme, wurden mit großen Verlusten an Menschenleben wieder zurück gedrängt. Wenn es nicht die Wilden waren, die ohne Gnade über die Eindringlinge herfielen,

Un cercatore di oro *Ein Goldgräber*

passato, non cercavamo l'oro né altri tesori ma una ricchezza molto più grande e sempre più rara: il contatto con la natura, la pace ed il benessere che si possono provare soltanto nel rispetto di quanto è stato creato da Dio.

Con l'acquisto di Guendà Arriba eravamo rimasti senza un soldo. Per far trasferire all'ing. Ferreira l'importo pattuito per l'acquisto avremmo dovuto vuotare i conti in banca e ripulirli fino all'ultimo centesimo. Proprio fino all'ultimo e non sarebbe rimasto proprio più niente. Ma che importa? Quello che avevamo fatto era veramente grandioso! Con quattro soldi avevamo comperato 3200 ettari di terra o, per dirla come mi piaceva pensarla in quei giorni, eravamo diventati *"proprietari di un bel pezzo di pianeta"*, un pezzo di ben 32 chilometri quadrati!

Bello! Grandioso! Meraviglioso! Ma c'era una domanda insidiosa che continuava a martellarmi nel cervello con insistenza. Cosa avremmo potuto farne? Come avremmo potuto, da quel momento, affrontare dignitosamente il semplice ed immediato problema giornaliero delle 13 e delle 19? Ad essere razionali, quella era una domanda che ci saremmo dovuti porre molto tempo prima ma come si fa ad essere razionali quando, in fondo, si sta soltanto inseguendo un sogno? Il sogno si era realizzato ma, volenti o nolenti, avremmo dovuto riscendere con i piedi a terra e comportarci come tutti gli altri esseri viventi che non si possono permettere di vivere soltanto di sogni. Dovevamo assolutamente trovare il coraggio di guardare in faccia la realtà: non avevamo più un soldo, non avevamo un lavoro e quindi non avevamo nessuna entrata. Eravamo veramente in bolletta. Avevamo *"soltanto"* i 3200 ettari di Guendà Arriba ed i biglietti di ritorno per l'Europa. In banca non c'era più niente ed in tasca c'erano rimasti soltanto pochi spiccioli. Nella nostra mente di sognatori ci rifiutavamo di pensare che saremmo dovuti andare per le strade ad elemosinare:

"Fate la carità a due poveri proprietari di 3200 ettari di terra!"

Piuttosto, ci piaceva immaginare di dover vivere nella foresta come Tarzan e Jane, vestendoci di pelli, nutrendoci dei frutti degli alberi e saltando da una liana all'altra in lungo e in largo per spostarci nell'interno dei 3200 ettari e andare a conoscere ogni angolino, ogni albero ed ogni animale che vi abitava. Era un bel sogno ma non poteva essere altro che tale, soprattutto per chi, al di fuori della cornice del sogno,

dann war es die Natur selbst, die das Einschreiten mit ihren natürlichen Waffen zu verhindern wusste: mit ihren Insekten, mit Fieber und allerlei Krankheiten, mit Kaimanen und Schlangen. Von diesen Expeditionen kehrten immer nur wenige wieder zurück

Das El Dorado, der legendäre Ursprung des Goldes und aller Reichtümer, die von Francisco Pizzarro entdeckt und geraubt wurden, ist niemals gefunden worden. Das El Dorado mit all seinen Qualen und all seinem Blutvergießen, mit seinem Gold und seinen Schätzen, ist im eigentlichen Sinn der größte Traum, den die Menschheit jemals zu träumen gewagt hat. Und auch heute noch bleibt es ein Mythos und ein Traum, der die Fantasie vieler Träumer und Abenteurer belebt.

Wir waren, auf unsere Art, ebenfalls auf der Suche nach einem El Dorado, aber im Vergleich zu den anderen Abenteurern der Vergangenheit suchten wir nicht nach Gold oder anderen Schätzen, sondern nach einem viel höheren und immer selteneren Wert: die Nähe zur Natur, den Frieden und das Wohlbefinden, die man nur erfahren kann im Respekt vor Gottes Schöpfung.

Für den Kauf von Guendà Arriba gaben wir all unser Geld aus. Um Ing. Ferreira das Geld für den Verkauf zu überweisen, mussten wir die Bankkonten bis auf den letzten Cent leeren. Und zwar wirklich bis auf den letzten, bis nichts mehr übrig blieb. Aber was machte das schon? Denn das, was uns dafür erwartete war einfach zu schön! Für einen Apfel und ein Ei kauften wir 3200 Hektar Land oder, wie ich es damals in Gedanken gerne formulierte, waren wir „Besitzer eines beträchtlichen Fleckchens Erde" geworden, einem Fleckchen von gut 32 Quadratkilometern.

Schön! Großartig! Wunderbar! Doch eine Frage drängte sich mir immer mehr auf: Was sollten wir damit anfangen? Wie sollten wir von diesem Moment an, dem einfachen und überwältigenden Gefühl, das uns täglich um 13 und um 19 Uhr überfiel, entgegenwirken? Ehrlich gesagt, war das wohl eine Frage, die wir uns schon viel früher hätten stellen sollen, aber wer ist schon im Vollbesitz seiner Vernunft, wenn er gerade dabei ist, seinen Träumen hinterherzujagen. Der Traum war wahr geworden, aber nun, ob gewollt oder nicht, war der Zeitpunkt gekommen, wieder festen Boden unter den Füßen zu gewinnen und sich wie alle anderen Lebewesen zu verhalten, denen die

La maestosità degli alberi di Guendà Arriba

Luft ihrer Träume ebenfalls nicht zum Leben reichte. Diesmal war es an der Zeit, den Mut aufzubringen, der Wahrheit ins Gesicht zu blicken: Wir hatten kein Geld mehr, wir hatten keine Arbeit und also auch kein Einkommen. Wir waren blank. Wir hatten „nur" die 3200 Hektar der Guendà Arriba und die Flugtickets zurück nach Europa. Auf der Bank lag rein gar nichts mehr und in unseren Taschen war bloß noch ein bisschen Kleingeld. Aber wir, ganz und gar Träumer, weigerten uns auch nur einen Moment daran zu denken, dass wir auf der Straße enden könnten, um zu betteln:

„Habt Erbarmen mit zwei armen Besitzern von 3200 Hektar Land!"

Die Vorstellung von einem Leben im Wald gefiel uns hingegen; in Gedanken wurden wir zu Tarzan und Jane, kleideten uns mit Tierfellen, ernährten uns von den Früchten der Bäume und schwangen uns von einer Liane zur nächsten. Auf diese Weise durchkreuzten wir den ganzen Wald, um jeden noch so kleinen Winkel, jeden einzelnen Baum und jedes seiner Tiere persönlich kennenzulernen. Ein wunderschöner Traum. Und das würde er wohl auch bleiben. Denn außerhalb unserer Traumwelt war ich viel zu sehr daran gewöhnt, die Welt mit dem Flugzeug zu umrunden, Menschen Anweisungen zu geben, Fabriken und Märkte zu leiten, Jacke und Krawatte zu tragen, in der Gesellschaft zu verkehren, mit Messer und Gabel zu essen, am Tisch zu sitzen, mich gut zu kleiden und jeden Morgen zu rasieren, mich zu pflegen, ein bequemes Bad mit elektrischem Licht und fließend warmem Wasser, einer Wanne und einem Bidet zu haben. Ich konnte mich mit allen möglichen Mitteln fortbewegen; ich konnte Auto, Fahrrad, Motorrad oder Lastwagen fahren, ich konnte reiten, segeln und sogar fliegen; wie man sich allerdings von einer Liane zur nächsten schwang, war mir noch nicht so ganz klar geworden.

Vor allem mussten wir uns die Zeit nehmen, in Ruhe und Frieden über sinnvolle Lösungen nachzudenken.

Wir konnten das riesige Kapital an Holz nutzen, die wertvollsten Bäume fällen und verkaufen.

Die Erhabenheit der Bäume auf Guendà Arriba

è abituato a girare il mondo in aereo, a dirigere uomini, a gestire fabbriche e mercati, a portare giacca e cravatta, a frequentare la società, a mangiare a tavola con le posate, a vestire bene, a farsi la barba ogni mattina, ad aver cura della propria persona e a disporre di un bagno comodo con la luce elettrica, l'acqua calda corrente, la vasca ed il bidet. Sapevo spostarmi da un posto all'altro a cavallo oppure guidando un'auto, una bicicletta, una moto, un camion, un'imbarcazione e addirittura un aereo ma con le liane non avevo la benché minima esperienza.

Innanzi tutto dovevamo prendere tempo per ragionare con calma e serenità e prendere decisioni sensate.

Avremmo potuto sfruttare l'enorme capitale di legname della foresta, abbattere gli alberi di maggior valore e venderli.

Avremmo potuto addirittura trasformarlo in prodotti finiti o semilavorati per ottenerne un maggior valore aggiunto.

Avremmo potuto disboscare una parte del terreno e coltivarlo oppure piantare degli agrumeti.

Avremmo potuto allevare il bestiame, mucche o maiali o polli o conigli o magari qualcosa di esotico come gli struzzi.

Avremmo potuto costruire delle strutture adeguate per portare dal mondo civile qualche turista interessato ad una vacanza in stile „survival".

Avremmo potuto fare milioni di cose ma la realtà era che non avevamo un soldo e non c'è niente, ma proprio niente, che si possa fare senza soldi. Il contrasto fra la bellezza del sogno e la durezza della realtà era enorme ma era un problema che non avremmo potuto fare a meno di affrontare.

Insomma, dovevo arrivare a decidere che cosa fare, come farlo, sapere quanti soldi servivano per farlo e dove e come avrei potuto andarli a trovare. Partivamo veramente da zero. In Europa non avevo più neppure una casa in cui abitare, non avevo un lavoro e, soprattutto, non avevo nessuna intenzione di impelagarmi di nuovo con un impiego che mi avrebbe legato al mio vecchio mondo impedendomi di concentrarmi nella realizzazione del mio Grande Sogno.

Innanzi tutto, la cosa più sensata sarebbe stata di restare in Europa e trovare una forma di sopravvivenza, anche se provvisoria. Avevo deciso di rivolgermi a mio fratello. Ovviamente, non per chiedergli soldi. A quel tempo il poveretto ne aveva ancor meno di me! Però, cinque anni prima lo avevo aiutato a mettere in piedi una ditta di importazione e distribuzione di prodotti alimentari e vini in

Wir konnten es bearbeiten und die fertigen oder halbfertigen Produkte zu noch höheren Preisen verkaufen.

Wir konnten einen Teil des Waldes abholzen und das gerodete Land bestellen oder mit Zitrusfrüchten bepflanzen.

Wir konnten eine Viehzucht betreiben, Kühe oder Schweine oder Hühner oder Kaninchen oder so etwas Exotisches wie Strauße.

Wir konnten die richtigen Vorkehrungen treffen, um interessierten Touristen aus der Zivilisation eine Art „Survival Training" anzubieten.

Wir konnten eigentlich alles Menschenmögliche machen! Aber wir hatten kein Geld, und nichts auf der Welt, rein gar nichts, konnte man ohne Geld anfangen. Der Schritt von der schönen Traumwelt in den unverblümten Ernst des Lebens war knallhart, aber nicht mehr zu vermeiden.

Kurz gesagt, es war an der Zeit, Entscheidungen zu treffen: Was war zu tun, wie war es zu erreichen, wie viel Geld brauchten wir und wie konnten wir es bekommen? Wir fingen wirklich wieder bei Null an. In Europa hatte ich noch nicht einmal ein Dach über dem Kopf, geschweige denn eine Arbeit. Und ich hatte vor allem nicht die Absicht, mir eine Arbeit aufzuhalsen, die mich wieder an meine alte Welt gebunden hätte und, die mir bei der Verwirklichung meines großen Traumes einen Klotz ans Bein gehängt hätte.

Zunächst einmal wäre es wohl am sinnvollsten gewesen, in Europa zu bleiben, und irgendeiner, wenn auch provisorischen Form der Lebenserhaltung nachzugehen. Ich entschied, mich an meinen Bruder zu wenden. Natürlich nicht, um ihn um Geld zu bitten. Zu dieser Zeit hatte der Arme davon nämlich noch weniger als ich selbst. Aber fünf Jahre zuvor hatte ich ihm geholfen, ein Import- und Großhandelsunternehmen mit italienischen Lebensmitteln und Weinen in Deutschland aufzubauen, und daher fühlte ich mich dazu berechtigt, ihn um Hilfe zu bitten. Ich hätte ihm nicht um Geld gebeten, sondern darum, mich für einige Monate bei sich aufzunehmen und auszuhalten. Ein Bett und eine Suppe, nichts weiter. Im Gegenzug würden Stefania und ich umsonst bei ihm arbeiten, im Büro, im Lager oder wo auch immer er uns brauchen konnte. Wir würden nur keine Verpflichtungen auf Zeit eingehen, da wir unsere Projekte indessen weiter entwickeln wollten.

Germania, e questo mi faceva sentire in diritto di chiedergli aiuto. Non volevo soldi ma soltanto che mi ospitasse e mi mantenesse per qualche mese. Un letto e un piatto di minestra, niente più. In cambio Stefania ed io avremmo lavorato gratuitamente per lui, in ufficio, in magazzino o dovunque potessimo essere utili, ma senza prendere impegni a lungo termine. Intanto avremmo messo a punto qualche progetto.

Quando siamo rientrati a Roma era la fine di novembre ed eravamo saliti a bordo di un autotreno carico di pasta destinata a Colonia. Con noi avevamo i due zaini con dentro i nostri pochi averi: qualche libro, il contratto di acquisto di Guendà Arriba e qualche capo di vestiario scarsamente adatto ad affrontare un inverno a quelle latitudini alle quali non eravamo abituati ed alle quali non avevamo la minima intenzione di abituarci.

Però eravamo sereni, fiduciosi e carichi d'entusiasmo per un futuro pur così incerto e non avremmo mai pensato che quel viaggio avrebbe cambiato tanto drasticamente il corso della nostra vita. Mio fratello ci aveva assegnato una stanzetta al primo piano sopra al magazzino, con un letto ed un piccolo armadio per le nostre poche cose personali. La sua accoglienza era stata piuttosto fredda e distaccata ma, pensavamo, non avrebbe potuto essere diversamente. Di fronte a lui c'era quel fratello che fino a ieri aveva vissuto da gran signore in giro per il mondo con una posizione ed un'attività da invidiare ed ora era lì, senza un lavoro, senza un soldo, senza un futuro concreto e senza idee chiare in testa, ad elemosinare un letto ed un piatto di minestra. È vero, pensavamo, erano motivi più che validi per sentirsi in imbarazzo. Ma, gradualmente, avevamo incominciato a capire che il comportamento di mio fratello non dipendeva affatto da quello. La realtà era un'altra ed il suo comportamento era determinato da cause del tutto diverse: la ditta non andava bene e l'attività era alla fine. Alla fine del mese di dicembre i pochi dipendenti ancora in forza si erano licenziati tutti, venditori, magazzinieri, autisti, impiegati. Ne erano rimasti soltanto due. Mio fratello, oltre a tutti quei problemi, doveva sopportare anche l'imbarazzo causato dalla nostra presenza ma non mi aveva mai detto apertamente quanto grave fosse in realtà la situazione.

La mattina del 13 gennaio mi aveva salutato ed era partito in macchina per Roma. Un'altra cosa che non mi aveva

Ende November waren wir wieder in Rom, wo wir in einen, mit Nudeln voll beladenen LKW nach Köln stiegen. Bei uns trugen wir unsere zwei Rucksäcke mit unseren wenigen Besitztümern: ein paar Bücher, den Kaufvertrag der Guendà Arriba und das ein oder andere, mehr oder weniger warme Kleidungsstück. gegen die kalten Minusgrade, die uns in diesen Breiten erwarten würden und an die wir nicht gewöhnt waren; an die wir uns aber auch gar nicht erst gewöhnen wollten.

Doch wir waren guter Dinge; zuversichtlich und enthusiastisch machten wir uns auf den Weg in unsere etwas unsichere Zukunft. Wir hätten im Traum nicht daran gedacht, dass diese Reise unser Leben so stark beeinflussen würde. Mein Bruder teilte uns ein kleines Zimmerchen über der Lagerhalle zu, mit einem Bett und einem Schrank für unsere dürftigen Habseligkeiten. Sein Empfang war alles andere als herzlich, er begrüßte uns kalt und teilnahmslos. Aber wir redeten uns ein, dass es auch gar nicht anders hätte sein können. Sein feiner Bruder, der noch bis gestern als beneidenswerter Geschäftsmann in der weiten Welt zu Hause war, stand nun plötzlich ohne eine Arbeit, ohne einen Cent Geld, ohne eine geregelte Zukunft, dafür aber mit einem Haufen wirrer Ideen im Kopf vor ihm und bat um ein Bett und einen Teller Suppe. Wir gaben ihm Recht, diese ausweglose Situation konnte einen wirklich in Verlegenheit bringen. Doch wir fanden mehr und mehr heraus, dass das Verhalten meines Bruders gar nicht daher rührte. Die Realität war eine denkbar andere und seinem Verhalten lagen weitaus ernstere Ursachen zu Grunde: Die Geschäfte liefen schlecht und die Firma war so gut wie am Ende. Im Dezember kündigten dann auch noch die letzten Angestellten, Verkäufer, Lagerarbeiter und Fahrer. Lediglich zwei blieben ihm treu. Mein Bruder kämpfte nicht nur gegen all diese Probleme, sondern ertrug auch noch – still und verlegen – unsere Anwesenheit; nie erwähnte er auch nur mit einem Wort, wie schlimm es wirklich um ihn stand.

Am Morgen des 13. Januars verabschiedete er sich und fuhr im Auto nach Rom. Und wieder erwähnte er mit keinem Wort, was mir nie in den Sinn gekommen wäre: dass er nicht wieder kommen würde.

Und so befanden Stefania und ich uns auf einmal, ohne es zu wollen, auf einem untergehenden Schiff, das noch

detto, e che non avrei mai potuto immaginare, era che non sarebbe più tornato.

Così, senza volerlo, Stefania ed io ci siamo trovati a bordo di una barca senza timone e che faceva acqua da tutte le parti, senza conoscerne la rotta e senza avere la minima idea di cosa avremmo potuto fare per salvare le nostre anime da un simile naufragio. Tutto sommato avremmo potuto fare anche noi la stessa cosa che aveva fatto mio fratello: partire, andarcene, scappare, sparire, cercarci un'altra soluzione, un altro alloggio e un altro rifugio. Ma l'orgoglio, che in tante altre occasioni mi aveva aiutato a raggiungere traguardi anche ambiti, quella volta mi aveva tenuto legato a quella situazione disperata. Così, invece di scappare, siamo rimasti.

dazu ohne Steuermann war und von dessen Kurs wir keinen blassen Schimmer hatten. Wie sollten wir unsere armen Seelen nur vor einem solchen Untergang retten? Eigentlich hätten wir es wie meinen Bruder gleich tun können: abreisen, fortgehen, weglaufen, verschwinden, andere Lösungen finden, einen anderen Unterschlupf suchen. Aber mein Stolz, der mir immer dazu verholfen hatte, auch die entferntesten Ziele zu erreichen, zwang mich diesmal dazu, an dieser ausweglosen Lage festzuhalten. Und so kam es, das wir blieben, anstatt das Weite zu suchen.

Wir machten gute Miene zum bösen Spiel, krempelten uns schleunigst die Ärmel hoch und gingen ohne zuzögern an die Arbeit. Geduldig fingen wir an, die Situation systematisch zu analysieren, Lösungen zu finden und das Schiff

Il Piraì visto dall'aereo   **Luftansicht des Piraí**

Il villaggetto di Terevinto

Das kleine Dorf Terevinto

Facendo buon viso a cattivo gioco ci siamo rimboccati le maniche e ci siamo messi a lavorare sodo. Con metodo e pazienza avevamo cominciato ad analizzare la situazione, a cercare delle soluzioni, a rimettere la barca in rotta ed abbiano lavorato, lavorato, lavorato e lavorato senza sosta. Ma ci siamo riusciti. Per quasi due anni abbiamo lavorato sodo per dodici, quattordici o sedici ore al giorno tutti i sacrosanti giorni ma siamo riusciti ad evitare che la barca affondasse. Ci siamo messi bene in mostra con i fornitori e con i creditori ed abbiamo dimostrato a tutti la nostra buona volontà di farcela. E tutti ci hanno dato una mano. Abbiamo chiuso i conti con le banche vecchie ed aperto rapporti con altre banche con le quali ci siamo costruiti gradualmente una buona reputazione ed un'immagine pulita. Abbiamo fatto una selezione dei clienti ed eliminato le pecore nere. Insomma ce l'abbiamo fatta.

Dopo quasi due anni avevo richiamato a Colonia mio fratello con l'intenzione di riconsegnargli l'azienda nella sua nuova forma e dimensione. Avrebbe dovuto soltanto continuare nella stessa direzione e noi saremmo stati finalmente liberi di riprendere il sogno interrotto due anni prima.

In quei due anni di lavoro bestiale non avevamo avuto alcun contatto con Santa Cruz anche se, nei pochi momenti liberi, non avevamo fatto altro che sognare l'immensità di

wieder auf die richtige Kurs zu lenken. Wir arbeiteten, arbeiteten, arbeiteten und arbeiteten ohne Pause. Aber wir schafften es. Nach zwei Jahren harter Arbeit, von morgens bis abends, zwölf Stunden, vierzehn oder sechzehn Stunden täglich, gelang es uns am Ende, das Schiff vor dem Untergang zu retten. Wir zeigten uns den Lieferanten und Gläubigern von unserer besten Seite und stellten ihnen unseren guten Willen unter Beweis. Und alle waren sie bereit, uns tatkräftig zu unterstützen. Wir kündigten die Konten bei den alten Banken und nahmen Gespräche mit neuen Banken auf; diese konnten wir direkt von unserem guten Ruf und unseren einwandfreien Geschäften überzeugen. Wir trafen eine kleine Auswahl an Kunden und vermieden die schwarzen Schafe. Wir hatten Erfolg.

Nach zwei Jahren bestellte ich meinen Bruder wieder nach Köln mit der Absicht, ihm die Firma in ihrer neuen Form und Größe zurückzugeben. Er musste nur da weitermachen, wo wir aufgehört hatten. Und wir? Wir konnten uns endlich wieder unseren Träumen widmen!

In den zwei Jahren knochenharter Arbeit war jeder Kontakt mit Santa Cruz ausgeblieben, auch wenn wir in unseren wenigen freien Momenten natürlich nichts anderes taten, als von der endlosen Weite der Guendà Arriba, dem rosafarbenem Sand des Flusses und dem dunklen Grün des Waldes zu träumen. Wir entschlossen dorthin

Guendà Arriba, la sabbia rosa del fiume ed il verde cupo della foresta. Avevamo deciso di tornare laggiù, trovarci un'abitazione provvisoria ed economica in città e cominciare a vendere il legname. Intanto avremmo messo rapidamente in ordine la casa dell'*estancia* attrezzandola con il minimo indispensabile: un letto, un tavolo, una cucina a gas. Niente più! Ci saremmo fatti un bell'orto ed un pollaio e, almeno all'inizio, avremmo dovuto vivere di quanto saremmo riusciti a produrre. I primi tempi avremmo potuto vendere a conoscenti ed amici i prodotti dell'orto e del pollaio. Poi ci sarebbe servito un automezzo per fare la spola con la città ed un paio di cavalli per muoverci nell'interno della tenuta ma, a parte questi piccoli lussi, all'inizio ci saremmo dovuti adattare a vivere molto, ma molto spartanamente.

Nei due anni in Germania eravamo stati talmente presi da quell'opera di salvataggio che non c'era rimasto il tempo materiale per sviluppare nessun altro progetto più concreto ed ambizioso. Dovevamo semplicemente buttarci in acqua ed imparare a nuotare alla maniera classica.

Il volo fino a Santa Cruz era stato lunghissimo. Eravamo partiti da Bruxelles per Lima e fatto scalo a Lisbona e Bogotà. A Lima avevamo preso un altro aereo per La Paz e da lì un volo interno fino a Santa Cruz e, dopo oltre trenta ore di aereo e di soste negli aeroporti, eravamo di nuovo nella bella cittadina da far west. Eravamo di nuovo „a casa", bianchi come stracci per i due anni trascorsi nel sole pallido di Colonia.

Intanto nel paese gli eventi politici avevano preso una certa svolta. I colpi di stato non si succedevano più come una volta e i militari avevano addirittura ceduto il potere ad un Governo civile e democratico. Il nuovo Presidente, Siles Zuazo, era riuscito ad imporre un regime di austerity ormai necessario, ma che aveva creato notevoli disordini e l'inizio di una iperinflazione che, nel suo genere, avrebbe fatto storia.

La prima cosa che avevamo in progetto, subito dopo il nostro arrivo, era di affittare un piccolo aereo e sorvolare Guendà Arriba per farne una conoscenza più completa dall'alto. In seguito avremmo cercato di procurarci dei cavalli per esplorarla nell'interno in ogni dettaglio. Avevo già visto che all'aeroporto „El Trompillo" c'erano vari Cessna parcheggiati sull'erba a lato della pista e non sarebbe stato difficile affittarne uno. Ci siamo informati e siamo entrati in contatto col Capitan Roca, un *camba* cortesissimo di mezza

zurückzukehren, uns zunächst eine provisorische und günstige Bleibe in der Stadt zu suchen und Holz zu verkaufen. In der Zeit würden wir das Haus der estancia *schnellstens wieder in Schuss bringen und mit dem Nötigsten versorgen: einem Bett, einem Tisch, einem Gasherd. Und das war es! Wir würden uns einen schönen Gemüsegarten und einen Hühnerstall zulegen und zunächst versuchen, davon zu leben. In der ersten Zeit könnten wir die Produkte des Gartens und des Hühnerstalls zunächst einmal an Bekannte und Freunde verkaufen. Dann würden wir uns für die Fahrten in die Stadt ein Auto kaufen und uns für die Fortbewegung auf der* estancia *ein paar Pferde anschaffen. Aber das wäre auch der einzige Luxus, den wir uns gönnen würden. Abgesehen davon, müssten wir uns nämlich daran gewöhnen, sehr, sehr bescheiden zu leben.*

In den zwei Jahren in Deutschland waren wir von unserer Rettungsaktion ganz und gar vereinnahmt worden. Wir hatten daher keine freie Minute gehabt, uns reizvolleren Projekten zu widmen. Wir mussten also, um wieder schwimmen zu lernen, den Sprung ins kalte Wasser wagen.

Der Flug nach Santa Cruz schien gar kein Ende nehmen zu wollen. Von Brüssel aus flogen wir, über Lissabon und Bogota, nach Lima. Von dort nahmen wir dann einen Flug nach La Paz, wo wir endlich in den Flieger nach Santa Cruz steigen konnten. Nach 30 Stunden in der Luft und in den Wartesälen der Welt waren wir zurück in diesem schönen Städtchen des Wilden Westen. Wir waren wieder „zu Hause". Nach zwei Jahren unter der blassen Sonne Kölns waren wir schneeweiß.

Die politische Situation des Landes hatte sich verändert. Die Staatstreiche lösten sich nicht mehr wie einst gegenseitig ab. Das Militär hatte die Macht einer zivilen und demokratischen Regierung überlassen. Dem neuen Präsidenten Siles Zuazo war es gelungen, ein Regime aufzustellen, dessen Strenge mittlerweile erforderlich war: Es hatte jedoch zahlreiche Unruhen im ganzen Land und den Beginn einer geschichtsträchtigen Inflationsrate zur Folge.

Nach unserer Ankunft wollten wir als allererstes ein kleines Flugzeug mieten und über Guendà Arriba fliegen,

età. Il prezzo richiesto era quanto mai ragionevole e dopo pochi minuti eravamo in volo nel sole del pomeriggio. Con me avevo una vecchia carta dell'Aeronautica Militare, comperata durante il nostro primo viaggio, sulla quale avevo segnato i confini di Guendà Arriba, così come figuravano sui documenti, fra i fiumi Guendà ad est ed il Surutú ad ovest. Come punti di riferimento c'erano l'*estancia* San Pedro, sulla riva del fiume, ed un fiumiciattolo lungo quattro o cinque chilometri, il *Rio Chico* che nasceva nella nostra proprietà e si immetteva nel Guendà. Gli ultimi due o tre chilometri di questo fiume facevano da confine.

Il Capitan Roca aveva portato su il suo Cessna 172 al di sopra della città poi mi aveva ceduto i comandi. Il fiume Piraì, visto dall'alto, era molto più bello di quando l'avevo visto a bordo del Bronco che si era arenato sulla sua sabbia. Anche il San Martin, col suo groviglio di piste che si intrecciavano fra gli acquitrini, era molto interessante. Poco dopo avevamo riconosciuto la piazzetta di Terevinto immersa nel verde ma non eravamo riusciti a vedere il tratto di pista che prosegue fino all'*estancia San Pedro*. In pochi minuti avevamo sorvolato i 35 chilometri che separano il fiume

um sie endlich einmal in ihrer ganzen Größe zu bestaunen. Danach wollten wir uns zwei Pferde besorgen und ihr Inneres, bis auf das kleinste Detail, erforschen. Ich hatte ja bereits gesehen, dass auf der Wiese neben der Landebahn des Flughafens „El Trompillo" einige Cessnas geparkt waren und es wäre bestimmt nicht schwer gewesen, sich eine von ihnen auszuleihen. Wir erkundigten uns und nahmen Kontakt zu Capitan Roca auf, der ein zuvorkommender *camba* mittleren Alters war. Er machte uns einen guten Preis und nur wenige Minuten später hoben wir in der Nachmittagssonne ab.

Ich hatte die alte Karte der militärischen Luftfahrtsgesellschaft bei mir, die noch von unserer ersten Reise stammte. Auf ihr hatte ich das Grundstück der Guendà Arriba, so wie es aus der Urkunde hervorging, eingezeichnet: Sie war östlich vom Guendà und westlich vom Surutú begrenzt. Als Anhaltspunkte dienten uns die *estancia San Pedro* am Ufer des Flusses und ein vier oder fünf Kilometer langer Bach namens *Rio Chico, der auf unserem Grundstück entsprang und im Guendà mündete. Die zwei oder drei letzten Kilometer des Baches markierten die Grenze.

Il Surutù *Der Surutù*

Guendà da Santa Cruz. Il fiume visto dall'alto era un vero spettacolo, addirittura più bello di come me lo ricordavo. Sembrava un enorme nastro rosa disteso su una massa imponente di foresta cupa ed impenetrabile. Al di là del fiume il terreno si estendeva in una serie di ondulazioni leggere fino all'altro fiume, il Surutú. Questo era molto più modesto del Guendà e si stagliava nella foresta in una piccola valle piuttosto stretta. Poco al di là del Surutú, poi, le Ande salivano quasi in verticale in una parete che fino ad una certa altezza era ricoperta di vegetazione che si diradava gradualmente con l'altezza per poi salire nuda e brulla verso il cielo. Fra i due fiumi il terreno leggermente collinoso era ricoperto di uno strato fitto ed ininterrotto di foresta. Di una bellezza da mozzare il fiato!

Avevo fatto una virata al di là del Surutú ed ero tornato indietro cercando il *Rio Chico*, il fiumiciattolo che faceva da confine meridionale. Dall'alto era appena visibile, immerso com'era nella vegetazione alta e fitta, tranne in un breve tratto in cui si allargava in una distesa pulita di sabbia rosa simile a quella delle rive del Guendà. Era bellissimo e selvaggio. Si vedevano migliaia di palme assieme ad alberi altissimi ricoperti da fogliame fitto e scuro. Non lontano dal confine nord ci doveva essere la famosa casa. Probabilmente in due anni di abbandono sarebbe stata quasi divorata dalla vegetazione ed infatti non ero riuscito a localizzarla. Proseguendo il volo verso nord parallelamente al Guendà avevamo visto un cortile ordinato con una casa dal tetto nuovo di tegole rosse. Nel cortile c'erano mucche e vitelli, cavalli, maiali e polli. I recinti erano ben allineati e diritti e verso il fiume c'era un ampio tratto disboscato e coltivato a mais. Ai nostri occhi si presentava come un vero paradiso. Bello, ordinato, tranquillo. Ecco, avevo pensato, un buon esempio di come avremmo dovuto trasformare Guendà Arriba. Avremmo dovuto prendere esempio dal nostro „vicino" ed imparare da lui. Se c'era riuscito lui, avremmo dovuto farcela anche noi. Perché no?

Ma intanto avevo virato di nuovo per cercare di localizzare la nostra casa in mezzo al verde ed ero risalito verso sud ma anche questa volta senza risultato. La casa non l'avevamo trovata. Eppure, avevo pensato, la vegetazione non può esserela inghiottita completamente. Stefania, però, era stata colpita da un paio di particolari interessanti e me li aveva fatti notare: la casa nuova che avevamo appena visto aveva la stessa forma, le stesse

Capitan Roca flog seine Cessna 172, bis wir über der Stadt waren, selbst, dann überließ er mir das Steuer. Der Fluss Piraì erschien mir von oben sehr viel schöner als damals aus der Sicht vom Bronco aus, der sich in seinem Sand festgefahren hatte. Auch der San Martin mit all den Spuren, die sich in seinem Morast verloren, gab ein sehr interessantes Bild ab. Kurz darauf erspähten wir in dem ganzen Grün den kleinen Platz von Terevinto. Der Weg, der von da aus zur estancia San Pedro *führte, blieb uns jedoch verborgen. In nur wenigen Minuten lagen die 35 Kilometer von Santa Cruz bis zum Guendà bereits hinter uns. Aus der Luft war der Fluss ein wahres Wunder und sogar noch viel schöner als ich ihn in Erinnerung hatte. Er schien ein riesengroßes rosafarbenes Band zu sein, das sich durch dieses stattliche Stück dunklen und undurchdringlichen Waldes wandt. Von dort aus wellte sich der Boden bis hin zum Surutú in einer leichten Hügellandschaft. Dieser war viel unscheinbarer als der Guendà, und durchfloss den Wald in einem kleinen, sehr engen Tal. Kurz hinter dem Surutú erhoben sich majestätisch die Anden. Nach oben hin wurde die Pflanzenwelt immer spärlicher, um dann plötzlich ganz abzusterben; sie waren kahle, nackte Felswände, die steil in den Himmel ragten. Der Wald auf dem leicht hügeligen Boden zwischen den beiden Flüssen war von einer ununterbrochenen Dichte. Seine Schönheit war atemberaubend!*

Nach einer Schleife jenseits des Surutú kehrte ich auf der Suche nach dem Rio Chico *um. Der kleine Bach, der als südliche Grenze fungierte, war von oben eben noch zu erkennen. Er verschwand fast vollständig zwischen den dichten und hohen Pflanzen, aber an einer Stelle weitete er sich ein wenig aus, und sein rosafarbener Sand, der dem des Guendà sehr ähnelte, wurde gut sichtbar. Er war wunderschön und unberührt. Wir erblickten unzählige Palmen und andere himmelhohe Bäume, die von dichten und dunklen Blättern bedeckt waren. Nicht weit vom nördlichen Ende musste das altbekannte Haus stehen. Nach den zwei Jahren, die wir es sich selbst überlassen hatten, war es bestimmt total zugewuchert und ich konnte es noch nicht einmal mehr ausfindig machen. Als wir dem Verlauf des Guendà folgten, sahen wir einen gepflegten Hof und ein Haus, dessen rote neue Dachziegeln uns nur so entgegenleuchteten. Im Hof wimmelte es von Kühen, Kälbern, Pferden, Schweinen und Hühnern. Die Zäune verlie-*

strutture e le stesse dimensioni della nostra, la capanna esterna che fungeva da cucina era nella stessa posizione rispetto alla casa ed il cortile ordinato e pieno di animali era della stessa grandezza del nostro. Perfino la stradina che portava al fiume sembrava quella che avevamo percorso col Bronco dell'Ing. Ferreira. Troppe coincidenze! Per un attimo avevo temuto che il cuore mi scoppiasse nel petto. Allora cercando di trattenere il magone avevo virato di nuovo, mi ero diretto verso la bella casa dal tetto rosso e mi ero buttato giù in picchiata per vederla da vicino. Nel cortile un paio di bambini ci guardavano con la testa all'insù ed i genitori erano usciti all'aperto per vedere quel visitatore curioso che veniva dal cielo.

Non c'erano dubbi: era lei! Era *„quella che era stata"* la nostra casa. Ce l'eravamo sognata per due anni e non potevano esserci dubbi. Però era occupata. In quel momento il mondo intero ci era crollato addosso. La nuova realtà si presentava ai nostri occhi con tutta la sua crudeltà in contrapposizione con i sogni che ci avevano tenuti in vita fino a quel momento: era evidente che eravamo stati truffati oppure che, in nostra assenza, qualcun'altro aveva occupato *Guendà Arriba*. In un caso o nell'altro la *Guendà Arriba* dei nostri sogni non c'era più! Allora avevo fatto un giro stretto riprendendo quota, avevo restituito i comandi al Capitan Roca e poi, senza più alcun ritegno, ero scoppiato in lacrime come un bambino.

Dall'aeroporto eravamo andati a piedi fino al centro cercando di respirare profondamente per calmare i cuori che volevano schizzare fuori dal petto ad ogni costo. Ci sentivamo respinti da quel mondo che noi avevamo tanto adorato. Ci sentivamo soli, abbandonati nella miseria più nera. Nella stradina laterale dietro la piazza avevamo ritrovato il piccolo ufficio al piano terra dell'avvocato Mendez. Non era cambiato affatto. Con lui avevamo fatto il contratto di acquisto e da lui volevamo sapere, sia pur con poche speranze, se si poteva fare ancora qualcosa e che tipo di protezione avremmo potuto aspettarci dalla legge. Dopo pochi minuti di anticamera eravamo entrati nel suo ufficio ed io, con la voce strozzata dal magone, avevo cominciato col presentarmi:

„*Sono Bruno Cisamolo. Due anni fa'....*" ma l'avvocato non mi aveva fatto continuare. Con una espressione di sorpresa e di gioia mi aveva guardato fisso negli occhi poi era saltato fuori dalla sua poltrona e mi era

fen geradlinig und in der Nähe des Flusses war eine große gerodete Fläche, auf der Mais angebaut wurde. In unseren Augen glich es einem echten Paradies. Schön, gepflegt, ruhig. Ja, dachte ich, wir würden Guendà Arriba ebenfalls so herrichten. Unser "Nachbar" ging uns als gutes Beispiel voran und wir konnten einiges von ihm lernen. Wenn er es geschafft hatte, konnten wir das auch. Warum auch nicht?

Ich drehte eine weitere Schleife auf der Suche nach unserem Haus im Grünen. Ich machte einen Abstecher nach Süden, aber auch dieses Mal wurden wir nicht fündig. Wir konnten unser Haus einfach nicht finden. Aber der Wald konnte es doch auch nicht völlig verschluckt haben. Stefania machte daraufhin ein paar interessante Beobachtungen, die sie mir, sichtlich beunruhigt, mitteilte: Das neue Haus, das wir soeben überflogen hatten, glich unserem in vielerlei Hinsichten. Es hatte die gleiche Form, den gleichen Aufbau und die gleiche Größe. Die Hütte, die als Küche diente, stand ebenfalls an der gleichen Stelle. Und auch der gepflegte Hof voller Tiere war ganz genauso groß wie unserer. Sogar der Weg, über den wir mit Ing. Ferreiras Bronco gekommen waren, schien derselbe zu sein. Zu viele Zufälle! Für einen Moment dachte ich, es würde mir das Herz zerreißen. Ich versuchte den Schmerz hinunterzuschlucken und wendete erneut; als ich das schöne Haus mit dem roten Dach erblickte, näherte ich mich ihm im Sturzflug, um es genauer ins Visier zu nehmen. Die Kinder im Hof hoben die Köpfe und die Eltern kamen aus dem Haus gerannt, um diesen neugierigen Besucher, der vom Himmel heruntergeschossen kam, zu betrachten.

Es gab keine Zweifel mehr: Unser Haus! Das, was einmal unser Haus „gewesen war". Wir hatten zwei Jahre lang unentwegt von ihm geträumt, wir konnten uns einfach nicht irren. Doch es war bereits bewohnt. In diesem Moment brach für uns eine Welt zusammen. Die neue Realität traf uns mit seiner ganzen Grausamkeit wie ein Schlag ins Gesicht. In wenigen Sekunden zerstörte sie all die Träume, die uns bis dahin am Leben erhalten hatten: Wir waren betrogen worden, oder aber jemand anderes hatte in unserer Abwesenheit Guendà Arriba für sich beansprucht. So oder so, die Guendà Arriba unserer Träume gab es nicht mehr. Ich drehte eine enge Schleife, um schnell wieder an Höhe zu gewinnen, übergab Capitan Roca das Steuer, und brach dann, wie ein Kind, verzweifelt in Trä-

Alcuni alberi hanno dimensioni gigantesche

venuto incontro a braccia aperte gridando:

„Bruno! Carajo! Che fine avevi fatto? Sei sparito dalla circolazione. Mi hai lasciato un numero di telefono dove nessuno ti conosce e nessuno parla spagnolo. Ti ho cercato tante volte ed ho provato anche a scriverti ma tu non hai mai risposto."

Sembrava che avesse ritrovato l'amico di vecchi tempi, l'amico più caro della sua vita e la gioia gli sprizzava da tutti i pori. Dopo gli abbracci inaspettati, le spiegazioni ed i convenevoli del caso ero riuscito a ritrovare la parola e a dire quanto era successo, che eravamo stati in volo su Guendà Arriba, cosa avevo visto dall'aereo ed in che stato di disperazione ci trovavamo. Intanto Stefania continuava a piangere senza ritegno. Sergio, si chiamava così e sembrava che ci fossimo sempre dati del tu, invece di prendere sul serio un tema tanto penoso, era scoppiato in una risata fragorosa e non riusciva più a frenarsi e contenersi. Quando finalmente era riuscito a calmarsi aveva detto:

„Adesso ti racconto". E sedutosi nella sua poltrona comoda ci aveva fatto un resoconto dettagliato di fatti che ci avrebbero lasciati a bocca aperta e che ancor oggi, a pensarli, sanno di inverosimile.

Quando noi avevamo comperato Guendà Arriba il

Manche Bäume sind riesengroß

nen aus.

Vom Flughafen aus gingen wir zu Fuß in die Stadt. Dabei versuchten wir tief durchzuatmen, um unsere rasenden Herzen ein bisschen zu beruhigen. Wir fühlten uns von dieser Welt, die wir so vergötterten, schrecklich betrogen. Wir fühlten uns verlassen und mutterseelenallein; in diesem tiefen Elend. In einer Seitenstraße hinter dem Platz fanden wir im Erdgeschoss das kleine Anwaltsbüro von Sergio Mendez wieder. Es war unverändert. Mit ihm hatten wir den Kaufvertrag aufgesetzt und von ihm wollten wir nun, wenn auch ein wenig entmutigt, wissen, ob sich noch etwas retten ließe und welche Unterstützung wir seitens der Gesetze erwarten konnten. Nach wenigen Minuten im Wartezimmer wurden wir in sein Büro bestellt. Mit schmerzerstickter Stimme begann ich:

„Mein Name ist Bruno Cisamolo. Vor zwei Jahren…" doch der Anwalt ließ mich nicht ausreden. Sichtlich überrascht und mit freudestrahlenden Augen blickte er mich an, sprang aus seinem Sessel auf, kam mir mit offenen Armen entgegen und schrie mir ins Ohr:

„Bruno! Carajo! Wo zum Teufel hast Du gesteckt? Du warst wie vom Erdboden verschluckt! Was hast Du mir nur für eine Telefonnummer hinterlegt? Niemand dort kannte Dich und niemand dort sprach auch nur ein Wort Spanisch! Wie viele Male habe ich versucht, Dich zu erreichen! Sogar geschrieben habe ich Dir! Aber Du? Wieso hast Du mir nie geantwortet?

Er schien seinen alten Schulfreund, seinen besten Freund aller Zeiten, nach einer Ewigkeit endlich wieder in den Armen zu halten. Er sprang vor Freude fast bis an die Decke. Nach der hundertsten Umarmung und einer detaillierten Beschreibung der Geschehnisse gelang es mir endlich, die richtigen Worte zu finden. Ich schilderte ihm unseren Flug zur Guendà Arriba, unsere Beobachtungen und unsere Verzweiflung. Stefania weinte währenddessen unaufhörlich weiter. Sergio, wie er sich nennen ließ, als hätten wir uns schon immer geduzt, nahm unsere elende Lage gar nicht ernst; im Gegensatz, er konnte sich gar nicht mehr halten vor Lachen. Erst als er sich von seinem Lachanfall erholt hatte, sagte er ganz ruhig:

„So, jetzt werde ich Euch erstmal alles erzählen."

Er machte es sich in seinem Sessel bequem und lieferte

mercato dei legni pregiati era in piena crisi e questo era il motivo per cui il vecchio proprietario se n'era sbarazzato ad un prezzo tale che ci aveva permesso di fare l'acquisto con i pochi soldi a nostra disposizione. Poco dopo, però, il mercato si era ripreso e, per di più, il valore del dollaro era salito tanto da rendere l'attività di nuovo interessante. C'era un operatore locale, commerciante di legname, che aveva messo gli occhi su Guendà Arriba ancor prima di noi e che non si aspettava che, al momento buono, sarebbe capitato un *gringo* a soffiargliela da sotto il naso. Facendo buon viso a cattivo gioco il *maderero* si era rivolto a Sergio Mendez per farsi mettere in contatto coi nuovi proprietari e trattare i diritti di estrazione del *cuchi* e del *mara*, due legni pregiati che abbondavano ancora nell'*estancia* nonostante l'operato precedente del Ferreira. Inoltre, col boom edilizio di Santa Cruz era nata una grande richiesta di legnami da costruzione. Guendà Arriba ne aveva a milioni di tonnellate ed era vicinissima alla città.

Sergio aveva provato a rintracciarmi ma senza successo perché l'indirizzo ed il telefono che gli avevo dato erano quelli della mia ultima residenza in Italia che intanto non avevo più. Allora, poiché aveva visto in quell'opportunità un'occasione d'oro da non perdere, si era preso la responsabilità di agire a mio nome, aveva fatto un contratto col *maderero*, aveva aperto un conto in banca nel quale il *maderero* versava le sue royalties ed aveva investito in Guendà Arriba una parte dei soldi che erano entrati. Da lì la spiegazione dei recinti nuovi, dei campi di mais, del bestiame nel cortile e del tetto nuovo della casa.

Sergio aveva tenuto in un quadernetto una contabilità elementare ma precisa di ogni entrata e di ogni uscita ed in banca c'erano addirittura dei bei soldini che aspettavano soltanto di essere spesi! La cosa l'aveva talmente divertito che aveva fatto tutto come se la proprietà fosse sua e se l'era goduta come casa di campagna dove aveva trascorso quasi tutti i

Chichin con le cipolle

uns einen detaillierten Bericht über den Lauf der Dinge, die uns ganz schön ins Staunen versetzten und die uns auch manchmal heute noch einfach unglaublich erscheinen.

Als wir Guendà Arriba kauften, stand der Markt für hochwertiges Holz so tief wie nie zuvor. Das war ja auch der Grund dafür gewesen, warum der alte Besitzer sie loswerden wollte und sie uns für einen Spottpreis überließ. Kurz darauf erholte sich der Markt allerdings von seiner Krise und auch der Dollar stieg derart an, dass das Geschäft wieder interessant wurde. Ein lokaler Holzhändler hatte schon lange vor uns ein Auge auf Guendà Arriba geworfen und nicht damit gerechnet, dass ein gringo sie ihm im richtigen Moment vor der Nase wegschnappen würde. Der madrerero machte gute Miene zum bösen Spiel und wandte sich an Sergio Mendez, um sich mit den Besitzern in Verbindung zu setzen. Er wollte einen Vertrag über den Abbau der cuchi und mara aushandeln, deren hochwertiges Holz es trotz des Vorgängers Ferreira noch zur Genüge auf der estancia gab. Außerdem war in Santa Cruz aufgrund des Bau-Booms die Nachfrage nach Holz enorm gestiegen. Auf der Guendà Arriba gab es massenweise Holz und noch dazu lag es in unmittelbarer Nähe der Stadt.

Sergio versuchte mich daraufhin ohne Erfolg zu erreichen. Die Adresse und die Telefonnummer waren die meines letzten Wohnsitzes in Italien, den ich in der Zwischenzeit längst aufgegeben hatte. Da Sergio erkannte, dass die Gelegenheit einzigartig war, handelte er in meinem Namen und schloss mit dem madrerero einen Vertrag ab. Er eröffnete ein Bankkonto, auf das der madrerero seine Erträge überwies und investierte einen Teil davon in die Guendà Arriba, beispielsweise in neue Zäune, Maisfelder, Vieh und in ein neues Dach.

Sergio hatte die Rechnungen präzise in einem kleinen Heftchen

Chichin mit den Zwiebeln

Un bel ragno in agguato

fine settimana con la moglie e i bambini.

La nostra occasione di vivere come Tarzan e Jane, di spostarci all'interno di Guendà Arriba saltando fra una liana e l'altra e di nutrirci con i prodotti dell'orto e del pollaio era sfumata. Avevamo un'*estancia* che rendeva e dei soldi a disposizione per organizzarci il nostro futuro a Santa Cruz.

Dopo la grande paura iniziale la vita a Santa Cruz aveva preso una piega molto piacevole. Sergio, che ci aveva preso in simpatia, si sentiva in dovere di assisterci e di proteggerci e ci aveva messo a disposizione una vecchia Jeep sgangherata ma sufficiente per fare la spola fra la città e Guendà Arriba. La casa era una casa per modo di dire. Non era ancora attrezzata per poterci vivere e quindi di solito partivamo la mattina molto presto da Santa Cruz e tornavamo la sera. Non c'erano mobili, non c'era né acqua né elettricità e non c'era un bagno. Nell'estancia avevamo un *mestizo colla*, un mezzo sangue quechua che si chiamava Chichin (pron. Cicin) ed occupava metà della casa con la moglie Carmen ed i quattro bambini. Era gente strana, come tutti i *colla*, sporca e disordinata. Quando eravamo là si sentivano obbligati a cucinare anche per noi e dovevamo accettare di mangiare con loro, cosa di cui avremmo volentieri fatto a meno. Questo rappresentava per noi un grosso problema e facevamo di tutto per evitarlo. Carmen

Eine riesige Spinne auf der Lauer

aufgeführt, alle Einkommen und Ausgaben waren dort verzeichnet, und es war sogar noch ein nettes Sümmchen da, das nur darauf wartete, ausgegeben zu werden! Die Sache hatte ihm ein solches Vergnügen bereitet, dass er damit umgegangen war, als handele es sich um seinen eigenen Besitz. Er hatte ihn zu seinem Landsitz erkoren, auf dem er mit seiner Frau und seinen Kindern die Wochenenden verbrachte.

Unsere Vorstellung von einem Leben wie Tarzan und Jane, die sich im Innern der Guendà Arriba von einer Liane zu anderen schwangen und sich von den Produkten des Gartens und des Hühnerstalls ernährten, löste sich mit einem Male in Luft auf. Wir besaßen eine estancia, *die bereits etwas einbrachte und hatten sogar noch genügend Geld, um uns unsere Zukunft in Santa Cruz angenehm zu gestalten.*

Nach dem anfänglichen Schock nahm unser Leben in Santa Cruz eine glückliche Wende. Sergio, der uns ins Herz geschlossen hatte, fühlte sich dazu berufen, uns beizustehen und uns zu beschützen. Er stellte uns einen alten verbeulten Jeep zur Verfügung, der aber völlig ausreichte, um zwischen Guendà Arriba und der Stadt hin- und herzufahren. Das Haus war nicht wirklich ein Haus, denn es hatte noch nichts, was man zum leben brauchte und so fuhren wir morgens früh hin und erst spät abends wieder zurück. Es war nicht möbliert, hatte kein fließendes Wasser, kein Strom und auch kein Bad. Auf der estancia *lebte ein* mestizo colla, *ein Halbblut- Quechua namens Chichin (sprich Tschitschin), der mit seiner Frau Carmen und ihren vier Kindern die Hälfte des Hauses einnahm. Es waren merkwürdige Leute, sie waren wie alle* colla *schmutzig und ungepflegt. Wenn wir dort waren, fühlten sie sich dazu verpflichtet, für uns mitzukochen. Wir mussten die Einladung annehmen, auch wenn wir liebend gern darauf verzichtet hätten. Es wurde für uns zu einem wirklichen Problem und wir versuchten es zu vermeiden, wo wir nur konnten. Carmen bereitete für gewöhnlich die typische* sopa *zu; eine Suppe mit Hühner- oder Entenfleisch, Körnern, Reis, Mais, Gemüse und, weiß Gott, was noch allem. Der Gedanke, dass Bakterien beim Kochen absterben, tröstete uns ein wenig. Der Hygiene-Auffassung der* collas *trau-*

4 Guandà Arriba

Una pausa meritata

cucinava di solito la classica *sopa*, una minestra con pollo o anatra, grano, riso, mais, verdure e Dio sa cos'altro. Ci consolava la speranza che i batteri fossero morti tutti con la cottura, ma il concetto di igiene dei *collas* non ci faceva stare molto tranquilli. Evitavamo di bere e tornavamo sempre a Santa Cruz con una sete infernale. L'acqua per cucinare e per bere proveniva da uno stagno a lato della casa nel quale gli insetti visibili, in volume, superavano di gran lunga l'acqua. I bambini avevano un aspetto scheletrico, con la pancia gonfia tipica dei bambini malnutriti, e la diarrea era sempre all'ordine del giorno. Per dar da bere ai bambini Carmen non perdeva neppure il tempo di andare fino allo stagno, che non era comunque un grande esempio di igiene, ma addirittura raccoglieva l'acqua direttamente dalle pozzanghere del cortile, un vero cocktail semidenso di escrementi di galline, anatre, maiali, cavalli, mucche e cani, per nominare solo i principali.

Chichin aveva un solo interesse: i suoi galli. I galli sono un simbolo di machismo e di prestigio. Ne aveva quattro o cinque in una gabbia e se li coccolava con un amore che

Die verdiente Pause

ten wir einfach nicht über den Weg. Wir vermieden es sogar zu trinken, und wenn wir wieder in Santa Cruz waren, kamen wir vor Durst fast um. Das Trink- und Kochwasser stammte aus einem kleinen Teich neben dem Haus. Die Masse der Insekten, die ihn bevölkerten, war weitaus größer als die Menge an Wasser, die er beinhaltete. Die Kinder, abgemagert bis auf die Rippen, standen da mit aufgeblähten Bäuchen, deutliches Zeichen für ihre Unterernährung. Durchfall gehörte zur Tagesordnung. Um den Kindern etwas zu trinken zu geben, ging Carmen noch nicht einmal bis zu dem Teich, der natürlich auch kein großes Beispiel für Hygiene war, sondern nahm das Wasser aus den Pfützen des Hofes und mixte ihnen sozusagen einen dickflüssigen Cocktail aus den Ausscheidungen der Hühner, Enten, Schweine, Pferde, Kühe und Hunde, um nur einige von ihnen zu nennen.

Chichin interessierte sich nur für eins: Seine Hähne. Hähne gelten als Zeichen für Männlichkeit und Prestige. Er hielt sich vier oder fünf davon in einem Käfig und er verhätschelte sie mit einer Liebe, die nicht einmal ein Vater seinem Kind entgegenbringen kann. Er sah ständig nach, ob ihre Schenkel auch wirklich schön nackt, glatt und federlos seien und erkundigte sich bei seiner Frau pausenlos danach, ob seine Hähne auch genug zu fressen bekommen hätten.

Ich erinnere mich, dass wir einmal nach längerer Zeit wieder zur *estancia* fuhren und Chichin nicht vorfanden. Seine Frau teilte uns mit, dass er losgegangen war, um ein paar Zwiebeln für die *sopa* zu besorgen und nicht wiedergekommen sei. Das sei nun schon zwei Wochen her. Vermutlich war er bei einer anderen Frau, mit der er noch ein paar Kinder hatte. Sie sagte das völlig ohne Groll in der Stimme, denn in Bolivien war es das Normalste der Welt. Gegen Vormittag jedoch kam er plötzlich auf seinem alten Gaul den Weg vom Fluss heraufgeritten. Er stieg aus dem Sattel, begrüßte weder uns noch seine Frau und schon gar nicht seine Kinder und stiefelte schnurstracks zum Hahnenkäfig, nahm einen heraus und bedachte ihn liebevoll mit Zärtlichkeiten. Er war nur für ihn wiedergekommen, für den Hahn!

Doch wenn es etwas zu tun gab, dann konnten wir uns auf Chichin verlassen. Er konnte stundenlang, ohne müde

I ragni sono dappertutto

neppure un padre può provare per un bambino. Controllava che le cosce fossero ben nude, lisce e completamente spennate e si informava continuamente con la moglie se i suoi galli avevano mangiato abbastanza.

Ricordo che un giorno eravamo arrivati all'*estancia* dopo tanto tempo e Chichin non c'era. La moglie ci aveva detto che era andato a rimediare un paio di cipolle per la sopa ma non era tornato. Ormai mancava da oltre due settimane e probabilmente era a casa di un'altra donna con la quale aveva un paio di bambini. Lo diceva senza rancore perché in Bolivia questo era abbastanza normale. A metà mattinata però l'avevamo visto arrivare col suo vecchio ronzino dal sentiero che veniva su dal fiume. Era sceso di sella e senza salutare né noi né la moglie né tanto meno i bambini, era andato dritto dritto alla gabbia dei suoi galli, ne aveva tirato fuori uno e s'era messo a coccolarselo con amore. Era tornato per lui, per il gallo!

Quando c'era da fare qualcosa, però, Chichin era molto

4 Guandà Arriba

Spinnen überall

zu werden und ohne zu jammern, arbeiten. Eines Morgens sattelte ich die Pferde noch vor Sonnenaufgang, und wir ritten in Richtung Surutú, um den westlichen Teil des Grundstückes zu erkunden. Zu Beginn waren die Wege noch gut gekennzeichnet, denn die schweren Wagen der madereros *hatten ihre Spuren hinterlassen, doch dann konnten wir nur noch den Trampelpfaden der wilden Tiere folgen. Chichin war, wie alle anderen Indios auch, ein Jäger; er kannte alle Tiere und alle Spuren, auf die wir stießen. Der Wald war voller Brüllaffen, die flink auf den obersten Ästen der Bäume herumsprangen, zu ihnen gesellten sich die Spinnenaffen, die* ochi pintados, *eine Art untersetzter kleiner Füchse, die sehr begehrt wegen ihres Fleisches waren, die* perezosos (Faultiere), *die Dreifinger-Faultiere, die für uns die interessantesten Tiere Boliviens waren. Außerdem sahen wir noch Tapire, die so groß wie 250 Kilo schwere Schweine oder sogar noch größer waren, Stachelschweine und Riesenameisen. Chichin behauptete, es gäbe auch Riesenwildschweine, die wir allerdings nie zu Gesicht bekamen.*

Um auf diesen Wegen voranzukommen, mussten wir uns oft mit der Machete durchschlagen. Chichin ritt immer voraus und war stets der Erste, der sich aus dem Sattel schwang, wenn der Wald zu dicht war, um zu Pferde durch das Dickicht zu kommen. Am meisten beeindruckten uns die Spinnenweben. Sie waren überall und erschwerten das Durchkommen, wo immer wir auch lang wollten. Sie waren groß und dick und manchmal musste man sie mit beiden Händen aus dem Weg schieben oder sie sogar mit der Machete zerschneiden. Sie waren zwischen die Stämme gespannt und einige Male umwickelten sie sogar einen ganzen Baum. Die Spinnen hatten die verschiedensten Formen und Farben, gelb, schwarz und rot. Und alle waren sie von einer dicken Schicht Haare überzogen. Außerdem hatten sie alle eines gemeinsam: Sie waren riesig. In den Spinnweben waren unzählige Insekten und Schmetterlinge gefangen. Auch sie waren von jeglicher Art, Form und Größe und hätten einer kleinen Sammlung über die Insekten Boliviens dienen können.

Nachdem wir einige Stunden unterwegs waren, kamen wir in einen Teil des Waldes, der so dicht und feucht war, dass man das Gefühl bekam, die Sonne sei längst

in gamba. Riusciva a lavorare ore ed ore senza stancarsi e senza mai lamentarsi. Un giorno aveva sellato i cavalli prima dell'alba ed eravamo andati verso il Surutú per visitare la parte più occidentale della tenuta. All'inizio c'erano delle piste ben marcate dalle macchine pesanti dei *madereros*, ma poi ci eravamo dovuti inoltrare per sentieri tenuti aperti soltanto dal passaggio di animali selvaggi. Chichin, come tutti gli indios, era un cacciatore e conosceva tutti gli animali che incontravamo e tutte le loro orme. C'erano tante scimmie urlatrici che volavano agili fra i rami più alti degli alberi, c'erano le scimmie ragno, gli *ochi pintados*, una specie di volpacchiotti tozzi e molto pregiati per la loro carne e i *perezosos* (pigroni), i bradipi, che per noi sono gli animali più interessanti della Bolivia. C'erano anche i tapiri, grandi come maialoni di 250 chili ed oltre, gli istrici ed i formichieri giganti. Secondo Chichin c'erano anche i cinghiali giganti, ma noi non li abbiamo mai visti.

Per avanzare in quei sentieri dovevamo spesso aprirci un varco col machete e Chichin era sempre in testa, pronto a scendere da cavallo quando la boscaglia era troppo fitta da poterla aprire stando in sella. La cosa che impressionava

untergegangen. Um uns herum standen himmelhohe Bäume, deren Stämme einen Umfang von acht Metern und mehr hatten. Auf einmal lag einer dieser Baumstämme quer vor uns und wir kamen nicht weiter. Wir konnten ihn auch nicht um ihn herumgehen, da der Wald um uns herum so dicht war, dass man ihn noch nicht einmal mit der Machete auflischten konnte. Wir hätten umkehren müssen, doch Chichin ließ sich nicht beirren: Er peitschte seinen Klepper so lange, bis er den Stamm hinaufsprang, um auf der anderen Seite wieder hinunterzupurzeln. Dann zog er die gleiche Aktion auch noch einmal mit Stefanias Pferd durch und schließlich versuchte er es auch mit meinem. Meins war jedoch jünger, hatte Angst und schaffte es nicht zu springen. Stefania und ich standen auf dem Stamm und versuchten es hochzuziehen, während Chichin ihn von unten peitschte. Nach diversen Versuchen fand mein armes Pferd endlich ein wenig Mut und wagte einen zaghaften Sprung. Doch es landete mit dem Bauch auf dem Stamm, die Vorderbeine auf der einen Seite und die Hinterbeine auf der anderen. So hatte er keine Möglichkeit mehr, sich irgendwo abzustoßen, um ganz auf die andere

Pedro, il toro di Guendà Arriba

Pedro, der Stier der Guendà Arriba

4 Guandà Arriba

Al lavoro come veterinario

Bei der Arbeit als Tierarzt

Seite zu gelangen. Schließlich verband Chichin ihm die Vorderhufen mit seinem lazo, *wikkelte es um einen Baumstamm, und zu dritt zogen wir an dem armen Tier, bis es endlich von dort oben herunterpurzelte.*

Der Ritt durch diesen Zauberwald dauerte fast sechs Stunden und als wir endlich in Reichweite des Surutú waren und das Dickicht sich ein bisschen zu lichten begann, brannte die Sonne geradewegs von oben auf unsere Köpfe. Wir drehten um und ritten die ganze Strecke, bis zum berühmtberüchtigten Baumstamm wieder zurück. Chichin entschied sich jedoch dieses Mal für eine andere Lösung, denn wenn eines der Pferde sich verletzt hätte, würden wir nur schwerlich wieder bis nach Hause kommen. Wir waren mindestens fünfzehn Kilometer entfernt. Mit der Machete schnitt er ein paar kräftige Äste ab und baute aus ihnen eine Art Rampe, die er an den Stamm lehnte. Die Pferde über-

di più erano le ragnatele. Erano dappertutto e rendevano l'avanzata veramente difficile. Erano grandi e robuste e qualche volta bisognava lavorare con entrambe le mani e addirittura col machete per spezzarle. Erano tese fra tronco e tronco e qualche volta avviluppavano addirittura un albero intero. I ragni erano di tutte le forme e colori, gialli, neri e rossi e tutti pelosissimi ed avevano in comune una sola cosa: erano tutti enormi. Nelle ragnatele c'erano intrappolati migliaia di insetti e farfalle di ogni tipo, forma e dimensione che potevano formare un piccolo campionario della varietà di insetti che vivono in Bolivia.

Dopo varie ore di marcia ci siamo trovati in un tratto di foresta tanto fitto ed umido che dava l'impressione che il sole fosse tramontato. C'erano alberi altissimi i cui tronchi avevano una circonferenza di otto metri e più. Ad un tratto ecco davanti a noi uno di questi tronchi abbattuto di traverso sulla pista e non siamo riusciti ad avanzare oltre. Aggirarlo era impossibile perché la foresta era talmente fitta che non si lasciava aprire neppure col machete. Saremmo dovuti

querten sie ohne Schwierigkeiten.

Wenn wir nicht solche Gesäßschmerzen gehabt hätte, wäre der Rückweg um einiges leichter als der Hinweg gewesen. Einen großen Teil des Weges hatten wir bereits vorher zugänglich gemacht, auch wenn Chichin trotzdem noch so einiges mit seiner Machete entfernen musste. Doch dann stießen wir auf eine der ziemliche breiten Straßen der madereros, *auf der wir endlich wieder ohne Hindernisse vorankamen. Wir bogen rechts ab und kamen zu einem Lager. Überall standen schwere Maschinen und Traktoren herum; Motorsägen und riesige Baumstämme lagen kreuz und quer in der ganzen Gegend verteilt. Auf einer kleinen Lichtung standen ein paar Überdachungen aus den Blättern der* motacu, *vor denen ein paar schmutzige und Ölgeschmierte Indios eine Arbeitsmaschine reparierten. Ein* colla, *der genauso dreckig wie alle anderen war, kam uns entgegen und lud uns auf einen Kaffee ein. Er war der Baustellenleiter.*

Stefania und ich waren am Ende unserer Kräfte. Die Sättel waren richtige Folterinstrumente und uns tat einfach alles weh. Eine Pause war dringend von Nöten, auch wenn wir dafür ihren scheußlichen Kaffee trinken mussten.

Un vitellino di pura razza *Gir*　　　　　　　　　　　　　　　　　　　　　　　　　　　　　*Ein Vollblut* **Gir-Kalb**

tornare indietro ma Chichin non si era perso di coraggio: aveva frustato il suo ronzino e l'aveva costretto ad arrampicarsi sul tronco e ricadere rotolando dall'altra parte. Poi aveva fatto la stessa cosa col cavallo di Stefania ed infine aveva tentato anche col mio. Questo però era più giovane, aveva paura e non riusciva a saltare. Stefania ed io lo tiravamo da sopra stando in piedi sul tronco e Chichin lo frustava da sotto. Dopo vari tentativi il poveretto aveva trovato un po' di coraggio ed aveva spiccato il salto con una certa incertezza. Come risultato si era trovato con la pancia sul tronco, le zampe anteriori da una parte e quelle posteriori dall'altra senza possibilità di far presa e darsi un'ulteriore spinta per arrivare dall'altra parte. Infine Chichin gli aveva legato le zampe anteriori col suo *lazo*, l'aveva passato attorno ad un albero e tutti e tre c'eravamo messi a tirare il povero animale fino a che questo era rotolato giù.

　　La marcia in quella foresta incantata era durata quasi sei ore e quando siamo arrivati in vista del Surutú e la foresta si era un po' diradata, il sole picchiava alto in verticale sulle nostre teste. Allora abbiamo fatto dietro front ripercorrendo a ritroso più o meno la stessa pista fino al famoso tronco

Wir stiegen von den Pferden, dehnten unsere schmerzenden Muskeln und nahmen eine Tasse Kaffee an, die wir uns im Stehen teilten.

　　Die Art und Weise, den Kaffee herzustellen, ist in Bolivien einzigartig, mehr als seltsam. Sie rösten die Bohnen auf dem Feuer, oder sagen wir einmal besser, sie lassen sie anbrennen, bis sie ganz verkohlt sind. Dann stampfen sie sie in einem Holzmörser so lange, bis sie zu einem feinen und schwarzen Pulver werden. Das lösen sie dann in wenig Wasser auf und lassen es sehr lange kochen. Das Ergebnis ist ein dickflüssiger schwarzer Brei, der sich ziemlich lange hält. Um den Kaffee zuzubereiten, füllen sie eine Tasse – ohne Scherz – bis zur Hälfte mit Zucker und ein paar Löffeln des Breis. Das Ganze füllen sie dann mit warmem Wasser auf und verrühren es tüchtig. Das Endergebnis ist ein schwarzes, halbflüssiges, schmieriges Gebräu, das wie süße Kohle schmeckt und auch dementsprechende Flecken hinterlässt.

　　Es war schon spät und der Rückweg war noch lang.

abbattuto. Intanto Chichin aveva deciso di organizzarsi meglio perché se un cavallo si fosse ferito avremmo avuto serie difficoltà a rientrare a casa. Eravamo ad almeno quindici chilometri. Col machete aveva tagliato tanti rami robusti ed aveva costruito una specie di rampa sulla quale i cavalli si erano arrampicati senza troppa fatica.

Se non fosse stato per il dolore al fondo schiena il ritorno sarebbe stato più facile dell'andata. Una parte del sentiero era già aperta ma ciononostante Chichin aveva dovuto continuare a lavorare di *machete* fino a che abbiamo incrociato una pista dei *madereros* abbastanza larga da poter avanzare a cavallo senza ostacoli. Allora ci siamo inoltrati sulla nostra destra ed abbiamo raggiunto l'accampamento. C'erano macchinari pesanti, trattori e motoseghe e grossi tronchi sparsi dappertutto in un disordine incredibile. Al centro di uno spiazzo aperto nella foresta c'erano un paio di tettoie ricoperte di foglie di *motacú* ed un paio di indios sporchi ed unti che riparavano una macchina. Un *colla* non meno sporco di loro ci era venuto incontro e ci aveva invitati a bere del caffè. Era il capo cantiere.

Stefania ed io eravamo al limite delle nostre forze. Le selle erano dei veri e propri strumenti di tortura ed avevamo dolori dappertutto. Una sosta era quanto mai gradita anche a costo di dover bere il loro caffè infernale. Eravamo scesi, ci eravamo sgranchiti un po' i muscoli ed avevamo accettato una tazza che ci siamo divisi Stefania ed io stando in piedi.

Il modo di fare il caffè in Bolivia è più unico che raro. I grani vengono tostati, o per meglio dire, bruciati sul fuoco fino ad essere completamente carbonizzati e poi vengono pestati a lungo in un mortaio di legno fino a ridurli in una polvere sottile e nera. Questa viene poi sciolta in poca acqua e fatta cuocere a lungo. Il risultato è una specie di crema densa e nera che si conserva abbastanza a lungo. Per fare il caffè si riempie una tazza a metà di zucchero, e non sto esagerando, si aggiungono un paio di cucchiaini di questa crema, poi si allunga il tutto con acqua calda e si mescola. Il risultato è un semiliquido nero, smielato e cremoso che sa di carbone dolce e che macchia come tale.

Si stava facendo tardi ed i chilometri da fare erano ancora molti. Dopo esserci riposati qualche minuto eravamo risaliti a cavallo ed avevamo ripreso il nostro cammino. Quando siamo arrivati al Guendà erano già le sei ed il sole stava calando dietro le Ande. Eravamo stati in sella quasi

Nachdem wir uns einige Minuten ausgeruht hatten, schwangen wir uns wieder in die Sattel und ritten weiter. Als wir den Guendà erreichten war es schon fast sechs Uhr und die Sonne versank hinter den Anden. Wir hatten beinahe zwölf Stunden ununterbrochen im Sattel gesessen. Wir waren völlig fertig und unsere Hinterteile taten uns höllisch weh. Wir banden die Pferde an einen Baum, entledigten uns unserer Kleidung, setzten uns in die Mitte des Flusses und ließen uns von seinem klaren Wasser umspielen.

Das Leben auf Guendà Arriba war voller Überraschungen. Jeden Tag lernten wir etwas Neues. Sergio hatte 70 Rinder erstanden, die allerdings mehr tot als lebendig waren. An die Fünfzig von ihnen waren criollo, *derbe Nachfahren des Viehs, das die* conquistadores *aus Europa importiert hatten. Aufgrund ihrer sonderbaren Formen und Farben baten sie einen ziemlich unschönen Anblick. Viele* cruceños, *die Einwohner von Santa Cruz, aber waren der Meinung, dass sie die besten Tiere seien, da sie sich im Laufe der Zeit an das Umfeld und das Klima gewöhnt hätten. Die anderen zwanzig waren reinrassige* gir, *wunderschöne Zebus aus Indien. Ihr Fell war glatt und von einem schönen, einheitlichen Hellbraun. Ihre Ohren hingen lang herunter und ihr langes und dünnes Maul glich dem einer Gazelle. Die Gir unterscheiden sich von den anderen Rassen nicht nur durch ihre langen Hängeohren, sondern auch durch ihr weites Fell, das ihnen viel zu groß zu sein scheint. Sie stammen aus einer sehr warmen und trockenen Gegend im Süden Indiens. Das übergroße Fell erleichtert ihnen, die wechselnden Körpertemperaturen in heißen Gefilden besser zu ertragen. Manchmal wird es aber auch zum Problem, denn da es bis weit unter den Bauch hängt, erleidet ein Gir oftmals Verletzungen durch Dornen oder Gestrüpp. Besonders hart trifft es die Stiere, die eine ungewöhnlich lange Vorhaut haben. Die Infektionen, die durch Kratzer und kleinere Verletzungen an dieser empfindlichen Stelle hervorgerufen werden, können sich negativ auf ihren Fortpflanzungstrieb auswirken.*

Dann war da noch Pedro, *ein kleiner, zweijähriger Stier, der ein halber* nellore *war. Die Nellore gehören ebenfalls zu der Rasse der indischen Zebus und sind sehr begehrt. Sie sind im Allgemeinen sehr hell, fast weiß und nur*

La pista fra Terevinto ed il Guendà

ininterrottamente per dodici ore. Eravamo sfiniti ed i nostri sederi facevano un male cane. Allora abbiamo legato i cavalli ad un albero, ci siamo spogliati completamente e ci siamo seduti nell'acqua al centro del fiume.

La vita a Guendà Arriba era una serie di sorprese. Imparavamo ogni giorno cose nuove. Sergio aveva acquistato 70 capi di bestiame che però sembravano sempre più morti che vivi. C'erano una cinquantina di mucche *criollo,* discendenti rustiche del bestiame portato dall'Europa dai *conquistadores,* piuttosto brutte, dalle forme e dai colori più strambi. Stando ad alcuni *cruceños,* gli abitanti di Santa Cruz, quelli erano gli animali migliori, perché in tante generazioni si erano abituati all'ambiente ed al clima. C'erano poi una ventina di *gir* puri, una razza indiana di zebù ed erano animali bellissimi, con una pelle liscia di un bel colore marrone chiaro ed omogeneo, le orecchie lunghe e cadenti ed il muso lungo e sottile che assomiglia a quello delle gazzelle. I gir si differenziano da tutte le altre razze non solo per le orecchie lunghe e pendule ma soprattutto per l'ampiezza della pelle che sembra un vestito troppo grande per loro. Provengono dall'India meridionale, una regione molto calda e secca. La superficie della pelle, così apparentemente sproporzionata, serve per facilitare lo scambio della temperatura corporea in un ambiente caldo.

Der Weg zwischen Terevinto und dem Guendà

in der Nähe des Kopfes und der Füße leicht gräulich; ihr Fell ist kurz und dünn. Sie sind sehr viel schlanker als die Gir, und feuchte Gegenden mit hohem Pflanzenwuchs sagen ihnen sehr viel mehr zu.

Die wirre Zusammenstellung der Rassen, Criollo, Gir und Nellore machte eigentlich wenig Sinn. Aber Sergio hatte einfach alles gekauft, was ihm unter die Nase gekommen war, ohne sich dabei an eine bestimmte Richtschnur zu halten. Im Grunde hatte er ja auch keine Ahnung von Viehhaltung. Und ich noch viel weniger als er, und von daher war es an der Zeit, grundlegend in die Materie einzusteigen.

Die Rinder machten keinen guten Eindruck. Sie schienen krank zu sein, und so war es auch. Ich suchte Hilfe bei einem Tierarzt und lernte Raul Grogh kennen, der sich als der Dekan der Universität von Santa Cruz ausgab. Er war ein merkwürdiger Typ: still, faul und leblos; er schien dreißig Jahre älter zu sein, als er es in Wirklichkeit war. Doch wenn er den richtigen Ansporn erhielt, veränderte er sich von Grund auf. Er erwachte aus seinem Tiefschlaf und legte, wie alle *cambas,* eine sehr reiche, unglaublich fröhliche und lebhafte Persönlichkeit an den Tag. Dann sang und tanzte er, spielte auf der Gitarre und rannte ohne Bedenken und Hemmungen den jungen *peladas picaras* hinterher.

4 Guandà Arriba

In certi casi, però, diventa un problema perché, pendendo sotto la pancia, è soggetta a ferirsi con gli sterpi. Il problema è accentuato soprattutto nei tori che hanno un prepuzio particolarmente lungo e le infezioni causate da graffi e piccole ferite in quella parte tanto delicata influisce negativamente sulle loro capacità riproduttive.

C'era poi Pedro, un torello mezzo *nellore* di poco più di due anni. I nellore sono un'altra razza zebuina indiana molto pregiata. Sono generalmente molto chiari, quasi bianchi, con sfumature di grigio in prossimità della testa e dei piedi ed un pelo corto e sottilissimo. Sono molto più slanciati dei gir e adatti a vivere in zone più umide in cui la vegetazione è più alta.

In realtà c'era un miscuglio di razze senza senso, criollo, gir e nellore, ma Sergio aveva comperato quegli animali dove gli era capitato e senza seguire una specifica linea di condotta. In fondo neppure lui aveva la minima esperienza

I frutti del *motacù*

Die Früchte der **motacù**

Wir wurden Freunde und, um etwas auf diesem mir völlig unbekannten Gebiet zu lernen, begann ich ihn immer öfter zu begleiten. Ich wurde zu seinem Assistenten während er die Rinder und Pferde untersuchte; er gab ihnen Spritzen, nahm Impfungen vor und nahm Blut ab, und hier und da waren auch schon einmal kleinere chirurgische Eingriffe vonnöten. Raul behauptete, dass die Guendà Arriba nicht für die ganaderia *geeignet wäre und es stimmte tatsächlich, dass es in der ganzen Umgebung keinen einzigen erfolgreichen* ganadero *gab. Sie war zu waldig und wies zu wenig nahrhaftes Gras auf. Vermutlich gab es sogar die ein oder andere giftige Pflanze, die eine gesunde Ernährung unmöglich machte und das gesunde Wachstum der Rinder verhinderte. Während einer unserer Visiten, stellten wir fest, dass unsere armen Rinder mit Furunkeln übersät waren, die teilweise größer als eine Nuss waren. Einige der Furunkel mussten wir zwangsweise aufschneiden, und wir fanden heraus, dass sich in ihnen 3 cm lange, gelbe Larven*

L'arrivo di Stefania con le masserizie

Stefanias Ankunft mit dem Hausrat

Attraversamento del fiume a guado

Durchwaten des Flusses

di bestiame. Io ne avevo ancora meno e per me quello sarebbe stato un importante banco di scuola.

Le mucche avevano tutte un brutto aspetto. Sembravano malate e in realtà lo erano. Avevo cercato aiuto prendendo contatto con qualche veterinario e così avevo conosciuto Raul Grogh, il decano dell'Università di Santa Cruz, come lui stesso si definiva. Era un tipo strano, calmo, pigro, senza vita e che dimostrava trent'anni in più della sua età ma quando trovava il giusto stimolo si trasformava, si risvegliava e rivelava una personalità molto ricca ed incredibilmente allegra e vivace tipica dei *cambas*. In quei momenti sapeva cantare, sapeva ballare e addirittura suonare la chitarra e si perdeva dietro le giovani *peladas picaras* senza remore e senza inibizioni.

Eravamo diventati amici e, per imparare qualcosa in quel settore per me completamente nuovo, avevo cominciato ad andare in giro con lui, come assistente, a visitare vacche e cavalli, fare iniezioni, vaccini, prelievi di sangue per le analisi di laboratorio e qualche volta anche qualche piccola operazione chirurgica. Raul sosteneva che Guendà Arriba non era adatta per la *ganaderia*, tanto è vero che in quella zona non c'era nessun *ganadero* di successo. C'era troppo bosco e poca erba nutriente ed era addirittura probabile che ci fossero delle piante velenose che impedivano una alimentazione ed una crescita sana del bestiame. Durante le varie visite alle nostre povere mucche avevamo notato che

eingenistet hatten. Wir erfuhren, dass die Rinder der nahen Estancia San Pedro das gleiche Problem hatten. Die Indios nannten diese Furunkel boro. *Raul hatte noch nie zuvor mit einem ähnlichen Fall zu tun gehabt, und auch die Bücher über Parasitologie und tropischer Entomologie gaben keinerlei Hilfestellung. Er schrieb an einen Kollegen in Huston, Texas, und an einen anderen in Brasilien und schließlich wandte er sich sogar an verschiedene Pharmahersteller, die in Veterinärmedizin spezialisiert waren, aber niemand konnte uns weiterhelfen. Es war eindeutig, dass irgendein Insekt, wahrscheinlich irgendeine Fliege, seine Eier unter der Haut oder nahe einer Wunde einnistete. Doch in Bolivien gab es Millionen Insekten, und es war nicht auszuschließen, dass Guendà Arriba eine spezielle Art exklusiv für sich hatte!*

Wenn ich auf der Guendà Arriba Vieh züchten wollte, musste ich das Problem alleine lösen. Die anerkannten Wissenschaften boten keine Lösung. Es blieb mir nichts anderes übrig als selbst einen Weg zu finden, diese Furunkel zu bekämpfen oder aufzugeben. Also machte ich mich daran, sie genauer unter die Lupe zu nehmen; ich stellte eine Liste aller Rinder und Kälber zusammen, und nahm auch jedes ihrer Furunkel in ihr auf. Dann kontrollierte ich in regelmäßigen Abständen, ob sie sich vermehrten oder gar weniger wurden. Anhand dieser Aufzeichnungen fand ich heraus, dass die Tiere nicht mehr als sieben

I pomelos   *Die Pomelos*

molte di queste presentavano grossi foruncoli, spesso più grossi di una noce. Avevamo fatto delle incisioni a vari capi di bestiame ed avevamo scoperto che nei foruncoli più grossi si annidava una grossa larva gialla lunga oltre tre centimetri. Avevamo anche costatato che le vacche della vicina Estancia San Pedro presentavano lo stesso problema. Gli indios davano a quei foruncoli il nome di *boro*. Raul non conosceva il problema e nei libri di parassitologia ed entomologia tropicale non avevamo trovato niente che potesse aiutarci. Aveva anche scritto ad un collega veterinario di Huston, nel Texas, ad un altro nel Brasile ed infine anche ad alcune ditte produttrici di farmaci per uso veterinario, ma senza risultato. Era evidente che qualche insetto, probabilmente qualche tipo di mosca, andava a deporre le uova sotto la pelle oppure vicino ad una ferita. Ma di insetti in Bolivia ce ne sono a milioni e non era escluso che Guendà Arriba ne avesse uno in esclusiva!

Se volevo fare l'allevatore a Guendà Arriba dovevo risolvere il problema da solo. La scienza ufficiale aveva alzato le mani. Non mi restava altro che trovare un sistema per curare quei foruncoli o rinunciare. Allora mi ero messo a farne uno studio più accurato, a catalogare tutte le mucche ed i vitellini e registrare il numero di foruncoli di ciascuno e poi periodicamente controllavo se questi erano aumentati o diminuiti. Da questo tipo di analisi avevo scoperto che il numero massimo di foruncoli sopportabili da ciascun animale era di sette. Con più di sette foruncoli l'animale stava veramente male, aveva una temperatura elevata, perdeva appetito, perdeva peso e prima o poi veniva il momento in cui si sdraiava e non riusciva più a rialzarsi.

Furunkel ertragen konnten. Hatten sie mehr als sieben Furunkel ging, es ihnen wirklich schlecht; sie litten an erhöhter Temperatur, Appetitlosigkeit und Gewichtsverlust. Dann kam irgendwann der Zeitpunkt, an dem sie sich hinlegten und nicht mehr aufstanden. Ich erinnere mich noch gut an eine Woche, in denen drei Kühe starben – alle aus dem gleichen Grund. Wir sezierten sie, um nachzusehen, ob sie vielleicht auch noch an inneren Beschwerden gelitten hätten, doch das einzige, was wir finden konnten, waren die sieben subkutanen boro.

So begann ich sie regelmäßig zu entfernen. Ich wählte die größten Furunkel aus, nahm ein Skalpell und öffnete sie mit einem 3 cm langen Schnitt. Ich drückte die Larve mitsamt dem ganzen Eiter heraus und desinfizierte die Wunde mit einem Spritzer Blue Spray, einem Desinfektionsmittel auf der Basis von Chloramphetamin. Der boro *brauchte vom Tag seiner Entstehung bis zu seiner vollständigen Größe etwa zwanzig Tage. Leider konnte ich ihn nicht schon im Anfangsstadion operieren, da die Larve vorher nicht herauszubekommen war und die Wunde sich nur noch mehr entzündete.*

Seitdem war kein Rind mehr gestorben, sie schienen sich sogar zu erholen und, wenn auch langsam, wieder zu Kräften zu kommen. Aber es blieb trotzdem eine schwierige Arbeit. Man musste sie pausenlos kontrollieren und immer zur Stelle sein, um den Furunkel im richtigen Zeitpunkt zu operieren. Für einer Arbeitsaufwand dieser Art war die Guendà Arriba alles andere als gut ausgestattet. Man musste die Rinder mit dem lazo *einfangen und sie ruhig stellen, während ich sie operierte, was sehr zeitauf-*

4 Guandà Arriba

Ricordo di una settimana in cui erano morte tre mucche, tutte per lo stesso motivo. Le avevamo sezionate per vedere se avessero altri problemi all'interno ma non avevamo trovato altro che i sette *boro* sottocutanei.

Allora avevo cominciato ad operarli con regolarità. Sceglievo i foruncoli più grossi, con un bisturi vi facevo una incisione lunga tre centimetri, li spremevo fino a far uscire la larva e tutto il pus che conteneva e poi disinfettavo la ferita con una spruzzatina di Blue Spray, un disinfettante a base di chloranfetamina. Il *boro*, dall'inizio della sua formazione fino alla maturazione completa, impiegava circa venti giorni. Purtroppo non potevo operare i foruncoli fino a che non fossero completamente maturi, perché altrimenti non si riusciva a far uscire la larva e la ferita finiva con l'infettarsi ancora di più.

Con quel sistema le vacche si erano riprese, non ne erano morte più ed, anzi, sembravano rimettersi in carne anche se molto lentamente. Però era un lavoro difficile. Bisognava controllarle sistematicamente ed essere sempre presenti al momento giusto in cui i foruncoli erano pronti per essere operati. Per un sistema di lavoro come quello, le attrezzature di Guandà Arriba erano tutt'altro che adeguate. Bisognava prendere le vacche col *lazo* e tenerle ferme mentre io operavo e questo comportava tanto tempo e tanto lavoro. Quelle più malate opponevano meno resistenza perché erano più deboli, ma con quelle più sane non era affatto facile e, in molti casi, era addirittura pericoloso.

Però funzionava ed io ero diventato un chirurgo provetto. Col tempo però mi ero dovuto convincere che non si trattava di una soluzione bensì di un palliativo. I *boro* si potevano operare soltanto quando le larve erano completamente mature e fino a quel momento, per il sistema immunitario delle povere mucche e per i vitelli erano un grosso peso che ne limitava o rallentava notevolmente la crescita.

Raggiungere Guandà Arriba era stato sempre un problema. Quando sulle Ande scendeva qualche acquazzone in più il Piraì si gonfiava ed era impossibile attraversarlo in macchina. L'acqua veniva giù con una violenza tale che teneva la sabbia del fondo in sospensione e le ruote vi affondavano senza possibilità di avanzare. Ma il tratto più difficile erano sempre i famosi sette chilometri dopo Terevinto dove la pista era una striscia di fango

wendig und arbeitsintensiv war. Die schweren Fälle waren bereits so schwach, dass sie keinen Widerstand mehr leisten konnten. Aber die etwas gesünderen Rinder ließen das nicht so einfach mit sich machen; es war schwer und oft sogar gefährlich, sie zu operieren.

Aber es funktionierte. Ich war zu einem meisterhaften Chirurgen geworden. Doch mit der Zeit musste ich mir eingestehen, dass es keine wirkliche Lösung, sondern bloß eine Linderung war.

Guendà Arriba zu erreichen war von Anfang an problematisch gewesen. Wenn es über den Anden zu einem Wolkenbruch kam und der Piraì zudem über die Ufer trat, war es unmöglich ihn zu überqueren. Der Wasserstrom prasselte mit einer Kraft hernieder, die den Sand des Grundes so sehr aufwühlte, dass kein Auto mehr auch nur einen Meter vorwärts kam. Der schwierigste Teil aber waren immer noch die sieben Kilometer hinter Terevinto, wo der Weg völlig im Schlamm versank. Kurz nach unserer Rückkehr nach Bolivien kauften wir uns, um unabhängiger zu sein, einen alten, quietschenden Pick-Up Chevrolet, auf dessen vorderer Stoßstange eine robuste Seilwinde angebracht war. Um das Stück zwischen Terevinto und dem Guendà hinter uns zu bringen, zogen wir uns oft aus dem Schlamm, indem wir das Drahtseil an einem Baum befestigten und die Winde antrieben. Das dauerte manchmal vier oder fünf Stunden, und einige Male mussten wir sogar aufgeben und umkehren. Ein ganzer Tag voller Anstrengungen lag hinter uns und wir waren nicht bis zur Guendà Arriba gekommen.

Mit der Zeit erlaubte es uns die stets wachsende Einrichtung, auch schon einmal über Nacht auf der estancia *zu bleiben. Wir kauften ein Bett, einen Tisch mit sechs Stühlen, eine Öllampe, einen Gasherd und das Nötigste an Geschirr. Wasser brachten wir uns aus Santa Cruz mit und so retteten wir uns vor den Einladungen Carmens zum Mittagessen. Die Beförderung unserer Siebensachen verlief allerdings sehr abenteuerlich. Wir fuhren uns im Sand des Piraì fest, dessen seichte Strömung die Spurrillen so sehr aushöhlte, dass wir immer tiefer und tiefer rutschten. Um den Pick-Up da wieder herauszubekommen, waren ein Kran und ein Bulldozer nötig. Am darauf folgenden Tag luden wir unsere Sachen auf den Wagen eines Freundes, der sich anbot, uns zu begleiten. Gemeinsam schaff-*

Vacche sulla sabbia rosa del Guendà

Rinder auf dem rosafarbenen Sand des Guendà

permanente. Poco dopo il nostro rientro in Bolivia, per renderci più autonomi, avevamo comprato un vecchio pickup Chevrolet cigolante che aveva un verricello robusto montato sul paraurti anteriore. Spesso, per avanzare fra Terevinto ed il Guendà, ci tiravamo fuori dal fango legando il cavo d'acciaio ad un albero ed avvolgendolo col verricello. Qualche volta abbiamo impiegato quattro o cinque ore e spesso abbiamo dovuto addirittura rinunciare e ritornare indietro. Un giorno intero di fatica senza riuscire ad arrivare a Guendà Arriba.

Col tempo, poi, c'eravamo attrezzati meglio e passavamo qualche notte nell'*estancia*. Avevamo comprato un letto, un tavolo con sei sedie, una lampada a petrolio, una cucina a gas ed un minimo di stoviglie. L'acqua la portavamo da Santa Cruz e così riuscivamo a salvarci dagli inviti a pranzo di Carmen. Il trasporto di quelle poche masserizie era stato piuttosto avventuroso. Prima ci eravamo insabbiati nel Piraì e la poca corrente del fiume aveva scavato sotto le ruote della macchina ed infine se l'era divorata quasi tutta. Per recuperarla avevamo avuto bisogno di una gru e di un grosso Caterpillar. Il giorno dopo avevamo caricato le nostre cose sulla macchina di un amico che si era offerto di accompagnarci e con lui avevamo superato in qualche modo il Piraì ed eravamo riusciti a proseguire fino a Terevinto. Lì, però, ci eravamo dovuti fermare di nuovo perché il fango non ci aveva permesso di proseguire. Allora avevamo scaricato le nostre carabattole e una vecchia india ci aveva

ten wir es, irgendwie über den Piraì und bis nach Terevinto zu kommen. Dort mussten wir allerdings wieder anhalten, da der Schlamm uns keinen Durchlass gewährte. Also luden wir unseren Kram wieder ab und nahmen die Einladung einer alten Indiofrau an, die uns ihre Hütte für die Nacht anbot. Wir taten es nur ungern, aber wir hatten keine andere Wahl, als die Nacht mit Zecken, Flöhen und vielen anderen Insekten, die uns wahrscheinlich für Eindringlinge hielten, zu verbringen. Am nächsten Morgen liehen wir uns zwei Pferde und einen carreton *mit zwei Ochsen, um den Weg durch dan Schlamm diesmal mit ortsgerechten Fortbewegungsmitteln in Angriff zu nehmen.*

Es war eine abenteuerliche Reise und, um die estancia *von Terevinto aus zu erreichen, brauchten wir mit dem Ochsenkarren einen ganzen Tag.*

In der Zwischenzeit hatten wir zwei gute Pferde erstanden. Eines Morgens standen wir noch vor dem Morgengrauen auf, sattelten sie und ritten, in Begleitung des guten Chichin, auf einem engen Weg in Richtung Süden. Nach fünf oder sechs Kilometern erreichten wir den Rio Chico, der auf dem Grundstück der estancia, *in einer kleinen Talmündung zwischen zwei Hügeln entsprang. Er floss ein paar Kilometer nach Süden und bog dann plötzlich nach Osten ab, um, bis er im Guendà mündete, die südliche Grenze des Grundstücks zu bilden. An dieser äußersten Kante des Grundstücks lag zwischen den beiden Flüs-*

ospitati nella sua capanna. Avevamo accettato malvolentieri ma non avevamo altra scelta e così abbiamo passato la notte a Terevinto in compagnia di zecche, pidocchi e tanti altri tipi di insetti che, probabilmente, ci avevano presi per intrusi. La mattina dopo ci eravamo fatti prestare due cavalli e un *carreton* con due buoi ed avevamo affrontato la pista fangosa con quei mezzi più adatti al luogo.

Era stato un viaggio avventuroso e per raggiungere l'*estancia* da Terevinto con il carretto ed i buoi avevamo impiegato una giornata intera.

Intanto avevamo comprato due buoni cavalli. Ricordo che una mattina c'eravamo alzati prima dell'alba, li avevamo sellati e, accompagnati dal buon Chichin, avevamo preso una pista molto stretta verso sud arrivando al Rio Chico dopo una cavalcata di cinque o sei chilometri. Il Rio Chico nasceva nell'interno dell'*estancia*, in un piccolo avvallamento fra due colline e scendeva per un paio di chilometri verso sud poi piegava verso est e per un altro paio di chilometri formava il confine meridionale della proprietà prima di immettersi nel Guendà. In quello spigolo estremo della proprietà fra i due fiumi c'erano circa 40 ettari di alberi di caffè. Quando l'avevo saputo mi ero montato la testa. In Kenya mi affascinavano le belle piantagioni di caffè nelle quali avevo speso tanti fine settimana e già mi sognavo di riprodurre a Guendà Arriba qualcosa di simile. Ma i quaranta ettari di „piantagione" di Guendà Arriba erano un vero bosco nel quale le piante di caffè si contendevano il loro spazio vitale con il resto della foresta. Avevamo provato sperimentalmente a ripulirne un piccolo tratto, curando e potando alcune piante secondo i criteri che avevo imparato in Kenya, ma avevamo avuto soltanto la conferma che non c'era la minima possibilità di sfruttare quella piantagione commercialmente. Per la raccolta del caffè serve molto personale che nei paraggi non era reperibile e, per di più, la qualità del prodotto era decisamente scarsa.

Quel giorno eravamo tornati appunto a vedere quanto la foresta avesse inghiottito di nuovo il piccolo tratto che avevamo ripulito e curato. Come temevamo, del nostro lavoro, praticamente, non era rimasta quasi nessuna traccia. La foresta se l'era inghiottito tutto.

Una cosa che avrei potuto sfruttare a Guenda Arriba erano le piante di *motacú*. Ce n'erano a migliaia e migliaia. Il motacú è una palma piuttosto alta e robusta con le foglie

sen eine 40 Hektar große Fläche mit Kaffeebäumen. Diese Nachricht stieg mir augenblicklich zu Kopf. In Kenia hatten mich die Kaffeeplantagen zutiefst beeindruckt und ich hatte ganze Wochenenden dort verbracht. Wenn ich doch auf Guendà Arriba nur auch so etwas aufziehen könnte! Doch die 40 Hektar „Plantage" der Guendà Arriba waren in Wirklichkeit ein tiefes Waldstück, in dem die Kaffeebäume sich ihren Lebensraum im Wettstreit mit dem Rest des Waldes hart erkämpfen mussten. Wir wollten es dennoch ausprobieren, säuberten also zunächst einen kleinen Teil des Waldes und stutzten und pflegten dann einige Pflanzen ganz genau nach den Kriterien, die wir in Kenia gelernt hatten. Doch das Einzige was wir erhielten, war die Bestätigung dafür, dass es wirklich nicht die kleinste Chance dafür gab, die Plantage für kommerzielle Zwecke zu nutzen. Um Kaffee zu ernten, braucht man unendlich viel Personal, das wir in der näheren Umgebung gewiss nicht hätten auftreiben können und außerdem ließ die Qualität des Produkts reichlich zu wünschen übrig.

An diesem Tage waren wir aufgebrochen, um nachzusehen, wie viel des kleinen Stückes Erde, das wir gesäubert und gepflegt hatten, der Wald sich schon zurückgeholt hatte. Wie wir bereits befürchtet hatten, war von unserer Arbeit nicht mehr auch nur die kleinste Spur zu sehen. Der Wald hatte es sich vollends zurückgeholt.

Wenn ich aus der Guendà Arriba einen Nutzen schlagen wollte, musste ich mich an die Pflanzen des motacù *halten. Von ihnen gab es Abertausende. Der* motacù *ist eine hohe und robuste Palme, deren Blätter ihre ganze obere Hälft bedecken. Sie ähnelt der Dattelpalme ein wenig, ist aber sehr viel gröber und ihre Früchte sind größer als Nüsse und wachsen in großen Trauben beieinander. Die Tiere sind ganz verrückt nach ihnen. Ihre Früchte sind reich an Öl, das man gewinnen und zum Verkauf anbieten könnte. Jeder Baum produziert etwa zwanzig Kilo Früchte, die, wenn sie reif sind, schwarz werden, herunterfallen und von den Tieren gefressen werden. Die Wipfel der* motacù *der Guendà Arriba waren fast vollständig mit riesigen Philodendron bewachsen; diese kletterten die Palmen hinab, indem sie sich an ihren Blättern festklammerten. Manche Palmen waren so sehr bewachsen, dass sie unter der Last zu ersticken drohten, aber die Philodendron beschützten sie wahrscheinlich sogar, indem sie sie mit ihren großen Blättern vor der Sonne schützten.*

che la ricoprono nella metà superiore. Assomiglia un po' alla palma da dattero, ma molto più rustica, e dà frutti più grossi di una noce, raggruppati in grossi grappoli. Gli animali ne vanno ghiotti. Questi frutti sono molto ricchi di olio che potrebbe essere estratto e commercializzato per uso alimentare. Ogni albero produce una ventina di chili di frutti che, quando sono maturi, diventano neri, cadono e sono mangiati dagli animali. Le chiome dei *motacú* di Guenda Arriba erano quasi tutte ricoperte da enormi piante di filodendro che scendevano aggrovigliandosi alle foglie. Alcune piante erano talmente cariche da sembrare che potessero addirittura essere soffocate ma probabilmente i filodendri svolgevano una funzione protettiva riparando le palme dal sole con le loro foglie enormi.

Eravamo scesi coi cavalli nel letto del Rio Chico ed eravamo poi tornati a casa seguendo un'altra pista lasciata dagli animali. In molti tratti avevamo dovuto aprirci un varco col machete. Quando eravamo arrivati alla casa eravamo veramente stanchi.

Vicino alla casa c'erano un paio di ettari di frutteto. C'erano tanti alberi di aranci, mandarini, pomelos, chirimoya, maracuya e guayava. Erano tutti malcurati ma le piante di agrumi, che erano la maggioranza, erano sempre stracariche di frutti. Le arance avevano un colore verdognolo che dava l'idea che non fossero mai mature ma in realtà erano molto dolci e succose. Anche i guayava davano tanti frutti, grossi, gialli e carnosi ed erano i frutti preferiti dalla famiglia di Chichin. Purtroppo erano pieni di vermi e non siamo mai riusciti a mangiarne uno ma non abbiamo mai ceduto alla tentazione di intervenire con prodotti chimici. Gli indios erano evidentemente meno schizzinosi ed esigenti di noi. L'*estancia* produceva molta più frutta di quanta fossimo in grado di consumare e finiva quasi tutta in pasto agli animali o, addirittura, marciva sugli alberi. Per noi, però, gli alberi da frutta più importanti erano quelli di mango, di avocado e di papaya. Vicino alla casa ce n'erano una cinquantina in tutto, sparsi senza un ordine logico e producevano una gran quantità di frutti. Di solito tornavamo a Santa Cruz con la macchina ben piena e li distribuivamo agli amici.

Fra gli alberi di guayava c'era un avvallamento del terreno che raccoglieva l'acqua piovana e formava un piccolo stagno. Era da questo che Carmen prendeva

Wir ritten im Flussbett des Rio Chico und nahmen auf dem Heimweg einen Trampelpfad, den die Tiere hinterlassen hatten. Viele Male mussten wir uns mit der Machete den weiteren Weg freischlagen. Als wir endlich zu Hause ankamen, waren wir hundemüde.

In der Nähe des Hauses lag ein einige Hektar großer Obsthain, der alle möglichen Früchte hergab: Orangen, Mandarinen, Pampelmusen, Cherimoya, Maracuja und Guaven. Sie waren alle ziemlich pflegebedürftig, aber die Zitrusgewächse, die sich in der Überzahl befanden, waren trotzdem immer voller Früchte. Die grünliche Färbung der Orangen ließ vermuten, dass sie noch nicht reif seien, aber in Wirklichkeit waren sie zuckersüß und saftig. Die unendlich vielen Früchte der Guaven waren groß, gelb und fleischig und gehörten zum Lieblingsobst der Familie Chichin. Da sie unglücklicherweise viele Würmer beherbergten, kamen wir nie in ihren Genuss, doch sie mit chemischen Mitteln zu bekämpfen, kam für uns nicht in Frage. Die Indios waren natürlich nicht so pingelig und anspruchsvoll wie wir. Auf der estancia *gab es natürlich sehr viel mehr Obst, als wir verzehren konnten, und von daher endete es häufig in den Mäulern der Tiere oder vergammelte sogar auf den Bäumen selbst. Für uns waren die Mango, - Avocado, - und Papayabäume die wichtigsten. In der Nähe des Hauses gab es davon, alles in allem, ungefähr fünfzig. Sie waren in der ganzen Gegend verstreut und ihre Äste bogen sich nur so unter dem Gewicht der vielen Früchte. Wenn wir nach Santa Cruz fuhren, luden wir das Auto damit voll und verteilten sie an unsere Freunde.*

Zwischen den Guaven lag ein flaches Tal, in dem die Ansammlung des Regenwassers einen kleinen Teich gebildet hatte, aus dem Carmen das Wasser zum Kochen nahm. Zum Kochen, aber nicht zum Waschen. Man sagt von den Quechua und Aymara, dass sie sich niemals waschen, und wir können das guten Gewissens glauben, denn wir haben nicht einen von ihnen jemals auch nur Anstalten dazu machen sehen.

Wir hingegen wuschen uns im Fluss. Er lag ungefähr zwei Kilometer entfernt und der kühle Weg dorthin führte durch den Wald. Manchmal sattelten wir die Pferde und ritten in aller Ruhe bis zum Fluss, aber meistens gingen wir zu Fuß, was sehr viel schöner war. Nachmittags, nach

l'acqua per cucinare. Ma non per lavarsi. Si dice che i Quechua e gli Aymara non si lavano mai e siamo disposti a crederlo perché non li abbiamo mai visti lavarsi.

Noi, invece, per lavarci scendevamo al fiume. Erano circa due chilometri di sentiero fresco incavato nel verde fitto della foresta. Qualche volta facevamo sellare i cavalli e scendevamo con calma cavalcando fino al fiume ma, molto più spesso, scendevamo a piedi. Era molto più bello! Nel tardo pomeriggio, dopo una giornata di lavoro, ci piaceva camminare all'ombra delle palme di motacú e degli alberi giganteschi che costeggiavano il sentiero. A quell'ora il sole perde la sua ferocia, gli animali si svegliano e cominciano a giocare fra loro e gli uccelli gorgheggiano più allegri. Arrivati al fiume generalmente lo costeggiavamo risalendolo per qualche centinaio di metri fino ad un'ansa dove la spiaggia era più ampia, poi ci spogliavamo e ci immergevamo nell'acqua fresca. Mi piaceva moltissimo farmi la barba stando seduto in mezzo al fiume. In genere l'acqua scorreva molto calma e non era mai più fonda di 30 o 40 centimetri. Soltanto dopo le piogge il livello si alzava notevolmente e l'acqua scendeva con una forza da far paura. Ma in genere durava soltanto poche ore.

Ricordo che un giorno, in cui faceva particolarmente caldo, avevamo smesso di lavorare prima del solito, avevamo preso la macchina fotografica e la borsetta con gli attrezzi da bagno ed eravamo scesi a piedi verso il fiume. Arrivati al Guandà avevamo preso verso destra e c'eravamo diretti come al solito verso la zona più ampia del fiume. Quel giorno eravamo particolarmente felici. Sotto il sole cocente del pomeriggio la sabbia era ancora più bella del solito col suo colore rosa quasi brillante. Era sottile e soffice, talmente soffice che noi camminando affondavamo ad ogni passo. Era come se la sabbia tentasse di fermarci, di trattenerci, di impedirci di avanzare. Era come se il Guandà stesse giocando con noi; noi avevamo accettato il gioco e ridevamo felici avanzando sulla „nostra" sabbia nel letto del „nostro" fiume. Poi, per reagire a quella strana sensazione, istintivamente avevamo accelerato il passo e ci eravamo messi a correre ma i nostri piedi affondavano sempre di più e noi facevamo sempre più fatica ad avanzare. Affondavamo tanto che, ad un certo punto, mi ero accorto che ad ogni passo penetravamo nella sabbia quasi fino al ginocchio. Allora ho cominciato a pensare che tutto quello non poteva più essere un gioco e non poteva essere normale e mi ero

getaner Arbeit, genossen wir den Spaziergang im Schatten der Palmen und riesigen Bäume, die den Weg säumten. Um diese Tageszeit wurde die Sonne etwas milder, die Tiere erwachten zu neuem Leben und spielten miteinander und die Vögel zwitscherten wieder viel fröhlicher. Am Fluss angekommen, folgten wir ihm noch eine hundert Meter stromaufwärts, bis wir zu einer Biegung kamen, an der der Strand breiter war. Dort zogen wir uns aus und stürzten uns ins klare Wasser. Ich liebte es, mich mitten im Fluss sitzend zu rasieren. Das Wasser plätscherte normalerweise nur so dahin und war nie viel tiefer als 30 bis 40 cm. Nur nach einen Regenguss erhöhte sich der Wasserstand um einiges und der Fluss strömte mit einer atemberaubenden Schnelligkeit an uns vorbei. Nach wenigen Stunden war er aber meistens schon wieder ruhig.

Ich erinnere mich noch gut an einen Tag, an dem es ungewöhnlich heiß war und wir unsere Arbeit früher beendeten. Wir packten den Fotoapparat und unsere Badeutensilien ein und gingen zum Fluss. Dort angekommen, folgten wir seinem Verlauf wie sonst auch bis zu der Stelle, an der er breiter wurde. An diesem Tag waren wir noch beschwingter als sonst. Unter der glühenden Nachmittagshitze war der Sand unter unseren Füßen noch tausendmal schöner, seine rosafarbenen Körnchen glitzerten nur so um die Wette. Er war so fein und weich – so weich, dass wir bei jedem Schritt ein bisschen einsackten. Es schien, als wolle er uns anhalten, uns festhalten, uns daran hindern weiterzugehen. Es war, als wolle der Guandà mit uns spielen und diesen Gefallen taten wir ihm herzlich gerne, wir jauchzten vor Glück, während wir auf „unserem" Sand in „unserem" Flussbett weitergingen. Als instinktive Reaktion auf dieses merkwürdige Gefühl gingen wir immer schneller und schneller, bis wir rannten. Doch unsere Füße sanken immer tiefer in den Sand ein und das Vorankommen wurde immer mühseliger. Auf einmal bemerkte ich, dass wir bereits bis zu den Knien im Sand steckten. Da wurde mir klar, dass das keineswegs ein Spiel, sondern purer Ernst war und ich blieb wie angewurzelt stehen. Doch leider musste ich feststellen, dass ich im Stehen noch viel schneller versackte. Es dauerte nur wenige Sekunden und schon waren unsere Beine bis zur Hüfte ganz im Sand verschwunden. Ich schrie Stefania zu:

„Das ist Treibsand! Leg Dich hin und schwimm!"

Ich warf den Fotoapparat und die Badetasche weit

fermato. In quel momento ho visto che, stando fermi, affondavamo ancora più rapidamente ed in pochi secondi eravamo già scesi nella sabbia fino alla vita. Allora avevo urlato a Stefania:

„Sono sabbie mobili! Sdraiati e nuota!"

Io avevo buttato lontano la macchina fotografica e la borsetta degli attrezzi da bagno e mi ero sdraiato vicino a lei. Poi, rotolandoci e spingendoci goffamente sulla superficie asciutta eravamo riusciti a raggiungere un tratto più solido. Rimessici di nuovo in piedi con molta cautela avevamo ricominciato a ridere. Poco più in là ci eravamo tolti di dosso i panni intrisi di fango e di sabbia per immergerci nell'acqua fresca del Guendà, il nostro fiume.

Le sabbie mobili sono masse umide sotterranee ricoperte da uno strato asciutto. Negli strati inferiori la sabbia resta in sospensione nell'acqua. Possono essere causate da una infiltrazione laterale di acqua oppure da un volume di acqua accumulatosi su un strato inferiore che non l'assorbe. Sotto l'azione dei raggi del sole la parte superficiale di questa massa si asciuga per evaporazione e si presenta solida e resistente mentre la parte inferiore resta umida e molle. Si viene quindi a formare uno strato superiore consistente, come una crosta che „galleggia" su una massa molle. Se la pressione causata dal peso di un uomo o di un animale che vi passa sopra, è sufficiente a penetrare attraverso lo strato asciutto della superficie allora il corpo continua ad affondare perché, nella massa inferiore formata di sabbia ed acqua, non trova alcun sostegno. Qualunque tentativo di uscirne non fa altro che peggiorare la situazione e facilitare l'affondamento dell'uomo o dell'animale che sono rimasti intrappolati in quella massa. L'unica difesa consiste nel comportarsi come se si fosse immersi nell'acqua e „nuotare" in qualche modo fino ad un punto più solido „galleggiando" sulla superficie.

Raccontata così la storia potrebbe sembrare spaventosa, terrificante. Affondare nelle sabbie mobili! Personalmente, però, preferisco pensare che il Guendà abbia cercato di stabilire un contatto ed abbia voluto *"giocare"* con noi. Un gioco duro, un gioco pesante, un gioco pericoloso, un gioco selvaggio. Si! Ma la natura in fondo è anche così: dura, pericolosa e selvaggia. Però, in fondo, non eravamo stati forse noi a cercare un contatto con lei?

weg und legte mich neben sie. Wir rollten und rückten unbeholfen auf der trockenen Oberfläche voran und erreichten einen etwas festeren Abschnitt. Nachdem wir vorsichtig wieder auf die Beine gekommen waren, prusteten wir nur so los. Ein Stückchen weiter zogen wir uns die schlammigen Klamotten aus und tauchten in das klare Wasser des Guendà – unseren Fluss – ein.

Treibsand entsteht durch feuchte, unterirdische Schichten, die von einer trockenen Oberfläche verdeckt sind. Es ist eine Aufschwemmung des Sandes im Wasser. Ein seitliches Eintreten von Wasser oder aber eine Wasserablagerung auf eine der unteren Schichten, die sie nicht aufsaugt, können zu der Entstehung von Treibsand beitragen. Durch die Wärme der Sonnenstrahlen verdampft die Wassermenge auf der oberen Schicht und sie wird dicht und fest, die unteren Schichten aber bleiben feucht und locker. Es bildet sich also eine scheinbar stabile Oberfläche, die wie eine Kruste auf der lockeren Masse „treibt". Wenn das Gewicht eines Menschen oder Tieres genug Druck ausübt, um die trockene Schicht zum Einbrechen zu bringen, sinkt man weiter ein, da man in der unteren Masse aus Sand und Wasser keinerlei Halt findet. Jeder Versuch da wieder herauszukommen, verschlimmert die Situation des Menschen oder des Tieres nur und er oder es versinkt nur noch tiefer in dieser hinterhältigen Falle. Die einzige Möglichkeit da heil wieder herauszukommen, ist die, so zu tun, als sei man im Wasser: Man muss bis zu einem festeren Abschnitt, der auf der Oberfläche „treibt", schwimmen.

Wenn man das so hört, klingt es erschreckend, fürchterlich. Gefangen im Treibsand!

Ich persönlich allerdings ziehe es vor, zu glauben, der Guendà hätte uns näher kommen und mit uns „spielen" wollen. Ein hartes Spiel, ein schweres Spiel, ein gefährliches Spiel, ein wildes Spiel. Ja! Aber die Natur ist im Grunde genommen auch so: hart, gefährlich und wild. Und außerdem, waren wir es nicht, die ihr näher hatten kommen wollen?

5

Il Beni

In Germania le cose avevano preso una piega che non avevo previsto e che ci aveva messi in difficoltà. Avevamo lavorato senza sosta per due anni per rimettere in piedi l'attività e per riconsegnarla poi, funzionante, a mio fratello. Lui, però, aveva reagito male e questo non l'avevamo previsto. Allo smacco di non esserci riuscito lui e di essere scappato in quel modo, si era aggiunto lo smacco ancora maggiore di dover accettare che c'ero riuscito proprio io, il fratello più giovane. In ogni modo non ne voleva più sapere di ritornare in Germania ed aveva deciso di vendere tutto. Dopo tutti gli sforzi spesi era un peccato ma io avrei potuto anche essere d'accordo, visto che ormai non avevo altro in mente che di ritornare a vivere in Bolivia secondo i progetti iniziali. Ma era troppo facile dirlo, vendere tutto! Chi avrebbe potuto comperare un'attività che aveva avuto un passato così negativo e che era ancora indebitata con tutti? Sarebbe stato impossibile. Mio fratello aveva provato a parlarne con un paio di persone ma, ovviamente, non ne era venuto fuori niente.

Intanto, forse per una reazione istintiva, nella mia mente era nata un'idea, una tentazione che non mi lasciava pace.

Der Beni

In Deutschland nahmen die Dinge eine Wende, mit der wir nicht gerechnet hatten und die uns zudem Schwierigkeiten bereitete. Zwei lange Jahre hatten wir Tag und Nacht daran gearbeitet, das Geschäft wieder auf die Beine zu stellen, um es dann, als es wieder gut lief, meinem Bruder zu übergeben. Der jedoch reagierte alles andere als erfreut, und damit hatten wir nun wirklich nicht gerechnet. Zu der Schmach, dass er es nicht geschafft und sich noch dazu aus dem Staub gemacht hatte, gesellte sich die noch viel größere Schmach, dass gerade ich, sein kleinerer Bruder, alles gerettet hatte. Wie auch immer, er wollte nichts von einer Rückkehr nach Deutschland wissen, sondern einfach alles verkaufen. Nach der ganzen Anstrengung war es eine Schande und doch hätte ich eigentlich einverstanden sein können; schließlich hatte ich nichts anderes im Kopf, als, wie geplant, endlich nach Bolivien zu ziehen. Doch es war leichter gesagt, als getan. Alles verkaufen! Wer hätte denn schon einfach ein Geschäft mit einer solch miserablen Vergangenheit, das außerdem noch immer überall Schulden hatte, aufgekauft? Das war nahezu unmöglich. Mein Bruder versuchte mit

In Germania avevamo fatto veramente un bel lavoro e la ditta, con l'impostazione che le avevamo dato noi, aveva un futuro sicuro. Sarebbe stato un peccato buttare tutto a mare. Ne avevo parlato a lungo con Stefania e, alla fine avevamo deciso di comprarla noi. In fondo ci avevamo già investito tanto tempo prezioso, che così avremmo potuto capitalizzare, e in un certo senso a quel lavoro ci eravamo affezionati. Avremmo potuto vivere pendolando fra Europa e Sud America. Un'attività in un paese evoluto come la Germania era pur sempre una cosa attraente ed io in quell'attività ci vedevo un grosso potenziale. La Bolivia, invece, avrebbe potuto continuare ad essere il Grande Sogno da vivere in contemporanea, nel tempo che avrei dovuto rubare all'attività in Germania.

Noi però non avevamo un soldo. Eravamo ancora nelle stesse condizioni di quando eravamo arrivati a Colonia con i nostri due zaini rossi a bordo dell'autotreno carico di pasta. Avremmo potuto soltanto dedicarci all'attività ancora di più e farla rendere abbastanza da autofinanziarsi. Ormai ci avevamo preso la mano ed ero sicuro che ci saremmo riusciti. Allora ne avevo parlato con mio fratello e gli avevo proposto una cifra piuttosto importante, che però avrei pagato nel giro di un paio d'anni, e lui aveva accettato.

Da quel momento avevamo cominciato a pendolare fra Colonia e Santa Cruz. Qualche volta insieme ma il più delle volte da soli. Generalmente viaggiavo io e lasciavo la povera Stefania a cavarsela da sola con tutti gli impegni dell'azienda. Altre volte invece restavo io a Colonia e Stefania andava a sbrigare le faccende di Santa Cruz.

Alla vita di Santa Cruz ci eravamo abituati subito. Oltretutto ce la godevamo anche per contrasto perché, pendolando fra Germania e Bolivia, vivevamo fra due mondi completamente diversi per clima, abitudini e soprattutto livello di evoluzione. Fra i due si può dire che ci fosse un buon secolo di differenza ed anche questo aveva un suo fascino. Si può dire che vivevamo a cavallo fra la realtà di questo secolo ed un paradiso del passato.

Guendà Arriba continuava a guadagnare. Il legname era sempre più richiesto ed il *maderero* che lo estraeva ci aveva messo tutte le sue energie. Noi intanto avevamo acquistato una casa in costruzione in città con l'idea di completarla con calma. Il lotto era di mille metri in una bella posizione d'angolo sulla Calle Pocherena fra il quarto ed il

ein paar Personen zu verhandeln, aber es kam natürlich rein gar nichts dabei herum.

In der Zwischenzeit entstand in meinem Kopf, instinktiv, eine Idee, ja, eine Versuchung, die mir keine Ruhe mehr ließ. Wir hatten in Deutschland wirklich gute Arbeit geleistet und die Zukunft der Firma war seitdem gesichert. Es wäre zu schade gewesen, einfach alles über Bord zu werfen. Ich sprach lange mit Stefania darüber und am Ende kamen wir zu dem Entschluss, die Firma selbst zu kaufen. Wir hatten bereits soviel wertvolle Zeit investiert, aus der wir nun wenigstens Kapital schlagen würden. Außerdem hatten wir diese Arbeit irgendwie ins Herz geschlossen. Wir würden von nun an in Europa und Südamerika leben. Ein Geschäft in einem fortschrittlichen Land wie Deutschland zu führen, war zudem verlockend und ich versprach mir von ihm ein großes Potenzial. Bolivien hingegen würde der große Traum bleiben; unser großer Traum, von dem wir während unserer Tätigkeit in Deutschland täglich leben würden.

Wir hatten allerdings immer noch kein Geld. Wir waren immer noch auf dem gleichen Stand wie an dem Tage, als wir mit unseren zwei roten Rucksäcken in Köln aus dem LKW voller Nudeln stiegen. Wir mussten noch mehr Arbeit in das Geschäft stecken und es so weit bringen, dass es seine Kosten aus eigener Kasse decken würde. Wir hatten ja bereits ein Händchen dafür entwickelt und ich war mir unseres Erfolges sicher. Ich sprach mit meinem Bruder und bot ihm eine stattliche Summe an, die ich allerdings über einige Jahre verteilt in Raten abbezahlen würde. Er erklärte sich einverstanden.

Von diesem Moment an begannen wir zwischen Santa Cruz und Köln hin- und herzupendeln. Manchmal zu zweit, aber meistens alleine. Für gewöhnlich reiste ich nach Bolivien und ließ die arme Stefania mit all den Verpflichtungen in der Firma alleine. Andere Male blieb ich wiederum in Köln und sie kümmerte sich um die Angelegenheiten in Santa Cruz.

An das Leben in Santa Cruz gewöhnten wir uns sofort. Wir genossen es vor allem auch wegen des Kontrastes, denn zwischen Bolivien und Köln lagen ganze Welten; was das Klima, die Gewohnheiten und den Fortschritt betraf, hätten sie gar nicht unterschiedlicher sein können. Mehr als ein Jahrhundert schien die beiden Welten

quinto *anillo*. C'erano già una cucina, una camera da letto, un bagno ed un soggiorno agibili e li avevamo occupati subito. Avevamo anche iniziato subito a completarla ed ampliarla con un muro di cinta e due cancelli, una grande veranda, una camera da letto più grande con un altro bagno, la dispensa ed un paio di stanzette sul retro per l'eventuale personale domestico. I costi dei materiali e soprattutto quelli della mano d'opera di Santa Cruz erano veramente ridicoli rispetto a quelli ai quali intanto c'eravamo abituati in Germania. La cosa che valeva di più era l'iniziativa ed era importante avere le idee chiare di cosa si poteva fare utilizzando i materiali che si trovavano e conoscendo bene le capacità dei *peones* che vi lavoravano. Saper improvvisare era il capitale maggiore e di quello ne avevo in abbondanza!.

Socializzare con i *cruzeños* è stato molto facile. Nella maggioranza sono *cambas* dal carattere allegro e socievole. Per loro ogni occasione è buona per organizzare una *fiesta* ed abbiamo assistito a compleanni che sono durati fino a dodici giorni. Dodici giorni di baldoria ininterrotta! Basta un'occasione qualunque perché la gente si riunisca per mangiare, bere, cantare e ballare e, una volta preso il via, si va avanti per giorni e giorni senza tregua e senza fine.

A Santa Cruz abbiamo conosciuto molta gente ed eravamo sempre invitati ad ogni occasione. Ricordo che una volta eravamo stati ad un compleanno in una villetta alla periferia della città. Avevano ammazzato un toro ed un esperto *asador* di origine argentina aveva arrostito carne per tre giorni consecutivi. Ogni tanto qualcuno imbracciava una chitarra e tutti si mettevano a cantare o a ballare oppure, cosa per noi assolutamente strana, a recitare poesie. Si andava avanti così, senza una sosta, dalla mattina alla sera. Gli invitati continuavano a mangiare, a bere, a cantare e a ballare fino a che crollavano dalla stanchezza. Allora si mettevano a dormire dove capitava, per terra, sull'erba, su una sedia o su una amaca se la trovavano, poi si rialzavano e ricominciavano di nuovo a mangiare, a bere, a cantare e a ballare. Era un *tour de force* che richiedeva un certo allenamento che noi non avevamo. Col passare del tempo le donne, giovani o meno, diventavano sempre più aggressive e la caccia al maschio avveniva con una spudoratezza che contrastava con i comportamenti notoriamente bigotti delle boliviane pseudo-cattoliche. Spesso volavano anche pugni e ceffoni da parte di mariti, fidanzati e padri. Per noi, dopo i primi slanci iniziali, quelle

zu trennen, und das zu erleben, war wirklich sehr beeindruckend. Man könnte fast sagen, dass sich unser Leben im rasenden Wechsel zwischen der Realität dieses Jahrhunderts und einem Paradies aus vergangenen Zeiten abspielte.

Guendà Arriba machte weiterhin Gewinn. Die Nachfrage nach Holz stieg unaufhörlich und der *maderero* steckte all seine Energien in diese Arbeit. Wir kauften ein zweites Haus in der Stadt. Es steckte noch in der Bauphase und wir wollten es nach und nach vervollständigen. Die tausend Meter Grundstück lagen in einer schönen Ecklage auf der Calle Pocherena, zwischen dem vierten und fünften *anillo*. Küche, Schlafzimmer, Bad und Wohnzimmer waren bereits vorhanden und wir bezogen sie sofort. Dann begannen wir ebenfalls sofort mit der Vervollständigung und dem Ausbau des Hauses. Rundherum erbauten wir eine Mauer mit zwei Eingangstoren, dann entwarfen wir eine große Veranda und schließlich noch ein größeres Schlafzimmer mit einem weiteren Badezimmer. Außerdem richteten wir eine Speisekammer und paar kleinere Zimmer für das eventuelle Personal auf der Rückseite des Hauses ein. Die Kosten für das Material und die Arbeitskräfte waren beinahe lächerlich, im Vergleich zu denen, an die wir uns mittlerweile in Deutschland gewöhnt hatten. Das Wichtigste war es, Entschlossenheit an den Tag zu legen. Außerdem musste man sich im Klaren darüber sein, was man aus dem vorhandenen Material machen und wo man die Kräfte der peones am sinnvollsten einsetzen konnte. Einfallsreichtum war alles, und zum Glück war es einer meiner leichtesten Übungen.

Sich mit den *cruzeños anzufreunden* war wirklich nicht schwer; sie waren fast allesamt fröhliche und gesellige *cambas*. Sie nutzen jede Gelegenheit, eine fiesta zu veranstalten und an einigen Geburtstagen dauerten Festlichkeiten bis zu zwölf Tagen. Zwölf Tage Jubel, Trubel und Heiterkeit! Jeder Anlass war ihnen recht, um gemeinsam zu essen, zu trinken, zu singen und zu tanzen. Und wenn sie einmal damit anfangen, dann ist tagelang kein Ende in Sicht.

In Santa Cruz lernten wir unendlich viele Leute kennen, die uns bei jeder Gelegenheit einluden. Ich erinnere mich noch gut an einen Geburtstag in einer kleinen Villa am Rande der Stadt. Sie schlachteten einen Stier und ein *professioneller argentinischer* asador *stand drei Tage lang*

occasioni erano più un martirio che una festa non essendo abituati a quel genere di maratone.

Ma la cosa che ci distruggeva di più in quelle occasioni era la necessità di esporsi per lungo tempo agli attacchi degli insetti contro i quali il nostro organismo non aveva le difese adeguate. A volte penso che la caratteristica principale del Sud America siano proprio gli insetti. Ce ne sono migliaia e migliaia di tipi, molti dei quali anche pericolosi perché portatori di malattie gravi. Gli studiosi dicono che nel bacino amazzonico ci sono più di 7000 specie di insetti conosciuti e stimano che almeno 1500 di questi pungono o sono nocivi all'uomo in un modo o in un altro. Tra le malattie più comuni e pericolose portate dagli insetti c'è il *Mal de Chaga*, una forma di *tripanosomiasi* simile alla famosa malattia del sonno portata dalla mosca *tze-tze* dell'Africa Orientale. Fra gli insetti più fastidiosi le zanzare occupano di diritto un posto primario. Si trovano a milioni in ogni angolo del paese e sono portatrici di malattie come la malaria, la febbre gialla e la filariasi. Ma ancora più fastidiosi delle zanzare sono i *piúm*, delle moschette piccine piccine che pungono giorno e notte. Quando pungono usano un liquido anestetico, come le zanzare, che non fa sentire la proboscide che penetra nella pelle e ci si accorge di essere stati assaliti soltanto dalle ferite che lasciano e che poco dopo cominciano a bruciare e a sanguinare.

Noi, non avendo all'inizio tutti gli anticorpi, eravamo sempre pieni di bolle ed eravamo tormentati notte e giorno da pruriti che ci facevano impazzire. Un medico locale ci aveva prescritto una lozione a base di canfora con la quale dovevamo fare abluzioni su tutto il corpo almeno due volte al giorno ed inoltre dovevamo prendere giornalmente grosse dosi di antistaminici. Era una vera sofferenza.

Raul, il mio amico veterinario, insisteva nel dire che la zona di Guendà Arriba non era adatta alla *ganaderia* e se quello era proprio il mestiere dei nostri sogni, saremmo dovuti andare a fare un giro nel Beni, il paradiso dei *ganaderos*. Dello stesso parere erano anche tutti gli amici *cruzeños* che intanto avevo conosciuto. Quando parlavo dei miei esperimenti con le mucche di Guendà Arriba, dei *boros* e degli interventi col bisturi mi guardavano tutti con un certo scetticismo. Nessuno ha mai fatto della vera e propria *ganaderia* in quella zona e per la *ganaderia* c'era un solo posto al mondo: il Beni.

ohne Pause am Grill. Ab und zu nahm jemand seine Gitarre in den Arm und alle begannen zu singen und zu tanzen oder, was für uns absolut ungewöhnlich war, Gedichte aufzusagen. Das ging von morgens bis abends, ohne eine Pause, immer so weiter. Die Gäste aßen, tranken, sangen und tanzten immer weiter, bis sie irgendwann vor Müdigkeit umfielen. Dann suchten sie sich das nächst gelegene Plätzchen und schliefen: auf dem Boden, auf der Wiese, auf einem Stuhl oder, wenn sie es noch bis dorthin schafften, in einer Hängematte. Sobald sie sich ein wenig erholt hatten, standen sie wieder auf und aßen, tranken, sangen und tanzten weiter. Es war eine Tour de Force, *die eine Ausdauer voraussetzte, die wir nicht aufbieten konnten. Im Laufe des Abends wurden die mehr oder weniger jungen Frauen immer aggressiver und jagten schamlos den Männern hinterher; wie man es sonst von den offensichtlich prüden, pseudo-katholischen Bolivianerinnen gar nicht kannte. Mehr als einmal verteilten Ehemänner, Verlobte und Väter treffsichere Kinnhaken und schallende Ohrfeigen. Da wir nicht an diese Art von Marathon gewöhnt waren waren stellten diese Anlässe für uns nach den ersten Überschwang ernüchternd dar, eher ein Martyrium als ein Fest.*

Was uns bei diesen Anlässen am meisten zu schaffen machte, waren die Angriffe der Insekten, denen wir zwangsweise für längere Zeit ausgesetzt waren und gegen die unser Organismus keinerlei Abwehrmechanismen zu entwickeln schien. Manchmal glaube ich tatsächlich, dass die Insekten die charakteristischste Eigenschaft Südamerikas sind. Es gibt Tausende verschiedene Arten und viele von ihnen sind sehr gefährlich, weil sie schlimme Krankheiten übertragen. Wissenschaftler gehen davon aus, dass es im Amazonasgebiet mehr als 7000 verschiedene Arten gibt; 1500 von ihnen stechen und sind, auf die eine oder andere Art und Weise, schädlich. Eine der schlimmsten Krankheiten, die von den Insekten übertragen wird, ist das Mal de Chaga, *eine Form von* Trypanosomiasis, *die der von der Tse-Tse- Fliege übertragenen afrikanischen Schlafkrankheit ähnelt. Die Mücken sind auf der Skala der unbeliebten Insekten eindeutig unter den ersten Rängen. Sie sind millionenfach in jedem Winkel des Landes anzutreffen und sie verbreiten Krankheiten wie Malaria, Gelbfieber und Filariasis. Doch noch viel unangenehmer als Mücken sind die* piùm, *eine Art winzigkleiner Fliegen,*

5 Der Beni

Una mandria di *criollos*

***Eine Herde* criollos**

Il Major Roca, che aveva una certa esperienza nel settore, mi aveva suggerito di dedicare qualche giorno a quel tema andando a fare un giro nel Beni e mi aveva dato alcuni buoni consigli pratici. Il Beni è difficile da girare perché non ci sono strade ma basta prendere accordi con qualche *ganadero* disposto ad ospitarci nella sua *estancia* per qualche giorno ed affittare un aereo per arrivarci. La spesa non sarebbe stata poi tanto esorbitante ma ne sarebbe valsa veramente la pena ed avrei imparato tante più cose di quante ne avrei imparate continuando con i miei esperimenti a Guendà Arriba.

Santa Cruz de la Sierra si trova a pochi chilometri dalle falde delle Cordigliera Orientale ad est del fiume Piraí. Questo, nel suo corso verso nord, si congiunge con il Guendà, con il Surutú, con l'Ichilo e con il Chaparè per poi immettersi nel

die Tag und Nacht ununterbrochen stechen. Wenn sie einen stechen, senden sie vorher, wie die Mücken, eine betäubende Flüssigkeit aus, damit man den Stachel, der in die Haut eindringt nicht bemerkt. Man bemerkt die Stiche erst kurz nachher, wenn die Wunden wie wild zu brennen und zu bluten anfangen.

Da wir zu Beginn noch keinerlei Antikörper entwickelt hatten, waren wir immer von Kopf bis Fuß mit Stichen übersät. Tag und Nacht quälte uns ein Juckreiz, der nie aufhören wollte. Ein Arzt vor Ort verschrieb uns eine Salbe auf der Basis von Kampfer, die wir mindestens zweimal täglich auf den ganzen Körper auftragen mussten. Zusätzlich mussten wir täglich eine hohe Dosis an Antihistaminika einnehmen. Es war eine wirkliche Qual.

Mein Freund Raul, der Tierarzt, blieb bei der Meinung, dass Guendà Arriba sich nicht für die ganaderia eignete, und dass wir uns, wenn es wirklich die Arbeit unserer Träume war, doch einmal im Beni umschauen sollten – dem Paradies der ganaderos. *Alle* cruzeños, *mit denen ich in der Zwischenzeit Freundschaft geschlossen hatte, waren derselben Ansicht. Wenn ich ihnen von meinen Experimenten mit den Rindern der Guendà Arriba, den boros und den Operationen mit dem Skalpell erzählte, sahen sie mich alle skeptisch an. Niemand hatte in dieser Gegend jemals wahrhaftig ganaderia betrieben, und für die ganaderia gab es auch nur einen einzigen Ort: den Beni.*

Major Roca, der eine gewisse Erfahrung in diesem Gebiet aufwies, legte mir nahe, mir für dieses Thema ein paar Tage Zeit zu nehmen. Er gab mir ein paar gute Ratschläge für eine genauere Erkundung des Beni. Der Beni

Paraguà, uno dei fiumi più importanti del Beni e conosciuto anche sotto il nome di Rio Grande ed infine di Mamorè. È il fiume centrale del Beni che passa ad una decina di chilometri dalla sua città principale, Trinidad.

Originariamente, nel 1560, Santa Cruz era stata fondata da Nuflo de Chavez ai bordi del *Pantanal* ad oltre 250 km

I percorsi strambi dei fiumi del Beni

ist äußerst schwer zugänglich, da es dort keine Straßen gibt. Doch man konnte einen hilfsbereiten ganadero bitten, ein paar Tage auf seiner estancia unterzukommen, und ein Flugzeug mieten, um dorthin zu gelangen. Die Ausgaben dafür waren nicht allzu übertrieben und ich war mir sicher, dass es sich lohnen würde. Ich hätte auf jeden Fall sehr viel mehr gelernt, als bei meinen Experimenten auf der Guendà Arriba.

Santa Cruz de la Sierra befindet sich wenige Kilometer vom Fuße der östlichen Andenbergkette entfernt und liegt östlich des Flusses Piraì. Während seines Verlaufes gen Norden fließt er in den Guendà, denn in den Surutù, in den Ichilo und in den Chaparè, um schließlich im Paraguà zu münden – dieser ist einer der wichtigsten Flüsse des Beni und wohl besser bekannt unter Rio Grande oder sogar Mamorè. Es ist der größte Fluss des Beni und fließt ungefähr 10 Kilometer westlich von Trinidad, der Hauptstadt der Beni.

Santa Cruz war ursprünglich 1560 von Nuflo de Chavez am Rande des Pantanal *gegründet worden, es lag also mehr als 250 km weiter östlich und weitaus tiefer als heute. Da es mindestens acht Monate im Jahr wegen der saisonbedingten Überschwemmungen unerreichbar war, und vor allem, weil es ununterbrochenen Angriffen der Indios* chiriguanos, guarayos *und* chiquitanos *ausgesetzt war, zogen die Einwohner nach und nach weg. Später aber wurde es, mit dem gleichen Namen und den gleichen Zielen, wieder aufgebaut, und zwar an seinem heutigen Ort etwas weiter westlich, fast im Schutze der Anden. Auf einer Höhe von 430 Metern über dem Meeresspiegel ist es vor den großen Überschwemmungen des Amazonasgebiets relativ sicher.*

Die Flüsse des Tieflandes verlaufen alle von Süden nach Norden, um früher oder später im Rio Guaporé-Itenez zu münden. Aber

Der merkwürdige Lauf der Flüsse des Beni

più ad est e più in basso di dov'è adesso ma, un po' a causa dell'irraggiungibilità della zona per almeno otto mesi l'anno per le alluvioni stagionali e, soprattutto, a causa dei continui attacchi degli indios *chiriguanos*, *guarayos* e *chiquitanos*, era stata gradualmente abbandonata. Successivamente però era stata ricostruita, con lo stesso nome e con gli stessi scopi, nel suo sito attuale più ad ovest e quasi a ridosso delle Ande, ad una altezza di 430 metri sul livello del mare, abbastanza alta da essere risparmiata dalla plaga delle grandi alluvioni della pianura amazzonica.

I fiumi del bassopiano scorrono tutti da sud a nord per immettersi prima o poi nel Rio Guaporé-Itenez che li raccoglie tutti, ma la pendenza è talmente poca che non riescono a trasportare tutta l'acqua portata dalle piogge. Nella stagione delle piogge si formano quindi delle vastissime inondazioni e, nelle zone più basse, rimangono paludi permanenti perché un anno intero non è mai sufficiente a far scorrere verso nord tutta l'acqua caduta in una stagione di piogge. A pochi chilometri da Santa Cruz la pianura si abbassa a 230 metri sul livello del mare. Un mare che però si trova ancora ad oltre ottomila chilometri di distanza. Da qui, la pendenza media è inferiore allo 0,03 per mille, quindi assolutamente insufficiente a garantire lo smaltimento delle grandi piogge che nel Beni vanno da 1400 a 2800 mm l'anno (in confronto, la „*piovosa*" Colonia ha soltanto 850 mm di pioggia!).

Siamo già nell'Amazzonia.

La regione nord est della Bolivia, il dipartimento del Beni, è un'enorme estensione di pianura che ha una superficie di 230.000 kmq, grande quindi poco più di tutta l'Italia continentale, ed il dislivello massimo fra sud e nord è di soli 20 metri! Il Beni è attraversato da sud a nord da quattro fiumi principali che sono, da est, il San Pablo, il Mamoré, il Beni ed il Madre de Dios. Questi si immettono tutti nel Rio Guaporé che ha un corso nord ovest e fa da confine fra la Bolivia ed il Brasile. Questi fiumi rappresentano anche importanti vie di comunicazione, nella maggior parte dei casi le uniche vie esistenti in questa enorme regione di foreste, giungle e paludi che conta, a stima, non più di 200.000 abitanti.

I nomi di questi fiumi non sono ben definiti e sono chiamati in modo diverso dalle varie tribù. Il Mamoré, per esempio, si chiama Paraguà verso sud, poi diventa Rio Grande ed infine Mamoré soltanto nel nord. Il San Pablo è detto anche San Miguel e San Juan ed il grande Rio Guaporé

das Gefälle ist so gering, dass sie es nicht schaffen, all das Regenwasser mit sich zu führen. In der Regenzeit kommt es zu riesigen Überschwemmungen und in den tief gelegenen Gebieten bilden sich anhaltende Sümpfe. Ein Jahr ist nicht lang genug, um das ganze Wasser der Regenzeit nach Norden abfließen zu lassen. Nur wenige Kilometer von Santa Cruz entfernt sinkt die Ebene auf eine Höhe von 230 Metern über dem Meeresspiegel hinab. 230 Meter über einem Meer, das allerdings achttausend Kilometer weit weg ist. Das Gefälle beträgt hier im Durchschnitt weniger als 0,03 Promille. Es ist für den Abfluss der großen Regenfälle absolut unzureichend; die Niederschlagshöhe beträgt im Beni nämlich 1400 – 2800 mm im Jahr (Im Vergleich dazu fallen im „regnerischen" Köln bloß 850 mm!).

Wir sind schon im Amazonasgebiet.

Der Nordosten Boliviens, der Bezirk Beni, ist eine enorm weite Ebene von 230.000 km² Fläche. Damit ist es sogar ein bißchen größer als das ganze Festland Italiens. Der maximale Höhenunterschied zwischen Süden und Norden beträgt gerade einmal 20 Meter! Im Beni verlaufen vier große Flüsse von Süden nach Norden; es sind, vom Osten ausgesehen: der San Pablo, der Mamoré, der Beni und der Madre de Dios. Alle vier münden in den Rio Guaporé, der nach Nordwesten verläuft und die Grenze zwischen Bolivien und Brasilien darstellt. Diese Flüsse sind ebenfalls wichtige Kommunikationswege und häufig die einzigen Wege, die es überhaupt gibt. Diese riesige Region aus Wäldern, Dschungel und Sümpfen zählt, wenn es hoch kommt, vielleicht an die 200.000 Einwohner.

Die Namen der Flüsse sind nicht ganz eindeutig, da jeder Stamm sie auf seine Weise benennt. Der Marmoré zum Beispiel heißt im Süden Paraguà, dann wird er zum Rio Grande und erst im Norden wird er tatsächlich Marmoré genannt. Der San Pablo heißt anderswo auch San Miguel oder San Juan und der große Rio Guaporé, der sie schließlich alle in sich aufnimmt, ist auch unter dem Namen Rio Itenez und auf brasilianischen Boden vor allem als Rio Madeira bekannt.

Im Beni gibt es praktisch keine Straßen. Außer einem Weg aus aufgestampfte Erde der von Trinidad in die nordwestlichen Yungas führt. Und für vier Monate im Jahr, nur während der Trockenzeit, ist er begehbar und verbindet Trinidad mit Santa Cruz.

che li accoglie tutti è noto anche con il nome di Rio Itenez e poi, nel territorio brasiliano, come Rio Madeira.

Nel Beni praticamente non ci sono strade, fatta eccezione di una pista di terra battuta che da Trinidad si dirige verso le Yungas a nord ovest ed un'altra, percorribile soltanto nei quattro mesi più asciutti dell'anno, che congiunge Trinidad con Santa Cruz.

Questa immensa distesa di foreste, pampas e paludi è abitata da varie tribù di origine *Tupí-Guaraní* e da *mestizos*, cioè incroci fra le tribù stesse e altre razze. Fra le tante tribù le principali sono i *chiriguanos, guarayú, sirionó, canichana, mojos, itonama, baure, cayubab* ed i *movima*. Una tribù ancora importante all'inizio del secolo, quella dei *guarasúgwe-pauserna*, si è praticamente estinta. Si tratta di tribù tutte bellicose e selvagge che hanno in comune soltanto l'aggressività, la ferocia e la capacità di sopravvivere in un ambiente tanto inospitale. Tribù che hanno vissuto in eterna lotta fra di loro e che probabilmente sono sopravvissute soltanto grazie all'abbondanza di spazi

In dieser unendlichen Weite aus Wäldern, Pampas und Sümpfen leben verschiedene Stämme, die Nachfahren der Tupì-Guaranì sind, und mestizos, das heißt Mischlinge aus den verschiedenen Stämmen und anderer Völker. Die größten der vielen Stämme sind die chiriguanos, guarayù, sirionò, canichana, mojos, itonama, baure, cayubab *und die* movima. *Ein Stamm, die* guarasùgwe-pauserna, *die zu Beginn des Jahrhunderts noch ziemlich bedeutend waren, sind heutzutage fast ausgestorben. Es handelt sich bei allen um kriegerische und wilde Stämme, deren einzige Gemeinsamkeiten ihre Aggressivität, ihre Wildheit und die Überlebensfähigkeit in einer so rauen Gegend sind. Es sind Stämme, die den ewigen Kampf gegeneinander wahrscheinlich nur überlebt haben, weil so viel Platz für alle da ist.*

Die Inkas versuchten mehr als einmal, in die Tiefebene einzufallen und sie zu besiedeln. Ganz besonders attraktiv waren für sie die südlichen, trockeneren Gegenden des Chaco, südlich von Santa Cruz. Doch die kriegerischen

Il Mamorè, fiume principale del Beni

Der Mamorè, der wichtigste Fluss des Beni

disponibili per tutti.

Già gli Incas avevano ripetutamente tentato di invadere e di colonizzare il bassopiano, soprattutto le regioni più meridionali ed asciutte del Chaco, a sud di Santa Cruz, ma i bellicosi *chiriguanos* li avevano sempre respinti. Del tentativo delle tribù dell'altopiano di inoltrarsi verso la pianura restano vestigia abbastanza importanti a Mairana, una località in una valle andina a circa 150 chilometri ad ovest di Santa Cruz. Non si sa bene di quali tribù si tratti, perché i resti di un luogo di culto con altari sacrificali monolitici non hanno alcuna somiglianza con altre vestigia esistenti sull'altopiano. Allo stesso modo i *ciriguanos* hanno opposto una resistenza feroce anche all'avanzata dei *conquistadores* spagnoli e di qualunque altra forma di civiltà proveniente da sud o da est.

Gli spagnoli avevano occupato senza grossi problemi tutta la parte montuosa del continente e poi, abbagliati dal desiderio di trovare l'*El Dorado*, la terra del mitico *Gran Paitití*, che secondo le leggende doveva essere molto più ricca dell'impero degli Incas, erano scesi agguerriti dalle montagne per entrare nelle foreste del bassopiano amazzonico. Forse si aspettavano di conquistare quelle regioni con la stessa facilità con cui avevano conquistato l'altopiano ma, nonostante il numero estremamente limitato dei suoi abitanti, avevano trovato sempre una resistenza inaspettata e non sono mai riusciti a penetrarle. I loro attacchi ed i loro tentativi sono sempre stati rintuzzati in feroci scontri di sangue e con gravi perdite di vite umane. Soltanto i gesuiti erano riusciti a penetrare da sud nei loro territori ed a fondare centri religiosi senza essere respinti. Ma i gesuiti non andavano armati e non andavano a prendere niente. A lungo andare, però, il loro successo aveva suscitato l'invidia degli spagnoli che nel 1767 decidevano di espellerli da tutto il continente e di espropriare le loro strutture per adibirle a scopi militari ed amministrativi. Da quel momento nel bassopiano cominciarono a arrivare i primi pionieri e con loro anche una serie di nuove malattie, spesso anche mortali, per le quali gli indigeni non avevano alcuna forma di immunità e di resistenza.

Ma, soprattutto, con i pionieri erano arrivati i soprusi, lo sfruttamento senza scrupoli, i lavori forzati e la schiavitù vera e propria. Una schiavitù che, in parte, perdura tuttora. Alcuni indios erano riusciti a spostarsi e ritirarsi sempre più nell'interno mentre tanti altri erano stati costretti ad

chiriguanos schlugen sie jedes Mal in die Hochebene zurück. 150 Kilometer westlich von Santa Cruz, in einem kleinen Andendörfchen namens Mairana, gibt es bedeutende Spuren von den Versuchen der Hochlandstämme, in die Tiefebene vorzudringen. Man kann nicht genau bestimmen, um welche Stämme es sich handelt, denn die Überreste einer Kultstätte mit heiligen monolithischen Altären ähneln keiner der Spuren, die man von anderen Stämmen der Hochebene gefunden hat. Den gleichen, grausamen Widerstand leisteten die ciriguanos auch gegen die spanischen conquistadores und gegen jeden anderen, der von Süden oder Osten an sie herantreten wollte.

Die Spanier nahmen ohne Probleme den ganzen bergigen Teil des Kontinents ein, und dann stiegen sie, von dem Wunsch, ihr El Dorado zu finden, geblendet, in die Tiefebene hinab. Der legendäre Gran Paititì musste den Geschichten zufolge noch viel reicher sein als das Inkareich. Von ihren Errungenschaften in den Bergen ermutigt, machten sie sich auf den Weg in die Wälder der Amazonasebene. Vielleicht erwarteten sie, diese Regionen ebenso leicht erobern zu können wie die Hochebene. Doch trotz der wenigen Bewohner, stießen sie überall auf Widerstand, der ihnen ein Vorstoßen unmöglich machte. Ihre Angriffe und ihre Versuche wurden stets in blutigen und tödlichen Kämpfen niedergeschlagen. Nur den Jesuiten gelang es, ohne auf Widerstand zu stoßen, von Süden aus, in ihre Gebiete einzudringen und religiöse Zentren zu errichten. Aber die Jesuiten hatten ja auch weder Waffen noch die Absicht, irgendetwas wegzunehmen.

Mit der Zeit zog ihr Erfolg allerdings den Neid der Spanier auf sich. Sie begannen im Jahre 1767 damit, sie von dem Kontinent zu vertreiben, sie ihrer Besitztümer zu enteignen und ihre Einrichtungen für militärische und bürokratische Zwecke zu nutzen. Zu diesem Zeitpunkt kamen die ersten Pioniere, und mit ihnen eine Vielzahl an Krankheiten, die für die Eingeborenen, die nicht die nötigen Abwehrkräfte besaßen, oft tödlich endeten.

Doch mit den Pionieren zogen nicht nur neue Krankheiten ins Land, sondern auch Missbrauch, skrupellose Ausnutzung, Zwangsarbeit und übelste Sklavenherrschaft. Eine Sklavenherrschaft, die zum Teil bis zum heutigen Tag fortdauert. Einigen Indios gelang es, sich noch weiter ins Innere des Landes zurückzuziehen, doch die meisten waren gezwungen, aufzugeben. Sie mussten sich anpassen

arrendersi, ad adattarsi ed a rassegnarsi alla loro nuova forma di vita subumana.

All'inizio del ventesimo secolo, con l'esplosione della febbre dell' *"oro nero"*, il caucciù, iniziata nel vicino Brasile, il bacino preamazzonico del Beni veniva facilmente raggiunto dai *caucheros*, i cercatori Brasiliani, ed il Beni cominciava a vivere il suo primo momento di benessere. A Trinidad venivano costruite case e strade e cominciavano a circolare i primi soldi. Ma, ovviamente, non fra gli indiani. Questi venivano soltanto cacciati, catturati, imprigionati ed utilizzati come schiavi nelle spedizioni nell'interno delle foreste alla ricerca degli alberi della gomma e poi nell'estrazione della stessa in condizioni inumane.

Oggi il numero stimato degli indiani rimasti non raggiunge i 100.000 divisi in una trentina di tribù che contano, alcune, fino a 20.000 persone ma, in molti altri casi, anche meno di cinquanta. Nessuno sa quante tribù siano già estinte.

Un giorno avevo letto sul giornale che qualcuno vendeva una *estancia* con *ganado* nel Beni. Era l'occasione per cominciare ad informarci. Non avevamo nessuna intenzione di comperare un'altra *estancia*. Volevamo soltanto vedere come si fa la *ganaderia* nel Beni ma, avevamo pensato, se ci fossimo presentati come compratori, avremmo avuto modo di vedere meglio e di più. La venditrice si chiamava Alina ed era una zitella di mezza età. Quando ero andato con Stefania a parlarle, mi aveva puntato addosso due occhi spalancati e pieni di voglie tutt'altro che celate. Se il tutto non fosse stato così ridicolo, probabilmente mi sarei sentito in imbarazzo. Era sporca come la fame e la casa in cui viveva a Santa Cruz non doveva essere stata spazzata da qualche anno. C'erano amache appese ad ogni angolo. Alina girava per la casa coi piedi scalzi sul pavimento ricoperto di un alto strato di polvere e ci aveva invitati a sederci. In una amaca, naturalmente, perché, apparentemente, quello era il solo arredamento della stanza. Lei si era seduta in un'altra amaca non lontana dalla mia, aveva chiamato la *inservienta* con voce autoritaria e le aveva ordinato di lavarle i piedi. Evidentemente quello era il suo modo di dimostrare il suo status di proprietaria terriera e di mettersi in mostra con i due visitatori *gringos*. La domestica, una *colla* scalza e ancora più lurida di lei, era venuta con un catino d'alluminio colmo d'acqua, glielo aveva messo sotto

und sich den neuen unmenschlichen Lebensformen restlos ergeben.

Zu Beginn des 20. Jahrhunderts brach im benachbarten Brasilien das Fieber des „schwarzen Goldes" – des Kautschuks – aus. Es dauerte nicht lange, bis die caucheros, die Brasilianer auf der Suche nach Kautschuk auch in die Amazonasregion Beni kamen. Zum ersten Mal erlebte der Beni eine Zeit des Wohlstands. In Trinidad entstanden Häuser und Straßen und zum ersten Mal kamen größere Mengen Geld in Umlauf, aber selbstverständlich nicht in die Hände der Indios, die nur verjagt, gefangen genommen und eingesperrt wurden. Oder aber sie machten sie zu ihren Sklaven, die sie auf die Suche nach den Gummibäumen ins Innere der Wälder schickten und die sie unter unmenschlichen Bedingungen zur Rohstoffgewinnung einsetzten.

Heute wird die Zahl der Indios auf 100.000 geschätzt. Sie gehören ungefähr 30 verschiedenen Stämmen an, von denen einige bis zu 20.000 Personen zählen, andere hingegen weniger als fünfzig aufweisen. Keiner weiß, wie viele Stämme bereits ausgestorben sind.

Eines Tages las ich in der Zeitung, dass im Beni jemand eine estancia *mit* ganado *verkaufen wollte. Das war die Gelegenheit, um sich besser zu informieren. Ich hatte nicht die Absicht, eine andere* estancia *zu kaufen. Aber wenn wir uns als potenzielle Käufer vorstellen würden, hätten wir sicherlich mehr und bessere Möglichkeiten zu sehen, wie die* ganaderia *im Beni funktionierte. Die Verkäuferin hieß Alina und war eine unverheiratete Frau mittleren Alters. Als ich mit Stefania zu ihr ging, starrte sie mich mit zwei weit aufgerissenen Augen an, die sich gar nicht erst bemühten, ihre unverhohlenen Gelüste zu verbergen. Wäre das alles nicht so lächerlich gewesen, hätte ich mich wahrscheinlich unwohl gefühlt. Sie war schmutzig und ungepflegt und ihr Haus in Santa Cruz war bestimmt seit über einem Jahr nicht mehr gereinigt worden. In jeder Ecke hingen Hängematten. Alina lief barfuß auf ihrem schmutzigen Boden herum und forderte uns auf, es uns bequem zu machen – in einer der Hängematten selbstredend, denn ansonsten gab es in dem Zimmer nichts weiter. Sie setzte sich in die Hängematte neben mich und rief mit strenger Stimme die* inservienta, *das Hausmädchen, die kommen und ihr die Füße waschen sollte. Das*

ai piedi, si era accucciata davanti a lei ed aveva cominciato a sciacquarle i piedi con calma. Alina mi aveva spiegato che l'*estancia* era *"no muy lejos de Trinidad"*, non molto lontano da Trinidad, a meno di un'ora di aereo e mentre parlava si assicurava che una buona porzione di seno flaccido fosse abbastanza in mostra e si accarezzava i riccioli neri e sporchi mentre continuava a guardarmi con l'espressione avida di un affamato che vede qualcosa di commestibile dopo settimane di digiuno. Per visitare l'*estancia* avremmo dovuto rivolgerci ad un certo pilota di Trinidad, Pedro, e farci portare in aereo. Lei, però, non avrebbe potuto accompagnarci. Grazie a Dio!

Poteva essere l'occasione buona. La mattina del giorno dopo ci eravamo imbarcati su un aereo del Lloyd Boliviano e dopo un'ora di volo eravamo atterrati a Trinidad. All'aeroporto avevamo rintracciato subito Pedro, il pilota suggerito da Alina, ed in meno di mezz'ora eravamo di nuovo in volo verso occidente con un Cessna 172. Il Beni visto dall'alto è un grande spettacolo e mi ricordava i tanti documentari sull'Amazzonia visti in televisione. La foresta è impenetrabile e le chiome degli alberi hanno tanti toni diversi di verde. In mezzo a queste distese sconfinate di giungla scorrono fiumi lenti che serpeggiano in serie interminabili di curve. Poco dopo il decollo avevamo sorvolato il Mamorè, probabilmente il fiume più importante del Beni e volando bassi avevamo visto qualche canoa lunga e agile avanzare lentamente spinta dal movimento lento e cadenzato delle pagaie degli indios accucciati nel fondo. Di tanto in tanto, nel corso della prima mezz'ora, la foresta si interrompeva per far posto ad ampi tratti di pampas occupati da mandrie che pascolavano serene. Ibis bianchi ed uccelli variopinti punteggiavano queste distese di verde e le cime degli alberi. Avevamo visto anche delle grosse gazzelle ed un paio di branchi di pecari, o *troperos*, come li chiamano i boliviani, una razza di cinghiali piccoletti che vanno sempre in branchi numerosi. Poi la vegetazione si era fatta sempre più fitta e non si vedeva altro che la cima degli alberi.

Se la foresta di Guendà Arriba, distesa sulla sua superficie ondulata, mi aveva tanto affascinato, il Beni in confronto era di una bellezza da mozzare il fiato. Non avrei mai pensato che avrebbe potuto affascinarmi fino a quel punto. Ricordo che, viste dall'alto, mi erano tanto piaciute le foreste pluviali della Malesia e quelle dell'interno della

war anscheinend ihre Art, ihren Status als Landbesitzerin den zwei gringos *gegenüber zu beweisen. Die Hausangestellte, eine barfüßige* colla, *die noch schmutziger und ungepflegter als sie selbst war, kam mit einer Metallschüssel voller Wasser herein, die sie ihr unter die Füße stellte. Sie hockte sich daneben und wusch sie ihr in aller Ruhe. Alina erklärte mir, dass die* estancia *"no muy lejos de Trinidad" war, nicht weit weg von Trinidad, also weniger als eine Flugstunde entfernt. Während sie sprach, versicherte sie sich immer wieder, dass ein üppiger Teil ihres hängenden Busens auch gut sichtbar war; betont strich sie sich durch ihre fettigen, schwarzen Locken und hörte keinen Moment damit auf, mich weiter gierig anzustieren, als hätte sie nach wochenlanger Hungersnot plötzlich einen knackigen Braten vor sich liegen. Um die* estanica *zu besichtigen mussten wir uns an einen gewissen Piloten namens Pedro in Trinidad wenden, um uns von ihm dort hinbringen zu lassen. Sie konnte nämlich nicht mitkommen. Gott sei Dank!*

Die Gelegenheit war günstig. Am nächsten Morgen nahmen wir den ersten Flug der Llyoyd Boliviano und in einer Stunde waren wir in Trinidad. Am Flughafen trafen wir unmittelbar auf Pedro, den Piloten, den uns Alina empfohlen hatte, und in weniger als einer halben Stunde waren wir bereits wieder in der Luft und flogen mit einer Cessna 172 Richtung Westen. Von oben gesehen bietet Beni einen wahrhaftig herrlichen Anblick, und ich musste an die vielen Dokumentarfilme, die ich im Fernsehen über das Amazonasgebiet gesehen hatte, denken. Die Wipfel des undurchdringbaren Waldes leuchteten in den verschiedensten Grüntönen. Inmitten der grenzenlosen Weiten des Dschungels schlängeln sich die Flüsse in endlosen Kurven dahin. Kurz nachdem wir abgehoben hatten, überflogen wir den Mamorè, den wahrscheinlich wichtigsten Fluss des Beni. Da wir ziemlich niedrig flogen, konnten wir sogar einige längliche, wendige Kanus erblicken. Die Indios hockten in ihrem Inneren und führten langsame und gleichmäßige Bewegungen mit den Paddeln aus, so dass sie stetig vorankamen. In der ersten halben Stunde lichtete der Wald sich hier und da und machte den Blick auf weite Pampas frei, auf denen Herden in friedlicher Ruhe vor sich hin weideten. Weiße Ibisse und bunte Vögel verliehen den grünen Weiten und den Wipfeln der Bäume fröhliche Farbtupfer. Wir erblickten sogar einige große

Tailandia ma non ricordo di aver mai visto una cosa che mi avesse affascinato tanto quanto quel tratto di vegetazione amazzonica, soprattutto vista da un'altezza molto bassa.

Pedro aveva fatto un giro ampio su distese ininterrotte di foresta ma non era riuscito a ritrovare la proprietà di Alina. In quella zona c'era solo foresta fitta e neppure un solo centimetro di pampa aperta e dopo poco più di un'ora di volo eravamo stati costretti a virare e tornare indietro. Per noi andava bene anche così. Quello che avevamo visto era veramente uno spettacolo meraviglioso, anche se non avevamo trovato né estancia né vacche. Durante il ritorno avevo spiegato a Pedro qual'era lo scopo del nostro viaggio e lui mi aveva consigliato di parlare con il Capitan Emilio, un proprietario terriero che aveva un aereo proprio, e si era proposto di farcelo conoscere.

Emilio si era presentato la sera stessa all'hotel Ganadero, dove avevamo preso alloggio, ed avevamo cenato insieme. Era un uomo di mezza età dalle maniere semplici e tranquille e curioso di conoscere questi due strani *gringos* che avrebbero voluto fare i *ganaderos* nel Beni. La mattina dopo, prima ancora che facesse giorno, eravamo già in volo col suo aereo, di nuovo verso ovest ma più a sud della zona sorvolata con Pedro. Dall'alto Emilio ci aveva fatto vedere un paio di *estancias* ben organizzate. Si vedevano le capanne messe in un ordine geometrico che pensavo fosse stato ispirato dagli spagnoli, ma poi avevo scoperto che era una caratteristica delle tribù di indios del ceppo guaraní. In ogni *estancia* c'era sempre una striscia di prato adibita a pista di atterraggio ed in una di queste eravamo scesi. Emilio conosceva i proprietari ed il personale ci aveva accolto con una caraffa di spremuta di pomelo. Il bestiame era molto bello, bene in carne e tutto uniforme. Le femmine erano un miscuglio di criollos ma i maschi erano nellore puri. Ricordo che c'erano più di 2000 capi di bestiame.

Più tardi, dopo un quarto d'ora di volo, eravamo atterrati in un'altra proprietà ancora più grande. Dall'alto avevamo visto distese di prati con vacche e vitelli che pascolavano sparsi e liberi. Le capanne erano al centro di una zona boscosa, ordinate in una simmetria geometrica ed una pulizia che non ci si aspetta di trovare in quella parte di mondo lontano da Dio, soprattutto dopo essersi fatti un'opinione decisamente negativa nei riguardi dei *collas*. Ma evidentemente gli indios del Beni erano completamente diversi. La proprietà era del padre di Emilio che con la moglie

Gazellen und ein paar Herden Pekaris oder troperos, *wie die Bolivianer diese großen Herden kleiner Wildschweine nennen. Dann wurde der Wald dichter und dichter und irgendwann sah man nichts anderes mehr als die Wipfel der Bäume.*

Der Wald und die hügelige Landschaft Guendà Arribas hatten mich stark beeindruckt, aber beim Anblick dieser Schönheiten verschlug es mir glatt den Atem. Ich hätte niemals gedacht, dass sie mich so sehr verzaubern würden. Ich erinnere mich noch gut daran, wie sehr mir die Regenwälder Malaysias und Thailands gefallen hatten, aber ich könnte mich nicht erinnern, dass mich jemals etwas so in seinen Bann gezogen hat wie die Pflanzenwelt des Amazonas, vor allem aus einer solchen Nähe betrachtet.

Pedro drehte eine weite Schleife über die endlos weiten Wälder, ohne den Besitz von Alina orten zu können. In dieser Gegend gab es nichts außer dichtem Wald, nicht einmal ein kleines Fleckchen Pampa war zu erblicken, und nach etwas mehr als einer Stunde mussten wir gezwungenermaßen umkehren. Uns war das ganz recht. Auch wenn wir weder estancia *noch Rinder gesehen hatten, so hatten wir doch einen wahrhaft paradiesischen Anblick genossen. Auf dem Rückweg erklärte ich Pedro den Grund unseres Ausfluges und er gab mir den Ratschlag, mit Capitan Emilio, einem Landbesitzer mit einem eigenen Flugzeug, darüber zu sprechen. Er würde uns mit ihm bekannt machen.*

Emilio kam noch am gleichen Abend ins Hotel Ganadero, in dem wir untergekommen waren, und wir luden ihn ein, mit uns zu essen. Er war ein Mann mittleren Alters mit einer ruhigen und unkomplizierten Art, der neugierig war, die beiden gringos, die im Beni zu ganaderos *werden wollten, kennen zu lernen. Am nächsten Morgen waren wir schon vor Sonnenaufgang wieder in der Luft und auch er lenkte sein Flugzeug in Richtung Westen, allerdings etwas weiter südlich der Gegend, die wir mit Pedro überflogen hatten. Von oben wies er uns auf ein paar außerordentlich gut organisierte* estancias *hin. Die Hütten waren geometrisch angeordnet und ich dachte, das läge am Einfluss der Spanier. Dann aber erfuhr ich, dass es typisch war für die Indios vom Stamme Guaranì. Auf jeder* estancia *war ein Stückchen Wiese als Landebahn vorgesehen und auf einer von ihnen landeten wir. Emilio kannte die Besit-*

e due figlie ci aveva accolti con un gran cerimoniale e ci aveva invitati a sederci all'ombra per fare il *„desayuno"*, la colazione, con loro. Avevamo visto che in una capanna c'erano grandi pezzi di carne appesa. Uno dei *peones* aveva subito riavvivato il fuoco e messo ad arrostire dei blocchi di carne che sarebbero bastati a sfamare un intero esercito.

Sedevamo intorno ad una tavola grezza sotto un tetto di *motacú* molto alto. Il tutto era immerso nel verde sotto alberi enormi sui quali un gruppo di pappagalli verdi, evidentemente addomesticati, faceva un fracasso quasi insopportabile. Il terreno intorno alla capanna era ben pulito e senza un filo d'erba. Un metodo per difendersi dagli insetti. Il *desayuno* ci aveva tenuti impegnati per oltre tre ore con una conversazione piacevole ed interessante. Carne a

zer, und das Personal empfing uns mit einer Karaffe frisch gepressten Pomelosaftes. Das Vieh war außerordentlich schön, kräftig und einheitlich. Die Kühe waren eine Mischung aus Criollo, aber die Stiere waren alle reine Nellore. Ich erinnere mich, dass es mehr als 2000 an der Zahl waren.

Später, nach einer weiteren Viertelstunde Flug, besuchten wir ein noch größeres Grundstück. Von oben herab sahen wir die grünen Wiesen schon von weitem; unzählige Kühe und Kälber waren in größter Freiheit weit und breit in der ganzen Ebene verteilt. Die Hütten waren auf einer kleinen Waldlichtung symmetrisch angeordnet und glänzten vor Sauberkeit, wie wir sie uns nach den schlechten Erfahrungen mit den *collas in* dieser gottverlassenen

Il corso dei fiumi cambia nel tempo

Der Lauf der Flüsse wechselt mit der Zeit

volontà, yucca arrostita, banane, latte appena munto e spremuta di pomelo. Avevo fatto mille domande sulla vita nel Beni, sull'allevamento del bestiame, le malattie, i rimedi, le tradizioni, i sistemi ed i vari trucchi del mestiere. Il padre di Emilio, di cui non ricordo il nome, era stato affabilissimo. Era orgoglioso di parlare con un *gringo* che sembrava voler sapere tutto di tutto e si abbandonava in spiegazioni, racconti e descrizioni di ogni sorta con una fraseologia elaborata che, nel suo genere, aveva qualcosa di elegante e di nobile. I termini guaraní e quechua erano tantissimi ma intanto mi stavo abituando ad adattare ed ampliare il mio spagnolo in quella direzione, tanto è vero che molte volte non sapevo più distinguere se un termine fosse spagnolo o guaraní tranne che per quelli che avevano l'accento sull'ultima vocale come nel francese e che erano quasi certamente guaraní.

Alla fine della colazione mi ero trovato con il cervello pieno di una massa di informazioni interessanti che, ne ero

Gegend nicht einmal mehr zu wünschen gewagt hatten. Doch offenbar waren die Indios im Beni das komplette Gegenteil. Das Grundstück gehörte Emilios Vater, der uns mit seiner Frau und seinen beiden Töchtern herzlich empfing und dazu einlud, mit ihnen im Schatten das „desayuno", das Frühstück, einzunehmen. Ich sah, dass in einer der Hütten große Fleischstücke hingen. Einer der *peones* brachte das Feuer wieder in Gang und röstete soviel Fleisch, dass es locker für ein ganzes Heer gereicht hätte.

Wir saßen an einem groben Tisch unter einem hohen Dach aus *motacù* mitten im Grünen. Um uns herum standen riesige Bäume, auf denen grüne Papageien, die offensichtlich gezähmt waren, einen unerträglichen Lärm machten. Der Platz vor der Hütte war bis auf den letzten Grashalm herausgeputzt. Das war eine sichere Methode, sich vor den Insekten zu schützen. Das *desayuno* dauerte ganze drei Stunden, in denen wir uns in angenehme und in-

Dall'aereo non si vede altro che fiumi e foreste　　　*Aus der Luft sieht man nur Flüsse und Dschungel*

sicuro, in qualche modo mi sarebbero tornate utili. Ma, soprattutto, mi ero accorto che mi stava nascendo dentro un inaspettato desiderio di vivere quella vita, anche se per il nostro metro tanto primitiva, ed allevare bestiame nel Beni. Era una sensazione affascinante e mi sentivo come se stessi vivendo qualcosa che si materializzava a cavallo di due secoli e di due mondi. Tutte quelle sensazioni che avevo provato nei primi contatti con Guendà Arriba e con il suo mondo, mi si riproponevano di nuovo ma mille volte amplificate ed approfondite. Sembrava che, dopo l'esperienza già fatta a Guenda Arriba e la vita a Santa Cruz, quello fosse il passo più logico da fare. Quasi inevitabile. Il Grande Sogno stava prendendo una fisionomia ancor più definita. Anche Stefania aveva provato le stesse sensazioni ed aveva assalito il vecchio con un'infinità di domande.

Nel pomeriggio eravamo decollati di nuovo e prima che facesse buio eravamo di ritorno a Trinidad. Restava solo di fare i conti con Emilio ed ero pronto ad accettare qualunque salasso perché qualunque cifra mi avesse chiesto per il servizio che ci aveva dato, aereo e tutto, non sarebbe mai stata eccessiva e ne sarebbe valsa proprio la pena. Ma, ormai avevamo imparato, la Bolivia è sempre piena di sorprese ed anche in quella occasione ne aveva riservata una per noi, piuttosto grande: Emilio non aveva voluto essere pagato, neppure un centesimo. Ci aveva dedicato un'intera giornata con il suo Cessna per il solo piacere di stare con noi e farci conoscere il suo mondo. Un'altra grande esperienza.

Con Emilio non avevo recitato la parte del compratore alla ricerca di una proprietà in vendita, ma gli avevo detto la verità, che volevo soltanto conoscere come funziona la *ganaderia* nel Beni per apprendere quanto più possibile quello che mi sarebbe poi servito per andare avanti nella „*mia estancia Guendà Arriba*". Anche lui, però, aveva detto che nella zona di Guendà Arriba non sarei mai riuscito a fare della *ganaderia* con successo. Per la *ganaderia*, aveva confermato, c'è un solo posto al mondo: il Beni! Alcuni anni addietro era stato per qualche mese nel Texas e nell'Arizona per fare quello che stavamo facendo noi nel Beni, cioè per imparare ma, sosteneva, fra quei paesi ed il Beni c'era un vero abisso! Non c'era proprio confronto! Per la *ganaderia* il Beni era un vero paradiso. Infine mi aveva consigliato di approfondire il tema ulteriormente parlando anche con altri *ganaderos*. La cosa migliore, aveva

teressante Gespräche vertieften. Fleisch soviel man wollte, geröstete Yucca, Bananen, frisch gemolkene Milch und frisch gepresster Pomelosaft. Ich stellte einen Haufen Fragen über das Leben im Beni, über die Viehzucht, die Krankheiten, die Heilmittel, die Traditionen, die Systeme und die diversen Kniffe des Berufs. Emilios Vater, dessen Namen ich nicht behalten habe, war unglaublich liebenswürdig. Er war stolz, darüber mit einem gringo zu sprechen, der einfach alles bis ins kleinste Detail erfahren wollte, und verlor sich in ausführlichen Erklärungen, Erzählungen und Beschreibungen jeglicher Art; sein fein ausgearbeiteter Satzbau verlieh ihm, in einer ganz besonderen Weise, etwas sehr Feines und Würdevolles. Seine Wortwahl war stark von der Sprache der Guaranì und Quechua beeinflusst, doch mit der Zeit gewöhnte ich mich daran und erweiterte mein Spanisch dahingehend, dass ich manchmal gar nicht mehr wusste, ob ein Wort nun Spanisch oder Guaranì war. Nur die Wörter mit dem Akzent auf dem letzten Vokal, wie im Französischen, waren fast ausschließlich dem Guaranì zuzuordnen. Nach dem Frühstück schwirrte mir fast der Kopf vor lauter neuen Informationen, die ich wissbegierig in mir aufgenommen hatte. Aber ich war mir ganz sicher, dass sie mir irgendwie nützlich sein würden. Denn vor allem verspürte ich plötzlich den dringenden Wunsch, dieses Leben zu leben, und – auch wenn es nach unseren Maßstäben eher als primitiv galt – im Beni Vieh zu züchten. Es war ein unglaubliches Gefühl – ich meinte zu spüren, das sich in mir etwas entwickelte, dass sich zwischen zwei Jahrhunderten und zwischen zwei Welten abspielte. Alle Gefühle, die ich schon einmal bei der Entdeckung von Guendà Arriba und seiner Welt verspürt hatte, überkamen mich nun erneut; nur, dass sie mich mit einer noch viel heftigeren Welle durchströmten und mir noch viel, viel tiefer unter die Haut gingen. Es schien als wäre das, nach der Erfahrung mit Guendà Arriba und dem Leben in Santa Cruz, der einzig logische Schritt. Ein schon fast unvermeidbarer Schritt. Unser großer Traum nahm immer deutlichere Formen an. Auch Stefania hegte die gleichen Gefühle und hatte den alten Herrn mit Fragen überhäuft.

Am späten Nachmittag hoben wir wieder ab, und noch bevor es dunkel wurde, befanden wir uns auf dem Rückflug nach Trinidad. Wir mussten nur noch Emilio bezahlen und ich war bereit, ihm jede Summe, die er für seinen Dienst

detto, era di presentarmi come compratore e di passare qualche giorno in qualche *estancia* in vendita. L'idea non mi era affatto nuova ed il suo suggerimento mi aveva fatto leggermente arrossire. Evidentemente non avevo inventato niente di nuovo.

Poi, sempre nell'intento di essermi utile, mi aveva accompagnato ad una catapecchia a poche decine di metri dall'albergo: lì c'era la „*Stazione Radio Trinidad*" in MF. Era una stanzetta buia e calda, con due vecchi giradischi, un microfono ed una catasta disordinata di 45 giri. Seduto ad un tavolo contro l'unica finestra della stanza, un ragazzo di poco più di vent'anni con una cuffia in testa smanettava svogliatamente sui tasti e sulle leve di una consolle sgangherata. Fra un disco e l'altro aveva scambiato qualche convenevole con Emilio, che evidentemente conosceva bene, dopodiché aveva interrotto il disco che stava trasmettendo e con disinvoltura aveva detto nel microfono qualcosa come:

„*Un investitore straniero è interessato a comprare un'estancia con ganado. Rivolgersi a Don Bruno all'Hotel Ganadero, camera 32*"

Senza rendercene conto, in breve avevamo fatto un enorme balzo in avanti nel tempo e, per alcuni secondi, eravamo atterrati nel secolo della tecnologia e delle comunicazioni. Il nostro gioco stava prendendo direzioni impreviste e assumendo forse delle dimensioni al limite del pericoloso ma Stefania ed io ci stavamo godendo i nostri ruoli.

Trinidad è veramente piccola. Le sue stradine polverose danno l'idea di scenari da films sul far west con casette ad un piano, cavalli sellati legati davanti ai saloons e gente che si sposta pigramente a cavallo. Le uniche differenze sono rappresentate dai canali di scolo aperti su entrambi i lati delle strade, con il relativo puzzo insopportabile che ovviamente non si sente nei films, ed alcune motociclette puzzolenti che si mescolano al traffico dei cavalli avanzando lentamente sul fondo irregolare.

Non era ancora passata un'ora da quando eravamo rientrati in albergo che, mentre stavamo bevendo una *cerveza* gelata al bar, si erano presentati due signori baffuti ed avevano chiesto di parlare con Don Bruno. Il più giovane portava una 38 lucente nel cinturone ed il più anziano un cappello di feltro a tesa larga. Avevo notato che era molto

mit Flugzeug etc. verlangte, auszuhändigen. So hoch sie auch sein mochte, sie war es zweifelsfrei wert. Doch mittlerweile hatten wir gelernt, dass Bolivien voller Überraschungen steckte. Und auch Emilio hielt eine ziemlich große für uns bereit: Er wollte kein Geld, nicht einen einzigen Cent. Er hatte uns einen Tag mit seiner Cessna herumchauffiert, weil es ihm seinerseits Freude bereitete, mit uns zusammen zu sein und uns seine Welt zeigen zu dürfen. Welch wunderbare Erfahrung!

Emilio hatte ich nicht die Rolle des Käufers auf der Suche nach einem Grundstück vorgespielt. Ich sagte ihm die Wahrheit, dass ich einfach nur wissen wollte, wie die ganaderia *im Beni lief, um die neuen Kenntnisse so gut wie möglich auf „meiner* estancia *Guendà Arriba" anzuwenden. Und er war seinerseits ehrlich zu mir, als er ohne Umschweife erklärte, dass ich in der Gegend um Guendà Arriba niemals Erfolg mit der* ganaderia *haben würde. Er bestätigte uns, was wir schon wussten, nämlich, dass es für die* ganaderia *nur einen Ort auf der Welt gab: den Beni. Einige Jahre zuvor war er für einige Zeit in Texas und in Arizona gewesen, um das zu tun, was wir in Beni tun wollten, und das war: lernen! Er behauptete jedoch, dass diese Länder und den Beni Abgründe trennen würden! Sie wären überhaupt nicht vergleichbar! Für die* ganaderia *war der Beni das Paradies auf Erden. Schließlich riet er mir, dieses Thema noch mit anderen* ganaderos *zu vertiefen; am einfachsten wäre es, sich als Käufer auszugeben, und einige Tage auf einer* estancia*, die zum verkauf anstand, zu verbringen. Diese Idee war mir nicht ganz unbekannt und sein Vorschlag ließ mich ein wenig erröten. Ich hatte mir anscheinend nichts wirklich Neues einfallen lassen.*

Sichtlich bemüht, uns zu helfen, begleitete er uns zu einer Bruchbude, die nur wenige Schritte vom Hotel entfernt lag: zu „Radio Trinidad", das auf H.F. sendete. Es war ein dunkler, stickiger Raum, in dem es zwei alte Plattenspieler, ein Mikrofon und einen unordentlichen Stapel Singles gab. An dem Tisch vor dem einzigen Fenster saß ein junger Mann, der nicht älter als zwanzig war. Er hatte Kopfhörer auf und drückte lustlos auf den Tasten und Hebeln des heruntergekommenen Schaltpultes herum. Zwischen einer Platte und der nächsten tauschte er mit Emilio, den er offensichtlich gut kannte, einige Förmichkeiten aus. Dann unterbrach der das laufende Lied und

sgualcito ma era uno Stetson originale! In un paese dove tutto avviene *mañana*, le cose si stavano svolgendo ad una velocità impensata. Eravamo arrivati a Trinidad soltanto il giorno prima e già sedevamo al tavolo delle trattative davanti a due proprietari terrieri. Ormai eravamo indubbiamente in ballo ed il gioco ci piaceva.

I due si chiamavano Gonzalo Coreaga e Ernesto Sanchez. Don Gonzalo, il più anziano dei due, parlava anche per l'altro. Aveva un aspetto gioviale, aperto e simpatico. Il suo spagnolo era intercalato da pochi termini indios che lo abbellivano e lo rendevano più scorrevole e melodico. Più che parlare di terra e di vacche, sembrava che recitasse poesie. Possedeva una tenuta di 5000 ettari, che era la metà di una pampa ad est del San Juan, dal bel nome di *La Ceiba* (pron. La Seiba), ed era costretto a venderla per due motivi. Innanzi tutto perché aveva un debito con la banca che non riusciva ad estinguere, e poi, molto più importante, perché era costantemente in lite per questioni di confini con i proprietari dell'*estancia* vicina, la famiglia Sanchez che lì era rappresentata dal taciturno figlio Ernesto. Questi ascoltava in silenzio accarezzando con aria assente il calcio della sua bella 38 lucida. I Sanchez possedevano l'*estancia*, dal nome altrettanto esotico di *Maracaibo*, che occupava l'altra metà della stessa pampa con altrettanti 5000 ettari. Dopo anni di liti tramite avvocati e cause in tribunale, che non avevano mai portato ad una soluzione del problema, avevano deciso di comune accordo di cercare qualcuno disposto a comprare entrambe le proprietà e di liberarsene. Nella realtà, ci aveva spiegato Don Gonzalo, si trattava fisicamente di una pampa unica di 10.000 ettari che, per una circostanza infelice, era stata divisa fra due proprietari, ma era fatta per essere una sola proprietà. Delle due, la Ceiba di Don Gonzalo aveva un valore maggiore, perché era più alta, ma Maracaibo era un complemento importante perché, essendo più bassa, disponeva di pascoli sempre verdi e quindi ricchi di foraggio proprio quando questo, nelle stagioni secche, cominciava a scarseggiare alla Ceiba. Maracaibo, quindi, era un complemento essenziale della Ceiba. Più tardi avrei imparato che la differenza di altezza si riduceva a pochi centimetri. Il bestiame non era molto, poco più di 500 capi fra tutte e due le tenute, ma erano quasi tutte femmine, fattrici adulte e sane, e c'erano venti tori giovani di pura razza nellore importati in aereo dal Brasile.

Ci poteva interessare? Perché no? Non avevamo

sagte lässig:

„Ein ausländischer Käufer interessiert sich für eine estancia *mit* ganado. *Wenden Sie sich bitte an Don Bruno im Hotel Ganadero, Zimmer 32."*

Ohne uns darüber im Klaren zu sein, hatten wir plötzlich einen riesigen Satz nach vorne gemacht; für eine Sekunde befanden wir uns auf einmal wieder im Zeitalter der Technik und der Kommunikation. Unser Spiel schlug unvorhergesehene Richtungen ein und wuchs einfach über uns hinaus. Doch Stefania und ich genossen unsere Rollen.

Trinidad ist winzigklein. Seine staubigen Gässchen erinnern an alte Westernfilme: einstöckige Häuschen, gesattelte Pferde vor den Saloons, und Leute, die wie in Zeitlupe auf ihren Pferden reiten. Der einzige Unterschied sind die Abwasserkanäle, die auf beiden Seiten der Straße entlang fließen und deren unerträglichen Gestank man in Filmen natürlich nicht mitbekommt, und die ebenfalls stinkenden Mofas, die sich unter die, langsam auf dem unebenen Grund dahintrottenden Pferde mischen.

Wir waren noch nicht eine Stunde wieder im Hotel und saßen noch gemütlich bei einem eiskalten cerveza *an der Bar, als sich auch schon zwei schnauzbärtige Herren nach Don Bruno erkundigten. Der Jüngere trug eine blank polierte 38er im Gürtel und der Ältere einen Filzhut mit einer weiten Krempe auf dem Kopf. Ich bemerkte, dass er zwar ein wenig verknittert, aber dafür ein echter Stetson war. Dafür, dass wir in einem Land waren, in dem eigentlich alles erst* mañana *erledigt wurde, überschlugen sich die Ereignisse regelrecht. Gestern erst waren wir in Trinidad angekommen, und schon saßen wir an einem Tisch mit zwei Landbesitzern, um mit ihnen zu verhandeln. Der Startschuss war unwiderruflich gefallen und uns gefiel dieses Spielchen.*

Die zwei hießen Gonzalo Coreaga und Ernesto Sanchez. Don Gonzalo, der Ältere der beiden, sprach gleich für den Anderen mit. Er machte einen freundlichen, offenen und netten Eindruck. Sein Spanisch war hier und dort mit einigen Ausdrücken der Indio-Sprache gespickt, was es flüssiger und melodischer klingen ließ. Er schien vielmehr zu dichten, anstatt von Grund und Vieh zu sprechen. Er besaß ein Landgut mit dem wohlklingenden Namen La Ceiba *(sprich La Seiba), dass 5000 Hektar groß*

neppure parlato di prezzi. In fondo per noi era soltanto un gioco e ci stavamo prendendo gusto. Tutto quello che volevamo era vedere ed imparare, sia pure con un tantino di imbroglio. La prima cosa, quindi, era di andare a vedere queste due proprietà. È possibile? Certamente! Quando? Domattina. Perfetto!

Emilio non avrebbe potuto accompagnarci perché aveva altri impegni ma avrebbe mandato il fratello, il Capitan Francisco o, per i più intimi, Don Panchito, anche lui pilota. Intanto avevo imparato che, in Bolivia, chi ha un aereo o il brevetto da pilota diventa automaticamente *Capitan*. In breve tempo lo sarei diventato anch'io!

Forse stavamo spingendo il gioco oltre certi limiti e scherzare col fuoco è sempre pericoloso ma ormai eravamo in ballo e l'idea di visitare un'altra *estancia*, anzi, in questo caso, due insieme, era una tentazione alla quale non avrei potuto resistere. Diecimila ettari! Inoltre la descrizione di Don Gonzalo la faceva apparire ai miei occhi come una specie di Eden con fiori, frutti e vacche. Forse mancavano soltanto Eva, il serpente e la mela. O forse, sotto altre forme, c'erano anche quelli? Chissà!

La mattina dopo, all'alba, eravamo di nuovo in aereo. Stefania, Don Gonzalo, Don Panchito ed io. Questa volta, però, eravamo diretti verso oriente.

Nel mezzo di quella lunga lingua di terra ricoperta di foreste, delimitata ad ovest dal Rio Guaporé-Itenez e ad est del Paraguà-Rio Grande-Mamoré, c'è un terzo fiume che corre parallelo a quest'ultimo, mediamente ad un centinaio di chilometri di distanza. È il Rio San Pablo, conosciuto anche come San Miguel o San Juan. Questo fiume scende lentamente verso nord serpeggiando in un susseguirsi interminabile di anse nel mezzo di una giungla fitta fitta, larga dai trenta ai sessanta chilometri e di una serie di paludi permanenti. La parte più meridionale di questa lingua di terra, foltamente coperta da una giungla quasi impenetrabile, è interrotta dal fiume Pauserna, che prende il nome dalla tribù *Guarasù-gwe-Pauserna* che vi ha vissuto per secoli e che è oggi praticamente estinta. Il Pauserna sale verso nord est per poi immettersi anche lui nel Guaporé. Poco più a nord, un altro piccolo fiume, che non figura in nessuna carta ed al quale io ho poi dato il nome di Rio Negro a causa del colore scuro delle sue acque, scorre invece verso nord

war und die Hälfte einer Pampa östlich des San Juan ausmachte. Er musste aus zweierlei Gründen verkaufen. Erstens, weil er Schulden auf der Bank hatte, die er nicht abbezahlen konnte und zweitens, weil er im ständigen Streit über die Abgrenzungen mit den Besitzern der benachbarten estancia *lag. Mit der Familie Sanchez, die hier von dem schweigsamen Sohn vertreten wurde. Der hörte zu, ohne auch nur ein Wort zu sagen, und strich von Zeit zu Zeit abwesend über den Lauf seiner schönen blanken 38er. Den Sanchez gehörte die* estancia *mit dem ebenfalls sehr exotischen Namen* Maracaibo, *die die andere 5000 Hektar große Hälfte der Pampa einnahm. Nach jahrelangen Streitigkeiten mittels ihrer Anwälte und zahlloser Gerichtsanhörungen, die nie zu einer Lösung des Problems führten, hatten sie im gegenseitigen Einverständnis beschlossen, jemanden zu suchen, der bereit war, beide Besitzanteile zu kaufen und sich endlich von der Last zu befreien. In Wirklichkeit, so erklärte uns Don Gonzalo, handele es sich um eine einzige Pampa von 10.000 Hektar, die nur durch einen unglücklichen Zufall in zwei geteilt worden war, aber eigentlich ein untrennbares Stück Land darstellte. Die La Ceiba von Don Gonzalo war mehr wert, weil sie höher lag, doch die* estancia *Maracaibo war eine erstklassige Ergänzung. Denn gerade weil sie tiefer lag, boten ihre immergrünen Wiesen auch dann noch Futter, wenn dies der La Ceiba in den trockenen Jahreszeiten auszugehen drohte. Die Maracaibo war sozusagen lebensnotwendig für die La Ceiba. Viel später erst entdeckte ich, dass der Höhenunterschied bloß einige Zentimeter betrug. Die Viehzucht war nicht allzu groß und bestand zusammen gerechnet aus etwa 500 Rindern. Der Großteil von ihnen waren erwachsene und gesunde Kühe. Außerdem gab es noch in etwa zwanzig junge Stiere, alles reinrassige Nellore, die mit dem Flugzeug aus Brasilien importiert worden waren.*

Könnte uns das interessieren? Warum nicht? Der Preis wurde nicht einmal erwähnt. Im Grunde war das für uns ja auch nur ein Spiel, an dem wir Spaß gefunden hatten. Alles, was wir wollten, war: zu sehen und zu lernen; und wenn wir dafür auch ein wenig betrügen mussten. Zuallererst wollten wir die beiden Landesgüter natürlich sehen. War das möglich? Natürlich! Und wann? Morgenfrüh. Perfekt!

Emilio konnte uns leider nicht begleiten, da er schon

ovest per immettersi nel Rio San Pablo-San Miguel-San Juan. Una cinquantina di chilometri ancora più a nord, la foresta lungo la sponda destra del San Pablo si interrompe sulla riva di un grande lago circolare largo una decina di chilometri cui ho dato il nome di *Laguna Azul*, il Lago Azzurro, lasciandomi ispirare dal colore incredibilmente brillante delle sue acque pulite. Dopo il lago, per quasi venti chilometri, si stende una pampa ricoperta di un verde uniforme ed interrotta soltanto da cinque strisce strette e lunghe di foresta. Questa prateria termina gradualmente sulle rive paludose di un vecchio letto del San Pablo che forma un lago semicircolare ricoperto quasi completamente di vegetazione. A questo ho dato il nome di „*Bajío Grande*", il grande stagno. Non si tratta più di un vero fiume ma ne conserva ancora la forma così come pure un altro laghetto che si trova nell'interno della proprietà e che porta il nome di „*Rio Chuto*", cioè fiume mozzo. Questa distesa di prati verdi ha una forma circolare quasi perfetta con un diametro di circa 15 chilometri.

Volando sopra questa enorme prateria si notano di tanto in tanto grandi alberi dai rami contorti quasi privi di foglie

La Laguna Azul ed il San Juan arrivando da sud

andere Termine hatte, aber er schickte uns seinen Bruder, den Capitan Francisco, unter engen Freunden auch Don Panchito genannt, der ebenfalls Pilot war. Ich verstand langsam, dass in Bolivien jeder, der ein Flugzeug oder ein Pilotenführerschein besaß, automatisch zum Capitan erkoren wurde. Nicht mehr lange, und auch ich würde einer sein!

Vielleicht waren wir dabei, dass Spiel ein wenig zu übertreiben und außerdem war ein Spiel mit dem Feuer ja sowieso nie ganz ungefährlich. Doch nun hatten wir es einmal ins Rollen gebracht und ich konnte der Versuchung, noch eine estancia, *bzw. in diesem Fall, sogar gleich zwei auf einmal zu besichtigen, einfach nicht widerstehen. Zehntausend Hektar! Don Gonzalo hatte sie zudem so sehr in den Himmel gelobt, dass vor meinem inneren Auge bereits ein wahres Paradies mit Blumen, Früchten und Kühen entstanden war. Vielleicht würden nur Eva, die Schlange und der Apfel fehlen. Oder vielleicht, gab es sogar die, in irgendeiner Form. Wer weiß!*

Am nächsten Tag bei Sonnenaufgang waren wir schon wieder in der Luft. Stefania, Don Gonzalo, Don Panchito

Laguna Azul und San Juan von Süden

ma ricoperti di un tipo carnoso di fiori rossi che spiccano dal verde tenue della pampa e dal verde più cupo delle strisce di foresta. Il nome di quest'albero meraviglioso è „*Ceibo*" (pron. *Seibo*) ed in suo onore l'estancia è stata nominata „*la Ceiba*".

Se avessi avuto i poteri magici, o meglio divini, di crearmi un angolo di paradiso a mio gusto e piacimento non sarei mai riuscito ad immaginarmi un luogo talmente affascinante. È proprio vero che solo Dio può creare ma è pure vero che anche a Lui succede molto di rado di riuscire a creare cose di tale bellezza e grandiosità. Un'estensione di prateria perfettamente piatta ed omogenea ricoperta uniformemente di erba che ondeggia al vento prevalente del nord ed è interrotta soltanto da cinque „*monti*" lunghi e stretti che si diramano dalla *Laguna Azul* verso nord come le dita di una mano. Questi „*monti*" sono alti 80-100 cm rispetto al resto dei cento chilometri quadrati di prateria e rappresentano la caratteristica più peculiare di questa proprietà e, nello stesso

und ich. Diesmal flogen wir allerdings gen Osten.

In der Mitte dieser langen Landzunge aus Wäldern, die im Westen vom Rio Guaporé-Itenez und im Osten vom Paraguà-Rio Grande-Mamoré begrenzt ist, fließt parallel zum letztgenannten und auf durchschnittlich 100 km Entfernung von ihm, ein dritter Fluss namens Rio San Pablo, auch bekannt als San Miguel oder San Juan. Dieser Fluss bewegt sich langsam in Richtung Norden, indem er sich durch eine unendliche Abfolge von Biegungen schlängelt, die ihn durch den dichten und immer dichteren Dschungel leiten, der in dieser Gegend eine Breite von dreißig bis sechzig Kilometern und unendliche Sumpfgebiete aufweist. Durch die südlichste Spitze dieser Landzunge und durch ihren undurchlässigen Dschungel führt der Fluss Pauserna, der seinen Namen den Guarasù-gwe-Pauserna verdankt, einem Stamm, der Jahrhunderte lang dort lebte und heute fast ausgestorben ist. Der Pauserna

La Ceiba allagata. Al centro la pista d'atterraggio

Die überschwemmte** La Ceiba **mit der Landebahn in der Mitte

tempo, anche la sua più grossa ricchezza. Durante i periodi di pioggia la pampa si allaga più o meno uniformemente con uno strato d'acqua che va dai 20 ai 50 centimetri distruggendo così buona parte dei parassiti e permettendo all'erba di crescere rigogliosamente. I „monti" invece non si allagano mai e sono coperti di uno strato fitto di foresta che offre al bestiame un ottimo riparo dal sole. Nella stagione delle piogge, quindi il bestiame scende a pascolare con le gambe nell'acqua, ma poi si ritira sui „monti" per riposarsi, sdraiarsi e ruminare all'asciutto ed all'ombra.

Un'altra caratteristica peculiare della Ceiba è la mancanza di una strada o di una pista che le permetta un contatto con il resto del mondo. Questo potrebbe sembrare un grosso handycup ma è, in realtà, un altro aspetto del suo grande valore. Mancando una via di comunicazione la Ceiba è immune da contagi, epidemie e, soprattutto, dai furti che in tutto il mondo rappresentano il pericolo maggiore per gli allevatori di bestiame. Questo, per essere portato al mercato, deve superare il fiume a nuoto e poi attraversare una palude di circa 40 chilometri. Ciò, ovviamente, è possibile soltanto per pochi giorni l'anno alla fine della stagione secca, verso novembre, e a condizioni che la palude si sia asciugata quel tanto da permettere di attraversarla, sia pure avanzando con il fango che comunque arriva fino alle ginocchia ed oltre. Un'impresa molto difficile ma che è compensata ampiamente dagli aspetti positivi già descritti.

Volando da Trinidad verso il sole del mattino che ci bruciava negli occhi avevamo raggiunto il San Juan in circa 30 minuti. Era il primo punto di riferimento. Secondo Don Gonzalo l'*estancia* si trovava più a nord e quindi Don Panchito aveva virato a sinistra. Per qualche minuto avevamo seguito il fiume che serpeggiava nella foresta e poi m'era apparsa la visione stupenda della *Laguna Azul*, grande e risplendente alla luce del mattino che vi si rifletteva. Al di là si estendevano le cinque strisce di foresta folta e fra queste si allungavano delle fasce di prateria uniforme, punteggiate qua e là da macchioline bianche. Erano tutte le mucche che pascolavano tranquillamente, libere, senza recinti, con i piedi nell'acqua. Era la stagione delle piogge e la pampa era allagata. Non lontano dal lago, in un tratto asciutto che poteva sembrare il palmo della mano dal quale i cinque *monti* si estendevano come se fossero le sue dita, si vedeva una striscia rettangolare di prato che sembrava

fließt ebenfalls nach Nordosten, um dort im Guaporé zu münden. Noch etwas weiter nördlich gibt es einen weiteren kleinen Fluss, der in keiner Landkarte verzeichnet ist und dem ich aufgrund der dunklen Farbe seines Wassers den Namen Rio Negro gegeben habe. Er fließt nach Nordwesten, um im Rio San Pablo-San Miguel-San Juan zu münden. Fünfzig Kilometer noch weiter nördlich trifft der Wald, der sich rechts vom San Pablo ausbreitet, auf das Ufer eines großen Sees, der bestimmt zehn Kilometer breit ist und dem ich den Namen Laguna Azul, Blaue Lagune gegeben habe. Auch diesmal habe ich mich von der Farbe des Wassers inspirieren lassen, das in diesem Falle unglaublich klar und glänzend ist. Daraufhin dehnt sich für bestimmt zwanzig Kilometer eine grüne Pampa aus, die von fünf dünnen, langen Waldabschnitten überzogen ist. Diese Wiesen enden auf den sumpfigen Ufern des einstigen Flussbettes des San Pablo, das heute zu einem halbrunden See mit einer dichten Pflanzendecke geworden ist. Ihm habe ich den Namen „Bajìo Grande", der große Weiher, gegeben. Es ist zwar eigentlich kein Fluss mehr, aber die Form ist geblieben, so wie auch bei einem anderen Teich, der sich auf dem Grundstück befindet und der „Rio Chuto", abgeschnittener Fluss, genannt wird. Diese riesige Grasfläche ist nahezu kreisrund und hat einen Durchmesser von ungefähr 15 Kilometern.

Während man diese enorme Pampa überfliegt, trifft das Auge hier und da auf große Bäume mit schiefen, fast blätterlosen Ästen, die aber mit kräftig roten Blumen geschmückt sind. Sie heben sich deutlich von dem zarten Grün der Pampa ab und leuchten sogar aus dem Dunkelgrün der Waldabschnitte hervor. Der Name dieses wunderschönen Baumes ist „Ceibo" (sprich Seibo) und ihm zu Ehren heißt die estancia *„La Ceiba".*

Wenn ich über magische, oder besser noch, göttliche Kräfte verfügen würde und mir einen Winkel des Paradieses ganz nach meinem Geschmack gestalten dürfte, selbst dann wäre ich nicht in der Lage gewesen, mir einen so traumhaften Ort auszumalen. Es ist natürlich wahr, dass nur Gott über die Schaffensgabe verfügt, aber es ist mindestens genauso wahr, dass es ihm nur selten gelingt, Orte von einer solchen Schönheit und Einzigartigkeit zu schaffen. Eine vollkommen ebene und einheitliche Graslandschaft, die von gleichmäßigen Halmen, welche sich im seichten Nordwind wiegen, bedeckt ist, und die nur von

falciato come un giardino inglese. Era la pista d'atterraggio della Ceiba e sulla destra c'era un grosso *corral* e cinque capanne col solito tetto di motacú.

Seguendo le istruzioni di Don Gonzalo, Don Panchito aveva fatto un giro ampio per farci vedere dall'alto il *bajío* che faceva da confine al nord, le capanne malandate e la pista d'atterraggio di Maracaibo ed i tratti più importanti di pascoli e di *monti*. Poi, tornando indietro, aveva sorvolato il tutto tenendosi al centro della pampa fino al lago ed infine aveva virato di nuovo ed era atterrato sulla fascia di prato vicino al *corral*.

Un paio di indios ci erano venuti incontro con quattro cavalli sellati. Don Gonzalo aveva fatto gli onori di casa. Ci aveva fatto vedere il *corral*, messo piuttosto male, e le capanne che lui definiva „case", poi c'eravamo seduti su una panca grezza all'ombra di un grosso albero di *bibosi*. Il corral era un recinto grezzo di rami e di canne di bambù grande circa 4000 metri quadrati. Nell'interno una decina di palme di motacú e su un lato il *brete*, una strettoia in cui far passare il bestiame per poterlo controllare senza fare uso del *lazo*. Le „case" erano cinque. La più grande fungeva da

fünf langen und niedrigeren „Bergen" durchzogen wird, die sich von der Laguna Azul bis nach Norden erstrecken, als wären sie die fünf Finger einer Hand. Diese „Berge" liegen nur 80-100 cm. höher als die restlichen 100 km² der Graslandschaft. Sie sind sowohl die ungewöhnlichste Eigenschaft des Grundstücks als auch sein größter Reichtum. Während der Regenzeit füllt die Pampa sich regelmäßig mit einer 20 - 50 cm tiefen Wasserschicht, die einen Großteil der Parasiten abtötet und das Gras üppig wachsen lässt. Die „Berge" hingegen werden nie überschwemmt und ihr dichter Wald bietet dem Vieh einen optimalen Schutz vor der Sonne. Während der Regenzeit weidet das Vieh also zunächst mit den Hufen im Wasser, dann aber zieht es sich zurück in die „Berge", wo es sich in trockenen und im Schatten hinlegen kann, um in Ruhe wiederzukäuen.

Eine weitere Besonderheit der La Ceiba ist das Fehlen einer Straße oder eines Weges, der sie mit dem Rest der Welt verbindet. Das könnte als ein großer Schönheitsfehler gewertet werden, ist aber in Wahrheit nur ein weiterer Pluspunkt. Da es keine Verbindungsstraße gibt, ist die La

La pista d'atterraggio **Die Landebahn**

5 Der Beni

L'Autore con Don Gonzalo

Der Autor mit Don Gonzalo

Ceiba sicher vor ansteckenden Krankheiten, Epidemien und vor allem vor Dieben, die in der ganzen Welt die größte Gefahr für Viehzüchter darstellen. Um das Vieh auf dem Markt anbieten zu können, muss dieses zunächst durch den Fluss schwimmen und dann ein 40 km langes Sumpfgebiet durchqueren. Das ist natürlich nur wenige Tage im Jahr, gegen Ende der Trockenzeit, im November möglich. Und dann auch nur, wenn das Sumpfgebiet so sehr getrocknet ist, dass man es durchwandern kann, aber selbst dann steht einem der Schlamm mindestens bis zu den Knien. Ein ziemlich schwieriges Unternehmen, das allerdings von all den schon beschriebenen positiven Aspekten wieder wettgemacht wird.

Von Trinidad aus flogen wir in Richtung der grellen Morgensonne, die uns höllisch in den Augen brannte, aber nach 30 Minuten waren wir bereits am San Juan. Er war mein erster Anhaltspunkt. Nach der Auffassung von Don Gonzalo befand sich die estancia *sich weiter nördlich und so drehte Don Panchito nach links ab. Für einige Minuten folgten wir dem Fluss, der sich durch den Wald schlängelte, und dann kam der herrliche Anblick der Laguna Azul in unser Blickfeld: Groß und glitzernd lag sie unter uns und reflektierte das Licht der Morgensonne. Weiter hinten breiteten sich die fünf langen Waldabschnitte aus und zwischen ihnen wuchsen die gleichmäßigen Wiesen, die bloß hier und da weiße Pünktchen aufwiesen; das waren all die Kühe, die hier friedlich, frei und ohne Zäune mit den Hufen im Wasser weideten. Wir befanden uns in der Regenzeit und die Pampa war mit Wasser überschwemmt. Nicht weit vom See entfernt, erschien ein trockener Teil in Form eines Handballen, von dem die fünf Berge sich eben so ausstreckten, als seien sie fünf Finger. Man konnte einen rechteckigen Strich Wiese erkennen, der so kurz geschnitten war, wie ein englischer Garten. Es war die Landebahn von La Ceiba und zu ihrer Rechten stand ein großes corral und fünf Hütten aus dem üblichen Dach der* motacù*.*

Den Anweisungen Don Gonzalos folgend, drehte Don Panchito eine große Schleife, um uns den bajío, *die nördliche Grenze, die heruntergekommenen Hütten und die Landebahn von Maracaibo, die wichtigsten Weiden und*

cucina e si vedeva il fumo che usciva dal tetto. Non aveva pareti e dentro c'erano due tavoli da lavoro grezzi. Sul pavimento di terra due fuochi accesi, uno grande con un gran pentolone dal quale veniva un buon profumo di *sopa* e un altro più piccolo con sopra una cuccuma di alluminio annerita dal fumo.

Di fronte alla cucina c'era un'altra capanna senza pareti e con un grande tavolo al centro. Era la „*sala*" da pranzo. Le altre tre capanne invece erano completamente chiuse con pareti di bambù e porte di legno grezzo. La più piccola

I cavalli sono abituati a tenere i piedi a mollo

Die Pferde sind gewöhnt ins Wasser zu treten

sul retro fungeva da dispensa e le altre due da *dormitorios*. Erano tutte in buono stato ed i tetti erano stati rifatti da poco. Quando ci siamo seduti una giovane india si era fatta avanti con una tazza e con la cuccuma di alluminio e ci aveva offerto il famigerato caffè del quale io e Stefania avevamo un sacrosanto terrore. Ma ormai sapevamo che in tali circostanze non si può mai rifiutare e, chiudendo gli occhi, avevamo bevuto tutti a turno dalla stessa tazza. Evidentemente il concetto di igiene del Beni non si scostava molto da quello di Santa Cruz. La qualità del caffè, purtroppo, nemmeno.

Faceva un caldo bestiale e l'umidità che evaporava dalla pampa allagata, era talmente densa che dava l'impressione di essere immersi nell'acqua. Dove ci trovavamo il terreno era asciutto, ma a poche decine di metri, quasi ai bordi della pista, si vedeva l'erba sbucare da uno strato d'acqua che evaporava sotto il sole.

Gli indios, due uomini abbastanza giovani, due donne ed una schiera di bambini che non sono riuscito a contare, erano felici di vedere qualche faccia nuova ed avrebbero parlato per giorni e giorni senza interruzione. Don Gonzalo aveva proposto di fare un giro a cavallo per vedere il bestiame, i livelli dell'acqua nella pampa e lo stato dei *monti*. I cavalli erano già pronti e siamo saliti in sella. A Don Gonzalo spettava di diritto cavalcare il *potro* con la sella texana e a

die Berge zu zeigen. Auf dem Rückflug überflog er die Mitte der Pampa bis zum See, drehte dann nochmals ab und landete auf der Wiese neben dem corral.

Ein paar Indios kamen uns mit vier gesattelten Pferden entgegen. Don Gonzalo empfing uns feierlich als seine Gäste. Er zeigte uns das corral, das in ziemlich schlechtem Zustand war, und die Hütten, die er „Häuser" zu nennen pflegte. Dann setzten wir uns auf eine grobe Bank im Schatten eines großen Baumes namens bibosi. Das corral war von einem einfachen Zaun aus Ästen und Bambusrohren umgeben und etwa 4000 m² groß. In seinem Innern befanden sich etwa zehn Palmen der motacù und auf der einen Seite stand der brete, eine enge Gasse, durch die man das Vieh schickte, um es, ohne lazo, kontrollieren zu können. Die „Häuser" waren fünf an der Zahl. Das größte diente als Küche, und man sah Rauch von seinem Dach aufsteigen. Es hatte keine Wände und im Inneren konnte man zwei grobe Arbeitstische erkennen. Auf dem Boden aus Erde brannten zwei Feuer; ein größeres mit einem großen Topf, aus dem uns der Duft der sopa entgegenströmte, und ein kleineres, über dem eine rauchgeschwärzte Kaffeekanne aus Aluminium hing.

Gegenüber der Küche lag eine weitere Hütte ohne Wände, in der ein großer Tisch stand. Sie diente als „Speisesaal". Die anderen drei Hütten hatten Wände aus Bam-

noi erano stati assegnati due ronzini che sembravano addormentati e le selle che erano una tortura tale che avrebbero messo in serie difficoltà anche il fachiro più incallito. Don Panchito intanto aveva tirato fuori dal suo Cessna un'amaca e l'aveva stesa fra due palme mentre io, Stefania, Don Gonzalo ed uno degli indios c'eravamo avviati verso la pampa passando a lato della pista d'atterraggio.

Dopo poche centinaia di metri abbiamo incontrato le prime vacche. Stavano coi piedi in acqua a brucare l'erba che ne emergeva. Era una scena stranissima. A perdita d'occhio non si vedevano che grandi ciuffi di erba verde e rigogliosa che spuntavano da quel lago immenso nel quale il sole si rifletteva con una luce abbagliante e, sparsi qua e là, vacche, tori e vitelli che pascolavano tranquilli con i piedi in acqua. È difficile pensare che un terreno allagato possa essere bello ed altrettanto difficile è credere che un terreno soggetto ad allagarsi possa essere di tanto valore. Ma lì lo stavamo vedendo coi nostri occhi e ci eravamo subito convinti. Il tutto sapeva di calma, di pace, di benessere e di salute. L'acqua in quei paraggi non era più alta di una decina di centimetri. Sui *monti*, sotto gli alberi alti, si vedevano altri animali fermi all'ombra oppure sdraiati che ruminavano con tutta calma. Noi avanzavamo con i cavalli che mettevano tranquillamente i piedi nell'acqua ed

busrohren und Türen aus grobem Holz. Die kleinste von ihnen auf der Rückseite diente als Speisekammer, die anderen beiden als *dormitorios*, Schlafräume. Sie waren alle in einem guten Zustand und die Dächer waren erst vor kurzem erneuert worden. Als wir uns setzten, kam augenblicklich eine junge Indio mit einer Tasse und der Aluminiumkanne auf uns zu und bot uns den berüchtigten Kaffee an, vor dem Stefania und ich einen fürchterlichen Horror hatten. Doch mittlerweile wussten wir auch, dass wir ihn zu solchen Anlässen unmöglich ablehnen konnten. Wir schlossen die Augen und tranken alle nacheinander aus der gleichen Tasse. Offensichtlich war die Auffassung von Hygiene im Beni kein Stück besser als die in Santa Cruz. Und leider hielt es sich mit der Qualität des Kaffees ebenso.

Es herrschte eine Affenhitze und die feuchte Luft, die aus dem Dunst der überschwemmten Pampa emporstieg, war so dick, dass ich das Gefühl hatte, bis zum Hals im Wasser zu stehen. Wir saßen auf dem Trockenen, aber nur einige Meter von uns entfernt, am Rande der Landebahn, tauchte das Gras eben noch aus dem Wasser auf, das unter der heißen Sonne langsam, aber stetig verdampfte.

Die Indios, zwei junge Männer, zwei Frauen und eine Schar unzähliger Kinder waren froh darüber, einmal wie-

Stefania con *Lapita*   *Stefania mit* **Lapita**

Il pranzo è assicurato!

ogni tanto scivolavano nel fango. L'acqua in qualche punto era alta dieci o venti centimetri. Ma erano abituati a quelle condizioni ed erano tranquilli.

L'erba della pampa assomiglia a quella della savana africana: non ricopre mai tutta la superficie ma cresce in ciuffi separati che lasciano ampio spazio per il passaggio degli animali. Don Gonzalo mi descriveva le qualità di foraggi, ma ci teneva a farmi notare che le due erbe più comuni erano l'*arrozillo*, un riso selvatico dallo stelo sottile con le foglie lunghe e strette che cresce in ciuffi bassi e molto folti, e la *cañuela morada*, un'erba più grezza con gli steli robusti e le foglie lunghe e diritte che assomigliano alle canne acquatiche. Quest'ultima è molto nutritiva e regge a lungo alla siccità. Ha uno stelo molto robusto e le foglie lunghe seghettate hanno la tendenza a tagliare e quindi possono anche ferire la bocca del bestiame.

Avevamo visto migliaia di uccelli. Uno di questi aveva pescato vicino a noi una grossa chiocciola ed era andato a mangiarsela comodamente appollaiato sul *suo* albero. Don Gonzalo ci aveva spiegato che quegli uccelli sono dei grossi abitudinari e si posano sempre sullo stesso albero. Per dimostrarlo ci eravamo avvicinati coi cavalli ed avevamo visto che sotto quell'albero c'era un mucchio di gusci di lumaca alto quasi un metro. Non avevo mai visto dei gusci

Das Mittagessen ist gesichert!

der neue Gesichter zu sehen, und hätten am liebsten tagelang weiter geredet. Don Gonzalo aber schlug vor, einen Ausritt zu machen, um das Vieh, die Höhe des Wassers in der Pampa und die Beschaffenheit der Berge zu sehen. Die Pferde waren schon gesattelt und wir ritten los. Don Gonzalo stand der potro *mit dem texanischen Sattel zu. Wir hingegen mussten auf zwei alten, dösenden Kleppern reiten; noch dazu waren die Sättel eine echte Qual, die auch ein hart gesottener Fakir nur schwer ausgehalten hätte. Während Stefania, Don Gonzalo, ein Indio und ich uns an der Landebahn entlang in Richtung Pampa entfernten, zauberte Don Panchito aus seiner Cessna eine Hängematte hervor und befestigte sie zwischen zwei Palmen.*

Nach einigen Hundert Metern kreuzten die ersten Rinder unseren Weg. Sie standen mit den Beinen im Wasser und fraßen das Gras, das so eben noch hinausreichte. Es war ein wirklich merkwürdiges Bild. So weit das Auge reichte, sahen wir nichts anderes als große Büschel grünen und üppigen Grases, die aus diesem riesigen See emporlugten. Die Sonne reflektierte sich in diesem riesigen Spiegel, der einen blendenden Glanz von sich gab. Und auf der ganzen Fläche verteilt standen hier und da Rinder, Stiere und Kälber im Wasser, die friedlich vor sich hin grasten. Man kann sich nur schwer vorstellen, dass ein überschwemmtes Gebiet so schön sein kann, und ebenso unglaubwürdig ist es, dass ein solches Gebiet einen so hohen Wert haben kann. Doch als wir es mit eigenen Augen sahen, waren wir sofort davon überzeugt. All das strömte unendliche Ruhe, Frieden, Wohlergehen und Gesundheit aus. Das Wasser in unserem Umfeld war nicht tiefer als 10 cm. Unter den großen Bäumen auf den Bergen erblickten wir noch mehr Tiere, sie standen still im Schatten oder lagen in aller Ruhe wiederkäuend auf der Erde. Wir ritten weiter und die Pferde stapften seelenruhig durch das Wasser, auch wenn sie ab und zu im Schlamm ausrutschten. Das Wasser war zehn bis zwanzig Zentimeter tief, aber sie waren daran gewöhnt und daher ganz ruhig.

così grandi e ne ho presi un paio per conservarli come ricordo. Li ho ancora, messi bene in mostra sul camino, ed ogni volta che li guardo mi ricordo la strana cavalcata nella pampa allagata. Da lontano avevamo visto anche un gruppo di *troperos* ma non ci siamo avvicinati. Ancora più avanti, vicino al bosco, avevamo visto due grosse iguana.

Avevamo fatto un giro molto lungo per vedere anche le zone più basse, ma anche in queste l'acqua non superava mai i 30 o 40 centimetri. I cavalli avanzavano sciacquettando e scivolando di tanto in tanto sul fondo melmoso. Le selle erano ancora peggiori di quelle di Guendà Arriba e noi facevamo fatica a sopportarle. Dopo un paio d'ore non ce la facevamo proprio più e, per riposarci i muscoli indolenziti, c'eravamo fermati in un punto rialzato vicino ad un laghetto dove c'era un tratto asciutto per poter scendere da cavallo.

Das Gras der Pampa ähnelte dem der afrikanischen Savannen: es bedeckt nicht die gesamte Fläche, sondern wächst in einzelnen Büscheln, zwischen denen die Tiere gut bewegen können. Don Gonzalo erläuterte uns die Qualität des Futters und es lag ihm sehr daran, mir deutlich zu machen, dass es zwei wichtige Sorten Gras gab. Erstens das arrozillo, *eine Art Wildreis mit einem dünnen Halm und langen, schmalen Blättern, das in niedrigen, vollen Büschen wächst; und zweitens das* cañuela morada, *ein gröberes Gras mit kräftigen Halmen und langen, geraden Blättern, die ein wenig dem Schilfrohr ähneln. Letzteres ist sehr nahrhaft und der Trockenheit gegenüber lange unempfindlich. Sie haben einen kräftigen Halm und seine langen, kantigen Blätter sind so scharf, das sie die Mäuler des Viehs verletzen können.*

Giro d'ispezione con Don Gonzalo

Erkundungstour mit Don Gonzalo

Al nostro arrivo migliaia di uccelli acquatici di tutti i colori avevano preso il volo con un fragore assordante di ali.

Se non fosse stato per il dolore alle gambe ed alle natiche avrei voluto continuare quel giro all'infinito. Era un mondo completamente diverso da quanto avessimo mai visto. Don Gonzalo però non aveva alcuna pietà per i nostri fondoschiena e ci teneva a farci vedere quanto più possibile quindi abbiamo dovuto proseguire. Mi ero aspettato di vedere una quantità maggiore di bestiame ma 500 capi sparsi in 10,000 ettari significa che ogni capo ha a disposizione ben 20 ettari. I 500 capi quindi erano proprio pochi e l'*estancia* si presentava piuttosto vuota. Il suo potenziale, quindi, era veramente enorme.

Nel nostro giro ci eravamo spostati dalla Ceiba a Maracaibo. Fra le due *estancias* non esisteva alcuna delimitazione sotto forma di recinto né tanto meno si sapeva bene dove fossero i confini. Quello era appunto uno dei motivi principali per cui i due proprietari avevano litigato per anni. Il bestiame delle due *estancias* era mescolato e vagava liberamente fra le due proprietà. Don Gonzalo ci teneva a farmi capire che quella divisione dell'intera pampa in due proprietà era assurda ed innaturale perché, per la sua stessa natura, quella pampa era fatta per essere utilizzata come una entità unica.

Dopo poco più di un'altra ora di sella eravamo arrivati ad una prateria enorme e quasi asciutta dove avevamo visto

Wir sahen unzählige Vögel. Einer von ihnen schnappte sich ganz in unserer Nähe eine Schnecke, die er dann ganz genüsslich, auf seinem Baum sitzend, verschlang. Don Gonzalo erklärte uns, dass diese Vögel wahrhafte Gewohnheitstiere waren und immer auf dem gleichen Baum saßen. Um uns einen Beweis zu liefern, führte er uns näher an den Baum heran, und wir sahen, dass sich unter ihm tatsächlich ein großer Berg Schneckenhäuser angesammelt hatte, der bestimmt ein ganzer Meter hoch war. Nie zuvor hatte ich Schneckenhäuser von solcher Größe gesehen und ich nahm mir ein paar zur Erinnerung mit. Ich habe sie immer noch, sie liegen gut sichtbar auf dem Kaminsims und jedes Mal, wenn ich sie ansehe, erinnere ich mich an diesen merkwürdigen Ritt durch die überschwemmte Pampa. Von weitem sahen wir auch eine Herde troperos, *doch wir näherten uns ihnen nicht. Noch ein Stück weiter, in der Nähe des Waldes, sahen wir zwei große Leguane.*

Wir drehten eine große Runde, um auch die tiefer gelegenen Stellen zu besichtigen, aber auch dort war das Wasser nie tiefer als 30 bis 40 cm. Die Pferde schlidderten und rutschten nur so auf dem matschigen Boden dahin und die Sättel waren noch viel schlimmer als die der Guendà Arriba. Es fiel uns wirklich schwer, sie noch weiter zu ertragen. Nach ein paar Stunden hielten wir es nicht mehr aus und machten eine Pause, damit sich die schmerzenden Muskeln ein wenig erholen konnten. Wir hielten

Un gruppo di vacche in raduno presso il Bajìo Grande

Eine Herde in der Nähe des Bajìo Grande

che il bestiame era concentrato tutto in un punto. Allora eravamo andati a vedere da vicino. Erano in prevalenza femmine e molte avevano con sé il loro piccolo. Un centinaio di capi in tutto. Secondo Don Gonzalo eravamo a circa dieci chilometri dalle case. Allora, un po' per giocare ai cow boys, le abbiamo radunate e le abbiamo scortate quasi fino in prossimità della pista d'atterraggio. Anche quella era stata una bella esperienza: cavalcare *arreando* un centinaio di capi di bestiame fra mamme e vitellini che muggivano e tentavano continuamente di scappare. I cavalli erano abituati a quel lavoro e sembrava che si divertissero come bambini a rincorrere gli animali per riportarli nel branco. Un'esperienza che a Guendà Arriba non avevo ancora fatto.

Quando siamo rientrati era già pomeriggio inoltrato. Don Panchito aveva dormito tutto il giorno nella sua amaca. Intanto le donne avevano fatto un *„locro"*, una minestra di pollo e riso, e tanto *„arroz con queso"* ed avevano insistito perché mangiassimo. Stefania ed io avevamo provato a rifiutare, ma gli altri due ci avevano guardato come se stessimo bestemmiando in chiesa in una lingua sconosciuta e quindi non c'era rimasto altro che accettare la ciotola di legno che ci veniva offerta e goderci un pasto che, tutto sommato, dopo oltre sei ore di sella era più che meritato. Ad essere sincero, mi fa rabbia dover pure ammettere che era veramente squisito.

Subito dopo il pranzo eravamo di nuovo in volo per Trinidad con il sole negli occhi.

in der Nähe eines Teiches auf einer kleinen Anhöhe, die so weit trocken war, dass wir vom Pferd steigen konnten. Bei unserer Ankunft stoben Tausende bunter Wasservögel mit wildem Flügelschlag auseinander.

Wir waren mittlerweile von der La Ceiba in der Maracaibo angelangt. Doch zwischen den beiden estancias *gab es keine Grenzzäune und eigentlich wusste man auch nicht wirklich, wo die eine aufhörte und die andere begann. Das war ja auch einer der Hauptgründe gewesen, weshalb die beiden Besitzer sich jahrelange Streitigkeiten geliefert hatten. Das Vieh der beiden* estancias *hatte sich vermischt und lief frei zwischen beiden hin- und her. Don Gonzalo versuchte mir wiederholt deutlich zu machen, dass die Zweiteilung der Pampa absurd und unnatürlich war und das sie von der Natur als eine Einheit geschaffen war und auch als diese genutzt werden musste.*

Nachdem wir eine weitere Stunde geritten waren, kamen wir zu einer riesengroßen, fast trockenen Grünfläche, auf der das Vieh an einer einzigen Stelle zusammengekommen war. Das wollten wir uns genauer ansehen und ritten hin. Der Großteil von ihnen waren Kühe mit ihren Kälbchen, alles in allem ungefähr an die Hundert. Nach Don Gonzalos Ansicht befanden wir uns zehn Kilometer von den Häusern entfernt. Um uns ein bisschen als Cowboys aufzuspielen, trieben wir sie zusammen und führten sie bis in die Nähe der Landebahn. Auch das war wieder

Arreando verso casa

Viehtreiben in Richtung Haus

eine schöne Erfahrung: arreando a caballo *– mit Pferd Vieh zu treiben; eine Hundertschaft aus Kühen und ihren Kälbchen, die ständig muhten und durchbrennen wollten, zusammenzuhalten. Die Pferde waren an diese Arbeit gewöhnt, und es schien mir, als hätten sie einen Heidenspaß daran, den Tieren hinterherzujagen, um sie wieder in die Herde zurückzubringen. Eine Erfahrung, die ich auf Guendà Arriba bisher noch nicht gemacht hatte.*

Als wir von unserem Ausritt zurückkamen, war es bereits später Nachmittag. Don Panchito hatte den ganzen Tag in seiner Hängematte geschlafen. Die Frauen hatten in der Zwischenzeit ein „locro", eine Suppe aus Reis und Hühnchen, und jede Menge „arroz con queso", Reis mit Käse, zubereitet und bestanden darauf, dass wir mit ihnen aßen. Stefania und ich versuchten die Einladung abzulehnen, aber die anderen beiden blickten uns so erschrocken an, als hätten wir so eben einen Schwall an Schimpfwörtern in einer fremden Sprache in der Kirche losgelassen. Also blieb uns nichts anderes übrig, als die Holzschale, die uns angeboten wurde, anzunehmen und das Mahl zu genießen. Nach sechs Stunden auf dem Rücken der Pferde hatten wir es uns auch irgendwie verdient. Und um ehrlich zu sein, muß ich anerkennend zugeben, dass es sogar ganz hervorragend geschmeckt hat.

Nach dem Mittagessen hoben wir sofort wieder ab und flogen, mit der Sonne in den Augen, zurück nach Trinidad.

La nostra commedia degli investitori stranieri che vogliono acquistare tenute con bestiame nel Beni si era spinta troppo più in là di un semplice gioco innocuo. Don Gonzalo, poveretto, ci aveva presi molto sul serio ed aveva interpretato il nostro entusiasmo per un sincero interesse. Aveva l'acqua alla gola e non ne faceva alcun mistero. Per lui vendere l'*estancia* era quasi una questione di vita o di morte. Mentre cavalcavamo nella pampa ci aveva confessato che il suo problema non si limitava al debito con la banca ed alle liti per i confini delle due *estancias,* ma si trattava di una situazione di odio fra le due famiglie che si tramandava da generazioni. Negli ultimi tempi si era acutizzata e stava portando alla necessità di un regolamento di conti alla maniera classica del Beni: con la 38. Il vecchio Sanchez, il padre di Ernesto, non era nuovo a questo tipo di regolamenti mentre Don Gonzalo non si sentiva l'animo del *pistolero*.

Mi ero reso conto che per noi interrompere il gioco non sarebbe stato facile. Però devo anche dire che il ruolo mi era tanto piaciuto e mi ci ero immedesimato al punto tale che ormai agivo e parlavo proprio come se fossi fermamente

Unser Theater von den zwei ausländischen Käufern, die im Beni ein Landgut mit Vieh erwerben wollten, hatte sich bereits über ein harmloses Spiel hinaus entwickelt. Der arme Don Gonzalo hatte uns sehr ernst genommen und unseren Enthusiasmus als ein Zeichen des ehrlichen Interesses gedeutet. Das Wasser stand ihm bis zum Hals und er machte kein Geheimnis daraus. Der Verkauf der estancia entschied für ihn quasi über Leben und Tod. Auf unserem Ausritt gestand er uns, dass seine Probleme sich nicht nur auf die Bankschulden und die Grenzstreitigkeiten der estancias beschränkten, sondern, dass es sich in Wahrheit um einen unausstehlichen Hass zwischen den beiden Familien handelte, der sich von Generation zu Generation weiter vererbte. In der letzten Zeit hatte sich

intenzionato a comperare sia la Ceiba che Maracaibo. In quei momenti mi sembrava che non potesse esistere niente di più bello e di più importante che fare quell'acquisto e andare a vivere in quella pampa sconfinata al di là dei limiti del mondo. Tanto, visto che il tutto era soltanto un gioco, per me era come se il prezzo e l'aspetto finanziario in generale non avessero alcuna importanza ma mentalmente facevo già conti e progetti a non finire. Nella mia fantasia vedevo le mucche che si moltiplicavano ed i puntini bianchi che ricoprivano l'intera superficie della pampa.

A Don Gonzalo avevo detto che, si, certamente la cosa mi interessava ma che, non avendo molta esperienza, avrei avuto grosse difficoltà a decidere prima di aver visto la proprietà nella stagione secca. In quel modo rimandavo la decisione di almeno sei mesi. Lui, ovviamente, non si aspettava di trovare un compratore che potesse decidere tanto rapidamente e quindi eravamo rimasti d'accordo di restare in contatto; mi sarei fatto vivo di nuovo nella stagione secca.

die Situation dermaßen verschärft, dass sie auf die alte, klassische Art des Beni die Konten auszugleichen, zurückgreifen sollten: mit die 38er. Der alte Sanchez, Ernestos Vater, war diesen Maßnahmen keineswegs abgeneigt, aber Don Gonzalo war alles andere als ein geborener pistolero.

Mir wurde klar, dass es nicht einfach gewesen wäre, unserem Spiel ein Ende zu setzen. Und außerdem muss ich zugeben, dass ich mir in meiner Rolle sehr gefiel; so sehr, dass ich sie bis zu einem Punkt getrieben hatte, an dem ich selbst fast daran zu glauben begann, sowohl die La Ceiba als auch die Maracaibo kaufen zu wollen. In diesen Momenten konnte ich mir nichts Schöneres und Wichtigeres vorstellen, als dieses Spiel durchzuziehen und in dieser Pampa am Ende der Welt zu leben. Da das ganze ja nur ein großes Theater war, spielte der Preis für uns keine Rolle, doch im Geiste begann ich bereits Finanzpläne anzulegen und unzählige Projekte bis ins Unendliche zu spinnen. In meiner Fantasie verdoppelten und verdreifachten sich die Rinder, bis die ganze Pampa vor lauter Fleckchen zu einer einzigen weißen Fläche heranwuchs.

Don Gonzalo sagte ich, dass uns die zwei Landesgute natürlich sehr interessierte, aber dass wir es aufgrund mangelnder Erfahrung nicht entscheiden könnten, bevor wir es nicht in der trockenen Jahreszeit gesehen hätte. Auf diese Weise schob ich die Entscheidung mindestens sechs Monate hinaus. Er hatte sich schon gedacht, dass kein Käufer sich auf Anhieb sofort entscheiden konnte, und war damit einverstanden, dass wir in Kontakt blieben und ich mich in der trockenen Jahreszeit wieder bei ihm melden würde.

6

La Ceiba

La Ceiba

Il nostro viaggio nel Beni ci aveva lasciati sconvolti. Continuavamo a sognare ad occhi aperti quelle distese di foreste e di paludi e quell'apertura improvvisa ad est del fiume col suo grande lago azzurro, la distesa di pampa con i puntini bianchi che brucavano ed i cinque *monti* che si allungavano dalla zona delle case e della pista. Da quel momento il lavoro a Guendà Arriba aveva perso un po' del suo lustro. Continuavo a classificare le vacche e i vitelli e ad operare i foruncoloni col mio bisturi ma ormai mi stavo convincendo che era una battaglia persa fin dall'inizio. Il tutto però era servito a darmi la spinta e ad imparare.

Con le nuove nascite il bestiame era aumentato a più di cento capi ma i poveretti crescevano a stento, magri e spesso febbricitanti. I foruncoloni non si formavano con regolarità. Alcune mucche ne restavano immuni per mesi e mesi e per un po' ti facevano sperare che la plaga fosse stata debellata, ma poi all'improvviso si formavano otto o dieci foruncoloni contemporaneamente e l'animale tirava avanti a fatica con la febbre alta. Purtroppo non si poteva intervenire fino a che i foruncoli non fossero maturi e la larva non fosse ben formata. In qualche caso ne trovavo cinque o sei sullo stesso

Unsere Reise in den Beni warf uns völlig aus der Bahn. Wir konnten uns auf nichts anderes mehr konzentrieren, unsere Gedanken wanderten pausenlos zurück zu dieser Weite aus Wäldern und Sümpfen; zu der plötzlichen Waldöffnung an den Ufern des Flusses, in der die Laguna Azul *schimmerte; zu der Pampa mit ihren weißen Fleckchen, die dort so friedlich weideten; zu den fünf* Bergen, *die sich hinter den Häusern und der Piste ausstreckten. Angesichts dessen verlor die Arbeit auf der Guendà Arriba ein wenig ihren Reiz. Ich listete weiterhin die Rinder und Kälber auf, schnitt mit meinem Skalpell die Furunkel auf, und wusste doch längst, dass ich dabei war, eine verlorene Schlacht zu schlagen. Auch wenn sie mir sowohl Antrieb als auch Lehre gewesen war.*

Mit den neuen Geburten erhöhte sich die Zahl unseres Viehs auf Hundert, doch die armen Kälbchen wuchsen nur mühsam, sie aßen wenig und fieberten dafür umso mehr. Die Furunkel waren unberechenbar. Einige Rinder waren monatelang völlig frei von ihnen, und wenn man gerade neue Hoffnung schöpfen wollte, wiesen sie auf einmal acht oder zehn große Eiterbeulen auf, hatten hohes

animale e li operavo in una sola volta ma intanto se ne erano formati di nuovi ed il poveretto continuava a dimagrire e, qualche volta, a lasciarci la pelle.

L'agricoltura non aveva dato grandi frutti. Sergio aveva fatto sboscare a mano una ventina di ettari e vi aveva fatto seminare il mais, ma era un lavoro completamente manuale e non meccanizzabile. Nel terreno sboscato col *machete* restavano gli spuntoni dei tronchi e le radici degli alberi abbattuti e non c'era la minima possibilità di arare, seminare e mietere con metodi moderni e meccanici.

Quello che invece funzionava, e alla grande, era l'estrazione del legname. In Bolivia crescono oltre 350 tipi di alberi di legno pregiato o, comunque di valore commerciale. Fra questi, i più importanti, e tutti presenti a Guendà Arriba, c'erano il *cuchi*, il *mara*, il *roble*, il *tajibo*, il *flor amarillo*, il *quebracho colorado*, il *madera negra*, il *curupay*, il *toco*.

Il *maderero* col quale avevamo il contratto, visto che gli affari andavano bene, aveva fatto incetta di tutte le macchine usate che aveva potuto racimolare in giro e Guendà Arriba si era riempita di pezzi di rottame che ancora riuscivano in qualche modo a funzionare. Aprivano nuove piste, sceglievano ed abbattevano alberi di vario genere, li tagliavano in pezzi e li trasportavano fuori dalla foresta. Questa restava comunque intatta perché gli alberi tagliati erano selezionati fra migliaia e migliaia. Anche l'attività non disturbava affatto la nostra vita normale nell'estancia perché si svolgeva a chilometri di distanza nella parte nord ovest. I *madereros* si erano fatti la loro pista d'accesso ben lontana e noi, dalla nostra casa, non abbiamo mai sentito un rumore né visto mai un macchinario.

I pagamenti arrivavano con una certa regolarità. Non avevo alcun modo di controllare se il *maderero* mi imbrogliava nei conti, tanto era ovvio che lo facesse, ma le entrate erano talmente buone che avevo tutti i migliori motivi di questo mondo per ritenermi soddisfatto. Una sera, durante una cena, mi aveva addirittura detto, ridendo, che se mi avesse pagato tutto quello che mi spettava per contratto sarei diventato veramente ricco ma che, siccome il contratto era stato fatto con previsioni meno ottimistiche, in realtà stavo incassando molto più del previsto. Ed era la verità. Non solo, ma l'aspetto più importante era che il contratto era stato fatto in dollari ed i pagamenti avvenivano in dollari. Questo era un grosso vantaggio perché intanto il

Fieber und wurden immer schwächer. Leider konnte man nicht einschreiten, bevor die Furunkel und die Larven nicht vollständig ausgewachsen waren. Manchmal fand ich fünf oder sechs bei dem gleichen Tier und entfernte sie alle auf einmal, doch währenddessen entstanden schon wieder neue und das arme Tierchen wurde immer dünner, bis es irgendwann starb.

Die Landwirtschaft gab ebenfalls nicht viel her. Sergio hatte zwanzig Hektar Land entwalden lassen, um dort Mais anzupflanzen. Doch es war eine reine Handarbeit, die sich nicht auf Maschinen übertragen ließ. Da der Boden mit der machete *entwaldet worden war, stolperte man überall über die Stümpfe und Wurzeln der Bäume und es war praktisch unmöglich, mit modernen Geräten zu pflügen, zu säen und zu ernten.*

Der Abbau des Holzes hingegen lief hervorragend. In Bolivien gibt es über 350 Baumarten mit hochwertigem Holz oder zumindest mit nützlichem Holz. Die gefragtesten unter ihnen waren alle auf der Guendà Arriba vorhanden und hießen cuchi, mara, roble, tajibo, flor amarillo, quebracho colorado, madera negra, curupay *und* toco.

Der maderero, *der bei uns arbeitete, hatte alle gebrauchten Maschinen der Umgebung, die noch irgendwie funktionierte, aufgekauft und Guendà Arriba hatte sich in einen riesigen Schrottplatz verwandelt. Sie bauten neue Wege, wählten und fällten alle möglichen Bäume, zersägten sie und transportierten sie ab. Der Wald litt zum Glück nur wenig darunter, da die einzelnen Bäume unter abertausend Anderen ausgewählt wurden. Unser normales Leben auf der* estancia *wurde dadurch ebenfalls nur wenig behelligt, da der Abbau sich kilometerweit von uns entfernt, im nordwestlichen Teil, abspielte. Die* madereros *schaufelten sich einen eigenen Zugang frei, der weit genug von uns und unserem Haus entfernt lag, so dass wir nie auch nur einen Laut vernahmen, geschweige denn Maschinen zu Gesicht bekamen.*

Die Zahlungen trafen regelmäßig ein. Ich konnte die Rechnungen des madereros *nicht nachprüfen und es war natürlich klar, dass er mich über das Ohr haute. Doch die Zahlungen waren dennoch so hoch, dass ich einfach nur zufrieden sein konnte. Eines Abends während des Essens sagte er es mir sogar lachend ins Gesicht: wenn er mir den ganzen Anteil, der mir laut Vertrag zustand, auszahlen würde, wäre ich bereits steinreich; aber da der Vertrag*

La Ceiba non mi faceva più dormire

peso boliviano, che per tanti anni aveva goduto di una certa stabilità con un valore fisso di 18 pesos per dollaro, durante la presidenza di Silez Suazo aveva cominciato a svalutarsi e quindi i dollari che incassavamo valevano sempre di più. Sotto quel governo, poi, la svalutazione aveva preso un ritmo tanto galoppante che, nel giro di pochi anni, aveva raggiunto livelli da capogiro. C'era stato un periodo in cui il Peso si svalutava addirittura del 10% l'ora. Probabilmente il più alto livello d'inflazione che sia mai stato raggiunto nel mondo.

Ricordo che un giorno al mercato c'era una *chola* che aveva un cestino di pomodori da vendere, il prodotto più comune che esista a Santa Cruz. Se ne stava seduta davanti al suo cesto immersa nella tipica serie di gonne a pieghe, con l'espressione addolorata tipica dei *colla*, con la sua bombetta nera tirata sulla fronte ed una calcolatrice in mano. Le avevo chiesto quanto voleva per i suoi pomodori e lei, invece di rispondere, aveva alzato la testa ed aveva chiesto ad alta voce ad una collega:

„Asunta, a como està el dolar?"

Una vicina aveva risposto che alle nove e mezza stava a 320.000 pesos. Allora la *chola* aveva guardato l'orologio, aveva pestato qualche cifra sulla sua calcolatrice portatile ed aveva detto che i pomodori costavano 60.000 pesos al chilo. Le avevo dato un pacco di 1000 banconote da 50 pesos, legate con lo spago come ultimamente venivano messe in circolazione dalla banca, più altre 200 banconote sciolte per un totale di oltre mezzo chilo di banconote e mi ero portato a casa una busta con dieci o dodici pomodori. La *chola* allora si era alzata ed era andata di corsa sulla strada parallela al mercato per cambiare a borsa nera *(el*

La Ceiba *ließ mich nicht mehr schlafen*

noch unter weniger guten Voraussichten entstanden war, nahm ich auch so schon viel mehr ein, als ich überhaupt zu hoffen gewagt hatte. Das stimmte! Und nicht nur das: Am wichtigsten war es, dass der Vertrag Dollar vorsah und die Zahlungen daher in Dollar vorzunehmen waren. Das war riesengroßes Glück, denn der bolivianische Peso war nach jahrelanger Stabilität von 18 Pesos je einem Dollar dabei, stark an Wert zu verlieren. Die Dollar, die ich kassierte, waren demnach immer mehr wert. Die Inflationsrate erreichte unter der Regierung Silez Suazo in kürzester Zeit schwindelerregende Höhen. Es gab Tage, da verlor der Peso pro Stunde bis zu 10% seines Wertes. Es handelte sich hierbei wohl um die wahrscheinlich höchste Inflationsrate in der Geschichte.

Eines Tages ging ich auf den Markt. Eine chola verkaufte ein Körbchen Tomaten, das wohl häufigste Produkt in Santa Cruz. Sie saß vor ihrem Körbchen auf dem Boden, halb verschwunden in dem typischen Faltenrock, schmerzlich drein blickend mit dem typischen Ausdruck aller colla, die schwarze Melone tief ins Gesicht gezogen und einem Taschenrechner in der Hand. Ich fragte sie, wie viel ihre Tomaten kosten würden und anstatt mir zu antworten, hob sie den Kopf und rief einer Kollegin zu:

„Asunta, a como està el dolar?"

Sie antwortete ihr, dass er um halb zehn bei 320.000 Pesos gestanden hätte. Die chola blickte auf die Uhr, haute dann ein wenig auf ihrem Taschenrechner herum und antwortete mir schließlich, dass die Tomaten 60.000 Pesos das Kilo kosten würden. Ich gab ihr ein Bündel mit tausend 50-Pesos-Scheinen, die von der Bank mit einen Kordel ausgestattet worden waren und dann noch zwei-

mercado paralelo) il suo malloppo di banconote *in venti centesimi di dollaro*.

Un'altra volta eravamo passati a prendere Sergio ed Elsita in ufficio per andare poi a cena insieme. Sergio mi aveva pregato di aiutarlo a caricare sulla Toyota quattro pesanti sacchi di plastica. Erano soldi di un cliente che aveva effettuato un pagamento in contanti all'ultimo momento. Con quel carico nel cassonetto posteriore della Toyota eravamo andati al *Pato*, un ristorante aperto da poco sullo stradone che porta al Piraí e specializzato in varie preparazioni di anatra. Lì Sergio aveva detto che non si sarebbe fidato a lasciare i quattro sacchi in macchina e quindi li abbiamo presi, uno per ciascuno, e ce li siamo portati nel ristorante dove, con il permesso del proprietario che conoscevamo, li avevamo accatastati vicino alla porta della cucina. Ricordo che era stata una bella serata allegra. Il proprietario si era unito a noi ed avevamo scherzato sul contenuto dei quattro sacchi, avevamo bevuto un paio di *chuflay* a testa e mangiato due anatre ben rosolate allo spiedo, buonissime. Il chuflay è l'aperitivo tipico della Bolivia, fatto con il *Singani*, una specie di grappa di vino piuttosto dolce e allungata con Sevenup o Sprite e tanto succo di limone. Servito con tanto ghiaccio va giù con troppa facilità e ti rendi conto del suo effetto soltanto quando provi a rialzarti dal tavolo.

Alla fine della cena avevamo chiesto il conto. Il proprietario si era messo a ridere ed aveva detto che quella sera eravamo suoi ospiti. Noi, naturalmente c'eravamo opposti con decisione sostenendo che non c'era nessun motivo al mondo perché ci invitasse lui ed avevamo insistito

hundert lose Geldscheine. Für eine Tüte mit zehn oder zwölf Tomaten bezahlte ich sozusagen mit einem halben Kilo Geldscheinen. Die chola stand auf und hastete hektisch zum Schwarzmarkt (el mercado paralelo) in der Nebenstraße, um ihren Packen Geldscheine in 20 Dollarcents umzutauschen.

An einem anderen Tag holten wir Sergio und Elsita im Büro ab, um gemeinsam Essen zu gehen. Sergio bat mich, ihm dabei zu helfen, vier schwere Plastiksäcke auf den Toyota zu laden. Es war das Geld eines Klienten, der im letzten Moment bar bezahlt hatte. Mit dieser Ladung auf dem Toyota fuhren wir zum Pato, einem neu eröffneten Restaurant auf der Straße zum Piraì, dessen Spezialität die Zubereitung von Enten in allen Variationen war. Sergio wollte die vier Säcke aus Sicherheitsgründen nicht im Auto lassen und so nahmen wir jeder einen und stolzierten damit ins Restaurant hinein. Der Besitzer, den wir kannten, erlaubte uns, sie in der Nähe der Küchentür abzustellen. Ich habe diesen Abend noch heute in fröhlicher Erinnerung. Der Besitzer setzte sich zu uns und wir witzelten gemeinsam über den Inhalt der vier Säcke. Dazu tranken wir ein paar chuflay und aßen geschmorten Entenbraten am Spieß – einfach köstlich! Chuflay ist ein typisch bolivianischer Aperitif, der aus Singani, *einem süßlichen Grappa, SevenUp oder Sprite und viel Zitronensaft gemacht wird. Er wird mit so vielen Eiswürfeln serviert, dass man ihn ganz leicht die Kehle hinabschüttet und erst, wenn man sich vom Tisch erheben will, bemerkt man seine Wirkung.*

Nachdem wir gegessen hatten, baten wir um die Rechnung. Der Besitzer fing herzlich an zu lachen, und sagte,

Continuavo a sognarmi quel bestiame

Ich träumte nur noch von diesen Rindern

per avere il conto. Il gioco era andato avanti così per un buon quarto d'ora fra una risata e l'altra ed alla fine avevamo deciso di fare i duri e ce ne siamo andati lasciandogli i quattro sacchi di soldi, probabilmente cinquanta chili di banconote in pagamento di due anatre e una decina di *chuflay*!

Era una situazione ridicola e non tutti riuscivano a tener dietro a quel ritmo di inflazione e restare aggiornati sul valore reale delle cose. Le nostre entrate di Guendà Arriba erano in dollari, perché così era stato fissato da Sergio nel contratto, e il valore equivalente in pesos del saldo attivo del nostro conto in banca era sempre un numero con almeno tredici cifre. Ricordo che per calcolarlo dovevamo togliere mentalmente almeno sei zeri per far entrare il risultato in una qualunque calcolatrice che normalmente ha soltanto otto cifre.

Dopo il nostro viaggio nel Beni e la visita alla Ceiba e Maracaibo ero stato assalito da un'idea bizzarra che non riuscivo a scacciare dalla mente. Quando a Trinidad Don Gonzalo aveva accennato al prezzo che si aspettava di ricavare dalla Ceiba e dal bestiame, si era espresso in *pesos* e non aveva fatto alcun cenno al problema dell'inflazione, ma lì per lì non ci avevo fatto caso perché non avevo il minimo interesse di comprare. Ma poi mi ero chiesto: era possibile che nel Beni, dove il consumismo era ancora ben lungi dall'arrivare, la svalutazione reale del peso fosse meno sentita che a Santa Cruz? Se così fosse avrei potuto permettermi di proporre un prezzo che, ricavato dai dollari che avevamo a disposizione, sarebbe stato accessibile. Inoltre avrei potuto anche vendere il bestiame di Guendà Arriba, per quanto poco potesse valere.

L'idea continuava a tormentarmi ed ormai sognavo giorno e notte mandrie di vacche bianche sparse in un'estensione di 10.000 ettari di prateria incantevole mentre Stefania ed io cavalcavamo due cavalli ben curati e sellati con selle texane lucide e morbide. Ero talmente martellato da quell'idea stramba che alla fine mi ero convinto che valeva la pena di fare un tentativo. A mio favore c'era anche il fatto che Don Gonzalo doveva vendere ad ogni prezzo.

In novembre, all'inizio dell'estate australe, ero tornato a Trinidad e mi ero presentato da Don Gonzalo col cuore che batteva forte. Quello che stavo per fare era veramente sfacciato. Mi sentivo molto in imbarazzo ma il desiderio di

dass wir natürlich eingeladen seien. Das wollten wir aber nicht und so protestierten wir lauthals, dass es absolut keinen Grund dafür gebe, dass er uns einlade. Wir bestanden darauf, die Rechnung zu bezahlen. Eine gute Viertelstunde dauerte das lustige Hin und Her, aber wir beschlossen, nicht nachzugeben. Als wir gingen, ließen wir ihm die vier Plastiksäcke voller Geld einfach da. 50 Kilo Geldscheine für zwei Enten und ein Dutzend chuflay!

Es war eine lächerliche Situation, und manchmal schafften wir es einfach nicht, dem Rhythmus der Inflation zu folgen und den Wert der Dinge richtig einzuschätzen. Die Zahlungen der Guendà Arriba erhielten wir in Dollar, denn so hatte Sergio es im Vertrag festgelegt. Der entsprechende Wert unseres Kontostands in Pesos war mindestens dreizehnstellig. Um ihn auszurechnen, mussten wir uns bei dem Ergebnis mindestens 6 Nullen wegdenken, um es überhaupt in den Taschenrechner, der normalerweise nur 8 Stellen anzeigt, eingeben zu können.

Nach unserer Reise in den Beni und unserem Besuch auf der La Ceiba und der Maracaibo drängte sich mir immer mehr eine Idee auf, die ich beim besten Willen einfach nicht mehr loswurde. Don Gonzalo hatte uns in Trinidad für La Ceiba und das Vieh einen Preis in Pesos genannt, ohne das Problem der Inflation auch nur mit einem Wort zu erwähnen. In dem Moment war mir das nicht aufgefallen, denn ich hatte ja gar nicht die Absicht, wirklich zu kaufen. Doch später fragte ich mich: War es möglich, dass man im Beni, der fern ab jeder Form des Konsumismus lag, die Inflation weniger spürte als in Santa Cruz? Wenn es so wäre, könnte ich es mir erlauben, einen Preis zu nennen, den ich mit Hilfe der angesammelten Dollar bezahlen könnte. Außerdem hätte ich das Vieh der Guendà Arriba, so wenig es auch wert sein mochte, verkaufen können.

Diese Idee ließ mich einfach nicht mehr los. Tag und Nacht träumte ich von den Rinderherden, die frei auf einer Weite von 10.000 Hektar wundervollster Graslandschaft weideten, während Stefania und ich auf zwei prächtigen Pferden mit glatten, weichen Sätteln zwischen ihnen herritten. Ich war so sehr von dieser sonderbaren Idee besessen, dass ich davon überzeugt war, es würde sich lohnen, wenigstens einen Versuch zu wagen. Zudem hatte ich noch den Vorteil, dass Don Gonzalo gegen jeden Preis verkaufen musste.

provarci era troppo grande. Al mio arrivo a Trinidad Don Gonzalo non aveva potuto celare la gioia che provava nel rivedermi e la speranza di portare avanti le trattative e salvarsi da una situazione che, evidentemente, si faceva ogni giorno più insostenibile. Probabilmente si era tanto sognato di vedermi apparire all'orizzonte con una montagna di Pesos pronti a cambiare mano quanto io mi ero sognato di riuscire a far bastare un importo che in valori reali, cioè in dollari, era veramente ridicolo. Gli avevo detto che ero lì, come avevo promesso allora, per rivedere la Ceiba all'asciutto. Don Gonzalo allora aveva organizzato una cena con una cinquantina di chili di carne, aveva invitato il giovane Ernesto Sanchez, il figlio del proprietario di Maracaibo, o, come lui la definiva, l'altra metà della Ceiba, e poi aveva acceso un gran fuoco in mezzo al cortile.

Cinquanta chili di carne per cinque persone, io, lui, la moglie, la figlia ed Ernesto! Così si usa in Bolivia!

Ero molto teso e non sapevo come affrontare il tema del prezzo. Da quello dipendeva tutto! Però sarebbe stato molto più onesto che l'affrontassi prima di ritornare all'*estancia* in modo da evitare false speranze per entrambe le parti. Se Don Gonzalo avesse richiesto un prezzo indicizzato rispetto al valore sempre crescente del dollaro non avrei avuto alcuna chance. In fondo il mio era un tentativo basato soltanto su una enorme dose di faccia tosta e sulla speranza caparbia di quel sognatore che sono sempre stato.

Mentre aspettavamo che la legna generasse brace a sufficienza per la cottura della carne mi ero fatto coraggio, avevo tolto gli occhi dalla 38 di Ernesto ed avevo affrontato il tema. Mettendo le mie carte in tavola gli avevo confessato che tutto quello che sarei riuscito a mettere insieme erano tremilacinquecento miliardi di pesos in tutto e che quella cifra sarebbe dovuta bastare per pagare la Ceiba, Maracaibo ed il bestiame di entrambe. Don Gonzalo aveva ascoltato in silenzio e non mi aveva preso a sberle. Poi si era appartato con Ernesto per confabulare ed io ero rimasto ad aspettare con l'adrenalina che mi bruciava i capelli alla radice. Strano, però! Ad un'offerta del genere avrei dovuto aspettarmi che Don Gonzalo andasse su tutte le furie, che mi prendesse a calci e mi sbattesse fuori di casa. Invece ne parlava con Ernesto! Era già un buon inizio e mi faceva sperare di essere sulla strada buona. Infatti, dopo pochi, lunghissimi ed interminabili minuti, era tornato con una domanda precisa e decisa: *quando* avrei potuto pagare il tutto?

Im November, als der Sommer auf der südlichen Erdhalbkugel seinen Einzug hielt, flog ich zurück nach Trinidad und erschiene mit klopfendem Herzens bei Don Gonzalo. Mein Vorhaben war absolut dreist und ich fühlte mich total unwohl, doch der Wunsch es zu versuchen, war größer. Don Gonzalo konnte seine Freude, die er bei meiner Ankunft in Trinidad verspürte, nicht verbergen. Seine Hoffnung, die Verhandlungen fortzuführen und sich von einer immer unerträglicheren Situation zu befreien, wuchs ins Unendliche. Wahrscheinlich hatte er genauso davon geträumt, mich am Horizont auftauchen zu sehen, mit einem Haufen Pesos in der Tasche, die nur so darauf warteten, den Besitzer zu wechseln, wie ich davon geträumt hatte, ihm eine Summe anzudrehen, die umgerechnet in Dollar, wirklich lächerlich war. Ich sagte ihm, dass ich gekommen war, um mir, wie versprochen, die La Ceiba im trockenen Zustand anzusehen. Don Gonzalo organisierte daraufhin ein großes Abendessen mit bescheidenen fünfzig Kilo Fleisch, die er auf einem riesigen Feuer mitten im Hof rösten wollte. Er lud dazu den jungen Ernesto Sanchez, den Sohn des Besitzers der Maracaibo, oder wie er sagte, „der anderen Hälfte der La Ceiba" ein.

Fünfzig Kilo Fleisch für fünf Personen, er, seine Frau, seine Tochter, Ernesto und ich! So ist es in Bolivien üblich! Ich war sehr aufgeregt und wusste nicht, wie ich das Gespräch auf das Thema Geld lenken sollte. Davon hing einfach alles ab! Um falsche Hoffnungen auf beiden Seiten zu vermeiden, wäre sehr viel besser gewesen, darüber zu sprechen, bevor wir zur estancia *zurückkehrten. Wenn Don Gonzalo einen Preis verlangte, der dem steigenden Dollarkurs gerecht wurde, hatte ich verloren. Im Grunde war es nur ein Versuch, der lediglich von einer überheblichen Dosis Unverschämtheit und der eigensinnigen Hoffnung meiner Träumernatur unterstützt wurde.*

Während wir darauf warteten, dass das Feuer so weit heruntergebrannt, um das Fleisch darauf rösten zu können, machte ich mir Mut, löste die Augen von der 38er und sprach das Thema unverhohlen an. Ich legte alle meine Karten offen, indem ich ihm ohne Umschweife beichtete, dass Dreitausendfünfhundert Milliarden alles waren, was ich zusammenkratzen konnte. Diese Summe musste reichen, um die La Ceiba, die Maracaibo und das gesamte Vieh zu bezahlen. Don Gonzalo schwieg zwar, aber briet

6 La Ceiba

Finalmente quel bestiame era nostro

Era fatta!

Con tremilacinquecento miliardi di pesos in Europa avrei potuto comprare al massimo un paio di buone automobili oppure un appartamento non troppo pretenzioso. In banca avevo dollari per circa tremila miliardi ed il *maderero*, col quale avevo già parlato prima di partire, mi aveva promesso che avrebbe versato entro un mese un importo che avrebbe potuto equivalere ad altri cinquecento miliardi. Lo avevo detto a Gonzalo e questo era esploso in un sorriso di gioia. Andava benissimo! Potevamo concludere l'accordo e fra il primo pagamento ed il saldo avremmo avuto il tempo di fare l'inventario del bestiame e la marchiatura. Avremmo fatto un unico contratto per la Ceiba e Maracaibo e non ero tenuto a sapere come sarebbero stati spartiti i soldi fra i due proprietari.

Era fatta! Una forte stretta di mano aveva suggellato l'accordo.

Il giorno dopo Don Panchito ci aveva portati col suo Cessna alla Ceiba ed avevo visto la tenuta nella stagione asciutta.

Endlich gehörten die Rinder uns

mir auch keine über. Er setzte sich neben Ernesto und sie begannen aufgeregt miteinander zu tuscheln. Ich blieb wo ich war und wartete, während das Adrenalin in meinen Adern Achterbahn fuhr. Aber war es nicht irgendwie seltsam? Auf ein solches Angebot hin hätte Don Gonzalo sich in einem Tobsuchtsanfall vergessen müssen! Ich hatte mich innerlich darauf vorbereitet, dass er mir mit Fäusten drohen und mich hochkant herausschmeißen würde. Dabei sprach er mit Ernesto! Na, wenn das mal kein guter Anfang war! Ich schöpfte Hoffnung. Nach wenigen, aber unendlich langen Minuten, die mir wie Stunden vorgekommen waren, trat er endlich an mich heran und stellte mir eine präzise und entschiedene Frage:

Wann hätte ich das alles bezahlen können?
Ich hatte es geschafft!

Mit Dreitausendfünfhundert Milliarden Pesos hätte ich in Europa vielleicht gerade einmal zwei gute Autos oder eine anspruchslose Wohnung kaufen können. Auf der Bank lagen Dreitausend Milliarden und der *maderero*, mit dem ich schon vor meiner Abreise gesprochen hatte, würde noch vor Ende des Monats eine Zahlung in Höhe von weiteren Fünfhundert Milliarden veranlassen. Als ich Don Gonzalo das mitteilte, sprang er vor Freude fast bis an die Decke. Es war ihm mehr als recht! Die Sache war abgemacht! Die Zeit zwischen der ersten und der zweiten Zahlung hätten wir genutzt, um das Vieh zu zählen und zu brandmarken. Wir setzten einen einzigen Kaufvertrag für die La Ceiba und die Maracaibo auf und ich wollte gar nicht wissen, wie die beiden Besitzer das Geld unter sich aufgeteilt hätten.

Es war abgemacht! Ein fester Handschlag besiegelte das Geschäft.

Am Tag darauf würde Don Panchito uns mit seiner Cessna zur La Ceiba bringen. Ich konnte es kaum noch erwarten, sie endlich in trockenem Zustand bewundern zu dürfen.

7

Andrès

Quello che era cominciato come un gioco aveva preso una piega molto diversa e mi stavo impelagando in un campo nel quale, per quanto mi affascinasse, non potevo far uso di nessuna delle mie capacità né delle mie esperienze di lavoro. Ma non mi sarei più tirato indietro per nessun motivo al mondo. Sentivo che stavo mettendo mano su un vero tesoro, da qualunque punto di vista lo si guardasse. Sentivo che avevo trovato il mio El Dorado e che, contrariamente a tutti gli altri sognatori ed avventurieri, non mi stavo esponendo ad un vero e proprio rischio. Tutti gli altri avevano pagato il sogno dell'El Dorado con vite umane mentre io riuscivo a pagarlo con una valuta inflazionata che proveniva da una fonte generata da un altro sogno. Forse da un altro El Dorado. In Bolivia eravamo venuti con quattro spiccioli che, in un momento incredibilmente propizio, ci erano bastati per comperare *„il bel pezzo di pianeta"* al di là del fiume, in quel caso il Guendà. Quel pezzo di pianeta, poi, aveva fruttato bene, tanto bene che, in un momento altrettanto propizio ci stava permettendo di diventare i felici proprietari di un altro bel pezzo di pianeta, ancora più grande, ancora più bello e ancora più ricco al di là di un altro fiume.

Andrès

Das, was als ein harmloses Spiel begonnen hatte, nahm unerwartete Formen an. Ich ließ mich ein auf ein Gebiet, das mich zwar unendlich faszinierte, in das ich aber weder meine Fähigkeiten noch meine Berufserfahrung irgendwie einfließen lassen konnte. Aber aus keinem Grund auf Erden würde ich nun wieder einen Rückzieher machen. Ich spürte, dass ich einen echten Schatz erobert hatte, wie man ihn auch drehen und wenden mochte. Ich hatte mein El Dorado gefunden! Und im Gegensatz zu den anderen Träumern und Abenteurern ging ich kein gefährliches Risiko ein. Alle anderen hatten ihren Traum vom El Dorado mit dem Leben bezahlt, ich hingegen lediglich mit einem entwerteten Haufen Geld, das ich noch dazu aus den Reserven eines anderen Traumes schöpfte. Aus einem anderen El Dorado. Als wir in Bolivien angekommen waren, klimperte bloß noch ein wenig Kleingeld in unseren Taschen. Doch die Gunst der Stunde ermöglichte es uns, damit ein „schönes Fleckchen Erde" an den Ufern des Flusses Guendà zu kaufen. Dieses Fleckchen Erde fruchtete dann so gut, dass es uns zu einer noch günstigeren Stunde ermöglichte, die glücklichen Besitzer eines

Che cosa avrei dovuto temere? Se le cose non fossero andate come la mia carica d'entusiasmo e d'ottimismo mi facevano prevedere, il sogno sarebbe semplicemente svanito come una bolla di sapone ma senza metterci in pericolo. Al massimo avremmo potuto perdere il capitale che stavamo per investire ma, in tutta sincerità, questo ci era arrivato con tanta facilità che non avrebbe rappresentato una vera e propria perdita. A tutto questo c'è da aggiungere che La Ceiba non rappresentava un investimento ma la realizzazione di un sogno e, si sa, i sogni svaniscono nel momento stesso in cui si riaprono gli occhi e si ritorna alla realtà. Ma intanto quel sogno lo avremmo vissuto e ce lo saremmo goduto. E come!

Per restare un po' con i piedi per terra, prima di cominciare

noch größeren, noch viel schöneren und noch viel reicheren Fleckchens Erde an den Ufern eines anderen Flusses zu werden.

Was hatte ich zu befürchten? Wenn die Dinge nicht so laufen würden, wie ich sie mit meinem optimistischen Enthusiasmus vorhersagte, dann wäre der Traum einfach wie eine Seifenblase zerplatzt, ohne uns in Gefahr zu bringen. Wir würden höchstens das investierte Kapital verlieren, aber ehrlich gesagt, war es uns so einfach zugeflogen, dass wir auch in diesem Fall keinen wirklichen Verlust erlitten hätten. Außerdem war die La Ceiba für uns keine Investition, sondern die Verwirklichung eines Traumes. Und wie wir alle wissen, verschwinden Träume in dem Moment von der Bildfläche, in dem wir die Augen öffnen und in die Wirklichkeit zurückkehren. Doch bis es soweit war, würden wir diesen Traum leben und auskosten. Und wie!

Bevor ich Don Gonzalo die ganze Summe auszahlte, ließ ich mir, um den Bodenkontakt nicht vollends zu verlieren, von Sergio Mendes einen der größten Viehzüchter des Beni vorstellen. Er kannte auf dem Gebiet alle Problematiken bis ins kleinste Detail und sollte mir mit professionellen Ratschlägen zur Seite stehen. Er hieß Juan Francisco Jordì Patiño und besaß eine estancia, die mehrere tausend Hektar groß war und auf der viele tausend Rinder weideten. Sie lag westlich vom Mamoré, sehr weit von Trinidad entfernt, und war nur mit dem Flugzeug zu erreichen. Die Jordìs hatten einen eigenen Schlachthof und jede Woche landete auf der Landebahn der estancia eine DC3, die kurz darauf mit frisch geschlachtetem Fleisch an Bord wieder in Richtung La Paz abhob. In dem so genannten Schlachthof – einem großen Platz mit einem motacù- Dach – wurden die Köpfe der Rinder so lange mit dem Eisenhammer geschlagen, bis sie tot umfielen. Während das Flugzeug schon die Motoren anließ, wurde das Vieh noch gehäutet und geviertelt.

Juan Francisco war ein camba, dessen Familie seit Generationen im Beni lebte. Er kannte seinen Beruf genau und würde mich beim Erwerb der La Ceiba, der Qualität des Viehs, vor allem bei deren Handhabung beraten können. Am vereinbarten Tag kam er mit seiner Cessna 182 nach Santa Cruz und nahm mich an Bord. Gemeinsam hoben wir ab, um 300 km weiter nördlich zur La Ceiba

a versare a Don Gonzalo le cifre pattuite mi ero fatto presentare da Sergio Mendes ad un grosso allevatore del Beni nord occidentale per avere un consiglio professionale di qualcuno che conoscesse tutte le problematiche del settore. Si chiamava Juan Francisco Jordí Patiño e possedeva un'*estancia* di migliaia di ettari con molte migliaia di capi di bestiame ad ovest del fiume Mamoré, molto lontano da Trinidad e raggiungibile soltanto con l'aereo. I Jordí avevano un proprio mattatoio nell'*estancia* ed ogni settimana atterrava sulla loro pista un DC3 che ripartiva per La Paz carico di quarti di carne appena macellata. In realtà il mattatoio altro non era che una grossa tettoia dalla struttura di legno e ricoperta di *motacú*, dove il bestiame veniva ucciso a colpi di mazza di ferro sulla testa e poi veniva scuoiato e squartato per terra mentre l'aereo aspettava sulla pista.

Juan Francisco era un *camba* beniano di varie generazioni, conosceva bene il suo mestiere e quindi avrebbe potuto darmi dei consigli sull'acquisto della Ceiba, sulla qualità del bestiame e soprattutto sul modo di gestirlo

zu fliegen. Mir fiel die nicht einfache Aufgabe zu, sie in diesen Weiten aus Urwäldern und Sümpfen zu finden und wieder zu erkennen Es stimmte zwar, dass ich von Trinidad aus schon zweimal dagewesen war, aber den Weg von Santa Cruz aus kannte ich nicht und ich wusste nur ungefähr die Richtung. Ich hielt nach meinem Anhaltspunkt, dem Flusse San Juan, Ausschau, von dem aus, es auch bis zur estancia nicht mehr weit gewesen wäre. In Bolivien orientiert man sich per Augenmaß und Anhaltspunkte gibt es nur ziemlich wenige. Doch wir hatten Glück. Nach nur einer Stunde fanden wir den Fluss und folgten ihm nach Norden.

Don Gonzalo hatte mir zwar gesagt, dass der Fluss San Juan heißen würde, aber er tauchte auf keiner Landkarte der Gegend auf. Seiner Meinung nach aber konnten zumindest Kanus auf ihm fahren. Denn die Indios erzählten sich Legenden über die brasilianischen chaucheros, die seine Ufer zur Zeit des Kautschukfiebers auf der Suche nach den Gummibäumen genauestens durchkämmt hatten. Später erst lernte ich, dass der Rio San Juan *weiter*

Il San Juan *e la* Laguna Azul *sono molto vicini*

Der** San Juan **und die** Laguna Azul **sind sehr nahe beieinander

una volta acquistato. Nel giorno stabilito era venuto a Santa Cruz col suo Cessna 182, mi aveva preso a bordo ed insieme eravamo decollati alla volta della Ceiba, circa 300 km più a nord. Io avevo il compito non facile di trovarla e riconoscerla in quella distesa di giungla e di paludi. È vero che c'ero già stato due volte in volo da Trinidad ma non conoscevo la rotta esatta da Santa Cruz ed avevo soltanto una vaga idea della direzione da prendere. Sapevo soltanto che dovevo trovare e riconoscere il fiume San Juan e poi seguirlo fino all'*estancia*. In Bolivia si naviga ad occhio ed i punti di riferimento non sono molti. Comunque avevamo avuto fortuna e dopo circa un'ora di volo avevamo trovato il fiume e l'avevamo seguito verso nord.

Don Gonzalo mi aveva detto che il fiume si chiamava *San Juan* ma non era riportato su nessuna carta della zona. Secondo lui doveva essere navigabile, almeno con la canoa, perchè gli indios del luogo narravano leggende di *caucheros* brasiliani che al tempo della febbre del caucciù avevano setacciato le sue rive alla ricerca dell'albero della gomma. Più tardi avrei imparato che il *Rio San Juan* è conosciuto più a sud come *San Pablo* ed ancora più a sud con il nome di *San Miguel*. Questi ultimi due nomi sono anche riportati in alcune carte, ma il loro percorso non è mai ben definito e comunque non figura mai all'altezza della Ceiba. Da alcune persone avevo sentito dire che si riteneva che si trattasse addirittura di due fiumi diversi. Le carte geografiche della Bolivia sono piene di zone gialle dove non figura niente.

Il *Bajío Grande*

südlich San Pablo *und noch etwas weiter südlich* San Miguel *hieß. Die letzten beiden Namen kann man sogar auf manchen Landkarten finden, doch ihr Verlauf verliert sich immer irgendwo und gelangt nie bis auf die Höhe der La Ceiba. Manche Leute vermuteten sogar, dass es sich um zwei verschiedene Flüsse handle. Die Landkarten Boliviens weisen große gelbe Flächen auf, in denen rein gar nichts verzeichnet ist. Die Luftwaffe verfügt für ihre Piloten über ein paar genauere Karten, aber das auch nicht für das ganze Land und der Beni bleibt eben auch heute für alle größtenteils noch „unbekanntes Gebiet". Durch einen Bekannten aus den USA besorgte ich mir den Abdruck eines Satellitenfotos der NASA, aber selbst das war nicht groß genug, um bestimmte Details zu erkennen; außerdem war an der Stelle des Landstriches östlich des Mamoré bloß ein großer, einheitlicher grauer Fleck.*

Wir folgten dem Fluss San Juan/San Pablo/San Miguel aus einer gewissen Höhe, bis wir endlich die La Ceiba erreichten. Ich erkannte sie, aufgrund des großen klaren Sees Laguna Azul, *der ihre südliche Grenze darstellte, sofort wieder. Sein Wasser glitzerte fröhlich im Licht der Sonne und seine Form war mehr oder wenig kreisrund. Die leuchtende Fläche war von zahlreichen Papyrus-Inseln unterbrochen und bestimmt zehn Kilometer breit. Ihr westliches Ufer war nur wenige Meter vom San Juan entfernt.*

Juan Francisco verließ die Flughöhe und nahm die Geschwindigkeit, so weit es ging, heraus, dann drehte er

Der *Bajío Grande*

Don Gonzalo sta *arreando* una mandria

L'Aeronautica Militare ha delle carte un po' più dettagliate ad uso dei piloti ma non per tutto il Paese ed il Beni, per l'appunto, rimane a tutt'oggi per buona parte „*terra incognita*" per tutti. Tramite un conoscente che vive negli Stati Uniti mi ero procurato la stampa di una foto satellitare della NASA, ma anche questa non era abbastanza grande da poter evidenziare tanti dettagli e tutta la zona ad est del Mamoré era rappresentata da un'ampia macchia grigia ed uniforme.

Seguendo in volo il San Juan/San Pablo/San Miguel e volando piuttosto alti avevamo raggiunto finalmente la Ceiba. Avevo potuto riconoscerla facilmente grazie al grande lago dall'acqua limpida con il quale confina a sud, la *Laguna Azul*, il Lago Azzurro. Era una distesa d'acqua scintillante alla luce del sole, dalla forma più o meno circolare nella quale vagavano numerose isole galleggianti di papiri. Era larga una decina di chilometri e la sua sponda occidentale era a pochi metri dalla riva del San Juan.

Juan Francisco era sceso ad una quota più bassa, aveva rallentato il suo Cessna fino alla velocità minima di sostentamento ed aveva fatto tre giri ampi in senso antiorario passando prima sui confini, la *Laguna Azul* a sud, la *Quebrada Seca* ad est, il *Bajío Grande* a nord ed il *San Juan* ad ovest e poi aveva stretto la rotta a spirale verso il centro per vedere tutto l'interno con le sue grandi pampas ed i cinque *monti* ricoperti di foresta fitta. Don Gonzalo, che sapeva del nostro arrivo, stava cavalcando con un paio di *peones, arreando* un grosso branco di

Don Gonzalo treibt eine Herde

drei große Schleifen gegen den Uhrzeigersinn, um die Grenzen abzufliegen: die Laguna Azul *im Süden, die* Quebrada Seca *im Osten, der* Bajìo Grande *im Norden und der* San Juan *im Westen. Dann nahm er Anflug auf das Innere, um die großen Pampas und die fünf* Berge *mit ihren dichten Wäldern zu sehen. Wir erblickten Don Gonzalo, der auf unsere Ankunft vorbereitet war, zu Pferd in Begleitung einiger* peones – arreando: *sie trieben eine große Herde Kühe, Stiere und Kälber zum* corral *nahe der Landebahn, um sie uns vorzuführen. Von oben sah das einfach fantastisch aus! Das Vieh versuchte, so flink wie Hunderte Gazellen, unentwegt auszubüchsen und die drei* jinetes *galoppierten in alle Richtungen, um sie zusammenzuhalten. Sie hinterließen eine riesige, dichte Staubwolke, die der Wind nach Süden mitnahm, wo sie sich langsam am Horizont verlor.*

Schließlich flog Juan Francisco ein Stück parallel zur grünen Landebahn, um zu kontrollieren, ob sie frei war, und um dann ganz weich auf ihr zu landen. Nach wenigen Minuten erschien auch schon Don Gonzalo mit seinen peones *und den ganzen Herden im Schlepptau. Es waren an die dreihundert Tiere und die Erde schien unter ihren Hufen zu beben. Die Luft war von lautem Muhen erfüllt und ein Geruch von Wildnis kitzelte mir wohlig in den Nasenlöchern. Wenn ich auch nur wenig davon verstand, aber in meinen Augen war es kein besonders schönes Vieh. Die meisten waren* criollos, *Nachfahren der von den Spaniern aus Europa importierten Rinder, die sich dem heiß-*

mucche, tori e vitelli per portarli nel *corral* vicino alla pista e farci vedere la qualità del bestiame. Vista dall'alto era un'immagine fantastica! Centinaia di capi di bestiame agili come gazzelle che correvano e cercavano di scappare e tre *jinetes* che galoppavano in tutte le direzioni per tenerli uniti e sollevavano un polverone denso che il vento trasportava e disperdeva lentamente verso sud.

Infine, dopo aver fatto un passaggio basso parallelo alla pista per controllare che questa fosse libera, Juan Francisco aveva portato il Cessna in direzione della stessa ed era atterrato morbidamente sulla striscia erbosa. Dopo pochi minuti arrivava Don Gonzalo con i suoi *peones* e con la mandria. Erano circa trecento capi e sembrava di sentire che il terreno vibrasse sotto il battito dei loro zoccoli. L'aria era piena di muggiti e l'odore di selvatico bruciava piacevolmente le narici. Per quanto potessi capirne io non erano una gran bellezza. Le femmine, per la maggior parte, erano *criollos*, discendenti dal bestiame europeo portato dagli spagnoli e che si erano adattate alle condizioni

feuchten Klima angepasst hatten. Sie waren sehr kräftig und ihr Fell wies die merkwürdigsten Farbkombinationen auf. Im klaren Gegensatz dazu, ragten aus der Masse der Kühe, die Stiere nellore *hervor. Sie waren indische Zebus, die sich in Brasilien sehr gut aklimatisiert hatten. Sie waren groß und schlank, weiß und nur das Maul und die Hufe waren gräulich abgesetzt. Sie hatten den Anschein von großen weißen Antilopen.*

Juan Francisco war restlos begeistert. Seiner Meinung nach gibt es im ganzen Beni nur wenige estancias, *die mit der La Ceiba mithalten können. Ihre fast runde Form, die Weite der Pampa zwischen den* Bergen, *die vielen* curichi *der alten Flussbetten, wo das Vieh ständig Wasser hat, ohne lange Durststrecken zurücklegen zu müssen, die Vielfalt und die Verteilung des nahrhaften Grases in den* pampas, *vor allem die Lage der* Berge, *die es dem Vieh ermöglicht, sich in den heißen Stunden des Tages zurückzuziehen und während der Regenzeiten im Trockenen wiederzukäuen. Das alles waren Eigenschaften, die in den*

In atterraggio   ***Die Landung***

L'arrivo di Don Gonzalo

particolari dell'ambiente caldo ed umido. Avevano un aspetto molto robusto e la pelle aveva le più strane combinazioni di macchie e di colori. Fra loro, in netto contrasto con le femmine, emergevano nettamente i tori *nellore*, una razza zebuina indiana introdotta con molto successo nel Brasile. Erano alti e slanciati, bianchi con sfumature leggere di grigio intorno al muso ed ai piedi. Sembravano enormi antilopi bianche.

Il giudizio di Juan Francisco era stato semplicemente entusiastico. Secondo lui ci sono poche *estancias* in tutto il Beni che si equivalgano alla Ceiba. La forma più o meno circolare, la grandezza delle strisce di pampa fra i *monti*, l'abbondanza di *curichi* formati da vecchi letti del fiume dove il bestiame può abbeverarsi comodamente senza dover percorrere distanze troppo grandi, la grande varietà e la distribuzione di erbe da foraggio nelle *pampas* ma, soprattutto, la disposizione dei *monti* che offrono al bestiame la possibilità di riposare nelle ore calde e di ruminare all'asciutto nelle stagioni alluvionali. Erano tutte

Die Ankunft von Don Gonzalo

anderen estancias *des Beni nur sehr selten alle aufeinander trafen. Wenn ich sie nicht gekauft hätte, dann hätte er sie ohne zu Zögern sofort genommen. Für jeden Preis in der Welt!*

Zur Bewirtschaftung der La Ceiba hätte ich natürlich professionelle und rechtschaffene Helfer benötigt. Juan Francisco, der seiner Begeisterung Ausdruck verleihen wollte, erklärte sich sofort bereit, mich zu unterstützen. Er wollte mir einen zuverlässigen Viehhüter „schenken": Andres, ein Mann, der es allein und ohne meine Hilfe schaffen würde, die estancia *einwandfrei zu leiten. Ohne meine Hilfe, so betonte er ausdrücklich, denn eine solche konnte ich ihm ohne die nötige Erfahrung wohl kaum sein; und außer der Erfahrung fehle mir ja auch noch die Zeit, da ich auf jeden Fall weiterhin zwischen Bolivien und Deutschland pendeln müsse. Um meinen Einstieg in das neue Geschäft zu feiern, bestand Juan Francisco darauf, mir seinen* vaquero *zu „schenken", ohne dass ich ihn „be-*

Don Gonzalo guida la mandria nel corral *Die Herde wird in den corral getrieben*

caratteristiche che molto raramente si combinavano tutte assieme nelle altre *estancias* del Beni. Se io avessi deciso di non comperarla l'avrebbe presa lui senza pensarci due volte. A qualunque prezzo!

Ovviamente per gestire la Ceiba mi sarebbero servite delle persone esperte ed affidabili e Juan Francisco, che si era entusiasmato per tutto ciò che aveva visto, si era proposto di aiutarmi. Mi avrebbe „*regalato*" un suo mandriano fidato, Andrès, un uomo che, da solo, sarebbe riuscito a mandare avanti l'*estancia* senza bisogno del mio aiuto. Aiuto che, aveva sottolineato, non sarei stato comunque in grado di dargli, innanzitutto perché non avevo l'esperienza necessaria e poi perché non ne avrei avuto il tempo, visto che avrei comunque continuato a pendolare fra Germania e Bolivia.

zahlen" *müsse. Eine Abmachung, die ich erst sehr viel später verstehen würde.*

Ein paar Tage später kam er wieder zur La Ceiba geflogen und ließ uns Andrès, seine Frau und seine fünf Kinder da.

Nach der Begegnung mit Juan Francisco schloss ich die Formalitäten mit Don Gonzalo viel fröhlicher ab. Er hatte mir freundlicherweise einen ganzen Tag mit vielen Flugstunden und einer für mich äußerst wertvollen Beratung geschenkt. Und zum Schluss besorgte er mir sogar noch genau die richtige Person, die für mich die Angelegenheiten der estancia *regeln würde. Und als wäre das noch nicht genug, „schenkte" er mir sie sogar!*

Doch um den Sinn und den Wert dieses Geschenkes *zu verstehen und zu schätzen, brauchte ich ein wenig länger.*

Juan Francisco aveva calcato sul fatto che mi avrebbe „*regalato*" il suo *vaquero* per festeggiare l'inizio della mia nuova attività e che quindi non lo dovevo „*pagare*". Un concetto che avrei capito soltanto più tardi.

Dopo qualche giorno era tornato in volo alla Ceiba per conto suo e vi aveva scaricato Andrès, la moglie e cinque bambini.

L'intervento di Juan Francisco mi aveva permesso di completare le formalità con Don Gonzalo con molta più

Andrès war ein mestizo. *Sein Großvater war wahrscheinlich, Gott weiß wie, im Neunzehnten Jahrhundert aus Japan in den Beni gekommen und hatte sich eine Indio vom Stamme der* Sirionò *zur Frau genommen. Wahrscheinlich war er ein brasilianischer* cauchero *japanischen Ursprungs, aber mehr wusste Andrès auch nicht. Die Indiofrau seines Großvaters gebar seinen Vater, und das war auch schon alles, was Andrés von seinen außerbolivianischen Ursprüngen wusste. In Wirklichkeit ist*

Nel corral

Im **corral**

serenità. Mi aveva dedicato collegialmente una giornata intera con tante ore di volo ed una consulenza per me estremamente preziosa. Infine mi aveva addirittura procurato

Andrès in allem und für alles ein ganzer Sirionò, *der seit er Denken kann, in der* selva *gelebt hat. Seine japanischen Ursprünge berühren und interessieren ihn nicht. Im*

e consegnato la persona adatta a mandare avanti l'*estancia*. Come se non bastasse, poi, me l'aveva addirittura „*regalata*"!

Ma per capire ed apprezzare il senso ed il valore di quel *regalo,* mi ci era voluto un po' di tempo.

Andrès era un *mestizo*. Il nonno era probabilmente un giapponese arrivato Dio sa come nel Beni nel diciannovesimo secolo e che si era accoppiato con una india *Sirionò*. Probabilmente sarà stato un *cauchero* brasiliano di origine giapponese, ma Andrès non ne sapeva di più. L'india aveva messo al mondo suo padre e questo era tutto ciò che Andrès sapeva delle sue origini extrabeniane. Nella realtà Andrès si riteneva in tutto e per tutto un *Sirionò* nato e vissuto nella *selva* e non aveva nessun legame e nessun interesse per le sue origini giapponesi. Rispetto agli altri indios aveva la faccia leggermente più schiacciata ma gli occhi erano gli stessi

Vergleich zu den anderen Indios hatte er zwar ein etwas platteres Gesicht, aber die typisch mongoloiden Augen und ausgeprägten Wangenknochen hatte er mit den anderen Indios gemein. Im Gegensatz zu den anderen Indios war er aber außerordentlich fleißig und zuverlässig, er erwies immer wieder eine große Bereitschaft und einen ausgeprägten Sinn für Verantwortung. Von Anfang an erfüllte er seine neuen Aufgaben mit großem Interesse und zeigte sich mir gegenüber stets sehr dankbar dafür, dass ich ihn aus den Verpflichtungen bei der Familie Jordì Patiño „befreit" hatte, ohne ihm dafür neue Pflichten aufzuerlegen.

Die Indios vom Stamme sirionò *gehören zu den Wildesten in den Dschungeln des Beni und zählten ursprünglich zu den* tupi. *Die Historiker vermuten, dass sich die Stämme der* guaranì *vor langer Zeit im ganzen südlichen Amazonasgebiet verstreut haben. Im Laufe der Jahrhunderte hat sich ein Teil von ihnen dann zu einem eigenen*

Un torello nellore puro

***Ein junger** nellore **Stier**_

dalle linee mongoloidi tipiche degli indios e gli zigomi erano molto pronunciati. Contrariamente alla media degli altri indios, era volonteroso ed affidabile, aveva iniziativa ed un grande senso di responsabilità. Fin dall'inizio aveva preso con molto interesse le sue nuove mansioni e si era dimostrato estremamente riconoscente nei miei riguardi per averlo „liberato" dai suoi impegni con i Jordí Patiño senza aver dettato nuove condizioni gravose.

Gli indios *sirionò* sono fra i più selvaggi che abitano nelle giungle del Beni e sono di origine *tupí*. Gli storici ritengono che in un lontano passato le tribù del ceppo *guaraní* si fossero disseminate in tutta l'Amazzonia meridionale e che nel corso dei secoli una parte di queste si sia evoluta in una forma propria formando il ceppo *tupí*. Più tardi, però, la maggior parte delle tribù *tupí* si era di nuovo integrata con quelle del ceppo originale per cui oggi la maggior parte delle tribù viene definita come *tupí-guaraní*. Soltanto una tribù non ha preso parte a questo lungo processo di evoluzione e di reintegrazione con il ceppo originale *guaraní*: quella dei *sirionò*, una tribù più selvaggia delle altre che rifiuta molto più delle altre il contatto e l'integrazione con altre popolazioni. Per questo i *sirionò* sono stati meno vittime dello schiavismo ed ancor oggi vivono nelle zone più remote ed irraggiungibili della giungla.

I *sirionò* sono conosciuti dagli altri indios come *"la tribù dagli archi lunghi"* a causa della loro capacità di costruire potentissimi archi di oltre tre metri.

Il Beni rappresenta la parte più meridionale dell'Amazzonia. Gli indios che vi hanno abitato per secoli sono, o per lo meno sono stati, dei veri selvaggi, feroci ed aggressivi, che hanno sempre respinto ogni contatto ed ogni tentativo di invasione da parte di qualunque altra razza o di penetrazione di qualunque altra forma di cultura. Si sa che i tiahuanacani e gli incas stessi non sono mai riusciti a penetrare le foreste dell'*Oriente*, così come non ci sono riusciti gli spagnoli e, in forme più limitate, neppure i tanti avventurieri in cerca dell'El Dorado. Praticamente c'erano riusciti soltanto i Gesuiti, perché erano arrivati sempre in pochi, in forme più umili e senza armi.

All'inizio dell'era della gomma, nel Beni era arrivata dal Brasile un'altra classe di avventurieri: i *caucheros*, i cercatori di alberi della gomma. Erano penetrati nell'interno in forma singola o in piccoli gruppi e quindi non avevano

Stamm fortentwickelt, die tupí. *Später dann aber haben sich die beiden Stämme wieder vereint, so dass man heute im Allgemeinen von dem Stamm der* tupì-guaranì *spricht. Nur ein Stamm hat nicht an dem langen Prozess der Entwicklungen und erneuten Zusammenschlüsse mit dem ursprünglichen Stamm* guaranì *teilgenommen: die* sirionò – *ein Stamm, der sehr viel wilder als die anderen ist und die Nähe und den Zusammenschluss mit anderen Völkern sehr viel mehr als alle anderen ablehnt. Daher sind die* sirionò *auch sehr viel seltener Opfer der Sklavenherrschaft geworden und leben auch heute noch in den abgelegenen und unerreichbaren Tiefen des Dschungels.*

Die sirionò *sind bei den anderen Indios unter dem Namen „der Stamm der langen Bogen" bekannt, da sie fähig sind, äußerst starke, mehr als drei Meter lange Bogen zu bauen.*

Der Beni ist die südlichste Gegend des Amazonasgebiets. Die Indios, die über Jahrhunderte hier lebten, sind – bzw. waren – echte Wilde. Unbezwingbar und aggressiv haben sie jeden Versuch der Annäherung und jeden Angriff seitens jedes anderen Volkes oder jeder anderen Kultur zurückgeschlagen. Man weiß, dass selbst die Bewohner Tiahuanacos und die Inkas es niemals geschafft haben, in die Wälder des Oriente *einzudringen. So wie es auch die Spanier, und in kleinerer Form die vielen Abenteurer auf der Suche nach dem El Dorado niemals geschafft haben. Nur den Jesuiten ist es gelungen, denn sie waren stets wenige, verletzbar und unbewaffnet.*

Zu Beginn des Gummizeitalters erreichten den Beni eine andere Art Abenteurer aus Brasilien: die caucheros *auf der Suche nach den Gummibäumen. Sie drangen nur alleine oder in kleinen Grüppchen in den Wald ein und von daher lösten sie nie, oder zumindest selten, das Misstrauen und die Grausamkeit seiner Bewohner aus. Dabei waren es skrupellose Wesen, die bis über die Ohren mit den modernsten Waffen ausgerüstet waren. Sie machten Jagd auf die Indios, um sie zu versklaven und sie im Innern des Dschungels auf die Suche nach den Gummibäumen zu schicken, vor allem, um sie bei dem harten Gewinnungsprozess des wertvollen Produktes einzusetzen. Die Indios, denen es nicht gelang, rechtzeitig zu flüchten oder weiter ins Innere zu emigrieren, wurden Opfer dieser menschenverachtenden Methoden.*

scatenato, o per lo meno non sempre, la sfiducia e quindi la ferocia degli abitanti di quelle foreste. Ma erano esseri assolutamente privi di scrupoli ed armati fino ai denti con le armi più moderne ed avevano dato la caccia agli indios per farne degli schiavi da utilizzare nelle spedizioni all'interno della giungla alla ricerca dell'albero della gomma e poi nel duro lavoro di estrazione del prezioso prodotto. Gli indiani che non riuscivano a scappare in tempo, o ad emigrare verso altre zone ancora più interne, diventavano vittime di quella pratica inumana.

In quel modo, parallelamente alla forma di schiavitù degli indios catturati per la ricerca della gomma, nasceva anche un'altra attività: il commercio degli schiavi. Gli indios diventavano „proprietà" dei caucheros che li avevano catturati ed imprigionati, oppure dei pochi coloni che si erano insediati nel bacino amazzonico e quindi, come tali, rappresentavano oggetti di valore che potevano essere venduti o barattati in cambio di altri oggetti di consumo.

La pratica si era allargata gradualmente a tutta l'Amazzonia ed i governi della Bolivia, del Brasile, del Perù e dell'Equador che si dividono quella distesa immensa di giungla non hanno mai preso alcuna iniziativa valida per debellare quel commercio. In fondo non dava fastidio a nessuno e poi avveniva in zone tanto remote dove i governi e le leggi non avevano alcuna influenza. E di fatto la situazione non è cambiata di molto neppure ai giorni nostri. Nel Beni l'unica legge che è ancora rispettata è quella della 38.

Per quanto possa sembrare incredibile, la schiavitù esiste ancora tutt'oggi, anche se in forme diverse e meno eclatanti. In termini ufficiali non viene mai definito *schiavismo*, bensì *peonaje*, peonaggio. Un indio, cioè un *peone*, che lavora per un colono o per un *ganadero* non è mai pagato. È una proprietà del colono o del *ganadero* come lo sono la terra, il cavallo, il cane e le

Parallel zur der Versklavung der gefangenen Indios, die sie auf der Suche nach dem Gummibau einsetzten, entstand das Geschäft des Sklavenhandels. Die Indios wurden zum „Besitz" der caucheros, *die sie gefangen und ihrer Freiheit beraubt hatten oder zum Eigentum der wenigen Siedlungen, die im Amazonasgebiet entstanden waren. Als solche erklärte man sie zu Wertgegenständen, die man verkaufen oder gegen andere Konsumobjekte tauschen konnte.*

Dieses Verfahren fasste nach und nach in ganz Amazonien Fuß und die Regierungen von Bolivien, Brasilien, Peru und Ecuador, die sich dieses riesige Dschungelgebiet teilen, haben nie ernsthaft etwas gegen diesen Menschenhandel unternommen. Es störte ja auch niemanden und außerdem wurde er in so abgelegenen Gegenden betrieben, wo die Regierungen und Gesetze sowieso nichts zu sagen hatten. Und in der Tat, dieser Zustand hat sich bis heute nicht großartig geändert. Das einzige Gesetz, das man im Beni respektiert, wird von der 38er diktiert.

So unglaublich es einem erscheinen mag, aber die Sklavenherrschaft existiert bis zum heutigen Tag, wenn auch in anderen, unauffälligeren Formen. Im offiziellen Sprachgebrauch taucht die Bezeichnung Sklaven *niemals auf, wenn überhaupt dann* peones, *Landarbeiter. Ein Indio, ein peone, der für einen Siedler oder* ganadero *arbeitet, erhält nie einen Lohn. Er gehört zum Besitz des Siedlers oder des* ganaderos, *sowie der Boden, die Pferde, der Hund und die Herden. Er wird ernährt und fertig. Die gängigste Vorgehensweise heutzutage ist, das Subjekt zu verschulden und ihn den Landarbeit dann sozusagen „als Pfand" für die Schulden zu behalten. Seine Arbeit wird also nicht bezahlt, sondern als eine Pflicht des „Schuldners" angesehen, die er dafür zu leisten hat, dass er auch noch bei dem Landbesitzer essen und*

Arabella, la diva **Arabella, die Diva**

mandrie. Viene mantenuto e basta. Al giorno d'oggi la pratica più comune consiste nell'indebitare il soggetto e di tenerlo „in pegno" del debito. Il suo lavoro, a questo punto, non viene retribuito ma è considerato un dovere del „debitore" in cambio del diritto di vivere nella proprietà del padrone e di essere mantenuto dallo stesso. Ma il vestiario, i medicinali o altre necessità dell'indio non fanno parte di quel diritto e l'indio deve al suo padrone l'importo equivalente di quei beni. Praticamente per sempre perché l'indio, non avendo alcuna forma di accesso al denaro, non sarà mai in grado di pagare il suo debito e quindi avrà il dovere di continuare a lavorare per sempre per il suo padrone. In questo modo i *peones*, o in altre parole, gli schiavi, rappresentano un valore e, come tali, possono essere venduti, ceduti, barattati o, come nel caso piuttosto estremo di Andrès, anche semplicemente regalati, così come si regala un qualunque oggetto di valore. Ovviamente, anche i figli dei *peones* sono proprietà indiscussa dei *ganaderos*.

Un'altra forma di schiavismo molto comune anche fuori del Beni, e quindi addirittura anche a Santa Cruz, consiste nell'adozione degli indios. Gli „adottati" vengono generalmente utilizzati per i lavori domestici e come servi generici della famiglia. Non si tratta di un'adozione vera e propria e non comporta nessuna formalità: gli adottati sono semplicemente comperati e quindi sono né più né meno che schiavi come i *peones*. La parola „*adozione*", quindi, è soltanto una maschera. Purtroppo questa pratica viene assecondata addirittura anche dalle organizzazioni religiose perché, teoricamente, con l'adozione, l'indio acquisisce il diritto di vivere a contatto con persone di livello sociale superiore o, comunque, ad un livello superiore a quello del vero selvaggio della foresta. Gli adottati vengono chiamati „figli della casa" e generalmente si rivolgono ai padroni col nome di papà e mamma, ma restano in tutto e per tutto dei servi senza alcun diritto. In altre parole, quindi, schiavi. Chiaro che nessuno li definisce apertamente schiavi ma, di fatto, lo sono.

Andrès era un *peone* e quindi uno schiavo come tanti altri ed era in debito con i Jordì Patiño, quindi aveva il dovere di lavorare per loro. Era nato nella loro proprietà dove il padre era stato un *peone* come lui. Juan Francisco me lo aveva „*regalato*" come si regala un qualunque altro oggetto in una determinata occasione come, ad esempio, un compleanno, un matrimonio oppure, come in quel caso, per

schlafen darf. Kleidung, Medizin und andere Notwendigkeiten gehen allerdings über dies hinaus, und der Indio schuldet dem Besitzer die entsprechende Summe dafür. Und das für immer, denn der Indio hat natürlich keinerlei Zugang zu Geld und wird seinem Besitzer die Schulden niemals zurückzahlen können. Dafür muss er sie sein Leben lang bei ihm abarbeiten. Auf diese Weise stellen die peones, *mit anderen Worten die Sklaven, einen Wert dar und als solcher können sie verkauft, überlassen, getauscht oder, wie im Extremfall von Andrès, auch einfach verschenkt werden. Wie man jeden anderen Gegenstand von Wert einfach verschenken kann. Natürlich sind auch die Kinder der* peones *unangefochtener Besitz des* ganadero.

Eine Form der Sklavenherrschaft, die auch außerhalb des Beni und sogar in Santa Cruz sehr verbreitet ist, besteht in der Adoption der Indios. Die „Adoptivkinder" sind als Diener der Familie für die Hausarbeit und alle anderen anstehenden Arbeiten zuständig. Es gehen keine formalen Schritte voraus und es handelt sich natürlich auch nicht um Adoption im eigentlichen Sinne: Die Adoptierten werden schlicht und einfach gekauft und sind genau solche Sklaven wie die peones *auch. Die Bezeichnung „Adoption" ist bloß eine Tarnung. Leider wird diese Vorgehensweise auch von den religiösen Einrichtungen unterstützt, da der Indio durch die Adoption theoretisch ja das Recht erhält, mit Menschen aus höheren sozialen Schichten zusammenzuleben. Und von daher zumindest schon einmal besser gestellt ist, als er es in der Wildnis des Waldes war. Die Adoptivkinder werden auch als „Kinder des Hauses" bezeichnet und normalerweise nennen sie ihre Herren Mama und Papa. Doch trotz alle dem sind sie nichts weiter als Diener ohne jede Rechte, mit anderen Worten: Sklaven. Es ist klar, dass keiner sie offen und ehrlich Sklaven nennt, aber in Wahrheit sind sie es trotzdem.*

Andrès war ein peone, *ein Sklave wie viele andere, der Schulden bei der Familie Jordi Patiño hatte und daher für sie arbeiten musste. Er war bei ihnen geboren worden, da schon der Vater als* peone *in ihrem Dienste gestanden hatte. Juan Francisco schenkte ihn mir, wie man jeden anderen Gegenstand an Geburtstagen, Hochzeiten, oder wie in diesem Falle, dem Erwerb einer* estancia *verschenkt. In diesem besonderen Fall war es ein wirklicher Wertgegenstand.*

festeggiare l'acquisto di una *estancia*. In quel caso particolare era un vero e proprio oggetto di valore.

Andrès era felice di vivere alla Ceiba soprattutto perché lì si sentiva libero e non era costretto a stare in contatto con tante persone. In questo era un vero *sirionò* e rivelava l'istinto tipico della sua razza di vivere isolato in spazi illimitati.

Quando gli avevo detto che avremmo dovuto parlare della sua remunerazione, Andrès mi aveva guardato con sorpresa. Nel suo nuovo posto di lavoro c'erano ancora tante cose che doveva ancora capire. Almeno tante quante avrei dovuto impararne anch'io! Sapeva di essere stato „regalato" e per lui questo significava che io non avevo rilevato il suo debito dai Jordì Patiño. Si sentiva quindi ancora in debito col suo vecchio padrone e non capiva bene la sua nuova posizione. Credeva di dover lavorare per noi in virtù di un debito che aveva con altri e questo era piuttosto anormale. Di regola, avrei dovuto pagare, e quindi rilevare, il suo debito al vecchio padrone e quindi liberarlo dai suoi impegni con lui, impegni che da quel momento Andrès avrebbe poi avuto nei nostri riguardi. In altre parole avrei dovuto comprarlo perché sapeva che i *peones* si comprano e si vendono ma non aveva mai pensato che si potessero anche regalare.

Avevo cercato di fargli capire che con i Jordì Patiño non aveva più niente a che vedere, che da quel momento non aveva più alcun debito con nessuno, neppure con noi, che con tutta probabilità non avrebbe mai più avuto alcun debito in vita sua e che avrebbe dovuto considerarsi un impiegato della Ceiba regolarmente pagato. Gli avevo anche proposto uno stipendio, che per il nostro metro avrebbe potuto sembrare da fame, ma che nel Beni era qualcosa di straordinario, ma Andrès era rimasto indifferente. Il poveretto non aveva la minima idea di cosa volesse dire ricevere una certa somma di denaro tutti i mesi ed inoltre non aveva neppure la minima idea di cosa avrebbe potuto farne. Alla Ceiba non c'era alcuna possibilità di spenderlo. L'unica sua aspirazione era di essere completamente mantenuto, lui e la sua famiglia, e che gli fosse dato, senza però calcolarlo a suo debito, tutto quello che gli sarebbe servito per vivere. In altre parole, non solo da mangiare ma anche il vestiario, i fiammiferi, il petrolio per le lampade, le pile per la radio, i medicinali ecc. ecc..

Era una situazione più imbarazzante per me che per lui.

Andrès war glücklich auf der La Ceiba leben zu dürfen. Sie verlieh im das Gefühl von Freiheit, weil sie ihm ermöglichte, fernab der Menschen sein zu können. Was das anging, war er ein echter sirionò, mit dem ausgeprägten Instinkt seines Volkes, in abgelegenen unendlichen Weiten leben zu wollen.

Als ich ihm sagte, dass ich mit ihm über seine Belohnung sprechen wolle, blickte er mich mit erstaunten Augen an. Es gab noch viele Dinge, die er auf seinem neuen Arbeitsplatz lernen musste. Mindestens so viele wie ich auch. Er wusste, dass er ein „Geschenk" gewesen war und dass ich ihn nicht ausgezahlt hatte. Er hatte also immer noch Schulden bei den Jordì Patiño und verstand seine neue Position nicht ganz recht. Er dachte, seine Schulden nun bei uns abarbeiten zu müssen, was ziemlich ungewöhnlich war. Eigentlich hätte ich seine Schulden bei dem alten Besitzer ausgleichen müssen. Von dem Moment an wäre er von seinen Verpflichtungen bei ihm befreit gewesen und hätte in meiner Schuld gestanden. Mit anderen Worten, ich hätte ihn kaufen müssen, denn er wusste nur, dass man peones *kaufte und verkaufte, aber nicht, dass man sie auch verschenkte.*

Ich versuchte ihm zu erklären, dass er von nun an von den Jordì Patiño und seinen Schulden erlöst sei; dass er absolut schuldenfrei sei und dass er es auch in Zukunft bleiben würde. Von nun an, so sagte ich ihm, sei er ein Angestellter der La Ceiba mit einem regelmäßigem Einkommen. Ich nannte ihm sein Gehalt, das bei uns ein reiner Hungerslohn, im Beni aber außergewöhnlich hoch war. Doch das interessierte ihn gar nicht. Der Ärmste hatte keinen blassen Schimmer davon, wie es war, jeden Monat eine bestimmte Summe zu erhalten. Und außerdem hatte er auch keine Verwendung für sie. Auf der La Ceiba gab es keine Möglichkeiten Geld auszugeben. Er wollte nur versorgt sein und das haben, was er und seine Familie zum Leben brauchten. Außer der Nahrung benötigten sie Kleidung, Streichhölzer, Öl für die Lampen, Batterien für das Radio, Medikamente, etc. etc. und er wünschte sich nur, dafür keinen neuen Schuldenberg anhäufen zu müssen.

Das Ganze brachte mich sehr viel mehr in Verlegenheit als ihn. Ich hatte mein Leben lang keinen Sklaven ausgehalten, und allein der Gedanke war mir zuwider. Um ihn zu beruhigen, versicherte ich ihm schließlich, dass ich ihm regelmäßig alles Lebensnotwendige zukommen

In vita mia non avevo ancora mai avuto uno schiavo e, sinceramente, neppure mi piaceva l'idea di averlo. Alla fine, per tranquillizzarlo, gli avevo assicurato che gli avrei fatto avere con regolarità da Santa Cruz tutto ciò di cui la sua famiglia avrebbe avuto bisogno e che non era disponibile nell'*estancia* e cioè sale, zucchero, riso, farina, fiammiferi, medicinali, vestiario e quant'altro avremmo ritenuto necessario di volta in volta.

Andrès mi era piaciuto fin dal primo momento. Apparteneva ad un mondo completamente diverso ma ero sicuro che saremmo riusciti a comunicare ed a combinare bene assieme le nostre due mentalità per ottenere i risultati ambiziosi che avevo cominciato a prefiggermi. Ero sicuro che dalle informazioni che aveva avuto da Juan Francisco Andres sapeva già tutto dei miei limiti e della mia inesperienza e la cosa non lo preoccupava, anzi lo interessava e lo motivava. Forse già avvertiva che, motivandolo nel modo giusto, sarei riuscito a farne un collaboratore prezioso. Probabilmente si era accorto di trovarsi di fronte alla grande occasione della sua vita e di avere l'opportunità di soddisfare le proprie aspirazioni di assumersi delle responsabilità e di esserne apprezzato dal suo nuovo padrone. Un'occasione che, normalmente, non capita mai ad uno schiavo. Gli avevo detto per sommi capi quali erano i miei piani per l'*estancia* e le mie idee, nel limite di quanto le avesse, gli erano piaciute.

Ero sicuro che insieme avremmo fatto miracoli. In vista di questo avevo provato addirittura a proporgli una compartecipazione del 10% sulla produzione. In altre parole, per ogni dieci vitelli nati, uno sarebbe stato suo. Ma Andrès non era un imprenditore e non aveva la minima aspirazione a diventarlo. Era perfettamente conscio di essere un peone *sirionò* e di avere il dovere di non montarsi la testa. Si era chiesto: cosa ne avrebbe fatto dei vitelli? Secondo la sua mentalità non poteva possederli perché non aveva un terreno proprio per farli pascolare e, se questi avessero pascolato nella Ceiba, era logico che appartenessero a noi e non a lui. Alla fine avevamo fatto cadere il tema con l'impegno che ne avremmo eventualmente riparlato in un'altra occasione.

Avevo veramente ancora molto da imparare!

lassen würde, so dass es ihm und seiner Familie an nichts fehlen würde. Was es auf der estancia *nicht gab, würde ich aus Santa Cruz einfliegen lassen, beispielsweise Salz, Zucker, Reis, Mehl, Streichhölzer, Medikamente, Kleidung und alles, was sie sonst noch brauchen würden.*

Andrès gefiel mir vom ersten Augenblick an. Er kam aus einer ganz anderen Welt, doch ich war mir sicher, dass wir uns gut verstehen würden und unsere Charaktere gut miteinander zu vereinen wären und vor allem, dass wir gemeinsam die hochgesteckten Ziele, die ich vor Augen hatte, erreichen würden. Mit Sicherheit wusste Andrès von Juan Francisco bereits über meine Grenzen und meine Unerfahrenheit Bescheid, doch er machte sich keine Sorgen darüber, im Gegenteil, sie interessierten und motivierten ihn. Er spürte vermutlich schon, dass ich ihn, wenn er die Dinge richtig anginge, zu einem wertvollen Mitarbeiter machen würde. Vermutlich erkannte er auch, dass es die größte Chance seines Lebens war. Endlich hatte er die Möglichkeit, seinen Bestrebungen und seinem Verantwortungsgefühl nachzukommen und sich die Hochachtung seines Herrn zu verdienen. Eine Gelegenheit, die einem Sklaven eigentlich nie widerfährt. Ich machte ihm deutlich, welche Pläne und Ideen mir für die estancia *vorschwebten, und sie schienen ihm zu gefallen.*

Ich war mir sicher, dass wir zusammen wahre Wunder vollbringen würden. Im Hinblick darauf versuchte ich ihn sogar mit 10% am Gewinn zu beteiligen. Mit anderen Worten ich würde ihm von jedem zehnten Kalb eines zusprechen. Aber Andrès war kein Unternehmer und wollte auch keiner werden. Er war sich seiner Stellung als peone sirionò *vollends bewusst und als solcher wollte er einen klaren Kopf bewahren. Er fragte sich, was er mit den Kälbern denn überhaupt sollte. Seiner Auffassung zufolge, konnte er keine Kälber besitzen, da er auch kein Land besaß, auf dem sie weiden konnten. Und wenn sie auf der La Ceiba weideten, dann war es doch wohl klar, dass sie uns gehörten, und nicht ihm. Zum guten Schluss ließen wir das Thema fallen und kamen überein, es zu einem späteren Zeitpunkt eventuell neu aufzurollen.*

Ich musste noch unheimlich viel lernen!

8

Charly-Papa

A Santa Cruz dovevamo affrontare giornalmente la necessità di capire le enormi differenze fra la gente del luogo, dovute essenzialmente alle loro origini. Per quanto fossimo lontani dall'*Altiplano* e dal contatto diretto con il mondo dei *collas*, cioè degli aymara e dei quechua, quella gente viveva anche a Santa Cruz e dovevamo imparare a riconoscerli e, soprattutto, dovevamo abituarci al loro comportamento. Un comportamento, per il nostro metro, sempre molto strano. Degli aymara si dice che hanno soltanto quattro interessi: la cupidigia, l'alcool, la coca e la sete per il sangue. Sembra che, a parte la degenerazione causata nel patrimonio genetico dall'uso della coca e dalla vita di stenti sofferta per secoli, gli aymara siano un popolo dotato di grande intelligenza ma è opinione comune che l'adoperino soltanto per fare del male. I quechua, di contro, pur essendo passati attraverso la stessa trafila, non sembrano essere tarati allo stesso modo. Noi, però, non abbiamo mai avuto l'impressione che fossero tanto diversi gli uni dagli altri. Gli storici ci vogliono far credere che il loro comportamento sia una conseguenza dei soprusi e dei maltrattamenti subiti dai conquistatori spagnoli. Gli stessi

Charly-Papa

In Santa Cruz sahen wir uns jeden Tag mit der Aufgabe konfrontiert, die Verschiedenartigkeit der Einwohner, die von ihren Ursprüngen bestimmt wurde, zu begreifen. Obwohl der Altiplano *und die Welt der* collas, *der Aymara und Quechua, weit entfernt lagen, so waren sie trotzdem auch in Santa Cruz anwesend. Wir mussten lernen, sie zu erkennen und uns an ihr Verhalten zu gewöhnen. Ein Verhalten, das in unseren Augen mehr als nur merkwürdig war. Von den Aymara sagt man, dass sie nur vier Dinge im Kopf haben: Gier, Alkohol, Kokain und Blutdurst. Abgesehen von der Entartung des Erbguts durch den Kokainkonsum und ihr entbehrungsreiches Leben über Jahrhunderte hinweg, scheinen die Aymara ein intelligentes Volk zu sein. Leider, so sagt man im Volksmund, gebrauchen sie ihre Intelligenz nur, um Böses anzurichten. Die Quechua aber, so wird behauptet, wiesen diese Eigenschaften, obgleich sie einen ähnlichen Leidensweg hatten, nicht auf. Wir konnten diese Unterschiede allerdings nicht feststellen. Die Historiker verbreiten die Auffassung, dass ihr Verhalten eine logische Antwort auf die Übergriffe und Missbräuche war, die sie unter den Spaniern erleiden*

storici ci vogliono anche far credere che questi indios dell'altopiano siano stati sterminati a milioni. Queste asserzioni, però, non trovano conferma in nessun documento storico e, oltretutto, andrebbero anche contro una certa logica. Gli spagnoli avevano bisogno di mano d'opera economica per sfruttare le miniere di Potosí e gli indiani si erano arresi a loro senza opporre resistenza. Perché, quindi, avrebbero dovuto sterminarli?

Personalmente non credo che gli indios dell'America Latina, come viene definita oggi, si siano mai veramente resi conto che il loro "semicontinente" fosse stato occupato e colonizzato dagli spagnoli. Né credo tanto meno che le grandi campagne di Simón Bolívar dell'inizio del diciannovesimo secolo, che avevano portato alla formazione in Sud America di tutta quella serie di repubblichette da operetta, abbiano attirato o coinvolto l'attenzione degli indios. Secondo me e secondo molti studiosi, per loro non è mai cambiato niente. Gli indios hanno continuato a vivere la stessa vita di stenti e di soprusi che stavano vivendo nei giorni in cui Pizzarro aveva passato alla garrotta l'imperatore Atahualpa-Inca nel lontano 1533. Oggi ci imponiamo di definire „America Latina" quella che in realtà dovrebbe essere conosciuta come „Indo-America". I suoi abitanti sono indiani (*indios*) e non latini e questa terra è latina come sono latini il Burundi, Hong Kong o il Taj Mahal.

Gli indios del bassopiano, cioè quelli di origine guaraní, sono molto pochi e quindi, a meno che non si entri nell'interno, anche i contatti con loro a Santa Cruz sono molto rari.

Ma l'essere umano per eccellenza di Santa Cruz è il *camba*.

Il *camba* si distanzia enormemente dal *colla*, cui, oltretutto, si riferisce con un tono di disdegno e di disprezzo. Il *camba*, indipendentemente dal cocktail di sangue che ha nelle vene, si ritiene quasi un bianco di origine argentina e come tale si comporta. I *cambas* hanno un carattere estremamente allegro ed espansivo. Amano le *fiestas* ed inventano un'infinità di scuse per festeggiare. Ma anche tutti gli aspetti seri della vita di tutti i giorni vengono presi con una certa leggerezza e tutti cercano sempre di trovare il lato divertente di ogni cosa.

Ricordo che un pomeriggio di domenica eravamo rientrati da una festicciola in casa di amici ed avevamo scoperto che, in nostra assenza, erano stati rubati tutti i mobili da

mussten. Dieselben Historiker behaupten, dass die Indios der Hochebene einer Massenvernichtung zum Opfer gefallen sind. Diese Behauptungen aber sind wissenschaftlich nicht belegt und außerdem gehen sie gegen jede Logik. Die Spanier brauchten Arbeitskräfte, um die Vorkommen der Gruben von Potosí vollständig ausheben zu können und die Indios ergaben sich ihnen widerstandslos. Welchen Sinn hätte es also gehabt, sie zu vernichten?

Ich persönlich glaube ehrlich gesagt nicht, dass die Indios Lateinamerikas, wie es heute genannt wird, sich jemals wirklich im Klaren über die spanische Besetzung und Kolonisierung ihres „Halbkontinents" waren. Ich glaube auch nicht, dass die großen Befreiungskampagnen von Simon Bolívar, die zu Beginn des Neunzehnten Jahrhunderts zur Entstehung all der Miniatur-Republiken in Südamerika beigetragen haben, einen großen Einfluss auf die Indios hatten. Ich bin gemeinsam mit vielen anderen Gelehrten der Meinung, dass sich für sie im Endeffekt nie etwas geändert hat. Die Indios führen immer noch das gleiche erbärmliche Leben, wie es zur Zeiten Pizzarros der Fall war. Seitdem dieser im weit zurückliegenden Jahre 1533 den Herrscher Atahualpa-Inca überwältigte, hat sich am Missbrauch der Indios nicht viel geändert. Heute bezeichnet man einen Erdteil, der eigentlich „Indo-Amerika" heißen müsste, wie selbstverständlich als „Latein-Amerika". Aber seine Einwohner sind Indianer (Indios) und nicht Latinos. Dieser Teil der Erde ist genauso wenig lateinamerikanisch, wie es Burundi, Hongkong oder der Taj Mahal sind.

Die Indios der Tiefebene, die ihre Ursprünge im Stamme Guaraní haben, sind sehr wenige und wenn man nicht gerade ins Landesinnere vordringt, kommt es in Santa Cruz nur sehr selten zu einer Begegnung mit ihnen.

Doch das Paradebeispiel menschlicher Existenz in Santa Cruz ist zweifellos der camba.

Der camba ist meilenweit davon entfernt mit einem colla auch nur in irgendeiner Weise in Verbindung gebracht zu werden. Wenn überhaupt, dann spricht er von ihm nur in verachtendem und entwürdigendem Tone. Die cambas halten sich, völlig unabhängig von dem Blut, das in ihren Adern zusammenfließt, fast für Weiße argentinischen Ursprungs. Und, wie man an ihrem immer fröhlichen und offenen Charakter sehen kann, verhalten sie sich auch so. Sie lieben ihre fiestas und sind um keine Ausrede verle-

giardino: tavoli, sedie, poltrone e divani. Tutto! Avevo telefonato al mio amico Sergio che era accorso subito con Armando, suo cognato. Armando aveva sentito dire che nel *quinto anillo* abitava un *camba* che per l'appunto vendeva mobili usati, sicuramente rubati. Eravamo saltati subito sulla Toyota ed eravamo andati a bussare alla casa del *camba*. Questo stava appunto mettendo in ordine sotto una tettoia i nostri mobili appena scaricati. Sergio, con tutta calma, aveva proposto al *camba* l'alternativa: restituirci il maltolto o lasciarsi accompagnare alla polizia. Il *camba*, che aveva l'aria del buontempone, non aveva fatto storie, aveva preso la cosa con leggerezza e buon umore ed aveva optato ovviamente per la prima soluzione, la più logica e la più facile. La cosa, addirittura, lo divertiva e ci rideva su di gusto.

Armando, intanto, si era guardato in giro e, in un angolino, aveva visto un bel set di mobili da salotto, un tavolino con tre sgabellini di fattura fine, sicuramente d'importazione. Armando era notoriamente un gran burlone e si era intromesso dicendo:

„Toh! Guarda, guarda cosa c'è qui! Quelli sono i *miei* mobili!"

Il ladro si era opposto ed aveva negato fermamente che quei mobili potessero essere suoi.

„Impossibile!" aveva detto, „non li ho rubati da te!"

E siccome Armando insisteva, il ladro, come a riprova delle sue asserzioni, aveva chiesto:

„Dove abiti tu?" Armando gli aveva dato il suo indirizzo. Il ladro se l'era ripassato attentamente in testa, poi aveva confermato ancora una volta di non aver mai rubato in quella casa. Armando, però, non aveva voluto sentire ragioni. I mobiletti gli piacevano e, soprattutto, aveva preso gusto al gioco: o mobili o polizia! Per il povero ladro non c'erano alternative e, suo malgrado, aveva dovuto cedere. In quattro e quattr'otto avevamo caricato sul cassonetto della Toyota sia i miei mobili da giardino che il bel set da salotto ed eravamo ripartiti mentre il ladro ci salutava con un sorriso sornione.

Ridendo come pazzi della nostra bravata, eravamo passati prima a casa di Armando a scaricare i „suoi" mobili e poi eravamo rientrati a casa nostra. Il resto della serata l'avevamo trascorso in giardino, comodamente seduti sui nostri mobili recuperati, brindando decine di *chuflay* al successo del nostro blitz e ridendo a crepapelle dello scherzo

gen um einen Grund zu feiern zu finden. Aber auch alle ernsten Aspekte des alltäglichen Lebens werden auf die leichte Schulter genommen und sie versuchen, jeder Sache etwas Schönes abzugewinnen.

An einem Sonntagnachmittag kamen wir von einer Feier bei Freunden nach Hause zurück und mussten feststellen, dass in unserer Abwesenheit alle Gartenmöbel gestohlen worden waren: Tische, Stühle, Sessel und Sofas. Einfach alles! Ich rief meinen Freund Sergio an, der sofort mit seinem Schwager Armando herbeigeeilt kam. Armando war zu Ohren gekommen, dass auf dem quinto anillo *ein* camba *wohnte, der gebrauchte bzw. geklaute Möbel verkaufte. Wir stiegen sofort in den Toyota und fuhren zum Hause des* camba. *Der war tatsächlich gerade dabei, unsere soeben ausgeladenen Möbel unter einem Dach fein säuberlich zurechtzurücken. Sergio stellte den* camba *ganz seelenruhig vor die Wahl: Entweder er würde uns das Diebesgut sofort zurückgeben oder wir würden ihn ohne Umschweife zur Polizei befördern. Der* camba, *dem die gute Laune nur so ins Gesicht geschrieben war, machte keinen Aufstand und nahm die Sache fröhlich auf die leichte Schulter. Er entschied sich natürlich für die erste – die klügste und einfachste – Möglichkeit. Das Ganze schien ihm sogar großen Spaß zu bereiten, denn er lachte aus vollem Halse.*

Armando schaute sich derweil um und in einem Eckchen erblickte er eine schöne Wohnzimmergarnitur, ein Tischchen mit drei feinen Höckerchen, die bestimmt importiert waren. Armando, der ein alter Witzbold war, mischte sich prompt ein:

„Das gibt es doch nicht! Schaut euch das an! Das hier sind meine *Möbel!"*

Der Dieb widersprach ihm und beharrte darauf, dass es unmöglich seine Möbel sein konnten:

„Unmöglich!" rief er, „die habe ich nicht bei dir geklaut!"

Doch Armando blieb stur. Und der Dieb versicherte sich mit der Frage:

„Wo wohnst Du denn?" Armando nannte ihm seine Adresse. Der Dieb dachte gründlich nach und bestätigte dann seine Vermutung, niemals auch nur eine Kleinigkeit aus diesem Haus entwendet zu haben. Armando wollte davon gar nichts wissen. Die Möbel gefielen ihm und das Spiel noch viel mehr: Möbel oder Polizei! Der arme Dieb

fatto al ladro. Si dice che non si può mai rubare in casa di ladri ma noi l'avevamo fatto! Era stata una serata veramente divertente.

Ma avevamo riso troppo e troppo presto: quando, più tardi, Armando, traballante per i *chuflay*, era rientrato a casa, l'aveva trovata vuota. Completamente vuota! Non solo il ladro era andato a riprendersi il suo bel set di mobili da salotto all'indirizzo che gli era stato dato ma, con l'occasione, aveva caricato anche tutto il resto. Tutto!

Quando il giorno dopo eravamo andati di nuovo a trovarlo ci aveva riso in faccia divertito: lì i mobili di Armando non c'erano ed il ladro, divertito, ci aveva detto:

„Avete forse messo in dubbio la mia parola? Ve l'avevo detto che io a quell'indirizzo non avevo mai rubato!"

Un giorno Sergio mi aveva chiamato dall'ufficio. Aveva un cliente in difficoltà economiche che doveva vendere un aereo importato da poco dal Brasile e sapeva che la cosa mi poteva interessare. Sapeva che, fra i miei tanti sogni, c'era anche quello di comperare un aereo per fare la spola fra Santa Cruz e la Ceiba. Il prezzo richiesto era modestissimo, di ventimila dollari e si poteva addirittura fare una controproposta. Ci eravamo dati appuntamento al Trompillo e ci eravamo trovati davanti ad un Cessna 170 col ruotino in coda ed il naso in su. Era molto vecchio, costruito nel 1947, ma era stato completamente revisionato e sembrava nuovo. La scocca, gli interni ed i sedili erano praticamente nuovi e gli era stato montato anche un motore Continental nuovo da 140 cavalli. Soltanto la strumentazione era molto spartana, antiquata e ridotta al minimo, ma per volare in Bolivia era più che sufficiente. Tanto, in Bolivia si vola soltanto a vista. Aveva quattro posti ed una portata totale di 400 chili.

Me l'ero studiato centimetro per centimetro e mi era piaciuto molto. A Stefania, invece, molto meno. Lei non ha mai condiviso con me la passione per il volo e questo ha sempre rappresentato per noi l'unica importante divergenza di gusti e di opinioni. Volare non le metteva paura e, fino ad un certo punto, le piaceva pure e lo riteneva interessante ma non lo trovava appassionante come invece lo era per me. Comunque, era d'accordo con me che, prima o poi, avremmo dovuto fare quel passo. Quel piccolo Cessna avrebbe potuto essere l'ideale per i nostri viaggi alla Ceiba. Era spartano ma c'era l'indispensabile e 400 chili di portata non erano pochi. Avrei dovuto prenderci la mano perché

hatte keine Wahl und musste letztendlich nachgeben. Mir nichts dir nichts, luden wir sowohl meine Gartenmöbel als auch die Wohnzimmergarnitur auf den Toyota, während der Dieb sich mit einem scheinheiligen Grinsen von uns verabschiedete.

Auf der Fahrt nach Hause, auf der wir bei Armando Halt machten, um „seine" Möbel abzuladen, konnten wir gar nicht aufhören, uns über unsere waghalsige Aufschneiderei kaputt zu lachen. Den restlichen Abend verbrachten wir gemeinsam in unserem Garten, gemütlich saßen wir auf den geretteten Gartenmöbeln und stießen mit einem Dutzend chuflay *auf unsere Blitzaktion an. Wir krümmten uns vor Lachen über den Scherz, den wir uns erlaubt hatten. Man sagt ja eigentlich, dass man im Haus von Dieben nicht rauben kann. Wir schon! Wir hatten wirklich viel Spaß an diesem Abend.*

Doch wir freuten uns zuviel und vor allem, zu früh: Als Armando zu später Stunde, von den chuflay *beflügelt, torkelnd zu Hause ankam, war es restlos leergeräumt. Restlos! Der Dieb hatte sich nicht nur seine Möbelgarnitur aus dem Hause, dessen Adresse wir ihm dummerweise noch gegeben hatten, zurückgeholt, sondern bei der Gelegenheit auch gleich alles andere mitgehen lassen. Alles!*

Als wir am nächsten Tag erneut bei ihm aufkreuzten, lachte er uns freudestrahlend an: Armandos Möbel standen nirgendwo und belustigt fragte er uns:

„Habt ihr vielleicht an meinen Worten gezweifelt? Ich habe euch doch gesagt, dass ich in diesem Haus bis dato noch nie geklaut hatte!"

Eines Tages rief Sergio mich aus dem Büro an. Er hatte einen Klienten mit finanziellen Schwierigkeiten, der sein Flugzeug, das er erst vor kurzem aus Brasilien importieren ließ, nun verkaufen musste. Er wusste, dass es mich interessieren würde. Denn er wusste, dass es einer meiner vielen Träume war, ein Flugzeug zu besitzen, mit dem ich die Strecke Santa Cruz – La Ceiba zurücklegen konnte. Der Kaufpreis lag bei einer bereits günstigen Verhandlungsbasis von zwanzigtausend Dollar. Wir verabredeten uns am El Trompillo und trafen uns vor einer Cessna 170 mit einem Rädchen am Hinterteil und einer in die Luft gerichteten Nase. Sie war sehr alt, aus dem Jahre 1947, aber sie war komplett überholt worden und schien wie neu. Das Fahrgestell, die Innenausstattung und die Sitze

sapevo che decollare ed atterrare con il ruotino in coda era molto più difficile che col triciclo normale, ma quello non era un problema. Avrei dovuto soltanto esercitarmi.

Avrei voluto farci un pensierino con calma ma Sergio aveva insistito per una decisione immediata. Sono occasioni che non capitano tutti i giorni. L'aereo era in uno stato perfetto ed il proprietario aveva un bisogno disperato di vendere: per quello il prezzo era così basso. Non solo, ma una decisione immediata ci avrebbe permesso di trattare e di ottenere un prezzo ancora più interessante. Poi, visto che non mi piaceva essere messo alle strette, si era preso la briga di fare un'offerta spudorata senza consultarmi: dodicimila dollari. Il proprietario, ovviamente ci aveva riso sopra, ma Sergio aveva insistito: aveva i soldi con sé ed avrebbe potuto consegnarglieli subito.

Il poveretto era veramente in difficoltà. Aveva provato

sowie ein neuer Continental Motor mit 140 PS waren erst vor kurzem neu eingebaut worden. Nur die Armaturen waren sehr einfach, veraltet und spärlich, aber um nur in Bolivien zu fliegen, reichten sie völlig aus. Denn in Bolivien flog man ja doch nur auf Sichtflug. Sie hatte vier Plätze und eine Tragkraft von insgesamt 400 Kilo.

Ich inspizierte sie bis auf den letzten Millimeter und sie gefiel mir sehr gut. Ganz im Gegensatz zu Stefania, die meine Leidenschaft für das Fliegen nicht teilte. Es war der einzige Punkt, in dem unsere Geschmäcker und Meinungen auseinandergingen. Sie hatte keine Angst vor dem Fliegen, in gewisser Hinsicht machte es ihr sogar Spaß, aber sie war keinesfalls so verrückt danach wie ich. Wie auch immer, sie war trotzdem der gleichen Ansicht wie ich auch, dass dieser Schritt unvermeidbar war. Diese kleine Cessna war genau richtig für unsere Ausflüge zur La Ceiba.

a sostenere che un aereo in quello stato per ventimila dollari era regalato e che gli era costato almeno tre volte tanto, poi aveva comunque ammesso che, pur di concludere, sarebbe stato disposto a cedere qualcosa ma non molto. Sergio era rimasto impassibile ed il poveretto aveva cominciato a scendere prima a diciottomila, poi a diciassette ed infine a sedici. Io non sapevo cosa dire. Era un bell'aereo e per quelle cifre era veramente regalato ma il tutto si stava svolgendo talmente in fretta e mi sarebbe comunque piaciuto avere il tempo di digerire l'idea. Ma Sergio, che evidentemente conosceva meglio i problemi del suo cliente, era rimasto irremovibile. Mentre parlava aveva in mano una *taba (pron. tava)* che normalmente teneva sulla scrivania come fermacarte e, mentre aspettava che l'altro cedesse, se la passava da una mano all'altra giocherellando con disinvoltura come se dovesse stimarne il peso. Aveva

Sie war zwar spärlich ausgerüstet, aber das Nötigste war durchaus vorhanden; und vierhundert Kilo Tragkraft waren nicht gerade wenig. Ich würde mich erst an sie gewöhnen müssen, denn ich wusste, dass es sehr viel schwieriger war, nur mit einem Spornrad als mit einem normalen Fahrwerk abzuheben und zu landen. Aber das war kein Problem, sondern nur eine Frage der Übung.

Ich wollte in Ruhe darüber nachdenken, aber Sergio drängte mich zu einer schnellen Entscheidung. So eine Gelegenheit würde so schnell nicht wieder kommen. Das Flugzeug war in einwandfreiem Zustand und der Besitzer hatte es dringend nötig, es zu verkaufen: deswegen war der Preis auch so niedrig. Und nicht nur das, eine schnelle Entscheidung würde es uns ermöglichen, den Preis sogar noch weiter herunterzuhandeln. Da es mir nicht gefiel, so in die Enge getrieben zu werden, nahm Sergio sich,

lasciato il venditore libero di parlare e cedere nelle sue richieste fino a che il poveretto, quasi con le lacrime agli occhi, era arrivato a tredicimila e con questo aveva ritenuto che, contro un'offerta di dodicimila, aveva ceduto al massimo. A questo punto Sergio si era messo a ridere. Aveva detto di essere superstizioso e che quindi il numero tredici non l'avrebbe proprio preso in nessuna considerazione. Al massimo avrebbe accettato di parlare di 12,500 ma,

ohne Absprache mit mir, das Recht heraus, ein wirklich unverschämtes Angebot zu machen: zwölftausend Dollar. Der Besitzer belächelte ihn natürlich nur, doch Sergio gab nicht nach: er hatte das Geld bei sich und könnte ihn sofort bar bezahlen.

Der Ärmste befand sich wirklich in Schwierigkeiten. Er versuchte uns klarzumachen, dass ein Flugzeug in einem solchen Zustand sogar für zwanzigtausend Dollar

categoricamente, non di 13,000. Ormai era diventato un gioco. Il venditore, ridendo, aveva detto che, se il problema stava nella cifra tonda di 13,000 perché non chiudere a 13,500 dollari? A questo punto Sergio gli aveva chiesto:

„Sai giocare a carte?"

„No", aveva risposto l'altro.

„Tu sei argentino e sicuramente sai giocare alla taba!"

„La conosco ma non ci gioco da quando ho lasciato

noch geschenkt war und dass er bestimmt das Dreifache dafür bezahlt hatte. Aber um endlich zu einem Abschluss zu kommen, erklärte er sich bereit, noch ein wenig vom Preis herunterzugehen, aber mehr auch nicht. Sergio blieb hart und der Ärmste ging erst auf achtzehntausend, dann auf siebzehntausend und schließlich auf sechzehntausend herunter. Ich wusste nicht, was ich sagen sollte. Es war ein schönes Flugzeug und für diesen Preis war es wirklich

l'Argentina. Perché?"

„Bene! Bruno la conosce ancora meno di te e ci ha giocato una sola volta. Facciamo così: tu e Bruno fate una partita a dodici punti: se vinci tu ti do i 13,500 dollari, se invece vince Bruno te ne do soltanto 12,500." E ciò detto aveva mandato un ragazzo a prendere un secchio d'acqua.

La *taba* è un gioco tradizionale dei *gauchos*, i famosi

cow boys che vivono nelle *pampas* sconfinate dell'Argentina. Si tratta di un pezzo di osso piuttosto piatto ricavato da un particolare osso del piede della vacca, l'estragolo, con due superfici parallele. Su una di queste superfici c'è una specie di ferro di cavallo saldamente inchiodato. Il gioco consiste nel lanciare la *taba* da una certa distanza e farla cadere, perfettamente orizzontale ma con la parte ferrata in giù, nell'interno di un quadrato di

geschenkt, doch das lief mir alles viel zu schnell, ich hätte gerne noch einmal in Ruhe darüber nachgedacht. Sergio, der die Probleme seines Klienten natürlich besser kannte, wich kein Stückchen von seinem Gebot ab. Während er sprach, hatte er eine **taba** (sprich tava), die normalerweise als Kartenhalter auf seinem Schreibtisch lag, in der Hand. Er warf sie hin und her, als müsse er ihr Gewicht schätzen und wartete lässig darauf, dass sein Gegenüber nachgab. Er ließ den Käufer reden und seinen Preis von Mal zu Mal weiter senken. Mit Tränen in den Augen erreichte er die dreizehntausend und meinte, dass er ihm bei einer Forderung von zwölftausend wohl nicht noch weiter entgegenkommen könne. Sergio lachte auf. Er behauptete, abergläubisch zu sein und die Zahl dreizehn auf keinen Fall zu akzeptieren; man könnte, wenn überhaupt über 12.500 reden, aber bestimmt nicht über 13.000. Es war zu einem Spiel geworden. Der Käufer sagte lachend, dass man das Problem der runden Summe 13.000 ganz einfach mit einer Zahlung von 13.500 Dollar lösen könne. Da fragte Sergio ihn:

„Kannst du Karten spielen?"

„Nein" antwortet der Andere.

„Du bist Argentinier, dann kannst du sicherlich *taba* spielen?

„Ja, ich kenn' dieses Spiel vielleicht, aber ich habe es nicht mehr gespielt, seitdem ich Argentinien verlassen habe. Warum?

"Na gut! Bruno kann das bestimmt noch viel weniger, er hat es erst ein einziges Mal gespielt. Wir machen das so: Du und Bruno, ihr spielt bis zwölf. Gewinnst Du, gebe ich Dir 13.500. Sollte Bruno allerdings gewinnen, so gebe ich Dir nur 12.500."

Nachdem er das geklärt hatte, schickte er einen Jungen nach einem Eimer Wasser.

Die taba *ist ein traditionelles Spiel der* gauchos, *der berühmten Cowboys, die in den grenzenlosen* pampas *Argentiniens leben. Aus einem besonderen Knochen der Kuh schneidet man ein schmales Stückchen mit zwei parallelen Oberflächen heraus und auf eine dieser Oberflächen bindet man dann eine Art Hufeisen. Das Spiel besteht darin, die* taba *aus einer gewissen Entfernung horizontal und mit dem Eisen nach unten, in ein, ein Meter großes Viereck aus Schlamm, zu werfen. Der Schlamm ist dazu da, die* taba *nicht wieder aufspringen oder weiterrollen zu las-*

fango largo circa un metro. Il fango serve ad arrestarla e a non farla rimbalzare né rotolare. Se la *taba* non si ferma in posizione orizzontale il tiro è nullo e va ripetuto altrimenti, se il ferro è dalla parte di sotto, è *suerte* (fortuna) e vale un punto per il giocatore e se invece è di sopra è *culo* e il punto va all'avversario. Il concetto di *culo* dei boliviani è diametralmente opposto al nostro!

Sergio aveva versato il secchio d'acqua su una zona

sen. *Fällt die* taba *nicht horizontal in den Schlamm ist der Wurf ungültig, fällt das Eisen nach unten bringt es* suerte *(Glück) und zählt einen Punkt, und zeigt das Eisen nach oben ist es* culo *und der Punkt geht an den Gegner. Die Auffassung von* culo *(Hintern) ist im Bolivianischen, anders als im Italienischen, als das Gegenteil von Glück zu verstehen!*

Sergio kippte den Eimer Wasser auf einer kleinen Flä-

sabbiosa non lontano dalla coda dell'aereo e l'aveva mescolata per ottenerne una poltiglia fangosa morbida ma ben compatta. Poi aveva fatto un tiro di prova per vedere se la *taba* ci si fermava per bene ed infine, soddisfatto dei risultati, aveva consegnato la *taba* al proprietario dell'aereo. Il poveretto, evidentemente, non era molto d'accordo su quella prassi poco ortodossa di concludere la trattativa per la vendita di un aereo ma si era rassegnato perché non vedeva alcuna possibilità di scampo. Al primo tiro la *taba* era volata in alto rotolando più volte nell'aria. Con un tiro così, che la *taba* si fermasse col ferro in su o in giù, era

che Sand nahe dem Flugzeug aus und rührte so lange in ihm herum, bis er zu einer ordentlichen Matsche geworden war. Er machte einen Probewurf, um zu sehen, ob die taba *auch richtig stecken blieb, nickte zufrieden und überreichte sie dann dem Besitzer des Flugzeuges. Der Ärmste war natürlich mit dieser wenig orthodoxen Methode, eine Verhandlung abzuschließen, gar nicht einverstanden, aber es blieb ihm nichts anderes übrig, als mitzuspielen. Bei seinem ersten Wurf flog die* taba *hoch und überschlug sich einige Male in der Luft. Mit so einem Wurf war es bloß eine Frage des Glücks, ob die* taba *letztendlich mit dem Eisen*

soltanto una questione di fortuna. E lui l'aveva avuta. La *taba* si era piantata nel fango perfettamente orizzontale con il ferro in giù e la superficie nuda rivolta verso l'alto. Era *suerte*! Aveva vinto il suo primo punto.

Il mio tiro era stato leggermente migliore ma non fortunato. La *taba* si era rotolata una sola volta nell'aria ma purtroppo era caduta col ferro in su. Era *culo* ed il punto andava all'avversario: due a zero. Da quel momento era seguita una serie di tiri nulli poi il punteggio era rimasto abbastanza equilibrato fino a che, alla fine, c'eravamo

nach oben oder nach unten aufkam. Und das Glück war auf seiner Seite, denn die taba *steckte horizontal im Schlamm, das Eisen nach unten, und die nackte Oberfläche nach oben gerichtet. Das war* suerte! *Er hatte seinen ersten Punkt erzielt.*

Mein Wurf war etwas besser, aber weniger glücklich. Die taba *überschlug sich nur ein einziges Mal in der Luft, landete aber mit dem Eisen nach oben. Das war* culo *und der Punkt ging an meinen Gegner: Zwei zu Null. Daraufhin folgten ein paar Nullrunden und ein ziemlich ausge-*

trovati alla pari con undici punti ciascuno. Mancava il punto conclusivo che avrebbe deciso le sorti della partita ed il prezzo del Cessna e la *taba* toccava al mio avversario. Questo, intanto, sembrava aver dimenticato tutti i suoi problemi e l'importanza di quanto fosse in gioco con quella

glichener Kampf, der bei Elf zu Elf endete. Der Wurf, der über den Ausgang des Spiels und den Preis der Cessna entschieden hätte, fiel meinem Gegner zu. Der schien all seine Probleme und all das, was für ihn auf dem Spiel stand, total vergessen zu haben. Er ging völlig in dem

partita. Si era infervorato nella gara e si stava veramente divertendo. Saltava e urlava come un ragazzino! Arrivati all'ultimo tiro, però, al momento di mettersi in posizione aveva avuto un'idea improvvisa. Si era messo a ridere con gusto e, rivolgendosi a Sergio, gli aveva ceduto la *taba* dicendogli:

„*L'idea di questa partita è stata tua, quindi sta a te la responsabilità di concluderla: fai tu l'ultimo tiro: se fai* suerte *mi dai 12.500 dollari, se invece fai* culo *me ne dai 13.500.*"

Intanto si erano radunati una decina di curiosi che si erano messi a seguire la gara con entusiasmo, a commentare ogni tiro e a fare il tifo per l'uno o per l'altro. Sergio aveva preso la *taba* e, concentrandosi nel suo nuovo compito, l'aveva lanciata. Nonostante la sua esperienza, la *taba* si era rigirata due o tre volte in aria, poi era caduta con un tonfo secco e si era fermata con il ferro in su. *Culo*, ma alla maniera loro!

Avevo perso ma ero diventato il felice proprietario di un aereo. Il piccolo Cessna 170 era venuto a costare 13,500 dollari.

Nel pomeriggio Sergio aveva messo insieme tutti i documenti e le firme necessarie per il passaggio di proprietà e dopo pochi giorni CP 1890, *Charly-Papa uno-ocho-nueve-cero*, aveva un nuovo proprietario. Noi gli avevamo subito dato il nome di *Ndegito*, spagnolizzando il termine swahili *Ndege* che significherebbe uccello ma che in Kenya viene usato anche riferendolo all'aereo.

Wettkampf auf und schien sichtlich Spaß zu haben. Er sprang und schrie wie ein kleiner Junge. Doch als er gerade zum letzten Wurf ansetzen wollte, hielt er plötzlich inne, fing laut an zu lachen und wandte sich an Sergio:

„Es war deine Idee, also trage auch die Verantwortung dafür!" *Er gab ihm die* taba *und fuhr fort:* „Du bringst das Spiel zu Ende – du machst den letzten Wurf: Machst du suerte *gibst du mir 12.500 Dollar, machst du allerdings* culo *so gibst du mir 13.500.*"

In der Zwischenzeit hatte sich bereits eine kleine Anzahl Schaulustiger versammelt. Sie verfolgten begeistert den Wettkampf, kommentierten schlau jeden Wurf und feuerten entweder den einen oder den anderen an. Sergio nahm die taba *und konzentrierte sich auf seinen Wurf. Trotz seiner langjährigen Erfahrung in diesem Spiel, drehte sich die* taba *mehrmals in der Luft. Dann fiel sie mit einem dumpfen Knall zu Boden und blieb mit dem Eisen nach oben im Schlamm stecken.* Culo, *wie sie es nannten!*

Ich hatte das Spiel verloren, aber ein Flugzeug gewonnen. Glücklich bezahlte ich 13.500 Dollar für meine kleine Cessna 170.

Noch am selben Nachmittag hatte Sergio alle Papiere und Unterschriften für den offiziellen Besitzerwechsel zusammen und schon nach wenigen Tagen hatte CP 1980, Charly-Papa-uno-ocho-nueve-cero *einen neuen Eigentümer. Wir gaben ihm den Namen* Ndegito, *unsere spanische Version für* Ndege, *was auf Swahili Vogel bedeutet und in Kenia auch für Flugzeug gebraucht wird.*

9

Le nascite

Die Geburten

I *dueños* delle estancias, i *jefes*, godono ovviamente di tanti privilegi. A loro, per esempio, spetta di diritto cavalcare il *potro*, lo stallone, e di usare l'unica sella texana che c'è in ogni *estancia*, sinonimo di prestigio, di lusso e di comodità, mentre i dipendenti devono rompersi le natiche su quello strumento di tortura che chiamano „*apero*", duro come un legno nodoso e come tale scomodo tanto per i cavalli quanto per i loro *jinetes*, i cavalieri. Normalmente, però, i *dueños* sono anche quelli che *sanno*, che *comandano* e che *decidono* perché sono appunto i *dueños* e nessuno può contestare le loro capacità, le loro decisioni, le loro conoscenze ed i loro diritti. Una forma di rispetto cui nessun indio oserebbe trasgredire.

Per me, abituato a metodi più moderni e *democratici*, la cosa non era così facile come potrebbe sembrare. Neppure l'Africa mi aveva insegnato a fare il despota e ad usare in modo incondizionato il potere datomi da una certa posizione. Era ovvio che, *dueño* o no, non sarei stato comunque in condizioni di dettar legge, né di sputare sentenze su temi nei quali non avevo ancora molto da dire. Almeno all'inizio!

Den dueños *der* estancias, *den* jefes, *stehen vielerlei Sonderrechte zu. Ihnen steht es zu den* potro, *den Zuchthengst, auf dem einzigen texanischen Sattel jeder* estancia *zu reiten. Dieser Sattel steht für Ansehen, Luxus und Bequemlichkeit. Alle anderen hingegen müssen sich auf diesem Folterinstrument, das sie „apero" nennen, den Rükken zu Grunde richten. Er zeichnet sich durch seine Unbequemlichkeit sowohl für die Pferde, als vor allem auch für ihre* jinetes, *Reiter, aus. Normalerweise sind die* dueños *natürlich auch diejenigen, die über alles Bescheid wissen, Befehle erteilen und Entscheidungen treffen, denn sie sind ja schließlich nicht umsonst die* dueños! *Niemand würde es auch nur wagen, an ihren Fähigkeiten, Entscheidungen, Kenntnissen und Rechten zu zweifeln. Kein Indio der Welt wagt es, ihm seinen bedingungslosen Respekt versagen.*

Da ich natürlich daran gewöhnt war modern und demokratisch mit meinen Mitmenschen umzugehen, war diese Umstellung für mich weitaus schwieriger, als man sich vielleicht vorstellen kann. Noch nicht einmal in Afrika war ich dazu angehalten worden, mich als Alleinherr-

9 Le nascite

Per Andrès la cosa era abbastanza chiara. Sapeva di avere a che fare con un *jefe* senza esperienza e sapeva di avere il dovere di sopperire ad ogni mia mancanza. A dire il vero questo suo strano ruolo gli piaceva. In un certo senso gli dava una sensazione di potere, per lui assolutamente nuova. Lo faceva sentire importante e lo appagava dal punto di vista puramente umano. Per la prima volta in vita sua, forse, aveva sulle spalle una responsabilità e non di certo piccola. Quando ero alla Ceiba impiegava ore ed ore ad erudirmi su ogni aspetto dell'andamento del lavoro. Mi informava su quanti vitelli erano nati, in che zona il bestiame preferiva concentrarsi e pascolare, in quali periodi era più nutriente l'*arrozillo* ed in quali invece era più adatta la *cañuela morada*, i due tipi principali di *pasto*, cioè di foraggio che abbondavano in tutta l'*estancia*, se e quanti capi andavano perduti e quali erano le cause probabili. Non poteva avere sempre informazioni abbastanza accurate su ogni cosa che succedeva nell'*estancia* perché, data la grandezza della proprietà, non poteva essere sempre presente dappertutto ma era contento quando poteva riferire dei dati di fatto. A volte trovava una mucca morta per il morso di un serpente, a volte i resti di un vitello sbranato dai giaguari oppure un'altro morto perché la mamma non aveva latte a sufficienza. Parlava molto lentamente con uno spagnolo abbastanza comprensibile

scher aufzuspielen und meine Machtposition uneingeschränkt geltend zu machen. Mir war klar, dass ich in keinem Falle – dueño oder nicht dueño – in der Lage gewesen wäre, Befehle auszuteilen oder mir Gehör zu verschaffen. Schließlich hatte ich ja auch gar keine Ahnung von den Dingen! Zumindest noch nicht!

Für Andrès war die Situation eindeutig. Er war im Bilde darüber, dass er einen jefe ohne Erfahrung hatte und eilte mir zu Hilfe, wo immer es nötig war. Um ehrlich zu sein, gefiel ihm seine merkwürdige Aufgabe sogar. Sie gab ihm ein Machtgefühl, das für ihn völlig neu war. Zum ersten Mal in seinem Leben spürte er, dass er wirklich gebraucht wurde, und das erfüllte ihn auf rein menschlicher Ebene mit großer Befriedigung. Nie zuvor hatte er Verantwortung tragen dürfen, und schon gar nicht eine so große. Wenn ich auf der La Ceiba war, verbrachte er Stunden damit, mich über jedes kleinste Detail seiner Arbeit zu informieren. Er berichtete mir, wie viele Geburten es gegeben hatte, in welcher Gegend das Vieh am liebsten weidete, in welcher Jahreszeit das arrozillo am nahrhaftesten war und wann das cañuela morada sich besser eignete – die beiden „Hauptspeisen" des Viehs, also eigentlich, das auf der estancia so ergiebige Futter – ob und wie viele Tiere verloren gingen und was die Gründe dafür waren. Er konnte nicht immer hundertprozentig über al-

Selezione delle femmine incinte *Sortierung der trächtigen Kühe*

anche se mescolato con un buon 30% di termini *tupì-guaranì* o, chissà, forse addirittura anche *quechua* o *sirionò* e, quando affrontava un tema, ci si buttava dentro con fiumi di parole che scorrevano inesorabilmente senza sosta ma ad una velocità lentissima e con una cadenza costante ed inarrestabile. Sembrava che non conoscesse il senso della punteggiatura e l'unico modo di farlo smettere di trattare un determinato tema era di interromperlo con garbo con una domanda riguardante un tema diverso. Allora ripartiva con la stessa flemma nella nuova direzione e vi si manteneva fino all'interruzione successiva. All'inizio la cosa mi creava qualche problema, perché non ero abituato a quella tecnica di conversazione ma poi mi ci ero abituato e riuscivo a farne tesoro oppure, quando il tema non era esattamente di mio grande interesse, riuscivo addirittura a pensare ad altro pur senza perdere completamente il filo del discorso ed intercalando un „sì" ogni tanto. Da lui ho imparato moltissimo sul bestiame, sul suo comportamento, su come funziona tradizionalmente l'allevamento e su quanto bisogna sapere per essere un perfetto *ganadero*. I miei progetti per la Ceiba erano di imparare e capire quanto più possibile dei metodi tradizionali e, parallelamente, di fare ricerche e studi sulle tecniche più moderne applicate in altri paesi più avanzati per poi arrivare col tempo ad utilizzare dei principi che fossero un buon connubio del moderno col tradizionale. Ero sicuro che nei paesi più evoluti al giorno d'oggi si applicano delle tecniche notevolmente più avanzate dei sistemi tradizionali del Beni. La Bolivia, ed il Beni in particolare, erano in tutto e per tutto almeno di un secolo più arretrati rispetto al resto del mondo. Se fossi riuscito ad apportare ai sistemi tradizionali anche soltanto quelle tecniche che non si scontravano troppo con le loro, avrei sicuramente ottenuto dei risultati eccellenti e, comunque, di gran lunga migliori di quelli degli altri *ganaderos*.

Avevo cominciato subito a registrare dati relativi alle natalità, alle mortalità ed alle loro cause. In Bolivia, o per essere più esatti nel Beni, il bestiame ha una produttività media del 40%. In altre parole, 100 fattrici riescono a produrre ed a far sopravvivere fino all'età di un anno soltanto 40 vitelli. Per i beniani è un risultato ottimo visto che il bestiame viene allevato allo stato brado e quindi senza costi. Per loro è come avere dei soldi in banca che rendono il 40%. Una resa enorme, vista così. Per me, però, che vedevo la cosa

les, was auf der estancia *geschah, auf dem Laufenden sein. Sie war viel zu groß und er konnte nicht überall gleichzeitig sein, aber er freute sich, wenn er mir die Tatsachen so genau wie nur möglich schildern konnte. Manchmal fand er ein Rind, das durch einen Schlangenbiss getötet worden war, manchmal die Überreste eines Kalbs, das von einem Jaguar zerfleischt worden war, und manchmal auch Kälber, die aufgrund eines Milchmangels bei ihrer Mutter gestorben waren. Er sprach sehr langsam und sein Spanisch war einigermaßen verständlich, wenn auch bestimmt zu 30% mit Wörtern aus den Sprachen der* tupì-guaranì, *oder wer weiß, vielleicht sogar der* quechua *oder der* sirionò *gespickt. Wenn er ein Thema ansprach, dann floss ein wahrer Redeschwall aus seinem Munde, die Wörter formten sich nur langsam, aber er gönnte ihnen nicht die kleinste Pause, sein Ton war immer gleichbleibend und vor allem endlos. Punkt oder Komma gab es bei ihm nicht, und die einzige Art, ihn irgendwie von einem Thema abzubringen war, ihm lauthals eine Frage zu einem anderen Thema zu stellen. Dann fing er mit dem gleichen Eifer von vorn an und hörte nicht eher auf, bis man ihn wieder unterbrach.*

Am Anfang hatte ich viele Probleme, da ich an diese Form der Kommunikation nicht gewöhnt war. Doch mit der Zeit gewöhnte ich mich daran, und wenn das Thema mich nicht interessierte, schweifte ich in Gedanken einfach ab, ohne den Faden ganz zu verlieren, so dass ich ab und zu trotzdem einmal ein „Ja" einfließen lassen konnte. Er brachte mir viel über das Vieh, sein Verhalten, seine traditionellen Zuchtmethoden und alles andere bei, was ein guter ganadero *wissen musste. Ich wollte auf der La Ceiba soviel wie möglich über die herkömmlichen Zuchtmethoden lernen und gleichzeitig wollte ich alles über die modernen Techniken, die man in anderen Ländern anwandte, herausfinden, um irgendwann die perfekte Kombination aus Modernem und Traditionellem anwenden zu können. Ich ging davon aus, dass man heutzutage in den entwickelten Ländern Techniken anwandte, die sehr viel fortschrittlicher waren, als die traditionellen Systeme des Beni. Der Rest der Welt war Bolivien und besonders dem Beni einfach in allem mindestens um ein Jahrhundert voraus. Wenn es mir gelingen würde, einige der modernen Techniken mit den traditionellen Systemen des Beni zu vereinbaren, würden bestimmt hervorragende Er-*

dal punto di vista puramente tecnico, anche se da profano del settore specifico, il vero potenziale della Ceiba non era rappresentato dall'eventuale 40% di vitelli che avrebbero raggiunto l'anno di vita ma stava invece nell'analisi di quel 60% di perdite e quindi mi ero concentrato nello studio di tale tema.

In quel periodo, quando ero a Santa Cruz, passavo tutto il mio tempo libero col Dott. Raul Grogh, il veterinario dell' *"Università di Santa Cruz"*. Eravamo diventati buoni amici e mi piaceva lavorare con lui. Ai miei occhi Raul era un vero luminare di veterinaria tropicale. Andavamo in giro tutti i giorni fra una tenuta e l'altra nei dintorni di Santa Cruz a visitare e curare bestiame di ogni tipo, a prelevare campioni di latte e di sangue per le analisi di laboratorio e a fare iniezioni, vaccini e piccoli interventi chirurgici. Lavorare con Raul era anche divertente. Aveva delle maniere calme e lente che mascheravano un acume ed un *sense of humor* raffinato. In genere la durata delle nostre visite alle *estancias* dei suoi clienti dipendeva più dal numero e dalla qualità del componente umano femminile che dal numero delle vacche o dalla gravità delle malattie da curare. Aveva un occhio particolare per le giovani *peladas* e non si faceva mai

Femmine alla selezione

sfuggire l'occasione di fare il cascamorto con le mogli o con le figlie degli *estancieros*.

Ricordo che, fra le tante attrezzature che portava in macchina, aveva sempre con se tre grosse caraffe di vetro e, verso la fine della giornata, per dimostrare la sua certezza

gebnisse dabei herauskommen, mit denen ich die anderen ganaderos *bei weitem übertreffen würde.*

Ich begann augenblicklich alle Einzelheiten über die Geburten, die Todesfälle und ihre Ursachen aufzulisten. In Bolivien oder genauer genommen im Beni hat das Vieh eine durchschnittliche Leistung von 40%. Mit anderen Worten, 100 Kühe gelingt es lediglich 40 Kälber zu gebären, die ein ganzes Jahr am Leben bleiben. Für die Leute im Beni, die ihr Vieh wild und daher kostenfrei züchten, ist das eine außerordentlich gute Leistung. Für sie ist es, als bekämen sie für ihr Geld 40% Zinsen. So gesehen, ein unglaublicher Verdienst. Ich betrachtete die Sache allerdings, wenn auch als purer Anfänger auf diesem speziellen Gebiet, unter rein technischen Gesichtspunkten. Ich sah das Potenzial der La Ceiba nicht in den 40% der überlebenden Kälber, sondern in einer genauen Analyse der 60% hohen Sterblichkeit und so begann ich, mich ausschließlich auf dieses Thema zu konzentrieren.

In dieser Zeit verbrachte ich alle meinen freien Stunden in Santa Cruz mit Dott. Raul Grogh, dem Tierarzt der „Universität Santa Cruz". Wir waren enge Freunde geworden und ich arbeitete gern mit ihm zusammen. In meinen Augen war Raul ein echtes Genie in tropischer Veterinärmedizin. Ich fuhr mit ihm zu den vielen Landgütern in der Umgebung von Santa Cruz, und gemeinsam untersuchten und behandelten wir Vieh jeglicher Art. Wir entnahmen Milch -und Blutprobe für das Labor, wir gaben ihnen Spritzen und Impfungen und erledigten kleinere chirurgische

che una determinata mucca non era affetta da tubercolosi né da altre malattie infettive, la mungeva con una mano spruzzando il latte direttamente nelle tre caraffe che teneva per i manici nell'altra. Le riempiva fino a metà e già la schiuma calda cominciava a strabordare, poi prendeva l'immancabile bottiglia di Jonny Walker, che faceva parte integrante degli attrezzi del mestiere, e la versava completamente nelle tre caraffe riempiendole così fino al bordo. Poi ne offriva una a me e l'altra al proprietario della vacca e ci invitava a brindare.

Quell'intruglio schiumoso dall'aspetto del latte caldo e dal marcato sapore di whisky scendeva giù così facilmente e sembrava sempre il sollievo ideale dai disagi del calore, della polvere, dell'umidità e della stanchezza accumulata. Quei brindisi rappresentavano sempre la fine della nostra giornata di lavoro e poi rientravamo a Santa Cruz guidando a zig-zag sulle piste sabbiose, cantando canzoni allegre e ricordando gli sguardi voluttuosi de *las peladas picaras*, le ragazze biricchine incontrate nel corso della giornata.

Tramite Raul mi ero procurato una vera enciclopedia di libri di medicina veterinaria in spagnolo ed a Londra, da Foyles, altrettanti in inglese. Per trovarne altri ancora avevo fatto scalo un paio di volte a Lima, in Perú, dove c'era una libreria universitaria ben fornita. Mi ero concentrato sullo studio delle malattie tropicali, della parassitologia e dell'entomologia veterinaria e cioè sui temi che interessavano in maniera diretta i problemi più specifici della mia nuova attività nel Beni.

Kühe bei der Sortierung

Eingriffe. Mit Raul zusammenzuarbeiten brachte zudem auch noch jede Menge Spaß. Hinter seiner ruhigen und langsamen Art versteckten sich ein ausgeprägter Scharfsinn und ein äußerst feiner sense of humour. *Die Dauer unserer Besuche auf den* estancias *hing weniger von der Anzahl der kranken Tiere, als vielmehr vom Format der anwesenden Frauen ab. Er hatte eine Schwäche für die jungen* peladas *und er ließ sich keine Gelegenheit entgehen, bei den Gattinnen oder Töchtern der* estancieros *Süßholz zu raspeln.*

Zu seiner Ausrüstung, die er stets im Wagen mit sich führte, gehörten auch drei große Glaskaraffen. Wenn er gegen Abend belegen wollte, dass eine bestimmte Kuh weder an Tuberkulose noch an anderen Krankheiten litt, melkte er sie mit einer Hand und ließ die frische Milch in die Karaffen laufen, die er in der anderen Hand hielt. Er füllte sie bis zur Hälfte und wenn der heiße Schaum schon fast dabei war überzulaufen, holte er eine Flasche Johnny Walker, die ebenfalls zum nicht wegzudenkenden Inventar gehörte, und füllte die drei Karaffen damit bis zum Rand. Dann drückte er mir eine und dem Besitzer der Kuh die andere in die Hand und prostete uns zu.

Dieses schaumige Gebräu aus warmer Milch, mit dem unverkennbaren Geschmack des Whiskeys, lief wohltuend die Kehle hinunter. Es schien die Hitze, den Staub, die Feuchtigkeit und die angesammelte Müdigkeit des Tages

Nel mio studio della produttività delle fattrici della Ceiba avevo cominciato col prendere in esame innanzitutto i tori, poi la fecondità delle femmine, le condizioni del parto ed infine le cause di decesso dei neonati o, comunque, dei vitellini giovani. Quest'ultimo sembrava essere il tema più importante e mi ci ero dedicato in modo particolare. Nel Beni un vitello è considerato tale soltanto al raggiungimento di un anno di età. Fino a quel momento le probabilità di

mit einem Schluck wieder wettzumachen. Dieses kleine Trinkgelage beendete unseren Arbeitstag und läutete den Feierabend ein. Danach fuhren wir im Zickzack zurück über die Sandwege, sangen fröhliche Lieder und lachten über die wollüstigen Blicke all der *las peladas picaras*, der spitzbübischen Mädels, die wir im Laufe des Tages getroffen hatten.

Durch Raul war ich an eine ganze Enzyklopädie von

Nelle femmine più giovani prevalgono le caratteristiche nellore

Die Merkmale der nellore werden bei den jüngsten Tieren sichtbar

decesso sono tali e tante che il suo valore non è preso in nessuna considerazione, come se non esistesse proprio. Un aspetto, questo, che mi sarebbe stato di grande aiuto nel futuro.

Una curiosità: i termini „ganaderia", allevamento e „ganado", il bestiame bovino, derivano dal verbo „ganar" che significa „guadagnare". Questo dà un'idea del perché il bestiame è visto né più né meno che come un conto in banca.

Don Gonzalo aveva portato in aereo dal vicino Brasile

Büchern über Veterinärmedizin auf Spanisch gekommen, und über Foyles in London hatte ich mir noch einmal genauso viele auf Englisch zukommen lassen. Um noch mehr zu erfahren, landete ich manchmal in Lima, Peru, zwischen, um die gut sortierte Universitätsbibliothek zu besuchen. Ich konzentrierte mich auf das genaue Studium der Tropenkrankheiten, der Parasitologie und der Entomologie, also auf die Themen, die in direkter Verbindung zu meiner neuen Tätigkeit im Beni standen.

Um meine Analyse über die Produktivität der Mutter-

20 torelli di razza pura *nellore*, una razza zebuina introdotta in Sud America dall'India e sperimentata ampiamente nelle zone preamazzoniche brasiliane. Erano animali alti e slanciati, dal pelo cortissimo e bianco che sfumava in un grigio molto chiaro in prossimità del muso e dei piedi. Rispetto ai *gir*, coi quali avevo fatto le mie prime esperienze di allevamento a Guendà Arriba, avevano le gambe molto più lunghe ed il prepuzio molto corto e quindi erano meno soggetti a ferirsi.

tiere der La Ceiba voranzutreiben, untersuchte ich zunächst die Stiere, dann die Fruchtbarkeit der Kühe, die Bedingungen bei der Geburt und schließlich die Todesursachen der Neugeborenen bzw. der jungen Kälber im Allgemeinen. Letzteres schien das bedeutendste Thema zu sein und so widmete ich mich ihm mit besonderer Aufmerksamkeit. Im Beni wird ein Kalb erst ein Jahr nach der Geburt als ein solches anerkannt. Vorher sind die Todes-

Le femmine più anziane hanno l'aspetto più rustico

Die ältesten Tiere sehen weniger vornehm aus

Erano resistenti al caldo umido e mangiavano di tutto. Il loro incedere agile ed elegante li faceva assomigliare ad enormi gazzelle bianche anche se alcuni di loro superavano la tonnellata.

Quando ho preso in consegna la Ceiba quei tori avevano circa 5 anni e quindi erano nel fiore dell'età produttiva ed i loro primogeniti erano già dei magnifici esemplari di due anni che stavano già iniziando a montare. Le femmine anziane erano tutte di origine criollo, cioè discendenti del bestiame

fälle aus verschiedensten Gründen so wahrscheinlich und häufig, dass es gar nicht in Betracht gezogen wird. Es ist, als würde der Wert des Kalbes gar nicht existieren. Das war ein wichtiger Aspekt, der mir zu einem späteren Zeitpunkt noch eine große Hilfestellung sein würde.

Eine interessante Anmerkung: die Bezeichnungen „ganaderia", Viehzucht und „ganado", das Rindvieh sind von dem Verb „ganar" abgeleitet und das wiederum bedeutet „verdienen". Von hier aus kann man vielleicht verstehen, warum das Vieh seit jeher nicht mehr und nicht

importato dall'Europa dagli spagnoli, con vari incroci con razze zebuine. Stando ad Andrès non vi erano elementi sterili ed erano tutte molto sane e feconde.

Le malattie più comuni nel Beni sono la tubercolosi, la brucellosi e la leptospirosi.

La tubercolosi bovina è una malattia batterica, sostenuta dal *Mycobacterium bovis*. Tutti i mammiferi sono sensibili a questa malattia, ma il germe riconosce nel bovino il suo ospite principale. E' una zoonosi, una malattia trasmissibile anche all'uomo, direttamente attraverso lo stretto contatto con animali infetti e indirettamente attraverso il consumo di latte crudo (non pastorizzato) e dei suoi derivati o di carni poco cotte.

Col tempo avevamo fatto qualche analisi a campione e non avevamo riscontrato nessun animale infetto. Questo non vuol dire che tutta la mandria fosse esente da questo male ma, per lo meno, la cosa non era preoccupante anche perché la Tubercolosi è una malattia tabù soprattutto per le vacche da latte e alla Ceiba dovevano produrne solo quel tanto che bastava ad allattare i loro piccoli.

La brucellosi bovina, lo spauracchio dei *ganaderos*, è una malattia batterica, sostenuta da *Brucella abortus*. Molti altri mammiferi sono soggetti a questa malattia, ma il bovino ne è particolarmente sensibile. La brucellosi è la causa principale dell'aborto. Anche questa malattia è una zoonosi, trasmissibile anche all'uomo, direttamente attraverso lo stretto contatto con animali infetti, immediatamente dopo il

Nel corral sono abbastanza tranquille

Im corral *sind die* Kühe ziemlich ruhig

weniger zu sein scheint als ein Bankkonto.

Don Gonzalo hatte aus Brasilien 20 Stiere der Rasse nellore *mit dem Flugzeug hergeschafft. Sie gehören zu der indischen Rasse der Zebus und sind von Indien nach Brasilien gebracht worden, um sie in den Gebieten des Amazonas zu halten. Es waren große und schlanke Tiere mit einem kurzen weißen Fell, das sich um das Maul und die Hufen herum leicht gräulich absetzte. Ihre Beine waren sehr viel länger und ihre Vorhäute sehr viel kürzer, als die der* gir, *mit denen ich meine ersten Erfahrungen auf Guendà Arriba gesammelt hatte, und von daher verletzten sie sich auch viel seltener. Die feuchte Hitze machte ihnen nicht zu schaffen und sie fraßen so gut wie alles. In ihrer flinken und eleganten Art ähnelten sie großen, weißen Gazellen, auch wenn einige von ihnen mehr als eine Tonne wogen.*

Als ich die La Ceiba übernahm, waren diese Stiere ungefähr 5 Jahre alt und auf dem Höhepunkt ihrer geschlechtlichen Produktivität. Ihre ersten Abkömmlinge waren bereits wunderschöne zweijährige Exemplare, die ihrerseits bereits geschlechtsreif waren. Die alten Kühe waren alle ursprünglich der Rasse criollo *zugehörig, also Nachkömmlinge der von den Spaniern aus Europa importierten Rinder, die man im Nachhinein mit verschiedenen Zebus gekreuzt hatte. Andrès zufolge gab es keine sterilen Tiere, sie waren allesamt sehr gesund und fruchtbar.*

Die am meisten verbreiteten Krankheiten im Beni sind

parto o l'aborto e indirettamente attraverso il consumo di latte crudo (non pastorizzato) e dei suoi derivati (latticini freschi o a breve stagionatura). La brucellosi è, in senso assoluto, la malattia più temuta dagli allevatori perché rende sterili le fattrici ed è altamente contagiosa.

Andrès non aveva registrato nessun caso di aborto. Nel Beni le vacche che abortiscono, nel dubbio che potrebbero essere affette da brucellosi, vengono eliminate immediatamente.

Un'altra malattia molto temuta era la leptospirosi. Il termine leptospirosi descrive un insieme di malattie provocate da membri dell'ordine degli *Spirochaetales*, principalmente della specie *Leptospira interrogans*. L'infezione può essere asintomatica, ma possono presentarsi anche casi con gravità e sintomi clinici diversi (spesso confondibili con meningiti, encefaliti o influenze). La durata della leptospirosi va da pochi giorni a molte settimane, a seconda della gravità e della cura. La mortalità è bassa ma può superare il 20% nei pazienti che sviluppano insufficienza epatica e renale (malattia di Weil) e nei soggetti anziani.

L'infezione è trasmessa principalmente tramite contatti della pelle o delle membrane mucose con acqua, terra o altri materiali contaminati dall'urina di animali infetti. La malattia rappresenta anche un rischio per i lavoratori esposti ad acqua contaminata. Il portatore classico più comune di questa malattia è il ratto ma nel Beni il pericolo veniva essenzialmente dai pipistrelli, o *vampiros*,

Tuberkulose, Brucellose und Leptospirose.

Die Rindertuberkulose ist eine bakterielle Infektion, die durch den Erreger Mycobacterium bovis *ausgelöst wird. Alle Säugetiere sind für Tuberkulose anfällig, aber der Krankheitskeim sucht sich am liebsten das Rind aus. Sie ist eine „Zoonose", eine von den Tieren auf den Menschen übertragbare Krankheit. Sie überträgt sich durch direkten Kontakt zu den infizierten Tieren oder durch den Verzehr von roher (nicht pasteurisierter) Milch, Milchprodukten und wenig garem Fleisch.*

Bei unseren regelmäßigen Untersuchungen stießen wir auf kein infiziertes Tier. Das muss nicht unbedingt heißen, dass die ganze Herde von dieser Krankheit verschont geblieben war, aber es war zumindest schon einmal nicht sonderlich besorgniserregend. Die Tuberkulose ist besonders schädlich für Milchkühe und auf der La Ceiba mussten die Kühe nur soviel Milch produzieren, dass es für ihre Kälbchen reichte.

Die Rinder-Brucellose, das Schreckgespenst der ganaderos, *war ebenfalls eine bakterielle Infektion, die durch den Erreger* Brucella abortus *ausgelöst wurde. Viele andere Tiere leiden an dieser Krankheit, doch die Rinder sind ganz besonders anfällig für sie. Die Brucellose ist die Hauptursache von Fehlgeburten. Auch sie ist eine Zoonose, die sich auf den Menschen übertragen kann, entweder durch direkten Kontakt zum infizierten Tier kurz nach der Geburt oder der Fehlgeburt,*

Manolo, un vecchio toro criollo

Manolo, *ein alter criollo* **Stier**

9 Le nascite

come li chiamano lì. Questi si nutrono spesso del sangue di grossi mammiferi che assalgono di notte. Le vittime normalmente non reagiscono ai loro attacchi, perché i pipistrelli dispongono di una sorta di anestetico che permette loro di succhiare il sangue con la dovuta calma senza che la vittima se ne accorga. La stessa strategia che hanno anche molti tipi di insetti come, ad esempio, le zanzare ed i *piúm*. Alla Ceiba di *vampiros* ce n'erano a milioni!

Nel mio studio avevo diviso il ciclo di produzione in tre fasi. La prima fase comprendeva tutto il tempo che va dalla monta alla gestazione fino al parto. La seconda il parto vero e proprio ed i primi giorni di vita del vitellino ed infine la terza fase che comprendeva la vita del piccolo per tutto il primo anno.

Per la prima fase mi sarei dovuto preoccupare soltanto di scoprire se c'erano fattrici che non concepivano o che abortivano ed, eventualmente, eliminarle. Era il problema minore. La seconda fase mi interessava molto di più. Da

oder durch den Verzehr von roher (nicht pasteurisierter) Milch oder Milchprodukten (frischem oder sehr jungem Käse). Die Brucellose ist bei weitem die am meisten gefürchtete Krankheit der Viehzüchter, denn sie macht die Kühe unfruchtbar und ist außerdem hoch ansteckend.

Andrès verzeichnete keine Fehlgeburt. Im Beni werden die Kühe, die eine Fehlgeburt haben, aus Angst sie könnten sich mit Brucellose infiziert haben, sofort geschlachtet.

Eine weitere, sehr gefürchtete Krankheit war die Leptospirose. Sie setzt sich aus mehreren Krankheiten zusammen, die von Spirochaetales *und vor allem einer Sorte* Leptospira interrogans *hervorgerufen wird. Die Infektion kann ohne Symptome verlaufen, es gibt allerdings auch verschieden schwere Fälle mit verschiedenen Symptomen (die oft mit Meningitis, Enzephalitis oder Grippen verwechselt werden). Die Länge der Leptospirose kann von einigen Tagen bis zu mehreren Wochen dauern, das kommt*

Raduno del bestiame nel corral

Versammlung des Viehs im corral

Uno dei neonati *Ein Neugeborenes*

quanto avevo avuto modo di constatare e, soprattutto, da quanto mi era stato detto, la mortalità dei neonati era molto alta ed era causata dai fattori più svariati. Molti vitelli, per esempio, morivano affogati quando, per seguire la mamma

ganz auf die Behandlung und die Schwere der Krankheit an. Die Rate der Todesfälle ist nicht sehr hoch, aber bei Patienten mit Leber – oder Nierenunzulänglichkeit (Weilsche Krankheit) und bei Patienten in hohem Alter

Spesso bisogna ricorrere al lazo

Oft muss man den lazo benutzen

che andava a pascolare nella pampa allagata, restavano prigionieri del fango e non avevano ancora la forza di rialzarsi e di stare in piedi fermi sulle proprie gambe. Altri venivano divorati da animali rapaci, altri morivano di fame perché la mamma non produceva abbastanza latte ed altri ancora morivano di malattie non meglio identificate. Avevo notato anche che le vacche non svezzano i vitelli ed avevo visto spesso bestioni di oltre due anni prendere ancora il latte dalla mamma. Se questa intanto ha partorito di nuovo, il neonato non ha abbastanza latte perché gli viene rubato dal fratello maggiore.

Ero sicuro che se fossi arrivato ad avere un quadro esatto della situazione avrei potuto ottenere tanti miglioramenti soltanto apportando alcuni accorgimenti semplici e poco costosi. Storicamente gli animali nel Beni vivono assolutamente allo stato brado e gli unici interventi dell'uomo si riducono al *rodeo* annuale con la selezione dei capi da vendere, la marchiatura dei capi adulti ed in qualche caso alla castrazione dei tori quando questi diventano troppi. Io però volevo arrivare ad avere un certo tipo di controllo e

liegt sie zuweilen bei 20%.

Die Infektion wird übertragen, wenn Haut oder Schleimhäute in direkten Kontakt mit Wasser, Erde oder anderen Substanzen, die vom Urin der infizierten Tiere verseucht sind, in Berührung kommen. Ratten sind die eigentlichen Überträger dieser Krankheit, aber im Beni ging die Gefahr eher von den Fledermäusen, den vampiros, *wie sie genannt werden, aus. Diese ernähren sich häufig von dem Blut der großen Säugetiere, die sie nachts anfallen. Die Opfer reagieren normalerweise nicht auf diese Angriffe, da die Fledermäuse über eine Art Betäubungsmittel verfügen, dass sie aussenden, um in aller Ruhe Blut saugen zu können, ohne dass ihr Opfer etwas davon bemerkt. Die gleiche Strategie vieler Insekten, beispielsweise der Mücken oder der* piùm. *Auf der La Ceiba gab es Millionen und Abermillionen* vampiros.

Ich teilte mir meine Analyse vom Prozess der Erzeugung in drei Phasen ein. Die Erste schloss die Befruchtung und die ganze Tragzeit bis zur Geburt ein. Die Zweite

di gestione delle nascite per ridurre quanto più possibile il numero delle perdite ed aumentare così la produttività. Secondo me era assurdo far nascere 100 vitelli per poi lasciarne morire 60 e ritenersi soddisfatti di una produzione reale del 40%. Non volevo applicare metodi di allevamento intensivo, bensì un minimo di management che eliminasse la maggior parte delle cause di morte dei neonati e dei giovani fino all'età di un anno.

Andrès era abbastanza convinto della validità della mia teoria ma la sua era soltanto una questione di fiducia incondizionata nel mio comportamento, che gli era piaciuto fin dal primo momento. Nella realtà avevo bisogno di vedere di persona le varie fasi del processo e di fare alcuni esperimenti. Andrès aveva suggerito di tenere vicino al *corral* un certo numero di vacche prossime al parto e di farle partorire nel *corral* stesso oppure nelle immediate vicinanze. Aveva una capacità straordinaria di prevedere quanti giorni mancassero al parto di ogni vacca incinta che portavamo nel *corral* e non l'ho mai visto sbagliare. Era una capacità che gli invidiavo ed avrei dato chissà che per imparare a fare altrettanto. Passavamo ore ed ore ad esaminare insieme le vacche e lui mi spiegava e rispiegava pazientemente con fiumi di parole ma, per quanto mi riguarda, non sono mai riuscito a capirci abbastanza e a fare una previsione valida. In ogni modo, da quando avevamo iniziato quell'esperimento, avevamo ogni giorno la possibilità di assistere ad almeno un parto oppure di trovare la mattina nel *corral* qualche *ternero*, qualche vitellino nato durante la notte. Era uno spettacolo affascinante vedere il rinnovo della vita che si ripeteva davanti ai nostri occhi, quei bei vitellini col naso lucido e gli occhioni grandi che stavano in piedi a fatica e che cercavano il latte della mamma. C'è una forma di dolcezza nella natura che si vede soltanto in queste occasioni quando senti nell'aria l'amore che si trasmette fra una mamma ed un animale appena nato.

Una delle prime cose che mi avevano colpito era il numero di insetti che assaliva l'ombelico ancora umido. In certi momenti questo era talmente coperto di insetti che si vedeva soltanto una massa nera. Secondo me, che intanto avevo affrontato anche sulla mia persona il più grosso problema della Bolivia che è rappresentato appunto dagli insetti, dai parassiti e dalle tante malattie di cui sono portatori, quella avrebbe potuto essere una delle cause principali della morte dei neonati. Ma è mai possibile che nessuno fosse

9 Die Geburten

behandelte die Geburt an sich und die ersten Lebenstage des Kälbchens und die Dritte nahm das ganze erste Lebensjahr des Kleinen in Augenschein.

In der ersten Phase musste ich bloß herausfinden, ob es unfruchtbare Kühe oder Fehlgeburten gab und sie eventuell aussondern. Das war das kleinste Problem. Die zweite Phase interessierte mich sehr viel mehr. Wie ich bereits herausgefunden hatte und vor allem, wie mir vielmals mitgeteilt worden war, war die Sterbensrate bei den Neugeborenen sehr hoch. Und das hatte die verschiedensten Gründe: Viele kleine Kälber ertranken zum Beispiel, wenn sie ihrer Mutter in die überschwemmte Pampa folgten. Sie fielen in den Schlamm und konnten noch nicht von alleine wieder aufstehen und aus eigener Kraft fest auf ihren wackeligen Beinchen stehen. Manche wurden von wilden Tieren zerfleischt, andere verhungerten, weil ihre Mutter nicht genug Milch produzierte und wieder andere starben an Krankheiten, die nicht frühzeitig festgestellt wurden. Ich sah außerdem Fälle, in denen, die Kühe ihre Kälber nicht entwöhnten und sie über zwei Jahre lang mit Milch versorgten. Wenn sie allerdings in der Zwischenzeit schon wieder neue Kälber bekommen hatten, reichte dem Kleinsten die Milch zum Überleben nicht aus, da sie ihm von dem größeren Bruder weggetrunken wurde.

Ich war mir sicher, dass ich mit einer genauen Erfassung der Lage, durch wenige und einfache Beobachtungen viele Verbesserungen erzielen konnte. Schon immer haben die Tiere im Beni absolut wild gelebt, der einzige Eingriff des Menschen bestand im jährlichen rodeo, *wenn man die Tiere zum Verkauf aussuchte, die erwachsenen Tiere brandmarkte und die Kastration der Stiere vornahm, wenn sie zu viele wurden. Ich aber wollte unter meiner Leitung eine gewisse Kontrolle und Führung über unsere Geburten haben, um die Sterblichkeit zu mindern und die Anzahl zu erhöhen. Es war doch absurd, von 100 Kälbern 60 sterben zu lassen und sich mit einer Produktion von 40% zufriedenzugeben! Ich wollte keine intensiven Zuchtmethoden anwenden, sondern sie bloß ein wenig dahinführend kontrollieren, dass weniger Neugeborene und Jungtiere bis zu einem Jahr dem zu frühen Tod zum Opfer fielen.*

Andrès war von der Stichhaltigkeit meiner Theorie überzeugt, doch das lag vor allem an dem grenzenlosen Vertrauen in mein Verhalten, das ihm vom ersten Augen-

La prevalenza della razza nellore si fa notare

Die Überlegenheit der nellore macht sich bemerkbar

mai arrivato a capirlo prima di me ed a prendere provvedimenti? Mi sembrava piuttosto improbabile e non credevo di meritare tanta fortuna.

In Bolivia il concetto di igiene è praticamente inesistente, soprattutto fra le tribù dell'altopiano, quechua e aymara. Questi praticamente non si lavano mai e cambiano i propri indumenti soltanto quando quelli che indossano cadono a brandelli. A Guendà Arriba avevamo visto come la moglie di Chichin un giorno si fosse abbassata ed avesse raccolto da una pozzanghera a terra sotto i suoi piedi un barattolino d'acqua per dar da bere al bambino che teneva in braccio. Ricordo che quel giorno aveva appena piovuto ed in quel cortile vagavano liberamente polli, anatre, mucche, cavalli, cani e maiali, tanto per nominare soltanto gli animali domestici. L'acqua che aveva raccolto, densa come una crema, era un cocktail di escrementi di almeno 10 tipi diversi di animali e talmente carico di insetti e batteri che sarebbero bastati ad uccidere un esercito intero. Di fatto quel bambino era uno dei tre ancora vivi di sei o sette messi al mondo uno

blick an gefallen hatte. In Wirklichkeit musste ich mir die Phasen des Prozesses selbst aus der Nähe anschauen und einige Versuche unternehmen. Andrès schlug vor, ein paar trächtige Kühe in der Nähe des corral *zu halten und sie, ihre Kälber im* corral *selbst oder zumindest in seiner unmittelbaren Umgebung zur Welt bringen zu lassen. Er hatte die außergewöhnliche Fähigkeit, den Tag an dem eine trächtige Kuh kalben würde, genau vorauszusagen. Er wusste es bei jeder einzelnen Kuh, die wir in den* corral *brachten und er irrte sich kein einziges Mal. Ich beneidete ihn um diese Fähigkeit und hätte alles dafür gegeben, um es auch zu lernen. Wir verbrachten viele Stunden zusammen im* corral, *um die Kühe zu untersuchen, und er erklärte mir alles mehrere Male, ohne jemals die Geduld zu verlieren. Aber trotzdem gelang es mir nicht, so viel davon zu verstehen, um auch nur eine Geburt richtig vorauszubestimmen. Seitdem wir unser Experiment ins Rollen gebracht hatten, konnten wir jeden Tag mindestens eine Geburt mitverfolgen. Oder aber wir fanden am Mor-*

dopo l'altro da quella mamma *colla*. E, sinceramente, non aveva neppure lui l'aspetto di uno che sarebbe rimasto a lungo fra noi.

Quanti vitelli saranno morti per l'assalto degli insetti all'ombelico? Forse avevo già trovato una soluzione a buona parte dei problemi. Ne ero convinto! Ero decisamente sulla strada buona. Forse sarebbe bastato soltanto dare una spruzzata di Blue Spray al piccino appena nato per impedire che gli insetti andassero a fare il nido proprio sul suo povero ombelico indifeso. La soluzione poteva sembrare fin troppo semplice, ma molto logica e valeva la pena di fare degli esperimenti. Male non avrebbe fatto davvero.

Avevo portato da Santa Cruz un cartone di bombolette blu ed avevamo cominciato subito. Ad ogni parto, una bella spruzzata all'ombelico e gli insetti sparivano all'istante e non si azzardavano più a tormentare il piccino. Gli individui trattati erano facilmente riconoscibili perché venivano così marchiati di blu quasi indelebilmente. L'effetto durava per settimane e settimane e non c'è mai stato bisogno di ripetere l'azione sugli stessi vitelli già trattati una volta. Per dare forza alle nostre nuove conoscenze un giorno avevamo sellato i cavalli ed avevamo fatto un giro di controllo dei vitelli nati prima dell'inizio del nostro esperimento con la bomboletta o comunque nati lontano dal *corral*. In una zona della pampa non lontana dalle case avevamo trovato una ventina di vitelli che, a stima, avevano dalle tre alle sei settimane. Tutti, indistintamente, avevano l'ombelico infiammato, malato e carico di insetti. Un paio di questi erano quasi in fin di vita con temperature altissime ed erano per l'appunto proprio quelli che avevano l'ombelico più malato degli altri.

Avevo avuto la conferma che eravamo sulla strada buona. Era come aver scoperto un uovo di Colombo ma mi sentivo realizzato, orgoglioso e felice. Con la mia scoperta avrei sicuramente salvato migliaia di vitelli da una morte lenta e dolorosa.

Il secondo esperimento riguardava l'allattamento dei piccoli. Si sa che il primo latte ha una importanza vitale per il neonato perché contiene il *colostro* con tutte le sostanze vitali indispensabili alla sopravvivenza tramite la prima alimentazione esterna. Si sa anche che il latte viene prodotto se lo stimolo è adeguatamente forte. La mamma lo produce nella misura in cui il piccolo lo succhia. Se questo stimolo cessa, cessa anche la produzione del latte e la mamma si

gen, wenn wir in den corral *kamen, schon ein* ternero, *ein kleines, in der Nacht geborenes Kälbchen, vor. Es war faszinierend, mit anzusehen, wie sich das Leben vor unseren Augen immer wieder erneuerte. Sie waren einfach herrlich, diese schönen Kälbchen mit der glänzenden Nase und den riesigen Augen, die nur ganz wackelig auf die Beine kamen und die Muttermilch suchten. Die Natur beherbergt eine ganz besondere Form von Zärtlichkeit, der man nur ganz selten beiwohnen darf, die sich aber dann ganz entfaltet, wenn die Luft sich von der Liebe zwischen einer Mutter und ihrem neugeborenen Tierchen erfüllt.*

Als ich die Anzahl der Insekten, die sich auf den noch feuchten Bauchnabel des Kleinen stürzten, erblickte, traf mich fast der Schlag. Er war so sehr von Insekten eingenommen, dass man nur noch eine schwarze Masse erkennen konnte. Ich hatte am eigenen Leibe diese größte Plage Boliviens erleben müssen und mir wurde schlagartig bewusst, dass die unzähligen Insekten, Parasiten und die Krankheiten, die sie übertragen konnten, eine der Hauptgründe für die hohe Sterblichkeit bei den Neugeborenen sein musste. Aber es konnte doch nicht sein, dass vor mir niemand darauf gekommen war und niemand die nötigen Maßnahmen eingeleitet hatte. Es schien mir mehr als unwahrscheinlich und ich konnte es nicht fassen, soviel Glück überhaupt verdient zu haben.

Ein Bewusstsein von Hygiene existiert in Bolivien eigentlich überhaupt nicht, besonders die Stämme der Hochebene, die Quechua und Aymara, scheinen davon noch nie etwas gehört zu haben. Sie waschen sich nicht und sie wechseln ihre Kleidung nur dann, wenn sie ihnen schon in Fetzen vom Leibe hängt. Einmal konnten wir auf der Guendà Arriba beobachten, wie die Frau von Chichin einen Wasserbehälter aus einer Pfütze aufhob und dem Kind, was sie auf dem Arm hielt, daraus zu trinken gab. Ich weiß noch, dass es an dem Tag soeben stark geregnet hatte und Hühner, Enten, Kühe, Pferde, Hunde und Schweine, um nur die Haustiere aufzuzählen, streunten alle frei im Hof herum. Das Wasser, das sie aus der Pfütze schöpfte, war eher eine dickflüssige Matsche, ein Cocktail sozusagen aus Exkrementen von 10 verschiedenen Tieren, der vor Insekten und Bakterien nur so überquoll. Ich glaube, er hätte locker gereicht, um ein ganzes Heer auszuschalten. Und dieses Kleine war in der Tat auch nur eines der drei noch lebenden Kinder, von bestimmt sechs oder sie-

Se la mamma è tranquilla il controllo del vitellino è facile

ben Kindern, die von dieser Mama colla eines nach dem anderen in die Welt gesetzt worden waren. Und ehrlich gesagt, machte auch dieses nicht den Anschein, als würde es noch lange unter uns weilen.

Wie viele Kälbchen waren wohl schon durch den Angriff der Insekten auf ihren Bauchnabel gestorben? Vielleicht hatte ich die Lösung für einen Großteil unserer Probleme bereits gefunden. Ja, ich war überzeugt davon! Ich war ganz sicher auf dem richtigen Weg. Vielleicht würde es sogar schon helfen, dem Neugeborenen einen Spritzer Blue Spray zu verabreichen, um zu verhindern, dass die Insekten sich in dem armen schutzlosen Bauchnabel einnisteten. Die Lösung schien viel zu nahe zu liegen, aber sie war so logisch, dass es sich lohnen würde, sie auszuprobieren. Es gab ja nichts zu verlieren.

Ich brachte aus Santa Cruz eine Kiste mit blauen Sprühdosen mit und fing sofort an. Bei jeder Geburt sprühte ich den Bauchnabel ein: Die Insekten verschwanden noch im gleichen Augenblick und wagten sich noch nicht einmal mehr in die Nähe des Kleinen. Die behandelten Kälber waren leicht wieder zu erkennen, denn die blaue Farbe war nicht zu übersehen. Die Wirkung hielt wochenlang an und es war nicht nötig, die gleichen Kälber ein zweites Mal zu behandeln. Um unsere neuen Erkenntnisse zu vertiefen, sattelten wir eines Tages die Pferde und machten uns auf den Weg, um die Kälber, die vor dem Beginn unserer Experimente mit der Sprühdose und, vor allem, weit entfernt vom corral geboren waren, näher zu betrachten. In einem Teil der Pampa, der nicht allzu weit von den Häusern entfernt lag, entdeckten wir eine kleine Gruppe von zwanzig Kälbern, die schätzungsweise drei bis sechs Wochen alt waren. Der Bauchnabel aller war ausnahmslos entzündet, krank und voller Insekten. Ein paar von ihnen lagen bereits im Sterben und hatten enorm hohe Temperaturen, und das waren eben die, deren Bauchnabel am schlimmsten betroffen war.

Das war der Beweis! Wir waren wirklich auf dem richtigen Wege. Es war ein bisschen wie das Ei des Kolumbus, aber ich war stolz und glücklich, ja, ich war dabei, mich zu verwirklichen. Mit meiner Entdeckung konnte ich tau-

Wenn die Kuhmutter unbesorgt ist, erfolgt die Behandlung des Kalbes ganz unproblematisch

"secca". A volte lo stimolo diminuisce per motivi non conformi alla natura, la produzione del latte diminuisce in proporzione ed il piccolo non trova alimentazione sufficiente per sopravvivere e crescere. Purtroppo, fra le mucche non ce n'è nessuna disposta ad allattare un vitello estraneo ed i piccoli che non trovano latte sufficiente nella propria mamma sono costretti a morire di fame.

Mi ero chiesto se, visto che avremmo dovuto organizzarci per far partorire le vacche nel *corral*, non sarebbe stato possibile mungerle una o due volte per dare inizio alla produzione del latte con uno stimolo maggiore di quanto potrebbe dare il vitellino da solo? Anche questa idea aveva trovato l'approvazione di Andrès ma la sua messa in pratica presentava notevoli problemi. Quelle vacche erano veramente selvatiche e abituate a vivere allo stato brado come le gazzelle, i caimani ed i cinghiali e come quelli non si sarebbero certamente fatte mungere. Bisognava prenderle con due *lazos*, legarle strette con le corna contro un albero e poi avere il coraggio di avvicinarsi quel tanto da riuscire a mungerle. Era un'impresa difficile e pericolosa e, soprattutto, non avevo personale sufficiente per un lavoro del genere. Ciononostante avevamo deciso di fare degli esperimenti mungendone qualcuna per analizzarne gli effetti. I risultati erano stati entusiasmanti: i piccoli delle vacche già munte trovavano più facilmente la quantità di latte di cui avevano bisogno e crescevano molto più vivaci degli altri. Ci saremmo dovuti quindi organizzare per ripetere l'esperimento su scala più grande ed eventualmente in tempi più lunghi. Inoltre, avremmo dovuto provare anche a mungere le stesse mucche più volte.

sende Kälber vor einem langsamen und schmerzhaften Tod bewahren.

Das zweite Experiment sollte die Ernährung der Kleinen in Augenschein nehmen. Die Erstmilch oder Kolostralmilch ist lebenswichtig für das Neugeborene. Diese erste eigene Nahrungsaufnahme versorgt es mit lebenswichtigen, unverzichtbaren Substanzen. Die Milchproduktion der Kuh setzt sich durch einen entsprechenden Anreiz in Gang, das heißt, je mehr das Kleine saugt, umso mehr Milch produziert die Mutter. Wenn der Anreiz, also das Saugen nachlässt, dann endet auch die Milchproduktion und die Mutter „trocknet aus". Manchmal bleibt der Anreiz auch gegen die Natur aus, die Milchproduktion wird weniger und das Kleine hat nicht genügend Nahrung, um zu wachsen und zu überleben. Leider sind die Kühe nicht darauf eingestellt, auch fremde Kälber zu ernähren, und wenn das Kleine bei der eigenen Mutter nicht genügend Milch findet, muss es verhungern.

Da wir die Kühe von nun an im corral *kalben lassen würden, wäre es doch eigentlich auch möglich, dass wir sie zu Beginn ein oder zweimal selbst melkten. Damit würden wir die Milchproduktion anregen und das Kälbchen lief keine Gefahr, wenn es das selbst nicht schaffte. Auch diese Idee stieß bei Andrès auf Zustimmung, nur die Umsetzung gestaltete sich ein wenig problematisch. Diese Rinder waren in der Wildnis aufgewachsen, wie Gazellen, Kaimane und Wildschweine, und sie würden sich bestimmt nicht so einfach melken lassen. Man musste sie mit dem* lazo *einfangen, sie fest mit den Hörnern an einen Baum binden und dann den Mut finden, sich ihnen so weit anzunähern, dass man sie melken konnte. Es war ein schwieriges und gefährliches Unterfangen, und vor allem hatte ich nicht ausreichend Personal, um diese Arbeit anständig zu bewältigen. Trotzdem entschieden wir uns dazu, ein paar Experimente durchzuführen, und ein paar Kühe zu melken, um uns der Wirkung sicher zu sein. Die Ergebnisse waren einfach großartig: Die Kleinen der gemolkenen Kühe erhielten soviel Milch, wie sie brauchten und wuchsen sehr viel lebendiger als die anderen auf. Wir mussten uns also besser organisieren und das Experiment auch auf die anderen Kühe ausweiten. Außerdem würden wir zusätzlich versuchen, die gleichen Kühe mehrmals zu melken.*

10

La dama in nero

Die Dame in Schwarz

Vivere a cavallo di due mondi e di due livelli di evoluzione diversi è una grande esperienza che non capita a tutti di fare. Mentre ti muovi in uno dei due mondi puoi analizzare quanto avviene nell'altro standone fuori ed è molto più facile capirli, di volta in volta, entrambi. L'evoluzione e l'emancipazione potrebbero sembrare processi naturali e logici. Impariamo a dare per scontato che l'evoluzione c'è e ci deve comunque essere semplicemente perché il tempo passa e se la porta con sé come sua prerogativa naturale. Ma non è sempre così. L'evoluzione è anche una forma di trasformazione del modo di vedere, di sentire, di capire e di vivere dettata da una serie di fattori esterni e che quindi varia col variare dell'ambiente esterno.

Se la Bolivia non è altrettanto evoluta quanto l'Europa è perché non è stata sottoposta alle stesse sollecitazioni ed agli stessi obblighi. Gli indios delle foreste amazzoniche non hanno potuto assimilare tanti concetti di vita simili ai nostri perché hanno avuto a disposizione spazi pressoché illimitati. Per fare un esempio, non possono pensare che sia meglio abitare al sesto piano anziché al secondo oppure

In zwei Welten, die sich noch dazu in zwei unterschiedlichen Phasen der Entwicklung befinden, zu leben, ist eine außergewöhnliche Erfahrung, die nicht allen widerfährt. Wenn man sich in der einen Welt bewegt, kann man aus der Distanz sehr viel besser erfassen, was in der anderen vor sich geht und so Mal für Mal beide besser verstehen. Entwicklung und Emanzipation könnten als natürliche und logische Vorgänge gewertet werden. Wir lernen, es als selbstverständlich anzusehen, dass es Entwicklung gibt und immer geben wird; es liegt in der Kraft der Zeit, sie als ein besonderes Vorrecht stets mit sich zu bringen. Doch nicht immer ist es so. Entwicklung ist auch eine Veränderung in der Art zu sehen, zu fühlen, zu verstehen, und sein von einer Serie äußerer Faktoren auferlegtes Leben zu führen. Sie ist so unterschiedlich wie es alle möglichen Umfelder sein können.

Wenn Bolivien nicht so fortschrittlich ist wie Europa, dann liegt das daran, dass es nicht den gleichen Anregungen und Zwängen ausgesetzt war. Die Indios der Wälder Amazoniens haben andere Lebensentwürfe entwickelt als wir, denn ihr Umfeld ist ein grenzenloser Raum. Ihre

che parcheggiando a spina di pesce si occupa meno spazio. Loro infatti non hanno costruzioni a più piani né automobili e quindi neppure parcheggi. Per molti europei, di contro, abitare isolati, lontani dagli altri anche a pochi chilometri da un centro abitato equivale a non adeguarsi, a restare indietro, a rimanere „isolati" e questo comporterebbe tanti problemi da rappresentare quasi una disgrazia. Il supermercato è troppo lontano, per andare dal medico bisogna andare in città ed in caso di emergenza non c'è un

Gedanken könnten sich niemals das Problem stellen, ob es nun besser sei, im sechsten oder im zweiten Stock zu wohnen oder ob man nicht besser schräg parke, um Platz zu sparen. Sie haben weder mehrstöckige Bauten noch Autos und von daher auch keine Parkplätze. Viele Europäer im Gegensatz dazu fühlen sich schon isoliert, wenn sie auch nur einige Kilometer von einer Stadt entfernt wohnen; das bedeutet für sie, unangepasst, rückständig, ja, „isoliert" zu sein und es macht ihnen so viele Proble-

La *carne asada* è quasi un mito **Carne asada *ist ein echter Mythos***

ospedale raggiungibile in pochi minuti. L'evoluzione ci porta a moltiplicarci ad un ritmo innaturale fino ad essere costretti a vivere sempre più ammassati uno sull'altro in formicai di decine di piani, a respirare aria artificiale ed a spostarci soltanto con mezzi meccanici dei quali siamo diventati schiavi. La mancanza di elettricità oppure la rottura di un ascensore ci lascerebbero prigionieri nella nostra moderna tana al dodicesimo piano. Ecco perché ci devono essere leggi e convenzioni. Senza di queste non saremmo più capaci di vivere. Dobbiamo tenere la destra, dobbiamo leggere sui cartelli a che velocità dobbiamo andare e su qualche porta ci aspettiamo di trovare dei grossi cartelli che ci avvertono che NON si apre da sé.

me, als sei es ein riesengroßes Unglück. Der Supermarkt ist zu weit weg, für den Arztbesuch muss man in die Stadt fahren und in Notfällen ist kein Krankenhaus in unmittelbarer Reichweite. Die Entwicklung führt dazu, dass wir uns unnatürlich schnell vermehren. Dadurch sind wir gezwungen, uns in riesigen Hochhäusern immer enger auf die Pelle zu rücken und künstliche Luft zu atmen. Die Maschinen haben uns fest in ihrer Hand; als seien wir deren Sklaven, (bewegen wir uns kein Schritt weit mehr ohne unser Auto von der Stelle). Ein Stromausfall oder ein defekter Fahrstuhl machen aus unserem modernen Zufluchtort im zwölften Stock ein Gefängnis. Deshalb gibt es Gesetze und Bestimmungen, denn wir wären gar nicht mehr

Ogni nuova invenzione ed ogni nuova legge alla quale dobbiamo sottostare ci fa sentire orgogliosi di far parte di questo mondo così evoluto e moderno. Quando i guru della moda lanciano i pantaloni senza tasche dobbiamo subito gettare nella spazzatura i pantaloni vecchi e comodi della stagione scorsa e metterci bene in mostra con i nuovi senza tasche e siamo quasi orgogliosi di non sapere come fare a portarci dietro i documenti, il portafogli, il fazzoletto e le chiavi di casa. Ma quella è la moda, un'altra forma di leggi e di convenzioni cui abbiamo il dovere di sottostare. E nel farlo proviamo addirittura un piacere.

In un grado inferiore di evoluzione avremmo decisamente più libertà. Vivremmo al piano terra, organizzeremmo la nostra esistenza in spazi molto più ampi ed in tempi molto più comodi e, soprattutto, saremmo ancora a contatto con la natura. In Bolivia, soprattutto nell'interno, queste libertà esistono ancora e rappresentano, agli occhi di chi vive in un mondo più evoluto, l'indice più evidente del grado di „inciviltà" di quei popoli. Retrogradi, arretrati ed incivili. Ma in Bolivia, le leggi e le convenzioni ne devono fare, ancora, di strada per trasformare quegli esseri in persone evolute come noi! Effettivamente in Bolivia, e soprattutto nel Beni, di leggi ce ne sono proprio poche. E parlo soprattutto di Leggi, quelle scritte con la elle maiuscola. In un territorio di 230,000 chilometri quadrati, grande cioè come l'Italia continentale e praticamente disabitato, non ci può essere un corpo di polizia che ne controlli l'applicazione, a meno che non prendiamo in considerazione le poche persone che sono addette all'ordine del suo capoluogo, Trinidad.

Nell'interno la legge è ancora rappresentata soltanto ed indiscutibilmente dalla 38. Se un Pedro, un Pancho o un Josè sparano alla moglie infedele la cosa rientra nella perfetta legalità. Così pure se il vicino ha rubato una vacca o, peggio ancora, ha offeso il fortunato possessore di una 38. Spargli è non soltanto un diritto ma un sacrosanto dovere: in nome della Legge!

Nel Beni c'erano vari personaggi che facevano parlare di sé per la loro facilità e leggerezza nell'uso del revolver. Erano persone rispettate e stimate appunto perché sapevano far rispettare la legge. Quale? Beh! A volte c'entrava l'onore o l'interesse ma nella maggior parte dei casi si trattava di giustizia vera e propria, quella giustizia che qualcuno doveva pur far rispettare. E per far sì che la giustizia venga

fähig, ohne sie zu leben. Wir müssen uns rechts halten, wir müssen der erlaubten Höchstgeschwindigkeit auf den Schildern Folge leisten, und wir gehen davon aus, dass große Inschriften auf den Türen uns darauf hinweisen, dass sie sich NICHT von alleine öffnen.

Jede neue Erfindung und jedes neue Gesetz, die uns übergeordnet werden, erfüllen uns mit neuem Stolz darüber, dass wir dieser fortschrittlichen und modernen Welt angehören. Wenn die Modegurus Hosen ohne Taschen entwerfen, schmeißen wir die alten, bequemen Jeans vom Vorjahr sofort in den Müll und können es nicht erwarten, uns endlich mit den neuen Hosen ohne Taschen überall sehen zu lassen. Beinahe sind wir sogar auch noch stolz darauf, dass wir nicht wissen, wohin mit unseren Papieren, Portemonnaies, Taschentüchern und Haustürschlüsseln. Aber das ist eben die Mode, eine weitere Form von Gesetz und Konvention, der wir folgen. Und das auch noch mit Freude.

In einer weniger entwickelten Phase hätten wir bestimmt größere Freiheiten. Wir würden im Erdgeschoss wohnen, auf viel weiterem Raume leben, viel mehr Zeit zur Verfügung haben, und vor allem der Natur viel näher sein. In Bolivien, und ganz besonders im Inland, gibt es diese Freiheiten noch. Doch sie sind in den Augen derjenigen, die aus einer fortschrittlicheren Welt kommen, das eindeutigste Indiz für die rückständige „Zivilisation" dieser Völker. Rückständig, unterentwickelt, unzivilisiert. In Bolivien müssen sich die Gesetze und Konventionen erst noch durchsetzen, um aus diesen Wesen fortschrittliche Personen, wie wir es sind, zu machen. In Bolivien, und besonders im Beni, gibt es wirklich nicht viele Gesetze. Und ich spreche dabei vor allem von dem geschriebenen, institutionalisierten Gesetz. Auf einem fast unbewohnten Gebiet, das mit 230.000 km² so groß wie das italienische Festland ist, kann keine noch so große Polizeimannschaft für seine Einhaltung sorgen; wenn man von den wenigen Persönchen, die in der Hauptstadt Trinidad für Recht und Ordnung sorgen sollten, einmal absieht.

Im Landesinneren wird das Gesetz noch immer ausschließlich und unwiderruflich von der 38er bestimmt. Wenn ein Pedro, ein Pancho oder ein José auf seine untreue Frau schießt, dann handeln sie nach dem Gesetz. Genauso wird auch gehandelt, wenn beispielsweise der

rispettata non c'è arma migliore di una buona 38 nelle mani di chi è velocissimo, o per lo meno più veloce degli altri, nell'estrarla.

Una sera a Santa Cruz eravamo stati invitati ad una *fiesta*. Ramiro ed Anita Saavedra erano due giovani avvocati originari di Potosí, la città delle miniere d'argento sulle Ande. Si erano conosciuti all'università, si erano sposati da un paio di anni e si erano trasferiti a Santa Cruz dove avevano aperto uno studio molto modesto nel quale lavoravano entrambi. Finalmente era nata la prima bambina ed in occasione del battesimo avevano organizzato una gran *fiesta* nel giardino della loro casa in periferia. C'era il solito *asador* che arrostiva decine di chili di carne, c'era la musica che ricopriva buona parte della città coi suoi milioni di decibel incontrollati, sparati da casse armoniche alte due metri e c'era tanta gente di ogni ceto, come in tutte le *fiestas*. Noi eravamo arrivati piuttosto presto, avevamo salutato le persone che conoscevamo, ci eravamo fatti servire il chuflay di rito, poi, con due piatti di carne fumante c'eravamo seduti ad un tavolo. Al tavolo c'erano due signori vestiti con estrema modestia ma gentili e noi c'eravamo presentati ed avevamo imbastito una specie di conversazione che portavamo avanti a fatica a causa del gran frastuono che veniva sputato fuori dagli enormi altoparlanti distribuiti nel giardino. Dopo qualche minuto avevamo visto arrivare una signora con un piatto stracolmo di carne che traboccava da tutti i lati e che, senza né salutare né presentarsi, era venuta a sedersi al nostro tavolo alla mia sinistra. Aveva i capelli corvini e lunghi, che le scendevano sulla schiena scoperta e sudatissima, tirati sulle tempie e tenuti da due forcine piene di brillanti. Era ancora piuttosto giovane, forse sui trentacinque anni, piuttosto alta e „bene in carne", come si direbbe normalmente quando ci si riferisce alle vacche delle quali dava una certa idea anche se pur vaga, ed indossava un vestito nero che probabilmente si era fatta fare quando pesava almeno dieci o quindici chili di meno. La ciccia le schizzava fuori dalle ascelle e dalle spalle ma soprattutto il seno non era proprio riuscito a trovare spazio sufficiente nell'indumento. Quello che era rimasto fuori ed in mostra era molto più di quello che era stato compresso dentro. Agli orecchi portava due grossi pendagli d'oro massiccio che saranno pesati sicuramente almeno cento grammi ciascuno e le impedivano di muoversi liberamente. Al collo

Nachbar eine Kuh klaut, oder noch viel schlimmer, den glücklichen Besitzer einer 38er beleidigt: Ihn dafür zu erschießen, ist nicht nur sein gutes Recht, sondern seine heilige Pflicht: und zwar im Namen des Gesetzes.

Im Beni gab es ganz bestimmte Typen, die von sich reden machten, weil sie den Revolver besonders locker sitzen hatten. Sie waren die von allen geschätzten Respektpersonen, weil sie sich für die Einhaltung des Gesetzes einsetzten. Welches Gesetz? Tja! Manchmal ging es um Ehre oder irgendwelche anderen Interessen, aber meistens handelte es sich schlicht und einfach um eine Frage der Gerechtigkeit. Eine Gerechtigkeit, für die ja auch irgendjemand sorgen musste. Um Gerechtigkeit walten zu lassen, gibt es kein besseres Mittel, als eine 38er in den Händen eines Mannes, der sie blitzschnell und vor allem noch schneller als die anderen zieht und abdrückt.

Eines Abends gingen wir auf eine fiesta in Santa Cruz. Ramiro und Anita Saavedra waren zwei junge Anwälte, die ursprünglich aus Potosí, der Stadt der Silberminen in den Anden, stammten. Sie hatten sich auf der Universität kennen gelernt und hatten vor ein paar Jahren geheiratet. Danach zogen sie nach Santa Cruz, wo sie gemeinsam eine kleine Anwaltskanzlei eröffneten. Nun endlich war ihr erstes Kind geboren und anlässlich der Taufe veranstalteten sie diese große fiesta *im Gartem ihres Vorstadthauses*. Der asador *grillte Unmengen Fleisch, die Musik drang aus zwei riesigen Boxen mit unkontrollierten Millionen an Dezibel in die ganze Stadt hinaus und Menschen jeglicher Herkunft versammelten sich fröhlich, wie auf jeder anderen* fiesta *auch. Wir kamen ziemlich früh, begrüßten alle unsere Bekannten, tranken den zur Begrüßung üblichen* chuflay, *nahmen uns zwei Teller des gegrillten Fleisches und machten es uns an einem Tisch bequem. Dort saßen bereits zwei bescheiden gekleidete, aber nette Herren. Wir stellten uns ihnen vor und begannen mühsam ein Gespräch, das allerdings immer wieder von dem Riesenkrach aus den zwei Lautsprechern übertönt wurde. Nach einigen Minuten stieß eine Frau zu uns, die ihren Teller bis über den Rand mit Fleisch gefüllt hatte. Sie setzte sich, ohne sich vorzustellen oder gar zu grüßen, links neben mich. Sie hatte rabenschwarze, lange Haare, die auf ihrem freien, vor Schweiß triefenden Rücken klebten und die in Höhe der Schläfen mit zwei brillantenbesetzten Klämmerchen befestigt waren. Sie war noch jung,*

10 Die Dame in Schwarz

Die 38er, das Gesetz des Beni

so an die fünfunddreißig vielleicht, groß und ziemlich „gemästet", wie man es normalerweise eher von Kühen zu sagen pflegt. Sie trug ein schwarzes Kleid, das ganz sicher aus einer Zeit stammte, in der sie noch zehn, fünfzehn Kilo weniger gewogen hatte. Der Speck quetschte sich seitlich der Axelhöhlen und Schultern nur so aus ihm heraus und vor allem der Busen hatte in diesem Kleidungsstück nicht genügend Spielraum. Der Teil, der unübersehbar herausfiel, war weitaus größer als der, den sie irgendwie noch hineingequetscht hatte. Das Gewicht der baumelnden Goldohrringe, von denen jeder mindestens 100 Gramm wog, machten es ihr zusätzlich unmöglich, sich frei zu bewegen. Ihre Halskette war ebenfalls aus schwerem Gold und an ihr hing ein riesiger Madonnenanhänger, der sich wohl besser an der Hauptwand eines Oratoriums gemacht hätte. Die Formen und Größen der Ringe an ihren Fingern waren eine wahre Gold-Enzyklopädie. Hätte sie zu Pizzarros Zeiten gelebt, dann wäre sie wahrscheinlich zusammen mit dem Gold gleich mit eingeschmolzen worden und als Barren in die Kassen des Spanischen Reiches eingegangen.

Sie saß zwei Plätze von mir entfernt und aß mit einer Gier, die man höchstens, wenn überhaupt, mit einem mindestens drei Wochen aufgestauten Hunger rechtfertigen könnte. Sie aß mit offenem Munde und ließ all die Geräusche vernehmen, die in einem guten Knigge unter dem Kapitel der am Tisch verbotenen Dinge aufgelistet wären. Sie hatte lange, lackierte Fingernägel und vor allem die der Ringfinger waren mindestens drei Zentimeter lang. Von Zeit zu Zeit riss sie den Mund noch weiter auf und wurschtelte sich mit den langen Fingernägeln in den Zähnen herum. Gelang es ihr, die Reste des Fleisches aus den Zähnen herauszupulen, warf sie diese rücksichtslos einfach hinter sich auf den Boden.

Kurzum, ein echtes Schauspiel. Mit den Augen von jemandem aus einer fortschrittlicheren Welt betrachtet, verkörperte sie einen echten Prototyp. Sie stand für die, die sich ihrer Rückständigkeit und Unkultiviertheit vollends bewusst geworden sind und nun die ersten, leider falschen Schritte zu ihrer Auffassung von Entwicklung und Emanzipation machten. In ihrer Welt waren Gesetze und

La 38, la legge del Beni

aveva un catena pure d'oro massiccio dalla quale pendeva una madonna enorme che avrebbe sfigurato di meno al centro della parete principale del salone di un oratorio. Alle dita la forma e le dimensioni degli anelli erano una vera enciclopedia d'oro. Se fosse vissuta ai tempi di Pizzarro, probabilmente sarebbe stata fusa, assieme all'oro che aveva addosso, e trasformata in lingotti per le casse del Regno di Spagna.

Si era seduta a due posti da me e si era messa a mangiare con un'avidità tale che poteva essere giustificata, anche se

a malapena, soltanto da una fame arretrata di non meno di tre settimane. Masticava a bocca aperta e riusciva a fare tutti quei rumorini che in un buon libro di galateo avrebbero potuto formare l'elenco completo delle cose da non fare a tavola. Alle mani aveva le unghie laccate e molto lunghe, soprattutto quelle dei due anulari che non erano sicuramente meno di tre centimetri. Di tanto in tanto spalancava la bocca e, con una delle due unghie più lunghe si liberava i denti da pezzi di carne che vi erano rimasti incastrati e poi li gettava a terra con noncuranza dietro di sé.

Insomma, era un vero spettacolo. Vista con l'occhio di chi vive in un mondo più evoluto quel personaggio rappresentava il prototipo di chi, consapevole della propria arretratezza e inciviltà, muove i primi passi, peraltro sbagliati, verso il suo concetto di evoluzione e di emancipazione. Nel suo mondo, evidentemente, leggi e convenzioni erano arrivate in un ordine molto sparso, poco coerente e mal definito. O per lo meno non nell'ordine che conosciamo noi.

I due signori che stavano seduti di fronte a noi avevano piantato gli occhi in quel po' po' di grazia di Dio che strippava da quel vestito tanto generoso e si scambiavano commenti sottovoce e risatine malcelate. La Signora in Nero non se ne curava e continuava ad ingozzare bocconi generosi di *asado*. Stefania ed io ci stavamo godendo la scena in silenzio senza osare di fare commenti. In Bolivia avevamo fatto già tante esperienze e si può dire che ne avevamo viste veramente di tutti i colori, ma quella era una scena da non dimenticare e ci dispiaceva di non poterla riprendere con una cinepresa.

Mentre ci stavamo godendo quello spettacolo era arrivata Elsita, la moglie di Sergio. Aveva visto che al nostro tavolo c'era un posto libero vicino a me e, dopo essersi servita, era venuta a sedersi con noi. Elsita era esuberante ed estroversa come al solito. Conosceva tutti gli occupanti del tavolo e li aveva salutati tutti per nome, poi si era rivolta a me e Stefania per chiederci se conoscevamo gli altri e ci aveva presentato la Signora in Nero. Questa, che in quel momento stava mettendo in bocca un pezzo di carne con entrambe le mani, aveva fatto una specie di smorfia che forse avrebbe voluto rappresentare un sorriso, ed aveva continuato ad occuparsi della sua cena senza onorarci di una stretta di mano né di una parola. Allora Elsita, rivolta a me, aveva detto che la Signora in Nero, di cui non ricordo il

Konventionen offensichtlich in einer ziemlich durcheinander gewürfelten, inkonsequenten und schlecht definierten Form angelangt. Oder zumindest, war es nicht die Form, an die wir gewöhnt waren.

Die beiden Herren von gegenüber stierten gierig auf all das, was leider nicht mehr ins Kleid gepasst hatte, flüsterten sich Bemerkungen zu und lachten immer wieder unverhohlen auf. Die Dame in Schwarz schien das nicht zu kümmern und sie schlang weiterhin große Brocken asado *in sich hinein. Stefania und ich verfolgten die Szene amüsiert, wagten aber nicht, Kommentare zu geben. In Bolivien hatten wir bereits viele Erfahrungen gemacht und man kann wohl sagen, dass wir so ziemlich alles irgendwann einmal zu Gesicht bekamen, aber diese Szene suchte wirklich ihres Gleichen; sie war filmreif und es war nur zu schade, dass wir keine Kamera zur Hand hatten. .*

Während wir uns über diese Szene amüsierten kam Elsita, Sergios Frau, zu uns. Sie sah, dass neben mir noch ein Platz frei war, nahm sich was zu essen, und setzte sich zu uns. Elsita war wie immer überschwänglich und redselig. Sie kannte auch alle anderen am Tisch und grüßte sie alle mit Namen. Dann wandte sie sich Stefania und mir zu, fragte, ob wir bereits Bekanntschaft gemacht hätten und stellte uns die Dame in Schwarz vor. Die steckte sich in diesem Moment ein riesiges Stück Fleisch mit beiden Händen gleichzeitig in den Mund, zog eine Fratze, die vielleicht ein Lächeln hätte sein sollen und konzentrierte sich dann wieder genüsslich auf ihr Essen, ohne uns mit einem Händedruck oder auch nur einem Wort zu bedenken. Elsita erklärte mir, dass die Dame in Schwarz, deren Namen ich nicht mehr weiß und auch nicht unbedingt wissen muss, auf einer estancia *im Beni lebte und zum ersten Mal in Santa Cruz sei. Die Dame, so fuhr sie fort, war verheiratet und hatte keine Kinder. Mit ihrem Mann hatte sie arge Schwierigkeiten, denn er ritt häufig einfach weg und ließ sie für Wochen auf der* estancia *mit dem Vieh und den* peones *allein. Das ist im Beni eigentlich nichts Besonderes und geschieht Tag ein Tag aus in allen Familien, aber diese Dame war anscheinend nicht ganz so zuvorkommend und, als sie seine ewigen Seitensprünge satt hatte, erklärte sie ihm streng:*

„Hör mir gut zu: Wag es ja nicht noch einmal zu verschwinden, wie Du es in letzter Zeit so oft getan hast. Wenn Du noch ein einziges Mal verschwindest, dann bring ich

nome ma non me ne faccio un cruccio, viveva in una *estancia* nel Beni e che era la prima volta che veniva a Santa Cruz. La Signora, aveva proseguito, era sposata e senza figli ed aveva avuto seri problemi con il marito il quale, di tanto in tanto, partiva a cavallo e non tornava per settimane e settimane lasciandola sola nell'*estancia* con la sola compagnia del bestiame e dei *peones*. Questo, nel Beni, non è niente di straordinario e succede più o meno in tutte le famiglie ma la Signora, dal carattere meno accomodante, stanca di queste continue scappatelle, un giorno aveva affrontato con fermezza il marito e gli aveva detto:

„Ascoltami bene: non ti azzardare più a sparire come hai fatto ultimamente perché se lo fai ancora anche una sola volta, ti giuro che ti ammazzo!"

A questo punto, uno dei due signori seduti di fronte a me, quello che non aveva fatto altro che mettere gli occhi sulla porzione di seno che non era entrata nel vestito, aveva creduto di aver trovato finalmente l'occasione che gli permettesse di attaccare discorso con la Signora in Nero ed aveva commentato:

„Sono sicuro che il marito non l'ha fatto più e non l'ha più lasciata sola nell'*estancia!*"

Al che la Signora in Nero aveva alzato la testa, aveva tolto di bocca il pezzo di carne che stava per addentare e, rivolgendosi con fermezza allo sconosciuto, per la prima volta nella serata aveva aperto bocca per uno scopo diverso da quello di riempirla di carne ed aveva detto:

„Lo hice! Lo hice! Pero lo matè!"

„L'ha fatto! L'ha fatto! Però l'ho ammazzato! Con la sua stessa 38! Per questo vesto di nero."

Nel Beni, niente di più giusto e legale!

Dich um! Das schwör' ich Dir!"

Einer der beiden Herren, der, der den Blick nicht von dem freiliegenden Busen hatte wenden können, meinte wohl, das sei die Gelegenheit, endlich mit der Dame in Schwarz ins Gespräch kommen zu können:

„Ich bin mir sicher, dass Ihr Mann es kein weiteres Mal gewagt hat, Sie alleine auf der *estancia* zu lassen!"

Die Dame in Schwarz hob den Kopf, nahm das Stück Fleisch, auf dem sie gerade herumkaute aus dem Mund, wandte sich entschlossen an den Unbekannten, und zum ersten Mal machte sie an diesem Abend nicht den Mund auf, um Fleisch in ihn hineinzustopfen, sondern um zu sagen:

„Lo hice! Lo hice! Pero lo matè!"

"Und ob er es getan hat! Und ob er es getan hat! Aber ich habe ihn dafür umgebracht! Mit seiner eigenen 38er! Deswegen bin ich auch ganz in Schwarz gekleidet!"

Im Beni, nichts weiter als richtig und legal.

11

Il Burdizzo

Der Burdizzo

La mia idea iniziale di applicare alcuni principi rudimentali di management del bestiame per migliorare la produzione era stata assimilata molto bene da Andrès. Si rendeva anche conto che stavamo già ottenendo i primi risultati. Io mi ero imposto di imparare quanto possibile dei sistemi tradizionali e di prendere in considerazione metodi più moderni soltanto dopo aver vagliato accuratamente con lui i vantaggi che questi avrebbero potuto eventualmente portare.

Un giorno mi aveva detto che era arrivato il momento di fare una selezione dei tori. Erano troppi e tutti sani e robusti, anche se alcuni già molto vecchi, e fra loro avvenivano troppe risse. Quando c'era una vacca in calore la vedevamo seguita da una schiera di tori che poi, fra una lite e l'altra, la montavano a turno. Una volta avevo assistito ad una scena del genere ed avevo contato ben ventidue tori che si erano avvicendati ad annusare ed a montare a turno una vacchetta piccola e brutta. Le liti, per lo più, erano soltanto inscenate con poca convinzione, tanto la vacca si era lasciata montare da tutti e ventidue i maschioni in fila senza rifiutarne nessuno. Dovevamo assolutamente fare una cernita e castrare quelli meno validi per la riproduzione e destinarli poi alla vendita. La castrazione, lo sapevo, era un tema sul

Meine anfängliche Idee, einige traditionelle Methoden für eine wirkungsvollere Viehzucht beizubehalten, war bei Andrès auf Einverständnis gestoßen. Auch er bemerkte bald, dass wir damit schon sehr gute Ergebnisse erzielten. Ich nahm mir vor, so viel wie möglich über die traditionellen Vorgehensweisen zu lernen. Die moderneren würde ich nur in Betracht ziehen, wenn wir ganz genau ihre Vor- und Nachteile besprochen hätten und sie sich wirklich als geeignet herausstellen würden.

Eines Tages sagte er mir, dass es an der Zeit war, eine Auswahl an Stieren vorzunehmen. Es waren zu viele geworden, und sie waren alle gesund und kräftig, wenn auch einige vielleicht schon sehr alt. Auf jeden Fall kam es zu übertrieben vielen Kämpfen unter ihnen. Eine brünstige Kuh wurde stets von einem ganzen Rudel Stieren verfolgt, die sie dann, nach ausführlichen Kämpfen, alle nacheinander bestiegen. Einmal zählte ich sogar zweiundzwanzig Stiere, die sich aufgemacht hatten, eine einzige kleine, hässliche Kuh zu beschnüffeln und zu besteigen. Die Kämpfe hatten allerdings wenig Biss, denn die Kuh ließ sich von allen zweiundzwanzig Stieren besteigen, ohne sich auch nur einem zu verweigern. Wir mussten dringend

quale avrei dovuto scontrarmi ripetutamente. Il sistema più diffuso nel mondo consiste nello stringere il cordone seminale per almeno 30 secondi in una grossa pinza speciale nota col nome di *Burdizzo*. Con questa operazione si schiacciano e si distruggono i vasi sanguigni e si interrompe il flusso ai testicoli i quali restano irrimediabilmente ed irreversibilmente sterili. È un'operazione molto rapida e per la quale basta poca esperienza. Dopo l'operazione i testicoli si rattrappiscono e con il tempo vengono riassorbiti nel corpo. L'unica accortezza sta nel chiudere la pinza rapidamente ma completamente, altrimenti si corre il rischio che i vasi si gonfiano, tanto da creare problemi di infiammazioni e di infezioni. Questo sistema diffusissimo, creato per usi veterinari, sta entrando addirittura anche in uso nella sterilizzazione umana.

Nel Beni, però, la castrazione si fa col coltello, si è sempre fatta col coltello e, dopo l'esperienza che ho fatto personalmente in merito, sono propenso a ritenere che si continuerà a fare col coltello per tutta l'eternità.

Era un altro campo nel quale avevo molto da imparare. Ma, pur conoscendo il problema soltanto in base teorica, ero fermamente convinto che, almeno in questo caso, il

eine Auswahl vornehmen und diejenigen kastrieren, die sich weniger als Erzeuger und mehr zum Verkauf eigneten. Die Kastration, das wusste ich von vornherein, war eine Angelegenheit, mit der ich mich noch oft auseinandersetzen müßte. Die gängigste Methode besteht darin, die Samenstränge für mindestens 30 Sekunden mit einer großen Spezialzange – dem *Burdizzo* – abzuklemmen. Dabei werden die Blutgefäße zerquetscht und die Zufuhr zu den Hoden unterbrochen. Diese bleiben dadurch unabänderlich und unwiderruflich steril. Es ist ein schneller Eingriff, der nur wenig Erfahrung voraussetzt. Nach dem Eingriff verhärten sich die Hoden und ziehen sich in den Körper zurück. Man muss nur genau darauf achten, die Zange schnell und vollständig zu schließen, ansonsten kann es passieren, dass die Gefäße so sehr anschwellen und dass es zu Entzündungen und Infektionen kommt. Diese weit verbreitete Methode, die für die Veterinärmedizin entworfen wurde, ist nun dabei, auch bei der menschlichen Sterilisation Anwendung zu finden.

Im Beni wird die Kastration allerdings seit jeher mit dem Messer durchgeführt und nach der Erfahrung, die ich auf diesem Gebiet gemacht habe, glaube ich daran, dass

La mandria viene spinta nel corral

Die Herde wird in den corral getrieben

moderno avrebbe dovuto trionfare sul tradizionale. Senza un minimo di dubbio! Di passaggio in volo per il Brasile avevo comperato il famoso *Burdizzo* e, con orgoglio, l'avevo portato alla *Ceiba*. Andrès, però, nonostante ne avessimo già parlato, non l'aveva accolto con l'entusiasmo che mi sarei aspettato. Diceva di essere contrario al suo uso perché non lo conosceva e non lo sapeva usare. Ma il problema non era affatto quello! Ne aveva sentito parlare, ne conosceva la tecnica, non avrebbe avuto nessun problema nell'imparare ad usarlo, che in fondo è facilissimo, ma si rifiutava categoricamente di farlo. Secondo lui il sistema tradizionale, col coltello, era più „umano", i tori quasi non si accorgevano di quanto veniva fatto e non sentivano alcun dolore. L'operazione col *Burdizzo*, invece, secondo lui era una vera e propria tortura e si giustificava soltanto nei grandissimi allevamenti del Brasile o del Texas dove, sosteneva, la gente evidentemente non ha nessun rispetto per il dolore dei poveri animali. È vero che col *Burdizzo* si fa molto più presto che col coltello, ammetteva Andrès, ma il dolore causato all'animale non lo giustifica in nessun modo. E poi, alla Ceiba di tempo ce n'era a volontà!

Era una teoria che non avrei mai potuto accettare! Raul, il veterinario mio amico e maestro, era ovviamente a favore

sie auch bis in alle Ewigkeit weiterhin mit dem Messer durchgeführt werden wird.

Es war ein weiteres Gebiet, auf dem ich noch viel zu lernen hatte. Aber auch wenn ich nur theoretisch mit der Problematik vertraut war, so war ich doch von Anfang an fest davon überzeugt, dass in diesem Fall die modernen Methoden den traditionellen Vorgehensweisen einiges voraus hatten. Ohne Zweifel! Ich war über Brasilien geflogen und nutzte die Gelegenheit mir einen Burdizzo *zu kaufen, den ich voller Stolz auf der La Ceiba präsentierte. Andrès aber teilte meinen Enthusiasmus nicht, obwohl wir im Vorfeld schon darüber gesprochen hatten. Er behauptete, gegen seinen Einsatz zu sein, weil er sich nicht mit ihm auskennte. Doch das Problem lag ganz woanders. Er hatte schon viel davon gehört und wusste auch, wie man ihn anwandte. Es hätte ihm keine Probleme bereitet mit ihm umzugehen, denn es war schließlich kinderleicht. Er weigerte sich aus Prinzip. Seiner Meinung nach, war die traditionelle Vorgehensweise mit dem Messer viel „humaner", die Stiere würden es gar nicht bemerken und erst recht keine Schmerzen verspüren. Der Eingriff mit dem* Burdizzo *hingegen schien ihm eine wahre Folter zu sein. Man konnte ihn höchstens auf den großen Farmen in Brasilien oder Texas rechtfertigen, wo die Menschen offen-*

del *Burdizzo,* ma non sembrava voler respingere del tutto la teoria di Andrès. Avrei dovevo approfondire il tema e farmi un'opinione basata anche sull'esperienza.

Un giorno con Andrès e i ragazzi avevamo fatto un *rodeo* ed avevamo rinchiuso nel *corral* circa 80 tori. Ce n'erano di veramente belli che pesavano quasi una tonnellata e in buona parte rappresentavano già l'origine *nellore* ma, soprattutto fra i più vecchi, ce n'erano anche di *criollo* dall'aspetto rustico, tozzo e meno elegante. Li avevamo controllati più volte uno per uno, prima facendoli muovere in libertà nell'interno del *corral* e poi passandoli nel *brete,* stretti fra due pareti di legno. Alla fine ne avevamo selezionati 38 fra i meno belli e meno idonei dal punto di vista della riproduzione ed avevamo lasciato liberi gli altri.

Il *rodeo* e la selezione ci aveva tenuti occupati tutto il giorno. Mancava poco al tramonto quando avevamo visto un indio avvicinarsi da lontano dalla parte del fiume. Avanzava con passo veloce tenendo una grossa pagaia di traverso sulle spalle. Arrivato a poche decine di metri da noi si era fermato ed era rimasto fermo in rispettosa attesa, poi aveva accettato il nostro invito a venire avanti e si era unito a noi. Era un *Guarayù* e parlava uno spagnolo abbastanza comprensibile. Era arrivato in canoa risalendo il fiume per due giorni e poi aveva proseguito a piedi dal fiume fino al *corral.* Aveva detto di aver sentito con la sua radiolina a transistors che Don Bruno sarebbe atterrato alla *Ceiba* ed era venuto per vedermi e conoscere il nuovo *dueño.*

Si faceva chiamare Flores ma il suo vero nome indio era

sichtlich keinen Respekt vor den Schmerzen der Tiere hatten. Es stimmt zwar, dass man mit dem Burdizzo *viel schneller sei, als mit dem Messer, gab Andrès zu, aber die Schmerzen des Tieres seien umso schlimmer. Und auf der La Ceiba hätten wir nun mal wirklich keinen Zeitdruck!*

Das war eine Theorie, die ich nicht akzeptieren konnte. Der Veterinär Raul, mein Freund und Lehrer, war natürlich für den Einsatz des Burdizzo, *aber auch die Theorie von Andrès schien ihm nicht ganz fern zu liegen. Ich musste das Thema vertiefen und meine Einstellung durch Erfahrungen festigen.*

Eines Tages machten wir mit Andrès und den Jungen ein rodeo *und führten 80 Stiere ins* corral. *Es waren wirklich ein paar Prachtexemplare unter ihnen, die fast eine ganze Tonne wogen und deutlich von der Abstammung her* nellore *waren. Aber besonders unter den Älteren war auch eine Vielzahl an* criollo, *die viel gröber, fülliger und weniger elegant waren. Wir kontrollierten jeden Einzelnen mehrere Male. Zunächst ließen wir sie einige Runden im* corral *drehen und dann schickten wir sie durch die zwei engen Holzwände des* brete. *Am Ende wählten wir 38 weniger schöne und weniger für die Fortpflanzung geeignete aus und ließen die anderen frei.*

Das Rodeo und die Auswahl beanspruchten einen ganzen Tag. Es ging schon beinahe die Sonne unter, als wir einen Indio erblickten, der uns vom Fluss her entgegenkam. Er trug ein großes Paddel über der Schulter und schien es sehr eilig zu haben. Wenige Meter vor uns blieb

Nel *corral* il bestiame si calma   ***Im* corral *beruhigt sich das Vieh***

Aramana. Per gli indios darsi un nome spagnolo o cristiano rappresenta una forma di emancipazione. Fra loro si chiamano normalmente col nome indio ma se capita loro di parlare con un *Camba* si presentano con un nome cristiano che generalmente si sono scelti da sé. Oltre ai tradizionali nomi di santi importati dai missionari si scelgono anche nomi altisonanti come Washington, Kennedy, Castro e Guevara. Anche quelli che sono stati battezzati e che hanno quindi ufficialmente un nome cristiano, nel loro ambiente usano sempre un nome indio.

Flores aveva appoggiato la sua pagaia contro la parete della capanna e si era seduto con noi. Era difficile giudicare la sua età. Poteva avere 30 o 40 anni. Era molto piccolo e magro, andava scalzo ed aveva due piedi robusti ed incredibilmente larghi. Quasi più larghi che lunghi. I capelli neri e spessi gli scendevano dietro sulla spalle ma erano tagliati a frangetta sulla fronte. Aveva detto che non avrebbe potuto fermarsi a lungo perché abitava lontano, a tanti giorni di canoa, ma poi aveva cenato con noi davanti al fuoco ed aveva dormito in una delle capanne.

I 38 tori erano rimasti chiusi nel *corral* tutta la notte ed erano stati abbastanza tranquilli. La mattina presto avevamo fatto una colazione sostanziosa a base di *carne asada*, yucca ed il pessimo caffè di Surupía poi ci eravamo messi subito all'opera. Flores aveva già lavorato col *ganado*, quindi sapeva usare bene il *lazo,* ed assieme ad Andrès avevano affrontato il primo toro, un bestione vecchio, massiccio, grigio e nero ma dall'aria abbastanza tranquilla e stanca. Andrès aveva fatto girare in aria il suo *lazo* per primo e l'aveva lanciato intorno alle corna del toro poi l'aveva avvolto con due giri intorno ad un albero e l'aveva legato ben stretto con un doppio nodo. Il toro, preso così per le corna, si dimenava e tirava come un forsennato tenendo il

er stehen und wartete ehrfürchtig auf unsere Einladung. Erst auf unser Zeichen hin kam er näher. Er war ein Guarayù *und sein Spanisch war einigermaßen verständlich. Er hatte zwei Tagesreisen im Kanu hinter sich und war dann vom Fluss bis zum* corral *zu Fuß weitergegangen. Aus seinem kleinen Transistorradio hatte er von der Ankunft Don Brunos auf der La Ceiba gehört und er war gekommen, um mich, den neuen* dueño, *mit eigenen Augen zu sehen und kennen zu lernen.*

I tori vengono separati dalle femmine e dai vitelli

Die Stiere werden von den Kühen und Kälbern getrennt

Er ließ sich Flores nennen, aber sein eigentlicher Name war Aramana. Für die Indios stellt es eine Art Emanzipation dar, sich einen spanischen oder christlichen Namen zu geben. Wenn sie unter sich sind, nennen sie sich weiter bei ihrem ursprünglichen Namen, doch in Gegenwart eines Camba *gilt allgemein der christliche Name, den sie sich selbst gegeben haben. Abgesehen von den Namen Heiliger, die sie von den Missionaren gehört haben, geben sie sich auch so wohlklingende Namen wie Washington, Kennedy, Castro und Guevara. Auch diejenigen, die getauft worden sind und offiziell einen christlichen Na-*

Il lazo è lo strumento essenziale

Der lazo ist das unentbehrliche Werkzeug

lazo talmente in tensione che sembrava emettesse un suono simile a quello di una corda di contrabbasso. Allora Flores aveva posato il proprio *lazo* per terra vicino alle gambe posteriori dell'animale col cappio ben disteso ed aperto ed aveva aspettato che il toro, nello spostarsi in qua e in là nel vano tentativo di liberarsi, vi mettesse entrambi i piedi dentro. Al momento giusto, rapido come un fulmine, l'aveva tirato con uno strappone ben deciso imprigionandogli i due piedi. Poi aveva passato il *lazo* intorno ad un altro albero che si trovava a 10 o 12 metri dal primo ed aveva cominciato a metterlo in tensione. Io inizialmente ero rimasto a debita distanza poi ero intervenuto a dargli una mano ed assieme avevamo tirato il *lazo* tendendo così le gambe del toro sempre più indietro. Finalmente questo aveva perso l'equilibrio ed era finito a terra con le gambe per aria tenute saldamente in tiro.

Andrès mi aveva fatto cenno di avvicinarmi e, dopo essersi accucciato vicino al toro, aveva estratto dal fodero di cuoio il coltello che portava sempre con sé e mi aveva detto di seguire attentamente ogni suo movimento. Dopodiché aveva preso nella mano sinistra la sacca dei testicoli e ne aveva teso per bene la pelle tirandola con le dita verso il basso nel palmo della mano. Dopo essersi accertato che io avessi perfettamente capito, aveva appoggiato la punta della lama nella leggera cavità fra i due testicoli e poi, con un movimento rapido e deciso del coltello, aveva inciso un taglio diritto e lungo 12-15 cm. Io avevo fatto uno scatto rapido indietro. Mi ero aspettato

men erhalten haben, nennen sich in ihrem Umfeld trotzdem weiter bei ihrem alten Indio-Namen.

Flores lehnte sein Paddel gegen die Hütte und setzte sich zu uns. Es war schwer, sein Alter zu schätzen. Er war vermutlich um die 30 oder 40. Er war sehr klein und dünn und lief barfuß auf zwei unglaublich kräftigen, breiten Füßen. Sie waren beinahe breiter als sie lang waren. Die langen, dicken Haare fielen ihm bis über die Schulter, aber waren auf der Stirn zu einem Pony geschnitten. Er sagte, dass er nicht lange bleiben könne, da er weit weg wohne und mehrere Tage mit dem Kanu bräuchte. Doch dann aß er mit uns zu Abend und übernachtete in einer der Hütten.

Die 38 Stiere waren über Nacht im corall geblieben und ziemlich ruhig. Am nächsten Morgen nahmen wir ein reichhaltiges Frühstück aus carne asada, Yucca und Surupìas scheußlichem Kaffee zu uns und machten uns dann sofort ans Werk. Für Flores war es bei weitem nicht der erste Kontakt zum ganado und er konnte gut mit dem lazo umgehen. Gemeinsam mit Andrès nahm er den ersten Stier in Angriff, ein altes, kräftiges, grauschwarzes Tier, das einen müden und ruhigen Eindruck machte. Andrés wirbelte mit seinem lazo als erster in der Luft herum, dann schwang er das ein Ende um die Hörner des Stieres und machte das andere mit einem Doppelknoten an einem Baum fest. Der bei den Hörnern genommene Stier bäumte sich auf und riss wie ein Besessener am lazo, das unter dem Druck ähnliche Töne wie die Seiten eines Kontrabasses abgab. Flores legte sein lazo auf den Boden in die Nähe der Hinterbeine des Tieres. Die Schlinge war weit geöffnet und wir warteten nur darauf, dass der Stier, bei seinen wilden Versuchen sich zu befreien, mit beiden Hufen hineintappen würde. Flores zog sie im richtigen Moment blitzschnell zu und fesselte seine Beine. Dann wickelte er das lazo um einen anderen Baum, der ungefähr 10 bis 12 Meter von dem ersten entfernt stand, und versuchte es festzuziehen. Ich stand zunächst in sicherer Entfernung, doch

Andrès si preparta a scegliere il primo „paziente"

Andrès bereitet sich darauf vor, den 1. „Patienten" auszuwählen

che il toro avrebbe reagito con degli strattoni tali da strappare entrambi i *lazos* e travolgerci nella sua furia. Dopotutto, quelli erano i suoi santissimi! Ma, con mia grande sorpresa, il toro era rimasto perfettamente immobile come se non fosse successo niente, come se i testicoli non fossero i suoi oppure come se l'operazione venisse fatta sotto anestesia totale secondo tutti i crismi della chirurgia moderna. Andrès allora aveva riposto il coltello nel fodero e, usando entrambe le mani, aveva spremuto con decisione la pelle della sacca per farne uscire i due testicoli verso l'alto, poi li aveva staccati per bene tirandoli fuori dalla sacca stessa che alla fine aveva lasciato pendere in basso, vuota. Non era uscita una goccia di sangue.

Andrès allora aveva preso i due testicoli spellati nella mano sinistra, aveva ripreso il coltello dal fodero e mi aveva spiegato che quella era la fase più importante di tutta l'operazione e che quindi dovevo stare bene attento. Anticipando ogni suo movimento con una accurata spiegazione, aveva

Un bel toro anziano e robusto

dann eilte ich ihm zur Hilfe. Zusammen zogen wir am *lazo* und so an den Beinen des Stiers, der kurz darauf endlich das Gleichgewicht verlor und, mit den Beinen, straff nach hinten gebunden, auf den Boden fiel.

Andrès deutete mir an, näher zu kommen und jede sei-

Ein schöner Stier, alt und kräftig

Prendere i tori al lazo è un lavoro duro

Einen Stier mit dem lazo zu fangen, ist gar nicht so einfach

appoggiato il filo della lama perpendicolarmente sui due cordoni seminali ben tesi sui testicoli che teneva in mano e, facendo una leggera pressione verso il basso, anziché reciderli aveva cominciato a raschiarli con molta cura per una lunghezza di tre o quattro centimetri. Aveva continuato

ner Bewegungen genauestens zu verfolgen. Er hockte sich neben den Stier und zückte das Messer, das er in seiner Lederscheide immer bei sich trug. Dann nahm er den Hodensack in die linke Hand und spannte die Haut, indem er

Bisogna avere forza e resistenza

Man braucht Kraft und Ausdauer

11 Der Burdizzo

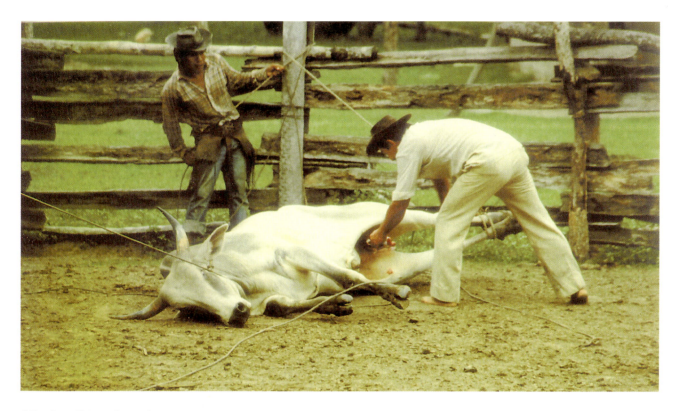

Alla fine il bestione è a terra pronto per l'intevento

Endlich ist der Riese am Boden, bereit für die Behandlung

a far scorrere la lama di traverso sui cordoni tenuti in tensione fino a che questi avevano ceduto e si erano strappati lasciando liberi i due testicoli nella mano sinistra.

L'importante, continuava a spiegarmi, era di riuscire a strapparli in quel modo e non di reciderli di netto col coltello. Per me era stata una vera operazione da tortura ma il toro, in tutto questo, era rimasto fermo senza alcuna reazione. Apparentemente ansimava e sbuffava soltanto per la rabbia di sentirsi immobilizzato e prigioniero fra il *lazo* che lo teneva per le corna e l'altro che lo teneva in tiro per i piedi. Andrès intanto si era rialzato e, con un'espressione di soddisfazione, aveva gettato i due testicoli al di fuori del recinto del *corral*. Qui i cani, pensando che fossero destinati a loro, si erano buttati sui due testicoli litigando fra di loro e i bambini erano dovuti intervenire e li avevano messi in fuga.

Flores, ad un cenno di Andrès, aveva cominciato a sciogliere i nodi del *lazo* ed a farlo scorrere per allentarlo. Il

sie mit den Fingern nach unten in den Handballen zog. Nachdem er sich versichert hatte, dass ich ihm aufmerksam zusah, setzte er die Klinge in der leichten Höhle zwischen den zwei Hoden an, und machte mit einer schnellen und entschiedenen Bewegung einen 12-15 cm langen, geraden Schnitt. Ich machte einen Satz nach hinten. Ich hatte erwartet, dass der Stier wie irre um sich treten und in seinem Ausbruch beide *lazos* zerreißen würde. Es handelte sich ja schließlich um seine heiligsten Besitztümer! Doch der Stier blieb, zu meinem Erstaunen, ganz ruhig liegen, als wäre gar nichts geschehen, als wären es nicht seine Hoden gewesen oder, als wäre der Eingriff unter den betäubenden Methoden der modernen Medizin vorgenommen worden. Andrès steckte das Messer wieder in die Lederscheide und quetschte so lange mit beiden Händen die Haut des Sackes zusammen, bis er die beiden Hoden vollständig herausgedrückt hatte. Er zog sie aus dem Sack

Un taglio netto

toro, sentendosi libero, si era alzato ed aveva cominciato a scalciare come un forsennato fino a liberarsi completamente dal *lazo* che gli aveva tenuto le zampe posteriori legate insieme ed in tensione. Restava però ancora l'altro *lazo*, quello che lo teneva per le corna, e che si stringeva sempre più. Andrès lo aveva allentato un po' e poi l'aveva accompagnato per dare al toro la sensazione di non essere più prigioniero. Il toro allora si era andato a rifugiare nel gruppo degli altri compagni ed apparentemente si era calmato. Allora Andrès gli si era avvicinato con cautela ed aveva tentato di allentare la tensione del *lazo* fra le corna, poi, con uno scatto, era riuscito ad afferrare il cappio ed a tirarlo indietro fino a sfilarlo dalle corna e recuperarlo, liberando così il toro.

O, per essere più precisi, l'"ex" toro.

Andrès e Flores erano soddisfatti, io invece ero ancora piuttosto sciocato. Era la prima volta che assistevo ad una tale operazione ed era ovvio che non avrei potuto prenderla con leggerezza. Però non sapevo che per me il peggio doveva ancora venire. Flores si era messo a canticchiare una nenia sul tema del povero animale che aveva „*perdido las pelotas y su orgullo*", che aveva perso le palle ed il suo

Ein perfekter Schnitt

heraus, löste sie von ihm und ließ ihn dann wieder leer nach unten baumeln. Es tropfte kein bisschen Blut aus ihm heraus.

Andrés nahm daraufhin die beiden enthäuteten Hoden in die linke Hand, zog das Messer wieder aus der Scheide und erklärte mir, dass nun die wichtigste Phase des ganzen Eingriffs käme und ich gut aufpassen müsse. Jeder seiner Bewegungen ging eine ausführliche Erklärung voraus. Er setzte die Klinge senkrecht auf die gespannten Samenstränge der beiden Hoden, die er in der Hand hielt. Er übte einen leichten Druck nach unten aus, und anstatt sie abzuschneiden, schabte er sie vorsichtig, auf einer Länge von drei oder vier Zentimetern, ab. So fuhr er dann auch längs der beiden gespannten Stränge in seiner Hand fort, bis diese nachgaben, abfielen und die beiden Hoden freilegten.

Das Wichtigste, so erklärte er mir, ist es, sie auf diese Art zu entfernen und sie nicht einfach mit dem Messer abzuschneiden. Mir war das ganze als eine wahre Folter erschienen, aber der Stier hatte bei all dem keinen Mucks von sich gegeben. Offensichtlich keuchte und schnaubte er nur, weil er noch immer von den lazos *an Beinen und Hörnern gefangen gehalten wurde. Andrés erhob sich deutlich zufrieden mit seiner Arbeit und warf die beiden Hoden über den Zaun des* corral. *Für die Hunde war das ein gefundenes Fressen und im Kampf um die Hoden mussten die Kinder einschreiten, um sie zu vertreiben.*

Auf ein Zeichen von Andrés löste Flores die Knoten des lazo, *damit es sich lockern konnte. Der Stier fühlte sich befreit, stand auf und rannte wie ein Wilder, bis er sich ganz von dem* lazo, *das ihm die Hinterbeine eng zusammen gehalten hatte, befreite. Blieb noch das andere* lazo, *das sich an seinen Hörnern immer enger zusammenzog. Andrés lockerte es ein wenig und begleitete den Stier, um ihm das Gefühl zu geben, nicht mehr gefangen zu sein. Der Stier zog sich zu den anderen in die Herde zurück und beruhigte sich wieder. Andrés konnte sich ihm also vorsichtig nähern und versuchen das* lazo *zwischen den Hörnern zu lockern. Dann bekam er die Schlinge zu fassen, zog sie schnell von den Hörnern. Der Stier hatte seine Freiheit zurück.*

orgoglio, ed Andrès lo aveva accompagnato con qualche "olé". Surupía, appoggiata all'esterno della staccionata del *corral*, ci guardava felice e divertita come se fosse a teatro. I bambini si erano goduti lo spettacolo infilandosi le dita nel naso ed ora battevano le mani ed emettevano gridolini di piacere. Io, evidentemente meno a mio agio di tutti gli altri, ero tutto sudato, non tanto per la fatica quanto per la tensione che mi aveva procurato quell'operazione insolita. Sentivo un inizio di capogiro che mi minacciava e mi ero messo a respirare profondamente per combatterlo. Istintivamente mi ero appoggiato alla parete del *corral*. Vedevo tante lucine bianche che mi giravano intorno agli occhi mentre i contorni delle cose che mi circondavano cominciavano a fondersi assieme, a confondersi e ad annebbiarsi. Ma non mi potevo permettere di cadere a terra svenuto. Non lì! Non in quel momento! Non *io, carajo!* Io ero il *dueño!*

Intanto Andrès e Flores, che per mia fortuna non si erano accorti del mio momento di debolezza, avevano recuperato i due *lazos* e si erano preparati ad imprigionare il secondo toro. Avevano deciso per uno bianco e massiccio, ma piuttosto piccolino, che sembrava abbastanza tranquillo. Aveva una grossa macchia nera sul fianco destro e l'avevano definito *el manchado*, il macchiato. Andrès aveva detto che, per essere un *jefe, un dueño* che si rispetti, prima o poi avrei dovuto imparare anch'io a maneggiare il *lazo* ma

Oder sagen wir lieber einmal der "Ex-Stier".

Andrès und Flores waren zufrieden, ich allerdings war noch ziemlich geschockt. Es war das erste Mal, dass ich an einer solchen Operation teilnahm, und es war klar, dass ich das nicht so einfach wegsteckte. Ich wusste allerdings nicht, dass das Schlimmste noch kommen würde. Flores begann, ein Liedchen über ein armes Tier, das "perdido las pelotas y su orgullo" seine Weichteile und seinen Stolz verloren hatte, anzustimmen und Andrès begleitete ihn mit dem ein oder anderen "olé". Surupìa lehnte außerhalb des corral *am Zaun und sah uns glücklich und amüsiert zu, als wäre sie im Theater. Die Kinder hatten während des Schauspiels in der Nase gebohrt und nun klatschten sie im Takt zu ihren Jubelgesängen. Ich fühlte mich weitaus weniger wohl, als die anderen und war nass geschwitzt, natürlich nicht so sehr vor Anstrengung, als viel mehr wegen der Nerven, die mich dieser außergewöhnliche Operation gekostet hatte. Mir schwirrte der Kopf und ich atmete tief durch um dagegen anzugehen. Instinktiv stütze ich mich am Zaun des* corral *ab. Wohin ich auch schaute, ich sah nur noch weiße Pünktchen. Die restlichen Dinge, die mich umgaben, verloren ihre Konturen, wurden unscharf und verschwammen. Aber ich konnte es mir nicht erlauben, in Ohnmacht zu fallen. Nicht dort! Nicht in diesem Moment! Ich doch nicht, carajo! – Eigentlich bin ich der* dueño!

**Il paziente torna nel branco
dei suoi compagni di disgrazia**

***Der Patient kehrt zu seinen
Leidensgenossen zurück***

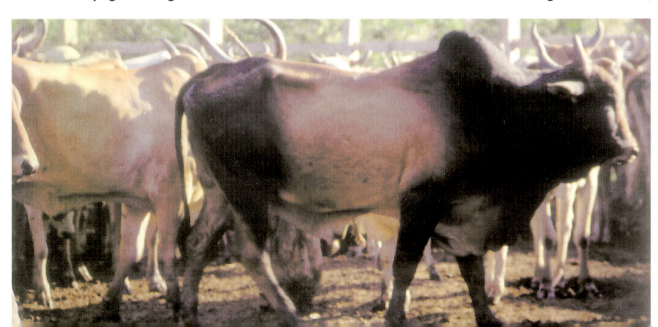

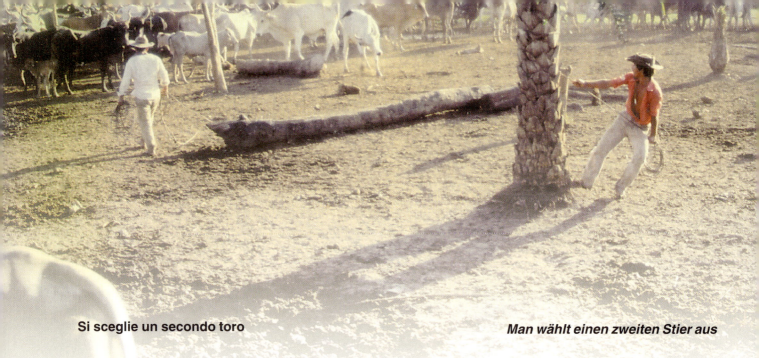

Si sceglie un secondo toro

che comunque quello non era il momento giusto. Avrei dovuto incominciare allenandomi con i vitelli e non con i tori. I *lazos* venivano fatti nell'*estancia* intrecciando quattro nervi di toro e facendoli seccare al sole. Erano molto rigidi ed elastici e, soprattutto, molto robusti.

Io intanto mi ero ripreso e, forse un po' vacillando, mi ero unito a loro. Il *manchado* si era fatto prendere facilmente per le corna dal *lazo* di Flores e Andrès aveva steso a terra il cappio del proprio per poi imprigionare e legare i piedi delle zampe posteriori. Il bestione era caduto a terra subito e c'erano voluti soltanto un paio di minuti per metterlo bene in tiro con le zampe posteriori strette saldamente dal *lazo* passato intorno all'albero. Andrès gli si era accucciato vicino, aveva preso i testicoli nella mano sinistra e si era messo a spiegarmi di nuovo tutti e dettagli dell'intera procedura dell'operazione. Poi, una volta convinto che io avevo seguito attentamente ed assimilato le sue istruzioni, si era spostato indietro, mi aveva detto di prendere il suo posto e mi aveva ceduto i testicoli. Io li avevo presi in mano con un po' di rispetto, anzi, forse con troppo rispetto, tanto che Andrès se n'era accorto e mi aveva raccomandato di restare calmo ma di operare con decisione. Mentre io tenevo i testicoli caldi nella mano sinistra piuttosto malferma, lui mi aveva spiegato di nuovo come tirare in giù la pelle per tenderla nella parte di sopra in modo da incidervi un taglio netto, poi mi aveva passato il suo coltello e mi aveva indicato con le dita da dove a dove avrei dovuto tagliare.

Man wählt einen zweiten Stier aus

Inzwischen waren Andrès und Flores, die zum Glück nichts von meinem Schwächenanfal mitbekamen, schon wieder mit ihren beiden lazos *zu Gange, um den nächsten Stier zu fangen. Die Wahl fiel auf ein kräftiges, weißes, aber eher kleines Tier, das ziemlich ruhig zu sein schien. Es hatte einen großen schwarzen Fleck auf der rechten Seite und sie gaben ihm daher den Namen* el manchado, *der Gefleckte. Andrès sagte mir, dass ich als* jefe, *als der* dueño, *dem man Respekt zollen sollte, früher oder später auch lernen musste, mit dem* lazo *umzugehen. Aber dies wäre nicht der richtige Moment. Ich sollte lieber mit den Kälbern beginnen als mit den Stieren. Die* lazos *wurden auf der* estancia *aus vier Sehnen vom Stier geflochten, die man in der Sonne trocknen ließ. Sie waren sehr fest und elastisch und vor allem sehr stark.*

Ich hatte mich wieder gefangen und gesellte mich, vielleicht noch ein wenig wackelig auf den Beinen, zu ihnen. Flores hatte den manchado *leicht mit seinem* lazo *bei den Hörnern nehmen können und Andrès legte seine Schlinge auf den Boden, um auch seine Hinterbeine zu fesseln. Das Tier war sofort auf dem Boden gelandet und es dauerte nur ein paar Minuten, bis seine Beine fest von dem* lazo *nach hinten gezogen wurden. Andrès hockte sich neben ihn, nahm die Hoden in die linke Hand und veranschaulichte mir erneut haarklein alle Details der Operation. Als er davon überzeugt war, dass ich alles verstanden hatte, stand er auf, machte einen Schritt zurück und über-*

In quel momento, per una frazione di secondo, ero stato assalito da un senso di ribellione. Mi ero chiesto come potesse essere possibile che un uomo come me si trovasse lì in quella situazione increscisosa, con i testicoli di un toro nella mano sinistra ed un coltello affilato nella destra. Quello stesso uomo che nella vita aveva fatto tante altre cose del tutto diverse ma ancora mai niente del genere. Aveva costruito fabbriche in tutto il mondo ed aperto e gestito nuovi mercati per i prodotti alimentari italiani negli angoli più impensati del globo. Quell'uomo che amava tanto la natura e gli animali e che per questo suo amore aveva messo in secondo piano la sua professione, la sua esperienza e la sua carriera per trasferirsi in quello che avrebbe dovuto essere il suo nuovo mondo ed il suo paradiso terrestre. Quello stesso uomo adesso era lì in un *corral*, in una *estancia* sperduta fra giungla e paludi nell'interno dell'Amazzonia, accucciato vicino ad un toro legato fra due *lazos*, con i testicoli di quest'ultimo in una mano ed un coltello affilato nell'altra.

In quel momento avrei voluto fuggire, sparire, dileguarmi nel nulla. Mi sarebbe piaciuto che tutto quel mondo, che

Il secondo toro è preso

ließ mir seinen Platz und die Hoden. Ich nahm sie mit ein bisschen Respekt, oder besser gesagt, mit ein bisschen viel Respekt in die Hand. Andrés entging das nicht und er hielt mich an, Ruhe zu bewahren und die Operation mit größter Genauigkeit vorzunehmen. Während ich die warmen Hoden des Stieres in der alles andere als ruhigen Hand hielt, erklärte er mir erneut, wie ich die Haut nach unten ziehen musste, um oberhalb einen sauberen Schnitt vornehmen zu können. Dann reichte er mir sein Messer und zeigte mir mit dem Finger ganz genau, von wo bis wohin ich schneiden musste.

In diesem Moment, für den Bruchteil einer Sekunde, überströmte mich ein starkes Gefühl der inneren Aufruhrs. Ich fragte mich, wie es überhaupt möglich war, dass ein Mann wie ich sich in einer so jämmerlichen Lage wiederfand – mit den Hoden eines Stieres in der einen, und einem scharfen Messer in der anderen Hand. Der gleiche Mann, der in seinem Leben schon so viel erreicht, aber nie auch nur etwas Ähnliches getan hatte. Er hatte Fabriken in der ganzen Welt aufgebaut und auch in den letzten, unerreichbarsten Winkeln der Welt einen Markt für die italienischen Lebensmittel geschaffen. Dieser Mann, der so sehr mit der Natur und ihren Tieren verbunden war und der für diese Leidenschaft alles andere – seine Beruf, seiner Erfahrung und seine Karriere – hinten angestellt hatte, um in eine neue Welt – in sein Paradies auf Erden – zu ziehen. Der gleiche Mann hockte nun dort in diesem *corral*, *auf einer* estancia *irgendwo in den tiefen Dschungeln und Sümpfen Amazoniens, neben einem gefesselten Stier und hielt dessen Hoden in der einen und ein scharfes Messer in der anderen Hand.*

In diesem Moment wollte ich nur flüchten, verschwinden, mich in Luft auflösen. Ich wünschte mir, diese Welt – mein großer Traum, mein Paradies – würde mit mir zusam-

Der zweite Stier ist geschnappt

Le liti fra i maschi sono molto frequenti

Unter Stieren kommt es häufig zu Raufereien

rappresentava il mio Grande Sogno, il mio Paradiso, sparisse per incanto come una bolla di sapone insieme a me per ritrovarmi molto più a mio agio nell'altro mondo, quello più mio, quello nel quale ero cresciuto, quello del secolo dopo. Mi sarebbe piaciuto essere altrove, in qualunque altro posto dov'ero già stato, magari a Santa Cruz con gli amici nel ristorante *La Carcajada del Chulupi* (la risata del grillo), nella savana del Maasai-Mara in Kenya, in viaggio sullo Shinkanzen fra Tokyo e Kiushu, chiuso nella cella di una prigione all'aeroporto di Lagos in Nigeria, in equilibrio su una tavola da surf sulle onde di Waikiki Beach ad Honolulu, irrigidito dal freddo per le strade di Mosca, sotto il fuoco incrociato dei ribelli del Fronte di Liberazione della Palestina, in volo su un jumbo verso Anchorage oppure per le strade di Miami, di Parigi, di New York, di Panama, di Melbourne, di città del Capo, di Taipei, di Timbuctù o di Kampala. O, magari, anche soltanto un poco più in là, a pochi metri da Andrès. Dovunque, ma non proprio lì e non proprio in quella situazione, accucciato con i testicoli del povero toro nella mano sinistra ed un coltello affilato nella destra.

Ma, volente o nolente, quella era stata una mia scelta e quella situazione me l'ero cercata io: volevo diventare un *ganadero*, un allevatore, e quindi dovevo imparare a comportarmi come tale. Per essere un buon *dueño* non basta avere il diritto di dare ordini, di cavalcare il *potro* e di usare l'unica sella texana. Bisogna anche saper assolvere compiti come quello. Allora mi ero imposto di riprendermi, mi ero concentrato sulle istruzioni di Andrès e, con una mano incredibilmente sicura come se in vita mia non avessi mai fatto altro che castrare tori col coltello, avevo appoggiato

men, wie eine Seifenblase zerplatzen. Ich wollte aufwachen aus diesem Traum, einfach die Augen öffnen und wieder in meiner Welt sein – da, wo ich mich wohlfühlte, wo ich aufgewachsen war, wo die Zeit nicht still stand. Ich wünschte mich weit weg, jeder Ort, an dem ich schon einmal gewesen bin, war mir in diesem Moment recht. Zum Beispiel mit Freunden in Santa Cruz im Restaurant *La Carcajada del Chulupi (Zur lachenden Grille)*, in der Savanne der Massai-Mara in Kenia, unterwegs mit dem Shinkansen von Tokio nach Kiushu, in einer Gefängniszelle am Flughafen von Lagos in Nigeria, im Gleichgewicht auf einem Surfbrett in den Wellen von Waikiki-Beach in Honolulu, halb erfroren auf den Straßen von Moskau, im Kreuzfeuer der palästinensischen Freiheitsbewegung, in einem Jumbo nach Anchorage, oder auf den Straßen von Miami, Paris, New York, Panama, Melbourne, Kapstadt, Taipeh, Timbuktu oder Kampala. Oder auch, einfach nur ein Stückchen weiter rechts, einige Meter weg von Andrès. Überall, nur nicht dort, und nicht gerade in dieser Lage: in der Hocke mit den Hoden des armen Stieres in der linken und dem scharfen Messer in der rechten Hand.

Aber, ob ich wollte oder nicht, ich hatte mir die Situation selbst ausgesucht: Ich wollte ein *ganadero*, ein Viehzüchter, werden und also musste ich mich auch so verhalten. Um ein guter *dueño* zu sein, brauchte es ein bisschen mehr, als Befehle zu erteilen, den *potro* zu reiten und im einzigen texanischen Sattel zu sitzen. Man muss auch solche Aufgaben erledigen. Ich zwang mich, stark zu sein und mich auf die Anweisungen von Andrès zu konzentrie-

la lama sul punto esatto che mi aveva indicato Andrès, avevo esercitato una pressione ferma e decisa ed avevo fatto scorrere la lama nella cavità fra i due testicoli. La mano era rimasta ferma e sicura mentre la pelle, tagliata di netto, si apriva per lasciare alla luce i due testicoli nudi, umidi, lisci e rosacei, con alcune leggere venature rosse e bluastre. Poi avevo passato il coltello ad Andrès, che intanto era rimasto in silenzio accucciato vicino a me, avevo *"sbucciato"* per bene i due testicoli liberandoli completamente dalla pelle, mi ero fatto passare di nuovo il coltello, l'avevo appoggiato perpendicolarmente sui cordoni seminali messi in tiro ed avevo cominciato a raschiare con calma e metodo come mi era stato insegnato. Avanti e indietro, avanti e indietro, avanti e indietro fino a che i testicoli si erano staccati ed erano rimasti liberi nella mia mano sinistra. In pochi secondi l'operazione era finita. Allora mi ero alzato in piedi cercando di respirare profondamente ma con calma, avevo restituito il coltello ad Andrès, avevo osservato brevemente i due testicoli caldi, nudi ed umidi che avevo in mano e poi, imitando il mio maestro, li avevo lanciati con finta noncuranza al di fuori del recinto del *corral*.

Surupía ed i bambini avevano esultato ancora più eccitati dallo spettacolo che si ripeteva ed avevano dimostrato la loro completa approvazione battendo ripetutamente le mani ed urlando frasi di giubilo in una qualche lingua guaraní. Il *manchado* era stato liberato dai due lazos e, come se nulla fosse accaduto, era ritornato ad unirsi ai suoi compagni di sventura. Andrès si era complimentato e mi aveva dato una pesante manata sulle spalle. Nell'incisione della pelle avrei dovuto acquistare una maggiore padronanza ma la raschiatura era stata perfetta. Complimenti!

Ed io? Cosa avrei dovuto provare? Orgoglio? Avvilimento? Disgusto? Nessuna delle tre cose o forse tutte e tre contemporaneamente! Nella realizzazione del sogno del mio El Dorado c'erano tanti passi da fare che non sempre si identificano come cose da sogno. Mi piaceva la natura e mi piaceva vivere con gli animali e per inseguire questo mio sogno ero finito lì nel Beni in una delle più belle *estancias* che si possano immaginare. Ma le mucche, i tori ed i vitelli, che sono tanto belli da osservare mentre pascolano tranquilli dispersi nella pampa sconfinata e che, quando li vedi dall'alto del *Ndegito* in volo o durante un giro a cavallo, sembrano tanti fiorellini sparsi in un prato verde, quegli stessi animali sono allevati non per appagare l'occhio con

ren. Mit einer unglaublich sicheren Hand, als hätte ich in meinem Leben nie etwas anderes getan als Stiere zu kastrieren, setzte ich die Klinge genau an die Stelle, die Andrès mir zeigte, übte einen ruhigen und entschlossenen Druck aus, und führte die Klinge dann zwischen den beiden Hoden entlang. Meine Hand war ruhig und sicher, während die Haut sich sauber öffnete und die beiden nackten, feuchten, glatten, rosafarbenen Hoden, die lediglich ein paar rötliche und bläuliche Venen aufwiesen, freilegte. Dann gab ich Andrès, der still neben mir sitzen geblieben war, das Messer zurück und *"pellte"* die beiden Hoden gründlich, bis sie vollends von ihrer Haut befreit waren. Dann ließ ich mir das Messer zurückgeben und schabte ruhig und systematisch, wie es mir beigebracht worden war, die Samenstränge ab. Vor und zurück, vor und zurück, vor und zurück, bis die Hoden sich lösten und frei in meiner linken Hand lagen. In nur wenigen Sekunden war die Operation beendet. Ich stand auf, versuchte tief und gleichmäßig durchzuatmen, gab Andrés das Messer zurück, betrachtete kurz die beiden heißen, nackten und feuchten Hoden in meiner Hand und warf sie dann, ganz nach dem Vorbild meines Lehrmeisters, mit gespielter Gleichgültigkeit über den Zaun des corral.

Surupìa und die Kinder waren noch aufgeregter von dem sich wiederholenden Schauspiel und ließen ihr volles Einvernehmen verlauten, indem sie unaufhörlich in die Hände klatschten und auf irgendeiner Guaranì-Sprache jubelten. Der manchado, *von den zwei* lazos *befreit, gesellte sich, als wäre nicht geschehen, wieder zu seinen unglücklichen Mitstreitern. Andrès sprach mir seine Glückwünsche aus und schlug mir fest auf die Schultern. Der Schnitt musste noch um einiges präziser werden, aber die Ablösung der Haut war bereits perfekt gewesen. Kompliment!*

Und ich? Welches Gefühl überkam mich? Stolz? Wut? Ekel? Keins der drei, oder vielleicht alle drei auf einmal. Mein El Dorado lag noch weit entfernt, und nicht alle Schritte auf dem Weg dorthin würden ein Traum sein. Ich liebte die Natur und das Zusammenleben mit den Tieren und um diesen Traum zu verwirklichen war ich in den Beni gekommen, auf eine der schönsten estancias, *die man sich überhaupt vorstellen kann. All die Kühe, Stiere und Kälber, die man so schön vom* Ndegito *und vom Pferd aus beobachten kann, die so schön anmuten, wenn sie in den*

la loro bellezza ma per essere poi portati al mattatoio, uccisi, squartati, venduti a peso, arrostiti e divorati dall'essere più vorace, più feroce e più malvagio che abita il nostro pianeta: l'uomo. E prima di fare questa fine i poveri tori, o buona parte di essi, devono anche subire la perdita del loro *orgullo* per mano del loro signore e padrone che li castra con un coltello ben affilato.

Andrès e Flores avevano liberato il *manchado* ed avevano preso al *lazo* il terzo candidato. Ormai i due indios si erano ben affiatati e l'operazione della cattura era diventata sempre più veloce. Io mi accucciavo ogni volta vicino ad Andrès, prendevo i testicoli in mano e ripetevo l'operazione con mano sempre più ferma. Toro dopo toro per ore ed ore. Surupìa ed i bambini ripetevano le loro scene di giubilo, i testicoli recisi venivano lanciati al di là del recinto e già i due uomini si mettevano a liberare l'animale per imprigionarne un altro.

Da quel momento il lavoro si era svolto con una incredibile velocità e precisione. Andrès di tanto in tanto mi dava qualche consiglio ma era soddisfatto del mio operato. Si sentiva che era orgoglioso di riuscire a fare di me un vero *ganadero*. Intanto avevo imparato ad aiutarli a tendere i *lazos* ed a legarli intorno ai due alberi ed il lavoro era diventato sempre più scorrevole. Qualche toro si era dimostrato meno facile ed arrendevole degli altri ma nell'insieme il sistema aveva funzionato sempre senza eccessivi intoppi. Fuori dal recinto i testicoli si ammucchiavano ed i bambini stavano attenti a che i cani

Un asado *molto particolare*

unendlichen Weiten der Pampa weiden und wie kleine weiße Blümchen auf einer großen grünen Wiese wirken, werden nicht für unser Auge, sondern für den Schlachthof gezüchtet; um geschlachtet, geviertelt, verkauft, gebraten und verschlungen zu werden. Und zwar von dem gefräßigsten, grausamsten und niederträchtigsten Wesen, das es auf unserem Planeten gibt: dem Menschen! Und bevor sie so enden, müssen viele der armen Stiere sogar noch das Leid ertragen, durch das scharfe Messer ihres Herrn ihren *orgullo zu verlieren*.

Andrès und Flores hatten soeben den *manchado* befreit, als auch schon der dritte Kandidat in ihren *lazos* zappelte. Die beiden Indios hatten sich mittlerweile gut aufeinander abgestimmt und die Sache lief immer schneller von statten. Ich hockte mich jedes Mal neben Andrès, nahm die Hoden in die Hand und wiederholte die Operation jedes Mal ein wenig sicherer. Stundenlang, ein Stier nach dem anderen. Surupìa und die Kinder jubelten uns zu, ohne müde zu werden, die beiden Hoden flogen stets über den Zaun des *corral* und Andrès und Flores befreiten flink die Stiere, um sich den nächsten zu schnappen.

Von diesem Moment an verliefen die Operationen unglaublich schnell und präzise. Andrès gab mir von Zeit zu Zeit ein paar Ratschläge, aber alles in allem, war er zufrieden mit meiner Leistung. Ich spürte, dass er stolz darauf war, aus mir einen echten *ganadero zu machen*. Zwischenzeitlich half ich ihm auch noch beim Festziehen der *lazos* und lernte außerdem, sie eigenhändig um den Baum zu binden. Wir kamen immer schneller voran. Manche Stiere waren störrischer als andere, aber alles in allem, stießen wir auf keine unüberwindbaren Hindernisse. Hinter dem Zaun häuften sich die Hoden und die Kinder hielten die gierigen Hunde von ihnen fern.

Wir arbeiteten den ganzen Tag ohne Pause und hörten erst auf, als die Sonne schnell am Horizont versank. Kurz vor Sonnenuntergang entzündete Surupìa ein großes Feuer in der Nähe des Zauns, um die Mücken fernzuhalten. Der Himmel war ganz schwarz, so viele waren es. Wir setzten uns endlich zum ersten Mal nach diesem arbeitsintensiven Tage hin, um uns ein wenig auszuruhen. In der Nähe des Feuers lagen 34 Paar Hoden auf dem Boden, und die

Ein asado *der ganz besonderen Art*

non vi si avvicinassero.

Avevamo lavorato senza interruzione per tutto il giorno ed eravamo stati costretti a smettere soltanto quando il sole era sceso rapidamente all'orizzonte. Poco prima del tramonto Surupía aveva acceso un gran fuoco vicino alla staccionata del *corral* per tener lontane le zanzare. A quell'ora erano tante da rendere il cielo ancora più scuro. Noi ci eravamo finalmente seduti per riposarci per la prima volta dopo una giornata di lavoro ininterrotto. Sul terreno vicino al fuoco c'erano ammucchiati 34 paia di testicoli sui quali intanto si erano buttate a banchettare le formiche.

Andrès era contento dell'andamento della giornata. Avevamo castrato 34 dei 38 tori selezionati e gli ultimi quattro, *„graziati"*, erano stati messi in libertà. Andrès si era seduto su un tronco vicino a me ed aveva mandato uno dei suoi figli a prendere la chitarra. Surupìa continuava a curare il fuoco ed a separarne la brace che poi ammucchiava fra due tronchi stesi per terra a mezzo metro l'uno dall'altro, poi aveva portato dalla capanna che fungeva da cucina una decina di bastoni sottili, lunghi, unti ed appuntiti. Con il coltello affilato di Andrès, col quale avevamo „operato" tutto il giorno, aveva aperto uno per uno una dozzina di testicoli e li aveva „puliti" grossolanamente grattandoli dentro e fuori con la lama. Poi li aveva infilati nei bastoni che fungevano da spiedi e li aveva stesi di traverso sui due tronchi al di sopra della brace.

In pochi minuti l'aria si era riempita del tipico profumo irresistibile di *carne asada*. Andrès, con la chitarra in mano, aveva intonato una serie di canzoni strappacuore nelle quali i soggetti erano sempre gli animali e la vita nella pampa. C'era la canzone triste del *caballo viejo*, il cavallo vecchio che un tempo era stato il più bello stallone della pampa ma che ormai era costretto ad accettare la concorrenza ed il successo dei più giovani. Poi c'era l'altra canzone ancora più triste della *chancha*, la scrofa, che era stata infedele al suo *chanchon* ed era fuggita con un *chanchito jovencito* mentre il povero *chanchon*, tradito e abbandonato, moriva di dolore.

E c'erano, naturalmente, anche i tori che avevano perso *pelotas* y *orgullo*.

Io ero sfinito. Avevo lavorato tutto il giorno senza sosta sotto un sole di fuoco ed un'umidità feroce ed avevo faticato a tenere sotto controllo l'adrenalina mentre castravo, uno dopo l'altro, 33 magnifici tori. Surupía aveva portato

Ameisen hatten anscheinend nicht gezögert, sich auf sie zu stürzen.

Andrès war froh über das Ergebnis des Tages. Wir hatten 34 von den 38 Stieren kastriert und die andern vier „begnadigt" und in die Freiheit entlassen. Andrès setzte sich neben mich auf einen Baumstumpf und schickte einen seiner Söhne, ihm die Gitarre zu holen. Surupìa kümmerte sich weiter um das Feuer und schüttete die Glut zwischen zwei, einen halben Meter auseinander stehenden Baumstümpfen auf. Dann holte sie aus der Hütte, die als Küche diente, zehn dünne, lange, schmierige, spitze Spieße. Mit Andrès' scharfem Messer, mit dem wir den ganzen Tag „operiert" hatten, öffnete sie ein Dutzend Hoden und „säuberte" sie, indem sie, sie mit der Klinge grob innen und außen abschabte. Dann spießte sie sie auf und legte sie über die heiße Asche zwischen den beiden Baumstämmen.

In wenigen Minuten war die Luft mit dem unwiderstehlichen Duft der carne asada *erfüllt. Andrès stimmte mit seiner Gitarre ein paar Schnulzen an, in denen es fast immer um Tiere und das Leben in der Pampa ging. Er sang zum Beispiel das Lied vom* caballo viejo, *dem alten Pferd, das früher einmal der schönste Zuchthengst der Pampa gewesen war und der sich jetzt mit der Konkurrenz und dem Erfolg der Jüngeren abfinden musste. Oder aber das noch viel traurigere Lied von der* chanca, *der Sau, die ihrem* chanchon *untreu gewesen war und mit einem* chanchito jovencito *davongelaufen war, während der arme, betrogene und einsame* chanchon *vor Kummer starb.*

Und natürlich fehlten auch nicht die Stiere, die ihre pelotas y orgullo *verloren.*

Ich war fix und fertig. Den ganzen Tag hatte ich ohne Pause bei glühender Hitze und unerträglicher Feuchtigkeit versucht, meinen Kreislauf unter Kontrolle zu halten, während ich 33 prächtige Stiere, einen nach dem anderen, kastrierte. Surupìa reichte uns Messer, eine Schale voller Salz und die gegrillten Hoden, die auf den Punkt genau gar waren. Ich muss sagen, dass ich mich von der Schufterei, der ich mich den ganzen Tag lang ausgesetzt hatte, so ausgelaugt fühlte, dass ich nicht einmal mehr zögerte gemeinsam mit den anderen die „Früchte" meiner Arbeit zu verspeisen. Und nicht nur das, ich muss sogar zugeben, dass ich sie ein wahrer Genuss waren. Ausgezeichnet!

Meine Gedanken schweiften einige Jahre zurück zu

dei coltelli ed una ciotola di sale ed aveva cominciato a distribuire i testicoli fumanti man mano che questi erano arrostiti al punto giusto. Devo dire che ormai mi sentivo talmente abbrutito dalla sgobbata cui mi ero sottoposto tutto il giorno senza sosta che non ho avuto nessuna esitazione a mangiare assieme agli altri il „*frutto*" del mio lavoro. Non solo, ma devo addirittura ammettere che me lo sono proprio gustato. Era veramente squisito!

Mi era tornato in mente il giorno di tanti anni prima, quando dalla nuova fabbrica di Nairobi erano usciti i primi spaghetti. Ricordo che avevo preso con orgoglio il primo pacchetto che era stato confezionato e la sera stessa l'avevo portato al Westland Hotel, dove abitavo allora, ed avevo chiesto allo chef di farlo cucinare e di organizzare una piccola festicciola per un paio di amici. Il primo pacchetto di spaghetti che esce da una fabbrica in Africa dopo mesi di lavoro meritava di essere festeggiato con una piccola cerimonia. Era, in un certo senso, un evento storico. Eppure, conoscendo la qualità scadente degli impianti e quella ancora peggiore delle materie prime, non avrei dovuto aspettarmi che fossero un gran che ma, a parte tutto, erano pur sempre i primi spaghetti che venivano prodotti in Kenya nella fabbrica che avevo montato io stesso con le mie mani e per me, in quel momento, erano i più buoni spaghetti del mondo. Non credo di aver mai gustato spaghetti migliori in vita mia.

Con i testicoli dei miei poveri tori, però, la cosa potrebbe sembrare alquanto diversa ma, anche in quel caso, erano pur sempre i primi testicoli dei primi tori che io avessi mai castrato in vita mia.

Era un'idea macabra come era macabro tutto quello che stavo facendo. Meglio pensare che quello fosse semplicemente il giusto completamento di un giorno di duro lavoro, per me veramente fuori dell'ordinario. In fondo, dopo tutto quello che ero riuscito a fare col coltello quel giorno, il mangiare con tale avidità quei testicoli arrostiti sulla brace, mentre i loro legittimi proprietari, rimasti con le sacche vuote che pendevano fra le gambe, ci guardavano con gli occhi spalancati dall'altra parte della staccionata del *corral*, per quanto macabro potesse essere, per me non era più niente di straordinario.

Mi era tornato in mente anche un altro episodio. Oria Douglas Hamilton aveva fatto scalpore negli anni settanta con un reportage dal Serengeti, in Tanzania, nel quale

einem längst vergangenen Tage, an dem in der neuen Fabrik in Nairobi die ersten Spaghetti produziert worden waren. Ich erinnere mich, dass ich das erste Päckchen voller Stolz in Empfang und mit ins Westland Hotel, in dem ich damals wohnte, nahm. Ich fragte den Chefkoch, ob er sie zubereiten würde und lud ein paar Freunde ein. Das erste Päckchen Spaghetti, das nach monatelanger Arbeit endlich in meiner Fabrik in Afrika entstanden war, hatte sich ganz eindeutig eine kleine Feier verdient. Es war, in einem gewissen Sinne, ein historischer Moment. Und da ich die schlechte Qualität der Anlagen und die noch viel schlechtere der Zutaten kannte, erwartete ich mir keinen großen Festschmaus. Aber von all dem einmal abgesehen, waren es schließlich die ersten Spaghetti, die jemals in Kenia in meiner Fabrik, die ich im Schweiße meines Angesichts aufgebaut hatte, produziert wurden. Und von daher waren sie für mich in diesem Moment die köstlichsten Spaghetti der ganzen Welt. Ich glaube, ich habe nie zuvor und nie danach wieder so köstliche Spaghetti gegessen.

Mit den Hoden meiner armen Stiere könnte das alles ganz anders aussehen, aber auch in diesem Fall, waren es doch immerhin die ersten Hoden der ersten Stiere, die ich in meinem Leben kastriert hatte.

Es war ein ziemlich makabrer Einfall! Genauso makaber, wie all das, was ich an diesem Tag getrieben hatte. Bezeichnen wir es also lieber als die entsprechende Vollendung eines harten Arbeitstages, der sich für mich außerhalb des Normalen abgespielt hatte.

So makaber es klingen mag, aber nach all dem was ich an dem Tag mit dem Messer geschafft hatte, stellte es für mich, im Grunde genommen, nun nichts Außergewöhnliches mehr da, gierig die gegrillten Hoden zu verschlingen, während ihre rechtmäßigen Besitzer uns mit leeren Säcken zwischen den Beinen und weit aufgerissenen Augen von der anderen Seite des Zauns anstarrten.

Ich musste an eine weitere Begebenheit zurückdenken. Oria Douglas Hamilton hatte in den Siebziger Jahren mit einer Reportage über die Serengeti in Tansania Aufsehen erregt. Es wird in unverblümten, realistischen und schockierenden Bildern eine Szene gezeigt, in der Hyänen einer Herde Gnus hinterherjagen und den Müttern, die beim Laufen gebären, die Kleinen ungeduldig aus der Vagina reißen. Die Neugeborenen begegnen dem

presentava con immagini troppo crude, realistiche e scioccanti la scena delle iene che seguono i branchi di gnu in emigrazione e che con evidente impazienza strappano, dalla vagina delle femmine che stanno partorendo in corsa, i piccoli che stanno nascendo e che incontrano così la morte prima ancora di aver conosciuto la vita.

La natura ha spesso delle manifestazioni tanto crudeli

Tod, noch bevor sie ins Leben treten durften.

Die Natur birgt oft Verhaltensmuster, die von einer solchen Grausamkeit sind, dass wir Menschen sie nur schwerlich sehen und annehmen wollen. Doch es gibt diese Verhaltensweisen nun einmal und sie sind Teil der Natur. Wir Menschen glauben, uns von den grausamen Aspekten der Natur distanziert zu haben, und zwar so weit, dass sie

Intanto i tori restano tranquilli nel *corral*

Unterdessen bleiben die Stiere im corral *ganz ruhig*

che noi esseri umani facciamo fatica ad ammettere e ad accettare. Ma queste manifestazioni, dobbiamo pur riconoscerlo, esistono e sono per l'appunto parte della natura stessa. Noi, come esseri umani, crediamo di esserci tanto distanziati da certi aspetti crudeli della natura, tanto da ritenere queste manifestazioni assolutamente estranee da ogni altro tipo di comportamento dell'essere umano. Quelle, per noi, sono *cose da bestie*.

Veramente da *bestie*! Ed io, un essere umano moderno ed evoluto, ero lì, seduto su quel ciocco accanto al fuoco e guardavo le fiamme sollevarsi nell'aria umida della sera. Fiamme alte e vive che riuscivano in qualche modo a difenderci da quelle nuvole dense di zanzare e dall'assalto dei tanti altri milioni di insetti altrettanto feroci ed aggressivi. Ero lì sudato e sporco di polvere, col *sombrero* calato sulla fronte, con un coltello affilato in una mano ed un testicolo arrostito e succulento nell'altra.

jeder Art menschlichen Verhaltens nicht ferner liegen könnten. So was können in unseren Augen nur Bestien *machen.*

Und zwar wirklich nur echte Bestien! *Und ich, ein moderner und fortschrittlicher Mensch, saß dort auf diesem Holzklotz neben dem Feuer und schaute zu, wie sich die Flammen in die feuchte Abendluft erhoben. Die lebendigen Flammen stachen so hoch, dass sie uns vor den dikken Wolken der Mücken und den Angriffen der tausend anderen wilden, aggressiven Insekten bewahrten. Ich saß dort und der Schweiß rann mir herunter, schmutzig, voller Staub aus dem* sombrero, *der mir tief in der Stirn hing. In der einen Hand hielt ich ein scharfes Messer und in der anderen eine gegrillte, saftige Hode.*

Eine seltene Köstlichkeit!

Ich, der Mensch, der sich deutlich von den Bestien

11 Il Burdizzo

Una prelibatezza rara!

Io ero *l'essere umano*, quello che si distingue nettamente dalle *bestie*. I poveri tori invece, le *bestie*, erano lì a pochi metri da me. Erano praticamente digiuni dal giorno prima perché li avevamo tenuti chiusi nel corral per l'*operazione*, ma se ne stavano tranquilli in piedi uno accanto all'altro coi loro bei nasoni neri, umidi e lucidi rivolti verso di noi al di sopra della staccionata, le sacche dei testicoli che pendevano vuote fra le gambe e ci guardavano senza rancore coi loro occhioni grandi e dolci. Gli occhi di esseri incapaci di provare sentimenti di risentimento, odio, cattiveria, malvagità e violenza.

Per lo sfondo sonoro di quella scena macabra la vecchia chitarra accompagnava la voce roca di Andrès che cantilenava la sua canzone triste sul tema, giustamente appropriato, del toro che aveva *perdido las pelotas y su orgullo*.

Il giorno dopo avevamo sellato i cavalli prima che sorgesse il sole e ci eravamo diretti verso nord-est per un altro *rodeo* di tori. Con me ed Andrès c'erano i suoi due figli maggiori, José e Julio, e Flores, il quale s'era dimenticato della fretta che aveva di tornare a casa con la sua canoa. Alle prime luci dell'alba eravamo già in una zona di pampa ben popolata di bestiame che pascolava tranquillo e avevamo cominciato subito a radunarlo. Lasciavamo alle femmine ed ai vitelli la possibilità di scappare e tenevamo sotto controllo soltanto i maschi adulti. All'inizio reagivano da vere bestie selvagge correndo come diavoli, muggendo e scalciando come forsennati ma, con il passare del tempo, si stancavano e diventavano più arrendevoli. I cavalli grondavano di sudore come fontanelle però sembrava che avessero risorse illimitate di energie e si divertissero come bambini a fare il loro lavoro. Inseguivano i tori in corsa, li stringevano sui fianchi e li costringevano a rientrare nel branco. I miei quattro compagni si erano schierati più o meno ai lati del branco che si andava formando ed io, da dietro, li incitavo ad avanzare ed a correre quanto più possibile in modo da farli stancare sempre di più e renderli ancora più controllabili. Era stato un lavoro di oltre quattro ore ma alla fine eravamo riusciti a mettere insieme una mandria abbastanza ordinata di un centinaio di capi disposti a farsi guidare dove volevamo noi. Fra loro c'era anche qualche femmina e qualche capo giovane ma li avremmo

unterscheidet. Die armen Stiere hingegen, die Bestien, *standen dort, nur wenige Meter von mir entfernt. Sie hatten seit dem Vortag nichts gefressen, weil wir sie für die* Operation *in den* corral *gesperrt hatten, doch sie standen ganz ruhig, einer neben dem anderen mit ihren schönen, schwarzfeucht glänzenden Mäulern, die uns über den Zaun hinweg zugewandt waren, den leeren, zwischen den Beinen baumelnden Hodensäcken und ihren großen Augen, aus denen sie uns lieb und ohne Groll anblickten. Es waren die Augen von Lebewesen, die nicht fähig waren, Abneigung, Hass, Boshaftigkeit, Niederträchtigkeit und Gewalt zu verspüren.*

Andrès lieferte mit seiner rauen Stimme den musikalischen Hintergrund zu dieser makaberen Szene und sang das perfekt zum Thema passende Lied des Stiers, der ha perdido las pelotas y su orgullo.

Am Tag danach sattelten wir unsere Pferde noch vor Sonnenaufgang und ritten Richtung Nordwesten, um ein weiteres Rodeo *abzuhalten. Mit Andrès und mir kamen auch seine beiden ältesten Söhne, José und Julio, und Flores, der seine Eile, mit dem Kanu nach Hause zu gelangen, längst vergessen hatte. Als der Himmel sich rot färbte, waren wir schon in einem Teil der Pampa, auf dem das Vieh friedlich weidete und wir begannen sofort, es zusammenzutreiben. Wir ließen den Kühen und Kälbern die Möglichkeit wegzulaufen und hielten nur die Stiere unter Kontrolle. Zu Beginn benahmen sie sich wahrlich wie wilde Bestien, sie barsten wie die Teufel auseinander, muhten lauthals und traten wie besessen aus, doch dann wurden sie müde und beruhigten sich. Die Pferde schwitzten aus allen Poren wie kleine Springbrunnen, aber sie schienen unbegrenzte Energien zu haben und sich bei dieser Arbeit wie kleine Kinder zu amüsieren. Ich jagte den Stieren hinterher, näherte mich ihnen von der Seite und zwang sie, zur Herde zurückzukehren. Meine vier Begleiter hatten sich auf die Seiten der Herde verteilt, und ich trieb sie von hinten an, damit sie sich so schnell wie möglich vorwärts bewegten, noch müder wurden und wir sie noch besser kontrollieren konnten. Wir brauchten vier Stunden, aber dann hatten wir eine ziemlich ordentliche Herde zusammen. Sie bestand aus ungefähr hundert Tieren, die sich von uns führen ließen. Unter ihnen waren auch einige Kühe und Kälber, aber die würden wir bei*

poi selezionati meglio all'arrivo nel *corral*. Quando finalmente nel pomeriggio eravamo arrivati alle case il sole era ancora molto alto e faceva un caldo bestiale. Josè e Julio si erano messi a lato della *tranquera* d'entrata del *corral* e noi tre, urlando ed agitando in aria i *lazos*, avevamo incitato i tori ad entrare. I primi erano stati piuttosto esitanti ma poi gli altri li avevano seguiti muggendo, ammassandosi e spingendosi come se avessero creduto che al di là della *tranquera* ci fosse la libertà.

Avevamo fatto una gran sudata. Dopo aver tolte le selle, avevamo lasciato andare i cavalli a bere e pascolare ed eravamo andati a rinfrescarci nell'acqua del *curichi* più vicino. I tori avevano continuato a correre come forsennati nell'interno di tutto il *corral* senza capire che non c'era proprio altra uscita e che erano definitivamente prigionieri. Sembrava che non avessero nessuna intenzione di calmarsi e di accettare la loro sorte. Io, appena ripreso fiato, avevo scavalcato la staccionata ed ero entrato nel *corral* con loro. L'odore selvatico di sudore bruciava le narici e la polvere che sollevavano nella loro corsa bruciava negli occhi. Andrès era rimasto fuori a brontolare per la mia incoscienza ma ormai ero dentro e ci sarei rimasto. Era un esperimento che dovevo assolutamente fare. L'avevo in mente da tanto tempo e quella era l'occasione ideale. Facendo bene attenzione a non avvicinarmi troppo ai tori e a non farmi travolgere nella loro corsa sfrenata mi spostavo nell'interno del *corral* seguendo i loro movimenti fino a che si erano venuti a formare due fronti: i tori che si spostavano ammassandosi sempre di più da una parte ed io isolato nella parte opposta.

Per un po' di tempo io e i tori avevamo continuato a tenerci sotto controllo a vicenda. Io percorrevo lentamente un cerchio ampio tenendomi ad una decina di metri dalla palizzata ed i tori si spostavano in gruppo nella parte diagonalmente opposta. Se io mi fermavo si fermavano anche loro. Poi, gradualmente mi ero portato più verso il centro del *corral* ed avevo rallentato il passo mentre il branco si era allargato fino a formare quasi un cerchio completo intorno a me. A questo punto mi era sembrato che i miei tori non mi guardassero più come un nemico e che si stessero calmando. Allora mi ero fermato completamente. Li osservavo con attenzione ma senza mai guardarli direttamente negli occhi. I tori si stavano calmano ancora di più ed era evidente che io non ero più il loro centro

der Ankunft am corral *noch aussortieren. Als wir am Nachmittag zurück waren, stand die Sonne noch sehr hoch am Himmel und es war unerträglich heiß. José und Julio stellten sich an die Seiten der* tranquera *des* corral *und wir drei drängten die Stiere von hinten hinein, indem wir laut schrieen und unsere* lazos *schwangen. Die ersten zögerten noch, aber die anderen folgten ihnen dann laut muhend und so drängten immer mehr Stiere hinterher, als läge hinter der* tranquera *die Freiheit.*

Wir kamen ganz schön ins Schwitzen. Nachdem wir den Pferden die Sattel abgenommen hatten und sie friedlich tranken und grasten, gingen auch wir hin, um uns an einem nahe gelegenen curici *erfrischen. Die Stiere rannten weiter wie die Irren im* corral *herum, ohne zu verstehen, dass es keinen anderen Ausgang gab und dass sie eingesperrt waren. Es schien, als würden sie sich niemals beruhigen und mit ihrem Schicksal abfinden. Als ich wieder einigermaßen zu Atem gekommen war, kletterte ich über den Zaun und trat zu ihnen in den* corral. *Der wilde Geruch ihres Schweißes brannte mir in der Nase und der Staub, den sie aufwirbelten, brannte mir in den Augen. Andrès blieb draußen und murmelte irgendetwas über mein unvorsichtiges Verhalten, aber, da ich schon einmal drin war, würde ich es auch bleiben. Ich hatte mir das schon lange gewünscht und nun war der richtige Zeitpunkt gekommen. Ich war sehr vorsichtig, ihnen nicht zu nah zu treten oder gar in ihre direkte Laufbahn zu geraten. Ich bewegte mich im* corral, *indem ich ihrem Lauf so lange folgte, bis sich zwei Fronten bildeten: Die Stiere rückten in der einen Hälfte immer näher aufeinander, während ich mutterseelenallein in der anderen Hälfte stand.*

Für eine Weile hielten die Stiere und ich uns gegenseitig unter Kontrolle. Ich bewegte mich stets in einer großen Kreisbewegung auf zehn Meter Abstand von der Palisade und die Stiere taten es mir gleich, sie bewegten sich alle gemeinsam, genau diagonal in die Gegenrichtung. Wenn ich stehen blieb, machten sie ebenfalls Halt. Dann bewegte ich mich langsam auf die Mitte des corral *zu und die Herde lockerte sich auf, bis sie beinahe einen geschlossenen Kreis gebildet hatte. In diesem Augenblick meinte ich, dass die Stiere mich nicht mehr als ihren Feind betrachteten und sich zu beruhigen begannen. Ich blieb stehen, beobachtete sie aufmerksam, aber sah ihnen nie direkt in die Augen. Die Stiere wurden immer ruhiger und*

d'attrazione. Alcuni avevano addirittura accennato qualche scena di lotta, altri raspavano con le zampe ma con meno convinzione ed altri ancora cercavano sul suolo secco qualche filo d'erba da masticare. Ormai si erano convinti che per loro non ero più un nemico da temere.

Infine mi ero seduto per terra ed ero rimasto immobile, sempre controllandoli con la coda dell'occhio. Per loro la mia mossa avrebbe dovuto rappresentare una proposta di pace, un gesto d'amicizia. Gradualmente avrebbero dovuto abituarsi alla mia presenza, tanto è vero che nei loro spostamenti non rimanevano più così ammassati verso le pareti del *corral*, quanto più possibile lontano da me, ma si erano sparpagliati su tutta la sua superficie e mi venivano anche molto vicino.

C'era un toro, vecchio e robusto, che sembrava più selvaggio ed aggressivo degli altri. Raspava il terreno con la zampa anteriore con fare feroce, muggiva in tono furioso, sbavava, correva da una parte all'altra senza tregua e, all'inizio, mi guardava con due occhi talmente freddi e metallici che sembrava volessero trasmettermi il suo odio e la sua volontà di aggredirmi, di calpestarmi e di distruggermi. Poi, però, col passare del tempo era stato attirato dalla curiosità ancora più degli altri suoi compagni e nei suoi spostamenti mi veniva sempre più vicino. Osservandolo bene dalla mia posizione seduto per terra, mi era sembrato che il suo sguardo non esprimesse più tutto l'odio di prima ma soprattutto una curiosità incontrollata. Allora mi ero alzato e mi ero spostato lentamente e con disinvoltura cercando di accorciare ancora ulteriormente le distanze fra di noi. Tutti gli altri tori indistintamente tenevano sotto controllo la propria distanza di sicurezza e, mentre mi muovevo fra loro, si spostavano con indifferenza per non farmi avvicinare più di qualche metro. Quel toro, invece, pur senza avvicinarsi troppo mi seguiva continuamente. Mentalmente gli avevo dato un nome, *Lucifero* ma poi, nel vedere con quanto interesse mi seguiva e soprattutto per non farlo apparire nella mia mente ancora più pericoloso di quanto già lo fosse in realtà, avevo pensato che era un nome troppo cattivo anche per un bestione come quello e avevo trovato per lui un nome più semplice e pacifico: *Pancho*.

Ogni tanto mi fermavo. Osservavo i movimenti degli altri poi riprendevo a muovermi in direzioni sempre diverse. Quel toro, Pancho, ero sicuro di averlo già visto e notato

widmeten mir schon längst nicht mehr ihre ganze Aufmerksamkeit. Einige kämpften eher verspielt miteinander, andere scharrten wenig überzeugt mit den Hufen und wieder andere suchten den rauen Boden nach ein bisschen Gras ab. Sie waren überzeugt davon, dass sie von mir nichts zu fürchten hatten.

Ich setzte mich schließlich auf den Boden und kontrollierte sie weiterhin aus den Augenwinkeln. Diese Geste sollte dem Friedenangebot eines Freundes gleichkommen. Sie sollten sich allmählich an meine Anwesenheit gewöhnen. Sie drängten sich schon nicht mehr ganz so fest gegen den Zaun des corral, *um möglichst weit von mir wegzusein sondern verteilten sich auf dem ganzen Hof und kamen mir sogar ziemlich nah. .*

Ein alter und kräftiger Stier schien wilder und aggressiver zu sein als die anderen. Er scharrte heftig mit der Vorderhufe auf dem Boden herum, muhte und schäumte vor Wut nur so über, er raste wie ein Irrer von der einen Seite zur anderen und blickte mich aus zwei kalten und eisernen Augen an, die all seinen Hass und seine Lust mich anzufallen, zu zertrampeln und zu vernichten, widerspiegelten. Doch nach einiger Zeit war auch seine Neugierde mir gegenüber größer als die der anderen und er kam immer näher an mich heran. Auch ich betrachtete ihn von meinem Platz auf dem Boden genauer und in seinen Augen erkannte ich nun nicht mehr nur Hass, sondern vor allem eine zügellose Neugierde. Ich stand auf und versuchte mich ungezwungen in seine Richtung zu bewegen, um die Distanz zwischen uns noch geringer werden zu lassen. Alle anderen Stiere bewahrten ausnahmslos ihren Sicherheitsabstand, und wenn ich an ihnen vorbei lief, rückten sie gleichgültig mindestens einen Meter weiter weg, um mich nicht in ihre Nähe kommen zu lassen. Dieser Stier hingegen folgte mir auf Schritt und Tritt, ohne mir jedoch allzu nahe zu kommen. In Gedanken gab ich ihm den Namen Lucifero, *doch als ich sah, mit welchem Interesse er mir folgte, und vor allem, um ihn in meinem Kopf nicht noch gefährlicher werden zu lassen, als er eh schon war, beschloss ich, dass der Name selbst für so eine Bestie zu bösartig war und gab ihm einen einfacheren, friedlicheren Namen:* Pancho.

Ab und zu blieb ich stehen. Ich beobachtete die Bewegungen der anderen und begann meine Richtung zu ändern. Dieser Stier, Pancho, *war mir auf der* estancia *be-*

nell'*estancia*. Mi ero ricordato che, nei giorni delle consegne e dell'inventario con Don Gonzalo, c'era stato un toro che ci aveva messo in serie difficoltà e ci aveva fatto sudare le fatidiche sette camicie nel tentativo di marchiarlo. Si era ribellato come un furia ed aveva rotto più di una volta il recinto del vecchio *corral* finché alla fine avevamo dovuto addirittura rinunciare a marchiarlo. Dall'aspetto e dal portamento poteva essere proprio lui. Allora, in un momento in cui Pancho mi mostrava il fianco destro, l'avevo osservato meglio: sulla coscia non aveva nessun marchio! Si trattava sicuramente di quel toro selvaggio, l'unico che l'aveva vinta ed era rimasto senza marchiatura ed ora era lì vicino a me e stavamo facendo un gioco difficile e pericoloso. Proprio con lui! Mi era venuta la pelle d'oca ma ormai ero in ballo e non avrei rinunciato al mio esperimento per nessun motivo al mondo. Per me era troppo importante!

Pancho continuava a tenermi sotto controllo senza però darla a vedere, esattamente come stavo facendo anch'io. È possibile che avessimo entrambi la stessa intenzione e lo stesso interesse? È possibile che Pancho cercasse una forma di contatto con me così come io la cercavo con lui? In fondo, se avesse avuto veramente l'intenzione di inforcarmi, l'avrebbe già fatto. Di occasioni propizie non gli erano mancate. Se fosse stato così non ci sarebbe stato alcun motivo di avere veramente paura. Sarebbe bastato comportarsi secondo una logica puramente animale e, soprattutto, tenere la paura sotto controllo. Avevo continuato ad accorciare le distanze, a spostarmi con calma ma evitando di avanzare direttamente nella sua direzione. Gli altri tori intanto si stavano abituando sempre più ad essere rinchiusi in quel recinto, a stare così vicini l'uno all'altro e a dividere lo spazio con un essere umano che si muoveva in mezzo a loro. Di loro, quindi, avevo meno motivo di preoccuparmi.

Ad un tratto, nei miei spostamenti irregolari mi ero trovato a non più di tre metri da Pancho, sul suo fianco sinistro. Mi ero fermato, sempre senza guardarlo, come se non mi fossi neppure accorto della sua presenza e della sua vicinanza e allo stesso modo anche Pancho mi aveva guardato per una frazione di secondo da sotto in su e poi, come per volermi dimostrare la sua indifferenza, aveva continuato ad annusare il terreno. Era a poco più di tre metri da me. Allora, sempre continuando a puntare lo sguardo altrove dietro di lui, avevo allungato lentamente la mano.

reits aufgefallen. Ich erinnerte mich, dass es in den Tagen der Übergabe und der Brandmarkung einen Stier gegeben hatte, der mir und Don Gonzalo den letzten Nerv geraubt hatte. Er hatte einen Höllenaufstand gemacht und mehrere Male den Zaun des alten corral *durchbrochen, bis wir darauf verzichteten, ihn zu brandmarken. Dieser hier hatte das gleiche Auftreten. Und in einem Moment, in dem Pancho mir den rechten Schenkel zeigte, beäugte ich ihn genauer: Er hatte kein Brandzeichen! Es handelte sich also ganz bestimmt um diesen wilden Stier, um den einzigen, der die Oberhand behalten hatte und sich nicht hatte brandmarken lassen. Und nun stand er nur wenige Meter von mir entfernt und wir trieben ein schwieriges und gefährliches Spiel. Ausgerechnet mit ihm! Ich bekam eine Gänsehaut, aber nun hatte ich das Spielchen ins Rollen gebracht und würde für keinen Grund der Welt mehr darauf verzichten. Dieses Experiment war mir einfach zu wichtig!*

Ohne es sich anmerken zu lassen, hielt Pancho mich weiter unter Kontrolle. Genau wie ich ihn. Hatten wir vielleicht beide die gleichen Absichten und Interessen? War es möglich, dass Pancho eine ähnliche Nähe zu mir aufbauen wollte wie ich zu ihm? Denn wenn er mich hätte aufspießen wollen, dann hätte er es längst tun können. Gelegenheiten dazu, hatte er genug gehabt. Wenn dem also nicht so war, dann gab es keinen wirklichen Grund, Angst zu haben. Ich müsste mich nur in das Tier hinein versetzen und vor allem meine Angst unterdrücken. Ich hob den Abstand zwischen uns immer mehr, indem ich mich langsam, aber zielstrebig in seine Richtung bewegte. Die anderen Stiere gewöhnten sich immer mehr daran, in diesem Gehege eingesperrt zu sein, so nah beieinander zu stehen und den engen Raum mit einem Menschen zu teilen. Um sie machte ich mir also weniger Sorgen.

Auf einmal hatte mich mein unregelmäßiger Gang ganz in Panchos Nähe gebracht, ich stand nur drei Meter weiter links von ihm. Bewegungslos und ohne ihn eines Blickes zu würdigen, tat ich so, als gebe es ihn gar nicht. Und er reagierte genauso, schaute mich nur für den Bruchteil einer Sekunde von unten bis oben an und beschnupperte dann wieder den Boden, als wolle er mir seine Gleichgültigkeit ganz klar demonstrieren. Er war nur noch drei Meter von mir entfernt. Ich richtete meinen Blick weiterhin auf irgendeinen Punkt hinter ihm und streckte lang-

Sentivo che si era messo ancora più in allerta e che avrebbe potuto scattare da un momento all'altro ma non mi ero mosso. Tanto, da quella distanza non avrei avuto scampo. Ero rimasto così per un po', con il braccio sinistro alzato in direzione delle sua spalle, poi l'avevo abbassato lentamente ed ero avanzato di un passo. Dopo un paio di minuti, nei quali la tensione era ulteriormente aumentata, avevo sollevato nuovamente il braccio ed ero arrivato con la mano a meno di un metro da lui. Non era successo nulla. Pancho era rimasto immobile, come ipnotizzato, e allora io avevo cominciato a parlare. Emettevo suoni gutturali pacati e monotoni. Era come se recitassi una cantilena con voce suadente, bassa ma sicura. Poi, continuando la mia recita, avevo abbassato di nuovo il braccio ed ero avanzato di un altro passo, con estrema calma ma con decisione e senza paura. Pancho era rimasto impassibile. Guardava davanti a se con la testa leggermente abbassata e si vedeva che mi teneva sotto controllo con la coda dell'occhio. Adesso ero veramente a poche decine di centimetri da lui. Avevo sollevato di nuovo il braccio e, con estrema lentezza ma con ferma decisione gli avevo appoggiato la mano sul collo, poco dietro la testa e davanti al suo grosso gibbone. Non c'era stata nessuna reazione. Pancho era rimasto immobile e rigido come una statua. I suoi muscoli, però, vibravano dalla tensione ed io percepivo quelle vibrazioni attraverso le mie dita. Ero rimasto fermo per alcuni secondi, sempre cantilenando a voce bassa, poi avevo cominciato a grattarlo spostando la mano di pochi centimetri. Pancho era rimasto immobile.

Il più era fatto. Poco dopo avevo tolto la mano ma avevo continuato a parlargli e poi ero tornato a grattarlo di nuovo, questa volta con maggior sicurezza. Sentivo che la tensione stava diminuendo ulteriormente ed i muscoli si stavano rilassando. Allora, senza ulteriori esitazioni avevo poggiato anche la mano destra sul collo e con la sinistra mi ero spostato in avanti, verso la testa, fra le corna e fino all'attaccatura delle orecchie. Pancho non aveva potuto resistere alla tentazione di lasciarsi andare e di godere quella sensazione per lui assolutamente nuova e aveva mosso leggermente la testa, quasi per andare incontro al mio contatto. Io avevo continuato per qualche minuto poi all'improvviso avevo smesso e mi ero allontanato di un paio di metri. Con la coda dell'occhio vedevo che Pancho mi osservava senza più reticenze. Probabilmente nel suo

sam die Hand aus. Ich spürte, dass er in Alarmbereitschaft stand und von einer Sekunde zur Nächsten ausrasten konnte, aber ich blieb, wo ich war. Aus dieser Entfernung hätte ich mich sowieso nicht mehr retten können. Ich streckte meinen linken Arm für ein paar Minuten in seine Richtung, dann ließ ich ihn langsam sinken und machte einen Schritt auf ihn zu. Die Spannung stieg und ich wartete wieder ein paar Minuten, bis ich meinen Arm erneut hob und meine Hand ihn fast berühren konnte. Es geschah nichts. Pancho blieb so bewegungslos, als sei er hypnotisiert, und ich begann leise mit ihm zu sprechen. Ich ließ gutturale, beruhigende, monotone Töne verlauten. Es klang wie ein schmeichelnder Singsang, tief, aber beruhigend, den ich auch nicht unterbrach, als ich erneut meinen Arm sinken ließ und einen weiteren Schritt auf ihn zuging. Ich bewegte mich nur ganz langsam, aber entschieden und ohne Angst vorwärts. Pancho schien das gleichgültig zu sein, er richtete den gesenkten Blick weiter nach vorn, aber ich bemerkte trotzdem, dass er mich im Blinkwinkel behielt. Zwischen uns lagen nur noch wenige Zentimeter. Entschieden langsam hob ich meinen Arm erneut und legte ihm meine Hand auf den Hals, ganz dicht hinter den Kopf und noch vor seinem großen Buckel. Er reagierte nicht, sondern blieb reglos und starr wie eine Statue. Aber ich konnte durch meine Finger seine vor Spannung zitternden Muskeln spüren. Für ein paar Sekunden regte ich mich ebenfalls nicht, doch dann begann ich ihn, ohne meinen beruhigenden Singsang zu unterbrechen, zu kraulen. Pancho zeigte keinerlei Regung.

Der schwierigste Teil lag hinter mir. Kurz darauf nahm ich meine Hand weg, sprach aber weiter zu ihm, und als ich ihn dann erneut berührte, tat ich es mit viel größerer Sicherheit. Ich spürte, wie das Zittern der Muskeln nachließ und sie sich mehr und mehr entspannten. Ohne zu zögern, berührte ich ihn auch mit der rechten Hand und mit der linken glitt ich weiter nach vorne zum Kopf, bis zu den Hörnern und den Ohren. Pancho konnte der Versuchung nicht widerstehen, sich diesem völlig neuen Gefühl hinzugeben, und überließ seinen Kopf den Bewegungen meiner Hände. Dann hörte ich plötzlich auf, ihn zu streicheln und entfernte mich ein paar Meter von ihm. Aus dem Augenwinkel sah ich, dass Panchos Blicke mir nun unverkennbar folgten. Vermutlich formte sich in seinem Gehirn der Wunsch, weiter gekrault zu werden und die Ver-

cervellone si stava formando il desiderio di farsi grattare ancora e la tentazione di farsi avanti per chiedermelo. Infatti poco dopo si era mosso e si era avvicinato un po'.

Le parti, quindi, si erano invertite. Adesso era lui a tentare l'approccio. Allora, per facilitargli il compito, gli ero andato incontro e senza esitazioni l'avevo grattato con forza ancora maggiore, poi avevo smesso di nuovo e mi ero allontanato. Pancho questa volta non aveva esitato a lungo. Mi aveva guardato per un po' e poi mi si era avvicinato completamente. Io, naturalmente l'avevo grattato di nuovo e, quando avevo smesso mi ero allontanato ancora una volta in direzione della staccionata. Come mi aspettavo, Pancho aveva ripetuto le sue avance e la cosa s'era ripetuta tre o quattro volte fino a che io avevo raggiunto la staccionata e l'avevo scavalcata in fretta.

La sera intorno al fuoco la conversazione era stata imperniata sulle mie spavalderie pomeridiane nel *corral*. Andrès aveva disapprovato il mio comportamento fin dall'inizio, ma alla fine aveva dovuto cedere all'ammirazione ed all'orgoglio per il coraggio del suo *jefe*. Quell'esperimento mi aveva riportato nel mio elemento e mi aveva avvicinato ancora di più ai miei animali. Mi sentivo felice. Tanto felice che, ad un certo punto avevo preso una decisione ed avevo annunciato ad Andrès che il giorno dopo avremmo rimesso in libertà tutti i tori che avevamo radunato nel *corral*, senza castrarne nessuno. Non solo, ma alla Ceiba non avremmo mai più castrato un toro. Mai più! Tutto sommato, di liti veramente importanti o pericolose alla Ceiba non ne avevamo mai viste e, comunque sia, la natura può risolvere i suoi problemi anche da sé senza la necessità del nostro intervento col coltello. Il fatto che i tori crescono meglio e di più dopo che sono stati castrati non mi interessava affatto. Era un concetto di qualche secolo dopo. Lì alla Ceiba noi, la natura e gli animali vivevamo ancora in un secolo del passato, un secolo diverso, ancora bello e ancora puro e *las pelotas* dei miei bei tori dovevano restare al posto loro.

suchung, mich darum zu bitten. Und genau so war es, denn kurz darauf, trottete er auf mich zu.

Wir hatten die Rollen getauscht. Nun war er es, der einen Annäherungsversuch wagte. Um ihm die Aufgabe zu erleichtern, ging ich ihm, ohne zu zögern, entgegen und kraulte ihn noch fester. Dann hörte ich wieder auf und entfernte mich ein paar Schritte. Diesmal wartete Pancho nicht lange, er blickte mich kurz an und kam dann ganz zu mir hin. Ich kraulte ihn natürlich wieder und hörte dann auf, um mich in Richtung Zaun zu entfernen. Wie ich erwartet hatte, folgte mir Pancho weiterhin und der Vorgang wiederholte sich drei oder vier Male, bis ich am Zaun angelangt war und hastig über ihn hinüber kletterte.

Als wir am Abend am Feuer saßen, drehte sich das Gespräch unaufhörlich um mein nachmittägliches Abenteuer im corral. *Andrès war von Anfang gegen mein Vorhaben gewesen, doch letzten Endes konnte er die Bewunderung und den Stolz über den Mut seines* jefe *nicht mehr verleugnen. Während des Experimentes war ich endlich wieder in meinem Element gewesen und hatte mich meinen Tieren noch mehr angenähert. Ich war glücklich. So glücklich, dass ich Andrès eine Entscheidung mitteilte: Am nächsten Tag würden wir alle Stiere, die wir in den* coral *getrieben hatten, wieder frei lassen und keinen einzigen von ihnen kastrieren. Und nicht nur das, auf der* La Ceiba *würden wir nämlich nie wieder, auch nur einen Stier kastrieren. Nie wieder! Alles in allem waren ihre kleinen Kämpfe nie wirklich gefährlich und außerdem konnte die Natur sich ganz gut selbst um ihre Probleme kümmern, ohne dass wir mit dem Messer einschreiten mussten. Es interessierte mich kein Stück weit, dass kastrierte Stiere besser und schneller wuchsen als andere. Diese Auffassung stammte aus einem der neueren Jahrhunderte. Aber auf der* La Ceiba *lebten wir, die Natur und die Tiere noch in einem längst vergangenen, anderen Jahrhundert, das sich seine Schönheit und Reinheit noch bewahrt hatte. Und damit das auch so blieb, sollten auch die* pelotas *meiner allerliebsten Stiere da bleiben, wo sie hingehörten.*

12

Il Visionario

Der Visionär

A Santa Cruz avevamo conosciuto tanta gente perché fare amicizia con i *cambas* era particolarmente facile. Bastava incontrarsi in qualche occasione che si era subito invitati per il prossimo compleanno, o un battesimo o una *fiesta* qualunque e la cerchia si allargava a macchia d'olio. C'erano tante persone semplici, allegre e festaiole, persone che, in prevalenza, vivevano in condizioni modeste ma, di contro, ce n'erano anche alcune che ostentavano un lusso che in Santa Cruz era fuori posto e stonava. È un fenomeno, però, che si vede in ogni parte del mondo dove c'è una classe emergente di nuovi ricchi che cede all'istinto elementare di mettersi in mostra. A Santa Cruz, comunque, ci si affrettava ad appiccicare a queste persone anche una seconda etichetta, quella del *narcotraficante*. Che la Bolivia abbia a che fare con la droga è più che risaputo ed è facile dedurre che, generalmente, chi ha accesso ai soldi ed al benessere, potrebbe anche essere impelagato, in un modo o in un altro, con la produzione o col traffico della cocaina o "*mercaderia*", come la chiamano più semplicemente i *cruzeños*. Col tempo avevamo imparato ad essere più guardinghi, a sceglierci gli amici e ad evitare contatti con

Da es nichts einfacheres auf der Welt gibt, als mit einem camba *Freundschaft zu schließen, kannten wir in Santa Cruz viele Leute. Wenn man sich irgendwo traf, wurde man direkt zu dem nächsten Geburtstag, zur Taufe oder irgendeiner anderen* fiesta *eingeladen und der Kreis weitete sich so schnell wie ein Ölfleck aus. Unter ihnen waren viele nette, fröhliche Leute, die einfach gerne feierten, aber ansonsten in bescheidenen Verhältnissen lebten. Aber es gab auch diejenigen, die ihre Reichtümer in unpassender Weise herauskehrten. Ein Phänomen, das man allerdings in jedem Teil der Welt beobachten kann: Die aufsteigenden Schichten der Neureichen können es einfach nicht lassen, sich zur Schau zu stellen. In Santa Cruz zögerte man nicht, diesen Personen den* narcotrafico, *Rauschgifthandel nachzusagen. Es ist wohl allgemein bekannt, dass Bolivien seine Finger im Drogengeschäft hat, und von daher ist es ein Leichtes, davon auszugehen, dass die Wohlhabenden auf irgendeine Weise in der Herstellung oder im Verkauf des Kokains – oder* mercaderia, *wie die* cruzeños *sagen – mit drinstecken. Mit der Zeit wurden wir bei der Wahl unserer Freunde etwas achtsamer*

famiglie o persone che potessero suggerire l'idea di appartenere a qualche ambiente equivoco. Ma non era sempre facile e la cosa ci metteva spesso in imbarazzo. Noi, pur sapendo a priori che in Bolivia c'è il problema della droga, c'eravamo andati seguendo un sogno fatto di alberi, di animali e di natura ed eravamo sicuri che saremmo riusciti a vivere il nostro sogno pulito senza essere contaminati. E c'eravamo riusciti. Avevamo una cerchia di amici simpatici, semplici e, per quanto potessimo giudicare noi, puliti. C'è da dire, oltretutto, che, da quando avevamo preso la *Ceiba*, il nostro cervello, le nostre attività ed il nostro tempo erano talmente concentrati in quel tratto di pampa al di là del Rio San Juan che la vita ed i contatti con Santa Cruz erano notevolmente diminuiti. Quando non eravamo a *Guendà Arriba* eravamo alla *Ceiba*. A Santa Cruz c'eravamo sempre meno, tanto è vero che negli ultimi tempi avevamo addirittura dato in affitto la casa e, le poche volte che eravamo a Santa Cruz, vivevamo ospiti di Sergio ed Elsita che avevano una casa molto grande e ci tenevano tanto ad averci con loro.

Però il problema della droga c'era e qualche volta si faceva sentire anche da vicino. Ricordo che una mattina stavo prendendo un caffè con le tipiche *salteñas* con un amico in una stradina vicino alla piazza quando ho visto passare un vecchio conoscente. Camminava a testa bassa con la faccia stanca. Il mio amico, al vederlo, aveva commentato:

„Poveretto, l'hanno tenuto in cella tutta la notte!"

„In cella? Perché, cosa ha combinato?" avevo chiesto.

„Poveretto", aveva proseguito il mio amico, „stava parlando con il suo cliente quando è entrato un poliziotto, che sicuramente aveva avuto una soffiata e si è portato via i due chili che erano sul tavolo."

„....due chili....di *che*?" avevo chiesto ingenuamente.

„Di *mercaderia*, naturalmente! Però si dice che il poliziotto ne abbia riportato in caserma un chilo solo e che il nostro amico abbia dovuto tirar fuori altri due chili di *mercaderia* per far star buoni anche gli altri poliziotti e farsi rilasciare."

Si parlava di *chili* di cocaina come se si trattasse di pomodori o di cipolle! Ero rimasto veramente scioccato! Il conoscente, che non definisco amico perché, per fortuna, non lo era, era un cittadino dall'aspetto piuttosto normale, un avvocato di mezza età che viveva una vita piuttosto modesta.

und legten wert darauf, dass sie nicht aus einem zweideutigen Umfeld stammten. Aber das war gar nicht so einfach und brachte uns häufig in Verlegenheit. Wir wussten zwar von dem Drogenproblem Boliviens, aber wir waren in dieses Land gekommen, um uns einen Traum aus Bäumen, Tieren und Natur zu verwirklichen. Und wir wollten diesen Traum in seiner vollen Reinheit leben, ohne ihn uns von irgendwem in den Schmutz ziehen zu lassen. Und das gelang uns auch. Wir hatten einen netten und einfachen Freundeskreis, der außerdem, so weit wir das beurteilen konnten, auch keinen Dreck am Stecken hatte. Dazu muss man noch sagen, dass unsere Gedanken, unsere Tätigkeiten und unsere Zeit, seit wir die La Ceiba *– unsere Pampa hinter dem Rio San Juan – hatten, fast ausschließlich ihr galten. Für das Leben und die Freunde in Santa Cruz blieb da nur noch wenig übrig, denn wenn wir nicht gerade auf der* Guendà Arriba *waren, dann waren wir auf der* La Ceiba. *Wir waren so selten in Santa Cruz, dass wir in der letzten Zeit sogar unser Haus vermietet hatten. Wenn wir dann doch einmal in die Gegend kamen, waren wir bei Sergio und Elsita zu Gast, die ein sehr großes Haus hatten und sich freuten, wenn wir bei ihnen blieben.*

Doch das Drogenproblem blieb nicht aus und zeigte sich manchmal sogar unmittelbar in unserer Nähe. Eines Morgens trank ich mit einem Freund einen Kaffee mit den typischen salteñas *in einer kleinen Gasse nahe dem Platz, als ein alter Bekannter an uns vorbeiging. Er ließ den Kopf hängen und sah sehr müde aus. Als mein Freund ihn sah, bemerkte er:*

„Der Arme hat die ganze Nacht in der Gefängniszelle gehockt!"

„Im Gefängnis? Wieso, was hat er denn angestellt?", fragte ich.

„Der Ärmste", fuhr mein Freund fort, „ war gerade dabei, mit einem Kunden zu verhandeln, als ein Polizist, der anscheinend Wind von der Sache bekommen hatte, hereinplatzte und sich die zwei Kilo, die auf dem Tisch lagen, einsteckte."

„...zwei Kilo... wovon?", fragte ich unschuldig.

„ Na, von mercaderia *natürlich! Doch man erzählt sich, dass der Polizist nur ein Kilo im Präsidium abgeliefert hat und dass unser Freund weitere zwei Kilo* mercaderia *herausrücken musste, um auch die anderen Polizisten selig zu stimmen und entlassen zu werden."*

12 Der Visionär

Un ara blu

La cosa mi aveva fatto male. Poteva voler dire che non ti puoi fidare proprio di nessuno?

Ogni volta che mi capitava di parlare con qualcuno dei miei progetti, dei miei sogni e del mio modo di vedere la vita in Bolivia, mi dicevano tutti che ero un sognatore e un visionario e che sarei potuto andare molto d'accordo con il professor Noel Kempff Mercado. Non lo conoscevo ma ne sentivo continuamente parlare. Prima o poi avrei dovuto incontrarlo. Le opinioni della gente su questo personaggio differivano enormemente. Per alcuni era soltanto un visionario, una specie di moderno hippy, un uomo che viveva di sogni e di utopie, senza i piedi per terra. Per altri, invece, uno scienziato, un idealista, un genio, un vero boliviano innamorato del proprio Paese per il quale avrebbe anche dato la vita.

Noel Kempff era un biologo. A Santa Cruz si era battuto per far piantare alberi lungo le principali strade della città e per ottenere che una zona non ancora costruita a destra del fiume Piraí venisse riservata per la creazione di un *Jardin Botanico*. Il suo scopo era di prevenire che, messa dentro la morsa delle speculazioni edilizie che sarebbero

Ein blauer Ara

Man sprach von mehrem Kilo Kokain, als handle es sich um Zwiebeln oder Tomaten. Ich war wirklich schokkiert. Der Bekannte, den ich nicht als Freund bezeichne, weil er zum Glück keiner war, war dem Anschein nach ein ganz normaler Bürger, ein Anwalt mittleren Alters, der ein ziemlich bescheidenes Leben führte.

Jedes Mal, wenn ich mit jemandem über meine Pläne, meine Träume oder meine Art, das Leben in Bolivien zu sehen, sprach, tat er mich als ein Träumer und Visionär ab, der sich gut mit dem Professor Noel Kempff Mercado verstehen würde. Ich kannte ihn zwar nicht, hatte aber schon viel von ihm gehört. Früher oder später musste ich ihn unbedingt treffen. Die Meinungen der Leute über diesen Typen klafften meilenweit auseinander. Für manche war er einfach ein Visionär, eine Art moderner Hippie, ein Mann, der von seinen Träumen und Utopien lebte und nicht mit beiden Beinen auf dem Boden stand. Für andere war er wiederum ein Wissenschaftler, ein Idealist, ein Genie, ein echter Bolivianer, der sein Land liebte und sogar sein Leben dafür geopfert hätte.

Noel Kempff war Biologe. In Santa Cruz hatte er sich dafür eingesetzt, dass an allen Hauptstraßen Bäume gepflanzt wurden und ein Viertel rechts des Piraì dem *Jardin Botanico* vorbehalten blieb. Sein Ziel war es, den Bauspekulationen entgegenzuwirken und zu verhindern, dass in Santa Cruz ein Bau neben den nächsten gesetzt wurde, ohne auch nur einen Grashalm stehen zu lassen, wie es in vielen anderen aufkommenden Städten in Südamerika der Fall war. Er hatte außerdem mit den verschiedenen Politikern, die sich in Bolivien so schnell wie in keinem anderen Land der Welt ablösten, verhandelt und die Erlaubnis für einen kleinen zoologischen Garten erhalten, in dem die landestypische Tierwelt vertreten war.

Doch das größte Vorhaben des Biologen, das zu einer echten Mission werden würde, war die Rettung und Erhaltung eines großen Gebietes an der Grenze zu Brasilien, das er zu einem Naturreservat erklären wollte. Es handelte sich um eine weit abgelegene, fast unerreichbare Gegend am nordöstlichen Ende des Departement Santa Cruz, die 1 ½ Millionen Hektar, 15.000 km² groß war.

Una cascata nella zona di Huanchaca

sicuramente avvenute, la città diventasse un ammasso compatto di costruzioni addossate l'una all'altra senza un minimo di verde vivibile, come era successo in tante altre cittadine emergenti del Sudamerica. Inoltre, trattando con pazienza e diplomazia con i politici, che in Bolivia si susseguono e si alternano al potere ad un ritmo che non ha paragoni in nessun altro Paese al mondo, era riuscito a fondare un piccolo e modesto giardino zoologico per esporvi gli animali più rappresentativi della fauna locale.

Ma la più grande aspirazione del biologo, che sarebbe poi diventata per lui una vera e propria missione, era il salvataggio e la conservazione di un'ampia area ai confini con il Brasile facendone una riserva naturale. Si trattava di una zona lontana e praticamente inaccessibile all'estremità nord orientale del Dipartimento di Santa Cruz, grande un milione e mezzo di ettari, 15.000 chilometri quadrati. Almeno per allora quella zona tanto remota era praticamente irraggiungibile e non offriva alcuna possibilità di sfruttamento, ma era un paradiso naturale per la diversità degli habitat che offriva: colline, valli, giungla e paludi. Situata fra la Serrania de Huanchaca, il Rio Guaporè ed il

Ein Wasserfall im Huanchaca *Gebiet*

Zumindest zu diesem Zeitpunkt war diese weit entfernte Gegend praktisch unerreichbar und bot keine Möglichkeiten zur Ausbeutung dar. Sie war vielmehr ein reines Naturparadies mit einer großen Vielzahl an Lebensräumen: Hügel, Täler, Dschungel, Sümpfe. Sie lag zwischen der Serrania de Huanchaca, dem Rio Guaporé und dem Rio Pauserna und war im Jahre 1973 bis auf den letzten Zentimeter von den Fachleute der Misión Británica en Agricultura Tropical *unter der Leitung von Dr. Thomas T. Cochrane durchforscht und als für die Landwirtschaft hundertprozentig ungeeignet abgestuft worden. Der Boden des Waldes besteht aus einer dünnen und unfruchtbaren Schicht, die größtenteils sauer und frei von den wichtigsten Mineralstoffen ist. Besonders der Mangel an Kalzium, Phosphor und Kalium macht einen produktiven landwirtschaftlichen Anbau unmöglich.*

Eines Tages war ich mit dem Auto zufällig nahe dem Hause des Professors unterwegs. Der Freund, der an dem Tag bei mir war, kannte ihn und wollte ihn mir unbedingt vorstellen. Also fuhren wir zu seinem bescheidenen und einfachen Landhaus. Neben dem Haus stand ein großes Dach aus motacù, *unter dem er unendlich viele Orchideen züchtete. Ich hätte mir im Traum nicht vorstellen können, dass es sie in so vielen verschiedenen Arten gab. Wir kennen normalerweise nur die Orchideen, die zu züchten und zu vertreiben sind, aber es gibt sie in millionenfacher Ausgabe. Sie sind fast alle gänzlich unbekannt und vor allem unheimlich verschieden. Noel züchtete die seltensten und außergewöhnlichsten Arten, um sie an die Forschungsinstitute, Botanischen Gärten und Experten in der ganzen Welt zu liefern. Es war ein Hobby von ihm.*

Wir unterbrachen ihn bei seiner Arbeit mit den Orchideen, und er erschien mir zunächst nicht nur gestört, sondern vor allem kalt, abwesend und wenig spontan, ja, beinahe abweisend. Er war ganz mit seiner Arbeit beschäftigt und schien uns gar nicht zu bemerken. Mit seinen zerrissenen, unordentlichen Klamotten, dem alten Strohhut, den dreckigen Händen, den rissigen Fingern und schwarzen Fingernägeln sah er aus wie ein ganz normaler campesino. *Seine Frau bot uns einen* mate *an und wir setzten uns alle gemeinsam in den Schatten der Veranda. Der Professor schien sich unserer Anwesenheit mit einem*

Rio Pauserna, questa zona era stata esaminata minuziosamente nel 1973 dai tecnici della *Misión Británica en Agricultura Tropical* diretta dal Dr. Thomas T. Cochrane e giudicata assolutamente inadatta all'agricoltura. Il suolo della foresta ha uno strato sottile e sterile, in gran parte acido e in cui i minerali essenziali, soprattutto calcio, fosforo e potassio, non sono presenti in quantità sufficiente da consentire una produzione agricola efficiente.

Un giorno ero in macchina nei paraggi di dove abitava il professore. Ero con un amico che lo conosceva e che ci teneva a presentarmelo e c'eravamo fermati. Abitava in una casa di campagna molto modesta e spartana. A lato della casa c'era un grande tetto di motacù che ricopriva una immensa coltivazione di orchidee. Non avrei mai pensato che potessero esisterne tante varietà! Noi normalmente conosciamo soltanto i tipi che sono facilmente coltivabili e commercializzabili ma ce ne sono migliaia di tipi praticamente sconosciuti e le differenze sono enormi. Noel coltivava le varietà più strane e più rare per fornirle agli istituti di ricerca, agli orti botanici ed agli intenditori più esigenti in tutto il mondo. Era un suo hobby.

L'uomo, sorpreso ed interrotto nel suo lavoro con le orchidee, inizialmente era apparso piuttosto freddo, assente e poco spontaneo. Direi quasi scontroso. Era completamente concentrato nel suo lavoro e sembrava che non ci avesse neppure visti. Aveva l'aspetto di un normale *campesino*, con gli abiti a brandelli ed in disordine, un vecchio cappello di paglia, le mani sporche di terra, le dita screpolate e le unghie nere. Poi la moglie ci aveva offerto un *mate* sotto la veranda e

Male bewusst zu werden und schenkte uns ein freudestrahlendes Lächeln, das sein Aussehen schlagartig veränderte. Der grobe, griesgrämige, abweisende und ziemlich gewöhnliche Mann verwandelte sich in eine Lichtgestalt. Aus seinem Gesicht sprangen Frohsinn, Freude, Hochstimmung, Optimismus, Enthusiasmus, Energie und eine unglaubliche Fähigkeit in jedes Thema tief einzudringen. Nach den anfänglichen Höflichkeitsformeln kam das Gespräch auf die Natur, die Tiere, die Blumen und natürlich auf seine Mission, dem Parque Natural de Huanchaca, *wie er ihn bereits nannte. Er betonte, dass er bei der Verwirklichung seines Projektes, seines Traumes, schon ein gutes Stück Weg zurückgelegt hatte. Er war nicht umsonst ein Optimist. Von der Regierung hatte er noch keinerlei Zusagen bekommen, aber, immerhin, auch keine Absagen. Seiner Meinung nach war es bloß eine Frage der Zeit und der Geduld. Um eine ausreichende Unterstützung zu erhalten, hatte er an alle großen Universitäten Europas geschrieben. In seinem Schreiben erklärte er seine Pläne und Gründe, für die sie alle ihr Möglichstes tun sollten, und bat um Förderung und Hilfe. Er wollte keine Geldspenden, sondern bot den jungen Wissenschaftlern und Studenten die Möglichkeit an, ihr Wissen zu vertiefen, indem sie direkt vor Ort arbeiteten und bei der Entstehung und Organisation des Parks tatkräftig halfen. Die Universitäten mussten nur die Stipendien zur Deckung der Lebenskosten der Studenten zur Verfügung stellen.*

Der Erzbischof von Santa Cruz, der blind allen Projekten des Professoren Noel Kempff Mercado vertraute, würde sich um die Unterkünfte in der Stadt und um einen

Un albero ricoperto di orchidee

Ein Baum voller Orchideen

c'eravamo seduti tutti insieme all'ombra. Il professore, come se si fosse accorto soltanto in quel momento della nostra presenza, si era improvvisamente aperto in un ampio sorriso ed il suo aspetto si era completamente trasformato. L'uomo grezzo, tetro, scontroso e piuttosto ordinario si era trasformato in un'immagine di luce. Dal suo viso emanava serenità, gioia, buonumore, ottimismo, entusiasmo, positività ed una incredibile capacità di penetrare in ogni tema. Dopo i primi convenevoli di rito la conversazione era scivolata sulla natura, sugli animali, sui fiori e, naturalmente, sulla sua missione, il *Parque Natural de Huanchaca*, come lui già lo definiva. Riteneva di essere a buon punto nella realizzazione del suo progetto, del suo sogno. Per l'appunto, era un ottimista. Il Governo non gli aveva ancora concesso niente ma non aveva mai neppure respinto ufficialmente le sue richieste. Secondo lui era soltanto una questione di tempo e di pazienza. Per avere un supporto qualificato aveva scritto alle università delle maggiori città europee spiegando i suoi progetti ed i motivi per cui sarebbero dovuti essere tutti fattibili e chiedendo sostegno ed aiuto. Non chiedeva soldi ma offriva a giovani scienziati o studenti l'opportunità di formarsi operando sul campo ed aiutandolo nella creazione e nei primi passi dell'organizzazione del Parco. Le università avrebbero dovuto soltanto mettere a disposizione delle borse di studio per mantenere i candidati per un paio di anni. L'Arcivescovo di Santa Cruz, che credeva ciecamente nei progetti del professor Noel Kempff Mercado, avrebbe messo a disposizione gli alloggi in città e parte del vitto per quei personaggi.

Mentre parlava, il professore era come in trance, viveva i suoi sogni e, nella sua immaginazione, vedeva già tutto quello che si sarebbe potuto fare e tutto quello che si sarebbe sicuramente fatto. Parlava delle razze di animali che avrebbero goduto i benefici di quella iniziativa e dell'equilibrio naturale che si sarebbe conservato. Era un'iniziativa per la natura che, ai giorni d'oggi, potrebbe essere considerata più unica che rara. E continuava a parlare, a fare elenchi di animali, di piante e di fiori, a descriverne l'evoluzione e l'equilibrio come se il tutto si svolgesse davanti a noi, sotto i nostri occhi ed in una sequenza non collegata al tempo né allo spazio. Mi sembrava addirittura che, man mano che la conversazione si evolveva, il professore perdesse gradualmente la capacità di distinguere fra sogno e realtà.

Teil der Verpflegung für die Stipendiaten kümmern.

Während er uns all das erzählte, war der Professor in eine Art Trance verfallen. Seine bunte Vorstellungskraft ließ ihn schon jetzt diese Träume leben. Vor seinem inneren Auge erschienen ihm all die Dinge, die man schaffen konnte und sicherlich auch schaffen würde. Er sprach von den unzähligen Tierarten, denen die Wohltaten dieser Initiative zugute kommen würden und von dem natürlichen Gleichgewicht, das man auf diese Weise erhalten würde. Es war ein Einsatz für die Natur, wie er in der heutigen Zeit wohl eher selten ist. Er sprach immer weiter und zählte Tiere, Pflanzen und Blumen auf. Er beschrieb uns ihre Entwicklung und ihren Beitrag zum Gleichgewicht in der Natur so eindringlich, dass wir sie beinahe zu sehen meinten. Wir stiegen in eine Welt von Phantasien ein, die weit weg von Raum und Zeit stattfand. Je mehr er seine Erzählungen ausweitete, umso weniger schien der Professor zwischen Traum und Wirklichkeit zu unterscheiden.

Er faszinierte mich. Er eroberte mein Herz und überzeugte meinen Verstand. Er war ein noch viel größerer Träumer als ich! Und das war nicht leicht. In seinen Träumen aber verfolgte der Professor stets Ziele, die irgendwie möglich und erreichbar waren. Er war weit entfernt von Utopien und wahnwitzigen Theorien. Er war kein Visionär: Er war ein Träumer, der fest an seine eigenen Träume glaubte und all seine Energie investierte, um sie zu verwirklichen. Und außerdem hatte er eine unglaublich treibende, fesselnde und mitreißende Kraft, die mir noch an keinem anderen Träumer aufgefallen war. Ich steigerte mich so sehr in seine Pläne und Träume hinein, dass ich alsbald so rege am Gespräch teilnahm, als sei ich selbst bereits ein Teil von ihnen. In unserer Fantasie waren wir längst abgehoben und befanden uns in einem freien Flug über einer Welt aus Natur, Bäumen, Blumen, Tieren, Schönheiten, Schutz und Erhaltung der Natur und alle nur denkbar möglichen Ideen, wie man diese garantieren könne. Es war ein wundervoller Flug. Atemberaubend!

Als der Gesprächsverlauf es mir ermöglichte, lenkte ich das Thema sofort auf meine Guendà Arriba *und der Professor zählte mir alle Tiere, Bäume, Blumen und Orchideen auf, die es auf der* estancia *und im Allgemeinen auf den Hügeln westlich des Guendà gab. Man meinte, er hätte jahrelang in dieser Gegend gelebt und nichts anderes getan, als ihre Natur in Augenschein zu nehmen. Er war*

Orchidea blu, un tipo abbastanza diffuso

Eine blaue Orchidee, eine sehr verbreitete Sorte

Mi aveva affascinato. Mi aveva conquistato e mi aveva convinto. Era un sognatore ancora peggiore di me! E non era dir poco! Nel suo sogno, però, il professore restava ben fermo sul piano del possibile, del fattibile, ben lontano da utopie e da teorie astruse. Non era un visionario: era un sognatore che crede fermamente nei propri sogni ed intende dedicare tutte le proprie forze per realizzarli. E poi aveva una forza trainante, avvincente, coinvolgente che non avevo mai visto in nessun altro sognatore. Io stesso mi ero talmente immedesimato nei suoi progetti e nei suoi sogni che dopo un po' mi ero accorto che parlavo come se ne facessi già parte anch'io. C'eravamo lanciati insieme in un volo libero nel mondo di una fantasia fatta di natura, di alberi, di fiori, di animali, di bellezza, di conservazione, di protezione e di tutti i metodi possibili ed immaginabili per metterli in atto. Era un volo bellissimo! Affascinante!

Appena il tema della conversazione me ne aveva dato la possibilità, gli avevo parlato della mia *Guendà Arriba* e il professore mi aveva elencato animali, alberi, fiori ed orchidee che si trovano in quell'*estancia* e, in genere, sulle colline

einfach unglaublich! Er nannte mir ein paar Insekten und Schmetterlinge, die dort massenweise vorkommen sind, aber im restlichen Department von Santa Cruz äußerst selten waren. Er erklärte mir Unterschiede in den gleichen Pflanzen, die sowohl am Guendà als auch im restlichen Department wuchsen. Er wusste mehr als eine ganze Enzyklopädie. Er weckte in mir Neugierde und die Lust *Guendà Arriba* noch näher kennen zu lernen. Er machte mir bewusst, dass man in einem Umfeld leben kann, ohne es wirklich zu sehen und zu kennen, dass es sogar in den meisten Fällen so war.

Dann erzählte ich ihm natürlich auch noch von der *La Ceiba* und lieferte ihm eine kurze Beschreibung der Gegend. Daraufhin schien er sich völlig zu vergessen und verriet mir begeistert einen weiteren Plan, den er schon lange im Sinn hatte. Seiner Meinung nach war der Dschungel, durch den der San Juan floss und der sich vom Rio Grande bis zum Rio Guaporé, in den weiter nördlich dann beide mündeten, erstreckte, eine der interessantesten Gegenden Amazoniens. Sie war nämlich noch gänzlich un-

ad ovest del Guendà, come se vi avesse abitato per anni e non avesse fatto altro che studiarne la natura. Era semplicemente incredibile! Mi aveva parlato di alcuni tipi di insetti e di farfalle che vi abbondano e che, invece, sono molto più rari nel resto del dipartimento di Santa Cruz. Mi aveva parlato della differenza fra alcune piante che crescevano al di là del Guendà e le stesse che crescevano nel resto del dipartimento. Ne sapeva più di un'enciclopedia. Mi aveva incuriosito e mi aveva fatto venire voglia di conoscere *Guenda Arriba* ancora più intimamente. Mi aveva dimostrato che si può vivere in un ambiente senza vederlo e senza conoscerlo a fondo e che, nella maggior parte dei casi, è proprio ciò che avviene.

Poi, naturalmente, gli avevo parlato, sia pur concisamente, della *Ceiba* e gli avevo descritto la zona. Allora si era infervorato ancora di più e mi aveva esposto un altro progetto che aveva in mente da tempo. Secondo lui, la zona di giungla attraversata dal San Juan e che va dal Rio Grande fino al Rio Guaporé, nel quale poi si immettono entrambi a nord, era una delle più interessanti di tutto il bacino Amazzonico perché era ancora praticamente incontaminata. In confronto, l'Amazzonia brasiliana, nella quasi totalità, è già devastata dall'intervento dell'uomo. Il Brasile è un Paese molto più evoluto della Bolivia e molto più popolato e, nel suo territorio, le strade, sia pure sotto forma di piste stagionali, arrivano praticamente dappertutto. Il *chaqueo*, cioè l'abbattimento manuale di alcuni ettari di giungla praticato da parte degli indios per adibirli a scopi agricoli per un anno a due si è trasformata in una deforestazione sistematica fatta con mezzi moderni sia per l'estrazione dei legni pregiati che per ottenere terreni da dedicare all'allevamento del bestiame ed ha raggiunto livelli preoccupanti. È un problema di cui si parla già da tempo in tutto il mondo.

Fino ai primi anni del '70, il 99 % della foresta amazzonica era ancora intatto e già alla metà degli anni '80 il 13,7 % era compromesso. In appena tre decenni, sono stati distrutti più di 55 milioni di ettari di foresta, l'equivalente di una regione vasta quanto tutta la Francia! Una trasformazione dell'ambiente che la natura non potrà sopportare a lungo.

Nel corso degli ultimi decenni la quota dell'Amazzonia brasiliana nella produzione di legname è salita dal 14 % all' 85 %. Fonti ufficiali ammettono che l'80 % di tale produzione è illegale. Ma anche l'estrazione considerata legale è

erschlossen. Im Vergleich dazu war die Amazonasregion Brasiliens schon fast ganz von menschlicher Hand zerstört worden. Brasilien war Bolivien in seiner Entwicklung um einiges voraus. Es hat eine viel höhere Bevölkerungsdichte und das Straßennetz erstreckt sich so gut wie über das ganze Land, zählt man die Straßen hinzu, die nur in bestimmten Jahreszeiten zugänglich sind. Der chaqueo *bezeichnete ursprünglich den Abbau einiger Hektar Dschungel, den die Indios aus eigener Kraft vornahmen, um das Land ein oder zwei Jahre lang für landwirtschaftliche Zwecke zu nutzen. Dieses Vorgehen ist in eine systematische Abholzung ausgeartet. Die Vernichtung des Dschungels mit modernen Geräten zur Gewinnung hochwertigen Holzes oder großer Flächen Land für die Viehzucht hat besorgniserregende Ausmaße angenommen. Ein Problem, das seit einiger Zeit die Aufmerksamkeit der ganzen Welt auf sich zieht.*

Zu Beginn der Siebziger Jahre war noch 99% des Regenwalds erhalten, Mitte der Achtziger waren schon 13,7% vernichtet. In nur dreizehn Jahren sind 55 Millionen Hektar Wald zerstört worden, eine Fläche, die in etwa so groß wie Frankreich ist. Ein Eingriff in die Natur, den die Erde nicht lange mehr lange mitmachen wird.

Die Holzproduktion des brasilianischen Amazonasgebietes ist in den letzten Jahrzehnten von 14% auf 85% gestiegen. Aus offiziellen Berichten geht hervor, dass 80% davon illegal ist. Aber auch der legale Abbau ist höchst schädlich, denn er wird von ungeeigneten Maschinen vorgenommen, wodurch zwei Drittel des geschlagenen Holzes unverwertet bleiben, d.h.verschwendet werden.

Der Dschungel des San Juan hingegen ist – da er über keinerlei Straßen oder leicht schiffbare Flüsse verfügt – von diesen Zerstörungsmaßnahmen verschont geblieben. Und mit dem richtigen Einsatz könnte er das auch noch einige Jahrzehnte bleiben. Die Vereinigten Staaten haben einen guten Beispiel gezeigt, wie man in einem solchen Fall vorgehen könnte.

Ganz plötzlich unterbrach er seine Erklärungen und fragte mich frei heraus:

„Wieso kümmern Sie sich nicht darum? Sie wären genau der Richtige, carajo!*", er überschlug sich fast dabei, als er mir dann schleunigst erklärte, was ich tun sollte.*

Der Dschungel war noch nicht in Händen von Privatleute und hatte keinen echten Marktwert. Daher könnte

Due scimmiette all'ombra dei filodendri *Zwei kleine Affen im Schatten des Philodendron*

altamente distruttiva, perché impiega tecnologie inadeguate così che due terzi del legname estratto viene sprecato.

La giungla del San Juan, invece, non disponendo di strade né di comunicazioni fluviali comode, è rimasta esente da quello scempio e, con certi interventi, potrebbe rimanerlo per molti decenni ancora. Gli Stati Uniti hanno dato il primo esempio di cosa si potrebbe fare in casi del genere.

Mentre mi stava spiegando, ad un tratto si era interrotto e mi aveva chiesto a bruciapelo:

„*Perché non se ne occupa* ustèd*? Potrebbe essere la persona giusta,* carajo!*"* ed era ripartito in quarta a spiegarmi cosa avrei dovuto fare.

La giungla, non essendo ancora proprietà privata e non avendo un vero e proprio valore commerciale, potrebbe essere comperata dallo Stato con relativamente pochi soldi e, una volta in mani private, può essere gestita, programmata e difesa come un enorme Parco Naturale. Il grosso problema sta nel reperimento dei fondi necessari per l'acquisto e, soprattutto, per la creazione ed il mantenimento delle sia pur poche strutture necessarie. Ma anche per questo il Professore aveva una soluzione: avremmo potuto istituire una Fondazione ed io, che vivevo nel *negocios*, nel business

man ihn für relativ wenig Geld vom Staat kaufen und, wenn er erstmal in privaten Besitz übergegangen war, konnte man ihn beaufsichtigen, planen und beschützen wie ein riesengroßes Naturreservat. Das einzige große Problem lag in den Fonds, die man für den Kauf und vor allem für den Bau und Erhalt der wenigen Strukturen ausfindig machen musste. Doch auch dafür hatte der Professor bereits eine Lösung parat: Wir würden eine Stiftung ins Leben rufen und mich zu ihrem Verwalter ernennen. Da ich im *negocios, im Business außerhalb Boliviens tätig war, würde ich mich darum kümmern können, sie durch die Medien (Presse, Fernsehen und Werbung) bekannt zu machen, die Spenden entgegenzunehmen und sie zu verwalten.*

Die Amerikaner hatten in den Everglades in Florida ein ähnliches Projekt durchgesetzt. Sie hatten weite Sumpfgebiete aufgekauft, sie zusammengelegt und einen großen Privatpark gegründet. Wir könnten uns an ihnen ein Beispiel nehmen und es mit dem Dschungel des San Juan ebenso halten.

In den letzten Jahrzehnten sind der Schutz und die Erhaltung der Natur in aller Munde und die Chancen auf

al di fuori della Bolivia, avrei potuto occuparmi di propagandarla con tutti i media possibili, stampa, televisione e pubblicità per racimolare donazioni e poi amministrarle.

Gli americani avevano già fatto qualcosa di simile negli Averglades della Florida, comperando vaste estensioni di palude, mettendole insieme e formando così un grande Parco Privato. Avremmo dovuto prendere esempio da loro e fare altrettanto con la giungla del San Juan.

Negli ultimi decenni il problema della protezione e della conservazione della natura è molto sentito in tutto il mondo e le probabilità di successo sono molto buone. Intanto, però, il tema era andato talmente in profondità che se il professore avesse continuato ancora per un poco avrei corso il rischio di decidere lì per lì di abbandonare tutto e dedicarmi a tempo pieno alla *Fondazione San Juan*. Fortunatamente ero riuscito a dare una frenatina e a fare un po' marcia indietro riportando il discorso sul progetto di Huanchaca. Le sue richieste alle Università europee avevano già dato il primo frutto. L'Università di Madrid aveva risposto per prima ed aveva messo a disposizione due borse di studio per due anni e proprio l'indomani sarebbero arrivati dalla Spagna un giovane scienziato ed uno studente. Noel li avrebbe portati subito a visitare la zona.

„Che ne direbbe di accompagnarci col suo aereo?"

La cosa sarebbe stata veramente interessante ma non mi ero sentito all'altezza. Come pilota mi sono sempre sentito un principiante e le mie capacità di trovare una pista di atterraggio in un tratto sconosciuto di foresta e senza l'aiuto di un benché minimo di strumentazione erano pressoché nulle. Sapevo a malapena ritrovare la Ceiba e soltanto perché le prime volte c'ero stato con altri piloti che mi avevano insegnato quali punti di riferimento avrei dovuto seguire. Ciononostante, non mi sentivo mai sicuro al cento per cento.

Intanto si era fatto buio, le zanzare ci avevano assaliti e noi eravamo ripartiti promettendo al prof. Noel Kempff Mercado di restare in contatto. Era stato un pomeriggio veramente straordinario ed avevo conosciuto un uomo eccezionale.

L'idea della *Fundacion San Juan* si era fatta strada nella mia mente più di quanto me ne fossi reso conto ed era andata a radicarsi in un angolino del mio cervello da dove aveva continuato a lavorare in profondità e senza tregua.

Erfolg sind sehr gut. In der Zwischenzeit stiegen wir immer tiefer in das Thema ein und wenn der Professor auch nur noch einen Moment weiter geredet hätte, wäre ich wohl vermutlich fähig gewesen, auf der Stelle alles andere hinzuschmeißen und mich ganz und gar in die Arbeit der San Juan Stiftung zu stürzen. Glücklicherweise gelang es mir, ihn ein wenig zu bremsen, einige Gänge zurückzuschalten und das Thema geschickt wieder auf den Huanchaca zu lenken.

Seine Anfragen bei den europäischen Universitäten trugen bereits die ersten Früchte. Die Universität von Madrid hatte als erste geantwortet und schon zwei zweijährige Stipendien für einen Wissenschaftler und einen Studenten bereitgestellt, die ihre Arbeit bereits am nächsten Tag antreten würden. Noel würde sie direkt auf eine Besichtigung des Gebietes mitnehmen.

„*Was halten Sie davon, uns mit Ihrem Flugzeug zu begleiten?*"

Ich hätte es überaus spannend gefunden, fühlte mich aber nicht in der Lage dazu. Als Pilot war ich nie über das Anfängerstadium hinausgekommen; meine Fähigkeiten eine Landebahn in einem völlig unbekannten Teil des Waldes, und noch dazu ohne die Hilfe von ausreichenden Messgeräten, ausfindig zu machen, waren gleich Null. Ich war so eben fähig, die La Ceiba *wiederzufinden und das auch nur, weil ich die ersten Male in Begleitung anderer Piloten dort gewesen war, die mir gründlich die nötigen Anhaltspunkte erklärt hatten. Trotzdem fühlte ich mich nie hundertprozentig sicher.*

In der Zwischenzeit war es dunkel geworden, die Mücken fielen über uns her und wir verabschiedeten uns von Prof. Noel Kempff Mercado mit dem Versprechen in Kontakt zu bleiben.

Die Idee der San Juan Stiftung *nahm meine Gedanken viel mehr in Anspruch, als ich vermutet hätte. Sie nistete sich in einem Winkel meines Gehirns ein, von wo aus sie mich nicht mehr in Ruhe ließ. So sehr ich mich auch anstrengte, diese Begegnung und dieses Gespräch als einen reinen Zufall zu betrachten, es war vergeblich. Von einem Winkel meines Gehirns hatte die Idee sich auf meine ganze Gedankenwelt ausgebreitet und von da verschwand sie auch nicht wieder. Tag und Nacht erfüllte sie mein komplettes Denken. Sie zog mich einfach in ihren Bann. Diese*

Per quanto mi sforzassi di ritenere quell'incontro e quel colloquio come una cosa puramente casuale, l'idea mi teneva occupato e mi girava nella testa notte e giorno. Era veramente affascinante. Un'idea che avrebbe potuto dare un contributo enorme alla natura, alla sua salvaguardia ed alla sua sopravvivenza. Avevo ricominciato di nuovo a sognare in grande. Era un'idea grandiosa. La base c'era già: la Ceiba, diecimila ettari di pampa intagliata nel mezzo della giungla. L'*estancia* avrebbe potuto continuare la propria attività ed avrebbe potuto ospitare parte delle strutture necessarie alla gestione di un *Parco San Juan* che, con una spesa relativamente modesta, avrebbe potuto annettersi qualche migliaio di ettari della giungla e delle paludi adiacenti. Sarebbe bastato ottenere dal governo la concessione del tratto di giungla compreso fra il Rio Paraguà ed il San Juan ed altrettanto sulla riva sinistra verso Trinidad, cioè 50-60 km ad est e 40-50 ad ovest del fiume, per raggiungere una superficie di non meno di un milione di ettari e cioè di 10.000 kmq. Potrebbero sembrare superfici enormi ma per l'Amazzonia rappresenterebbero non più di una goccia nell'oceano se consideriamo che negli ultimi tre decenni, sono stati distrutti più di 55 milioni di ettari di foresta. Ma un milione di ettari o diecimila chilometri quadrati sono una goccia nell'oceano soltanto se messi a confronto con l'intera Amazzonia, perché se prendiamo a confronto le dimensioni del Parco Nazionale d'Abruzzo con i suoi 50.000 ettari (500 kmq) oppure il Parco Nazionale di Amboseli sotto il Kilimanjaro con 39.200 ettari (392 kmq) acquistano veramente una grande importanza. D'altronde, pensare di salvare il mondo intero con una sola semplice iniziativa non è possibile e va al di là di ogni limite dell'utopia ma, se nel mio piccolo, fossi riuscito a contribuire in qualche modo a far attuare un'iniziativa del genere, avrei potuto sentirmi veramente realizzato. Avrei dato il mio contributo personale alla natura che tanto amo. Un contributo enorme!

Il giorno successivo al mio incontro con Neol Kempff Mercado, i due spagnoli inviati dall'Università di Madrid erano arrivati ed alcuni giorni dopo l'arcivescovo aveva prestato al professore il suo aereo con tanto di pilota, un brav'uomo di origine greca. I quattro erano decollati alle prime luci dell'alba puntando verso nordest alla ricerca del fiume Pauserna e poi l'avevano seguito fino ad avvistare una vecchia pista che la *Misión Británica en Agricultura*

Idee hätte einen ungeheueren Beitrag zum Schutze und zur Erhaltung der Natur leisten können. Ich war wieder dabei, unablässig zu träumen. Es war eine grandiose Idee. Und der Grundstein war sozusagen schon gelegt: Die La Ceiba mit ihren zehntausend Hektar Pampa mitten im Dschungel. Die estancia *würde ihre bisherigen Aktivitäten fortsetzen und zusätzlich noch einen Teil der nötigen Strukturen zur Verwaltung des* San Juan Parks *beherbergen können. Dieser würde sich mit einer relativ bescheidenen Summe auf die mehrere Millionen Hektar der umliegenden Dschungel und Sümpfe ausweiten können. Wir müssten uns von der Regierung die Bewilligung für den Teil des Dschungels zwischen dem Rio Paraguà und dem San Juan und ebenso für den Teil links von ihm in Richtung Trinidad – also ca. 50 bis 60 km östlich und 40 bis 50 km westlich des Flusses – einholen. Das wäre insgesamt eine Fläche von einer Millione Hektar bzw. 10.000 km². Das scheinen endlos große Flächen zu sein, aber für das Amazonasgebiet sind sie bloß ein Tropfen auf den heißen Stein, wenn man bedenkt, dass in den letzten drei Jahrzehnten 55 Millionen Hektar Wald zerstört worden sind. Aber eine Millionen Hektar oder 10.000 km² sind nur im Vergleich zum ganzen Amazonasgebiet ein Tropfen auf den heißen Stein. Stellt man sie aber in einem Vergleich mit dem Nationalpark der Abruzzen (50.000 Hektar bzw. 500 km²) oder dem Amboseli Nationalpark am Fuße des Kilimandscharo (39.200 Hektar bzw. 392 km²), dann wächst ihre Bedeutung ins Endlose. Und außerdem zu denken, man könne mit einer einzigen Initiative die ganze Welt retten, ist ja auch unmöglich und geht selbst über die Grenzen jeder Utopie hinaus. Wenn ich mit meinen Möglichkeiten irgendwie zu einer solchen Initiative beisteuern könnte, wäre ich zutiefst erfüllt. Ich würde der Natur – die ich so sehr liebe – persönlich ein Geschenk überreichen. Ein außerordentlich wertvolles Geschenk!*

Als ich mich am nächsten Tag wieder mit Noel Kempff Mercado traf, waren die beiden Spanier der Universität von Madrid bereits eingetroffen und es vergingen wiederum nur wenige Tage, bis der Erzbischof von Santa Cruz dem Professor ein Flugzeug mit Piloten, einem fähigen Mann griechische Herkunft, lieh. Die vier hoben im Morgengrauen in Richtung Nordost auf der Suche nach dem Fluss Pauserna ab. Sie folgten ihm bis zu einer alten Lan-

Tropical aveva costruito nel 1973 per atterrare con un DC3 che portava viveri, personale e attrezzature necessarie per il loro lavoro. La pista era pressoché abbandonata ma era stata spianata su un pietriccio arido sul quale non era rinata alcuna forma di vegetazione. Dopo averla sorvolata per controllare se vi fossero ostacoli, il pilota Juan Cochamanidis vi era atterrato con sicurezza. Il professor Kempff era sceso dalla porticina di destra, il pilota da quella di sinistra e dietro di lui era sceso lo scienziato spagnolo, il Dottor Franklin Parada. Lo studente stava scendendo per ultimo dalla porticina di destra, dietro al professor Kempf, quando dalla foresta erano usciti due loschi figuri armati di mitra ed avevano aperto il fuoco. Il professore, lo scienziato ed il pilota venivano falciati dalle raffiche di proiettili e cadevano al suolo in un bagno di sangue. I criminali, allora, si erano sfogati sull'aereo. Prima l'avevano crivellato e praticamente distrutto a colpi di mitragliatrice e poi, mentre la benzina usciva dai serbatoi e si spandeva sul terreno attorno ai tre cadaveri, gli avevano dato fuoco. Inspiegabilmente, nel far questo non si erano accorti del quarto passeggero, lo studente, il più giovane, piccolo e mingherlino che, gravemente ferito ad una gamba, riusciva ad infilarsi nella foresta e nascondersi nel fitto della vegetazione.

Il piano di volo di Juan Cachamanidis prevedeva il ritorno la sera stessa e, col calare del buio, all'aeroporto El Trompillo era scattato l'allarme. Ma col buio non si poteva prendere alcuna iniziativa. All'alba erano partiti quattro piccoli aerei di volontari e due aerei dell'aviazione militare e si erano diretti, con rotte diverse, verso il Rio Pauserna alla ricerca della pista, probabilmente l'unica pista nel raggio di centinaia di chilometri dove sarebbe potuto atterrare l'aereo dell'Arcivescovo e dove speravano di trovarlo. Avevano poche speranze di trovarlo proprio lì e temevano il peggio, cioè che fosse precipitato nella giungla o in qualche *pantanal* dove le probabilità di ritrovarlo e di soccorrere gli occupanti sarebbero state pressoché nulle.

Il primo aereo a raggiungere la pista era stato un Cessna privato con due persone a bordo ed il pilota era rimasto inorridito nel vedere dall'alto i tre cadaveri carbonizzati stesi vicino all'aereo trivellato di proiettili e distrutto dal fuoco. Aveva avvertito gli altri per radio ma non si era azzardato ad atterrare. Era abbastanza ovvio che non si era trattato di un incidente e gli autori di quel massacro avrebbero potuto essere ancora là e ripetere l'opera. Allora anche tutti gli altri

debahn, die 1973 von der Misión Británica en Agricultura Tropical *für die D3, die sie mit Lebensmitteln, Personal und Ausrüstung versorgte, gebaut worden war. Die Landebahn lag ziemlich verlassen da, aber sie war auf nacken Stein gebaut worden, auf dem auch im Lauf der Zeit keinerlei Pflanzen gewachsen waren. Nachdem Pilot Juan Cochamanidis sie auf der Suche nach Hindernissen überflogen hatte, landete er ruhig und sicher. Professor Kempff stieg rechts, der Pilot links, und der spanische Wissenschaftler Dottor Franklin Parada hinten aus. Der Student stieg als letzter hinter Professor Kempff aus, als plötzlich aus dem Schatten des Waldes zwei finstere Gestalten traten und ihnen mit zwei Maschinenpistolen das Feuer eröffneten. Der Professor, der Wissenschaftler und der Pilot wurden von dem Kugelsturm dahingerafft und sanken tot zu Boden. Daraufhin nahmen die beiden Verbrecher sich das Flugzeug vor. Sie schossen mit ihren Maschinenpistolen darauf ein, bis es ganz zerstört war. Als das Benzin aus dem Tank bis zu den Leichen geflossen war, ließen sie alles in Flammen aufgehen. Merkwürdigerweise bemerkten sie dabei den vierten Passagier nicht, den jüngsten von ihnen, den kleinen und schmächtigen Studenten. Er hatte schwere Beinverletzungen davon getragen, aber es gelang ihm, sich bis zum Waldrand zu schleppen und sich im Dickicht zu verstecken.*

Juan Cachamanidis' Flugplan besagte, dass er gegen Abend zurück sein würde, und als beim Einbruch der Dunkelheit immer noch keine Spur von ihm zu sehen war, löste man am Flughafen El Trompillo Alarm aus. Doch im Dunkeln ließ sich nichts ausrichten. Erst im Morgengrauen machten sich vier kleinen Flugzeuge der freiwilligen Helfer und zwei Militärflugzeuge auf die Suche nach der Landebahn am Rio Pauserna. Es war vermutlich die einzige Landebahn in einer Reichweite von Hunderten von Kilometern, auf der das Flugzeug des Erzbischofs landen konnte und sie hofften, es dort zu finden. Die Hoffnung, sie genau dort zu finden, war allerdings gering. Sie fürchteten das Schlimmste, nämlich, dass das Flugzeug über dem Dschungel oder einer pantanal *abgestürzt sei. Die Wahrscheinlichkeit, es dann noch zu finden und seinen Insassen zur Hilfe zu eilen, war gleich Null.*

Eine private Cessna und ihre zwei Insassen waren die ersten, die an der Landebahn ankamen. Der Pilot war entsetzt, als er von oben die drei verkohlten Leichen ne-

piloti si erano diretti sulla zona e, prima di rischiare un atterraggio, l'avevano sorvolata in lungo e in largo alla ricerca di qualcosa di sospetto. Ad un certo punto lo studente spagnolo, che era rimasto per tutta la notte immobile rintanato nel fitto della foresta, sperando che il rumore che aveva sentito provenisse da aerei venuti in soccorso, aveva trovato il coraggio e la forza di uscire all'aperto trascinandosi a fatica con la gamba gravemente ferita. Raggiunto il centro della pista aveva visto per la prima volta i cadaveri bruciati dei suoi colleghi e, prima di svenire, si era messo ad agitare disperatamente le braccia verso l'alto con la speranza di essere visto e soccorso.

Per primo era atterrato un aereo militare e poi, visto che non era stato attaccato da nessuno, erano scesi uno ad uno anche tutti gli altri.

Quel luogo abbandonato e lontano da Dio e dagli uomini, ma raggiungibile in aereo, era stato scelto da una banda di trafficanti di droga. A lato della pista, perfettamente mimetizzati nella foresta, i soccorritori avevano trovato i resti di un laboratorio da campo per la lavorazione della cocaina ed un nascondiglio per un aereo, coperto e ben mimetizzato fra gli alberi. Da quanto era rimasto in giro si vedeva che il campo era stato abbandonato in tutta fretta.

Il professor Noel Kempf Mercado aveva dato la vita per il suo progetto e per il suo sogno.

La notizia aveva fatto eco in tutto il mondo. Nel 1988 il Governo boliviano onorava l'iniziativa del professore e battezzava la zona di Huanchaca col nome di *Parque Nacional Noel Kempff Mercado.*

Nell'agosto del 1987 la Fondazione *Conservation International,* con sede negli Stati Uniti, trattando con il Governo boliviano, si era impegnata a pagare 650.000 $ del debito estero del Paese (che allora ammontava a soli 4 miliardi di dollari) in cambio della tutela permanente di 334.200 ettari nel nord del Beni e di 351.000 ettari nel Beni centrale.

I sogni del visionario professor Noel Kempff Mercado si erano avverati.
Tutti.

ben dem durchlöcherten und ausgebrannten Flugzeug auf dem Boden liegen sah. Er verständigte die Anderen per Funk, traute sich aber nicht, zu landen. Es war eindeutig, dass es sich nicht um einen Unfall gehandelt hatte und die Widersacher dieses Blutbades warteten womöglich darauf, wieder in gleicher Weise anzugreifen. Also vereinten sich die Piloten zunächst alle in der Luft und flogen die Gegend, um auf Nummer Sicher zu gehen, aufmerksam ab. Daraufhin fand der spanische Student, der die ganze Nacht über reglos im Dickicht verharrt hatte, den Mut und die Kraft, sich mit seinem verletzten Bein in Sichtweite zu bringen. Als er die Landebahn erreichte, sah er zum ersten Mal die verbrannten Körper seiner Kollegen, und bevor er in Ohnmacht fiel, bewegte er verzweifelt die Arme nach oben in der Hoffnung gesehen und gerettet zu werden.

Zuerst setzte eines der Militärflugzeuge zur Landung an, und als alles ruhig blieb, folgten ihm auch die anderen.

Dieser von Gott und der Welt verlassene Ort, den man nur mit dem Flugzeug erreichen konnte, war von einer Bande zum Drogenumschlagsplatz auserkoren worden. Die Helfer fanden neben der Landebahn die Überreste eines Kokainlabors und das Versteck eines Flugzeugs, beide gut getarnt und im Dickicht des Waldes versteckt. Doch man konnte sehen, dass das Feld Hals über Kopf geräumt worden war.

Professor Noel Kempff Mercado bezahlte sein Projekt und seinen Traum mit dem Leben.

Die Nachricht ging um die ganze Welt. Im Jahre 1988 ehrte die bolivianische Regierung den Tatendrang des Professors und taufte die Gegend um Huanchaca auf den Namen Parque Nacional Noel Kempff Mercado.

Im August 1987 handelte die Stiftung Conservation International, *mit Sitz in den USA, mit der bolivianischen Regierung aus, 650.000 Dollar von 4 Milliarden Dollar ihrer Auslandsschulden zu erlassen, wenn sie im Gegenzug die Vormundschaft über 334.300 Hektar im Norden von Beni und 351.000 im Innern von Beni erhielten.*

Die Träume des Visionärs Professor Noel Kempff Mercado waren in Erfüllung gegangen.
Alle.

13

El Negro

In un documento datato ottobre 1682 il gesuita Valeriano Ordoñez scriveva:

„Il Reverendo Padre Cipriano Barace fu il primo ad introdurre a Trinidad le mucche, i cavalli ed i muli, dopo un'odissea di 500 chilometri, spesso con il fango fino alle ginocchia e percorrendo sentieri difficili e sconosciuti per evitare gli attacchi dei selvaggi. Con il suo gesto intendeva assicurare la vita degli abitanti di Trinidad ed aveva ritenuto che quelli fossero gli animali più adatti per quella latitudine. I duecento capi di bestiame, ottenuti dalla generosità delle buone famiglie di Santa Cruz de la Sierra, morivano uno ad uno in quella terribile marcia di 54 giorni. Ciononostante riuscirono ad arrivarne 86, condotti dal buon Barace che per amor del prossimo si era improvvisato arreador *e mandriano."*

Il gesuita Reverendo Padre Cipriano Barace era stato il vero primo pioniere del Beni ed a lui si deve la fondazione di Trinidad che oggi ne è la capitale.

Nel Beni il mestiere dell'*arreador*, il *vaquero* che guida le mandrie nel loro spostamento da un'*estancia* al mercato più vicino oppure al mattatoio, ha un fascino tutto

El Negro

Aus einem Dokument des Jesuiten Valeriano Ordoñez vom Oktober des Jahres 1682 erfahren wir folgendes:

„Der ehrwürdige Pater Cipriano Barace war der Erste, der Kühe, Pferde und Esel nach Trinidad brachte und dafür eine Odyssee von 500 Kilometern auf sich nahm. Um die Angriffe der Wilden zu vermeiden, folgte er schwierigen und unbekannten Wegen, auf denen er häufig bis zu den Knien im Schlamm versank. Mit dieser Geste wollte er das Leben der Einwohner Trinidads absichern, denn er ging davon aus, dass es genau die richtigen Tiere für diese Breiten waren. Die zweihundert Tiere, die er von den großzügigen Familien aus Santa Cruz della Sierra erhalten hatte, starben auf dem fürchterlichen, 54 Tage dauernden Marsch nur so dahin. Doch 86 von ihnen kamen trotzdem durch – geführt vom guten Barace, der sich aus Nächstenliebe zum *arreador* und Viehhüter erklärt hatte.

Der ehrwürdige Jesuitenpater Cipriano Barace war der erste wahre Pionier im Beni. Ihm verdanken wir die Gründung Trinidads, der heutigen Hauptstadt der Region.

Von dem Beruf des arreador, *des* vaquero, *der die Her-*

particolare. Per i locali e per gli indios l'*arreador* è un mito, un semidio, un eroe, l'equivalente dei tanti personaggi mitici impersonificati dai Randolph Scott e dai John Wayne di quel Far West in celluloide che ci è stato tramandato da Hollywood. Erano i famosi *cow boys*, uomini duri, litigiosi e velocissimi nell'estrarre la colt. Anche in Argentina i *gauchos*, i cugini dei cow boys dell'emisfero settentrionale, sono oggetti di leggende, poesie, romanzi e canzoni.

Nel Beni dei miei tempi c'era un *arreador* famoso che faceva parlare di sé ed era sulla bocca di tutti. Di lui si narravano storie inverosimili di viaggi avventurosi attraverso paludi grandi centinaia di chilometri con marce di mesi e mesi senza mai scendere dal cavallo e di trasporti di mandrie per distanze impossibili e attraverso i pericoli più impensati. Di lui si vantava il coraggio nel difendere il bestiame dagli assalti dei giaguari e dei caimani e dalle insidie dei tremendi anaconda, ma soprattutto dagli attacchi degli indios più selvaggi. La sua bravura con la 38 era insuperabile ed era sopravvissuto alla sfida di innumerevoli briganti che aveva sempre lasciato dietro di sé stesi al suolo in nome di quella giustizia e delle leggi non scritte che determinano l'etica, il comportamento e l'onore dei bravi *jinetes* della *selva* e della *pampa*. Nessuno era veloce come lui nell'estrarre la 38!

Di lui si narra la storia di quando aveva salvato da morte sicura uno dei suoi uomini che era stato divorato da un anaconda di dimensioni inverosimili. L'anaconda, così narra la leggenda, aveva teso un agguato al povero cavaliere che si era fermato a riposarsi all'ombra di un albero per arrotolarsi una sigaretta. Mentre questi aveva entrambe le mani occupate in quell'operazione ed era quindi impreparato a difendersi, con un balzo fulmineo l'anaconda l'aveva aggredito ed ingoiato in un solo boccone. Con tutto il cavallo, s'intende! Il tutto si era svolto in una piccolissima frazione di secondo! Il nostro eroe, il famoso *arreador* che aveva assistito alla scena da poco lontano, si era precipitato al galoppo sfrenato per assistere il suo uomo ma il tutto si era svolto con una rapidità tale che non era riuscito ad impedire che quello sventurato venisse ingoiato dalla *vivora*. Allora, estratta la 38 con la velocità di cui era famoso, con un colpo preciso aveva ucciso il serpente e poi, con il coltello per il quale era altrettanto famoso, l'aveva rapidamente sventrato ed aveva estratto il *jinete* ed il cavallo, entrambi ancora vivi. Il povero cavaliere era ancora ben

den von der estancia *zum nächst gelegenen Markt oder Schlachthof führt, geht im Beni eine ganz besondere Faszination aus. Für die Ortsansässigen und die Indios ist der* arreador *ein echter Mythos, ein Halbgott, ein Held, vergleichbar mit den Legenden, die von Randolph Scott oder John Wayne in den Wildwestfilme Hollywoods verkörpert werden. – Berühmte Cowboys, harte und angriffslustige Männer, die ihren Colt stets im Handumdrehen griffbereit hatten. So wie die* gauchos *in Argentinien, sozusagen die Vettern der Cowboys der nördlichen Halbkugel, ebenfalls Gegenstand von Legenden, Gedichten, Geschichten und Liedern sind.*

Im Beni meiner Zeit gab es ebenfalls einen berühmten arreador, *der von sich reden machte und in aller Munde war. Von ihm erzählte man sich unglaubwürdige Geschichten über abenteuerliche Reisen, die durch Sumpfgebiete von Hunderten von Kilometern führten. Er soll seine Herden über monatelange Strecken und durch die schlimmsten Gefahren geführt haben, ohne dabei jemals vom Pferd zu steigen. Man pries seinen Mut an, die Herde vor Jaguaren, Kaimanen, den fürchterlichen Anakondas und sogar vor den Angriffen der wildesten Indios zu verteidigen. Sein Umgang mit der 38er war unübertrefflich und er hatte den Überfall zahlreicher Banditen überlebt, die er stets mausetot auf seinem Weg zurückließ. Er verteidigte sich im Namen der Gerechtigkeit und der ungeschriebenen Gesetze, die das Verhalten und die Ehre eines guten* jinetes *der* selva *und der* pampa *bestimmen. Keiner zog die 38er schneller als er.*

Man erzählt sich, dass er einen seiner Männer vor dem sicheren Tod rettete, indem er ihn aus den Schlingen einer Anakonda mit unvorstellbaren Ausmaßen befreite. Der Legende nach soll die Anakonda dem armen Reiter, der sich im Schatten eines Baumes in Ruhe eine Zigarette drehen wollte, einen Hinterhalt gestellt haben. Die Anakonda nutzte die Gelegenheit, dass er mit beiden Händen beschäftigt und daher wehrlos war, aus, um ihn blitzschnell anzufallen und an einem Stück zu verschlingen. Mit seinem Pferd, versteht sich! Das Ganze ereignete sich in dem Bruchteil einer Sekunde. Unser Held, der berühmte arreador, *der die Szene aus nächster Nähe verfolgt hatte, gab seinem Pferd die Sporen, um dem Mann zur Hilfe zu eilen. Doch es ging alles viel zu schnell und er konnte nicht rechtzeitig verhindern, dass der Unglückliche von*

Uno stupendo esemplare di nellore adulto

saldo in sella al suo ronzino, aveva ancora nella mano sinistra la sigaretta che stava arrotolando al momento dell'assalto, mentre la destra era sul calcio della pistola che però non aveva fatto in tempo ad estrarre dal fodero per difendersi, tanto era stata veloce l'anaconda.

Di quell'*arreador* si narrano storie di duelli che, in confronto, „*mezzogiorno di fuoco*" e „*per un pugno di dollari*" potrebbero far parte di quelle dolci fiabe di Andersen che si narrano la sera ai bambini per farli addormentare.

Nessuno conosceva il suo vero nome e questo andava ad accrescere la fama e l'alone di mistero che lo circondavano. Da tutti era conosciuto con *el apodo*, cioè col nomignolo di „*El Negro*" che non stava a significare che avesse delle origini africane ma semplicemente che aveva i capelli neri.

Andrès non poteva non essere contagiato, come tutti del resto, dal fascino che emanava da quel personaggio e me ne aveva parlato più volte con rispetto ed entusiasmo e con sempre nuovi dettagli di imprese epiche. Ricordo che una sera, mentre stavamo accanto al fuoco, aveva preso la chitarra ed aveva improvvisato uno stornello in onore del

***Das Prachtexemplar eines erwachsenen** nellore*

der vivora verschlungen wurde. Er zog die 38er mit der Schnelligkeit, für die er so berühmt war, und erlegte die Schlange mit einem präzisen Schuss. Dann schlitzte er sie mit dem Messer, für das er mindestens genauso berühmt war, auf und zog den jinete samt Pferd, beide quicklebendig, aus den Tiefen ihres Bauches heraus. Der arme Reiter saß noch immer fest im Sattel seines Gauls, in seiner linken Hand hielt er noch immer die Zigarette, während die Rechte auf dem Knauf der Pistole lag. Doch die Anakonda war schneller gewesen, und er hatte sie nicht mehr rechtzeitig ziehen können.

Von diesem arreador erzählt man sich Geschichten über Duelle, denen gegenüber „Highnoon" oder „Für eine Handvoll Dollar" eher zu der Kategorie Andersens Märchen gehören, die man abends den Kindern zum Einschlafen erzählt.

Dass niemand seinen wirklichen Namen kannte, trug zu seinem Ruf und seiner geheimnisvollen Aura noch einiges bei. Er war allen als El Negro, sein apodo oder Spitzname, bekannt, was nicht heißen sollte, dass er afrikanische Herkunft war, sondern einfach nur, dass er tiefschwarzes Haar hatte.

Auch Andrès war, wie alle anderen, restlos von ihm fasziniert. Er sprach oft voller Respekt und Enthusiasmus von ihm und lieferte mir immer neue Details seiner grandiosen Abenteuer. Ich erinnere mich, dass er eines Abends, als wir am Feuer saßen, seine Gitarre nahm und ein Lied auf den berühmten Helden reimte. Aus dem Fluss an Worten in Guaranì erwuchs ein Singsang mit spanischen Ausdrücken, die sich für den umarmenden Reim eigneten – amor, honor, valor, etc. etc. etc.

Mit der Zeit waren auf der La Ceiba eine Menge Tiere herangewachsen, die für den Verkauf bereit standen. Wir

Nellore di quattro anni

famoso eroe nel quale, dal fiume incomprensibile di parole guaranì, emergeva una litania di termini spagnoli adatti alle rime baciate come *amor, honor, valor,* ecc. ecc. ecc..

Col tempo la Ceiba si era arricchita di un numero considerevole di capi maturi pronti per la vendita e dovevamo provvedere al loro trasporto fino a Trinidad oppure, meglio ancora, a Santa Cruz dove i prezzi di mercato erano notevolmente più alti. Dovevamo assolutamente eliminare almeno 150 capi maschi prima che diventassero troppo vecchi. La Ceiba era completamente isolata dal resto del mondo e non c'erano strade né piste sulle quali poter trasportare il bestiame. La cosa più facile sarebbe stata di macellare il bestiame nell'*estancia* e trasportare la carne in aereo, come fanno molti *ganaderos* più all'interno, ma il costo del trasporto avrebbe quasi superato il valore della carne. A La Paz c'era un vecchio trimotore Yunkers disponibile che si sarebbe prestato a fare questi trasporti, ma la sua portata, pur essendo di quasi 40 quintali, equivaleva ad un numero di sette o otto capi per volta. Per trasportarne 150 avremmo dovuto affittarlo per una ventina di voli, un costo sproporzionato. Don Gonzalo ci aveva detto che l'unica possibilità economicamente valida di portare il bestiame al mercato era di *arrearlo* attraversando

Ein vierjähriger Nellore

mussten uns um ihren Transport nach Trinidad oder besser noch nach Santa Cruz, wo die Marktpreise um einiges höher waren, bemühen. Wir mussten unbedingt an die 150 Stiere loswerden, bevor sie zu alt waren. Die La Ceiba lag fern ab von der Welt und es gab keine Straßen oder Wege, auf denen wir das Vieh fortbringen konnten. Die einfachste Lösung war, das Vieh auf der estancia *zu schlachten und das Fleisch mit dem Flugzeug fortzuschaffen, so wie es viele* ganaderos *im Inland machten. Doch die Transportkosten wären dabei wahrscheinlich höher als der Wert unseres Fleisches gewesen. In La Paz stand ein alter dreimotoriger Yunkers zur Verfügung, den man sich für den Transport ausleihen konnte. Seine Tragfähigkeit lag bei fast 80 Zentnern, was ungefähr sieben oder acht Tieren entsprach. Doch um 150 Tiere zu transportieren, hätte ich ihn zwanzig Mal anmieten müssen, was unser Budget bei weitem übertroffen hätte. Don Gonzalo hatte uns erklärt, dass die einzige ertragreiche Möglichkeit, das Vieh auf den Markt zu bringen, die war, es durch das 40km breite Sumpfgebiet westlich des San Juan zu führen. Wenn man die einmal hinter sich gelassen hatte, gab es einen trockenen Weg, der bis nach Santa Cruz führte. Dieses Vorhaben war allerdings nur am Ende der Trockenzeit, gegen Ende November, durchführbar und auch nur dann zu empfehlen, wenn der* arreador *eine gewisse Erfahrung und eine genaue Kenntnis der Umgebung aufweisen konnte.*

El Negro, so versicherte mir Andrès, war für dieses Vorhaben genau der Richtige, wenn nicht sogar der einzig Richtige. Ich war einverstanden, denn ich wollte dieses Idol endlich kennen lernen und wenn möglich, sogar mit ihm zusammen arbeiten. Wenn wir unser Vieh von einer solchen Berühmtheit arrear *würden lassen, würde die Arbeit der La Ceiba in einem ganz neuen Glanz erscheinen. Wir mussten ihn unbedingt aufsuchen, um mit ihm darüber zu sprechen. Nur, wo?*

Ich hatte gehört, dass El Negro in einem Dorf an den Ufern des Rio Guaporé wohnte, nördlich der dichten Wälder, in denen einst die kriegerischen Indios Guàrasug'we-Pauserna *vom Ursprunge der Tupì-Guaranì lebten, die heute so gut wie ausgestorben sind. Das Dorf war allgemein unter dem Namen El Carmen bekannt, doch so hie-*

la palude ad ovest del San Juan, larga circa 40 chilometri, per poi proseguire su piste asciutte fino a Santa Cruz. Questo però era possibile soltanto alla fine della stagione asciutta verso la fine di novembre e richiedeva una certa esperienza ed un minimo di conoscenza della zona da parte dell'*arreador*.

El Negro, sosteneva Andrès, sarebbe stata la persona giusta se non addirittura l'unica adatta a tale scopo. Ero d'accordo e, francamente, ormai ero talmente curioso di conoscere questo idolo da non vedere l'ora di incontrarlo e di trattare l'operazione. Sentivo che, facendo *arrear* i nostri tori da un personaggio del genere avremmo dato all'attività della *Ceiba* un nuovo, maggiore lustro. Dovevamo assolutamente cercarlo e parlargli. Ma dove?

Si diceva che El Negro abitasse in un villaggio sulla sponda del Rio Guaporé, al nord di quella zona di foreste fitte che un tempo erano abitate dai bellicosi indios *Guarasug'we-Pauserna*, una tribù di origine Tupì-Guaranì ormai praticamente estinta. Il villaggio era conosciuto col nome di El Carmen, ma questo era un nome comunissimo e attribuito a tanti altri villaggi. In tutto il Beni di El Carmen ce n'erano almeno una ventina. La fantasia dei boliviani nel dare i nomi ai villaggi era tanto limitata quanto nel definire i nomi dei fiumi. Su una carta che avevo „rimediato" dall'Aeronautica Militare, lungo tutto il corso del Guaporé c'erano riportati ben tre El Carmen, tutti segnati con dei cerchi rossi talmente grandi quanto quelli che nelle nostre carte indicano metropoli come New York, Parigi, Londra, Rio de Janeiro, Tokyo o Buenos Aires.

Andrès si era offerto di andare a cavallo al Carmen e trattare personalmente con El Negro. Ma quale El Carmen? Andrès non aveva un'idea delle distanze. Inoltre, nel Beni non ci sono né strade né piste né tanto meno segnaletica che possano aiutare un cavaliere a trovare un luogo denominato El Carmen né tantomeno a trovare El Carmen

ßen viele Dörfer in der Gegend. Im ganzen Beni gab es bestimmt zwei Dutzend Dörfer mit dem Namen El Carmen. Was die Namensgebung betraf, war die Fantasie der Bolivianer nicht nur in Bezug auf die Flüsse, sondern auch auf die Dörfer ziemlich beschränkt. Auf einer Landkarte, die ich mir von der Luftwaffe „beschafft" hatte, waren entlang des Guaporé gleich drei El Carmen eingezeichnet, und zwar mit großen roten Kreisen, wie es bei uns für Metropolen wie New York, Paris, London, Rio de Janeiro, Tokio oder Buenos Aires üblich ist.

Andrès bot sich an, nach El Carmen zu reiten und persönlich mit El Negro zu verhandeln. Aber zu welchem El Carmen? Andrès war sich der Entfernungen nicht bewusst. Außerdem gab es im Beni weder Straßen noch Wege und erst recht natürlich keine Hinweisschilder, die einen Reiter nach El Carmen bringen würden. Und dann auch noch in das El Carmen, in dem der berühmteste arreador *des Beni und ganz Boliviens lebte. Doch Andrès war ein Indio, ein* sirionò, *und für ihn war es bloß eine Frage der Zeit und der Geduld. Eine Frage von mehr oder weniger* „quatro o cinco dias a caballo", *fünf oder sechs Tagesreisen zu Pferd, um es in der berühmten bolivianischen Maßeinheit auszudrücken, die in etwa die gleiche Bedeutung wie* „aqui cerquita", *hier in der Nähe, hat.*

Doch ich wollte die Verhandlungen unbedingt selbst führen und dieses Idol endlich kennen lernen. Der Gedanke, meine schönen Stiere einem Mythos wie El Negro zu überlassen, gefiel mir. Eines Tages war ich für die anfallenden Einkäufe in Trinidad und lud den Tank auf. Trinidad war ungefähr 40 Flugminuten von der La Ceiba entfernt und da ich den Tank bis zum Rande aufgefüllt hatte, könnte ich mir zusätzlich noch einen Ausflug in den Nordwesten, auf der Suche nach irgendeinem El Carmen genehmigen. Und es würde trotzdem noch genug Benzin für den zweistündigen Rückflug nach Santa Cruz übrig blei-

Nellore di due anni

Ein zweijähriger Nellore

El Carmen

El Carmen

giusto, quello in cui vive l'*arreador* più famoso del Beni e quindi di tutta la Bolivia. Ma Andrès era un indio, un *sirionò*, e per lui la differenza era soltanto una questione di pazienza e di tempo. Una questione di cinque o sei giorni di cavallo *in più* o *in meno*, per usare la stessa famosa unità di misura boliviana che equivale a „*aqui cerquita*"!

Ma io volevo assolutamente condurre la trattativa in prima persona e conoscere finalmente quell'idolo. L'idea di affidare i miei bei tori ad un personaggio mitico come el Negro mi affascinava. Un giorno ero stato a Trinidad a fare spese ed avevo fatto anche rifornimento di benzina. Trindad era a circa 40 minuti di volo dalla *Ceiba* e quindi, coi serbatoi pieni, mi restava abbastanza autonomia per fare un'escursione verso nordest, alla ricerca di un qualche El Carmen, pur lasciando nel serbatoio abbastanza carburante per le due ore di volo necessarie per fare poi ritorno a Santa Cruz. Avevo a disposizione circa un'ora e mezza di volo in più, quindi avrei dovuto trovare il villaggio ed atterrare nei suoi paraggi entro e non oltre 45 minuti di volo. In linea d'aria rappresentavano poco più di cento chilometri. In quel

ben. Mir standen also 1 ½ Stunden zusätzlichen Fluges zur Verfügung. Das bedeutete, ich müsste in 45 Minuten und keiner Sekunde mehr das Dorf finden und in seiner Nähe landen. Es waren ungefähr hundert Kilometer Luftlinie. Und zwar hundert Kilometer meist unerschlossener, dichtester Dschungel.

Am nächsten Morgen ließen Andrès und ich die La Ceiba *hinter uns und flogen direkt in die aufgehende Sonne hinein. Von oben hielten wir Ausschau nach einem Fluss, der so groß war, dass es nur der Guaporé sein konnte. Der Dschungel unter uns war eine weite, dichte grüne Fläche, die nur ab und zu ein paar Abschnitte aus Morast und Sümpfen freilegte. Über dem Dickicht des Waldes thronten in 40 Meter Höhe die weiten, dunkelgrünen, dichten Baumkronen der* paquio, *die etwas lichteren, hellgrünen Baumkronen der* ochoo *und die* cambara *mit ihrem zylinderförmigen dünnen Stamm und einer vergleichsweise kleinen Baumkrone. Dicht unter ihnen wuchsen die* armendrillos *und die wenig eleganten* curupau. *Ich fragte mich, wie Andrès da mit einem Pferd hätte durchkommen wol-*

caso, cento chilometri di giungla fitta e più o meno inesplorata.

La mattina ero decollato dalla *Ceiba*, con Andrès seduto alla mia destra, e mi ero diretto verso il sole che si alzava dritto davanti a noi, alla ricerca di un fiume abbastanza grande che non potesse essere altro che il Guaporé. Sotto di noi la giungla era una distesa di verde fitto ed impenetrabile interrotto soltanto da qualche tratto di acquitrini e di palude. Sulla massa densa di alberi troneggiavano con i loro 40 metri di altezza i *paquio* con le loro ampie chiome folte verde scuro che si alternavano agli *ochoo* dalle chiome più rade e verde chiaro ed i *cambara* dal tronco snello e cilindrico e la chioma sproporzionatamente stretta. Poco più bassi gli *armendrillos* ed i poco eleganti *curupau*. Mi chiedevo come Andrès avrebbe potuto districarsi laggiù con un cavallo e soprattutto come avrebbe potuto orientarsi in quell'intreccio di tronchi e di liane infestato di insetti, di animali selvaggi e di serpenti.

Dopo poco più di un quarto d'ora avevamo visto in lontananza il Guaporè brillare ai raggi obliqui del sole ed avevo virato subito a sinistra, verso nord, per accorciare il tragitto verso un ipotetico El Carmen. Stando alle mie stime, ed alla mia speranza, la prima „metropoli" segnata sulla carta con quel nome doveva essere a non più di altri dieci o quindici minuti di volo. Avvicinandoci al fiume la giungla si

len und vor allem, wie er sich in diesem Gewirr aus Stämmen, Lianen, Insekten, wilden Tieren und Schlangen zurechtgefunden hätte.

Nach einer Viertelstunde funkelte der Guaporé uns bereits im Lichte der Sonne entgegen, ich drehte also nach links in Richtung Norden ab, um den Weg zu einem möglichen El Carmen zu verkürzen. Ich schätzte und hoffte, dass die erste auf der Karte eingezeichnete „Metropole" mit diesem Namen nur noch zehn bis fünfzehn Flugminuten entfernt war. Je näher wir dem Fluss kamen, umso mehr wurde der Dschungel zu einem großen Sumpfgebiet mit kleinen Seen, die zum Teil mit grünen Pflanzen bedeckt waren und zum Teil die Sonne widerspiegelten. Wir flogen sehr tief und sahen wunderschöne bunte Vögel. In einem See sahen wir einen großen Tapir und nahe dem Ufer zwei schwimmende *capibara*. Etwas weiter hinten, in der Ferne, lichtete sich der Wald und wir sahen über seinen Wipfeln Rauch aufsteigen.

Möglicherweise hatten wir das erste El Carmen gefunden. Ich flog darauf zu und erblickte einen grünen Streifen Gras, der senkrecht zum Fluss lag und sicherlich als Landebahn vorgesehen war. Es waren natürlich keine anderen Flugzeuge in Sicht. Weiter nördlich sahen wir einige Dächer aus Palmenblättern und einen rechteckigen Platz mit einem größeren Dach – sicherlich die unverzichtbare Kirche, Werk eines Jesuiten, der Gott weiß

In atterraggio sulla fascia verde d'erba   ***Die Landung auf dem grünen Grasstreifen***

trasformava sempre più in una palude con piccoli stagni di acqua ricoperta da vegetazione verde e tratti scoperti dove il sole si rifletteva sulla superficie ferma dell'acqua. Volavamo molto bassi e vedevamo dei bellissimi uccelli colorati. In uno stagno avevamo visto un grosso tapiro e vicino alla sponda un paio di capibara che nuotavano. Più avanti, in lontananza, la foresta si diradava e c'era del fumo che saliva al di sopra degli alberi.

Forse avevamo trovato il primo El Carmen. Mi ci ero diretto ed avevo visto una striscia di prato perpendicolare al fiume che sicuramente era stata adibita a pista d'atterraggio. Ovviamente non c'erano altri aerei. Più a nord si vedeva qualche tetto di foglie di palma e poi uno spiazzo perfettamente quadrato con un tetto più grande degli altri. Era sicuramente l'immancabile chiesa fondata da qualche gesuita arrivato fin lì Dio sa come e Dio sa quando. In tutto saranno state una cinquantina di capanne. Nel fiume c'erano un paio di canoe e gli indios che le occupavano avevano smesso di remare per guardare in su con le pagaie fuori dell'acqua. Al di là del Guaporé c'era il Brasile con altre centinaia di chilometri di giungla.

Avevo fatto un passaggio basso parallelo alla pista per controllare se vi fossero ostacoli, poi, con due virate strette ero atterrato. Parcheggiato il *Ndegito* all'estremità dello spiazzo erboso, ci eravamo diretti nella direzione in cui avevamo visto la piazzetta. Il luogo sembrava disabitato o comunque il nostro arrivo non aveva suscitato la curiosità di nessuno. Eravamo soli e questo mi dava una sensazione strana come se fossimo atterrati nella terra di nessuno. Andrès, che notoriamente riempiva sempre il tempo e lo spazio con i suoi monologhi senza fine, era stato stranamente silenzioso fin dal decollo dalla *Ceiba*. Dopo qualche centinaio di metri avevamo visto sulla nostra destra una capanna con le pareti di bambù e l'immancabile tetto di *motacú*. Era abitata. Un vecchio sdentato e sporco ci era venuto incontro e ci aveva salutati con la solita flemma verbosa degli indios. Gli avevo chiesto se quello era El Carmen, anche se in realtà non avevo dubbi, e ad un suo cenno di assenso gli avevo chiesto se viveva lì un certo el Negro. Il vecchio aveva fatto una smorfia di assenso ma aveva risposto:

„Que lastima, Señor, usted no llegarà a hablar con El Negro, lo siento!"

Peccato, signore, ma lei non potrà parlare con El Negro,

wie und Gott weiß wann, bis hierher gekommen war. Alles in allem standen dort vielleicht fünfzig Hütten. Im Fluss lagen ein paar Kanus, doch bei unserer Ankunft hörten die Indios auf zu paddeln und blickten nach oben. Auf der anderen Seite des Guaporé lag Brasilien mit weiteren Hunderten von Kilometern Dschungel.

Ich flog tief neben der Landebahn her, um nachzusehen, ob sie auch keine Hindernisse barg, flog zwei enge Schleifen und landete. Nachdem wir den Ndegito *am Ende der Landebahn geparkt hatten, liefen wir in Richtung der Hütten. Der Ort schien unbewohnt zu sein oder zumindest hatte unsere Ankunft keinerlei Aufsehen erregt. Wir waren allein und das gab mir ein merkwürdiges Gefühl, es war irgendwie, als seien wir im Niemandsland gelandet. Andrès, der Raum und Zeit normalerweise mit seinen endlosen Monologen füllte, hatte merkwürdigerweise seit unserem Abflug kein Wort gesprochen. Nach einigen hundert Metern sahen wir rechts von uns eine Hütte aus Bambusrohren und dem unverzichtbaren Dach aus* motacù. *Sie war bewohnt. Ein zahnloser, schmutziger Alter kam uns entgegen und begrüßte uns mit dem üblichen Wortschwall der Indios. Ich fragte ihn, auch wenn ich keine Zweifel daran hatte, ob dies El Carmen sei und auf sein Nicken hin fragte ich ihn auch direkt, ob es hier auch einen El Negro gäbe. Er zog eine Fratze, die zwar Zustimmung ausdrücken sollte, aber er antwortete:*

„Que lastima, Señor, usted non llegarà a hablar con El Negro, lo siento!"

Es tut mir Leid, mein Herr, aber sie können nicht mit El Negro sprechen!

Das klang ziemlich geheimnisvoll. Als ich um weitere Aufklärung bat, antwortete er mir, dass El Negro „por allà, cerquita" *wohnte. Ich hoffte inständig, dass* cerquita *nicht wie sonst auch immer, soviel wie* „a quatro o cinco dias a caballo" *(vier oder fünf Tagesritte von hier) hieß. Für mein Gegenüber war das Gespräch damit beendet und um das Thema zu wechseln, forderte er uns auf einzutreten und einen* liquado de pomelo, *einen frisch gepressten Pomelosaft mit ihm zu trinken. Als wolle er uns sein Angebot schmackhafter machen, wies er auf einige Bäume, dessen Äste sich unter dem Gewicht der vielen Früchte nur so bogen. In Bolivien sind Einladungen heilig und man sollte sie auf keinen Fall ausschlagen. Andrès war bereits in der Hütte verschwunden, während der Alte einer ebenso schütteren*

mi dispiace!

La cosa era piuttosto misteriosa. Alla mia richiesta di ulteriori chiarimenti mi aveva risposto che El Negro abitava „*por allà, cerquita.*" Speravo soltanto che quel *cerquita* non significasse, come sempre, „*a quatro o cinco dias a caballo*". Per il mio interlocutore, però, a quel punto l'argomento era finito e, come per cambiare tema, ci aveva invitati ad entrare e bere qualcosa, un *liquado de pomelo*, una spremuta di pomelo e, dicendo questo, aveva indicato alcuni alberi stracarichi di quei frutti. In Bolivia gli inviti sono sacri e non si possono mai rifiutare. Andrès era già entrato nella capanna e si era seduto mentre il vecchio aveva dato ordine ad una megera di cogliere alcuni frutti e di spremerli per gli ospiti.

Il vecchio continuava a parlare con la sua cadenza costante, continua, senza sosta e senza punteggiature che ormai conoscevo bene, mentre io stavo considerando che avevamo avuto proprio fortuna. Sembrava che questo famoso el Negro abitasse proprio in quel primo El Carmen. Fortuna, perché per raggiungere gli altri due più a nord non mi sarebbe bastata la benzina. Ma, mi chiedevo, perché non avrei potuto parlare con el Negro? Alla mia domanda in merito il vecchio aveva risposto che, chiaro che avrei potuto parlargli, ma non quel giorno. Mi sembrava di giocare agli indovinelli. Perché non quel giorno?

„Vede, Don Bruno," aveva risposto, „El Negro è stato a festeggiare il compleanno del suo *hermano*, suo fratello."

„Ma dove abita questo *hermano*?"

„*Aqui cerquita*, in questa stessa *calle, por allà!*"

„Allora, per parlargli, potremmo andare a cercarlo alla capanna dell'*hermano*". La cosa mi sembrava quanto mai ovvia.

„No, *señor*, l'*hermano* non c'è, è andato a caccia con la canoa su per il fiume e non si sa quando potrà tornare. L'*hermano* è il più bravo cacciatore del villaggio e con le sue frecce riesce a prendere un *lagarto*, un caimano, da grandi distanze."

La cosa si faceva sempre più misteriosa. Come faceva el Negro a festeggiare il compleanno del fratello se questo non c'era e non si sapeva quando sarebbe tornato? Ma il mistero veniva risolto con una spiegazione che per loro poteva sembrare delle più logiche e lapalissiane: il compleanno era stato la settimana scorsa, vi avevano partecipato tutti i *varones*, cioè i maschi del villaggio e dopo

Greisin auftrug, die Früchte für die Gäste zu pflücken und auszupressen.

Der Alte hörte gar nicht mehr auf zu reden, doch dieser monotone Tonfall ohne Atempausen war mir mittlerweile vertraut. Wir schienen wirklich Glück gehabt zu haben, denn dem Anschein nach war dieses erste El Carmen, tatsächlich das des El Negro. Echtes Glück, denn, um zu den anderen beiden El Carmen weiter nördlich zu fliegen, hätte das Benzin nicht mehr gereicht. Ich fragte mich allerdings, wieso ich nicht mit El Negro sprechen konnte. Auf meine Frage hin, antwortete der Alte mir, dass ich natürlich mit ihm sprechen könnte, nur eben nicht heute. Ich kam mir vor wie beim lustigen Rätselraten. Und wieso nicht heute?

„Sehen Sie, Don Bruno", antwortete er, „es ist nämlich so, dass El Negro auf der Geburtstagsfeier seines hermano, *seines Bruders, war."*

„Und wo wohnt dieser hermano?"

„Aqui cerquita, in dieser calle, *por allà!"*

"*Das heißt, um mit ihm zu sprechen, könnten wir ihn in der Hütte seines* hermano *aufsuchen?" Was war daran denn so schwer?*

„No, señor, der hermano *ist gar nicht da, er ist mit dem Kanu den Fluss hinaufgefahren, um auf die Jagd zu gehen, keiner weiß, wann er wieder kommt. Der* hermano *ist der beste Jäger des ganzen Dorfes und mit seinen Pfeilen erlegt er einen* lagarto, *einen Kaimanen auch aus meilenweiter Entfernung."*

Die Sache wurde immer geheimnisvoller. Wieso feierte El Negro den Geburtstag seines Bruders, wenn dieser nicht da war und man auch gar nicht wusste, wann er wiederkommen würde. Doch das Geheimnis wurde alsbald mit einer Erklärung gelüftet, die für die Indios wahrscheinlich nicht selbstverständlicher sein konnte: Der Geburtstag war bereits vor einer Woche gewesen und alle varones, *alle Männer des Dorfes, hatten daran teilgenommen. Nach dem großen Saufgelage, bei dem* chicha *in rauen Mengen geflossen war, hatte der Gastgeber sich Pfeil und Bogen geschnappt und sich mit seinem Kanu aus dem Staub gemacht. Schon klar. Aber El Negro? Tja! El Negro hatte, wie immer, viel zu viel* chicha *getrunken und sich seitdem nicht mehr blicken lassen. Keiner im Dorf könnte auch nur annähernd soviel* chicha *trinken wie El Negro! Mit großer Sicherheit war er noch immer völlig* borracho, *be-*

la gran bevuta collettiva di *chicha* il festeggiato aveva caricato sulla sua canoa l'arco e le frecce ed era andato a caccia. Chiaro! Ma El Negro? Beh! El Negro aveva bevuto tanta *chicha*, come al solito, e non si era più visto. Nessuno, nel villaggio, riesce a bere tanta *chicha* come El Negro! Sicuramente era ancora *borracho*, ubriaco, e stava cercando di smaltire la sbornia sdraiato in un'amaca in qualche capanna del villaggio.

Intanto la vecchia ci aveva servito la spremuta di pomelo in due barattolini di latta che, più che da bicchieri da bibita, sarebbero stati molto più adatti a fungere da letto di coltura per batteri da adibire alla produzione in massa di armi chimiche e biologiche. Io l'avevo bevuta in fretta cercando di non pensare ai pericoli che ciò comportava, poi avevamo ringraziato dell'ospitalità e finalmente ci eravamo diretti verso la piazzetta, mentre il vecchio continuava a recitare una lunga litania sul grande onore che gli avevamo fatto facendogli visita ecc. ecc. ecc..

Sulla piazzetta c'era una croce di legno piantata in un lato ed una chiesetta molto suggestiva. Aveva le pareti di canne intrecciate e stuccate col fango ed un tetto molto alto di foglie di *motacù* intrecciate. Sembrava abbastanza in ordine ma non credo che, almeno negli ultimi cinquant'anni, vi sia mai stata celebrata una messa. Lungo gli altri tre lati della piazzetta c'erano varie capanne ma quasi tutte disabitate ed in uno stato di abbandono incredibile. Gli indios sono dei veri nomadi e le loro dimore sanno sempre di provvisorio!

Poco più avanti c'era un'altra capanna dove una giovane donna stava intrecciando alcune foglie di motacú per riparare il tetto. Un paio di bambini nudi giocavano seduti sul pavimento di terra ordinato e pulito e su un albero di pomelo carico di frutti c'erano due grossi pappagalli verdi, rossi e gialli addomesticati che gracchiavano senza tregua con le loro voci sgraziate. Al vederci arrivare la donna si era alzata, ci era venuta incontro e ci aveva invitati ad entrare. Ovviamente non potevamo rifiutare. Nel Beni non si può!

In un batter d'occhio la donna ci aveva preparato il *liquado de pomelo* di rito e ce l'aveva servito in due ciotole di plastica rossa. Il livello igienico era decisamente migliore di quello della capanna precedente ma, ormai, batterio più o batterio meno, non avrebbe più fatto alcuna differenza. Tutto sommato, nei miei tanti viaggi in Africa, in Medio ed Estremo Oriente, avevo già avuto sia l'epatite A che la B ed

soffen und versuchte, seinen Rausch in einer Hängematte in irgendeiner der Hütten auszuschlafen.

Die Alte hatte uns inzwischen den Pomelosaft gebracht. Sie überreichte uns zwei Blechdosen, die weniger den Anschein von Gläsern als vielmehr den einer Massenzucht für Bakterien hatten. Je näher ich sie meinem Mund zuführte, umso stärker wuchs in mir die Idee, dass sie locker zur Herstellung eines ganzen Vorrates chemischer und biologischer Waffen reichen würde. Doch bevor ich diesen Film weiterspinnen konnte, schloss ich die Augen und schluckte das Zeug herunter, ohne weiter an die Gefahren zu denken. Daraufhin bedankten wir uns für die Gastfreundschaft und verabschiedeten uns in Richtung des kleinen Kirchplatzes in der Dorfmitte. Als wir ihm schon längst den Rücken zugekehrt hatten, klang uns sein Singsang immer noch im Ohr – er danke uns, es sei ihm eine große Ehre gewesen etc. etc. etc.

Auf dem Dorfplatz standen ein Holzkreuz und eine beeindruckende kleine Kirche. Ihre Wände waren aus geflochtenen Rohren, die mit Morast verkleidet waren und das hohe Dach war aus geflochtenen Blättern der motacù. *Sie schien noch sehr gut in Schuss zu sein, aber in den letzten fünfzig Jahren war hier bestimmt keine Messe mehr abgehalten worden. Auf den anderen drei Seiten des Platzes standen einige Hütten, die aber alle unbewohnt und dem Verfall überlassen waren. Die Indios sind regelrechte Nomaden und ihre Behausungen haben immer etwas Provisorisches an sich!*

Etwas weiter vorne, erblickten wir eine weitere Hütte, vor der eine Frau die Palmenblätter der motacù *flocht, um damit das Dach auszubessern. Auf dem sauberen und aufgeräumten Boden spielten ein paar nackte Kinder und auf einem Pomelobaum saßen zwei große grün-rot-gelbe zahme Papageien, die mit ihren eindringlichen Stimmen in der Gegend herumkrakelten. Als die Frau uns sah, erhob sie sich, kam uns entgegen und bat uns einzutreten. Wir konnten die Einladung natürlich nicht ablehnen. Nicht im Beni!*

In Windeseile bereitete die Frau den traditionellen liquado de pomelo *zu und reichte ihn uns in zwei roten Plastikschälchen. Sie waren eindeutig sauberer als die aus der vorherigen Hütte, aber mittlerweile war es auch egal, eine Bazille mehr oder weniger würde nun auch nichts mehr ändern. Und auf meinen vielen Reisen in Afri-*

al massimo avrei potuto prendermi una delle solite infezioni intestinali con quelle diarree che ai tropici sono tanto comuni che finisci col farci l'abitudine ed accettarle. La donna era una india dall'aspetto giovanile, forse sui vent'anni o poco più, allegra e sorridente. Parlava una lingua nella quale lo spagnolo rappresentava più del 50% dell'intero vocabolario ed era abbastanza comprensibile. Aveva i capelli puliti, lunghi e lisci che le scendevano sulle spalle mentre sulla fronte erano tagliati corti in una frangetta molto voluminosa. Era palesemente felice di vederci, soprattutto me, un *gringo*, Don Bruno. Sprizzava gioia ed allegria da tutti i pori ed avrebbe continuato a parlare per giorni e giorni senza interruzione con la sua vocina allegra e frizzante. Per tagliare corto avevo tirato fuori il mio discorso su El Negro ed avevo detto che ero venuto apposta per parlargli. La giovane donna era scoppiata in una risatina ancora più allegra ed aveva detto più o meno la stessa cosa che avevamo già sentito dal vecchio, in più o meno gli stessi termini:

„Usted no llegarà a hablar con El Negro!"

Lei non riuscirà a parlare con El Negro!

Si! Questa l'avevo già sentita! Ormai sapevo anche che risposta avrei avuto alla mia domanda forse troppo logica: perché? La giovane aveva continuato a ridere allegramente e mi aveva raccontato, infervorandosi, della fama che aveva El Negro per il suo comportamento nelle *fiestas* o in qualunque altra occasione in cui si fosse trovato di fronte alla *chicha* o a qualunque altra forma di *aguardiente*. Dalle sue parole era evidente che anche lei era stata ammaliata dal fascino che emanava quell'idolo. Secondo la giovane india, in quel momento El Negro, ubriaco come sempre, stava dormendo da quattro giorni nella sua capanna ed apriva gli occhi soltanto per cercare la bottiglia ed aggiungere *aguardiente* alla scorta che aveva già in corpo. La moglie, aveva aggiunto, era una sua amica, una donna molto fortunata ad avere El Negro come marito. Ma dal tono della sua voce mi era sembrato di leggere un leggero ma netto pizzico di invidia. Evidentemente l'ubriacarsi non era considerato un aspetto negativo ma una manifestazione di bravura e di *machismo* e, comunque, El Negro era pur sempre El Negro, *carajo!*, l'oggetto di tanti miti, l'uomo famoso ed importante e talmente ricercato che perfino un *gringo*, per incontrarlo, era venuto col suo aereo fino al Carmen da Dio sa dove.

Lasciata la giovane donna con la sua risatina allegra,

ka und im Mittleren und Fernen Osten war ich bereits sowohl an Hepatitis A als auch an Hepatitis B erkrankt. Ich könnte mir also höchstens eine der üblichen Darmentzündungen einfangen, die einen unheimlichen Durchfall mit sich bringen würden. Doch den hat man in den Tropen so häufig, dass man sich irgendwann daran gewöhnt und ihn zwangsweise hinnimmt. Die Indiofrau war noch sehr jung, so um die zwanzig vielleicht, und hatte stets ein fröhliches Lächeln auf dem Gesicht. Sie sprach eine Sprache, in der die spanischen Wörter in etwa 50% ausmachten und die einigermaßen verständlich war. Sie hatte saubere, lange, glatte Haare, die ihr bis über die Schulter fielen und in der Stirn zu einem dicken Pony geschnitten waren. Sie war hoch erfreut uns zu sehen, vor allem mich, einen gringo, *Don Bruno*. Sie strahlte mit der Sonne um die Wette und hätte uns wohl am liebsten noch tagelang mit ihrer frisch-fröhlichen Stimme unterhalten. Um es kurz zu machen, sagte ich ihr, dass ich unbedingt mit El Negro sprechen müsste. Die junge Frau lachte belustigt auf und wiederholte noch viel fröhlicher das, was wir schon von dem Alten gehört hatten:

„Usted no llegarà a hablar con El Negro!"

Es wird ihnen nicht gelingen mit El Negro zu sprechen!

Ja! Das wusste ich bereits! Und ich wusste auch, welche Antwort ich auf meine vielleicht zu logische Frage – warum? – bekommen würde. Die junge Frau konnte gar nicht aufhören zu lachen und erzählte mir sichtlich erhitzt von dem Ruf, den El Negro sich durch sein Verhalten bei den *fiestas oder jeder anderen Gelegenheit, bei der es* chicha *oder ein anderes* aguardiente *zu trinken gab, geschaffen hatte. Aus ihrer Erzählung ging ganz eindeutig hervor, dass auch sie von der Faszination, die von diesem Idol ausging, wie berauscht war. Nach Ansicht der jungen Indiofrau schlief El Negro in diesem Moment besoffen, wie immer, in seiner Hütte und bewegte sich nur, um nach der Flasche mit weiterem* aguardiente *zu suchen. Seine Frau, fügte sie hinzu, war eine Freundin von ihr und konnte sich glücklich schätzen, El Negro zum Mann zu haben. Doch der leicht neidische Ton in ihrer Stimme war nicht zu überhören. Seine Saufgelage rückten ihn keineswegs in ein schlechtes Licht, sondern galten als Zeichen seiner Stärke und Männlichkeit. Und außerdem war El Negro auch einfach El Negro,* carajo! *– Ein Mythos, ein berühmter und wichtiger Mann, und so gefragt, dass sogar ein*

Una capanna del villaggio   *Eine Hütte des Dorfes*

avevamo proseguito per il sentiero. Eravamo fermamente intenzionati di non fermarci più e, sperando di non essere invitati a bere altro *liquado de pomelo*, volevamo finalmente trovare questo benedetto El Negro, ubriaco o no. Poco dopo, però, da una capanna più bella e più ordinata delle altre era uscita un'altra donna, piccolina come tutti gli indios ma graziosa, snella e slanciata e, prima che riuscissimo ad escogitare qualcosa per evitarlo, ci era venuta incontro, ci aveva salutati calorosamente e ci aveva invitati ad entrare a bere un *liquado*. Mi sembrava di aver inventato qualcosa che assomigliasse al moto perpetuo. Se non mi fossi fatto venire in mente qualche stratagemma, avremmo corso il rischio di ripetere la storia ad ogni capanna di tutto il villaggio e di fare collezione di ogni ceppo di batteri esistente a El Carmen.

La donna non era una india pura. Aveva i capelli leggermente ondulati e li teneva legati dietro la nuca in una coda di cavallo folta, pulita ed ordinata. Probabilmente, avevo pensato, era stata il frutto del passaggio per El Carmen di qualche *camba* o di qualche *cauchero* brasiliano. Mentre noi ci stavamo avvicinando, si era sbrigata a far sparire tre ragazzini nudi e curiosi che volevano toccare con mano il *gringo* e ci aveva offerto due sgabelli all'ombra della capanna. Questa era molto più ordinata ed ampia delle altre e la parte anteriore era una vera e propria veranda aperta senza pareti. Nel fondo c'era un tavolo con sopra una

gringo mit seinem Flugzeug von Gott weiß woher bis nach El Carmen kam, um sich mit ihm zu treffen.

Wir verabschiedeten uns von der jungen Frau mit dem fröhlichen Lächeln und setzten unseren Weg fort. Wir wollten auf keinen Fall noch einmal stehen bleiben und riskieren, einen weiteren *liquado de pomelo* trinken zu müssen. Ich wollte endlich diesen verdammten El Negro finden, egal in welchem Zustand! Doch schon kurz darauf trat aus einer wirklich schönen und ordentlichen Hütte eine weitere Frau heraus. Sie war klein, so wie alle Indios, aber anmutig, leichtfüßig und schlank. Bevor wir es verhindern konnten, kam sie uns entgegen, begrüßte uns herzlich und lud uns auf einen *liquado de pomelo* ein. Es schien, als hätten wir ein Perpetuum Mobile in Gang gesetzt. Wenn ich nicht schon bald irgendeinen Plan schmieden würde, mussten wir davon ausgehen, dass sich diese Zeremonie an jeder Hütte endlos wiederholen und wir die Bekanntschaft mit allen Bazillen von El Carmen machen würden.

In den Adern dieser Frau floss kein pures Indioblut. Sie hatte leicht welliges Haar, das sie zu einem dichten, sauberen und ordentlichen Pferdeschwanz gebunden hatte. Vermutlich, so dachte ich, war sie das Ergebnis einer Begegnung von einer Indiofrau mit einem *camba* oder brasilianischem *cauchero*, der in El Carmen Halt gemacht hatte. Während wir näher traten, verscheuchte sie drei

tovaglietta di cotone stampato a fiori e un catino di plastica rossa. Accanto al catino c'era uno paletta schiacciamosche e la donna si era sbrigata a prenderla e a dare palettate in giro, un'impresa inutile vista la quantità di mosche che c'erano dappertutto. Di traverso, appesa fra due pali portanti della capanna, c'era un'amaca chiusa con un cappello di feltro nero appoggiato sopra.

Il *liquado* questa volta ci era stato servito in due bicchieri veri di vetro ottagonali, i soliti classici della Arcor francese che si trovano in ogni angolo povero di mondo, compreso El Carmen. Qui, però, rappresentavano addirittura un certo livello di lusso e, almeno all'apparenza, erano abbastanza puliti anche se lavati con chissà quale acqua. Il livello qualitativo dell'ospitalità di El Carmen stava decisamente migliorando.

Mentre ci serviva le bibite, la donna, sempre sorridendo, aveva detto che io dovevo essere sicuramente Don Bruno, il nuovo *dueño* della Ceiba. Sapeva, infatti, che la Ceiba era stata acquistata da un *gringo*, perché aveva sentito per radio i messaggi di quando da Trinidad annunciavo il mio arrivo per assicurarmi di trovare la pista d'atterraggio sgombra. Che lei sapesse, non c'erano altri *gringos* in quella zona e quindi non potevo essere altri che Don Bruno, il primo *gringo* che vedeva in vita sua.

Mentre bevevo il mio *liquado* per onorare il terzo invito dal momento del nostro atterraggio a El Carmen, mi ero sbrigato a raccontare alla donna la solita storia, che ero lì per incontrare El Negro. La donna allora si era illuminata di un sorriso ed aveva commentato:

„*Quizas, hoy Usted tiene suerte! Vamos a ver!*"

Chissà! Forse oggi lei ha fortuna! Vediamo un po'!

Finalmente un po' di ottimismo! Fino ad allora mi era stato detto che non avrei avuto alcuna chance di parlare con El Negro, ma quella bella india cominciava a darmi un po' di speranza. E ciò detto si era girata dall'altra parte e, con una voce dura ed autoritaria, aveva urlato:

„*Negro!*"

Non ci avevo proprio pensato, ma, evidentemente, senza saperlo, eravamo finalmente arrivati. Quella era la capanna del Negro e la graziosa *cambita* era sua moglie. Il richiamo della donna però era rimasto senza risposta ma lei, con un tono ancora più deciso, aveva ripetuto:

„*Negro! Aqui hay Don Bruno, el nuovo dueño de la Ceiba, que quiere hablarte!*"

nackte neugierige Kinder, die den gringo *anfassen wollten. Dann bat sie uns auf zwei Hockern im Schatten der Hütte Platz zu nehmen. Sie war sehr viel aufgeräumter und geräumiger als die anderen und der vordere Teil war eine echte Terrasse unter freiem Himmel. Im hinteren Teil stand ein Tisch mit einer Blümchentischdecke aus Baumwolle und einer roten Plastikschüssel darauf. Neben der Schüssel lag eine Fliegenklatsche und die Frau beeilte sich, damit Jagd auf die Fliegen zu machen, aber es waren so viele, dass sie einfach nicht dagegen ankam. Schräg im Raum, an zwei Stützpfeilern der Hütte befestigt, hing eine zugezogene Hängematte, auf der ein schwarzer Filzhut lag.*

Sie servierte uns den liquido *in zwei echten achteckigen Gläsern, von der Sorte, wie Arcor sie in alle armen Länder der Welt und anscheinend auch nach El Carmen geliefert hatte. Hier waren sie in meinen Augen ein wahrer Luxus: Ich wusste zwar nicht, mit was für einem Wasser, aber sie waren doch zumindest schon einmal gespült. Die Gastfreundschaft von El Carmen stieg auf meiner Beliebtheitsskala rasch an.*

Während sie uns stets lächelnd die Getränke reichte, sagte sie, dass ich doch sicherlich Don Bruno sei, der neue dueño *der La Ceiba. Sie wusste, dass die La Ceiba von einem* gringo *gekauft worden war, da sie über das Radio meine Anfragen beim Flughafen von Trinidad, ob ich gefahrlos landen könne, mitverfolgen konnte. Soviel sie wusste, gab es weit und breit keine anderen* gringos *und so konnte ich kein anderer sein als Don Bruno höchstpersönlich – den ersten* gringo*, den sie in ihrem Leben zu Gesicht bekam.*

Während ich meinen liquado *trank, um der dritten Einladung seit unserer Ankunft in El Carmen Folge zu leisten, zögerte ich nicht, ihr von meinem Wunsch El Negro kennen zu lernen, zu erzählen. Ihre Augen begannen zu strahlen und sie ermunterte mich:*

„*Quizas, hoy Usted tiene suerte! Vamos a ver!*"

Wer weiß, vielleicht haben sie heute Glück! Schauen wir mal!

Endlich ein wenig Optimismus! Bis jetzt hatte ich nur zu hören bekommen, dass es unmöglich sein würde, mit El Negro zu sprechen, doch diese schöne Indiofrau ließ mich wieder hoffen. Schon drehte sie sich um und rief in einem festen und bestimmenden Ton:

Qui c'è Don Bruno, il nuovo proprietario della Ceiba, che ti vuole parlare.

Io stavo guardando fuori della capanna aspettando che a quel richiamo apparisse qualcuno, magari vacillante sotto l'effetto della *chicha,* e presentivo che finalmente sarei arrivato a vedere e conoscere il mitico, il leggendario, il famoso El Negro. Ma, ancora una volta, da fuori non c'era stata nessuna apparizione e nessun ingresso teatrale. Intanto, mentre guardavo fuori, avevo notato che l'amaca si era leggermente mossa e dalla parte di sopra, vicino al cappello di feltro nero, avevo visto uscire un dito che aveva dato un colpetto deciso sotto la falda. Il cappello di feltro si era sollevato di pochi centimetri e, prima che ricadesse di nuovo sull'amaca, una testa di capelli neri ed arruffati ci si era infilata dentro da sotto. Poi l'amaca si era aperta e, accompagnato da un lungo grugnito, ne era sceso un omino magro piuttosto piccolo, con la barba rada ma lunga di almeno una settimana. Aveva addosso un paio di jeans sdruciti, due *botines* da cow boys, gli scarponcini con la punta lunga ed i tacchi alti di sicura origine brasiliana e con gli speroni a rotella da Far West che tintinnavano ad ogni suo movimento. Da un cinturone di cuoio marrone pendeva un fodero con dentro una 38 lucida che sembrava più grande di lui. Senza degnarci di uno sguardo si era alzato in piedi, aveva emesso un rutto a bocca spalancata da far tremare il tetto della capanna e, allargando le gambe con ostentazione, si era grattato i santissimi con un gusto più che evidente. Poi aveva emesso un secondo rutto, meno sonoro ma molto più lungo e più modulato del primo e, con passo molto incerto, si era diretto verso il tavolo che stava nel fondo dell'ambiente.

Qui, senza togliersi il cappello, aveva infilato la faccia nel catino pieno d'acqua, l'aveva scossa in qua e in là emettendo un lungo grugnito di piacere, poi si era passato sul viso la manica della camicia a mo' di asciugamano, si era grattato di nuovo i santissimi, aveva emesso un altro rutto secco e breve ed infine, rivolto verso di me e sbattendo i tacchi in un accenno di inchino che aveva messo a repentaglio il suo equilibrio, aveva detto:

„Muy encantado, señor, a sus ordenes!"

Piacere, signore, ai suoi ordini!

Era evidentemente un *camba* anche se nei suoi lineamenti dominava il sangue indio. I capelli nerissimi erano sottili e increspati ma gli occhi erano piccoli ed oblunghi e

„Negro!"

Daran hatte ich gar nicht gedacht, aber offensichtlich waren wir, ohne es zu wissen, endlich angekommen. Wir saßen in der Hütte El Negros und diese anmutige cambita *war seine Frau. Sie erhielt jedoch keine Antwort und wiederholte noch entschiedener als zuvor:*

„Negro! Aqui hay Don Bruno, el nuovo dueño de la Ceiba, que quiere hablarte!"

Don Bruno, der neue Besitzer der La Ceiba ist hier, um Dich zu sprechen!

Ich schaute – in der Erwartung, dass jemand erscheinen würde – aus der Hütte hinaus. Ich fühlte, dass nicht mehr viel fehlte und ich kurz davor war, den sagenhaften, legendären, berühmten El Negro endlich kennen zu lernen, auch wenn er vielleicht noch ein wenig schwanken würde. Doch auch diesmal ließ jede Erscheinung und jeder bühnenreifer Auftritt weiter auf sich warten. Während ich gespannt nach draußen schaute, bemerkte ich, dass die Hängematte sich kaum merkbar bewegte. Auf einmal lugte oben, nahe dem Filzhut, ein Finger hervor. Er schnippte einmal kurz unter die Krempe, sodass der der Hut einen leichten Satz machte. Noch bevor er wieder auf die Hängematte zurückfallen konnte, schob sich ein Kopf mit einer schwarzen, strubbeligen Haarpracht in ihn hinein. Begleitet von einem tiefen Gebrummel, öffnete sich die Hängematte und heraus kam ein kleines dünnes Männlein mit einem schütteren, aber bestimmt seit einer Woche nicht rasierten Bärtchen. Er trug zerrissene Jeans und botines, *die garantiert brasilianischen spitzen Stiefel mit den hohen Absätzen und den spitzen Sporen, die bei jedem Schritt klacken – ganz wie ein Cowboy aus dem Wilden Westen eben. In seinem braunen Ledergürtel steckte eine glänzende 38er, die beinahe größer als er selbst war. Ohne uns eines Blickes zu würdigen, stand er auf und rülpste, dass sich die Bambusrohre der Hütte bogen. Er spreizte die Beine und kraulte sich genüsslich seine heiligsten Stücke, bevor er einen weiteren Rülpser, nicht ganz so laut, aber dafür länger, vernehmen ließ. Daraufhin schwankte er, sichtlich wackelig auf den Beinen zu dem Tisch, der im hinteren Teil der Hütte stand.*

Ohne sich den Hut abzunehmen, tauchte er sein Gesicht so tief es ging in die Wasserschüssel und ließ dabei tiefe Seufzer der Erleichterung verlauten. Dann trocknete er sich gründlich mit dem Hemdärmel ab, kraulte sich

la barba incolta era molto rada. Emanava un alito rancido e forte che ricordava i lavori di preparazione delle botti e dei tini che si fanno nelle nostre cantine al tempo della vendemmia.

Senza molta speranza che potesse capirmi gli avevo spiegato che alla Ceiba avevamo un certo numero di tori maturi, che avevamo intenzione di portare a Santa Cruz 150 o 200 capi per venderli e che per quello avevamo bisogno di un buon *arreador*. Gli interessava la cosa? Certo! El Negro sapeva dov'era la Ceiba. Non c'era mai stato ma una volta c'era passato sopra con l'aereo di un *ganadero* per il quale aveva *arreado* una mandria dal Beni occidentale. Per raggiungere l'*estancia* non c'erano problemi. Era, per l'appunto, *aqui cerquita, a no mas de quatro o cinco dias a caballo*, la distanza standard di tutti i luoghi vicini.

La moglie intanto aveva rimboccato di *liquado* i nostri due bicchieri, aveva tirato fuori da Dio sa dove un quaderno a quadretti ed una penna a sfera e, mentre noi parlavamo, aveva scritto quello che in poche righe era diventato un contratto vero e proprio. Per quanto difficile da credere, ero stato costretto a constatare che El Carmen era in qualche modo collegato al secolo successivo con carta, penna e termini contrattuali.

I punti del contratto erano questi:
- El Negro si sarebbe trasferito alla Ceiba con sette dei suoi uomini e 18 cavalli e si sarebbe trattenuto 10 o 15 giorni per selezionare con Andrès i 150 o 200 tori da trasportare e per ammansirli, prepararli ed istruirli a stare in branco durante la marcia.
- Il numero esatto dei capi da prendere in consegna sarebbero stato contato con Andrès al momento in cui la mandria avrebbe attraversato il San Juan per lasciare la Ceiba.
- El Negro si sarebbe assunta la piena responsabilità del bestiame preso in consegna alla Ceiba ed avrebbe ripagato al prezzo di mercato i capi che, per un motivo qualunque, fossero andati perduti durante il trasporto.
- Don Bruno avrebbe pagato a El Negro 30 dollari per ogni capo preso in consegna alla Ceiba e riconsegnato a Santa Cruz. Il pagamento sarebbe avvenuto a Santa Cruz alla consegna del bestiame, senza anticipi né acconti.

Seguivano le due firme.

Ero rimasto, a dir poco, sbalordito. El Carmen era un

erneut zwischen den Beinen, stieß einen letzten, kurzen abschließenden Rülpser aus, doch als er endlich vor mir stand, schlug er die Fersen so feste zusammen, dass er erneut um sein Gleichgewicht bangen musste. Nichtsdestotrotz sagte er:

„Muy encantado, señor, a sus ordenes!"
Sehr erfreut, mein Herr, zu ihren Diensten!

Er war eindeutig ein *camba*, auch wenn in seinen Gesichtszügen das Indioblut überwog. Seine schwarzen Haare waren sehr dünn und kraus, aber seine Augen waren klein und schmal und der ungepflegte Bart war sehr schütter. Er hatte einen üblen und starken Mundgeruch, der mich an unsere Weinkeller denken ließ, wenn man während der Traubenernte die Fässer und Bottiche vorbereitete.

Ohne mir große Hoffnungen zu machen, dass er mich verstehen würde, erklärte ich ihm, dass wir auf der La Ceiba eine gewisse Zahl an herangewachsenen Stieren hatte und dass wir 150 oder 200 von ihnen zum Verkauf nach Santa Cruz bringen wollten. Aber dazu bräuchten wir einen guten *arreador*. Ob er daran interessiert wäre? Sicher! El Negro wusste, wo die La Ceiba lag. Er war noch nie dort gewesen, aber einmal hatte er sie vom Flugzeug aus gesehen, als er mit einem *ganadero, für den er eine Herde im Westen des Beni* arreado *hatte*, unterwegs gewesen war. Die *estancia* zu erreichen, war für ihn kein Problem. Sie war ja *acqui cerquita, a no mas de quatro o cinco dias a caballo*, nur so weit entfernt, wie alle Orte in der Umgebung.

Seine Frau füllte unsere Gläser erneut mit *liquado auf*, zauberte von irgendwo ein kleines Rechenheftchen und einen Kugelschreiber hervor und während wir alles besprachen, schrieb sie den so entstandenen Vertrag nieder. So unglaubwürdig es scheinen mag, aber ich musste feststellen, dass El Carmen auf irgendeine Weise mit dem nächsten Jahrhundert in Verbindung stand, denn es waren Papier, Stifte und Vertragsformeln vorhanden.

Die Punkte des Vertrags lauteten wie folgt:

- El Negro würde mit sieben seiner Männer und 18 Pferden auf die La Ceiba kommen und 10 bis 15 Tage bleiben, um mit Andrés die 150 bis 200 Tiere auszusuchen, sie zu zähmen und sie daran zu gewöhnen, in der

**Charly-Papa im Anflug...
in Ausrichtung...
und schließlich am Boden.**

villaggio che non doveva essere molto diverso dai villaggi che aveva incontrato il Reverendo Padre Cipriano Barace, il primo gesuita che era penetrato nel Beni all'inizio del 1600, ma quello era un contratto di quelli che si fanno nel ventesimo secolo. E in dollari, per di più!

El Negro si era avvicinato all'amaca, vi aveva frugato dentro, ne aveva tirato fuori una bottiglia di *aguardiente de caña* quasi piena e ne aveva versato nei nostri bicchieri una porzione da *arreadores* incalliti. Poi, sollevando la bottiglia ed

**Charly-Papa in arrivo....
in allineamento....
ed infine a terra.**

augurandoci „*buen provecho!*", ci si era attaccato e non l'aveva tolta dalla bocca fino a che non l'aveva scolata fino all'ultima goccia. Con quel „sorso" sarebbe sicuramente ricaduto in letargo nella sua amaca per altri quattro giorni.

Avevo fatto un buon affare? Poteva valere qualcosa

Herde zu bleiben.

- Die genaue Zahl der Tiere, würde von Andrés in dem Moment gezählt werden, in dem sie die La Ceiba über den San Juan verließen.
- El Negro würde die volle Verantwortung für die Tiere übernehmen, und jedes einzelne, das auf dem Weg in irgendeiner Weise verloren ging, mit dem Marktpreis be-

zahlen.
- Don Bruno würde El Negro 30 Dollar pro Tier zahlen, das er von der La Ceiba nach Santa Cruz brachte. Die

Toro anziano selezionato per la vendita

quel contratto? Avrebbe fatto in tempo El Negro a farsi passare la sbornia prima di cominciare ad organizzarsi per raggiungere la Ceiba a cavallo? Ma tutte queste domande si fondevano in una sola: saremmo mai riusciti a portare i nostri bei tori a Santa Cruz con un *arreador* sempre ubriaco come quello?

Durante tutta la trattativa Andrès era stato tranquillo in rispettoso silenzio. Poi El Negro ci aveva accompagnati all'aereo assieme alla moglie e ai tre figli e barcollando ci aveva salutati mentre noi rullavamo sulla pista verde. Il *ndegito* si era alzato sfiorando le cime degli alberi che delimitavano la radura, aveva fatto una virata sul fiume giallognolo e dopo 35 minuti eravamo atterrati di nuovo alla Ceiba nel calore del primo pomeriggio.

Due settimane dopo, come promesso, El Negro si era presentato alla Ceiba con i suoi 7 *jinetes* e 18 cavalli. Erano avanzati nella giungla per cinque giorni facendosi faticosamente strada col machete nella ragnatela di liane e di tronchi del sottobosco. Senza concedersi un po' di riposo dopo il lungo viaggio si erano messi subito all'opera e già il primo giorno avevano fatto un *rodeo* con Andrès ed avevano separato e guidato nel *corral* oltre 250 tori per poi selezionarne i 200 più vecchi. Poi per due settimane si erano dedicati ad ammansirli e ad abituarli alla presenza dell'uomo. Partivano tutte le mattine all'alba per accompagnarli al pascolo e addestrarli a marciare più o meno in fila e poi, la sera, riportavano la mandria nel *corral*. Era un lavoro duro e difficile. Il bestiame alla Ceiba vive allo stato brado ed è veramente selvaggio. Gli otto uomini lasciavano uscire i tori, affamati per essere stati rinchiusi tutta la notte nel *corral*, e li portavano a pascolare guidandoli. I tori accettavano malvolentieri di essere costretti a mantenersi in fila ma i *jinetes* li incitavano con la voce, facendo ruotare minacciosamente in aria i loro *lazos* ed inseguendoli a cavallo quando tentavano di scappare. Quando stavano buoni, però, li lasciavano brucare con calma ma, comunque, sempre tenendoli in fila. El Negro si metteva in testa alla mandria e guidava il corteo seguendo il percorso più adeguato mentre i sette aiutanti, tre per parte ed uno dietro, controllavano che i tori non scappassero. Alla fine della giornata generalmente i tori si erano calmati ed avevano accettato

Zahlung würde in Santa Cruz im Moment der Übergabe erfolgen. Vorschüsse und Anzahlungen ausgeschlossen. Wir setzten unsere Unterschriften darunter.

Mir verging dabei, gelinde gesagt, Hören und Sehen. El Carmen war ein Dörfchen, wie all die anderen, die auch der ehrwürdige Jesuitenpater Cipiriano Barace zu Beginn des 17. Jahrhunderts im Beni durchwandert hatte. Doch ich hielt einen Vertrag in den Händen, wie man ihn nur im 20. Jahrhundert aufsetzt. Und noch dazu in Dollar!

El Negro ging zu seiner Hängematte, wühlte ein wenig darin herum und beförderte eine fast volle Flasche aguardiente de caña *ans Tageslicht, um unsere Gläser mit einem starken Schluck* arreadores *zu füllen. „Buon provecho" prostete er uns zu und setzte die Flasche an den Hals, um sie erst wieder abzusetzen, als er sie bis auf den letzten Tropfen geleert hatte. Nach diesem „Schluck" würde er bestimmt rückwärts zurück in seine Hängematte fallen und für weitere vier Tage im Tiefschlaf versinken.*

Ob ich wohl ein gutes Geschäft gemacht hatte? War dieser Vertrag etwas wert? Würde El Negro seinen Rausch wohl rechtzeitig ausschlafen, um sich auf die Arbeit vorzubereiten, und in der Lage zur La Ceiba zu reiten? Doch all diesen Fragen lag eigentlich nur eine zugrunde: Würden wir es jemals schaffen, unsere schönen Stiere mit so einem Säufer als arreador *nach Santa Cruz zu bringen?*

Während der Verhandlungen hatte Andrès sich in respektvolles Schweigen gehüllt. Danach begleitete El Negro uns samt seiner Frau und seinen drei Kindern schwankend zum Flugzeug. Sie winkten uns hinterher, während wir auf der grünen Piste abhoben. Der Ndegito *streifte die Wipfel der Bäume am Rande des Waldes, zog eine große Schleife über dem gelblichen Fluss und brachte uns in nur 35 Minuten zurück zur La Ceiba, die friedlich in der Nachmittagshitze auf uns wartete.*

Genau zwei Wochen später erschien El Negro wie versprochen mit seinen sieben jinetes *und 18 Pferden auf der La Ceiba. Sie waren fünf Tage durch den Dschungel geritten und hatten sich jeden Meter Weg durch das dichte Netz aus Lianen und Bäumen mit der Machete freischlagen müssen. Ohne sich nach der langen Reise eine kurze Verschnaufpause zu gönnen, machten sie sich sofort an die*

gli otto tiranni che li costringevano a comportarsi in quel modo per loro tanto strano ed innaturale. Andrès seguiva tutto il giorno l'operato da lontano senza però intervenire.

La „scuola" era durata due settimane. Una trentina di tori erano stati scartati perché troppo selvaggi e difficili da ammansire ed il branco si era ridotto a 170 capi, più di quanti ne erano stati programmati. Negli ultimi giorni il bestiame si era talmente abituato a quella routine che la mattina usciva sempre più tranquillo dal corral e si lasciava guidare senza tanta fatica. Anche le lotte fra di loro, mancando lo stimolo e la presenza delle femmine, si erano notevolmente ridotte e gradualmente tutti avevano imparato più o meno a vivere insieme da buoni compagni.

La presenza di El Negro e dei suoi *jinetes* alla Ceiba aveva portato un'ondata di allegria e di attività. I *jinetes* cambiavano cavallo ogni giorno e lasciavano gli altri pascolare in libertà. I cavalli erano veri *criollos*, piccoli, snelli ed incredibilmente robusti. Il *criollo* non è una vera e propria razza e discende direttamente dai cavalli portati nel nuovo mondo dai *conquistadores* spagnoli nel sedicesimo secolo. Ma l'introduzione del cavallo nelle regioni meridionali si deve soprattutto a Pedro Mendoza che nel 1535 aveva fondato la città di Buenos Aires. Molti di quei cavalli militari erano fuggiti o erano stati semplicemente abbandonati ed erano sopravvissuti adattandosi alla vita nel nuovo ambiente, peraltro ideale per la loro sopravvivenza ed il loro sviluppo: la pampa. Per i successivi quattro secoli il *criollo* si era ambientato alle vaste pianure del Sud America attraverso il crudele processo di selezione naturale. Questo adattamento alle rigide condizioni della pampa era determinato dai fattori selettivi che predominano nelle popolazioni selvagge ed aveva permesso loro di sviluppare caratteristiche fisiche di robustezza fisica e di resistenza alle malattie. Le popolazioni indigene avevano appreso l'uso del cavallo dai militari e dai colonialisti spagnoli e, col tempo, avevano imparato ad allevarli allo stato brado nelle vaste praterie. Allo stesso modo, successivamente, i *gauchos* avrebbero fatto del cavallo non solo il loro mezzo di trasporto e di lavoro, ma anche il compagno fedele di giochi e di caccia. Fino all'inizio del diciannovesimo secolo, i coloni argentini avevano usato questi cavalli creoli catturandoli, quando servivano, dai branchi selvaggi che vivevano nella pampa. Successivamente erano state importate dall'Europa altre

Arbeit. Gemeinsam mit Andrès veranstalteten sie ein rodeo, *bei dem sie bereits am ersten Tag 250 Tiere in den* corral *trieben, um die 200 Stiere zum Verkauf auszuwählen. Dann verbrachten sie 2 Wochen damit, sie zu zähmen und an die Gegenwart des Menschen zu gewöhnen. Jeden Morgen begleiteten sie sie auf die Weiden und richteten sie darauf ab, mehr oder weniger in der Herde zu bleiben. Gegen Abend trieben sie sie dann wieder zurück in den* corral. *Es war eine harte und schwierige Arbeit. Das Vieh auf der La Ceiba lebt in freier Wildbahn und dementsprechend gibt es sich auch. Die acht Männer ließen die von der Nacht im* corral *ausgehungerten Stiere am Morgen heraus und führten sie auf die Weiden. Den Stieren fiel es nicht leicht, beieinander bleiben zu müssen, aber die* jinetes *zwangen sie mit ihren lauten Ausrufen, schwangen drohend ihre* lazos, *und verfolgten sie zu Pferde, wenn sie forzulaufen versuchten. Wenn sie ruhig waren, ließen sie sie friedlich weiden, doch auch das immer nur in Reih und Glied. El Negro ritt der Herde voraus und wählte den geeigneten Weg aus, während die anderen, drei an jeder Seite und einer hinten, darauf aufpassten, dass die Stiere nicht ausbüchsten. Am Ende des Tages hatten die Stiere sich meistens ein bisschen an die acht Tyrannen gewöhnt, die ihnen ein so merkwürdiges und unnatürliches Verhalten aufzwangen. Andrès verfolgte das Schauspiel den ganzen Tag aus der Ferne, ohne einzugreifen.*

Die Anwesenheit von El Negro und seinen jinetes *überströmte die La Ceiba mit einer Welle von fröhlicher Lebendigkeit. Die* jinetes *ritten jeden Tag auf einem anderen Pferd und ließen die anderen friedlich weiden. Die Pferde waren echte* criollos, *klein, flink und unglaublich kräftig. Die* criollos *sind keine wirkliche Rasse, sondern stammten von den Pferden ab, die die spanischen* conquistadores *im 16. Jahrhundert aus Europa mitgebracht hatten. Doch die Einführung von Pferden in den südlichen Regionen verdankt man vor allem Pedro Mendez, der im Jahre 1535 Buenos Aires gegründet hat. Viele Pferde seines Heeres flüchteten oder wurden sich selbst überlassen. Die Pferde, die überlebten, passten sich an das neue Umfeld an, das für ihr Wachstum und ihre Entwicklung noch dazu ideal war: Die Pampa. In den darauffolgenden Jahrhunderten passten die* criollos *sich den Lebensbedingungen der weiten Ebenen Südamerikas, vor allem durch den grausamen Prozess der natürlichen Selektion, immer weiter an. Die*

Vecchio toro scelto per la vendita

razze di cavalli, soprattutto *thouroughbread* inglesi e *percheron* francesi, allo scopo di migliorare il *criollo* adattandolo ad altri usi. Ma il vecchio *criollo*, piccolino, agile, robusto e resistente è sopravvissuto ed è ancora il simbolo della vita all'aria aperta dei mitici *gauchos* della pampa.

Appena arrivati alla Ceiba, El Negro ed i suoi uomini avevano abbattuto un toro ed avevano messo ad essiccare una grande quantità di carne. Ogni sera avevano banchettato con grosse porzioni di *carne asada* fino a che il resto del toro non era andato a male e finito in pasto ai corvi. Surupía aveva cucinato ogni sera un enorme pignattone di *majao*, un pastone di riso, *charqui* e *pimenton* piccantissimo e per noi immangiabile ma che manda in visibilio gli indios. La sera, dopo le lunghe giornate trascorse in sella, si radunavano intorno al fuoco e raccontavano leggende, suonavano la chitarra e cantavano stornelli fino a che crollavano dal sonno, poi stendevano a terra il loro *apero* che per i *jinetes* funge non solo da sella ma anche da letto, e si addormentavano incuranti dell'assalto delle

Ein zum Verkauf ausgewählter alter Stier

natürliche Selektion begünstigte in der Entwicklung der criollos *die Eigenschaften eines robusten Körperbaus und einer Unempfindlichkeit Krankheiten gegenüber. Die Ureinwohner übernahmen die Nutzung des Pferdes durch die spanischen Soldaten und Kolonialisten, aber mit der Zeit lernten sie, sie in der freien Wildbahn ihrer weiten Graslandschaften zu züchten. Genauso wie die* gauchos *im Folgenden ihre Pferde nicht mehr nur als Transportmittel und Arbeitstiere nutzten, sondern es ebenso als treu-*

Altro bell'esemplare

Ein weiteres Prachtexemplar

zanzare e degli altri milioni di insetti che di notte regnavano nella Ceiba. Per l'ambiente tranquillo dell'*estancia* la presenza di quegli uomini era stata veramente un grande evento.

L'ultimo giorno erano usciti prima che sorgesse il sole e si erano diretti ad ovest verso il fiume. Andrès li aveva accompagnati mettendosi al fianco di El Negro che come al solito cavalcava in testa e guidava il corteo. Il branco, con tre *vaqueros* per parte più uno in fondo, si era comportato molto bene ed aveva marciato quasi in fila indiana in una linea retta e brucando con calma qua e là. El Negro ci teneva che tutti gli animali mangiassero quanto più possibile perché sapeva che nei giorni successivi, nella palude, avrebbero dovuto affrontare sforzi fisici enormi e non avrebbero trovato quasi niente di cui nutrirsi. I cavalli di ricambio seguivano il gruppo in libertà e portavano in groppa i pochi viveri e le poche attrezzature degli otto uomini.

Prima di mezzogiorno erano arrivati al fiume. El Negro, senza fermarsi, anzi accelerando la marcia, era entrato in acqua con il suo cavallo che si era messo a nuotare tenendo il muso in su mentre la corrente lo portava lentamente verso destra. Raggiunta la metà del fiume si era girato ad aspettare che arrivassero i primi tori e, sempre nuotando, li aveva spinti ed incitati verso la riva opposta. Gli altri mandriani, aiutati da Andrès, avevano spronato i tori che, muggendo come impazziti, erano dovuti entrare in acqua e mettersi a nuotare.

Sull'altra sponda la foresta era fitta ed i tori avevano fatto una certa fatica ad infilarvisi. I mandriani, uno ad uno, avevano attraversato il fiume per ultimi ed erano accorsi subito coi loro machete ad aprire un varco e ad incitare i tori a proseguire. Il fiume in quel punto era largo poco meno di cento metri e la traversata era durata pochi minuti. Dell'intera mandria che era arrivata al fiume calma ed ordinata, 16 tori si erano rifiutati di entrare in acqua ed erano fuggiti nella pampa e 154 ce l'avevano fatta.

È difficile figurarsi quanta esperienza e quanta forza di volontà siano necessarie per affrontare un'impresa del genere. El Negro ed i suoi sette uomini erano avanzati in quella palude dove, con molte probabilità, nessun altro uomo era mai arrivato ed erano andati avanti per sette giorni orientandosi soltanto col sole e aprendosi faticosamente il

en Spielgefährten und Jagdbegleiter schätzten. Bis zu Beginn des 19. Jahrhunderts fingen die argentinischen Siedler die Wildpferde der Pampa dann ein, wenn sie gebraucht wurden. Später wurden aus Europa auch andere Pferderassen wie die englischen thoroughbred *und die französischen* percheron *eingeführt, um sie mit den* criollo *zu kreuzen und sie an andere Bedingungen anzupassen. Aber den ursprünglichen, kleinen, schnellen, kräftigen und widerstandsfähigen* criollo *gibt es noch, und immer noch ist er Symbol für ein Leben in Freiheit und die sagenhaften* gauchos *der Pampas.*

Als Allererstes schlachteten El Negro und seine Männer auf der La Ceiba einen Stier und hingen sein Fleisch zum trocknen auf. Jeden Abend verspeisten wir mächtige Portionen carne asada, *bis das restliche Fleisch schlecht wurde und den Krähen übergeben werden musste. Surupìa kochte jeden Abend einen riesigen Topf* majao, *ein Reisgericht mit* charqui *und* pimenton, *feurig scharf und für uns ungenießbar, doch die Indios würden alles dafür geben. Abends, nach einem langen Tag im Sattel, versammelten sie sich am Feuer und erzählten Geschichten, spielten Gitarre und sangen Liedchen, bis sie vor Müdigkeit umfielen. Dann streckten sie sich lang auf dem Boden aus, machten es sich auf ihrem* apero, *der ihnen nicht nur als Sattel, sondern auch als Kopfkissen diente, gemütlich und schliefen friedlich ein. Die Mücken und die anderen Abermillionen Insekten, die des Nachts auf der La Ceiba regierten, schienen ihnen nichts anhaben zu können. Für die sonst so stille La Ceiba war die Anwesenheit dieser Männer eine lebendige Abwechslung.*

Am letzten Tag standen sie noch vor Morgengrauen auf und ritten zum Fluss im Westen. Andrès ritt neben El Negro, der wie immer den Zug anführte. Die Stiere – an allen Seiten von vaqueros *umzingelt – machten ihre Sache sehr gut und liefen brav einer hinter dem anderen her, beinahe wie ein Spähtrupp der Indios. Nur hier und dort genehmigten sie sich ein kurzes Päuschen, um sich ein bisschen zu stärken. El Negro war sehr daran gelegen, dass die Tiere so viel wie möglich fraßen, denn in den darauffolgenden Tagen im Sumpf würden sie all ihre Kräfte brauchen und noch dazu kaum etwas Fressbares auftreiben können. Die Ersatzpferde trotteten der Herde frei hin-*

varco a colpi di machete, raggirando tronchi in via di putrefazione ed acquitrini puzzolenti e pieni di sanguisughe, di serpenti e di caimani. 40 chilometri in linea d'aria con 154 tori non abituati ad un ambiente del genere, avanzando immersi nell'acqua e nel fango fino alla vita ed oltre, assaliti da milioni di insetti e col rischio di dover affrontare animali feroci. Ogni paio d'ore cambiavano cavalli per far riprendere fiato a quelli già stanchi. Quella palude era abitata da giaguari, da pirañas, da serpenti di ogni genere e da caimani ed il pericolo era presente in ogni metro che avevano dovuto percorrere. Stavano sempre all'erta, pronti ad estrarre il revolver ad ogni minimo segno di pericolo.

Per sette giorni si erano alimentati quasi esclusivamente con *charqui* crudo, le famose fette di carne essiccata al sole e dal disgustoso sapore di rancido, ed avevano bevuto l'acqua puzzolente e malsana della palude. La notte avevano dormito a turno accovacciati su tronchi di alberi caduti ed avevano fatto la guardia a quelle povere bestie che dovevano starsene in piedi tutta la notte nel fango e nell'acqua alta infestata da sanguisughe, senza mai potersi

terher und trugen die wenigen Lebensmittel und die spärliche Ausrüstung des Männer.

Noch bevor die Sonne im Zenit stand, erreichten sie den Fluss. El Negro galoppierte, ohne innezuhalten, in den Fluss und ließ sich von seinem Pferd und der Strömung nach rechts tragen. Als er in der Mitte des Flusses angekommen war, wartete er darauf, dass die Stiere ihm folgten und dann drückte und schob er sie bis zum anderen Ufer. Seine Männer und auch Andrès trieben die Stiere, die wie verrückt muhten, so lange an, bis sie ins Wasser trotteten und anfingen zu schwimmen.

Auf der anderen Seite war der Wald so dicht, dass die Stiere Schwierigkeiten hatten, vorwärts zu kommen. Die anderen Viehtreiber durchquerten den Fluss zuletzt und eilten dann augenblicklich zu dem Waldstück, um es mit der Machete zugänglich zu machen und die Stiere weiter zu treiben. Der Fluss war an dieser Stelle etwa hundert Meter breit und sie hatten nicht lange gebraucht, um ihn zu durchqueren. Doch die eben noch so ruhige Herde

La vegetazione sulla sponda sinistra del San Juan

Die Vegetation am linken Ufer des San Juan

Un acquitrino al di là del San Juan

sdraiare per riposarsi. Il bestiame era rimasto praticamente digiuno per tutto quel tempo perché nella palude non c'è quasi niente di commestibile. Aveva *ramoneado*, cioè aveva sbocconcellato disperatamente qua e là qualche foglia del sottobosco assolutamente priva di sostanze nutritive ed era sopravvissuto soltanto facendo ricorso alle proprie riserve di grasso accumulato nei ricchi pascoli della Ceiba. Ma in qualche modo ce l'avevano fatta.

Dopo sette giorni di sforzi inumani erano usciti all'asciutto ed avevano trovato una *pampa*. Allora El Negro

Ein Morast jenseits des San Juan

musste bereits den ersten Verlust melden, denn 16 der Tiere hatten sich geweigert, den Fluss zu durchqueren und waren in die Pampa geflüchtet, aber 154 hatten es geschafft.

Man kann sich nur schwer vorstellen, wieviel Willenskraft und Erfahrung ein solches Vorhaben benötigt. El Negro und seine 7 Männer durchquerten dieses Sumpfgebiet, in das sich vermutlich vor ihnen noch kein anderer Mensch hineingewagt hatte, indem sie sich an der Sonne orientierten und sich den Weg Stück für Stück mit der Machete zugänglich machten. Sieben Tage vergingen, in denen sie über faule Baumstämme kletterten und durch stinkende Moraste voller Blutegel, Schlangen und Kaimanen wateten. Sie legten 40 Kilometer mit 154 Stieren, die nicht an solche Bedingungen gewöhnt waren, zurück. Es verging keine Minute, in der sie nicht bis zur Hüfte im Schlamm steckten, von einer Unmenge Insekten umhüllt waren und mit dem Angriff wilder Tiere rechnen mussten. Alle paar Stunden wechselten sie die Pferde, damit die anderen sich von der Anstrengung erholen konnten. In diesem Sumpfgebiet hausten Jaguare, Piranhas, Schlangen von jeder Größe und Kaimane. Die Gefahren, die von ihnen ausgingen, waren in jeder Sekunde allgegenwärtig.

Sieben Tage lang ernährten sie sich ausschließlich von charqui, dem berühmten, in der Sonne getrockneten Fleisch, das ranzig war und widerwärtig schmeckte. Ihr Trinkwasser nahmen sie aus den stinkenden Sümpfen. Des Nachts schliefen sie abwechselnd auf umgefallenen Baumstämmen, aber ein paar von ihnen bewachten stets die armen Tiere, die mit den Beinen in dem schlammigen Wasser voller Blutegel standen und sich auch nicht nur eine Minute hinlegen konnten, um sich ein bisschen auszuruhen. Zudem mussten sie das alles noch auf nüchternen Magen durchstehen, weil es in diesem Sumpfgebiet weit und breit nichts zu fressen gab. Sie ramoneando, kauten hier und da einmal auf einem Blättchen, das sie im Dickicht fanden, herum, mussten sich aber ansonsten von der Fettschicht nähren, die sie sich auf den grünen Wiesen der La Ceiba zugelegt hatten. Doch irgendwie schafften sie es dennoch.

aveva sellato un cavallo fresco, aveva lasciato i suoi uomini a riposare ed a controllare il bestiame, che finalmente trovava dell'erba per alimentarsi, ed era partito al galoppo alla ricerca di una capanna e di qualche essere umano. L'aveva trovato abbastanza presto. Era il *dueño* della *pampa* che confinava con la palude. Per sua fortuna, nella sua *estancia* c'era anche una radio ricetrasmittente e El Negro aveva mandato un messaggio a Santa Cruz avvertendo che tutto procedeva bene. Il più difficile era passato. Erano riusciti ad attraversare la palude alla velocità di 5-6 chilometri al giorno!

Col permesso del proprietario del terreno si erano fermati due giorni, i tori avevano mangiato con avidità, avevano ruminato con calma ed avevano recuperato le loro forze. I cavalli si erano riposati, El Negro ed i suoi uomini avevano controllato accuratamente che gli animali non avessero ferite e li avevano liberati dalle tante sanguisughe. Poi all'alba del terzo giorno erano ripartiti verso il sud.

Da quel punto la marcia verso Santa Cruz era durata altri 14 giorni.

Erano trascorsi 23 giorni da quando avevano attraversato il Rio San Juan e mancavano pochi giorni al Natale quando, in un bel pomeriggio caldo di sole dell'estate australe, la mandria, con in testa El Negro, entrava a Santa Cruz e attraversava tutta la città per raggiungere il mercato. Una bellissima colonna ordinata e formata da 8 uomini fieri, 18 cavalli e 154 bellissimi tori. Erano arrivati tutti, senza alcuna perdita!

Un'altra storia che, di tutto diritto, sarebbe andata ad accrescere la fama ed il mito di El Negro, il più famoso *arreador* di tutta la Bolivia.

Nach sieben Tagen unmenschlicher Anstrengung erreichten sie eine trockene Pampa. El Negro sattelte sich ein ausgeruhtes Pferd, ließ seine Männer bei dem Vieh, das endlich frisches Gras zu fressen bekam, und machte sich im Galopp auf die Suche nach einer Hütte und einem menschlichen Wesen. Er musste nicht lange suchen und traf auf den dueño *der Pampa, die an den Sümpfen grenzte. Zu seinem Glück hatte er sogar ein Funkradio und El Negro sendete die Nachricht nach Santa Cruz, dass alles seinen geregelten Lauf nahm. Das Schwierigste lag bereits hinter ihnen. Sie hatten das Sumpfgebiet mit einer Geschwindigkeit von 5-6 Kilometern am Tag durchquert!*

Mit der Erlaubnis des Besitzers rasteten sie zwei Tage lang auf seinem Grund. Die Stiere konnten sich satt fressen, wiederkäuen und neue Kraft sammeln. Die Pferde konnten sich ordentlich ausruhen und El Negro und seine Männer nahmen sich die Zeit, die Tiere auf Wunden zu untersuchen und sie von ihren vielen Blutegeln zu befreien. Im Morgengrauen des dritten Tages zogen sie dann wieder los.

Von diesem Moment an brauchten sie weitere 14 Tage bis Santa Cruz.

Seit sie den San Juan durchquert hatten, waren 23 Tage vergangen. Es war ein schöner und sonniger Nachmittag des Südsommers kurz vor Weihnachten, als El Negro an der Spitze der Herde in Santa Cruz einlief und sie einmal durch die ganze Stadt führte, um zum Markt zu gelangen. Eine eindrucksvolle und geordnete Kolonne aus 8 stolzen Männern, 18 Pferden und 154 wunderschönen Stieren. Sie waren komplett und nicht ein einziger war verlorengegangen!

Eine weitere Episode, die zu Recht den sagenhaften Ruf des El Negro nähren würde – dem berühmtesten arreador *Boliviens.*

14

In canoa

Da come stavano andando le cose c'era da prevedere che la Ceiba avrebbe reso molto bene e presto. Le femmine erano tutte sane e, se i miei piccoli interventi di management e di assistenza alle nascite avessero dato i risultati che mi aspettavo, avremmo avuto una resa dell'80% se non addirittura del 90% in luogo dell'ottimale medio del 40% delle altre *estancias* del Beni. Un buon raddoppio rispetto alla media. Per aumentare il numero delle fattrici avrei tenuto tutte le femmine e venduto solo i maschi ma, ben presto, sarei arrivato ad averne tanti che non sarebbe stato più possibile portarli al mercato *arreando* attraverso la palude. Il passaggio della palude poneva molti limiti. Era molto difficile e in qualche annata più piovosa sarebbe stato addirittura impossibile. Il numero di capi di una mandria messa insieme per quello scopo non poteva superare i 150 e le possibilità di perderne negli acquitrini erano molto elevate. L'esperimento fatto con El Negro aveva fatto scalpore, ma non faceva assolutamente testo e non doveva farci pensare che la cosa si sarebbe potuta ripetere più volte. Di personaggi come El Negro ce n'erano pochi e nessuno avrebbe potuto fare più di un trasporto l'anno. Ma la cosa

Mit dem Kanu

So wie es aussah, lief es auf der La Ceiba sehr gut. Die Kühe waren alle kerngesund und wenn ich, mit meinen kleinen hilfreichen Eingriffen und unterstützenden Maßnahmen bei den Geburten, wirklich die Ergebnisse erzielen würde, die meiner Erwartungshaltung entsprachen, dann lägen die Überlebenschancen bald bei 80% oder gar 90%, und nicht durchschnittlich bei 40% wie auf den anderen estancias *im Beni. Gut das Doppelte der normalen Durchschnittswerte. Um die Anzahl der Muttertiere zu erhöhen, würde ich alle Kühe behalten und nur die Stiere verkaufen. Doch schon bald würde ich so viele haben, dass es unmöglich werden würde, sie durch die Sümpfe auf den Markt zu* arrear. *Die Durchquerung des Dschungels stieß an unsere Grenzen. Sie war unheimlich schwierig und in regnerischen Jahren nahezu unmöglich. Die Herde durfte für dieses Vorhaben nicht mehr als 150 Tiere zählen und die Wahrscheinlichkeit, einige von ihnen im Morast zu verlieren, war sehr hoch. Das Experiment mit El Negro hatte Aufsehen erregt, doch es war kein Maßstab und es war gar nicht daran zu denken, es noch einmal zu wiederholen. Nur wenige konnten El Negro das*

più importante era che, nella stagione asciutta, cioè quando sarebbe stato possibile attraversare la palude, i prezzi della carne erano ridotti a molto meno della metà a causa della forte offerta di tutti coloro che, come me, erano costretti a vendere il bestiame sempre e soltanto in quel breve periodo. Il prezzo medio di un capo condotto al mattatoio era di 600-700 dollari ma in dicembre e gennaio calava fino a 300 dollari e anche meno.

Presto alla Ceiba ci saremmo trovati nella necessità di vendere fra 500 e 1000 capi l'anno. Dovevo assolutamente trovare una soluzione alternativa per il trasporto e dovevo trovarla in tempo. L'idea di organizzare un mattatoio alla Ceiba e di trasportare poi le carni con l'aereo non mi attirava affatto. Avrei dovuto affrontare il problema igienico dello smaltimento delle parti non vendibili, come le interiora, le teste, i piedi ecc., che normalmente nel Beni viene affidato agli avvoltoi, ma non accettavo l'idea del puzzo e dell'inquinamento che si sarebbe venuto a creare e del pericolo di pestilenze. Inoltre trasportare la carne con l'aereo era decisamente antieconomico.

C'era un'idea che avevo accarezzato fin dall'inizio e che mi sarebbe piaciuto approfondire. Il San Juan, o come altro si chiamasse quel fiume, era talmente grande e lento che si sarebbe sicuramente prestato a qualche tipo di navigazione. Dovevo soltanto scoprire fin dove sarebbe stato navigabile controcorrente verso sud, di quanto mi sarei potuto così avvicinare a Santa Cruz e poi, eventualmente, progettare e costruire una grossa imbarcazione a fondo piatto adatta a quello scopo.

L'idea mi aveva affascinato fin dal primo momento. Poter raggiungere la Ceiba con un mezzo di trasporto fluviale era molto più importante dell'aereo. Dovevo assolutamente approfondire il tema. Per prima cosa avrei dovuto esplorare il fiume con l'aereo per farmi un'idea più chiara della situazione. Si trattava di rischiare una rotta diversa nel ritorno verso Santa Cruz e allungandone il percorso. Il problema principale era l'autonomia di Charly-Papa. Questa era di 4 ore di volo. La *Ceiba* si trovava a circa due ore da Santa Cruz e quindi la capacità dei serbatoi era al di sotto dei limiti di sicurezza. In realtà impiegavamo mediamente due ore e un quarto all'andata ed un'ora e tre quarti al ritorno, perché nel bassopiano boliviano i venti prevalenti sono da nord. Se però ci avesse sorpreso un *surazo* proprio mentre eravamo alla *Ceiba* allora per tornare a Santa Cruz

Wasser reichen und keiner konnte mehr als einen Viehtransport im Jahr auf sich nehmen. Doch das Wichtigste war eigentlich, dass das Fleisch in der trockenen Jahreszeit, wenn man den Sumpf durchqueren konnte, aufgrund des großen Angebots all derer, die wie ich gezwungen waren, in dieser Jahreszeit zu verkaufen, weniger als die Hälfte kostete. Der durchschnittliche Preis eines Tieres lag im Schlachthof bei 600-700 Dollar, aber im Dezember und Januar bekam man, wenn überhaupt, nur 300 Dollar.

Bald schon würden wir auf der La Ceiba eine Anzahl von 500 – 1000 Tieren pro Jahr verkaufen können. Ich musste unbedingt eine andere Lösung für ihren Transport finden, und vor allem, musste ich sie schnell finden. Der Gedanke, einen Schlachthof auf der La Ceiba einzurichten und das Fleisch mit dem Flugzeug abzutransportieren, gefiel mir ganz und gar nicht. Ich würde mich um das Problem der hygienischen Beseitigung der Abfälle – all der Teile, die man nicht verkaufen konnte, wie die Innereien, der Kopf, die Füße, etc. – kümmern müssen, die man im Beni normalerweise den Aasgeiern überlässt. Den Gestank, die Verunreinigung und die Seuchengefahr hätte ich niemals hinnehmen können. Außerdem war es nicht gerade sehr wirtschaftlich, das Fleisch mit dem Flugzeug abzutransportieren.

Aber ich hatte da so eine Idee im Sinn, die mir schon von Anfang an gefiel und die ich gerne vertiefen würde. Der San Juan, oder wie man ihn auch immer nennen möchte, war so breit und langsam, dass er sich sicherlich auch irgendwie für den Transport eignete. Ich musste nur herausfinden, bis wohin man stromaufwärts im Süden gelangen konnte, um mich so weit wie möglich an Santa Cruz anzunähern. Dann müsste ich eventuell ein großes Boot mit einem flachen Boden entwerfen und bauen.

Die Idee begeisterte mich vom ersten Moment an. Die Anbindung der La Ceiba an den Fluss war viel wichtiger, als der Luftverkehr. Ich musste mich unbedingt näher mit diesem Thema beschäftigen. Als Erstes würde ich den Flussverlauf einmal mit dem Flugzeug abfliegen, um einen näheren Eindruck von ihm zu bekommen. Auf dem Rückweg nach Santa Cruz könnte ich es wagen, eine alternative Route entlang des Flusses zu fliegen. Das Problem war die Reichweite Charly-Papas. Eine Tankfüllung reichte für vier Stunden. Die La Ceiba befand sich etwa 2 Stunden von Santa Cruz entfernt und das hieß, dass der

avremmo avuto bisogno di mezz'ora di autonomia in più ed il carburante non ci sarebbe bastato. Per farmi bastare la benzina avevo dovuto escogitare qualche stratagemma. In ogni volo che facevo caricavo una tanica di benzina in più e così avevo accumulando nell'estancia delle scorte. Un giorno, prima di decollare dalla Ceiba, avevo riempito per bene i serbatoi con tutte le scorte di benzina che avevo accumulato ed avevo seguito il fiume verso sud nel suo corso serpeggiante nella giungla. Era stato un volo bellissimo. Mentre io, mantenendomi piuttosto alto, seguivo quella serie interminabile di anse e curve intagliate nella giungla fitta che si perdeva all'orizzonte, Stefania, con carta, penna e cronometro in mano, prendeva velocemente appunti. Cercavo di contare tutte le curve e di stimarne l'ampiezza per averne alla fine un'idea della sua lunghezza totale. Dopo poco meno di un'ora avevamo raggiunto ed incrociato la famosa pista che congiunge Santa Cruz con Trinidad. È una pista percorribile quattro o cinque mesi l'anno e passa appunto sul San Juan o San Pablo o San Josè o comunque si chiami quel fiume, e proprio in quel punto c'è l'unico ponte esistente in tutto il Dipartimento del Beni.

Più tardi, rifacendo i conti a tavolino, avevo stimato che la lunghezza effettiva del fiume dalla Ceiba fino al ponte, considerando tutte le curve, doveva essere fra i 200 e i 250 chilometri.

Dall'altezza in cui ero stato costretto a volare per seguire una direzione media e non perdermi fra le tante curve, avevo notato che il fiume era sempre molto largo e calmo, ma non ero riuscito a vedere se c'erano impedimenti alla navigazione.

Come passo successivo avrei dovuto inventarmi un sistema per percorrerlo ed esplorarlo con una imbarcazione piccola e leggera. L'idea mi piaceva e a Stefania era piaciuta ancora di più. Sarebbe stata sicuramente una bella avventura, una spedizione abbastanza impegnativa nell'interno della giungla per circa 500 chilometri fra andata e ritorno. Ne avevo parlato anche con il mio amico Max.

Max era „*el maestro del barro*", il maestro del fango. Nessuno come lui sapeva guidare una jeep nelle zone più fangose intorno a Santa Cruz e la sua occupazione principale era quella di soccorrere i meno bravi che restavano impantanati. Aveva un vecchio camioncino Ford costruito in Brasile, al quale aveva fatto un'infinità di modifiche. Aveva

Benzinstand unter das Sicherheitslimit sinken würde. Da im bolivianischen Tiefland die Nordwinde überwiegen, brauchte ich normalerweise immer 2 ¼ Stunde für den Hinflug und 1 ¾ Stunde für den Rückflug, Wenn wir allerdings auf der La Ceiba von dem surazo *überrascht werden würden, bräuchten wir eine halbe Stunde länger nach Santa Cruz und das Benzin würde uns ausgehen. Ich musste mir einen Plan einfallen lassen, um das Benzin irgendwie ausreichen zu lassen. Bei jedem Flug füllte ich einen zusätzlichen Benzinkanister auf und so hatte ich mir auf der estancia einen kleinen Vorrat angelegt. Eines Tages lud ich alle meine Vorräte an Benzin ins Flugzeug und folgte dem Fluss, der sich durch den dichten Dschungel schlängelte in Richtung Süden. Es war ein wunderschöner Flug. Während ich dem Fluss, der in unendlichen Windungen den dichtungen, am Horizont sich ausdehnenden Dschungel durchschneidet, folge, machte Stefania sich – Papier, Stift und Stoppuhr in der Hand – fleißig Notizen. Um eine Idee von seiner Länge zu bekommen, versuchte ich all seine Kurven zu zählen und ihre Weite zu schätzen. Nach gut einer Stunde erreichten und kreuzten wir den berühmten Weg, der Santa Cruz mit Trinidad verband. Er ist vier oder fünf Monate im Jahr befahrbar und führt über den San Juan, San Pablo, San José oder wie er auch sonst immer heißen mag. Er stellt an dieser Stelle die einzige Brücke des ganzen Departments Beni dar.*

Später setzten wir uns in aller Ruhe zusammen und rechneten aus, dass die Länge des Flusses von der La Ceiba bis zur Brücke, alle Kurven einbezogen, zwischen 200 und 250 Kilometer betrug.

Von der Höhe aus, auf der ich flog, um die Richtung zu halten und nicht aus Versehen abzudriften, war der Fluss mir durchweg breit und ruhig erschienen. Doch ich konnte von dort aus keine eventuellen Hindernisse im Wasser erkennen.

Als nächsten Schritt, hätten wir ihn mit einem kleinen, leichten Boot erkunden müssen. Der Gedanke gefiel mir, und Stefania sogar noch viel mehr. Das wäre bestimmt ein schönes Abenteuer und eine aufwändige Expedition ins Innere des Dschungels über, hin und zurück, mehr als 500 Kilometer gewesen. Ich sprach auch mit meinem Freund Max darüber.

Max war „el maestro del barro", der Meister des Schlammes. So geschickt wie er, brachte niemand seinen Jeep

tolto le portiere e sostituite con due semplici catenelle, l'aveva rialzato montando gli assi al di sotto delle balestre, aveva sostituito i paraurti con due robuste spranghe di ferro e vi aveva montato tre grossi verricelli: uno meccanico, uno elettrico ed uno manuale. Sul tettuccio della cabina erano fissate tre ancore di diverse grandezze e gli servivano per aggrapparsi nel terreno quando non c'erano tronchi robusti a disposizione.

Max era nato in Belgio ma rinnegava la sua origine europea e si sentiva di essere in tutto e per tutto un *camba*. Le sue due grandi passioni erano la caccia e la pesca. Gli piaceva addentrarsi in zone paludose dove soltanto gli indios riuscivano a penetrare. Dopo ogni spedizione, poi, gli piaceva radunare gli amici, e ne aveva tanti, e raccontare nei minimi dettagli le sue avventure. Erano avventure che crescevano ed aumentavano ad ogni nuova edizione del racconto. I pesci presi diventavano sempre più grandi e gli animali cacciati sempre più numerosi e pericolosi. Si poteva ascoltare venti volte lo stesso racconto, o meglio il racconto della stessa avventura, ed ogni volta si aveva l'impressione di ascoltare qualcosa di nuovo, tante erano le modifiche e le aggiunte al tema originale. Ricordo quante volte ero rimasto anch'io ad ascoltarlo affascinato dalla lunghezza degli anaconda, la ferocia dei giaguari e le dimensioni di animali i cui nomi esistevano soltanto in una o altra lingua guaraní e che nella loro descrizione non corrispondevano a nessun animale di cui avessi mai sentito parlare prima. Aveva il genere di fantasia creativa che hanno i negri delle varie tribù bantu dell'Africa ma con un approccio positivo, ottimistico e non degenerato da preconcetti superstiziosi. Nei suoi racconti non c'era quasi mai cattiveria, malizia, rancore, superstizione o stregoneria. C'era solo un amore sviscerato per la Bolivia e per la *selva*.

Un giorno gli avevo raccontato del mio progetto di esplorare il San Juan. La cosa l'aveva subito affascinato e si era proposto di partecipare a quell'avventura. Navigare nel San Juan era già di per sé stesso un'avventura ma, man mano che cominciavamo ad entrare nei particolari, mi era sembrato che l'avventura più grande fosse stabilire quale fosse „il" San Juan del caso. E non era servito a niente definirlo con gli altri suoi nomi come San Pablo o San Josè. Max aveva detto di sapere benissimo dov'era quel fiume ma, parlandone mi ero reso conto che non ne aveva la benché minima idea: in quella zona non c'era mai stato. E la

durch die tiefsten Schlammsgebiete von Santa Cruz. Und seine Hauptaufgabe war es, den weniger Geschickten aus der Patsche zu helfen. Er hatte einen kleinen Laster der Marke Ford, der in Brasilien hergestellt worden war und an dem er zahlreiche Verbesserungen vorgenommen hatte. Die Türen waren abmontiert und durch zwei einfache Ketten ersetzt; das Gestell war höher gelegt, indem die Achsen unter den Blattfedern angebracht worden waren und an der Stelle der Stoßstangen prangten zwei dicke Eisenstangen, auf denen drei Winden angebracht waren: eine mechanische, eine elektrische, eine handbetriebene. Auf dem Dach des Führerhäuschens waren drei Anker verschiedener Ausmaße angebracht, die er in den Boden versenkte, wenn keine kräftigen Bäume in Reichweite waren.

Max war in Belgien geboren, aber er verleugnete seine europäischen Ursprünge und gab sich als ein ganzer camba *aus. Seine beiden großen Leidenschaften waren die Jagd und der Fischfang. Er liebte es in Sumpfgebiete vorzustoßen, in die bislang nur die Indios vorgedrungen waren. Nach seinen Expeditionen versammelte er all seine vielen Freunde um sich und berichtete ihnen haarklein von seinen Abenteuern, die er bei jeder Erzählung mehr anschwellen ließ. Die gefangenen Fische wurden immer größer und die gejagten Tiere immer zahlreicher und gefährlicher. Man konnte sich zwanzig Mal die gleiche Erzählung, oder besser gesagt die Erzählung des gleichen Abenteuers anhören und sie war zwanzig Mal anders, jedes Mal nahm er neue Verbesserungen und Ergänzungen vor. Auch ich lauschte viele Male fasziniert seinen Berichten über die Länge der Anakondas, der Grausamkeit der Jaguare und die Ausmaße anderer Tiere, deren Namen nur auf Guaraní existieren und deren Beschreibung keinem anderen Tier, von dem ich jemals gehört habe, auch nur annähernd ähneln. Er hatte eine so ausschweifende Fantasie wie die Afrikaner vom Stamme der Bantu. Doch er blieb stets positiv und optimistisch und ließ sich nie vom Aberglauben hinreißen. In seinen Erzählungen kamen Boshaftigkeit, Arglist, Groll, Aberglaube und Hexerei so gut wie nie vor, denn sie waren erfüllt von seiner leidenschaftlichen Liebe zu Bolivien und der* selva.

Eines Tages erzählte ich ihm von meinem Plan, den San Juan zu erkunden. Er war begeistert von der Idee und wollte sich unserem Abenteuer sofort anschließen. Den San Juan zu befahren, schien mir schon an sich ein großes

Max „*El Maestro del barro*"

cosa era abbastanza ovvia!

Sotto una tettoia nel cortile posteriore di casa sua c'era una barchetta in costruzione lunga quattro metri. Aveva costruito lui stesso lo scafo sagomando e saldando delle lamiere piuttosto sottili e leggere e vi aveva montato al centro un vecchio motore d'automobile. Il suo problema era l'elica. Aveva provato a farne una lui stesso fondendo del bronzo e rifinendola con la lima ma si era reso conto che l'elica era un pezzo che non si poteva improvvisare. Alla fine aveva optato per un'elica di un motore fuoribordo, assolutamente inadatta allo scopo, ed aspettavamo che finisse di fissare il tutto per andare a fare un giro di prova in qualche laghetto.

Purtroppo la messa a punto di quella barca e lo scopo che ci eravamo prefissati era diventato il nuovo tema di conversazione negli incontri quotidiani con gli amici ed avevano preso il posto degli anaconda sempre più lunghi e dei pesci sempre più grandi. Al loro posto il San Juan, che lui naturalmente conosceva benissimo, era diventato sempre più pericoloso e le tribù di indios, che avremmo incontrato sulle sue sponde, sempre più numerose, selvagge, primitive ed incredibilmente aggressive. Raccontava di suoi vecchi amici e compagni che si erano azzardati a navigare in quel fiume senza di lui e che non erano tornati. Erano stati tutti catturati dai cacciatori di teste. Alle fine era stato sempre lui, Max, a ricomprare dai selvaggi le piccole teste mummificate dei suoi amici, ridotte ad una massa di non più di otto centimetri, per restituirle ai loro poveri cari!

Quella fase di preparazione e di messa a punto della barca era durata quasi due anni ma non si poteva dire davvero che fossero stati fatti dei progressi. Alla fine, convinto che non sarei mai riuscito a navigare nel San Juan con Max né tanto meno con quella barca, avevo deciso di organizzare la spedizione a modo mio. Un giorno avevo visto nel cortile di una casa una piccola canoa di plastica rossa e blu. Era poco più di un giocattolo ma poteva essere la soluzione: piccola e leggera ma abbastanza capiente per

Max „El Maestro del barro",
der Meister des Schlammes

Abenteuer, aber als wir tiefer in die Details gingen, schien die Frage, auf „welchem" San Juan, ein noch viel größeres Abenteuer darzustellen. Es führte zu nichts, ihn auch bei seinen anderen Namen San Pablo und San José zu nennen. Max hatte behauptet ganz genau zu wissen, wo sich dieser Fluss befand, aber als ich mit ihm darüber sprach, wurde mir klar, dass er nicht die geringste Ahnung hatte: Er war noch nie in dieser Gegend gewesen. Und das war ziemlich eindeutig!

Unter einem Dach im Hinterhof seines Hauses lag ein vier Meter langes Boot, das sich noch im Bau befand. Er hatte dünne, leichte Blechstücke zu einem Schiffsrumpf zusammengefügt und in seiner Mitte einen alten Automotor angebracht. Sein Problem war die Schraube. Er hatte zunächst selbst versucht eine zu bauen, in dem er Bronze geschmolzen und sie mit der Feile daras geformt hatte, doch letztendlich musste er eingestehen, dass man eine Schiffsschraube nicht so einfach improvisieren konnte. Schließlich wollte er es mit der Schraube eines Außenmotors versuchen, die absolut ungeeignet für diese Zwecke war. Aber wir warteten, bis er alles angebracht hatte, um bei der Probefahrt auf einem kleinen See dabeizusein.

Leider wurden die Konstruktion und der eigentliche Zweck dieses Schiffes in seinem Freundeskreis zum Lieblingsthema ernannt. Sie nahmen den Platz der immer län-

trasportare due persone, carburanti e viveri per una settimana. Il proprietario me l'aveva venduta volentieri. Fra gli annunci del giornale c'era un motore Mercury da 10 cavalli in vendita ed avevo comperato anche quello. Mi restava soltanto di segare una delle due punte della canoa per ricavarne una poppa e farvi un attacco per il motore.

Con un paio di tavolette di legno, tanta vetroresina e con l'aiuto prezioso di Max era stato un lavoretto di poche ore. Pochi giorni dopo avevamo caricato sul suo famoso camioncino la canoa, le taniche di benzina e di acqua, il motore, la mia tenda canadese, due fucili, un *machete*, ami, attrezzi e viveri e, sotto lo sguardo di una trentina di amici che ci avevano presi per pazzi fin dal primo momento, eravamo partiti alla volta del Rio Grande per attraversarlo con le zattere e poi proseguire sulla pista per Trinidad fino al *Puente* sul San Juan. Ce l'avevamo fatta in dodici ore ed eravamo arrivati al Puente poco prima del tramonto. Approfittando dell'ultima poca ultima luce del giorno, avevamo subito calato la canoa nel fiume per provarla.

Mentre lavoravamo si erano radunati una ventina di curiosi. Gli indios del luogo non avevano mai visto una canoa di plastica rossa e blu, tanto piccola che sembrava un giocattolo, ma non sembrava che la cosa li affascinasse molto. Ci guardavano con curiosità e scetticismo. In fondo, in fatto di canoe, ne sapevano decisamente molto più di noi. Avevamo montato il motore ed avevamo lanciato quel mezzo strano sulla superficie liscia dell'*Ysyry*, perché lì lo chiamavano così. Era stata una grossa delusione e mi sarei messo volentieri a piangere. La linea della canoa non era fatta per quello scopo e la prua, nel tagliare l'acqua con le sue pareti quasi verticali, creava lungo le fiancate un'onda che era più alta delle fiancate stesse. Risultato: in pochi minuti la piccola canoa era piena d'acqua.

Un indio, che ci guardava standosene accucciato nella sua canoa di legno legata sulla sponda del fiume, si stava sganasciando dalle risate. Aveva ragione. Avremmo dovuto fare quella prova a Santa Cruz e risparmiarci quel lungo viaggio e quella figuraccia. Comunque l'indio ci aveva offerto di prestarci la sua canoa ed aveva accettato addirittura la nostra proposta di accompagnarci. Ovviamente non avremmo potuto affrontare un viaggio del genere a forza di braccia e di pagaia ma la canoa non aveva uno specchio di poppa dove poter attaccare il fuoribordo. Bisognava inventarsi una soluzione. In un posto come

ger werdenden Anakondas und der immer größer werdenden Fische ein. An ihrer Stelle musste nun der San Juan, den er freilich wie seine Hosentasche kannte, herhalten. Er wurde immer gefährlicher und die Indiostämme, die an seinen Ufern ihr Unwesen trieben, wurden immer zahlreicher, wilder, primitiver und vor allem aggressiver – bis zum Gehtnichtmehr. Er erzählte von seinen alten Freunden und lieben Weggenossen, die es gewagt hatten, ohne ihn auf dem reißenden Strom aufzubrechen, und nie wieder gesehen worden waren. Sie waren allesamt von Kopfjägern gefangen genommen worden. Und am Ende war es natürlich immer Max, der die kleinen mumifizierten Köpfe seiner Freunde von den Wilden zurückkaufte und die spärlichen Überreste ihren lieben Verwandten überreichte!

Die Vorbereitungsphase und die Fertigstellung des Boots dauerten fast zwei Jahre, ohne dass man deutliche Fortschritte erkennen konnte. Am Ende war ich überzeugt davon, dass ich den San Juan niemals mit Max und schon gar nicht mit seinem Boot befahren würde, und organisierte alles auf meine Art noch einmal neu. Eines Tages sah ich im Innenhof eines Hauses ein kleines, rot-blaues Plastikkanu. Es glich eher einem Spiel- als einem Fahrzeug, aber es schien mir die Lösung aller Probleme zu sein: klein und leicht, aber groß genug, um zwei Personen, Benzin und Lebensmittel für eine Woche zu transportieren. Der Besitzer verkaufte es mir gerne. In den Anzeigen der Zeitung war ein 10 PS starker Mercury Motor ausgeschrieben, den ich ebenfalls kaufte. Ich musste also nur noch eine Spitze des Kanus absägen, ein Heck daraus machen und den Motor anbringen

Mit ein paar Holzplatten, jeder Menge Glasfaserkunststoff und der wertvollen Hilfe von Max war das in ein paar Stunden erledigt und wenige Tage später konnte es losgehen. Wir luden das Kanu, Benzin- und Wasserkanister, den Motor, mein Zelt, zwei Gewehre, eine machete, *Angelhaken, Geräte und Lebensmittel auf seinen berühmten Laster und fuhren, unter den neugierigen Blicken einiger Freunde, die uns von Beginn an für verrückt erklärt hatten, los. Nachdem wir den Rio Grande mit dem Floß überquert hatten, nahmen wir den Weg nach Trinidad und folgten ihm bis zum* Puente *des San Juan, den wir nach 12 Stunden Fahrt, kurz vor Sonnenuntergang erreichten. Wir nutzten die letzten Sonnenstrahlen aus, um das Kanu ins*

Traversata del Rio Grande con la zattera

Die Überquerung des Rio Grande mit dem Floß

quello, non disponevamo né di materiali né di attrezzature ma quello poteva essere un problema soltanto se visto con gli occhi di questo secolo. Sul San Juan, o San Pablo, o San Miguel o Ysyry le cose andavano viste con un'ottica diversa. Avevamo con noi un ottimo machete, affilato per bene proprio prima di partire, ed era arrivato il momento di valorizzarlo. Con un'ora di lavoro avevamo sagomato un pezzo di legno in maniera che si adattasse alla forma della punta della canoa e restava soltanto di fissarlo ad un'estremità della stessa. A questo punto erano sorte le prime vere difficoltà. Servivano delle viti o una decina di chiodi ma non avevamo niente del genere. Un altro indio che aveva seguito con interesse il nostro lavoro si era ricordato che un suo conoscente, tanto tempo prima, aveva recuperato dei chiodi da una cassa abbandonata da un camion di passaggio. Ma quel conoscente non c'era, era andato a caccia e Dio sa quando sarebbe tornato. Allora eravamo andati in gruppo alla sua capanna e l'avevamo frugata tutta da capo a piedi fino a che, sotto una specie di giaciglio di paglia, avevamo trovato sette chiodi abbastanza lunghi ma molto arrugginiti e storti. Non erano molti e non erano un gran che ma dovevamo farceli bastare! Per fortuna avevamo con noi una cassettina di attrezzi. Con uno straccetto avevo pulito alla meglio i sette chiodi e li avevo raddrizzati con cura con il martello. Poi li avevo unti con

Wasser zu lassen und es auszuprobieren.

Während wir ausluden, versammelte sich eine Schar Neugieriger. Die Indios dort hatten noch nie zuvor so ein Spielzeugkanu aus blau-rotem Plastik gesehen, aber es schien sie nicht sonderlich zu beeindrucken. Sie blickten uns neugierig und skeptisch an. Mit Kanus kannten sie sich im Grunde ja auch viel besser aus als wir. Wir brachten den Motor an und warfen das merkwürdige Ding in das Wasser des Ysyry, wie sie ihn dort nannten. Es folgte eine große Enttäuschung und ich hätte am liebsten los geheult. Die Form des Kanus war nicht für solche Gewässer geschaffen, der Bug mit seinen fast vertikalen Außenwänden brachte seitlich des Kanus eine Welle auf, die bis über Bord schwappte. Das Ergebnis: In wenigen Minuten war das kleine Kanu voller Wasser.

Ein Indio, der die Szene aus seinem Holzkanu nahe dem Ufer beobachtete, kriegte sich gar nicht mehr ein vor Lachen. Er hatte Recht! Wir hätten uns diese Reise und diese Blamage ersparen können, wenn wir das Kanu in Santa Cruz bereits ausprobiert hätten. Wie auch immer. Der Indio stellte uns sein Kanu zur Verfügung und war sogar bereit, uns zu begleiten. Natürlich konnten wir eine solche Reise nicht mit der bloßen Kraft unserer Arme und Paddeln bewältigen, aber das Kanu bot keine Möglichkeit den Außenborder auch nur irgendwo anzubringen.

l'olio del motore e finalmente, con molta cautela, avevo fissato alla canoa il legno che avevamo sagomato. Con sette chiodi era un attacco appena sufficiente a tenere su il motore e quindi saremmo dovuti stare molto attenti a non perderlo. Avevamo montato il motore e fatto un giro di prova. Secondo me la cosa poteva andare. Dovevamo soltanto stare attenti a non virare se non molto dolcemente, perché il fondo arrotondato della canoa favoriva il ribaltamento.

Nel fiume San Juan una canoa come quella e con un Mercury attaccato dietro potevano dare l'idea di un carretto da buoi attaccato dietro ad una navicella spaziale che naviga fra le galassie, tanto era il contrasto. Comunque la mattina dopo all'alba partivamo tutti e tre per un viaggio che ci avrebbe tenuti col cuore in gola per vari giorni.

Di quel viaggio ho già scritto nel mio libro „Quando volano gli Angeli". Era stato duro ma veramente affascinante. Le emozioni, la natura, la bellezza, i pericoli, gli animali, i fiori, i raggi del sole e tutte le forze che agivano in quel fiume erano al superlativo. Ci eravamo bruciati come gamberi alla brace, soprattutto io, ed eravamo avanzati ora dopo ora fra tapiri, capibara, ochi pintados, tartarughe, caimani, scimmie, ara, tucani e migliaia di uccelli di tutti i colori. Avevamo visto anche due giaguari che bevevano nel fiume ed un paio di gruppi di *bufeos*, i delfini d'acqua dolce dell'Amazzonia.

Era la stagione delle piogge e il fiume straripava nella giungla su entrambe le rive. La corrente non era molto forte. Avevo calcolato la quantità di benzina necessaria tenendo conto dei dati di consumo del motore, ma soprattutto tentando di prevedere e stimare l'effetto della corrente del fiume, positiva all'andata e contraria al ritorno. Speravo proprio di non aver commesso alcun errore nei calcoli perché sarebbe stata una vera tragedia, se fossimo rimasti senza carburante al ritorno ed avessimo dovuto avanzare controcorrente a forza di braccia.

La canoa era un capolavoro di scultura. Era scavata a mano in un unico pezzo da un tronco di legno durissimo e le sue pareti, sottilissime, ricordavano la forma del tronco originale. Gli indios impiegano tanto tempo a costruire una canoa. Prima usano il fuoco per bruciare il tronco da una sola parte e per indurire il resto del legno e poi asportando il resto dell'interno con mezzi rudimentali fino a ridurre le pareti ad uno strato sottilissimo e relativamente leggero. Per la sua grandezza era abbastanza leggera e manovrabile

Wir mussten uns etwas ausdenken und an diesem Ort hatten wir weder Geräte noch Material zur Verfügung. Aber vielleicht war das nur in den Augen unseres Jahrhunderts ein Problem. Auf dem San Juan, San Pablo, San Miguel oder Ysyry musste man die Dinge anders angehen. Wir trugen eine sehr gute Machete bei uns und es war der Moment gekommen ihren Wert schätzen zu lernen. In einer Stunde hatten wir ein Stück Holz so zu Recht gestutzt, dass es auf die Spitze des Kanus passte und wir mussten es nur noch anbringen. An diesem Punkt stießen wir allerdings auf die ersten Schwierigkeiten, denn wir hatten keine Schrauben oder Nägel dabei. Ein anderer Indio erinnerte sich allerdings, dass ein Bekannter von ihm vor langer Zeit einmal eine Kiste Nägel gefunden hatte, die von einem Laster gefallen war. Doch dieser Bekannte war leider gerade nicht zugegen, er war auf die Jagd gegangen und würde, Gott weiß wann wiederkommen. Wir machten uns also auf dem Weg zu seiner Hütte und krempelten sie von oben bis unten um, bis wir unter einem Strohlager sieben ziemlich lange, aber auch ziemlich verrostete, krumme Nägel fanden. Es waren nicht viele und es waren auch nicht die Neuesten, aber sie mussten reichen! Zum Glück hatten wir einen kleinen Werkzeugkasten dabei. Zunächst säuberte ich die Nägel mit einem Tüchlein und dann hämmerte ich sie einigermaßen gerade. Nachdem ich sie mit Motoröl eingeschmiert hatte, konnte ich endlich vorsichtig das Stück Holz am Kanu anbringen. Die sieben Nägel hielten den Motor nur gerade eben hoch und wir müssten höllisch aufpassen, ihn unterwegs nicht zu verlieren. Wenn auch mehr schlecht als recht, aber sie hielten den Motor und so machten wir eine kleine Probefahrt. Ich war zuversichtlich. Wir mussten nur aufpassen, uns nicht zu schnell zu wenden, denn durch den abgerundeten Boden des Kanus würden wir uns ansonsten überschlagen.

Ein Holzkanu mit einem Mercurymotor auf dem San Juan! – Das bot ein ungefähr ähnlich absurdes Bild wie ein Raumschiff, das im Weltall von einem Ochsenkarren gezogen wird. Wie auch immer, am nächsten Tag machten wir uns im Morgengrauen zu dritt auf eine Reise, die uns Tage lang das Herz bis zum Halse schlagen lassen würde.

Diese Reise habe ich bereits ausführlich in meinem Buch „Quando volano gli Angeli" beschrieben. Sie war hart und faszinierend zugleich. Die Emotionen, die Natur, die Schönheit, die Gefahren, die Tiere, die Blumen, die

14 Mit dem Kanu

ma, con la sua forma perfettamente tonda aveva la tendenza a rovesciarsi. Starci sopra e muoversi era una continua esibizione di equilibrismo e di bravura. E poi era veramente scomoda.

Il sole, non contento di bruciarci dall'alto coi suoi raggi diretti, si rifletteva nell'acqua e ci attaccava da ogni direzione. Eravamo partiti all'alba e per un paio d'ore eravamo stati protetti dall'ombra degli alberi della riva destra ma poi, man mano che il sole era salito verso lo zenit, non avevamo avuto più scampo. Io ero stato al timone le prime due ore, ma poi avevo passato l'incarico all'indio che, dopo i primi tentativi piuttosto goffi, aveva capito il concetto e se la cavava abbastanza bene. Il motore, usato a meno della metà della sua potenza, era più che sufficiente e, con un consumo di carburante accettabile, ci dava una velocità adeguata alla canoa. Questa non era stata concepita per essere spinta da un motore ma la forma della prua apriva bene l'acqua e ci permetteva una bella velocità con l'impiego di poca energia. Verso le nove, per proteggermi un po' dal sole mi ero coperto sotto il sacco a pelo che, sotto un sole del genere, era diventato una vera sauna, la cosa meno adatta per quella latitudine. Max era più abituato di me a quel clima e, almeno all'inizio, si era preoccupato di meno. Verso mezzogiorno, però, si era accorto di essere stato troppo esposto anche lui ed aveva cominciato a preoccuparsi e si era deciso a

Sonnenstrahlen und alle anderen Kräfte, die in diesem Fluss wirkten, hätten nicht großartiger sein können. Die Sonne grillte uns, vor allem mich, bis wir rot wie die Hummer waren und wir bahnten uns unseren Weg Stunde um Stunde durch Scharen von Tapiren, Wasserschweinen, ochi pintados, *Schildkröten, Kaimanen, Affen, Aras, Tukanen und Tausenden von bunten Vögeln. Wir bekamen auch zwei Jaguare, die im Fluss tranken und ein paar Schwärme* bufeos, *die Süßwasserdelphine des Amazonas, zu sehen.*

Wir befanden uns in der Regenzeit; der Fluss war über beide Ufer getreten und reichte beidseitig weit in den Dschungel hinein. Ich rechnete den Verbrauch des Motors aus, um mir über die verbleibende Menge Benzin im Klaren zu sein. Vor allem musste ich die Strömung richtig einschätzen und in meine Rechnung mit einbeziehen, denn wir fuhren auf dem Hinweg mit ihr und auf dem Rückweg gegen sie. Ich hoffte, keinen Fehler begangen zu haben, denn es wäre eine Katastrophe, wenn wir auf dem Rückweg gegen den Strom rudern müssten.

Das Kanu war ein Meisterwerk der Schnitzkunst. Sie war aus einem einzigen Stück harten Holzes handgefertigt worden und seine hauchdünnen Außenwände erinnerten an die ursprüngliche Form eines Baumstamm. Die Indios lassen sich viel Zeit, um ein Kanu zu bauen. Sie verbren-

Il San Juan visto dal *Puente*   ***Der San Juan, vom* Puente *aus gesehen***

La costruzione di una canoa

coprirsi meglio con un pullover di lana. Era bruciato come un gambero. Oltre all'attrezzatura per pescare, ci eravamo portati anche due fucili, una carabina calibro 22 ed una doppietta calibro 16. Max si era riproposto di prendere un *ochi pintado* da fare sulla brace per cena ma poi aveva optato per un paio di anatre, più piccole e facili. Ce n'erano tante e c'era soltanto l'imbarazzo della scelta.

Ogni tanto ci fermavamo per rimboccare il serbatoio e tenere sotto controllo il consumo reale del motore che tenevo registrato su un quadernetto. Sulle sponde del fiume la giungla era alta e fitta con alberi giganteschi che affondavano le radici quasi nell'acqua e lunghi tratti ricoperti da grossi cespugli di bambù. Le rive erano allagate e non c'era mai la possibilità di mettere i piedi a terra. Quando spegnevamo il motore il silenzio era assoluto. Dopo le prime ore di navigazione non avevamo più sentito neppure un uccello cantare. Ogni tanto vedevamo una scimmia nel folto degli alberi che ci guardava curiosa e tranquilla oppure, al nostro passaggio, facevamo prendere il volo a qualche martin pescatore gigante e a qualche anatra selvatica. Avevamo visto un paio di tacchini selvatici, un paio di tartarughe e milioni di farfalle di tutte le grandezze e di tutti i colori, ma gli animali più grossi erano andati tutti a cercare riparo dal sole nel fitto della vegetazione.

Poco prima di mezzogiorno, in un tratto in cui il fiume era meno largo, avevamo trovato il primo ostacolo. Era causato da due grossi alberi caduti verso il centro del fiume, quasi nello stesso punto, uno da destra e l'altro da sinistra, tanto è vero che i loro rami si intrecciavano al centro. Questo intreccio aveva fermato tutto ciò che galleggiando era arrivato fin lì, rami, tronchi e tante, tante canne di bambù e addosso a questa massa galleggiante e ferma, lunga centinaia di metri, era nato uno spesso strato di vegetazione, in prevalenza giacinti d'acqua. Per qualche decina di metri eravamo riusciti ad avanzare spingendo la prua della canoa a tutto motore ed aprendoci in qualche modo un varco in quella massa ma poi eravamo dovuti scendere e farci strada stando in equilibrio sui tronchi galleggianti. Era un lavoro molto scomodo e difficile. Si scivolava come se quei tronchi fossero spalmati di grasso. Nel muoverci facevamo sollevare tanti insetti che ci assalivano con ferocia ed i tronchi, in buona parte imputriditi dal tempo e dall'umidità, emanavano

Der Bau eines Kanus

nen eine Seite des Stammes und erhärten damit gleichzeitig die andere Seite, dann schaben sie das Holz mit ihren einfachen Mitteln aus, bis die Wände nur noch aus einer dünnen, relativ leichten Schicht bestehen. Für seine Größe war es ziemlich leicht und beweglich, aber durch seine runde Form überschlug es sich schnell. Die Fahrt war eine ständige Gleichgewichtsübung und verlangte in jedem Moment all unsere Aufmerksamkeit. Außerdem war es in diesem Kanu äußerst unbequem!

Die Sonne begnügte sich nicht nur damit, uns von oben direkt auf die Köpfe zu scheinen, sondern sie spiegelte sich auch noch im Wasser und befiel uns von allen Seiten. Am Morgen waren wir für einige Stunden im Schutz der Bäume gewesen, aber je näher die Sonne in den Zenit stieg, um so weniger Möglichkeiten gab es, ihren gnadenlosen Strahlen zu entkommen. Die ersten zwei Stunden saß ich am Steuer, aber dann überließ ich es dem Indio, der sich, nach den ersten missglückten Anfängen, schon bald ganz geschickt anstellte. Die halbe Kraft des Motors war durchaus ausreichend, um uns, bei einem akzeptablen Benzinverbrauch, zügig voranzubringen. Das Kanu war nicht dafür gebaut, von einem Motor angetrieben zu werden, aber die Form des Bugs öffnete das Wasser recht geschmeidig und erlaubte uns eine angenehme Geschwindigkeit bei geringem Energieverbrauch. Gegen Neun packte ich meinen Schlafsack aus, um mich damit vor der Sonne zu schützen, doch er war wenig geeignet für diese Zwekke, denn schon bald hatte er sich unter der Hitze in eine echte Sauna verwandelt. Max war dieses Klima gewöhnt und zumindest zu Beginn machte er sich weniger Sorgen. Gegen Mittag allerdings musste auch er feststellen, dass

measmi asfissianti come se stessimo smuovendo le acque stagne di una palude. Alla fine avevamo legato una lunga fune ad un ramo robusto di uno degli alberi caduti e, con una serie di cappiole da carrettiere che fungevano da paranco, avevamo tirato la canoa facendola scivolare di peso al di sopra della massa di vegetazione e di tronchi galleggianti. La nostra paura era che, scivolando su una superficie irregolare, si rovesciasse e ci facesse perdere una parte del carico. Ma, per fortuna, aveva tenuto bene. Mentre io mi occupavo delle cappiole e la facevo avanzare, Max e l'indio la tenevano in equilibrio e la spingevano in avanti. Alla fine, col machete avevamo aperto un varco fra i rami degli alberi caduti di traverso ed avevamo fatto ricadere la canoa in acqua al di là di quella specie di diga naturale.

Tutto sommato ce l'eravamo cavata abbastanza bene ed in tutto avevamo perso poco meno di due ore. Ma lavorare

er zu sehr der Sonne ausgesetzt gewesen war. Er begann sich ebenfalls zu sorgen und bedeckte sich mit einem Wollpullover. Er war so rot wie ein Hummer. Außer allen Utensilien zum Fischfang hatten wir auch noch zwei Gewehre bei uns, einen Karabiner Kaliber 22 und eine Doppelflinte Kaliber 16. Max wollte für das Abendessen zunächst einen *ochi puntado* fangen und grillen, aber dann entschied er sich für ein paar kleinere und einfacher zu jagende Enten, die es in Hülle und Fülle gab; es blieb uns also bloß die Qual der Wahl.

Ab und zu hielten wir an, um den Tank nachzufüllen, den tatsächlichen Verbrauch des Motors zu kontrollieren und ihn in einem Notizbüchlein festzuhalten. Der Dschungel an den Ufern des Flusses wuchs bis in den Himmel und war undurchschaubar und die Wurzeln seiner riesengroßen Bäume ragten bis ins Wasser. Ab und zu wurde der Blick auf den Himmel von langen Abschnitten mit üppi-

Finalmente in viaggio sul San Juan   ***Endlich in Bewegung auf dem San Juan***

Il primo ostacolo da superare　　　　　　　　　　　　　　　　　　　　*Das erste Hindernis*

in quelle condizioni era stata una gran faticaccia.

　Il secondo ostacolo l'avevamo trovato poche ore dopo, nel pomeriggio. Questo era causato da un solo albero caduto di traverso dalla riva sinistra. Il fiume, in quel tratto, era abbastanza largo e, sulla destra, l'acqua scorreva ancora abbastanza liberamente. La massa galleggiante era lunga meno di cento metri. Ricchi della prima esperienza avevamo applicato lo stesso metodo ed eravamo passati in meno di un'ora.

　Si stava facendo tardi. Nel cielo intanto gli uccelli avevano ripreso la loro attività. Gli ara erano a centinaia e si distinguevano da tutti gli altri uccelli per il loro volo sgraziato e le loro voci stridule. Peccato che la bellezza straordinaria di questi uccelli sia penalizzata da questi due aspetti tanto negativi.

　Dovevamo cercare un posto per accamparci e passare la notte, ma le rive erano tutte allagate e non avevamo trovato nessun posto asciutto e adatto per poterci fermare. Io avrei dovuto montare la tenda mentre Max e l'indio si erano portati le zanzariere da appendere agli alberi. L'indio, abituato ad andare a caccia in canoa ed a vivere sul fiume

gen Bambusbüschen verwehrt. Das Ufer war überschwemmt und es gab keine Möglichkeit, ein Stück zu Fuß zu erkunden. Wenn wir den Motor ausmachten, umgab uns eine absolute Stille. Nachdem wir schon einige Stunden unterwegs waren, hörten wir noch nicht einmal mehr Vogelgezwitscher. Hier und da sahen wir einen Affen, der uns von seinem sicheren Ast aus neugierig beäugte, oder es geschah, dass ein Fischreiher oder eine Wildente bei unserer Ankunft erschreckt davonflogen. Wir sahen im Vorbeifahren einige wilde Truthähne, ein paar Schildkröten und Tausende von Schmetterlingen in allen Farben. Aber die großen Tiere hatten sich vor der Sonne alle in das Dickicht des Waldes zurückgezogen.

　Kurz vor Mittag stießen wir in einem weniger breiten Abschnitt des Flusses auf das erste Hindernis. Zwei große Bäume waren genau an der gleichen Stelle in den Fluss gefallen, einer von rechts und einer von links, so dass ihre Kronen in der Mitte miteinander verwachsen zu sein schienen. An dieser Stelle hatte sich alles, was angeschwemmt worden war, gestaut und auf dieser Insel aus Ästen, Stämmen und vielen, vielen Bambusrohren war eine dichte,

per giorni e notti, non era affatto preoccupato ed aveva detto che, eventualmente, avremmo potuto passare la notte accovacciati nella canoa. Anche Max non sembrava preoccupato ma io lo ero, e come! Tranne le poche ore di lavoro per superare i due ostacoli ed un paio d'ore passate alla guida del motore, ero stato tutto il giorno accucciato in posizione scomoda ed in equilibrio precario in quella benedetta canoa che minacciava di rovesciarsi ad ogni minimo movimento. I miei reni e tutti i miei muscoli erano anchilosati e non credo che sarei riuscito a resistere una notte intera in quella posizione. Inoltre mi sentivo disidratato per l'effetto del sole e cotto dal calore che avevo dovuto sopportare sotto il sacco a pelo.

Se avessi dovuto veramente passare la notte sulla canoa, immobile in quella posizione scomoda ed esposto agli insetti, non credo che poi avrei avuto la forza di affrontare un altro giorno in quelle condizioni. Il mio

Aprendosi un varco col *machete*

hunderte von Metern lange Pflanzenschicht aus Wasserhyazinthen gewachsen. Ein Stück weit schafften wir es, uns mit voll aufgedrehtem Motor einen Weg durch dieses Dickicht zu bahnen, doch dann mussten wir aussteigen. Wir kletterten auf die treibenden Baumstämme und versuchten von dort aus, möglichst ohne aus dem Gleichgewicht zu raten, einen wenig Platz für das Kanu zu schaffen. Es war ein mühseliges und anstrengendes Unterfangen. Wir scheuchten durch unsere Bewegungen Heerscharen von Insekten auf, die über uns herfielen, als wollten sie uns in Stücke zerreißen. Zeit und Feuchtigkeit hatten den Baumstämmen eine derbe Fäulnis einverleibt, die uns derart in die Nase stieg, als würden wir in den Weihern der tiefsten Sümpfe herumstochern. Am Ende banden wir ein langes Tau an den dicksten Ast des einen umgefallenen Baumes und mit ein paar festen Schlaufen, die wir zu einem Flaschenzug zusammenknoteten, zogen wir das Kanu über die Pflanzen und dümpelnden Stämme nach oben. Unsere Sorge bestand darin, dass es sich bei dieser Aktion auf dem unebenen Grund überschlagen und einen Teil seiner Ladung verlieren würde. Aber das Glück stand auf unserer Seite. Während ich mich um die Schlaufen kümmerte und es langsam nach vorne zog, kümmerten Max und der Indio sich darum, es im Gleichgewicht zu halten und nach vorne zu schieben. Schließlich schlugen wir mit der Machete einen Durchgang ins Geäst der beiden umgefallen Bäume und ließen das Kanu auf der anderen Seite dieses natürlichen Dammes wieder ins Wasser fallen.

Alles in allem hatten wir das Hindernis noch ganz gut bewältigt und dabei sogar nur weniger als zwei Stunden verloren. Aber unter diesen Bedingungen zu arbeiten war eine Höllenanstrengung gewesen.

Das zweite Hindernis erblickten wir einige Stunden später am Nachmittag. Diesmal war es nur ein Baum, der vom linken Ufer auf den Fluss gefallen war. Der Fluss war auf diesem Abschnitt ziemlich breit und am rechten Ufer floss das Wasser einigermaßen ungehindert weiter. Das Treibgut zog sich hier nicht mehr als hundert Meter in die Länge. Reich an Erfahrung aus dem vorangegangenen Erlebnis, wandten wir die gleiche Methode an und konnten nach weniger als einer Stunde weiterfahren.

Es war spät geworden. Am Himmel sah man schon die

Der Autor schlägt sich den Weg mit der Machete frei

coraggio, l'entusiasmo e l'ottimismo mi stavano piantando in asso per far posto ad uno stato di avvilimento e di preoccupazione. Quasi per contraddirmi, però, quando ormai era quasi buio, avevo visto che, davanti a noi sulla destra del fiume, l'acqua cambiava colore e diventava completamente nera. Era un piccolo affluente che si immetteva nel San Juan e dal colore delle sue acque l'avevamo battezzato *Rio Negro*. Niente di originale, però, perché, in Amazzonia, di Rio Negro ce ne sono a decine. Proprio di fronte alla foce del Rio Negro il San Juan si allargava in una piccola ansa dove il terreno era leggermente rialzato ed emergeva dall'acqua.

Eravamo salvi! Potevamo finalmente fermarci ed accamparci per la notte. Avevamo attraccato la canoa, avevamo trovato un paio di sterpi asciutti ed avevamo acceso un fuoco giusto in tempo per proteggerci dai nuvoloni di zanzare che iniziavano la loro attività. Io ero riuscito a mangiare soltanto un po' di frutta e mezza scatola di fagioli. Avevo dovuto sforzarmi perché non avevo appetito. Poi avevo montato la tenda e m'ero messo a letto. Max e l'indio avevano appeso le loro zanzariere ad un ramo e vi si erano infilati sotto.

Ricordo che ero crollato subito in un sonno profondo ma poi ero stato svegliato dagli urli degli animali, probabilmente le scimmie, e non ero più riuscito ad addormentarmi. Per tutto il resto della notte mi ero girato e rigirato nella mia tendina ed era stato un vero sollievo quando, prima dell'alba, avevo sentito che Max e l'indio si erano alzati per partire col fresco del mattino.

Avevamo lasciato malvolentieri il nostro posticino asciutto ed altrettanto malvolentieri mi ero infilato nella canoa per navigare tutto il giorno con lo stesso sole feroce del giorno precedente. Da quel punto il fiume, che trasportava tutta la propria acqua più quella del suo affluente, il Rio Negro, si era allargato e la corrente era notevolmente diminuita. In certi tratti sembrava di navigare in un lago. Dopo un paio d'ore di navigazione si era allargato tanto che in prossimità delle rive si erano formati grossi banchi di vegetazione galleggiante. In prevalenza erano giacinti d'acqua, ma in un'ansa più ampia sulla nostra sinistra avevamo visto anche un'ampia distesa di ninfee con foglie circolari di almeno due metri. Su queste passeggiavano tanti uccelli acquatici dalle zampe lunghe lunghe. Sulla sponda c'era un gruppo di capibara che si

ersten Vögel kreisen. Die Aras waren weit in der Überzahl und unterschieden sich von den anderen Vögeln durch ihren ungraziösen Flug und ihre erbarmungslos krächzenden Stimmen. Schade eigentlich, dass die unvergleichliche Schönheit dieser Vögel von diesen beiden negativen Aspekten beeinträchtigt wird.

Wir mussten einen Platz finden, wo wir uns niederlassen und die Nacht verbringen konnten. Doch wir erblickten weit und breit keine einzige trockene Fläche, auf der wir verweilen konnten. Ich musste mein Zelt aufschlagen und Max und der Indio hatten ihre Moskitonetze, die man in die Bäume hängte. Der Indio, der häufig mit seinem Kanu auf die Jagd ging und daran gewöhnt war Tag und Nacht auf dem Fluss zu verbringen, machte sich gar keine Sorgen und sagte, dass wir uns für die Nacht eventuell auch im Kanu zusammenkauern könnten. Auch Max schien sich keine Sorgen zu machen. Ich aber schon, und was für welche! Außer die wenigen Stunden Arbeit, die wir zur Überwindung der Hindernisse gebraucht hatten, und ein paar Stunden am Motor, hatte ich den ganzen Tag in unbequemster Weise in diesem engen Kanu gesteckt und um mein Gleichgewicht gefürchtet, weil dieses verdammte Ding bei jedem kleinsten Atemzug umzukippen drohte. Meine Nieren und Muskeln waren bis auf das Äußerste verspannt und ich glaubte, keine Nacht in dieser Position überleben zu können. Außerdem fühlte ich mich von der Sonne ganz ausgetrocknet und von der Hitze unter dem Schlafsack völlig matt.

Wenn ich eine ganze Nacht in dieser steifen, unbequemen Position, noch dazu zusammen mit den Insekten verbringen müsste, würde ich die Kraft für einen weiteren Tag in diesem Kanu nicht aufbringen können. Mein Mut, mein Enthusiasmus und mein Optimismus verstummten und ein Gefühl der Mutlosigkeit und Besorgnis machten sich breit. Doch dann, quasi als wollte er Widerspruch dagegen einlegen, erschien rechts von uns ein kleiner Zufluss vor meinen Augen. Sein Wasser hatte eine andere Farbe und war pechschwarz, deshalb hatten wir ihn Rio Negro *getauft. Das war wohl nicht gerade einfallsreich, denn in Amazonien hießen Dutzende von Flüssen so. Doch genau gegenüber der Mündung des Rio Negro weitete sich der Verlauf des San Juan in eine kleine Biegung, die höher lag und aus dem Wasser herausstach.*

Wir waren gerettet! Wir konnten endlich Halt machen

asciugava al sole. Il capibara è il più grosso roditore che esiste al mondo e può arrivare a pesare fino ad 80 chili! Sembrava di essere immersi in un ambiente di un altro pianeta e di un altro tempo. Un ambiente nel quale era evidente che l'uomo non era ancora arrivato. Probabilmente, se mi fossi permesso il tempo di fermarmi ed aspettare, prima o poi avrei visto arrivare dei branchi di dinosauri ad abbeverarsi al fiume. L'indio che ci accompagnava aveva detto che nessuno dei suoi compagni si era mai avventurato verso nord fino a quel punto. Forse aveva addirittura un po' di paura; ma contava sul fatto che noi, certamente, sapevamo bene cosa stavamo facendo e dove stavamo andando.

Nel corso della giornata avevamo trovato altri due ostacoli, più o meno identici a quelli del giorno precedente. Il San Juan si era fatto sempre più largo e la corrente ancora minore. Avevamo visto tanti *bufeos* e nelle prime ore del giorno tanti altri animali: capibara, tartarughe, qualche caimano ed un paio di tapiri. Io ero stato al timone soltanto un'oretta, la mattina presto, e Max aveva fatto altrettanto. Il resto del tempo era toccato all'indio che aveva più resistenza di noi due e si godeva l'occasione unica di pilotare una canoa a motore. Mi ero chiesto spesso come avremmo potuto cavarcela Max ed io senza di lui. Per la maggior parte del tempo io ero rimasto accucciato nella mia solita posizione scomoda nel fondo della canoa, col cappello calcato sulla

Passaggio fra gli ultimi rami

und unser Lager für die Nacht aufschlagen. Wir befestigten das Kanu und sammelten ein paar trockene Zweige, mit denen wir ein Feuer entfachten, das uns gerade noch rechtzeitig vor den Mückenschwärmen rettete. Ich strengte mich an, ein bisschen Obst und eine halbe Dose Bohnen zu essen, aber ich hatte keinen Appetit. Ich baute mein Zelt auf und legte mich sofort schlafen. Max und der Indio hängten ihre Moskitonetze an einen Ast und legten sich darunter.

Ich erinnere mich, dass ich augenblicklich in einen tiefen Schlaf versunken war, doch dann erwachte ich von den Schreien der Tiere, vermutlich der Affen, und konnte nicht wieder einschlafen. Die restliche Nacht warf ich mich in meinem Zelt von der einen Seite auf die andere und es war eine große Erleichterung, als ich hörte, wie Max und der Indio noch vor Sonnenaufgang aufstanden, um in der frischen Morgenluft weiterzufahren.

Wir verließen unser trockenes Plätzchen nur ungern und genau so ungern kletterte ich wieder in das Kanu, um den ganzen Tag in dieser verkrampften Position der gnadenlosen Sonne ausgesetzt zu sein. Da der San Juan von diesem Punkt aus nicht nur sein Wasser, sondern auch das des Rio Negro führte, wurde das Flussbett breiter und die Strömung geringer. An manchen Stellen schien der Fluss sich in einen See zu verwandeln und nach ein paar Stunden weitete er sich derartig aus, dass an seinen Ufern vielfältige Wasserpflanzen wuchsen. Zum Großteil erblickten wir Wasserhyazinthen aber in einer etwas größeren Bucht zu unserer Linken erspähten wir auch eine ganze Fläche Wasserrosen mit runden, bestimmt zwei Meter großen Blättern. Auf ihnen spazierten eine ganze Reihe Wasservögel mit endlos langen Beinchen herum. Am Ufer standen ein paar capibara, *Wasserschweine, die sich von der Sonne wärmen ließen. Der* capibara *ist das größte Nagetier der Welt und wiegt bis zu 80 Kilo! Wir schienen in die Landschaft eines anderen Planeten und einer anderen Zeit*

Durch die letzten Äste

fronte ed il sacco a pelo tirato su fino a coprirmi perfino il viso. Il calore mi stava ammazzando ed ogni tanto avevo qualche sintomo di nausea.

Verso sera avevamo costeggiato, sulla destra, una zona in cui la giungla era particolarmente alta e folta ed avevamo notato che, vicino alla base degli alberi più grossi, il terreno era più rialzato e presentava delle piccole superfici asciutte sulle quali avremmo potuto rifugiarci per la notte. C'eravamo quindi fermati, eravamo riusciti ad accendere un fuoco, io avevo montato la tenda fra due grosse radici e mi ci ero infilato dentro senza neppure provare a mangiare qualcosa. Ero veramente sfinito. Durante tutto il giorno non avevo mangiato niente e ciononostante ero stato preso dall'arsura ed avevo consumato più acqua del previsto. Max e l'indio bevevano l'acqua del fiume ma io non mi ero fidato. Fra le scorte mi ero portato anche due taniche d'acqua pulita che

eingetaucht zu sein. In eine Landschaft, in der der Mensch bisher noch nicht vorgedrungen war. Wenn ich Zeit gehabt hätte, noch ein bisschen zu verweilen, dann wären vielleicht früher oder später Dinosaurier aufgetaucht, um sich am Flusse zu laben. Der Indio bestätigte uns, dass auch keiner seiner Gefährten sich jemals so weit in den Norden vorgewagt hatte. Vielleicht hatte er sogar ein bisschen Angst, doch er zählte darauf, dass wir uns unserer Sache sicher waren und dass wir wussten, was wir taten und wohin wir wollten.

Im Lauf des Tages stießen wir auf zwei weitere Hindernisse, die mehr oder weniger wie die vom Vortag waren. Der San Juan wurde immer breiter und die Strömung ließ immer weiter nach. Wir bekamen viele *bufeos*, Delfinen, zu sehen, und in den Morgenstunden auch noch viele andere Tiere: *capibara*, Schildkröten, Kaimane und ein paar

Il fiume è di nuovo libero *Der Fluss ist wieder frei*

I giacinti d'acqua ricoprono ampie superfici presso le sponde

An beiden Ufern bedecken Wasserhiazynthen breite Flächen

mi sarebbe dovuta bastare per tutto il viaggio ma, se avessi continuato a bere con lo stesso ritmo, non mi sarebbe bastata neppure per il solo tratto di andata. Avevo con me un *survival kit*, che avevo comperato in Svizzera, e che comprendeva anche un filtro di ceramica che garantiva l'eliminazione di ogni tipo di batteri ma, per adoperarlo, avevo bisogno di una superficie ferma e di tanto tempo. Per filtrare un litro d'acqua servivano circa quattro ore!

Quella notte gli urli degli animali erano stati all'altezza della notte precedente ma ero talmente stanco e sfinito che ero riuscito ugualmente a dormire. I sintomi di nausea mi avevano spaventato ed avevo fatto fatica ad addormentarmi. Speravo che fosse soltanto l'effetto dell'arsura e di tutta l'acqua che avevo ingurgitato senza mangiare niente di solido e di sostanzioso ma avrebbe anche potuto trattarsi di qualcosa di più serio. Alla fine però la stanchezza aveva avuto il sopravvento e mi ero addormentato. La mattina mi sentivo meglio, anche se molto debole e ancora senza appetito.

Il terzo giorno si era presentato più tranquillo. Il fiume era molto largo e gli alberi caduti di traverso non erano mai grandi abbastanza da ostruirne completamente il flusso. Io però stavo cedendo e cominciavo a mettere in dubbio le mie capacità di resistere fino alla fine. Non ero riuscito a mangiare niente, neppure nel fresco del mattino, e l'arsura mi aveva attaccato fin dalle prime ore. Più bevevo e più avevo sete. Max cominciava a guardarmi preoccupato. Cercavo di starmene immobile sotto il sacco a pelo che col suo calore non faceva che peggiorare il mio stato. La pelle del viso e delle braccia era completamente ustionata e la

Tapire. Ich war nur früh am Morgen ein Stündchen am Steuer und Max ebenfalls. Den Rest des Tages übernahm der Indio, der ausdauernder war als wir beide zusammen und die Gelegenheit, ein Motor-Kanu zu steuern, genoss. Ich fragte mich oft, wie Max und ich es ohne ihn angestellt hätten. Die meiste Zeit hockte ich zusammengekauert in der üblichen unbequemen Position auf dem Boden des Kanus, den Hut tief in der Stirn und den Schlafsack bis über das Gesicht gezogen. Die Hitze brachte mich halb um und ich verspürte eine gewisse Übelkeit in mir aufsteigen.

Gegen Abend legten wir an, auf unserer Rechten war der Dschungel hoch und dicht und uns war aufgefallen, dass es zwischen den riesengroßen Baumstämmen einige trockene Anhöhen gab. Wir blieben also dort, zündeten ein Feuer zwischen zwei dicken Baumwurzeln an, und ich verkroch mich sofort in mein Zelt ohne auch nur zu versuchen, etwas Nahrung zu mir zu nehmen. Ich war am Ende meiner Kräfte. Ich hatte den ganzen Tag nichts gegessen und obwohl ich mehr als gewöhnlich trank, konnte ich meinen Durst nicht stillen. Max und der Indio tranken das Wasser aus dem Fluss, aber ich traute mich nicht. Ich hatte mir zwei Kanister Trinkwasser mitgenommen, die für die ganze Fahrt ausreichen mussten. Aber wenn ich weiterhin soviel Wasser trinken würde, wäre der Vorrat noch vor Ende des Hinweges erschöpft. Ich führte außerdem ein survival kit *mit mir, das ich in der Schweiz gekauft hatte. Es enthielt auch einen Keramikfilter, der die Vernichtung jeder Art von Bakterien garantierte, doch um ihn anzuwenden, benötigte ich eine festen Boden und sehr viel*

spalmavo in continuazione con la crema solare ma i risultati erano scarsi. Mi si erano gonfiate le labbra ed il viso ed anche gli occhi erano talmente gonfi che avevo difficoltà a tenerli aperti.

Prima di intraprendere quella spedizione avevo chiesto ad Andrès di appendere un segnale su un albero ai bordi del fiume altrimenti non avremmo avuto nessun punto di riferimento per sapere che eravamo arrivati. Secondo le mie stime avremmo dovuto raggiungere l'*estancia* con circa tre giorni di navigazione. Dal mio angolino, accovacciato immobile sotto il sacco a pelo, guardavo con estrema attenzione ogni albero sulla sponda destra con la speranza di trovarvi un telo appeso o qualche altro genere di segnale. Ero terrorizzato dal pensiero che mi potessi distrarre, che mi sfuggisse e che ci perdessimo nel fiume oltre la Ceiba. Sarebbe stata sicuramente la fine!

Finalmente, poco dopo mezzogiorno, su un albero avevo visto da lontano qualcosa di strano: era una tavola appesa

Zeit. Um einen Liter Wasser zu filtern dauerte es ungefähr vier Stunden!

In dieser Nacht waren die Tierschreie nicht weniger laut, aber ich war so müde und ausgelaugt, dass ich trotzdem schlief. Das Gefühl der Übelkeit hatte mir Angst eingejagt und ich konnte nur schwer einschlafen. Ich hoffte, dass es bloß die Antwort auf meinen Höllendurst und all das Wasser, das ich auf nüchternen Magen in mich hineingeschüttet hatte, war und nicht doch etwas Ernsteres. Am Ende jedoch übermannte mich die Müdigkeit und ich schlief ein. Am nächsten Morgen fühlte ich mich etwas besser, aber ich war ziemlich schwach auf den Beinen und immer noch ohne Appetit.

Der dritte Tag verlief etwas ruhiger. Der Fluss war sehr breit und die umgefallenen Bäume konnten die Strömung nicht stoppen, auch wenn sie noch so groß waren. Meine Kraft aber ließ weiter nach und mir kamen Zweifel, ob ich bis zum Schluss durchhalten würde. Nicht einmal in der frischen Morgenluft war es mir gelungen, einen Bissen herunter zu bekommen, der Durst hingegen plagte mich, seit ich die Augen geöffnet hatte. Je mehr ich trank, umso größer wurde der Durst. Auch Max begann sich langsam Sorgen um mich zu machen. Ich zog mich reglos unter den Schlafsack zurück, aber die Hitze dort verschlimmerte meinen Zustand nur. Meine Haut hatte im Gesicht und auf den Armen schwere Verbrennungen

**Nel cartello di Andrès
„*La Ceiba*" è diventata
„*La Selva*"**

**„La Ceiba"*ist in Andrès'*
Schild zu
„La Selva" geworden**

e sulla quale Andrès, con un pezzo di carbone, aveva scritto: LA SELVA. Niente male, il nostro *administrador*, soltanto tre errori di ortografia!

Meraviglioso! Eravamo arrivati. O quasi!

Andrès aveva fatto di più: in un punto basso fra due alberi aveva scavato un canaletto per poter passare con la canoa direttamente dal fiume al lago, la Laguna Azul la cui

erlitten und ich rieb mich pausenlos mit Sonnencreme ein, die allerdings keine Wirkung zeigte. Mein Gesicht und meine Lippen schwollen an, und die Augen waren bereits so dick, dass ich kaum noch etwas sah.

Bevor wir uns auf diese Expedition begaben, hatte ich Andrès gebeten, an einen Baum am Ufer des Flusses etwas

riva dista soltanto una cinquantina di metri dal San Juan. Saremmo potuti quindi passare nel lago con tutta la canoa ed attraversarlo in direzione delle case. Alla fine del lago, però, avremmo dovuto proseguire a piedi per due o tre chilometri nella pampa allagata. Ma era già troppo tardi ed io non mi sentivo in condizioni di affrontare una fatica del genere. A poca distanza dal canaletto avevamo visto un tratto asciutto con tante impronte di animali. Allora avevamo acceso il fuoco, Max aveva pescato un paio di pesci baffuti che pesavano almeno un chilo, l'indio aveva pulito per bene la sua canoa ed io mi ero alzato, mi ero sgranchito i muscoli muovendomi sotto l'ombra degli alberi ed avevo montato la canadesina. Il buonumore era tornato come per incanto, io avevo smesso di bere e l'appetito aveva cominciato a farsi sentire.

Era stata una serata bellissima. Avevamo arrostito i due pescioni sulla brace e li avevamo conditi soltanto con una presina di sale. Non avevamo altro. Il profumo era rimasto a lungo nell'aria e noi avevamo cenato seduti sulle taniche e

zu befestigen, das uns ankündigte, dass wir in La Ceiba angekommen waren. Denn es gab keine anderen Anhaltspunkte, die uns verrieten, wo wir waren. Nach meinen Einschätzungen müssten wir nach drei Tagen im Kanu auf der Höhe der estancia *sein. Regungslos zusammengekauert, lugte ich unter dem Schlafsack hervor und hoffte inständig, irgendwo ein Tuch oder ein anderes Signal zu erspähen. Die Angst, es würde mir entgehen, wir würden die La Ceiba verpassen und uns weiter flussabwärts verirren, stieg bis ins Unendliche. Das würde das Ende sein!*

Doch endlich, kurz nach Mittag, erblickte ich von weitem etwas seltsames auf einem Baum: Es war eine Tafel und Andrès hatte mit einem Stückchen Kohle LA SELVA darauf geschrieben. (Nicht schlecht, unser administrador *hatte nur drei Buchstaben fasch geschrieben!).*

Wunderbar! Wir waren da! Oder zumindest fast!

Andrès hatte noch mehr für uns getan: Zwischen zwei Bäumen hatte er einen kleinen Kanal ausgehoben und wir konnten mit dem Kanu vom Fluss direkt auf den See

La *Laguna Azul* **all'alba**   ***Die** Laguna Azul **bei Tagesanbruch***

Una mucca che va a farsi il bagno nel lago

con i piedi nel fango mentre nel fiume che scorreva lento i *bufeos* uscivano dall'acqua per respirare e poi si immergevano di nuovo. Un gruppo di una trentina di troperos, sporchi, luridi e puzzolenti come non mai, si erano avvicinati per osservarci con curiosità poi se n'erano andati lasciandoci in ricordo il loro fetore insopportabile. Dopo la cena mi ero infilato nella canadesina al riparo dalle zanzare e dagli altri insetti e finalmente avevo dormito come un ghiro fino all'alba.

La *Laguna Azul*, vista dall'alto del *ndegito*, sembrava molto più piccola ma per attraversarla con la canoa c'era voluto parecchio tempo. Nel centro il *norte* alzava un'ondina che andava poco d'accordo con la forma della canoa, che è fatta per l'acqua ferma di fiume, ed avevamo dovuto procedere con molta cautela. L'indio aveva proposto di proseguire con la pagaia ma poi mi ero messo io al motore ed ero riuscito a trovare l'assetto giusto e la velocità idonea per affrontare le onde. Anziché attraversare il lago in linea retta avevo deciso di costeggiare, sia pure ad una certa distanza, la riva sinistra, quella dalla quale veniva il vento e quindi dove le onde non avevano ancora raggiunto un'altezza pericolosa. Ad un tratto avevamo visto qualcosa di grosso muoversi fra la vegetazione vicino alla riva davanti a noi. Pensavamo che fosse un caimano che avesse catturato qualcosa di grosso, invece era semplicemente una vacca che faceva il bagno. Era veramente un altro mondo!

Avevo con me una piccola bussola portatile ma non mi era servita molto. Per trovare la direzione giusta e per decidere dove uscire dal lago e proseguire nella pampa in direzione delle case mi ero regolato meglio col sole del

Eine Kuh badet gemütlich im See

fahren – auf die Laguna Azul, deren Ufer nur ungefähr fünfzig Meter weit vom San Juan entfernt lag. Wir konnten also direkt mit dem Kanu auf den See fahren und ihn in Richtung der Häuser durchqueren. Vom anderen Ende des Sees mussten wir allerdings noch zwei oder drei Kilometer zu Fuß durch die überschwemmte Pampa waten. Doch es war schon sehr spät und ich fühlte mich nicht mehr in der Lage dazu, einen solchen Kraftakt zu bewältigen. Nicht weit von dem kleinen Kanal entfernt, sahen wir eine trokkene Stelle, auf der viele Tiere ihre Spuren hinterlassen hatten. Dort schürten wir ein Feuer, Max fing ein paar Bartfische, die bestimmt bis zu einem Kilo schwer waren und der Indio säuberte gründlich sein Kanu. Ich stand auf, streckte und reckte mich im Schatten der Bäume und schlug mein Zelt auf. Wie durch einen Zauber ließ mein Durst nach und mit der guten Laune kehrte auch mein Appetit zurück.

Es war ein wunderschöner Abend. Wir grillten die beiden dicken Fische über dem Feuer und streuten eine Prise Salz daraf. Mehr hatten wir nicht. Der Geruch stieg uns in die Nase und wir setzten uns zum Essen auf die Kanister. Unsere Beine steckten im Schlamm und vor uns lag der Fluss, dessen Oberfläche ab und zu von einem bufeo *durchbrochen wurde, der nach Luft schnappte und dann wieder untertauchte. Aus dem Dickicht kam ein Grüppchen neugieriger* troperos, *die kleine Wildschweine die noch drekkiger und stinkiger als gewöhnlich waren, und uns, nachdem sie genug gesehen hatten, in einer miefigen Duftwolke zurückließen. Nach dem Essen flüchtete ich mich vor den Mücken und anderen Insekten in mein Zelt, um endlich wie ein Murmeltier bis zum nächsten Morgen durchzuschlafen.*

Die Laguna Azul *scheint vom* Ngedito *aus gesehen sehr viel kleiner, aber um sie mit dem Kanu zu überqueren, brauchten wir einige Zeit. Mitten auf dem Wasser lies der* norte *ein paar kleine Wellen aufkommen, die das Kanu ein wenig in Seenot versetzten. Ein Kanu ist für das stille Wasser der Flüsse gebaut, und wir mussten noch vorsichtiger als gewöhnlich sein. Der Indio hielt es für angebracht weiter zu paddeln, doch dann übernahm ich den Motor, und es gelang mir, die richtige Richtung und Ge-*

mattino. Ed avevo avuto fortuna. Usciti dal lago, avevamo sollevato il motore, eravamo scesi, avevamo legato due funi alla canoa e l'avevamo trainata facendola scivolare nei pochi centimetri d'acqua fra i ciuffi di *arrozillo* e di *cañuela morada*. Ma era un'impresa difficile, soprattutto per me. Il sole che si rifletteva su quello specchio d'acqua bruciava senza pietà. L'acqua era bollente ed emanava un vapore caldo che il *norte* non bastava a dissolvere. Gli altri due camminavano scalzi ma io non ci riuscivo e mi ero tenuto gli scarponcini. Però ad ogni passo scivolavo nel fondo e facevo fatica a sfilarli dal fango. Per fortuna, però, ero riuscito ad orientarmi bene e la zona boscosa in cui erano le case e la pista erano già in vista a meno di due chilometri di distanza. In quelle condizioni era una distanza enorme.

Poi il livello dell'acqua che ricopriva la pampa era diminuito ulteriormente e la canoa, poggiando troppo sul fondo, era diventata troppo pesante da trainare. Allora ci eravamo divisi. L'indio era rimasto alla canoa mentre io e Max avevamo proseguito verso le case. Si camminava a fatica ma, senza dover trainare la canoa, la cosa era già più sopportabile. Restava soltanto il tormento del sole, dell'umidità e degli insetti. Ogni tanto passavamo vicini a qualche vacca o qualche toro che ci guardavano con curiosità. Avevo notato con sorpresa che nell'acqua c'era

schwindigkeit einzulegen, um gegen die Wellen anzukommen. Anstatt den See geradlinig zu durchqueren, beschloss ich in einiger Distanz am linken Ufer entlangzufahren. Aus dieser Richtung kam der Wind und die Wellen waren daher noch nicht zu einer gefährlichen Höhe herangewachsen. Plötzlich sahen wir etwas sehr Großes, das sich seinen Weg, ganz in unserer Nähe, durch die Pflanzenwelt bahnte. Wir dachten, es sei ein Kaiman, der einen großen Fang gemacht hätte, aber es war lediglich eine Kuh, die dabei war, ein Bad zu nehmen. Wir waren wirklich in einer anderen Welt!

Ich hatte zwar einen kleinen Kompass bei mir, brauchte ihn aber gar nicht. Um an der richtigen Stelle des Sees anzulegen und die Pampa in Richtung der Häuser zu durchqueren, hielt ich mich an den Stand der Morgensonne. Und ich hatte Glück. Nachdem wir angelegt hatten, montierten wir den Motor ab, banden zwei Taue an das Kanu und zogen es in dem flachen Wasser zwischen den Büscheln *arrozillo* und *cañuela morada hinter uns her. Doch, vor allem für mich, war es eine ziemlich mühsame Wanderung. Die Sonne, die sich im Wasser widerspiegelte, brannte erbarmungslos. Aus dem kochendheißen Wasser stieg ein so hitziger Dampf auf, dass selbst der* norte *nicht erfrischend dagegen ankam. Die anderen beiden*

Arrivano i soccorsi   ***Die Rettung kommt***

Un'insolita combinazione di mezzi di trasporto!

qualche granchio e qualche gamberetto e tanti tipi di lumache.

Dopo circa un'ora di cammino lento e faticoso avevamo visto in lontananza due uomini a cavallo che attraversavano la pista d'atterraggio e si dirigevano verso di noi tirandosi dietro altri due cavalli sellati. Era Andrès che ci aveva visti da lontano e ci veniva incontro con uno dei suoi figli. Avevo cercato di contenere i convenevoli al minimo indispensabile, eravamo saliti in sella ed eravamo tornati verso la canoa. Andrès aveva disdegnato le nostre funi e l'aveva legata col suo *lazo* e poi l'aveva trainata, con l'indio dentro, fino a poche decine di metri dalla pista dove l'acqua finiva per far posto ad uno strato omogeneo di erba. Da lì avevamo portato a braccia fino alle case le poche cose che ci sarebbero servite.

Il resto della giornata l'avevamo trascorso seduti comodamente all'ombra raccontando tutti i particolari della nostra navigata e rivivendoli uno per uno. Max, che durante tutto il viaggio era stato tanto tranquillo e silenzioso, aveva ritrovato sé stesso e ripeteva ogni dettaglio con parole e dimensioni sempre diverse. Io avevo messo in funzione il mio filtro *survival* per ripristinare le scorte d'acqua potabile. Ne avevo consumata più di due terzi! Andrès aveva messo sul fuoco due cosci di *tropero* ben frollati e ci eravamo goduti un pranzo da re. Ormai ne avevamo bisogno tutti. Per la cena aveva sparato a due anatre di passaggio e Surupía si era messa in moto per esibirsi nella sua famosa *sopa de pato*. Le anatre prese il primo ed il secondo giorno

Eine ungewöhnliche Zusammenstellung von Transportmitteln!

liefen barfuß, doch ich konnte das nicht und ließ die Schuhe an. Bei jedem Schritt versackte ich tief und hatte Schwierigkeiten, meine Füße samt Schuhe wieder herauszuziehen. Zum Glück konnte ich mich wenigstens auf meine Orientierung verlassen und das Waldstück, in dem die Häuser und der Weg waren, bereits sehen. Es war nicht mehr weiter als zwei Kilometer, aber in meinem Zustand schien mir das endlos.

Das Wasser in der Pampa wurde außerdem immer flacher und das Kanu lag nun so sehr auf dem Grund, dass wir es kaum noch hinter uns herziehen konnten. Es war besser, wir trennten uns. Der Indio blieb bei dem Kanu, während Max und ich unseren Weg zu den Häusern fortsetzten. Der Weg war beschwerlich, aber ohne das Kanu schon um einiges leichter. Auch wenn die Sonne, die Feuchtigkeit und die Insekten uns natürlich nach wie vor quälten. Hin und wieder kamen wir an einer Kuh oder einem Stier vorbei, die uns neugierig beäugten. Ich stellte überrascht fest, dass es in dem Wasser sogar Krebse, Krabben und viele, viele Schnecken gab.

Nach circa einer Stunde, in der wir nur langsam und schwerfällig vorangekommen waren, erblickten wir in der Ferne zwei Reiter, die noch zwei weitere gesattelte Pferde bei sich führten und über die Landebahn auf uns zu geritten kamen. Andrès, der von weitem auf uns aufmerksam geworden war und uns mit einem seiner Söhne entgegen kam. Ich versuchte die Höflichkeitsformeln auf das Nötig-

Max si prepara a salpare

Max sticht in See

erano andate tutte a male dopo poche ore ed avevamo dovuto buttarle nel fiume.

Più tardi, quando nel pomeriggio il sole aveva cominciato a calare, avevo fatto un giro con Max e Andrès nel *corral* nuovo e controllato alcuni vitellini appena nati. Nella stagione delle alluvioni le nascite erano poche. La natura aveva già provveduto a farle concentrare nei mesi più idonei ed asciutti.

Quella notte, in tenda, avevo dormito come un ghiro. Ci eravamo alzati poco prima dell'alba. Io mi sentivo di nuovo in forma ed avevo ritrovato l'entusiasmo, la spinta ed il buonumore che avevo perso nei giorni scorsi sul fiume. Andrès aveva già ravvivato il fuoco ed io mi ero svegliato per il profumo di *asado* che aveva invaso la canadesina. Era un *tropero* piccolo e giovane e Andrès lo stava arrostendo intero rigirandolo con attenzione sulla brace. Da un paio di mucche rinchiuse nel *corral* aveva munto un paio di litri di latte e la colazione ci avrebbe dato una scorta di energie tale da sostenerci fino al nostro arrivo al *Puente*.

Senza perdere altro tempo avevamo portato le nostre carabattole alla canoa, l'avevamo „agganciata" con un *lazo* ad un cavallo, eravamo saliti in sella ed eravamo partiti in-

ste zu beschränken, wir stiegen in die Sattel und kehrten zum Kanu zurück. Andrès löste unsere Taue mit einem abfälligen Gesichtsausdruck, band sein lazo an das Kanu und zog es samt Indio bis kurz vor den Weg, an dem das Wasser einer schönen grünen Wiese wich. Von dort aus trugen wir nur das Nötigste bis zu den Häusern.

Den Rest des Tages verbrachten wir gemütlich im Schatten der Bäume. Wir erzählten alle Einzelheiten unserer Reise und ließen sie, eine nach der anderen, noch einmal aufleben. Max, der sich während der Fahrt außergewöhnlich ruhig und schweigsam gezeigt hatte, war wieder ganz er selbst und schmückte jedes Detail mit immer neuen Worten und Ergänzungen aus. Ich hatte meinen Survival -Filter ausgepackt, um neues Trinkwasser zu produzieren, denn ich hatte mehr als zwei Drittel meines Vorrates be-

Una bella distesa di acqua limpida   **Eine idyllische Weite klaren Wassers**

direzione della *Laguna Azul*. Andrès ci aveva salutati con un cerimoniale che era continuato senza interruzione mentre noi, dopo i primi metri percorsi con la pagaia, avevamo messo in moto il Mercury e ci eravamo allontanati nell'acqua azzurra del lago.

Il viaggio di ritorno era stato più facile. All'andata avevamo consumato meno di un terzo della scorta di benzina e quindi ne avevamo a sufficienza per dare più motore controcorrente ed ottenere la stessa velocità. Il primo giorno eravamo stati sorpresi da due temporali. Erano durati poco, come è normale ai tropici, ma era venuta giù tanta di quell'acqua che avevamo dovuto fermarci e poi sgottazzare per mezz'ora per vuotare la canoa. Gli ostacoli erano stati meno difficili che all'andata, anche perché ormai ci avevamo preso la mano. Avevamo dormito più o meno negli stessi posti ed eravamo arrivati al *Puente* poco prima del tramonto del terzo giorno di navigazione, il settimo dalla partenza. Intanto io mi ero ripreso fisicamente, il viso si era sgonfiato, l'arsura mi aveva lasciato in pace ed ero riuscito a nutrirmi con regolarità. Il caldo non era di certo diminuito, ma mi ci ero abituato e l'avevo sopportato meglio.

Al ritorno a Santa Cruz eravamo stati accolti dagli amici come dei veri eroi. Max aveva ritrovato la parlantina che aveva tenuto sotto controllo durante il viaggio ed ogni sera dava spettacolo raccontando con dovizia di particolari i dettagli dell'avventura. Le interruzioni del fiume diventavano di giorno in giorno più difficili da superare e gli animali incontrati lungo le rive sempre più numerosi, grandi e pericolosi. Con i selvaggi eravamo stati veramente fortunati ed eravamo ritornati con le teste ben salde sulle spalle e non rimpicciolite dai terribili cacciatori di teste.

Era stata una delle più belle avventure della mia vita e ne era valsa veramente la pena. Avevo la prova che il fiume era navigabile anche con un'imbarcazione piuttosto grande. C'erano soltanto quattro interruzioni importanti causate da grossi alberi caduti di traverso nel fiume e che fermavano tutto ciò che galleggiava sull'acqua. Noi eravamo riusciti a far passare la canoa facendoci strada col machete e trascinandola sulle masse di tronchi e di vegetazione che galleggiavano prima di ciascuna di quelle interruzioni. Per passare con una imbarcazione più pesante bisognava eliminare completamente quegli ostacoli ma sarebbe bastato fare il primo viaggio armati di grosse motoseghe, tagliare a

reits ausgetrunken. Andrès hatte zwei zarte Tropero-Schenkel auf das Feuer gelegt und wir speisten wie die Könige. Mittlerweile hatten wir es alle bitter nötig. Für das Abendessen hatte Andrès zwei Flugenten geschossen und Surupìa war schon rege mit den Vorbereitungen beschäftigt, um später mit ihrer berühmten sopa de pato *aufzutrumpfen*. Die Enten, die wir am ersten und zweiten Tag geschossen hatten, waren nicht mehr gut gewesen und wir hatten sie in den Fluss werfen müssen.

Später am Nachmittag, als die Sonne tiefer stand, ging ich mit Andrès und Max in den neuen corral, *um ein paar neugeborene Kälbchen zu begutachten. Während der Regenzeit werden nur wenige Kälber geboren. Die Natur hatte es so eingerichtet, dass die meisten von ihnen, das Licht der Welt in den trockenen, dafür geeigneten Monaten erblicken.*

In dieser Nacht schlief ich in meinem Zelt tief und fest wie ein Murmeltier. Wir standen kurz vor Sonnenaufgang auf. Ich hatte meine Form, meinen Enthusiasmus, meine Kraft und meine gute Laune, die in den letzten Tagen auf dem Fluss verloren gegangen waren, wieder gefunden. Andrès hatte das Feuer bereits wieder in Gang gebracht und ich wachte auf, weil der Duft des asado *ins Zelt und in meine Nase gestiegen war. Es war ein kleines* Tropero *und Andrés grillte es auf dem Feuer achtsam von allen Seiten. Ich ging in den* corral, *um ein paar der Kühe zu melken und dieses reichhaltige Frühstück würde uns die Kraft für den Rückweg bis zum* puente *geben.*

Ohne Zeit zu verlieren, brachten wir unseren Kram zum Kanu, das wir mit einem lazo an eines der Pferde „ankoppelten", stiegen in die Sattel und ritten zur Laguna Azul. Andrès nahm feierlich von uns Abschied und redete noch immer pausenlos auf uns ein, als wir schon längst einige Meter gerudert waren, den Mercury angeschmissen hatten und auf dem türkisfarbenen Wasser des Sees davonfuhren.

Der Rückweg verlief müheloser. Auf dem Hinweg hatten wir weniger als ein Drittel des Benzins verbraucht und so konnten wir nun stromaufwärts mehr Gas geben, um die gleiche Geschwindigkeit zu erreichen. Am ersten Tag überraschten uns zwei Gewitter. Wie es in den Tropen üblich ist, hatte es nur kurz, aber dafür wie aus Eimern geschüttet. Wir mussten anhalten und eine halbe Stunde lang damit verbringen, das Wasser aus dem Kanu heraus-

pezzi gli alberi che giacevano di traverso e lasciar portar via il tutto dalla corrente.

Avevo fatto però quel viaggio quando il San Juan era in piena e non potevo sapere come si presenta il fiume durante i mesi asciutti. Per completare l'opera, quindi, avrei dovuto ripetere il viaggio nell'altra stagione. L'impresa non avrebbe più rappresentato tante incognite. Restava soltanto il pericolo che, con l'acqua più bassa, gli ostacoli formati dagli alberi abbattuti fossero ancora più difficili e numerosi oppure che in qualche punto la profondità fosse insufficiente. Bisognava andare a vedere.

Sulla base dell'esperienza fatta in quel viaggio mi ero messo subito a disegnare una barca col fondo piatto adatta per quel fiume e, nei sei mesi successivi, con l'aiuto impagabile di Max, l'avevo costruita in lamiera leggera, molto maneggevole, snella e pratica. Gli avevo applicato maniglie, ganci ed attacchi robusti adatti a trainarla e a sollevarla. Rispetto alla canoa, poi, sarebbe stata molto più spaziosa e veloce ed avrei potuto portare molte più provviste, benzina, acqua e viveri.

Finalmente, in gennaio, Stefania ed io avevamo caricato il tutto sulla nostra vecchia Chevrolet ed eravamo partiti due ore prima dell'alba alla volta del *Puente*. Un giorno intero di viaggio con attraversamento del Rio Grande con la zattera. Al Puente avevamo cercato di rintracciare l'indio che era venuto con me la prima volta ma non c'era. Era andato a caccia e, quando un indio va a caccia, nessuno può mai sapere quando potrà tornare. Però se ne era presentato un altro che si era offerto di accompagnarci. Aveva un aspetto poco sveglio ma poi si era dimostrato molto valido.

Alcuni indios ci avevano offerto di dormire nelle loro capanne ma noi avevamo piantato la tenda sulla riva del San Juan sotto gli occhi incuriositi di tutti ed avevamo dormito ben protetti dagli insetti che altrimenti, nelle capanne, ci avrebbero sicuramente divorati. Dopo una nottata tranquilla eravamo partiti prima dell'alba. La barca era molto veloce, molto più veloce della canoa, e soprattutto molto più comoda. Era anche molto più facile da guidare e Ignacio, l'indio che ci accompagnava, aveva imparato subito ad usare il motore. Stefania ed io ce ne stavamo tranquilli e comodi a goderci il panorama di vegetazione, di animali e di fiori che ci si presentava al nostro passaggio.

zuschütten. Weil wir bereits darauf gefasst waren, verursachten uns die Hindernisse weniger Schwierigkeiten als auf dem Hinweg. Wir verbrachten die Nächte mehr oder weniger an den gleichen Stellen und erreichten den Puente *am dritten Tage kurz vor dem Sonnenuntergang – sieben Tage nach unserer Abreise. Ich war körperlich wieder ganz fit, mein Gesicht war abgeschwollen, der Durst hielt sich in Grenzen und der Appetit war gänzlich zurückgekehrt. Die Hitze war natürlich nicht weniger geworden, aber ich hatte mich daran gewöhnt und sie besser ertragen.*

Bei unserer Rückkehr wurden wir von unseren Freunden in Santa Cruz als Helden gefeiert. Max lebte seinen Rededrang, den er während der Reise zurückgesteckt hatte, nun doppelt und dreifach aus und gab jeden Abend eine Vorstellung, in der er die Fülle der Geschehnisse haarklein zum Besten gab. Die Hindernisse wurden von Tag zu Tag unüberwindbarer und die Tiere immer zahlreicher, größer und gefährlicher. Mit den Wilden hatten wir noch einmal Glück gehabt, wir waren erhobenen Hauptes zuruckgekehrt und nicht Opfer der schrecklichen Kopfjäger geworden.

Diese Fahrt hatte sich wirklich gelohnt. Sie war eines der schönsten Abenteuer meines Lebens. Ich hatte den Beweis dafür, dass man den Fluss auch mit einem größeren Boot befahren konnte. Es gab auf dem ganzen Stück nur vier große Hindernisse, die aus schräg über den Fluss gefallenen Bäumen und all dem, was sie stauten, bestanden. Wir konnten sie mit dem Kanu überwinden, weil wir uns den Weg mit der Machete freigeschlagen und es über die Stämme und treibenden Pflanzenmassen hinübergezogen hatten. Um mit einem schwereren Fahrzeug dort vorbeizukommen, musste man die Hindernisse ganz aus dem Weg schaffen. Dazu müssten wir uns mit riesigen Motorsägen bewaffnen, die umgefallenen Stämme zersägen und sie dann von der Strömung wegtragen lassen.

Ich hatte diese Fahrt auf dem San Juan allerdings bei Hochwasser gemacht und konnte nicht wissen, wie es in der Trockenzeit um den Fluss stand. Um die Untersuchung zu vervollständigen, müsste ich die Fahrt in der anderen Jahreszeit wiederholen. Das Vorhaben würde dann nicht mehr so viele Risiken bergen. Es bestand nur die Gefahr, dass die Hindernisse im flachen Wasser zahlreicher und

Una piccola india del Puente

Nelle prime ore del pomeriggio avevamo già raggiunto la foce del Rio Negro, con circa tre ore di anticipo rispetto al viaggio precedente, e ci eravamo fermati, avevamo pescato, avevamo acceso il fuoco ed arrostito il pesce sulla brace. Poi eravamo andati a dormire lasciando il fuoco acceso. Ma non avevamo chiuso occhio. Oltre agli urli degli animali

Sul Rio Grande con la nuova barca

Eine kleine Einheimische am Puente

schwerer zu überwinden sein würden oder das Wasser an manchen Stellen gar nicht tief genug war. Wir würden sehen.

Aufgrund der schlechten Erfahrungen mit dem Kanu fing ich sofort damit an, ein Boot mit flachem Boden zu zeichnen. Ich wählte ein leichtes Blech aus und in den folgenden sechs Monaten baute ich, mit der unbezahlbaren Unterstützung von Max, ein manövrierfähiges, flinkes und praktisches Boot. Ich stattete es mit Griffen, Haken und kräftigen Vorrichtungen aus, an denen wir es ziehen und heben konnten. Es war viel schneller und geräumiger als ein Kanu und wir konnten problemlos so viele Vorräte, Benzinkanister, Wasserflaschen und Lebensmittel wie nötig verstauen.

Im Januar war es endlich so weit: Stefania und ich luden alles auf unseren alten Chevrolet und brachen zwei Stunden vor Sonnenaufgang in Richtung Puente auf. Wir würden den San Juan mit dem Floß überqueren und gut einen Tag unterwegs sein. Als wir am Puente ankamen, machten wir uns auf die Suche nach dem Indio, der mich beim ersten Mal begleitet hatte, aber wir konnten ihn nicht finden. Er war auf die Jagd gegangen und wenn ein Indio auf die Jagd geht, konnte man nie wissen, wann er wiederkommt. Aber wir trafen auf einen anderen Indio, der sich bereit erklärte uns, zu begleiten. Er machte nicht gerade einen aufgeweckten Eindruck auf uns, aber im Nachhinein erwies er sich als sehr nützlich.

Ein paar Indios boten uns an, in ihren Hütten zu übernachten. Aber wir schlugen unter den neugierigen Blicken der Anwesenden unser Zelt am Ufer des San Juan auf, um unsere Ruhe vor den Angriffen der Insekten zu haben, die wir in den Hütten sicherlich nicht gehabt hätten. Nach einer ruhigen Nacht fuhren wir noch vor Sonnenaufgang los. Das Boot

Über den Rio Grande mit den neuen Boot

Un tratto stretto del San Juan   *Ein schmaler Abschnitt des San Juan*

c'era stato un branco di *troperos* che aveva messo sottosopra il nostro piccolo accampamento. Avevano rovesciato le cassette dei viveri ed avevano raspato sotto la nostra tenda dandoci delle potenti musate nei fianchi per tutta la notte. Approfittando di un attimo di tregua, molto prima dell'alba, c'eravamo alzati, avevamo caricato alla svelta le nostre cose in barca ed eravamo partiti prima che facesse giorno. Rimettersi in viaggio dopo una nottata del genere era stata una vera liberazione. Fino a che il sole non si era alzato dietro la giungla ed aveva illuminato la superficie del fiume avevamo viaggiato con prudenza nel buio pesto, poi avevamo accelerato. A quell'ora gli animali erano particolarmente attivi e se ne vedevano dappertutto. Sulle rive avevamo visto tapiri, tartarughe e tanti caimani.

Il resto del viaggio era andato molto bene. Stefania, con tutti i racconti che le avevo fatto, sembrava che conoscesse il fiume quanto me ed era sollevata nel vedere che io in quel secondo viaggio ero più sereno ed avevo meno problemi col sole e con l'arsura. C'è da dire che avevamo avuto la fortuna di imbroccare una passata di *surazo* e la temperatura era molto più mite del solito. Nel bassopiano boliviano il vento prevalente è il *norte* che soffia più o meno tutto l'anno

war sehr schnell – sehr viel schneller als das Kanu und vor allem, sehr viel bequemer. Es ließ sich auch viel einfacher lenken, und Ignacio, der Indio, der uns begleitete, hatte keine Probleme damit, den Motor zu bedienen. Behaglich genossen Stefania und ich die Pflanzenwelt, die Tiere und Blumen, die an uns vorbeizogen. Bereits am frühen Nachmittag, drei Stunden früher als beim letzten Mal, erreichten wir die Mündung des Rio Negro. Wir hielten an, fischten und brieten unseren Fang auf dem Feuer, das wir die ganze Nacht brennen ließen. Als wir uns in unser Zelt zurückzogen, war an Schlaf gar nicht zu denken. Außer dem Geschrei der Tiere machte uns eine Herde Troperos zu schaffen, die sich anscheinend vorgenommen hatten, unser kleines Lager auf den Kopf zu stellen. Sie schmissen unsere Vorratskisten um, wühlten unter unserem Zelt herum und boxten uns die ganze Nacht mit ihren Rüsseln in die Seiten. Noch lange vor Sonnenaufgang nutzten wir einen Moment aus, in dem sie zu verschnaufen schienen, packten überstürzt unsere Sachen zusammen und waren noch, bevor es Tag wurde, wieder auf dem Fluss. Nach einer solchen Nacht endlich weiterfahren zu können, war eine echte Erleichterung. Wir fuhren vorsichtig

**Un albero caduto:
bisogna aprirsi un varco col *machete***

**Ein umgestürzter Baum: man muss sich mit der
Machete einen Weg frei schlagen**

con una velocità abbastanza costante che varia dai 15 ai 25 nodi. Soltanto raramente soffia un vento da sud, il famoso *surazo*, che porta dalla Patagonia un freddo secco che può far scendere la temperatura anche fino a quindici o sedici gradi. È un vento che dura non più di quattro o cinque giorni e porta un po' di sollievo dalla calura umida del *Norte*.

Il livello del fiume era più basso di poco più di un metro e mezzo rispetto al mio viaggio precedente, ma gli ostacoli erano rimasti gli stessi e con lo stesso grado di difficoltà. Il materiale galleggiante sarebbe dovuto aumentare col tempo ma, probabilmente, abbassandosi il livello dell'acqua, molto era passato al di sotto di alcuni rami mentre intanto se ne andava formando dell'altro.

Il secondo viaggio in canoa era stato molto più bello e, soprattutto, molto più tranquillo del primo. Io ero meglio in forma e, anziché starmene rintanato nel fondo della canoa a farmi torturare dall'arsura sotto il sacco a pelo, riuscivo a muovermi in libertà ed a godermi il viaggio. La barca era veramente comoda e veloce ed il fondo piatto la rendeva molto stabile. La giungla era più bella che mai. C'erano tratti in cui la vegetazione sulle due sponde del fiume era composta soltanto da canne di bambù. Sono canne enormi che raggiungono un diametro di quasi trenta centimetri mentre l'altezza non supera mai i dieci o dodici metri, tanto,

in die schwarze Nacht hinein, doch als die Sonne hinter dem Dschungel aufging und der Fluss ihr Licht widerspiegelte, erhöhten wir die Geschwindigkeit. Um diese Uhrzeit schienen die Tiere noch lebendiger als in der Nacht zu sein und kamen, rings um uns herum aus ihren Löchern. An den Ufern des Flusses erblickten wir Tapire, Schildkröten und eine Vielzahl Kaimane.

Die restliche Fahrt verlief ohne Probleme. Stefania schien durch all meine Erzählungen den Fluss bereits genau zu kennen. Sie war erleichtert darüber, dass ich auf dieser Reise fröhlicher gestimmt war und die Sonne und der Durst mir weniger Beschwerden bereiteten. Dazu muss ich sagen, dass wir großes Glück hatten und die Temperatur durch den surazo sehr viel milder war als sonst um diese Jahreszeit. Der norte ist der vorherrschende Wind im bolivianischen Tiefland und er weht fast das ganze Jahr über mit einer Geschwindigkeit von 15 bis 25 Knoten. Nur ganz selten kommt der berühmte surazo, der Südwind, auf, der eine trockene Kälte aus Patagonien mit sich bringt und die Temperaturen bisweilen auf fünfzehn oder sechzehn Grad sinken lässt. Er hält niemals mehr als vier oder fünf Tage an und frischt die feuchte Luft des Norte ein wenig auf.

Der Fluss hatte eine Wassertiefe von ungefähr 1,5 Me-

comunque, come un palazzo di 3 o 4 piani. In quei tratti piuttosto aperti non c'era un minimo riparo dal sole. In altri tratti invece sulle sponde del fiume crescevano alberi maestosi con tronchi che alla base misuravano anche otto o dieci metri di circonferenza e si elevavano verso il cielo per quaranta o cinquanta metri. Erano talmente grandi che in qualche punto i rami delle cime quasi si congiungevano e ricoprivano quasi completamente il fiume regalandoci un'ombra piacevole.

L'Amazzonia non finisce mai di sorprenderti con le sue meraviglie e con la sua maestosità. Sembra che tutto nella giungla abbia delle dimensioni estreme. Nella giungla ci sono espressioni della natura che puoi trovare solo lì. In alcune zone i tronchi degli alberi possono raggiungere una circonferenza di dodici metri ed oltre ed un'altezza di oltre ottanta metri. Le varietà di alberi sono tantissime. In un censimento fatto dalla *Misión Británica en Agricultura Tropical* sono state contate ben 345 varietà di alberi in un

ter weniger als auf meiner ersten Fahrt, aber die Hindernisse hatten sich nicht verändert und waren noch genauso schwer zu überwinden. Die treibende Masse müsste mit der Zeit eigentlich immer mehr werden, aber wahrscheinlich rutschte ein Teil von ihr bei sinkendem Pegel unter den Ästen hindurch, während gleichzeitig Neues angeschwemmt wurde.

Die zweite Bootsfahrt war wesentlich schöner und vor allem ruhiger als die erste. Ich war viel besser in Form, und anstatt durstig unter einem Schlafsack auf dem Grund des Kanus zu kauern, genoss ich die Fahrt in vollen Zügen. Das Boot war wirklich sehr bequem und schnell und der gerade Boden ließ es zudem noch sehr stabil sein. Der Dschungel war so schön wie nie zuvor. Das Ufer war auf langen Strecken nur mit Bambusrohren bewachsen – Rohre, die einen Durchmesser von dreißig Zentimeter haben und mit ihren zehn oder zwölf Metern so hoch wie ein drei- oder vierstöckiges Haus sind. Doch das reichte nicht, um uns vor der Sonne zu schützen. Auf anderen Abschnitten hingegen wuchsen majestätische Bäume, deren Stäm-

Stefania cucina il pesce appena pescato

Stefania grillt den frisch gefangenen Fisch

L'Arpia Amazzonica

solo ettaro. Il sottobosco è fitto di liane, di felci gigantesche, di fiori, di piante rampicanti e di orchidee. La superficie totale dell'Amazzonia è di 600 milioni di chilometri quadrati, più di tutta l'Europa occidentale, e nei suoi fiumi scorre un quinto di tutta l'acqua dolce del globo. Il Rio delle Amazzoni è lungo 6.868 chilometri, pari alla distanza che c'è fra New York e Berlino.

La giungla amazzonica vanta alcuni records mondiali. La biodiversità più ricca: in un ettaro di foresta si incontrano più tipi di piante di quante ne esistono in tutto il continente europeo. L'uccello più piccolo, un colibrì che pesa solo due grammi. Il serpente più grande, l'*anaconda* che può arrivare a misurare ben 24 metri. L'animale più antico, il *perezoso* (Bradipus tridactilus). Gli uccelli più variopinti, gli ara. I pipistrelli più grandi, le rane velenose e tante varietà di anfibi tanto affascinanti per i loro colori quanto mortali per i loro morsi. La giungla è abitata da un'infinità di animali, dalle tante specie di scimmie ai tapiri, ai formichieri giganti, agli armadilli, ai caimani, ai giaguari, ai delfini, ai cinghiali, enormi roditori come i capibara e poi formiche, lontre giganti, migliaia di varietà di uccelli e,

Un *piraña*

Die Arpia Amazzonica

me teilweise einen Umfang von acht bis zehn Metern hatten und sich bis zu vierzig oder fünfzig Metern hoch in den Himmel streckten. Sie waren dermaßen groß, dass sich ihre Kronen über uns an manchen Stellen vereinten und eine Art Dach darstellten, das uns einen angenehmen Schatten spendete.

Das Amazonasgebiet hört nie auf, einen mit seinen Wundern und seiner Erhabenheit zu beeindrukken. Alles im Dschungel scheint unermessliche Dimensionen zu haben und die Natur gewährt einem Eindrücke wie nirgendwo sonst auf der Welt. In manchen Gegenden haben die Bäumstämme einen Durchmesser von zwölf Metern und eine Höhe von achtzig Metern. Es gibt unzählige, verschiedene Baumarten. Bei einer Zählung der Misión Británica en Agricultura Tropical *sind 345 verschiedene Baumarten auf einem einzigen Hektar gefunden worden. Das Unterholz ist voller Lianen, riesiger Farne, Blumen, rankenden Pflanzen und Orchideen. Die Fläche des gesamten Amazonasgebietes beträgt 600 Millionen Quadratkilometer, mehr als ganz Westeuropa, und in seinen Flüssen fließt ein Fünftel des Süßwasservorkommens der ganzen Erde. Der Amazonasfluss ist 6.868 Kilometer lang, ebenso lang wie die Strecke New York - Berlin.

Der Dschungel des Amazonas stellt einige Rekorde auf. Die größte Artenvielfalt: Auf einem Hektar Wald wachsen mehr Pflanzenarten als in ganz Europa. Der kleinste Vogel, ein Kolibri, der nur zwei Gramm wiegt. Die größte Schlange, die Anakonda, die bis zu 24 Meter lang werden kann. Das älteste Tier, der perezoso (Bardipus tridactilus). Die buntesten Vögel, die Aras. Die größten Fledermäuse, die giftigsten Spinnen und eine Vielzahl Amphibien, deren Farben so anziehend wie ihre Bisse tödlich sind. Der

Ein piraña

Un ara variopinto

purtroppo, tanti tanti insetti. In un solo albero si possono contare più di 200 specie diverse di formiche!

Il maggiore scarafaggio che si conosca al mondo vive nell'Amazzonia, il *Titano Gigante*, e misura oltre venti centimetri. Un mostro che nessuno vorrebbe mai incontrare. Il ragno *Caranguejeira* è più grosso di un apparecchio telefonico. Esiste una scimmia dal peso di 130 grammi e della dimensione di uno spazzolino da denti. La più grande farfalla, l'*Imperatrice*, misura oltre trenta centimetri ed il più grosso gambero del mondo, il *Putu*, può arrivare a misurare 50 centimetri. Il *Macaco de noche* è l'unica scimmia notturna di tutto il pianeta e l'aquila più grande del mondo, la *Arpia*

Il Titano Gigante

14 Mit dem Kanu

Ein bunter Ara

Dschungel ist von einer unermesslichen Zahl Tiere bevölkert: Von vielen verschiedenen Affenarten bis zu Tapiren, Riesenameisen, Gürteltieren, Kaimanen, Jaguaren, Delfinen, Wildschweinen, riesigen Nagetieren wie die capibara, dann Ameisen, Ottern, unendlich vielen Vogelarten, und leider vielen, vielen, vielen Insekten. In einem einzigen Baum kann man bis zu 200 verschiedene Arten Ameisen zählen!

Die größte Kakerlake der Welt kommt im Amazonasgebiet vor, der *Titano Gigante ist über zwanzig Zentimeter groß – ein Monster, dem man im Leben nicht begegnen möchte. Die Spinne* Caranguejeira *ist größer als ein Telefon. Es gibt einen Affen, der nur 130 Gramm wiegt und in etwa so groß wie eine Zahnbürste ist. Der größte Schmetterling, die* Imperatrice, *ist über 30 Zentimeter groß und der größte Hummer der Welt, der* Putu, *wird bis zu 50 Zentimeter groß. Der* Macaco de noche *ist der einzige Nachtaffe der Erde und der größte Adler der Welt, der* Arpia Amazzonica, *kann eine Größe von einem Meter und mehr erreichen. Die größte Süßwasserschildkröte der Erde ist 1 ½ Meter groß und trägt den Namen* Tortuga Amazzonica. *Das größte Nagetier, der* Capibara, *wiegt mit seinen 80 Kilo genauso viel wie ein Schwein.*

In den Flüssen des Amazonasgebietes schwimmen 30 Mal mehr Fischarten als in allen Flüssen Europas. Die Berühmtesten unter ihnen sind die berüchtigten Pirañas. *Sie gehören zu einer Gruppe von 12 Fleisch fressenden Fischen, die alle in den Gewässern Amazoniens leben. Sie sind platt und oval, 25 bis 60 Zentimeter lang, ihre Brust- und Beckenflossen sind nicht sehr ausgeprägt, dafür die Schwanzflosse umso mehr. Ihr großer Mund ist mit einer Reihe dreieckigen, spitzen Zähnen ausgestattet, die sich wie in einer Mähmaschine überkreuzen. Damit zerreißen sie im Handumdrehen das Fleisch ihrer Opfer, unter denen vor allem andere Fische, aber auch Vögel, Amphibien und Säugetiere sind. Die Pirañas sind Schwarmfische, die von Blut, aber auch von ungewöhnlich unruhigem Wasser angelockt werden. Sie sind unheimlich gefräßig und können ein Säugetier in nur wenigen Minuten zer-*

Der Titano Gigante

La ninfea Victoria Regis

Amazzonica, può avere un'altezza di oltre un metro. La tartaruga d'acqua dolce più grande del pianeta può arrivare a misurare un metro e mezzo ed è appunto la *Tartaruga Amazzzonica*. Il roditore più grande è il *Capibara*, che può raggiungere un peso di 80 chili, quasi quanto un maiale.

Nei fiumi che scorrono nell'Amazzonia il numero di specie di pesci che vi nuota è di oltre 30 volte maggiore di tutte le specie che esistono nei corsi d'acqua di tutta l'Europa. Fra i pesci che fanno tanto parlare di sé ci sono i famosi *Pirañas*. Questi appartengono ad un gruppo di dodici tipi di pesci carnivori che vivono tutti nei fiumi dell'Amazzonia. Sono pesci piatti ed

Due tipi di *heliconia*

Die Seerose Victoria Regis

fleischen.

Auch die Pflanzenwelt Amazoniens lässt keinen Wunsch unerfüllt. Das größte Blatt kann bis zu 2 ½ Meter lang und einem Meter breit werden und gehört dem Baum Coccoloba *der Familie der Knöterichgewächse an. Das Symbol Amazoniens ist die größte Blume der Welt, die* Victoria-regis, *eine Seerose von zwei Metern Durchmesser.*

Aber Amazonien ist mit Abstand der geheimnisvollste, am wenigsten unerforschte Ort dieser Erde: Der Großteil aller Tiere und Pflanzen sind noch gänzlich unbekannt. Wissenschaftler vermuten, dass nur 40% aller Insekten bekannt sind. Bis heute hat man 30.000

Zwei Arten heliconia

**Il nostro animale preferito:
il bradipo tridattilo**

**Unser Lieblingstier:
das Faultier**

ovoidali, lunghi da 25 a 60 centimetri, le cui pinne pelviche e pettorali sono poco sviluppate. In compenso sono molto sviluppate le pinne caudali. La bocca, molto grande, è armata di denti triangolari ed affilatissimi che si incrociano come le lame delle falciatrici e strappano facilmente la carne delle loro vittime, in prevalenza altri pesci ma anche uccelli, anfibi e mammiferi. I *pirañas* vivono in gruppi di centinaia e centinaia e si eccitano alla presenza del sangue ma si innervosiscono anche se l'acqua viene agitata in maniera anormale. Sono voracissimi e possono divorare un grosso mammifero in pochi minuti.

Anche la vegetazione dell'Amazzonia non è da meno. La foglia più grande può arrivare a 2,5 metri di lunghezza ed un metro di larghezza ed appartiene all' albero di *Coccoloba* della famiglia delle poliganacee. Il simbolo dell'Amazzonia è il più grande fiore del mondo, il *Victoria-regis*, una ninfea che raggiunge i due metri di diametro.

Ma l'Amazzonia è in senso assoluto la parte più misteriosa del nostro pianeta e rimane ancora un mondo da esplorare. L'immensa quantità di animali e vegetali che vivono in Amazzonia è ancora in gran parte sconosciuta. Gli scienziati stimano che solo il 40% degli insetti presenti siano conosciuti. Fino ad oggi sono stati identificati oltre

verschiedene Pflanzen erforscht, doch man vermutet, dass es mindestens noch 20.000 weitere gibt. Allein in den 90er Jahren sind drei Affen- und zwei Vogelarten und ein Dutzend verschiedener Fische entdeckt worden.

Amazonien bekleidet eine sehr wichtige Rolle im Erdkreislauf der Regenfälle, wenn man bedenkt, dass ein Fünftel des gesamten Süßwasservorkommens der Erde in diesem Wirrwarr aus Flüssen, aus denen sich dieses bedeutende Ökosystem zusammensetzt, fließt. Der Wald ist nicht nur für den Ausgleich des Wassers in der Regenzeit, sondern auch für das Klima des ganzen Globus lebenswichtig. Durch die Zerstörung des Waldes kurbeln wir die Erderwärmung und die Klimaveränderung immer weiter an.

Der spanische Mönch Gaspar de Carvajal hat diesem Gebiet den Namen Amazzonia *gegeben. Er war der erste Berichterstatter, der sich in der zweiten Hälfte des Sechzehnten Jahrhunderts mit der Expedition Francisco de Orellanas auf den Weg gemacht hat, den Fluss zu erkunden. Der Mönch überliefert uns, dass sein Boot von Frauen angegriffen worden ist, die sich, wie auch in der griechischen Mythologie, die Männer Untertan machten, um sich von ihnen Kinder zeugen zu lassen und sie dann mit hoher Wahrscheinlichkeit zu fressen.*

Il giaguaro

Der Jaguar

30.000 tipi di piante, ma si sospetta che altre 20.000 siano ancora da scoprire. Soltanto nel corso degli anni '90, sono state scoperte tre nuove specie di scimmie, due di volatili e decine di specie di pesci.

L'Amazzonia ricopre un ruolo importantissimo nel ciclo mondiale delle piogge. Si pensi che un quinto di tutta l'acqua dolce del nostro pianeta scorre nell'intricato sistema di fiumi che compongono questo importantissimo ecosistema. La foresta è vitale non solo per la stabilità del regime di piogge della regione ma addirittura del clima globale. Bruciando o distruggendo la foresta accentuiamo il processo di riscaldamento dell'atmosfera e l'alterazione del sistema climatico del mondo.

Il nome *Amazzonia* è stato dato a questo territorio dal frate spagnolo Gaspar de Carvajal, il primo cronista europeo che si era inoltrato nel corso del fiume durante la spedizione di Francisco de Orellana nella seconda metà del sedicesimo secolo. Il frate ci ha tramandato che la sua imbarcazione era stata attaccata da donne che, come nella mitologia greca delle Amazzoni, intendevano prendere gli uomini come schiavi per accoppiarsi con loro e procreare e poi, eventualmente, mangiarli.

La giungla, con la sua vegetazione folta e qualche volta impenetrabile, col suo intreccio di liane, con i suoi tratti paludosi, con i suoi miasmi, le sue acque ferme impregnate di resti morti di vegetazione e di tronchi imputriditi, il suo fango ed i suoi insetti sempre alla ricerca di vittime da assalire, i vapori densi che esalano dalle masse in fermentazione, con i suoi fiori, i suoi alberi, i suoi animali ed i suoi parassiti animali e vegetali incute sempre paura e rispetto. Ma per chi ha avuto la fortuna di penetrarla, di conoscerla intimamente e di viverla ha un fascino irresistibile ed incomparabile. Sono pochi gli ambienti del nostro pianeta che ispirano tanto fascino quanto la giungla, con il suo mistero, la sua magia, la sua grandiosità. Perché sono pochi gli ambienti in cui la natura è natura quanto nella giungla.

Arrivati al cartello montato a suo tempo da Andrès avevamo avuto una brutta sorpresa. Il *Surazo* aveva spinto le isole galleggianti di papiri contro la riva settentrionale e verso il fiume creando una barriera insuperabile. Era impossibile trasportare la barca fino all'acqua, come

Der Dschungel – seine dichte und oft undurchdringbare Pflanzenwelt, seine Netze aus Lianen, seine Sumpfgebiete, sein Gestank, seine still liegenden Gewässer voller abgestorbener Pflanzen und verfaulter Stämme, sein Schlamm und all seine Insekten, die nur darauf warten, angreifen zu dürfen, die intensiven Dampfschwaden, die durch den Gärungsprozess faulender, schon verwester Vegetation aufsteigen, seine Blumen, seine Bäume, seine Tiere, seine tierischen und pflanzlichen Parasiten flößen stets eine starke Angst und einen großen Respekt ein. Doch wer das Glück hat, ihn zu durchdringen und ihn aus nächster Nähe zu erleben, der wird die unwiderstehliche, unvergleichbare Faszination tief in sich aufnehmen. Von nur wenigen Lebensräumen dieser Erde geht eine solche Faszination aus wie vom Dschungel – mit seinen Geheimnissen, seiner Magie und seiner Einzigartigkeit –. Denn es gibt kaum einen anderen Lebensraum, in der die Natur noch so natürlich geblieben ist.

Als wir an dem Schild, das Andrés auf der letzten Fahrt angebracht hatte, ankamen, erwartete uns eine böse Überraschung. Der Surazo *hatte die Papyrusinseln gegen das nördliche Ufer getrieben und sie bildeten ein unüberwindbares Hindernis. Es war unmöglich, das Boot wie das Kanu auf der letzten Fahrt bis zum Wasser zu befördern. Als würde das nicht reichen, war im Norden des Sees ein Schlammfeld entstanden. Wir würden es zu Fuß, bis zu den Hüften im Schlamm steckend, hinter uns bringen müssen.*

avevamo fatto con la vecchia canoa nel primo viaggio. Come se non bastasse, a nord del lago si era formato un acquitrino paludoso ed anche quello non saremmo riusciti ad attraversarlo a meno di procedere a piedi, non si sa per quanti chilometri, affondando nel fango fino alla vita. Un'esperienza cui avremmo rinunciato molto volentieri. Il nostro viaggio quindi finiva lì, ai confini della *Ceiba* a soli sette o otto chilometri dalle case. Ma poco male, comunque, perché il nostro scopo era stato raggiunto e arrivare fino alle case non era poi così indispensabile. Noi dovevamo soltanto rivedere le condizioni del fiume nella stagione asciutta. L'avevamo fatto e potevamo riprendere la rotta del ritorno. Però mi dispiaceva soprattutto per Stefania. Anche se non era indispensabile arrivare alle case, mi sarebbe piaciuto attraversare la Laguna Azul con la barca nuova, che avrebbe affrontato le onde meglio della canoa di legno, e poi mi sarebbe piaciuto fermarmi e riposarci qualche giorno alla Ceiba prima di riprendere la via del ritorno. Pazienza! Avevamo quindi montato la tenda sulla sponda del fiume, avevamo acceso il fuoco e c'eravamo organizzati per la notte. Ignacio aveva pescato quattro bei pesci grossi e baffuti e la cena era assicurata.

Quel secondo viaggio con Stefania era stato veramente bello. Avevamo viaggiato comodi ed abbastanza tranquilli. Dovessi rifarlo oggi, però, mi costruirei un tettuccio smontabile per difenderci dal sole e, soprattutto, mi porterei un motore di scorta. Se il Mercury ci avesse piantati in asso non so proprio come saremmo riusciti a ritornare vivi nel mondo civile. Nel secondo giorno di viaggio avevamo provato a fare qualche centinaio di metri con i remi, tanto per provare e soltanto per convincerci che sarebbe stata un'impresa impossibile. La canoa di legno era fatta per essere spinta con le pagaie ma la forma più panciuta e alta della barca di lamiera imponeva l'uso dei remi, molto più difficili e faticosi delle pagaie. Gli indios non conoscono l'uso dei remi con gli scalmi e, mentre io provavo ad avanzare remando, Ignacio mi guardava sbalordito ed incredulo.

Il ritorno era stato facilissimo. Avevamo carburante in abbondanza e la barca procedeva controcorrente ad una bella velocità.

Eine Erfahrung, auf die wir gerne verzichten würden und deswegen endete unsere Fahrt dort, an der Grenze zur La Ceiba, nur sieben oder acht Kilometer von den Häusern entfernt. Aber das war nicht weiter schlimm, wir hatten unser Ziel erreicht und auf eine Übernachtung in den Häusern konnten wir genauso gut verzichten. Wir wollten wissen, wie der Fluss in der Trockenzeit beschaffen war. Das hatten wir gesehen und von daher konnten wir den Rückweg antreten. Doch es tat mir ein wenig für Stefania Leid, auch wenn wir nicht unbedingt zu den Häusern gelangen mussten, so wäre ich gerne mit ihr und mit dem neuen Boot – das besser gegen die Wellen ankam als das Kanu – über die Laguna Azul gefahren. Außerdem hätte ich gerne, bevor wir uns wieder auf den Weg machten, eine paar ruhige Tage auf der La Ceiba verbracht. Aber es war ja nicht zu ändern und wir schlugen das Zelt am Ufer des Flusses auf, zündeten ein Feuer an und richteten uns für die Nacht ein. Ignacio fischte vier dicke Fische und das Abendessen war gesichert.

Diese zweite Fahrt mit Stefania war wirklich wunderwunderschön. Wir waren bequem und ruhig vorangekommen. Wenn ich heute noch einmal eine Fahrt auf dem Fluss machen würde, dann würde ich zum Schutz vor der Sonne ein abnehmbares Dach bauen und einen Ersatzmotor mitnehmen; denn wenn der Mercury den Geist aufgegeben hätte, dann wären wir nie wieder lebend in die zivilisierte Welt zurückgekehrt. Am zweiten Tag waren wir, um uns zu versichern, dass es wirklich ein unmögliches Unterfangen war, einige Hundert Meter aus eigener Kraft gerudert. Um mit dem Holzkanu vorwärtszukommen, setzte man Paddel ein, doch um unser höheres, bauchförmiges Boot voranzutreiben brauchte man Ruder, die sehr viel mehr Kräfte forderten als ein Paddel. Die Indios kennen keine Ruder mit Dollen und Ingacio blickte mich verwirrt und unglaubwürdig an.

Der Rückweg verlief mühelos, wir hatten genügend Benzin und trieben das Boot gegen Strom mit voller Geschwindigkeit an.

15

L'Arca

Die Arche

Il nostro lavoro alla Ceiba stava dando i frutti che ci aspettavamo. La produzione era in continuo aumento. I casi di sterilità delle fattrici erano rarissimi e le nuove femmine che entravano in produzione erano tutte sane. I controlli e le selezioni nel *corral* erano diventati un facile lavoro di routine e Andrès ci aveva preso bene la mano. L'unico nuovo grosso problema, che non avevamo previsto, era che il *corral* era molto vecchio e malandato e non era molto adatto per quel volume di lavoro. Andrès doveva quasi quotidianamente dedicarvi del tempo per ripararlo e sostituirne le parti che venivano giornalmente danneggiate dal bestiame più irrequieto. Avevamo delle vacche talmente selvagge ed agili che, soprattutto quando si sentivano separate dai loro piccoli, prendevano la rincorsa e riuscivano a saltare la staccionata che era alta poco meno di due metri. Purtroppo non ci riuscivano sempre e, il più delle volte, vi si avventavano addosso col solo risultato di farla crollare sotto il loro peso. Allora era tutto un fuggi fuggi di vacche che vedevano in quei piccoli varchi una inaspettata occasione di fuga. Avevamo quindi deciso che ormai era arrivata l'ora di investire in un nuovo *corral*. Non era

Unsere Arbeit auf der La Ceiba war so ertragreich, wie wir es uns vorgestellt hatten. Die Zahl der Tiere stieg immer weiter an. Es gab nur ganz selten unfruchtbare Muttertiere und die neuen Kühe waren alle kerngesund. Die Kontrollgänge und Aussonderungsverfahren im corral *waren mittlerweile zur Routine geworden und Andrès machte seine Arbeit gut. Das einzige große Problem, das der neue Arbeitsaufwand mit sich brachte, lag in dem alten und schlecht erhaltenen* corral. *Andrès musste jeden Tag mehrere Stunden damit verbringen die Stellen auszubessern, die durch das unruhige Vieh zu Schaden gekommen waren. Manche Kühe waren so wild und flink, dass sie es, besonders wenn sie von ihren Kleinen getrennt wurden, schafften, über den zwei Meter hohen Zaun zu springen. Leider gelang es ihnen nicht immer. Oftmals sprangen sie einfach nur dagegen, mit dem Ergebnis, dass der Zaun unter ihrem Gewicht zusammenbrach. Das führte zu einem wilden Aufbruch der Kühe, die sich in den kleinen Durchgängen eine unerwartete Fluchtmöglichkeit erhofften. Wir beschlossen also, dass es an der Zeit war in einen neuen* corral *zu investieren. Das war gar nicht so*

Un giovane albero di *cuchi*

un'impresa facile perché non c'era nessuna possibilità di portare alla Ceiba dei materiali adatti per fare un buon lavoro e bisognava quindi attrezzarsi per fare tutto con le risorse proprie dell'estancia. Alla Ceiba, tanto, di alberi ce n'erano in abbondanza.

Ne avevo parlato col mio amico *maderero* e lui mi aveva messo a disposizione due grosse motoseghe a catena e tre

Ein junger* cuchi- *Baum

einfach, denn es gab keinen Weg, auf dem wir an geeignetes Material kommen konnten, und so mussten wir uns mit dem zufrieden geben, was die estancia hergab. Bäume gab es auf der La Ceiba ja genug.

Ich sprach mit meinem maderero darüber und er stellte mir zwei große Kettensägen und drei fähige peones, die sich mit dieser Arbeit auskannten, zur Verfügung. Ich brachte sie im Ndegito zur La Ceiba und stattete ihnen regelmäßig einen Besuch ab, um sie anzuweisen und ihnen Lebensmittel, Benzin und Ersatzteile für die Motorsägen zu bringen. Die drei peones leisteten gute und selbstständige Arbeit, sie führten meine Anweisungen aus und machten kaum einen Fehler. Andrès beaufsichtigte sie und Surupìa kochte für alle. Für sie war es eine willkommene Ablenkung und abends saßen sie alle gemeinsam am Feuer und verbrachten Stunden damit, sich alle möglichen Geschichten und Legenden zu erzählen, Gedichte aufzusagen, Gitarre zu spielen und zu singen.

Als Erstes suchten und fällten sie eine gewisse Anzahl cuchi in einem Waldstück nahe den Häusern. Sie zersägten die Bäume vor Ort und schnitten die Teile heraus, die sie für ein 6.000 Quadratmeter (100m x 60) großes corral benötigten. Der Zaun musste 320 Meter lang sein und würde aus 160 Pfeilern mit jeweils 5 Löchern und 800 Querbalken bestehen. Es war viel Arbeit, die mit einfachen Kettensägen und Äxten bewältigt werden musste. Doch diese peones setzten all ihre Kräfte ein. Cuchi ist ein sehr hartes Holz, noch härter als Mahagoni. Es hat die besondere Eigenschaft, incorruptible zu sein, das heißt, in Berührung mit Wasser nicht zu verfaulen und nicht von Ameisen angefallen zu werden. Die drei Männer arbeiteten ohne Pause sechs Monate, die ganzen Trockenzeit hindurch, und am Ende entstand der schönste corral, den ich jemals gesehen habe.

Andrès war noch stolzer als ich, denn in gewisser Weise, hatte er die Arbeiten geleitet und er konnte es gar nicht abwarten, den corral endlich einzuweihen. In dem neuen corral verlief seine Arbeit viel einfacher und schneller und vor allem musste er seine Zeit nicht mehr damit verschwenden, die Schäden der athletischen Kühe zu beseitigen. Merkwürdigerweise gab es seit dem Aufbau des neuen Zaunes auch gar keine Fluchtversuche mehr. Den

Costruzione del nuovo *corral*

peones in gamba che avevano già fatto un lavoro del genere. Li avevo portati alla Ceiba con il Ndegito e poi, con regolarità, vi tornavo per dirigere i lavori e portare viveri, benzina e ricambi per le motoseghe. I tre *peones* avevano lavorato di buona lena ed in completa autonomia stando alle istruzioni che avevo lasciato loro e senza fare grossi errori. Andrès li teneva sotto controllo e Surupía cucinava per tutti. Per loro era stato un diversivo e la sera stavano ore ed ore a raccontare storie di ogni genere, leggende e poesie, a suonare la chitarra e a cantare.

Come prima cosa avevano selezionato un certo numero di alberi di *cuchi* nei tratti di foresta non troppo lontana dalle case e li avevano abbattuti. Poi, sul posto stesso, li avevano tagliati e ne avevano ricavato e sagomato le parti necessarie per un *corral* di 100 metri per 60 e cioè di 6.000 metri quadrati. La staccionata necessaria sarebbe stata lunga 320 metri e per costruirla sarebbero serviti 160 pilastrini sagomati con cinque fori ciascuno e 800 traverse. Era un lavoro enorme da fare tutto col semplice aiuto di motoseghe a catena e asce a mano. Ma quei *peones* erano veramente in gamba. Il *cuchi* è un legno molto duro, più duro del mogano, ed ha la caratteristica di essere *incorruptible*, cioè non soggetto a imputridire a contatto con l'acqua e, soprattutto, non attaccabile dalle formiche. I tre uomini avevano lavorato

Der Bau des neuen corral

alten corral *reparierten wir sorgfältig und behielten ihn als Ersatz.*

In der Zwischenzeit plante ich weiter intensiv an einem Schiff mit dem man den San Juan durchqueren konnten. Ich musste ein kleines, gut manövrierbares Schiff bauen, das sich leicht reparieren ließ und sich gut für die

I 160 pilastri vengono piantati nel terreno   **160 Pfeiler werden in den Boden gerammt**

Poi vengono infilate le traversine

Die Querbalken werden hineingeschoben

ininterrottamente per sei mesi, cioè per tutta la stagione secca, ed alla fine il risultato era il *corral* più bello e robusto che avessi mai visto.

Andrès si sentiva ancora più orgoglioso di me perché, in un certo modo, aveva diretto i lavori e non vedeva l'ora di cominciare ad usarlo. Col nuovo *corral* il suo lavoro era diventato molto più facile e snello e, soprattutto, non aveva più bisogno di continuare a rattoppare i danni causati giornalmente dalle vacche troppo atletiche. Stranamente, col nuovo tipo di staccionata, non c'era stato più nessun tentativo di fuga. Il vecchio *corral* l'avevamo riparato per bene e l'avevamo tenuto come scorta.

Intanto la mia maggiore occupazione era diventata la progettazione di una imbarcazione adatta al San Juan. Visto l'ambiente in cui avrebbe dovuto navigare dovevo creare una piccola nave facile da manovrare e soprattutto da riparare, senza lasciarmi vincere dalla tentazione di soluzioni tecnicamente troppo complesse. Qualcosa di assolutamente robusto ed estremamente spartano, insomma. Quando ero in Europa passavo le ore ad osservare le tante chiatte che navigano nel Reno e un po' dappertutto nelle acque interne dell'Olanda e del Belgio. Ero anche stato a visitare un paio di cantieri navali olandesi per rilevare misure, linee e forme e rubare idee, dettagli e concetti costruttivi. Avevo fatto calcoli su calcoli, disegni su disegni e alla fine ne era venuto fuori un progetto per una bella imbarcazione lunga e snella

Fahrt entlang des Flusses eignete. Darauf, hoch komplizierte technische Lösungen auszutüfteln, musste ich zwangsweise verzichten. Der Bau musste robust und extrem zweckmäßig sein. In Europa beobachte ich die vielen Lastkähne, die auf dem Rhein oder auf den Flüssen in Holland und Belgien entlangfuhren. Ich beobachtete einige holländische Schiffbauer bei ihrer Arbeit, um Maße, Umrisse und Formen zu ermitteln und mir Ideen, Details und Baupläne abzugucken. Ich führte Rechungen über Rechnungen aus, entwarf Zeichnungen über Zeichnungen und am Ende entstand ein Entwurf für ein langes und

Finalmente il nuovo *corral* è completo   ***Endlich ist der neue** corral **fertig***

adatta a trasportare comodamente 40 capi di bestiame per volta. Stefania aveva scelto per lei il nome di *Arca*. Sarebbe stata molto spartana, rustica e robusta, adatta ad essere usata in una parte di mondo dove non c'è nessuna forma di assistenza e dove chi naviga deve essere all'altezza di cavarsela da sé in ogni situazione. Era lunga 17 metri e larga 4, con due motori diesel con avviamento a manovella e una cabina di pilotaggio piazzata a prua, come si usa in tutti i fiumi dell'America del Sud. Aveva un vano abitabile di 20 metri quadrati e, date le difficoltà di approvvigionamento di carburanti, un serbatoio sufficiente a garantire un'autonomia di almeno dieci viaggi che all'inizio sarebbe bastata per almeno un anno. L'avviamento dei motori era a manovella, quindi niente cavi, niente regolatori, niente relais, niente impianto elettrico e niente motorino d'avviamento. L'impianto elettrico era ridotto ad un alternatore collegato ad uno dei motori che caricava due grosse batterie che però servivano soltanto per l'illuminazione. Un qualunque guasto elettrico, quindi, non avrebbe impedito alla nave di proseguire la navigazione.

A Santa Cruz avevo conosciuto un commerciante che tanto tempo prima aveva importato un carico di 200 metri quadrati di pesanti lamiere da sei millimetri di spessore per le quali non aveva trovato nessun compratore e le avevo acquistate in blocco per pochi soldi. Era stato un vero e proprio colpo di fortuna. Lo spessore di sei millimetri era eccessivo ma avrebbe dato all'Arca una maggiore riserva di stabilità, di robustezza e di sicurezza. Max s'era entusiasmato al mio progetto ed aveva messo a disposizione il cortile dietro casa sua. Aveva una vecchia saldatrice

L'inizio della costruzione dello scafo

wendiges Schiff, das bis zu 40 Tiere auf einmal befördern konnte. Stefania gab den Schiff den Namen Arca – Die Arche. *Sie würde sehr einfach, grob und widerstandsfähig sein und sich für die Nutzung in einer Welt, in der es keinen Hilfsdienst gab und man ganz auf sich alleine gestellt war, bestens eignen. Sie war 17 Meter lang und 4 Meter breit, hatte zwei Dieselmotoren mit handbetriebenem Kurbelanlasser und, wie in Südamerika üblich, eine Pilotkabine am Bug, Außerdem hatte sie einen 20 Quadratmeter großen Wohnbereich und einen Tank, der die Dieselvorräte für mindestens 10 Fahrten fasste, was zu Beginn für ein ganzes Jahr ausreichen würde. Dadurch, dass man die Motoren mit der Hand anließ, konnten wir auf Kabel, Regler, elektrische Anlagen und Anlasser verzichten. Die gesamte Elektrik bestand aus einer Lichtmaschine an einem der Motoren, der zwei große Batterien für die Beleuchtung auflud. Wenn also irgendetwas an der Elektrischen Anlage kaputt ging, konnten wir trotzdem weiterfahren.*

In Santa Cruz kannte ich einen Händler, der vor langer Zeit eine 200m² große Ladung schwerer Bleche von sechs Millimetern Dicke importiert hatte, für die er keinen Abnehmer fand – bis ich kam und sie ihm für wenig Geld an einem Stück abkaufte. Das war ein echter Glücksfall. Auch wenn sechs Millimeter vielleicht etwas zu dick waren, so konnten sie eigentlich nur zur Stabilität, Strapazierfähigkeit und Sicherheit des Schiffes beitragen. Max war ganz begeistert von meinem Plan und stellte uns für den Bau seinen Hinterhof zur Verfügung. Er hatte eine alte elektrische Schweißmaschine, die noch einigermaßen funktionierte und einen mozo, *der schweißen konnte. Gemeinsam entwarfen wir ein kleines Papiermodell des Schiffes und besprachen all die Schwierigkeiten, die die Verwirklichung eines solchen Projektes, an einem ungeeigneten Ort wie Santa Cruz und der Mangel an nötigen Geräten, mit sich bringen konnte. Wir beschlossen die Form des Rumpfes so anzulegen, dass wir die Bleche als Gänze benutzen konnten, denn sie waren sehr schwer und wir hatten keine Geräte, um sie zu schneiden, zu biegen und zusammenzufügen. Am Ende bauten wir die Form des Rumpfes aus Holz und stellten es im Hof aus, darauf legten wir*

Der Bau des Rumpfes

Nel cortile dietro la casa di Max l'Arca comincia a porendere forma

Im Hinterhof von Max' Haus nimmt die Arche langsam Formen an

elettrica ancora in buono stato ed un *mozo* che sapeva saldare. Insieme avevamo costruito un piccolo modello di cartone dell'imbarcazione e avevamo cercato di prevedere tutti i problemi tecnici che avremmo dovuto affrontare nel costruire una nave del genere in un posto poco adatto come Santa Cruz e con i pochi mezzi a nostra disposizione. Avevamo deciso di adattare le linee dello scafo in modo tale da utilizzare le lamiere quanto più possibile intere perché erano molto pesanti e non avevamo attrezzature adeguate per tagliarle e soprattutto per piegarle e sagomarle per bene. Infine avevamo costruito in legno le sagome della forma dello scafo, le avevamo messe in posizione nel cortile, vi avevamo posizionato sopra le lamiere e finalmente il *mozo* si era messo a saldare. Il poveretto aveva saldato per settimane e settimane senza sosta sotto un sole feroce e l'Arca aveva cominciato gradualmente a prendere la sua forma.

I due motori con i relativi riduttori erano arrivati dal Brasile nel tempo record di tre mesi. Per il calcolo delle eliche mi ero fatto assistere da un fabbricante tedesco e, in uno dei miei viaggi, me l'ero portate da Colonia. A completare l'opera e darle un aspetto professionale avevo comperato ad Amsterdam una grande ruota in legno di teack per il timone, Made in Taiwan, e me l'ero portata anche quella in aereo.

die Bleche und der mozo konnte endlich anfangen zu schweißen. Der Ärmste schweißte Woche für Woche ohne Pause unter der glühenden Sonne, aber nach und nach nahm unsere Arche Formen an.

Die zwei Motoren und ihre Untersetzungsgetriebe wurden in einer Rekordzeit von nur drei Monaten aus Brasilien geliefert. Für die Berechnung der Schrauben ließ ich mich von einem deutschen Hersteller beraten und brachte sie auf einer meiner Reisen aus Köln mit. Um die Sache zu vervollständigen und ihr einen professionellen Anstrich zu verpassen, kaufte ich in Amsterdam ein großes Holzsteuerrad, made in Taiwan, das ich ebenfalls auf einem meiner Flüge selbst mitbrachte.

In Santa Cruz war die Arche zum Hauptgesprächsthema geworden und vor allem natürlich Lieblingsgegenstand unseres Freundes Max abendlicher Erzählungen. Santa Cruz verfügt weder über Meer noch über Flüsse und Seen, und es war verständlich, dass der Bau eines solchen Schiffes die Neugierde aller auf sich zog. Stefania und ich verbrachten unsere Tage, wenn wir nicht gerade auf der Guendà Arriba oder der La Ceiba waren, damit, die Arbeiten zu beaufsichtigen, die praktischen Probleme, die jeder Tag mit sich brachte zu lösen, immer neue Prüfungen vorzunehmen und Verbesserungen einzubringen. Max arbeitete, ganz im Gegensatz zu seinem ersten Bootsprojekt,

15 Die Arche

L'"ingegnere" è soddisfatto!

A Santa Cruz l'Arca era diventata il tema principale di tutte le conversazioni con gli amici e, soprattutto, dei tradizionali racconti serali di Max. Santa Cruz non ha né mare, né laghi e né fiumi navigabili e la costruzione di una „nave" di quella portata non poteva non suscitare la curiosità di tutti. Stefania ed io, quando non eravamo a *Guendà Arriba* oppure alla *Ceiba* passavamo le nostre giornate a controllare il lavoro, ad affrontare i tanti problemi di ordine pratico che sorgevano ogni giorno, a fare nuove prove e ad apportare modifiche al progetto. Max, anziché comportarsi come aveva fatto con la costruzione della sua prima barchetta di lamiera, si era preso a cuore il progetto e lavorava tutto il giorno con una tenacia mai vista

Der Bauherr ist zufrieden!

unaufhörlich und wie nie zuvor, jeden Tag an diesem ihm sehr ans Herz gewachsenen Projekt. Nur abends, wenn er seine Freunde empfing, hörte er auf und erzählte stundenlang, detailliert von den Problemen und den, natürlich immer, genialen Lösungen, die „er" von Mal zu Mal fand. Seine Fantasie hatte wenig Raum sich zu verselbstständigen, denn die Dinge schritten so schnell voran, dass er immer nur dazu kam, eine erste Version zu erzählen, ohne sie von Tag zu Tag neu ausschmücken zu können.

Nach sechs Monaten, in denen geschweißt, geschnitten und gehämmert worden war, war die Arche fertig und bereit ins Wasser gelassen zu werden. Nur, dass das Wasser des San Juan über 400 Kilometer von Santa Cruz entfernt lag und uns das Schwierigste

I rinforzi rendono lo scafo molto robusto

Die Querbalken stärken den Rumpf

15 L'Arca

***Il popvero** peone ha saldato per settimane senza sosta*

***Der arme** peone hat wochenlang ohne Pause geschweißt*

prima. Soltanto la sera, quando arrivavano gli amici, dedicava loro ore ed ore per raccontare in ogni dettaglio i problemi della giornata e le soluzioni, sempre geniali, naturalmente, che erano state adottate di volta in volta. Aveva poco spazio per la fantasia perché le cose procedevano talmente veloci che c'era appena il tempo di raccontarle in un'unica prima versione senza possibilità di revisioni.

Dopo oltre sei mesi di saldature, di tagli e di colpi di mazza l'Arca era completa, pronta per essere messa in acqua. Solo che la sua acqua era a oltre quattrocento chilometri da Santa Cruz e la cosa più difficile che avevamo dovuto affrontare con l'Arca, più che la sua

noch erwartete. Der Bau war, im Gegensatz zum Transport dorthin, eine Leichtigkeit gewesen. Bolivien ist nicht gerade berühmt für den Ausbau seines Straßennetzes und in unserem Fall mussten wir ein kleines Schiffchen, das 4 Meter breit, 17 Meter lang und 5 Meter hoch war, abtransportieren. Mein maderero, der sich um die Abholzung der Bäume auf Guendà Arriba kümmerte, besaß einen großen Anhänger, mit dem er die längsten Stämme transportierte und eine Zugmaschine, die ihn über große Distanzen zog. Der Maderero, der stets ein schlechtes Gewissen hatte, weil er mir weniger auszahlte als es der Ver-

Lo scafo è quasi terminato

Der Rumpf ist fast fertig

I due motori sono montati

Die beiden Motoren sind eingebaut

costruzione, era stata il suo trasporto fino al San Juan. La Bolivia non è famosa per la sua rete stradale e, nel nostro caso, si trattava di trasportare una piccola nave fluviale larga 4 metri, lunga 17 ed alta quasi 5 metri. Il mio amico *maderero* che estraeva il legname a *Guenda Arriba* aveva un grosso rimorchio telescopico, che adoperava per trasportare i tronchi più lunghi, ed una motrice adatta a trainarlo su grandi distanze. Il *Maderero*, che nei miei riguardi aveva sempre la coscienza sporca perché, evidentemente, mi pagava sempre meno di quanto mi

Le ultime rifiniture verranno fatte con lo scafo in acqua

trag vorschrieb, stellte den Anhänger und die Zugmaschine gerne für einen Spottpreis zur Verfügung. Doch damit hatten wir längst noch nicht alle Probleme gelöst. Um zu der Straße nach Trinidad, die nur in der Trockenzeit befahrbar war, zu gelangen, mussten wir den Rio Grande überqueren. Normalerweise setzte man mit einem Floß über, aber die waren wohl etwas zu klein, um einen riesigen Anhänger mit einem 17 Meter langen und 4 Meter breiten Schiff zu tragen.

Max, unser unersetzlicher Max, hatte eine Idee, die dem ersten Anschein nach wahnsinnig klingen mochte. Weiter südlich gab es eine Brücke über den Rio Grande, über die normalerweise nur der Zug fahren konnte. Doch wenn sie breit genug wäre, könnten wir uns einen Plan ausdenken, um unseren Lastwagen dort hinüberfahren lassen. Das müsste man sich genauer anschauen. In Bolivien, so sagte er, ist nichts unmöglich und man darf nie die Hoffnung aufgeben.

Eines Tages folgten Stefania und Max mit seinem berühmten

Um die letzten Kleinigkeiten werden wir uns später kümmern

spettasse per contratto, si era proposto volentieri di mettere a disposizione rimorchio e motrice per un prezzo puramente nominale. Ma i problemi da risolvere erano ancora tanti. Per arrivare alla pista per Trinidad, che è percorribile solo nelle stagioni secche, bisognava attraversare il Rio Grande. Normalmente lo si fa con le zattere ma queste erano troppo piccole e sarebbe stato impossibile caricarvi un rimorchio telescopico con sopra una nave lunga 17 metri e larga 4.

Max, l'impagabile Max, aveva avuto un'idea che, a prima vista, poteva sembrare pazzesca. Più a sud, sul Rio Grande, esisteva un ponte ferroviario di metallo ma sul quale poteva passare soltanto il treno. Però, se fosse stato largo abbastanza, avremmo potuto escogitare qualche stratagemma per farci passare sopra il nostro autotreno. Bisognava andare a vedere. In Bolivia, sosteneva, non c'è

Ford, für den auch der tiefste Schlamm kein Hindernis war, den alten Gleisen durch Wälder und Sümpfe bis zur Brücke, die sie genau vermaßen. Sie war genau 5 Meter breit. Das war doch schon einmal ein Anfang. Wenn auch nur mit jeweils 50 cm Seitenabstand die Arche würde irgendwie schon dadurch passen. Das war ein Anfang, aber längst nicht alles. Es gab weitere drei Probleme:

1. Wie kam man ohne Straßen und Wege bis zur Brücke;

2. Wie sollten wir auf die Gleise kommen und über die Brücke fahren, wenn die nicht aus einem festen Boden, sondern nur aus Schienen bestand.

3. Wie würden wir auf der anderen Seite des Rio Grande die 100 km Wald bis zur weiter nördlich Straße nach Trinidad bewältigen.

L'Arca viene caricata dalle due gru　　　　　　　　　　*__Die zwei Kräne heben die Arche hoch__*

Stefania sull'Arca appena caricata sul rimorchio

mai niente di impossibile e non bisogna mai perdersi d'animo.

Un giorno erano partiti Stefania e Max con il famoso camioncino Ford capace di affrontare ogni tipo di terreno e di fango e, seguendo in qualche modo i vecchi binari e viaggiando fra tratti di bosco e di palude, avevano raggiunto il ponte e l'avevano misurato. Era largo esattamente 5 metri. Era già qualcosa di positivo. L'Arca ci sarebbe passata, sia pure con un margine di soli cinquanta centimetri per parte. Era già qualcosa ma bisognava risolvere altri tre problemi:

1. Come arrivare col rimorchio fino al ponte, senza strade né piste adeguate;
2. Come salire sui binari e passare sul ponte che non aveva un fondo percorribile ma soltanto le traversine metalliche e le rotaie;
3. Come proseguire poi nella foresta oltre il Rio Grande fino a raggiungere la pista per Trinidad che si trovava a quasi cento chilometri più a nord.

Il *maderero*, abituato a cavarsela con problemi di ogni genere che si presentano nella vita di tutti i giorni nella foresta, aveva proposto di far accompagnare il trasporto da un secondo camion più piccolo, con quattro ruote motrici e grossi verricelli, e di caricarlo di travi e tavoloni di legno da adoperare per farne dei tratti di fondo provvisori sulle rotaie e farvi scorrere sopra le ruote della motrice e del rimorchio. Col camion, poi, sarebbe partita anche una squadra di *peones*, esperti boscaioli con motoseghe ed attrezzature varie da *madereros*. Al di là del fiume avrebbero dovuto proseguire seguendo la sponda, ma evitando la sabbia e, laddove necessario, costruendosi col legname tratti di fondo oppure rinforzandolo e abbattendo alberi lungo tutto il percorso. Era un ragionamento proprio da *maderero* ma in quel momento non avevamo visto nessun'altra alternativa possibile.

Finalmente l'Arca era stata caricata da due grosse gru e legata saldamente sul rimorchio con cavi d'acciaio ed era partita alla presenza di decine e decine di curiosi. Nel suo viaggio avventuroso fino al San Juan avrebbe dovuto affrontare tali e tante altre difficoltà che sicuramente non erano state prese in considerazione. Probabilmente, se avessimo saputo in anticipo a quali problemi saremmo andati incontro, non mi sarei mai impelagato in un progetto del

Stefania auf dem beladenen Anhänger

Der maderero *war an Probleme jeglicher Art, die im Wald jeden Tag auf ein Neues entstanden, gewöhnt. Er schlug vor, den Transport von einem zweiten kleineren Laster begleiten zu lassen. Auf diesen Laster mit Vierradantrieb und starken Winden würde man große Holzplatten laden, die man zur Not als provisorischen Boden auslegen könnte, auf dem die Zugmaschine und der Anhänger langsam voranrollen könnten. Der Laster würde von einer Gruppe* peones *gefahren werden, die sich in Arbeiten in Walde auskannten und große Motorsägen und andere notwenige Geräte bei sich haben würden. Jenseits des Flusses würden sie, dem Sand ausweichend, weiter am Ufer entlangfahren, und da, wo es nötig war, den Holzboden auslegen oder die im Weg stehenden Bäume fällen. Dieses Vorhaben konnte sich nur ein* maderero *ausdenken, aber in diesem Moment hatten wir keine andere Möglichkeit.*

Endlich war der Tag gekommen: Die Arche wurde von zwei großen Kränen auf den Anhänger geladen und mit Stahldrähten festgebunden. Unter den Blicken Dutzender Schaulustiger machte der Zug sich auf die ersten Meter einer abenteuerlichen Fahrt. Bis zum San Juan würde er noch viele Hindernisse, die lange nicht alle geplant waren, durchstehen müssen. Wenn ich vorher gewusst hätte, was für Schwierigkeiten uns dieses Projekt bereiten würde, hätte ich es wahrscheinlich niemals in Angriff genom-

genere. Ma per fortuna, non sempre l'essere umano è costretto ad essere completamente razionale e, in qualche caso, riesce a fare cose che rasentano l'impossibile. Come in quel caso.

Purtroppo i problemi che quegli uomini avevano dovuto affrontare erano stati di gran lunga maggiori di quanto avessimo potuto prevedere. Per avanzare avevano dovuto costruirsi tratti di pista, avevano dovuto abbattere alberi ed avevano dovuto spesso prosciugare o aspettare che si prosciugassero tratti acquitrinosi di foresta. Il rimorchio si era spesso affondato nel fango e nella sabbia ed era stato molte volte al limite di rovesciarsi ma la squadra di operai che lo seguiva si era abituata a quel genere di problemi e li aveva sempre affrontati con metodo e costanza e li aveva risolti tutti man mano che questi si erano presentati. Praticamente si erano dovuti costruire la pista metro per metro per oltre 130 chilometri, trenta fino al ponte della ferrovia e poi altri cento e più lungo il fiume. Una volta raggiunta la pista per Trinidad il viaggio era finalmente proseguito per gli ultimi 300 chilometri più facili, perché per fortuna era la stagione asciutta e la pista era praticabile. Durante tutto quel tempo gli uomini si erano alimentati di caccia e di frutti selvatici ed avevano bevuto l'acqua del fiume.

men. Aber zum Glück ist der Mensch nicht immer nur vernünftig, und eben wenn er es nicht ist, gelingen ihm manchmal sogar die unmöglichsten Sachen. So wie in diesem Fall.

Leider waren die Schwierigkeiten, die diese Männer bewältigen mussten, um einiges größer, als wir vermutet hatten. Um voranzukommen, mussten sie lange Strecken des Weges erst noch bauen, Bäume fällen und Sümpfe trockenlegen oder warten, dass sie von selbst trockneten. Der Lastwagen blieb einige Male im Schlamm und im Sand stecken und andere Male kippte er beinahe um. Doch der Arbeitertrupp war an diese Art von Problemen gewöhnt und begegnete ihnen Mal für Mal mit System und Beständigkeit. Sie mussten sich den Weg praktisch über 130 km – dreißig bis zur Brücke und dann weitere hundert am Fluss entlang – Stück für Stück erst noch bauen. Als sie endlich den Weg nach Trinidad erreichten, legten sie die restlichen 300 km weitaus schneller und leichter zurück, denn wir befanden uns in der Trockenzeit und der Weg war gut befahrbar. Während all dieser Zeit ernährten sich die Männer von Jagdwildfleisch, Wildfrüchten und dem Wasser aus dem Fluss.

Aber sie schafften es! Die Arche erreichte den Puente *auf den San Juan und die Indios sahen zum ersten Mal in*

L'Arca è finalmente nel suo elemento   *Die Arche ist endlich in ihrem Element*

Ma ce l'avevano fatta e l'Arca era finalmente arrivata al *Puente* sul San Juan dove gli indios del villaggio hanno visto per la prima volta in vita loro una *„canoa"* di quelle dimensioni. Al *Puente* avevano fatto scendere il rimorchio nel fiume a marcia indietro e l'avevano sprofondato nell'acqua e nel fango fino a che l'Arca aveva cominciato a galleggiare, poi con delle grosse funi l'avevano legata agli alberi con la prua verso la corrente.

L'Arca era finalmente nel suo elemento.

Il viaggio da Santa Cruz al Puente sul San Juan era durato ben sette mesi!

Stefania ed io non avevamo potuto accompagnare l'Arca nel suo lungo viaggio nella foresta e ci avvilivamo ogni volta che il *maderero* ci dava notizie delle difficoltà del trasporto e della lentezza con cui la squadra apriva piste ed abbatteva alberi per far passare i due veicoli. Poi, finalmente, un giorno ci aveva dato la grande notizia che il convoglio aveva raggiunto la sua destinazione e che l'Arca galleggiava nel San Juan. Allora avevamo preso il *Ndegito* ed avevamo fatto rotta verso il Puente. Non sapevo se sarei riuscito ad atterrare ma mi sarei accontentato anche soltanto di vederla in acqua dall'alto. Quando eravamo arrivati in vista del Puente eravamo veramente emozionati. Avevamo fatto un paio di giri a bassa quota e l'avevamo fotografata dall'alto, poi avevo sorvolato e ispezionato la strada di terra battuta che porta al ponte. Era abbastanza larga e ne avevo scelto un tratto con poche buche e senza arbusti alti ai lati. Come pista d'atterraggio era piuttosto stretta ma in quel momento c'era poco vento e, con un po' di coraggio, una buona componente di incoscienza e tanta fortuna, ero riuscito a posarvi sopra il *Ndegito* con una certa disinvoltura.

In acqua l'Arca era ancora più bella e sembrava addirittura molto più grande. Aveva un aspetto robusto e stabile, adatto al duro lavoro che l'aspettava. Nel viaggio non aveva subito alcun danno tranne qualche graffio che era stato riverniciato prima di posarla in acqua. I motori erano andati in moto entrambi con facilità al primo giro di manovella, i due cambi funzionavano alla perfezione e le eliche scavavano con potenza nell'acqua senza fare alcuna vibrazione.

ihrem Leben ein „Kanu" von solchen Ausmaßen. Am Puente *ließen sie den Anhänger rückwärts in den Schlamm des Flusses rollen, bis das Schiff ganz im Wasser lag, dann banden sie es, so dass der Bug stromabwärts lag, mit großen Tauen an den Bäumen fest.*

Die Arche war endlich in ihrem Element.

Die Fahrt von Santa Cruz bis zum Puente hatte gute sieben Monate gedauert!

Stefania und ich konnten die Arche auf ihrer langen Reise durch den Wald nicht begleiten und wenn der maderero *uns berichtete, wie schwer und langsam der Trupp mit den zwei Fahrzeugen gegen den Wald ankam, verloren wir jedes Mal den Mut. Dann, eines Tages übermittelte er uns plötzlich die unglaubliche Nachricht, dass die Arche ihr Ziel erreicht hatte und bereits im San Juan lag. Wir kletterten sofort an Bord des* Ndegito *und flogen in Richtung* Puente. *Wir waren nicht sicher, ob wir überhaupt landen könnten, aber wir gaben uns schon damit zufrieden, wenigstens von oben einen Blick auf sie zu erhaschen.*

Je näher wir dem Puente *kamen, umso aufgeregter wurden wir. Wir machten ein paar Fotos aus der Luft und dann überflog und inspizierte ich den Weg aus gestampfter Erde, der zur Brücke führte. Er war ziemlich eng, um auf ihm zu landen, aber es war fast windstill und mit ein bisschen Mut, einer großen Portion Leichtsinn und viel Glück landete ich den* Ndegito *sicher.*

Im Wasser war die Arche noch viel schöner und schien zudem auch noch größer zu sein. Sie machte einen robusten und stabilen Eindruck – genau richtig für die harte Arbeit, die sie erwartete. Auf der Reise hatte sie bis auf einige Kratzer, die schon wieder ausgebessert worden waren, keinen Schaden erlitten. Die Motoren sprangen im Handumdrehen an, die beiden Wechselgetriebe funktionierten einwandfrei und die Schrauben drehten sich mit großer Kraft im Wasser, ohne das Schiff ins Schwanken zu bringen.

16

Il nostro Paradiso

Unser Paradies

Un'antica leggenda guaraní tramandata oralmente dagli indios narra la storia della principessa Anahí, la brutta principessa di una tribù selvaggia ed indomabile che viveva sulle rive di un fiume del nord. La poverina era veramente brutta ma molto amata perché nelle sere d'estate allietava tutti gli abitanti della sua tribù con canzoni melodiose ispirate agli dei della sua terra ed all'amore per la sua gente. Ma un triste giorno arrivarono i *conquistadores*, quei feroci e brutali guerrieri stranieri dalla pelle bianca che fecero prigionieri tutti gli indios depredandoli dei loro averi, delle loro terre, dei loro dei, dei loro idoli e della loro libertà.

Anahí, la brutta principessa, era stata presa prigioniera come tutti gli altri e passava le notti vegliando, piangendo e soffrendo. Una notte la sua sentinella si era addormentata e la principessa Anahì ne aveva approfittato per tentare la fuga. Ma i *conquistadores* se n'erano accorti presto, le avevano dato la caccia, l'avevano catturata e l'avevano condannata ad una morte atroce sul rogo. Legata ad un albero solitario le avevano dato fuoco ma le fiamme sembrava quasi che si rifiutassero di lambire la povera principessa che se ne stava a soffrire in silenzio col capo

Eine alte Legende guaraní, die von den Indios mündlich über all die Jahre weiter vermittelt wurde, erzählt die Geschichte der Prinzessin Anahí. Sie war die hässliche Prinzessin eines wilden und unbezähmbaren Stammes, der an den Ufern eines Flusses im Norden lebte. Die Ärmste war wirklich unansehnlich, aber von allen geliebt. An den Sommerabenden unterhielt sie ihre Stammesgenossen mit klangvollen Liedern, die den Göttern ihrer Erde und der Liebe zu ihrem Volk gewidmet waren. Doch eines traurigen Tages fielen die conquistadores *auch in ihr Gebiet ein. Diese grausamen, brutalen hellhäutigen Fremden nahmen die Indios gefangen und beraubten sie all ihrer Habseligkeiten, ihrer Erde, ihrer Götter, ihrer Götzenbilder und ihrer Freiheit.*

Anahí, die hässliche Prinzessin, war wie alle anderen gefangen genommen worden. Des Nachts erlaubten ihr die vielen Tränen nicht, ihre Augen auch nur eine Minute erholsam zu schließen. Als ihre Wächter einmal einschliefen, zögerte sie keine Minute die Flucht zu ergreifen. Doch die conquistadores *bemerkten ihr Fehlen umgehend und machten sich auf die Jagd nach ihr, fanden sie und verur-*

inclinato su una spalla, senza un lamento. Quando il fuoco finalmente la raggiunse, Anahí come per miracolo cominciò a convertirsi in un albero identificandosi proprio con l'albero cui era stata legata.

La mattina seguente i soldati, al posto del rogo trovarono un albero piuttosto strano ma meraviglioso. Il tronco contorto e sgraziato e gli spini dei rami rappresentavano forse tutto il bruttume del martirio e della sofferenza affrontati sul rogo ma rispecchiava anche l'aspetto originale della povera, brutta principessa. Ma il suo manto, con le foglie di un verde lucente ed i fiori rosso vermiglio dai petali di velluto, mostrava sicuramente il suo splendore come simbolo del coraggio, della bravura e della forza d'animo dimostrata dalla principessa Anahí.

Quell'albero stupendo, che gli indos chiamano *bucaré* è appunto il *ceibo*.

C'è un antico canto popolare paraguayano le cui parole sono:

Anahí....
las arpas dolientes hoy lloran arpegios que son
    para ti
recuerdan a caso tu immensa bravura
reina guaraní,
Anahí,
indiecita fea de la voz tan dulce como el aguaí
Anahí,
Anahí,
tu raza no ha muerto, perduna sus fuerzas en la flor
    rubí.

(Anahí....
oggi le arpe tristi piangono arpeggi dedicati a te
e ricordano proprio il tuo immenso coraggio,
principessa guaraní,
piccola india brutta dalla voce dolce come il frutto della
    mela aguaí
Anahí,
Anahì,
la tua razza non è morta e la sua forza sopravvive in quel
    fiore rosso).

Mi piaceva il fatto che il nome della nostra *estancia*

teilten sie zum grausamen Tode auf dem Scheiterhaufen. Sie banden sie an einen einsamen Baum und setzten ihn in Brand, doch die Flammen schienen nur um die arme Prinzessin, die mit gesenktem Blick still vor sich hin litt, herumzutänzeln. Als das Feuer sie letzten Endes dann doch erreichte, geschah ein Wunder: Anahí verwandelte sich in einen Baum und wurde eins mit dem Baum, an den sie gebunden war.

Die Soldaten fanden am nächsten Morgen anstelle des Scheiterhaufens einen ziemlich merkwürdigen, aber wunderschönen Baum: Der Stamm war krumm und verwachsen und die Dornen der Zweige schienen sowohl die Grausamkeiten und Leiden des qualvollen Todes als auch das originalgetreue Aussehen der armen, hässlichen Prinzessin wiederzuspiegeln. Doch sein Kleid des Baumes aus leuchtend grünen Blättern und tiefroten samtenen Blüten war wirklich prachtvoll, Symbol für den Mut, die Tapferkeit und die Seelenstärke, die die Prinzessin Anahí unter Beweis gestellt hatte. Dieser herrliche Baum, den die Indios *bucaré* nennen, ist unser *ceibo*.

Ein alter paraguayischer Volksgesang lautet wie folgt:

Anahí...
las arpas dolientes hoy lloran arpegios que son para ti
recuerdan a caso tu immensa bravura
reina guaraní,
Anahí,
indiecita fea de la voz tan dulce como el aguaí
Anahí,
Anahí,
tu raza no ha muerto, perduna sus fuerzas en la flor rubí.

(Anahí,
der Harfen trauernde Klänge weinen um dich,
an deinen unerschöpflichern Mut erinnern sie sich,
Prinzessin Guaraní,
kleine, hässliche Indiofrau,
die Süße eines Apfels tönte in deiner Stimme,
Anahí,
Anahí,
dein Volk wird nicht sterben,
sondern auf ewig in dieser roten Blüte überleben).

fosse legato ad un albero dai fiori tanto belli da diventare il soggetto di una tale leggenda. Quando cavalcavamo nella pampa e vedevamo un *ceibo* da lontano, Stefania ed io cercavamo sempre di passarci vicino per ammirarlo. Sono alberi solitari e piuttosto rari che nell'*estancia* non superavano mai l'altezza di 8-10 metri. Il tronco è massiccio e contorto, spinoso e dalla corteccia robusta e solcata ma le foglie verdi sembrano riflettere la luce del sole. Nella seconda metà di ottobre perde tutte le foglie e si ricopre di fiori rossi, carnosi e vellutati che durano fino alla metà di marzo. Quando la sera sedevamo sulla staccionata del *corral* in attesa dello spettacolo del tramonto ne potevamo ammirare due che si trovavano a poche centinaia di metri al di là della pista d'atterraggio verso occidente.

Ho tanti bei ricordi di momenti trascorsi a cavallo di

Es gefiel mir sehr, dass der Name unserer estancia *in Verbindung gebracht wurde mit einem so schönen Blütenbaum, der Anlaß war für die Entstehung einer Legende. Wenn Stefania und ich durch die Pampa ritten und von weitem einen* ceibo *erblickten, wollten wir ihn immer aus nächster Nähe zu bewundern. Es sind allein stehende und seltene Bäume, die auf der* estancia *nie höher als 8-10 Meter wurden. Ihr Stamm ist kräftig, krumm und dornig und von einer dicken, zerfurchten Rinde umgeben. Doch in seinen leuchtend grünen Blättern scheint sich das Licht der Sonne widerzuspiegeln. In der zweiten Oktoberhälfte fallen die Blätter ab, um bis Mitte März durch rote, füllige und samtene Blüten ersetzt zu werden. Wenn wir uns abends auf den Zaun des* corral *setzten, um auf den traumhaften Sonnenuntergang zu warten, konnten wir zwei von ihnen,*

Il bestiame tranquillo in attesa della sera

Das Vieh wartet ruhig auf den Abend

Un bel giaguaro

quella staccionata. Ricordo di un giorno in cui eravamo tanto stanchi. Era la fine di un altro bel pomeriggio caldo ed il cielo verso occidente cominciava già a tingersi di rosso. Era stato un giorno come tanti altri, bello come tanti altri. Io mi ero seduto come al solito sulle traverse del *corral* ed ammiravo dall'alto il centinaio di vacche che avevamo radunato quel giorno per la solita selezione. Stefania aveva fatto un ultimo giro nel *corral* con Andrès poi era venuta a sedersi accanto a me. Le vacche all'inizio erano ancora un po' nervose perché non erano abituate ad essere rinchiuse, ma poi gradualmente si erano calmate e se ne stavano piuttosto tranquille e rassegnate. Ce n'erano di veramente belle. Da quando avevamo preso le consegne da Don Gonzalo la qualità del bestiame era migliorata enormemente. Ricordo che allora ero rimasto impressionato dalle costole che sporgevano e dalla magrezza sia dei tori che delle femmine. Tutto sommato era bastato veramente poco a migliorare la vita di quegli animali ed i piccoli interventi che avevamo messo in atto avevano cambiato la situazione drasticamente. Soprattutto i tori erano diventati più belli,

Ein schöner Jaguar

die nur wenige Hundert Meter westlich der Landebahn blühten, in ihrer ganzen Schönheit bewundern.

Ich erinnere mich an viele schöne Momente, die wir auf diesem Zaun verbracht haben. In meiner Erinnerung erwacht beispielsweise ein Tag, an dem wir sehr müde waren, wieder zum Leben. Es war gegen Ende eines anderen schönen warmen Nachmittags und die Sonne im Westen begann sich langsam zu röten. Es war ein Tag wie viele andere – ein Tag, so wunderschön wie viele andere. Ich ließ mich wie gewöhnlich auf den Querbalken des corral *nieder und bewunderte von dort aus meine Kühe, die wir an diesem Tag für die anstehende Aussonderung zusammengetrieben hatten. Stefania und Andrès drehten eine letzte gemeinsame Runde durch den* corral, *dann kam sie und setzte sich neben mich. Weil die Kühe es nicht gewöhnt waren, eingeschlossen zu sein, waren sie zu Beginn noch etwas aufgeregt, doch dann fügten sie sich langsam und wurden immer ruhiger und ruhiger. Es waren wirklich schöne Tiere. Seit wir die* estancia *von Don*

tondi e robusti. Avevano dei gibboni che emergevano tanto turgidi sulle loro spalle da dare quasi l'impressione che fossero stati gonfiati artificialmente con una pompa. Ma anche le femmine ed i vitelli giovani avevano acquistato un aspetto migliore. Era evidente che il sangue *nellore* dei venti tori che Don Gonzalo aveva importato dal Brasile si stava imponendo ed i capi delle nuove generazioni erano più chiari, mentre le macchie tipiche dei *criollo* originali stavano gradualmente scomparendo e si vedevano ancora soltanto nelle vacche più vecchie. Gli animali sembravano tutti più sani, snelli, alti, robusti e felici. Pochi anni prima di vendere la Ceiba Don Gonzalo aveva acquistato i venti torelli nellore appena svezzati da una estancia brasiliana a un centinaio di chilometri al di là del Guaporé e li aveva fatti portare alla Ceiba da Don Panchito. I poveretti avevano viaggiato due per volta saldamente legati sul fondo dell'aereo.

La giornata era stata molto calda e noi avevamo lavorato sodo. Quella mattina Stefania ed io ci eravamo alzati alle prime luci dell'alba, avevamo sellato i cavalli con le due belle selle texane nuove e morbide che avevamo fatto fare a Santa Ceuz ed eravamo andati a fare un ampio giro d'ispezione nei pressi della *Quebrata Seca*, a sei o sette

Un capibara ed un caimano

Gonzalo übernommen hatten, war die Qualität des Viehs um einiges besser geworden. Ich weiß noch, wie sehr ich mich damals wegen der hervorstehenden Rippen und der offensichtlichen Unternährung sowohl der Stiere als auch der Kühe erschreckt hatte. Alles in allem war es eine Kleinigkeit gewesen, das Leben dieser Tiere zu verbessern; unsere einfachen Eingriffe hatten ihren Zustand von Grund auf verändert. Vor allem die Stiere waren schöner, fülliger und kräftiger geworden. Ihre Buckel waren so kräftig, dass man fast meinen konnte, sie seien künstlich aufgepumpt worden. Aber auch die Kühe und die jungen Kälber sahen sehr viel gesünder aus. Das Blut der 20 Nellore-Stiere, *die Don Gonzalo seinerzeit aus Brasilien importiert hatte, setzte sich eindeutig durch. Die Tiere der neuen Generationen waren alle viel heller, und die typischen Flecken der* criollo *sah man nur noch bei einigen älteren Kühen. Alle Tiere waren gesund, munter, groß, kräftig und glücklich. Die 20 eben erst von der Muttermilch entwöhnten Nellore hatte Don Gonzalo nur wenige Jahre vor dem Verkauf der La Ceiba von einer brasilianischen* estancia, *die etwa hundert Kilometer vom Guaporé entfernt lag, erstanden und sie von Don Panchito zur La Ceiba bringen lassen. Die Ärmsten waren paarweise und auf den Boden des Flugzeuges gefesselt hierher gebracht worden.*

Es war ein sehr heißer Tag, an dem wir schwer geschuftet hatten. Stefania und ich waren früh am Morgen mit den ersten Sonnenstrahlen aufgestanden und hatten den Pferden die beiden neuen, in Santa Cruz angefertigten texanischen Sättel aufgelegt. Wir wollten uns auf eine Erkundungstour in der Umgebung der Quebrata Seca, *sechs oder sieben Kilometer östlich, begeben. Seit Tagen redete Andrès von nichts anderem als den Jaguaren, die in dieser Gegend gesichtet worden waren und*

Ein** capibara **und ein Kaiman

Un tratto della *Quebrada Seca*

chilometri verso est. Da un po' di giorni Andrès non faceva altro che ripetere che da quelle parti ultimamente si vedevano troppo spesso i giaguari e volevamo accertarci che non ci fossero stati troppi danni al *ganado*. Arrivati sul posto, avevamo controllato minuziosamente un lungo tratto di pampa ai bordi della foresta e della palude, ma per fortuna non avevamo trovato né cadaveri né resti di alcun genere che potessero far pensare che quelle belle belve si fossero autoinvitate ed avessero banchettato a nostre spese. A dire il vero, con i giaguari avevamo sempre avuto fortuna. Nonostante ce ne fossero veramente tanti, sembrava che avessero tutti un gran rispetto per il nostro *ganado*. Era evidente che nella giungla c'erano tanti altri animali da cacciare che per loro non era mai stato necessario cambiare dieta e ricorrere a qualche *ternero*.

Ein Abschnitt der Quebrada Seca

wir wollten uns versichern, dass das ganado *nicht zu Schaden gekommen war. Als wir ankamen, kontrollierten wir jede Anschnitt der Pampa entlang des Waldes und des Sumpfes bis ins kleinste Detail, aber zum Glück konnten wir weder Kadaver noch sonst irgendwelche Reste finden, die darauf verwiesen hätten, dass diese schönen Raubtiere sich auf unsere Kosten ein Festmahl genehmigt hatten. Um ehrlich zu sein, mit Jaguaren hatten wir immer Glück gehabt. Obwohl es sehr viele von ihnen gab, so schien es doch, als hätten sie einen großen Respekt vor unserem* ganado. *Es war offensichtlich, dass der Dschungel ihnen soviel Beute servierte, dass sie es nie nötig hatten, ihre Ernährung umzustellen und sich an einem* ternero *zu vergreifen.*

Die Gegend nahe der Quabrada Seca *wurde von unse-*

Un grosso caimano

Comunque quella zona vicino alla *Quebrada Seca* era sempre poco frequentata dal bestiame ed avevamo trovato pochissimi capi, in prevalenza tori piuttosto vecchi. Probabilmente, alle belle piante folte e nutrienti di *cañuela morada* che vi abbondavano, il bestiame preferiva le distese di *arrozillo* che ricoprivano la pampa più verso ovest. Era una teoria come un'altra. Però non era neppure da escludere che la causa fosse da ricercare proprio nella presenza dei giaguari e quindi nella paura istintiva che questi avrebbero potuto incutere nel nostro bestiame costringendolo ad andare a pascolare altrove. Tanto alla *Ceiba* di pascoli ce n'erano in abbondanza.

La *Quebrada Seca* era un lungo acquitrino ai bordi di una rigogliosa foresta. Era stata chiamata così perché l'acqua che vi si raccoglieva era poco profonda e nella stagione secca si asciugava quasi completamente. Nei suoi paraggi avevamo visto tanti uccelli, un grosso formichiere, alcuni capibara ed un paio di grossi caimani che dormivano pigri con le loro schiene corazzate esposte al sole. Uno di loro era particolarmente grosso, forse tre metri e mezzo e con la schiena quasi nera. Il caimano è il più grosso predatore dell'Amazzonia e può raggiungere i 6 metri. C'erano tante impronte di tapiri, che però non abbiamo visto, ma nessuna traccia di giaguari. Proseguendo verso nord oltre la fine della *quebrada* avevamo costeggiato per un paio di chilometri un tratto di foresta fitta fitta. All'estremità verso la pampa, in certi tratti era ricoperta da una muraglia

Ein großer Kaiman

rem Vieh auch zum größten Teil gemieden. Außer ein paar alten Stieren sahen wir weit und breit kein anderes Tier. Wahrscheinlich zogen sie die Weiten des *arrozzillo in der westlichen Pampa den schönen, nahrhaften* cañuela morada *dieser Gegend einfach vor. Aber das war nur eine von vielen Vermutungen. Es war nicht auszuschließen, dass die Erklärung hierfür doch in der Anwesenheit der Jaguare begründet lag. Möglicherweise versetzten sie unseren Tiere eine instinktive Angst, die sie zwang, woanders zu weiden. Immerhin, auf der La Ceiba gab es ja nun wirklich genug Gras.*

Die Quebrada Seca *war ein langes Sumpfgebiet am Rande eines dichten Waldes. Es hieß so, weil das Wasser, das sich dort ansammelte, nicht sehr tief war und in der Trockenzeit fast ganz verdunstete. Wir sahen viele Vögel, einen dicken Ameisenbären, einige* capibara *und ein paar*

Il formichiere

Ein Nasenbär

L'elegante fiore di Passiflora

di rampicanti che formavano uno strato spesso ed impenetrabile di rami intricati, di foglie e di fiori che arrivavano quasi fino alla cime degli alberi. Erano di una bella varietà di *passiflora* con fiori rossi e larghi oltre quindici centimetri.

Le passiflore, importate nel vecchio mondo dagli spagnoli, hanno caratteristiche e strutture uniche nel mondo vegetale e sono molto apprezzate per la loro indubbia audace eleganza. Il nome „*Passiflora*" dato formalmente da Linneo soltanto nel 1753, deriva dalle parole latine *Flos Passionis*, fiore della passione, con riferimento alla passione di Gesù Cristo. Tale nome però era già in uso da parecchi anni e probabilmente fu attribuito a questi rampicanti dai primi missionari che seguirono i viaggi dei *conquistadores* spagnoli. Ad essi, suggestionati dalla accesa volontà di convertire i popoli del Nuovo Mondo, non sarà sembrato vero di „*vedere*" in un fiore di quel continente la presenza

Die Eleganz der Passiflora

große Kaimane, die faul mit ihrem gepanzerten Rücken in der Sonne lagen. Einer von ihnen war besonders groß, sein schwarzer Rücken war bestimmt an die dreieinhalb Meter lang. Der Kaiman ist das größte Raubtier Amazoniens und kann bis zu sechs Meter lang werden. Im Schlamm sahen wir die Spuren vieler Tapire, sie selbst allerdings ließen sich nicht blicken. Von einem Jaguar allerdings war noch nicht einmal eine Spur zu sehen. Wir ritten über die quebrada *hinaus in Richtung Norden, wo der Wald immer dichter und dichter wurde. An der Grenze zur Pampa war er in manchen Abschnitten von einer ganzen Mauer an Kletterpflanzen bedeckt. Sie verbanden eine dicke und undurchdringbare Schicht aus Ästen, Blättern und hochrankenden Blumen, die zu den schönen* passiflora *gehören, deren Blüten rot und über 15 cm breit sind.*

Die passiflora, *die von den Spaniern nach Europa importiert wurden, haben Eigenschaften und Formen, die in der Pflanzenwelt einzigartig sind und zu ihrer unangezweifelten, kühnen Eleganz beitragen. Der Name „Passiflora" wurde ihr offiziell 1753 von Linné zugeschrieben und kommt, sich ursprünglich auf die Leiden Christi beziehend, von den lateinischen Worten* Flos Passionis, Passionsblume. *Der Name wurde aber auch schon lange vorher gebraucht und ihr wahrscheinlich von den Missionaren, die den spanischen* conquistadores *folgten, zugesprochen. Sie waren von dem starken Willen beseelt, die Völker der Neuen Welt zu bekehren, und konnten es gar nicht glauben, als sie in dieser Blüte die Anwesenheit Christi und die Verkörperung seines Leidensweges „sahen". Der Missionar Pater Giacomo Bosio beschrieb die Symbole des Leidensweges Jesu Christi in dieser Blume bereits in seiner Abhandlung aus dem Jahre 1610 „Abhandlung über die Kreuzigung Unseres Herren". In der Tradition gelten die 3 Kreuzigungsnägel als die 3 Stig-*

Le macchie che partono dagli occhi gli danno un'espressione triste

di Gesù Cristo ed i segni della Passione. Il missionario Padre Giacomo Bosio aveva già descritto i simboli della passione di Cristo presenti nei suoi fiori nel „Trattato sulla Crocifissione di Nostro Signore" del 1610. Nella tradizione i 3 chiodi sono rappresentati dai 3 stigmi, la corona di spine dalla corona dei filamenti, i 5 petali ed i 5 sepali simboleggiano i 10 apostoli rimasti fedeli a Gesù Cristo, l'androginoforo richiama la colonna della flagellazione ed i viticci ovviamente rappresentano i flagelli. Le 5 antere sono le 5 ferite. La leggenda poi ha trovato altri riferimenti ancora, altre fantasiose e suggestive analogie. Comunque, indipendentemente dai riferimenti alla Passione di Cristo, quei fiori erano veramente belli.

Mentre ammiravamo quella muraglia di verde e di fiori avevamo sentito dietro di noi qualcosa che si muoveva fra

Die Flecken unter den Augen lassen ihn traurig aussehen

mata, der Dornenkranz als der Strahlenkranz, die 5 Blütenblätter und die 5 Kelchblätter als die 10 treuen Apostel, der Hauptstiel der Zwitterblume als Geißelungsäule, die Ranken als die Geißeln und die Staubgefäße als die

La *Quebrada Seca* all'alba

Die* Quebrada Seca *bei Sonnenaufgang

Stefania con il bradipo   ***Stefania mit dem Faultier***

i ciuffi di *cañuela morada*. Era un bel *perezoso*, un bradipo che avanzava sul terreno con i suoi tipici movimenti goffi. Eravamo scesi da cavallo e ci eravamo avvicinati con prudenza. Il bradipo è stato per noi in senso assoluto l'animale più interessante della Bolivia e spesso eravamo stati tentati di fare su questa specie di orsacchiotto strambo studi e ricerche molto più specifiche ed approfondite. Con il po' di esperienza che avevamo fatto in Kenya negli studi sul comportamento degli animali, avevamo raccolto tutta la letteratura e le documentazioni che eravamo riusciti a trovare ed ogni volta che incontravamo uno di questi animaletti gli dedicavamo un po' di tempo e cercavamo sul suo corpo e nel suo comportamento le conferme alle informazioni che

Wunden. Der Legende nach gibt es noch mehr Bezüge und weitere einfallsreiche und beeindruckende Analogien. Aber auch abgesehen von den Bezügen zu den Leiden Christi, waren es einfach wunderschöne Blumen.

Während wir diese grüne Wand aus Blumen bewunderten, hörten wir, wie sich hinter uns in den Büscheln der cañuela morada *etwas bewegte. Es war ein schöner* perezoso, *ein Faultier, das sich auf seine typisch tölpelhafte Art vorwärts bewegte. Wir stiegen von den Pferden und näherten ihm uns vorsichtig. Das Faultier war für uns mit Abstand das interessanteste Tier ganz Boliviens und nur allzu oft unterlagen wir der Versuchung, uns intensiver mit dieser sonderbaren Art Teddybär zu beschäftigen.*

avevamo appreso dai libri.

Questo meraviglioso e alquanto „strambo" animale appartiene all'Ordine degli Sdentati, e alla Famiglia dei Bradipodidi. La sua lunghezza varia dai 50 ai 65 cm e la coda, quando c'è, può essere lunga dai 6 ai 7 cm, ma il più delle volte manca. Noi di bradipi con la coda ne abbiamo visti pochi. Il peso va dai 4 agli 8 kg. La testa ha una forma arrotondata con la faccia appiattata, le orecchie sono piccole e rotonde, il mantello è folto, ispido, e generalmente presenta caratteristici disegni sul muso e sul dorso. Gli arti sono lunghi e slanciati, quelli superiori più lunghi di quelli inferiori, e le tre dita sono provviste di artigli lunghi e robusti. Sembra che esistano anche esemplari con sole due dita agli arti superiori ma noi non ne abbiamo mai visti. Ricordo che avevamo avuto sempre l'impressione che molte delle informazioni riportate dai libri e dai testi „scientifici" fossero ricavate soltanto da racconti e descrizioni degli indigeni e che non sempre corrispondessero alla realtà delle cose. Un esempio: è riportato da molte fonti che il *perezoso* non ha voce ma che, se lo si minaccia con un coltello, si mette a lacrimare ed a piangere con una voce simile a quella di un bambino. Questo ci era stato raccontato anche dagli indios ma noi avevamo provato tante volte a minacciarli in vari toni e con coltelli di varie forme e grandezze senza ottenere la benché minima reazione.

Sembra di tenere in braccio un orsacchiotto

Mit den wenigen Erfahrungen, die wir in Kenia zum Thema Verhalten der Tiere gesammelt hatten, suchten wir alle Fachbücher und Dokumentationen heraus, die wir finden konnten und jedes Mal, wenn wir auf eins dieser Tierchen trafen, widmeten wir ihm ein bisschen Zeit, um an seinem Körper und in seinem Verhalten eine Bestätigung für das, was wir gelesen hatten, zu finden.

Dieses wunderbar „sonderliche" Tier gehört der Ordnung der Zahnlosen und der Familie der Dreifinger-Faultiere an. Seine Länge liegt zischen 50 und 65 cm und der Schwanz, wenn er dann vorhanden ist, ist in etwa 6 bis 7 cm lang, doch meistens fehlt er ganz. Faultiere mit Schwanz sind uns wirklich nur sehr selten begegnet. Sie wiegen 4 bis 8 kg. Der Kopf ist rund und das Gesicht platt, die Ohren sind klein und ebenfalls rund, das Fell ist dicht, struppig und am Maul und Rücken charakteristisch gemustert. Die oberen Gliedmaßen sind länger und schlanker als die unteren und die drei Finger weisen lange, kräftige Nägel auf. Es sollen auch Exemplare mit nur zwei Fingern an den Vorderpfoten existieren, doch wir persönlich haben sie in all der Zeit nie zu Gesicht bekommen. Wir wurden das Gefühl nicht los, dass viele der Informationen aus den Büchern und „wissenschaftlichen" Abhandlungen bloß den Erzählungen und Beschreibungen der Ureinwohner Glauben schenkten, ohne aber den Fakten der Realität zu entsprechen. Ein Beispiel: Viele Quellen behaupten, dass der perezoso *keine Stimme hat und er, wenn man ihn mit einem Messer bedroht, wie ein Kind heult und die Tränen ihm nur so über das Gesicht kullern. Dasselbe erzählten uns auch die Indios, doch wir versuchten es mehrere Male, ihn mit unterschiedlichen Lauten und einem Messer zu bedrohen, ohne dass er sich auch nur einmal aus der Ruhe bringen ließ.*

Diese Tiere bewegen sich wie in Zeitlupe, zögerlich und bedacht, durch den Dschungel. Langsam wandern sie von einem

Es ist, als umarme man einen Teddybär

Stefania avrebbe continuato a coccolarselo per tutto il giorno

Esitanti, circospetti, con movimenti che vengono eseguiti al rallentatore, questi animali si muovono attraverso la foresta spostandosi di albero in albero, tenendosi aggrappati ai rami con il ventre in alto e il dorso rivolto verso il suolo. Appunto per questo singolare modo di spostarsi, caratterizzato dalla sua lentezza, sono stati chiamati *bradipi*, in greco „*piedi lenti*". Anche il nome spagnolo di „*perezoso*" ha un significato molto simile, letteralmente: „*pigro*". Ad essi è risparmiata ogni faticosa ricerca di cibo: poiché i loro lunghi arti anteriori e posteriori sono dotati di grandi artigli arcuati, possono afferrarsi saldamente ai rami e godere così i vantaggi di una esuberante vegetazione: foglie, giovani germogli, fiori e frutti crescono praticamente a portata della loro bocca. Non hanno pertanto nessuna necessità di muoversi velocemente, anzi, al contrario, proprio questo comportamento tranquillo

Stefania hätte am liebsten noch den ganzen Tag mit ihm weiter geschmust

Baum zum anderen, indem sie sich mit dem Bauch nach oben und dem Rücken nach unten an die Äste klammern und so hochhangen. Diese einzigartige Methode der Fortbewegung, die vor allem durch ihre Gemächlichkeit gekennzeichnet ist, gab ihnen den Namen bradipi, *griechisch „langsame Füße". Auch der spanische Name „perezoso" hat eine sehr ähnliche Bedeutung: „Der Faulpelz". Ihnen bleibt jegliche mühsame Nahrungssuche erspart: Da ihre Tatzen mit großen, scharfen Nägeln ausgestattet sind, ist es ihnen ein Leichtes, sich fest an die Äste zu klammern und die Vorteile einer ergiebigen Pflanzenwelt zu nutzen: Blätter, Keime, Blumen und Früchte wachsen ihnen sozusagen beinahe in den Mund hinein.*

Deswegen gibt es für sie auch absolut keinen Grund, irgendwohin eilen zu müssen. Im Gegenteil, gerade dieses stille Verhalten ist der beste Schutz gegen die Feinde. So steht es zumindest in einigen Texten geschrieben. Ich habe da allerdings meine Zweifel. Meiner Meinung nach, ist ein so langsames Tier allen Gefahren um sich herum wehrlos ausgesetzt. Ehrlich gesagt, will es mir nicht in den Kopf, wie gerade Langsamkeit eine gute Verteidigung darstellen soll.

Die Natur hat die Faultiere mit einem wirklich außergewöhnlichen Fell versehen: Dadurch, dass jedes einzelne Haar von einer Schicht Zellen, die nicht eng aneinander anliegen, überzogen ist, kommt es zu den seitlichen und länglichen Rillen, die das Außenfell durchziehen. In diesen ungewöhnlich feinen Rillen, oder sogar zwischen den einzelnen Zellen der Außenschicht siedeln sich winzigkleine, blaugrüne Algenarten an. Da sie sich in der heißfeuchten Umgebung sehr wohl fühlen, vermehren sie sich unheimlich schnell und verleihen dem graubraunen Fell des Faultiers einen grünlichen Schimmer, der sich mit dem Laubwerk der Bäume vermischt. Zwischen den Faultieren und den Algen existiert eine wahrhaftige Symbiose – ein gemeinsames Leben, das beiden Seiten zugute kommt. Eine weitere Eigenschaft seines Fells ist, dass es den idealen Lebensraum für einige Insekten - keine Parasiten - darstellt, die sich zwischen seinen Haaren einnisten.

Mit Ausnahme der südlichsten Gegenden, gibt es Faultiere in fast allen Wäldern Südamerikas. Sie scheinen nicht,

Finalmente di nuovo nel suo ambiente

costituirebbe la migliore protezione contro i nemici. Questo, perlomeno, secondo alcuni testi. Io, però, ho i miei dubbi. Secondo me un animale così lento è esposto a tutti i pericoli e non ha alcuna possibilità di difesa contro i tanti predatori che abitano le foreste. Sinceramente, non sono mai riuscito a capire come la lentezza potrebbe rappresentare un'arma di difesa.

La natura ha fornito ai bradipi un mantello veramente singolare: ogni singolo pelo manca di midollo ed è rivestito da uno strato formato da cellule non strettamente unite tra loro, per cui la superficie del pelo stesso risulta percorsa da solchi longitudinali o trasversali. In questi microscopici solchi, o addirittura fra le singole cellule dello strato esterno, si insediano due specie di alghe di grandezza microscopica e dalla colorazione verde-azzurra. Favorite dal clima caldo umido, esse trovano qui ottime condizioni di vita, si moltiplicano rapidamente e conferiscono al mantello grigio-bruno del bradipo uno splendore verdastro, che lo mimetizza così con le fronde degli alberi. Fra bradipo e alghe si forma quindi una vera e propria simbiosi, cioè una vita in comune con una reciproca utilità. Un'altra caratteristica del suo mantello è che fra i suoi peli si annidano e vivono alcuni tipi di insetti, peraltro non parassiti, che trovano appunto nella pelliccia del bradipo il loro habitat ideale.

I bradipi sono diffusi in quasi tutti i territori boscosi dell'America meridionale, fatta eccezione per le regioni più meridionali. Sembra che il loro patrimonio non abbia subito grandi riduzioni, a differenza di quanto si è verificato per molti altri mammiferi di uguali dimensioni, ormai sterminati da lungo tempo. La causa di ciò non è stata la loro pigrizia, come si sarebbe tentati di pensare, ma piuttosto il perfetto adattamento che i bradipi hanno raggiunto con l'ambiente

Endlich wieder in seiner Umgebung

wie viele andere Säugetiere dieser Größe, vom Aussterben bedroht zu sein. Doch der Grund dafür ist nicht ihre Faulheit, sondern die Anpassungsgabe, die sie in ihrem direkten Umfeld bewiesen haben. Ihre Gleichgültigkeit und ihre langsamen Reflexe werden von ihrem Körperbau und ihrem Äußeren wieder ausgeglichen; mit einem der Texte gesagt: es ist gerade „ihre Unauffälligkeit, die ihnen das Leben rettet…".

Im Allgemeinen legen sich die Gewohnheiten eines Wirbeltieres in seinem Knochenbau nieder und erlauben einem, fundierte Schlüsse über seine Bewegungsmechanismen, seine Ernährungsweisen und andere Eigen-

circostante. La loro indifferenza e lentezza di riflessi vengono compensate dalla struttura corporea e dall'aspetto esteriore; in breve, stando ai testi, „la non appariscenza è per loro la migliore protezione,,.

Generalmente le abitudini di un vertebrato si riflettono nella struttura del suo scheletro, e permettono di trarre fondate conclusioni sulla meccanica dei movimenti, sul tipo di alimentazione e su altre caratteristiche. Ciò vale ovviamente anche per i bradipi. La conformazione degli arti (quelli anteriori più lunghi di quelli posteriori) e soprattutto delle mani e dei piedi, che sono sottili e muniti di lunghi artigli arcuati, consentono a questi animali di spostarsi con grande abilità tra i rami ma nello stesso tempo impediscono loro di spostarsi agevolmente sul terreno. I Bradipi si spostano da un albero a quello vicino soltanto se la disponibilità di cibo comincia a scarseggiare. In caso contrario indugiano sullo stesso albero per lungo tempo e ne scendono con regolarità soltanto ogni sette o otto giorni per fare i loro bisogni a terra e poi risalire subito. Un comportamento veramente strano per il quale è difficile trovare una spiegazione logica.

La sicurezza e l'eleganza con la quale si muovono tra i rami si trasforma immediatamente in una incredibile goffaggine quando devono spostarsi a terra: non sanno camminare sostenendosi sulle quattro zampe e quindi sono costretti a trascinarsi in qualche modo sul suolo. Stando sdraiati su un fianco, allungano le loro zampe cercando una presa per gli artigli per poi trascinarsi sul suolo e spostarsi così in avanti con incredibile fatica. Ovviamente, le distanze che possono percorrere in quelle condizioni sono estremamente limitate ed i tempi lunghissimi. Quando finalmente raggiungono l'albero più vicino si concedono un adeguato riposo cui fanno seguire un pasto abbondante. Per contrasto, i bradipi sono ottimi ed agili nuotatori e possono percorrere nell'acqua anche distanze notevoli.

I bradipi sono privi di incisivi e mordono le foglie con le labbra che sono notevolmente ispessite. Durante la masticazione del cibo le superfici trituranti dei loro molari, piccole e prive di smalto, vengono fortemente corrose. Le cavità aperte della polpa rendono però possibile una continua crescita di questi organi. Un'altra delle peculiarità dei bradipi tridattili è che hanno nove vertebre cervicali, due in più rispetto a tutti gli altri mammiferi che ne hanno solo sette. Stranamente ne hanno sette anche le giraffe! In

schaften zu ziehen. Das gilt natürlich auch für die Faultiere. Die Form der Gliedmaßen (die vorderen sind länger, als die hinteren), der Hände und der Füße, die mit langen scharfen Krallen ausgestattet sind, erlauben diesem Tier, sich flink in den Bäumen zu bewegen, behindern es jedoch gleichzeitig bei der Bewegung am Boden. Nur wenn die Nahrung knapp wird, machen die Faultiere sich auf, in den nächsten Baum zu klettern. Im ungekehrten Fall bleiben sie lange Zeit auf dem gleichen Baum und klettern nur alle sieben bis acht Tage herunter, um ihr Geschäft zu erledigen und dann sofort wieder hinaufzuklettern. Ein wirklich merkwürdiges Verhalten, das sich nur sehr schwer erklären lässt.

Die Sicherheit und Eleganz, mit der sie durch die Bäume klettern, verwandelt sich auf dem Boden unmittelbar in ein aberwitziges Schauspiel. Sie können nicht auf allen Vieren gehen und ziehen sich daher irgendwie über den Boden. Sie stützen sich auf einer Seite ab, krallen sich mit ihren Tatzen irgendwo fest und ziehen sich dann mit großer Anstrengung nach vorne über den Boden. Sie können so natürlich nur kurze Entfernungen in endlos langer Zeit und Mühe zurücklegen. Wenn sie dann endlich den nächstgelegenen Baum finden, gönnen sie sich eine lange Pause, in der sie sich eine ausgiebige Mahlzeit schmekken lassen. Im Gegensatz dazu sind die Faultiere einwandfreie Schwimmer, die im Wasser sogar ziemlich große Distanzen zurücklegen können.

Faultiere haben keine Schneidezähne und pflücken die Blätter mit ihren dicken Lippen ab. Während des Kauvorgangs werden die mahlenden Oberflächen ihrer Backenzähne, die klein und frei von Schmelz sind, stark verätzt. Die offenen Aushöhlungen im Zahnmark ermöglichen diesen Organen allerdings ein ständiges Wachstum. Eine weitere Eigenart der Dreifinger-Faultiere ist, dass sie im Gegensatz zu den anderen Säugetieren, neun anstatt nur sieben Halswirbel haben. Seltsamerweise haben selbst die Giraffen nur sieben. Normalerweise hängen die Dreifinger-Faultiere an einem Baum und gucken rücklings nach hinten, doch da ihr Köpf sich ungefähr um 180 Grad drehen lässt, können sie auch problemlos nach vorne schauen, ohne ihre Körperhaltung verändern zu müssen. Die enorme Beweglichkeit dieser Tiere steht natürlich in Bezug zu der höheren Anzahl an Halswirbeln. Das einzige andere Tier auf der Welt mit ähnlichen Möglich-

genere i bradipi tridattili stanno appesi ai rami e guardano all'indietro, ma poiché il capo può essere ruotato per circa 180°, possono rivolgere lo sguardo in avanti senza cambiare la posizione del corpo. Ovviamente la grande mobilità del capo di questi animali è in stretto rapporto con il maggior numero di vertebre cervicali. L'unico altro animale al mondo che abbia una simile capacità è il gufo.

Quello che avevamo trovato quel giorno era un bell'esemplare col pelo molto chiaro. Era pieno di insetti ma nell'insieme stava bene. A terra avanzava a fatica trascinandosi fra i ciuffi d'erba. Chissà dove intendeva andare, il poveretto! Lì intorno, tranne il siepone di passiflora non c'erano altri alberi. L'avevamo coccolato un po' poi Stefania se l'era preso in braccio, l'aveva portato qualche centinaio di metri più avanti e l'aveva messo sui rami più bassi di un albero libero da rampicanti. Lì, evidentemente più a suo agio, si era arrampicato con disinvoltura e, nell'ambiente che gli era più congeniale, ci aveva dato un bel saggio gratuito della sua agilità ed eleganza al rallentatore.

keiten ist der Uhu.

Das Faultier, das wir an diesem Tage entdeckten, war ein schönes, helles Exemplar. Er war voller Insekten, aber das störte den Eindruck nicht. Auf dem Boden zog es sich mühevoll zwischen den Grasbüscheln voran. Wer weiß, wo das arme Tierchen hinwollte. Außer den Passionsblumen gab es in unmittelbarer Nähe keinen einzigen Baum. Wir streichelten ihn ein wenig und Stefania nahm ihn auf den Arm und setzte ihn einige hundert Meter weiter in einen Baum, der frei von Kletterpflanzen war. Dort fühlte es sich natürlich sofort wohler. Lässig schwang es sich hoch und in Zeitlupe gab er uns eine Sondervorstellung seiner behänden Eleganz.

Nach dieser befriedigenden Besichtigung ritten wir kurz vor Mittag nach Norden weiter, um uns mit Andrès zu treffen. Er und seine ältesten Söhne, Julio e José, warteten in der Nähe der verlassenen Häuser der einstigen estancia Maracaibo – *„der anderen Hälfte der La Ceiba", wie Don Gonzalo sagte – auf uns. Von den Hütten waren nur noch ein paar schiefe Balken zu sehen, der* corral *war vor lauter*

La mandria è radunata

Die Herde ist zusammengetrieben

Questi cinque giovani vitelloni sono di pura razza *nellore*

Diese fünf jungen Rinder sind reinrassige Nellore

Più tardi, poco prima di mezzogiorno, soddisfatti del nostro sopraluogo c'eravamo spostati verso nord per incontrarci con Andrès, che con i suoi due figli più grandi, Julio e Josè, ci stava già aspettando nei pressi delle vecchie case abbandonate di quella che un tempo era stata l'*estancia Maracaibo*, o „l'altra metà della Ceiba", come l'aveva definita Don Gonzalo. Delle capanne ormai non restava altro che un paio di pali contorti, il *corral* era stato quasi completamente divorato dalle formiche e quella che era stata la pista d'atterraggio, non più usata né curata, si confondeva ormai con il resto della prateria. Vista così in quello stato era difficile poter credere che lì, un tempo, Don Panchito riusciva a posarsi col suo Cessna 172. Quella che una volta era stata una pista d'atterraggio era diventata una distesa di erba alta che si estendeva uniformemente nella pampa verso nord dove terminava nella linea verde dell'orizzonte. Noi, col *Ndegito* non avevamo mai avuto motivo di atterrare lì. Dopo l'acquisto avevamo considerato la *Ceiba* e *Maracaibo* come un'unica *estancia* ed avevamo concentrato tutto il lavoro sulle strutture della *Ceiba*.

Ameisen völlig morsch und die Landebahn, die weder genutzt noch gepflegt worden war, unterschied sich kaum mehr von der restlichen Wiese. Wenn man sie so sah, konnte man es sich kaum noch vorstellen, dass Don Panchito dort stets mit seiner Cessna 172 landete. Die einstige Landebahn war zu einer hohen Wiese geworden, die bis in die Pampa hinein und noch weit über sie hinaus reichte. Erst am Horizont schien sie in einer geraden, grünen Linie zu enden. Für uns hatte es nie einen Grund gegeben, mit Ndegito *dort zu landen. Nach dem Kauf hatten wir die* La Ceiba *und die* Maracaibo *als eine* estancia *angesehen und die Arbeit nach* La Ceiba *verlegt.*

Wir befanden uns in der Trockenzeit. In dieser Gegend war die Pampa voller Kühe, die weideten oder liegend wiederkäuten. Wir trieben eine Herde von hundert Muttertieren zusammen und versuchten, so weit es möglich war, die Jüngeren und die Stiere außen vorzubehalten. Dann zogen wir mit ihnen in Richtung der circa 10 km entfernten Häuser, um sie im neuen corral *einzuschließen.* Andrès ritt voraus, um den kürzesten und besten Weg ein-

Era la stagione secca. In quella zona la pampa era punteggiata di vacche che pascolavano o ruminavano sdraiate nel verde. Ne avevamo radunate un centinaio, cercando di selezionare le femmine adulte e scartando, per quanto possibile, le più giovani ed i maschi, poi ci eravamo avviati in corteo verso le case a circa dieci chilometri di distanza per rinchiuderle nel nuovo *corral*. Andrès si era messo in testa per scegliere il percorso più breve e più adatto, i ragazzi uno per parte e noi due dietro di loro, io a sinistra e Stefania a destra. Era stata una cavalcata lunga ma abbastanza tranquilla. All'inizio le vacche avevano reagito con un susseguirsi di fughe pazze, poi avevano ceduto agli effetti del caldo, si erano calmate e si erano lasciate guidare opponendo sempre minor resistenza. Ovviamente, ogni tanto ne scappava una e bisognava farla rientrare nel branco. Stefania, in questo, era la più attiva. Con la sua inseparabile cavalla *Lapita*, sembrava che fosse sempre dappertutto e quando qualche vacca scappava dal gruppo lei era sempre la prima a scattare, ad inseguirla al galoppo, superarla e riportarla nel branco. Ci si divertiva veramente! Andrès ed i suoi ragazzi erano orgogliosi di vedere che avevamo imparato bene quanto ci era stato insegnato e che ormai eravamo diventati dei veri e propri *ganaderos*.

Il *rodeo* era durato oltre tre ore e quando finalmente eravamo arrivati al *corral* era già pomeriggio inoltrato. Eravamo stati a cavallo oltre otto ore continuamente esposti al sole. Eravamo veramente sfiniti. Allora ci eravamo seduti lì, sulle traverse del *corral*, all'ombra del grosso *Tajibo* e ci eravamo rilassati in attesa che Surupìa ravvivasse il fuoco per la cena. Intanto contemplavamo le vacche che avevamo rinchiuso. Secondo Andrès molte di loro erano già prossime al parto e Andrès non si era mai sbagliato nelle sue previsioni. Una dote che gli avevo sempre invidiato.

Da quando avevamo preso in consegna la Ceiba la qualità del bestiame era migliorata davvero! Una delle misure più elementari ed economiche che avevamo applicato era stata quella di spostare periodicamente il bestiame nell'interno dell'*estancia*. Gli animali sono degli abitudinari. Nonostante la grande distesa di pascoli a disposizione, a volte un branco di vacche si ostina a pascolare nello stesso posto fino quasi a distruggere tutto e poi perdere addirittura peso per mancanza di foraggio. Quella forma di pigrizia era causata anche dal fatto che il bestiame non doveva spostarsi

zuschlagen, seine Söhne übernahmen die Seiten und Stefania rechts und ich links bildeten das Schlusslicht. Es war ein langer, aber ziemlich ruhiger Ritt. Zu Beginn stachelten sich die Kühe gegenseitig zu den verrücktesten Fluchtversuchen an, doch dann schien es ihnen zu heiß zu werden und sie gaben auf. Je länger wir unterwegs waren, umso ruhiger ließen sie sich von uns führen. Natürlich büchste uns ab und zu trotzdem noch mal eine aus, aber wir trieben sie stets schnell zurück in die Herde. Stefania war dabei immer die Schnellste von uns allen. Mit ihrer unschlagbaren Stute Lapita *schien sie immer überall zu sein. Wenn eine Kuh Reißaus nahm, war sie ihr immer als erste auf den Fersen, sie jagte ihr im Galopp hinterher, überholte sie und trieb sie zurück in die Herde. Sie hatte wirklich Riesenspaß dabei! Andrès und seine Söhne waren stolz darauf, dass wir die vielen Lehrstunden so erfolgreich umsetzten und mittlerweile zu echten* ganaderos *geworden waren.*

Das rodeo *dauerte mehr als drei Stunden und als wir am* corral *ankamen, war es bereits später Nachmittag. Wir hatten acht Stunden lang unter praller Sonne im Sattel gesessen. Wir waren total erledigt und setzten uns auf die Querbalken des* corral. *Während wir dort darauf warteten, dass Surupìa das Feuer für das Abendessen schürte, kamen wir im Schatten des großen* Tajibo *langsam wieder zur Ruhe. Wie Andrès meinte, standen die meisten Kühe kurz vor der Geburt, und er hatte sich mit seinen Vorhersagen noch kein einziges Mal geirrt. Auf diese Gabe war ich regelrecht neidisch.*

Seit wir die La Ceiba übernommen hatten, war die Qualität des Viehs wirklich erheblich gestiegen! Eine der grundlegenden und sparsamsten Methoden, die dazu geführt hatten, bestand einfach darin, das Vieh regelmäßig auf neue Weiden zu treiben. Rinder sind Gewohnheitstiere. Obwohl ihnen unendliche Weiten an Weiden zur Verfügung standen, blieben die Herden immer an der gleichen Stelle bis sie wirklich alles abgegrast hatten und aus Futtermangel immer magerer wurden. Diese Art der Faulheit kam unter anderem daher, dass die Tiere es niemals weit bis zur nächsten Wasserstelle hatten. Die Weiden der La Ceiba *waren immer grün und sie brauchten daher auch gar nicht viel Wasser. Außerdem waren lauter kleine* curichi *überall auf dem ganzen Gebiet verteilt und die Tiere hatten es nie weit, um ihren Durst zu löschen. Von Anfang an*

di molto per abbeverarsi. Alla *Ceiba* i pascoli erano sempre verdi e il bisogno di bere era molto limitato. Inoltre, c'erano tanti piccoli *curichi* sparsi dappertutto e il bestiame non aveva quasi mai bisogno di fare lunghi spostamenti a piedi. Noi, fin dall'inizio, avevamo preso l'abitudine di spostare il bestiame con una certa regolarità per fare in modo che fosse ben distribuito su tutta la superficie dell'*estancia* e, soprattutto, per evitare che si soffermasse troppo a lungo a pascolare nella stessa zona. Era un intervento che costava poco ma rendeva molto. Alla Ceiba avevamo più pascoli di quanti ne servissero per il numero ancora limitato di capi che vi viveva. L'*estancia,* stando anche al parere di altri *ganaderos* avrebbe potuto sostenere comodamente dodici o tredicimila capi di bestiame e noi eravamo arrivati soltanto a 3500. C'era ancora spazio

trieben wir das Vieh regelmäßig in andere Gegenden, damit es auch auf der ganzen estancia gleichmäßig verteilt war, und vor allem, damit es sich nicht zu lange an dem gleichen Ort weidete. Es war ein kleiner Eingriff, mit dem wir viel erreichten. Wir hatten auf der La Ceiba mehr Weiden, als das Vieh nutzen konnte. Auf der *La Ceiba war* nach Angaben der anderen ganaderos *Platz für zwölf- bis dreizehntausend Tiere. Wir hatten bisher nur 3500 und von daher gab es wirklich noch ausreichend Fläche.*

Von Zeit zu Zeit sattelte Andrès vier oder fünf Pferde, setzte vier oder fünf seiner Kinder darauf, auch die Sieben- oder Achtjährigen, und zog mit ihnen los, um zu arrear. *Sie trieben einige Hundert Tiere zusammen, führten sie einige Kilometer weiter an einen Ort, an dem ihnen mehr Gras zur Verfügung stand und ließen sie friedlich weiden. Es geschah nie, dass die Kühe auf die ursprüngli-*

che Weide zurückkehrten, und so wuchs das Gras rasch nach und wurde wieder so üppig wie auf den anderen

L'arrivo di una mandria **Die Ankunft einer Herde**

in abbondanza.

Di tanto in tanto Andrès sellava quattro o cinque cavalli, vi metteva sopra tre o quattro dei suoi figli, addirittura anche le bambine di sette o otto anni, e se ne andava con loro ad *arrear*. Raggruppavano qualche centinaio di capi, li spostavano di qualche chilometro fino a dove c'era più erba e poi lasciavano che continuassero a pascolare in libertà. Non era mai successo che le vacche fossero tornate indietro al loro posto originale ed i pascoli, non essendo più sfruttati come prima, si riprendevano rapidamente e l'erba ricresceva folta come sempre

Quando Andrès rientrava da un *rodeo* con un gruppo di vacche per rinchiuderle nel *corral* io lo sentivo da lontano e mi piaceva concentrarmi e godere ad occhi chiusi le vibrazioni del battito degli zoccoli che si trasmettevano sul terreno da distanze incredibili, soprattutto nella stagione asciutta quando il terreno era più sodo e compatto e non attutiva il battito degli zoccoli. Mi ci ero abituato e le potevo percepire prima ancora di cominciare a sentire i loro muggiti, già da quando la mandria era ancora lontana e non ancora in vista, e poi le sentivo crescere in intensità man mano che il bestiame si avvicinava. Era il mio primo contatto con loro. Mi bastavano quelle vibrazioni e già mi sentivo in mezzo a loro. Era veramente una bella sensazione perché a me piaceva stare con loro! Era una sensazione molto forte che mi entrava dentro la pelle, era come una specie di comunione con quegli animali e con l'ambiente in cui vivevano. Poi, poco dopo, arrivavano anche i muggiti ed il contatto era doppio. C'erano le vibrazioni del suolo e c'erano le voci. Infine, prima o poi a seconda della direzione del vento, arrivava anche l'odore ed allora il contatto era completo. Era come se quegli animali, a modo loro, mi salutassero, come se mi mandassero una specie di messaggio, come se mi prendessero e mi accogliessero in mezzo a loro, nel loro mondo. Perché anche l'odore è un mezzo di comunicazione come la voce e, nel mondo degli animali, addirittura ancora più importante. Sono molti gli animali e gli insetti che usano gli odori per comunicare fra loro. L'odore del bestiame è una cosa alla quale ci si deve abituare. A volte è talmente forte ed acre che sembra aggredire e bruciare le narici però è piacevole. Per me quegli odori erano come un vero e proprio profumo che associavo a tutto ciò che di più bello ci potesse essere alla *Ceiba* e nella natura. Il profumo delle

Weiden.

Wenn Andrès nach einem rodeo *mit einer Herde Kühe in Richtung* corral *geritten kam, hörte ich sie schon von weitem. Es gefiel mir sehr, die Augen zu schließen und mich nur auf das Beben der Hufen, das sich meilenweit auf den Boden übertrug, zu konzentrieren. Besonders deutliche war es während der Trockenzeit, wenn der Boden fester war und der Beben der Hufe nicht auffing. Ich gewöhnte mich so sehr daran, dass ich ihre Ankunft schon vor dem lauten Muhen, vernehmen konnte – schon bevor sie in Sichtweite kamen, spürte ich das Beben, das bei jedem ihrer Schritte ein bisschen mehr anschwoll. Es war meine erste Berührung mit ihnen. Dieses leichte Beben reichte mir völlig aus, um mich in ihre Mitte zu versetzen. Es war ein wunderschönes Gefühl, denn ich war einfach nur allzu gerne unter ihnen! Es war ein unheimlich starkes Gefühl, das mir bis unter die Haut ging. Es war eine Art Zusammenschluss mit diesen Tieren und ihrer Umgebung. Dann, nach einigen Minuten, hörte ich auch ihr Muhen und die Berührung wurde noch enger. Der Boden bebte und die Luft war von ihren Lauten erfüllt. Früher oder später, je nachdem woher der Wind kam, erreichte mich auch ihr Geruch und unsere Berührung schloss sich ganz. Es war, als ob diese Tiere mich auf ihre Weise begrüßen würden, als ob sie mir eine Nachricht zukommen ließen, als ob sie mich mitnehmen und in ihrem Kreis, in ihrer Welt, aufnehmen würden. Denn der Geruch ist wie die Stimme eine Art der Kommunikation und in der Welt der Tiere vielleicht sogar die wichtigste. Es gibt sehr, sehr viele Tiere und Insekten, die sich untereinander mit Gerüchen verständigen. An den Geruch des Viehs muss man sich natürlich erst einmal gewöhnen. Manchmal ist er so stark und herb, dass er einem die Schleimhäute der Nasenlöcher zu verätzen scheint. Doch ich empfinde ihn als angenehm. Für mich war dieser Geruch ein wahrhafter Duft, mit dem ich alles Schöne auf der* La Ceiba *und in der Natur verband. Der Duft unserer Herden, der Duft der Natur, der Duft des Lebens an der frischen Luft, der Duft der Freiheit. Für mich hatten diese Gerüche nie etwas Unangenehmes. Ich genoss jeden einzelnen Atemzug zutiefst. Ich bin mir sicher, dass es mir mit ein wenig mehr Zeit und Aufmerksamkeit sogar gelungen wäre, den Geruch der Kuh von dem des Stieres, und dem der* vaquillas *von dem*

Stefania in uno dei momenti di relax al tramonto nel *corral*

Stefania entspannt sich während des Sonnenuntergangs auf dem Zaun des corral

nostre mandrie, il profumo della natura, il profumo della vita all'aria aperta e il profumo della libertà. Non avevo mai associato quegli odori a qualcosa di sgradevole. Li aspiravo e li godevo a pieni polmoni. Sono abbastanza sicuro che se mi ci fossi dedicato di più, sarei riuscito addirittura a distinguere l'odore delle femmine da quello dei tori e perfino da quello delle *vaquillas* e dei *terneros*. Sono sicuro anche che sarebbe possibile arrivare addirittura a riconoscere tutti gli animali individualmente, uno per uno. Ma certamente non alla *Ceiba* e non con 3.500 capi!

Lontano, al di sopra di quella sfilata di teste e di corna

der terneros, *zu unterscheiden. Ich bin mir sogar sicher, dass es möglich wäre, alle Tiere einzeln wieder erkennen zu können.*

Aber nicht auf der La Ceiba *und nicht bei 3500 Tieren.*

Weit hinten am Horizont, über der Parade von Köpfen und Hörnern vor unserer Nase, ging die Sonne langsam unter und der Himmel, der einige Minuten zuvor noch eine große, Silber glänzende Platte gewesen war, färbte sich rot. Stefania und ich liebten es, unsere Feierabende so auf dem corral *sitzend zu verbringen: Über die Köpfe des Viehs hinaus blickend, bewunderten wir den Himmel,*

che ci stavano davanti, il sole cominciava a tramontare ed il cielo, che fino a pochi minuti prima sembrava una grossa lastra brillante d'argento, aveva cominciato a tingersi di rosso. Stefania ed io concludevamo volentieri le nostre giornate di lavoro proprio così, seduti sulla staccionata del *corral* ad ammirare, al di sopra delle teste del bestiame, il cielo che cambiava colore verso occidente ed il sole che tramontava al di là della linea retta dell'orizzonte, laggiù, oltre i due alberi solitari di *ceibo* alla fine della pampa. Per noi era come se il mondo intero sorridesse ed il suo sorriso si espandesse su tutta l'immensa superficie piana della Ceiba e quindi su tutto il nostro mondo. Il tramonto, con tutte le sue variazioni di luci e le sfumature di colori, è uno spettacolo spontaneo della natura che si ripete regolarmente in ogni angolo del nostro pianeta ma noi, nel mondo di oggi, abbiamo perso la capacità di notarlo e di apprezzarlo. Forse per quello Stefania ed io, nell'osservare quei tramonti, avevamo veramente la sensazione di partecipare ad un rito della natura e di vivere momenti appartenenti ad un secolo diverso dal nostro.

Un secolo del passato.

Se ci fosse dato di poter scegliere il tempo in cui vivere la nostra vita, molti probabilmente sceglierebbero il futuro ed altri, forse pochi, sarebbero soddisfatti di restare nel presente. Il passato, sicuramente, non lo sceglierebbe nessuno. Eppure il passato ha un suo fascino. Gli storici lo ricercano nello studio di fatti avvenuti e di eventi di cui ci sono state tramandate prove o documentazioni di qualche genere. Gli archeologi, invece, lo ricercano scavando e riportando alla luce vestigia, a volte misteriose, di popoli vissuti in tempi dimenticati. Dalle forme di freddi pezzi di pietra o di altri resti all'apparenza insignificanti, cercano arcane interpretazioni e deduzioni di come vivevano i popoli del passato, chi erano, cosa facevano, cosa pensavano, come pregavano, ecc., ecc.. Con i loro studi e le loro ricerche, utilizzando i più disparati mezzi di analisi, soprattutto quelli più moderni messi a loro disposizione dalla scienza e dalla tecnica odierne, tentano di stabilire col passato un qualche genere di contatto. Poi, con i risultati delle loro ricerche, ci trasmettono il loro entusiasmo per il fascino che emana dal modo di vivere di altri tempi.

L'interesse per il passato è dimostrato in molti altri campi.

der im Westen seine Farbe änderte und die Sonne, die hinter der geraden Linie des Horizonts und hinter den allein stehenden zwei ceibo *am Ende der Pampa versank. Für uns war es, als würde die ganze Welt lächeln und als würde sich dieses Lächeln auf die ganze, ebene Fläche der La Ceiba – auf unsere Welt – übertragen. Der Sonnenuntergang mit all seinen verschiedenen Lichteinfällen und Farbschattierungen ist ein spontanes Naturereignis, das sich in allen Teilen der Welt regelmäßig abspielt, aber wir haben in dieser Welt die Fähigkeit verloren, ihn zu sehen und zu genießen. Vielleicht war es genau deswegen, weshalb Stefania und ich bei diesen Sonnenuntergängen das Gefühl hatten, an einem wahren Ritus der Natur teilzunehmen und Momente zu erleben, die einem anderen Jahrhundert angehörten.*

Einem längst vergangenen Jahrhundert.

Wenn wir die Wahl hätten, uns die Zeit, in der wir leben, selbst auszusuchen, würden sich viele von uns wahrscheinlich die Zukunft aussuchen. Nur manche gäben sich damit zufrieden, in der Gegenwart zu bleiben. Und keiner würde zurück in die Vergangenheit wollen. Und doch hat die Vergangenheit eine ganz besondere Anziehungskraft. Die Historiker wandeln auf den Spuren der vergangenen Taten und Ereignisse, die uns durch Überreste und Dokumente jeglicher Art überliefert worden sind. Die Archäologen hingegen begeben sich auf die Suche nach diesen Spuren, sie graben die oft geheimnisvollen Ruinen von Völkern längst vergessener Zeiten aus. Aus kalten Steinbrocken oder anderen scheinbar unbedeutenden Überresten ergründen sie geheimnisvolle Interpretationen und Folgerungen darüber, wie diese Völker gelebt haben könnten, wer sie waren, was sie machten, was sie dachten, wie sie beteten, etc. etc.. Mit den unterschiedlichsten und vor allem modernsten Analysemethoden, die ihnen von der aktuellen Wissenschaft und Technik zur Verfügung gestellt werden, versuchen sie mit ihren Studien und Untersuchungen Kontakte zur Vergangenheit herzustellen. Mit den Ergebnissen ihrer Untersuchungen übermitteln sie uns dann ihre Begeisterung für die Anziehungskraft, die von den Lebensformen vergangener Zeiten ausgeht.

Das Interesse an der Vergangenheit findet sich aber auch auf vielen anderen Gebieten wieder. Viele haben eine

Sono tanti gli appassionati di antichità. Collezionisti di mobili, di arte, di utensili, di oggetti strani o, magari, semplicemente di automobili d'epoca. Non sono attratti sempre soltanto dal loro valore come pezzi da collezione ma, molto più spesso, dal fascino che emana dall'epoca cui si riferiscono. È appunto il fascino irresistibile del passato.

A modo mio sono sempre stato attratto anch'io da quel genere di fascino. Ma la mia materia non è né la storia, né l'arte, né l'archeologia ma la natura stessa. La natura del passato, per l'appunto. Oggi, se osserviamo attentamente il nostro pianeta, ci accorgiamo che sono veramente poche le cose non ancora alterate dall'intervento dell'uomo. Abbiamo sradicato boschi, abbiamo arato e seminato campi,

Leidenschaft für die Antike. Sammler von Möbeln, Kunst, Geräten und merkwürdigen Gegenständen, oder ganz einfach auch von Autos einer bestimmten Zeit. Sie sind nicht nur von dem Wert als Sammlungsgegenstände fasziniert, sondern häufig vielmehr von der Anziehungskraft, die von ihrer Epoche ausgeht. Genau das ist eben die unwiderstehliche Faszination der Vergangenheit.

Auf meine Weise war auch ich schon immer von dieser Faszination eingenommen. Doch meine Leidenschaft war nicht die Geschichte, die Kunst oder die Archäologie, sondern die Natur. Die Natur der Vergangenheit, um genauer zu sein. Wenn wir unsere Erde heute genauer unter die Lupe nehmen, dann müssen wir leider entdecken, dass es

Il sole comincia a tramontare **_Die Sonne geht unter_**

abbiamo intagliato i nostri continenti con strade e ferrovie, abbiamo demolito montagne per ricavarne materiali che abbiamo poi ammucchiato in altri luoghi per farne città, abbiamo cambiato il corso dei fiumi, insomma abbiamo trasformato completamente l'aspetto del nostro pianeta. Per riuscire a vedere qualcosa di „naturale" siamo costretti ad accontentarci di osservare piccolissimi tratti di pianeta dove l'uomo non ha trovato ancora né tempo né interesse ad apportare modifiche e trasformazioni. Uno scoglio qui, la cima di un monte là, oppure qualche tratto di deserto. Ecco perché il mio interesse per il passato si riferisce essenzialmente alla natura. Mi affascina pensare a come potesse essere la natura prima che l'uomo cominciasse a trasformarla a proprio uso e consumo. Avevo creduto fermamente che quel genere di passato fosse ancora una cosa da rivivere e da godere e l'avevo cercato nella materia che più mi affascina. Non in una pietra, quindi, non in un mobile d'epoca, non in un quadro antico e non in una scultura ma nella natura stessa e nel suo modo di comportarsi e di evolversi senza l'influenza dell'uomo.

Potrebbe sembrare un'utopia ma sono sempre stato convinto che, al di là del mondo materiale di oggi e della vita standardizzata di tutti i giorni, ci deve essere ancora qualcosa di naturale e di bello. Sono stati proprio i miei sogni che mi hanno aiutato a crederlo. È vero che noi esseri umani abbiamo trasformato, modellato e adattato la natura ai nostri scopi e che a modo nostro l'abbiamo migliorata e fatta progredire al passo con il progresso. Ma ero convinto che, in qualche angolo di mondo, ci fosse ancora la natura così come Dio l'ha creata e come si è poi evoluta da sé senza l'interferenza dell'essere umano.

Quella natura l'avevo trovata proprio lì, alla *Ceiba*, nell'interno dell'Amazzonia e me la stavo godendo pienamente. Alla *Ceiba* avevo dovuto anche imparare che la natura non è soltanto bella ma è anche dura, difficile e pericolosa. Nel mondo evoluto in cui viviamo in questo secolo ci siamo contorniati di oggetti e strumenti che rendono la nostra vita facile e confortevole. Ci siamo talmente abituati a tutti i benefici delle nuove scoperte tecnologiche che quasi non ne apprezziamo più il vero valore. Nel nostro mondo, per esempio, non ci sono quasi più gli insetti. Li abbiamo distrutti quasi tutti, non solo le fastidiose zanzare ma anche quelle meraviglie della natura che sono le lucciole. Da quanto tempo non vediamo un

wirklich nur noch wenige Orte gibt, die nicht vom Eingriff des Menschen verändert worden sind. Wir haben Wälder abgeholzt, Felder gepflügt und Korn gesät und unsere Kontinente mit Straßen und Gleisen zerschnitten; wir haben Berge abgebaut, um Materialien zu gewinnen, die wir dann an anderen Orten wieder aufgehäuft haben, um Städte zu bauen; wir haben den Verlauf unsere Flüsse umgeleitet; kurz gesagt: wir haben unsere Erde komplett verändert. Um irgendwo noch etwas „Natürliches" zu sehen, sind wir dazu gezwungen, uns damit zufrieden zu geben, kleinste Teile unserer Erde zu beobachten. Und diese Teile gibt es wahrscheinlich auch nur noch, weil der Mensch noch nicht die Zeit oder das Interesse gefunden hat, sie zu verbessern oder zu verändern. Ein Felsen hier, eine Bergkuppe dort, oder bestenfalls Teile der Wüste. Deswegen richtet sich mein Interesse für die Vergangenheit in erster Linie auf die Natur. Ich bin fasziniert von dem Gedanken, wie die Natur gewesen sein könnte, bevor der Mensch sie zu seinen Zwecken veränderte. Ich glaubte fest daran, dass man diese Art der Vergangenheit noch einmal erleben und genießen musste, und ich suchte sie auf dem Gebiet, das mich am meisten anzog. Also nicht in einem Stein, einem antiken Möbelstück, nicht in alten Bildern oder Skulpturen, sondern in der Natur selbst und in der ihr eigenen Art sich zu verhalten und zu entwickeln, wenn sie frei von den Eingriffen des Menschen ist.

Es könnte utopisch erscheinen, doch ich war stets überzeugt davon, dass es außer der am Besitz und Gewinn orientierten Welt und dem standardisierten Leben von heute, irgendwo noch etwas Natürliches, etwas Schönes geben musste. Und meine Träume halfen mir dabei, dies zu glauben. Es stimmt, dass wir Menschen die Natur nach unseren Vorstellungen ausgerichtet haben. Wir haben sie zu unseren Zwecken verändert und geformt und sie auf unsere Weise verbessert, um sie auf eine Höhe mit dem Fortschritt zu hieven. Doch ich war der festen Überzeugung, dass es irgendwo auf der Welt noch einen Ort gab, an dem Natur so geblieben war, wie Gott sie erschaffen hatte, und an dem sie sich ohne den Eingriff des Menschen natürlich entwickelt hatte.

Genau so eine Natur fand ich – auf der La Ceiba *im Inneren Amazoniens und ich genoss sie in vollen Zügen. Auf der* La Ceiba *musste ich auch lernen, dass die Natur nicht nur schön, sondern auch hart, schwierig und ge-*

campo pieno di lucciole? Tanto, perché non ci sono più! Con i nostri prodotti chimici le abbiamo distrutte tutte quasi senza accorgercene. Spruzziamo pesticidi al ritmo di 50 tonnellate al minuto! Nel nostro mondo non ci sono quasi più animali pericolosi o che non rappresentino un'utilità diretta per l'uomo. Li abbiamo uccisi tutti. In media si estingue una specie di animali ogni due minuti!

Nel nostro mondo sono rimaste poche malattie e la nostra vita si è allungata. Viviamo oltre 80 anni. Riusciamo a gestire e monitorare le temperature. Abbiamo mura e finestre che ci riparano dal vento, dalla pioggia, dal freddo e dal caldo e, quando questo non basta, abbiamo impianti di riscaldamento per quando la temperatura è troppo bassa ed impianti di condizionamento per quando è troppo alta. Alla *Ceiba*, invece, quando faceva caldo, e lo faceva sempre, era un vero e proprio caldo boia contro il quale avevamo poche difese oltre allo starcene riparati sotto l'ombra di un *tajibo* o di un *yesquero*. L'umidità era sempre talmente alta che vivevamo costantemente in un bagno di sudore. E poi c'erano gli insetti! Milioni di insetti che attaccavano, aggredivano, pungevano e ferivano in continuazione. Gli indios ci si sono abituati ed anche i cavalli ed il *ganado* sopportavano stoicamente quell'aggressione continua e costante ma per noi c'erano momenti in cui credevamo veramente di impazzire e di non riuscire a resistere.

Ma allora, verrebbe fatto di chiederci, era proprio così bello?

Si!, Si!, Si!, mille volte si! Alla *Ceiba* vivevamo la natura in una forma che oggi, nel nostro secolo non esiste più. Alla *Ceiba* ci godevamo il verde della pampa, la giungla e la presenza degli animali che la occupavano. Ci godevamo la terra, ci godevamo l'aria, ci godevamo il cielo e, in quel momento particolare, ci godevamo il tramonto.

Dopo aver vissuto nel Beni puoi andare a vivere dove vuoi, in qualunque altro angolo del pianeta, ma non ti puoi liberare di quelle sensazioni che hai potuto provare soltanto lì e che ti accompagneranno per il resto dei tuoi giorni. Sempre ed ovunque. La giungla, la palude, i fiumi, la pampa, i suoni, gli odori, la luce, il sole, le albe, i tramonti, le mandrie, i cavalli, gli uccelli e gli animali tutti.

Lo scenario della *Ceiba* era quello di un Paradiso di tempi passati. Quel Paradiso che avevamo cercato scegliendo di andare a vivere proprio nel passato. Fra un

fährlich sein kann. In unsere stetig weiterentwickelnden Welt, die unser Zuhause ist, sind wir von Gegenständen umgeben, die uns das Leben einfach und angenehm machen. Wir haben uns so an die neuen Technologien gewöhnt, dass wir ihren Wert beinahe gar nicht mehr zu schätzen wissen. In unserer Welt gibt es zum Beispiel fast keine Insekten mehr. Wir haben sie fast alle ausgemerzt, aber nicht nur die unangenehmen Mücken, sondern auch Wunder der Natur wie die Glühwürmchen. Seit wie vielen Jahren sehen wir kein Feld mit leuchtenden Glühwürmchen mehr? Seit vielen Jahren, denn es gibt sie gar nicht mehr. Mit unseren chemischen Vorgehensweisen haben wir sie, ohne es anscheinend zu bemerken, vollends ausgerottet. Wir versprühen 50 Tonnen Pestizide in der Minute! In unserer Welt gibt es keine gefährlichen Tiere mehr; ebenso wenig, wie es kaum noch Tiere gibt, die dem Menschen nicht in irgendeiner Weise nützlich sind. Wir haben sie alle ausgerottet. Im Durchschnitt rotten wir alle zwei Minuten eine Tierart aus!

In unserer Welt gibt es nur noch wenige Krankheiten und die Lebenserwartung steigt ständig an. Wir werden älter als 80 Jahre. Uns gelingt es die Temperaturen zu kontrollieren und anzugleichen. Wir haben Mauern und Fenster, die uns vor Wind, Regen, Hitze und Kälte schützen. Und wenn diese nicht reichen, dann haben wir unsere Heizungen gegen die Kälte und unsere Klimaanlagen gegen die Hitze. Auf der La Ceiba hingegen herrschte immer eine Affenhitze, und um uns vor ihr zu schützen, blieb uns bloß der Schatten der tajibo *oder der* yesquero. *Die Luftfeuchtigkeit war so hoch, dass wir aus dem Schwitzen gar nicht mehr herauskamen. Und die Insekten erst! Millionen und Abermillionen Insekten, die pausenlos über uns herfielen, uns stachen und verletzten. Die Indios, die Pferde und auch das* ganado *waren so sehr daran gewöhnt, dass sie diese Angriffe unberührt über sich ergehen ließen. Für uns aber war es so unerträglich, dass wir in einigen Momenten glaubten, wahnsinnig zu werden.*

„War es denn dann also wirklich so schön da?", könnte man uns fragen.

Ja! Ja! Ja! Und noch mal Ja! Auf der La Ceiba lebten wir in einer Natur, die es heute eigentlich gar nirgendwo mehr gibt. Auf der La Ceiba genossen wir das Grün der Pampa, den Dschungel und die Tiere, die ihn bevölkerten. Wir genossen die Erde, genossen die Luft, genossen den

Paradiso di ieri, un Paradiso di oggi e l'utopia di un Paradiso di domani noi avevamo scelto il più difficile: il Paradiso di ieri. Ed avevamo avuto fortuna. L'avevamo trovato, prima oltre le rive sabbiose color rosa del fiume Guendà e poi incastonato nella giungla del Beni, sulla riva destra del San Juan, nella pampa sconfinata di quell'*estancia* lontana dal resto del mondo in tumulto. Là dove la natura era rimasta fedele al Dio che l'aveva creata.

Quel Paradiso ce l'eravamo conquistato con la nostra volontà, con il nostro coraggio, la nostra tenacia e la nostra testardaggine, a volte vivendo e comportandoci in maniere che, secondo i canoni delle nostre consuetudini di oggi, potrebbero sembrare illogiche, irrazionali. Avevamo rinnegato i principi ed i privilegi del benessere e delle comodità della vita moderna in nome di una, all'apparenza, utopica ricerca di un contatto più stretto con la natura. Noi però non ritenevamo di fare qualcosa di straordinario. Seguivamo soltanto il nostro cuore, il nostro istinto e la nostra logica. Eravamo fermamente convinti che l'uomo, per quanto possa ritenere di essersi adattato alle comodità ed ai benefici della vita di oggi, nel suo intimo ama ancora tanto profondamente la natura. Tanto è vero che ha sempre una grande ammirazione per coloro che, per questo loro amore, si spingono e si espongono anche fino ad estremi impensabili. Perché ci sono uomini che per trovare un contatto più stretto con la natura che amano la vanno a cercare appunto nelle sue espressioni più dure ed inumane. Se non fosse per quell'amore per la natura non esisterebbero né gli esploratori come Livingstone, Stanley, Cristoforo Colombo e Shackleton che si inoltrano nelle foreste, nei deserti, negli oceani e nei ghiacciai, né quei pazzoidi come Compagnoni, Messner o Hillary che in nome dello sport affrontano le condizioni più estreme ed inumane delle vette dell'Everest o del K2, né i Joschua Slokum, Bernard Moitessier e Wilfried Erdmann che affrontano da soli la violenza degli uragani e degli oceani, e neppure gli Arved Fuchs, Richard Weber e Mikail Malakow, che raggiungono il polo a piedi. Si potrebbe pensare che per molti di loro la motivazione è da ricercare soltanto nell'amore per il pericolo, per il rischio e per la ricerca dei limiti estremi raggiungibili dall'essere umano ma sicuramente quegli stessi non si dedicherebbero mai ad imprese del genere se alla base non ci fosse un profondo amore per quell'aspetto della natura che è rappresentato, a seconda dei casi, dal fascino della

Himmel und in diesem ganz besonderen Moment genossen wir den Sonnenuntergang.

Nachdem Du im Beni gelebt hast, werden Dich diese Empfindungen, die Du nur dort zu spüren bekommen hast, an keinem anderen Ort der Welt mehr loslassen. Sie werden bis ans Ende Deiner Tage – immer und überall – Dein Begleiter sein: Der Dschungel, die Sümpfe, die Flüsse, die Pampa, die Geräusche, die Gerüche, das Licht, die Sonne, die Sonnenaufgänge, die Sonnenuntergänge, die Herden, die Pferde, die Vögel und all die anderen Tiere.

Der Blick auf die La Ceiba *ließ an Paradiese vergangener Zeiten denken.*

Genau so ein Paradies hatten wir gesucht, als wir uns dazu entschieden, in der Vergangenheit leben zu wollen. Zwischen einem Paradies der Vergangenheit, einem Paradies der Gegenwart und der Utopie eines Paradieses der Zukunft wählten wir das Schwierigste: Das Paradies vergangener Zeiten.

Und wir hatten Glück. Wir fanden es zunächst an den rosafarbenen Ufern des Flusses Guendà und dann in den Tiefen des Dschungels vom Beni, am rechten Ufer des San Juan, in der endlosen Pampa dieser estancia, *weitab von dem Rest der chaotischen Welt, dort, wo die Natur ihrem Schöpfer noch treu geblieben war.*

Dieses Paradies hatten wir uns mit unserem Willen, unserem Mut, unserer Hartnäckigkeit und unserer Dickköpfigkeit erobert. Nur allzu oft wurde unsere Art zu kämpfen nach den allgemeinen Verhaltensregeln von heute als widersprüchlich und vernunftwidrig bewertet. Wir haben auf die Prinzipien und Privilegien des Wohlstands und der Bequemlichkeit des modernen Lebens verzichtet und uns auf die scheinbar utopische Suche nach einem engeren Kontakt mit der Natur gemacht. Für uns selbst aber war das nichts Außergewöhnliches. Wir folgten einfach nur unserem Herzen, unserem Instinkt und unserer eigenen Logik. Obwohl der Mensch sich so sehr an der Bequemlichkeit und dem Wohlergehen des Lebens von Heute angepasst hatte, waren wir fest davon überzeugt, dass er in den Tiefen seines Herzens noch immer eine Liebe für die Natur empfand. Deswegen bewundert er auch diejenigen so sehr, die auf die Stimmen ihres Herzens hören und sich von dieser Liebe bis an ihre Grenzen bringen lassen. Denn es gibt Naturliebhaber, die ihre geliebte Natur, für

16 Il nostro Paradiso

Un tucano sul ramo di un *tajibo*

Ein Tukan auf dem Ast eines *tajibo*

montagna, dei deserti o degli oceani.

Su un *ceibo* al di fuori del *corral* un grosso tucano faceva schioccare il suo enorme becco giallo, rosso e verde. Quattro puledri erano usciti dall'ombra protettrice di un grosso *curupau* e avevano cominciato a rincorrersi e a giocare nell'aria meno calda della sera. Da lontano arrivava il gracidio monotono e pacato delle rane che sarebbe aumentato gradualmente fino a raggiungere nella notte un volume quasi assordante. Dietro la capanna che fungeva da cucina il pulcino di struzzo raspava per terra alla ricerca di qualcosa da mettere nel becco.

Sicuramente anche tutti gli altri animali che abitano la Ceiba si sarebbero goduti gli effetti benefici della notte. I caimani adagiati sul fondo, nella pace e nella tranquillità del *Rio Chuto*, della *Quebrada Seca* o del *Bajío Grande*, gli ara e gli altri uccelli appollaiati sulle cime degli alberi. I grossi *bufeos* fermi in un'ansa del *San Juan* protetta dalla corrente, i giaguari accovacciati su qualche grosso tronco nel profondo della giungla, i tapiri nascosti nel sottobosco e gli anaconda immersi nel loro lungo letargo arrotolati in qualche spazio umido e protetti dai loro nemici più accaniti, le formiche. I *troperos* se ne vanno in giro anche al buio spostandosi in branchi di centinaia alla ricerca di radici

einen engeren Kontakt, gerade in ihren härtesten und unmenschlichsten Formen aufsuchen. Es ist dieses Liebe zur Natur, die Erforscher wie Livingston, Stanley, Christopherus Columbus, und Shakleton antrieben, sich auf Erkundungen in Wälder, Wüsten, Ozeane und Eisberge begeben; dass Verrückte wie Compagnoni, Messner oder Hilary als Vertreter des Sports unter extremen Bedingungen die Felswände des Mount Everest oder des K2 erklommen; dass Joschua Slokum, Bernard Moitessier und Wilefried Erdmann sich alleine der Gefahr der Wirbelstürme und Ozeane aussetzten; dass Arved Fuchs, Richard Weber und Mikail Malakow zu Fuß zu den Polen wanderten. Man könnte meinen, dass die Motivation der meisten von ihnen in der Liebe zur Gefahr, zum Risiko und zum Erreichen ihrer Grenzen liegt. Doch keiner von ihnen würde sich all dem aussetzen, wenn in ihnen nicht auch die Liebe zur Natur und die Anziehungskraft der Berge, der Wüsten und der Ozeane leben würde.

Auf einem ceibo *außerhalb des* corral *saß ein großer Tukan, der mit seinem noch größeren gelb-rot-grünen Schnabel schnalzte. Vier Fohlen kamen aus dem schützenden Schatten eines* curupau *heraus und schienen in der frischeren Abendluft miteinander Fangen zu spielen. Von weitem hörten wir das monotone und friedliche Quaken der Frösche, das im Laufe des Abends noch ohrenbetäubend laut werden würde. Hinter der Küchenhütte stocherte das Straußenjunge auf der Suche nach etwas Essbarem mit seinem Schnabel im Boden herum.*

Sicherlich genossen auch all die anderen Tiere der La Ceiba *die wohltuende Frische der Nacht: Die Kaimane auf dem friedlichen und ruhigen Grund des* Rio Chuto, *der* Quebrada Seca, *des* Bajìo Grande; *die Aras und die anderen Vögel in den Kronen der Bäume; die großen* bufeos *still und vor der Strömung geschützt in einer Flussbiegung des* San Juan; *die Jaguare auf einem dicken Stamm in den*

succulente da scavare dal suolo e di pozzanghere fresche in cui rotolarsi ma anche loro, prima o poi, si sdraiano in qualche luogo fresco per dormire. Le scimmie urlatrici continuano ad occupare i rami più alti della foresta e a dialogare fra di loro urlandosi frasi senza fine con le loro voci stridule e sgraziate e i capibara dormono accovacciati ai bordi dei *curichi*.

Probabilmente, in qualche angolino di quel Paradiso di Ieri, la bionda Eva starà ancora combattendo la tentazione di accettare la bella mela rossa che il serpente ammaliatore continua ad offrirle con grazia irresistibile.

Nel Paradiso di Ieri è scesa la notte. La linea dell'orizzonte che durante il giorno era stata di un bel colore verde, si era gradualmente tinta di nero e poi era scomparsa del tutto mescolandosi col buio uniforme della notte. Ma, all'improvviso, ecco che laggiù la linea invisibile dell'orizzonte era apparsa di nuovo ed era tornata ad essere visibile in una forma nuova. Era come se quella linea lontana si fosse accesa di una luce tenue ed uniforme. Erano le lucciole, milioni di lucciole che avevano acceso il loro lanternino ed avevano ricoperto la pampa in tutta la sua estensione con uno strato uniforme di luce che si estendeva fino alla linea dell'orizzonte.

Il nostro sogno, il Grande Sogno che avevamo seguito e che ci aveva portati in quel mondo assolutamente fuori dalla realtà del giorno d'oggi, si era proprio avverato in tutto e per tutto. Avevamo raggiunto tutto quello che si può raggiungere seguendo un sogno come quello e lì, alla *Ceiba*, avevamo trovato il nostro El Dorado, il nostro Paradiso.

Il Paradiso di ieri.

Tiefen des Dschungels liegend; die Tapire im Unterholz versteckt; die Anakondas zusammengerollt in einem feuchten Versteck, wo sie vor ihren ärgsten Feinden, den Ameisen, sicher waren. Die Troperos *streunen auch im Dunkeln durch die Nacht; sie treten in Herden mit mehr als hundert Tieren auf und machen sich auf die Suche nach saftigen Wurzeln, die sie aus dem Boden hervorwühlen und frischen Pfützen, in denen sie sich genüsslich wälzen. Doch früher oder später legen auch sie sich an einem kühlen Plätzchen schlafen. Die Schreiaffen bleiben auf den höchsten Ästen der Bäume sitzen und schreien sich mit ihren unerträglich schrillen Stimmen gegenseitig endlose Dinge zu. Die* capibara *schlafen gemütlich an den Ufern der* curichi.

Wahrscheinlich versucht die blonde Eva in irgendeinem Winkel dieses Paradieses noch immer, der Versuchung des roten Apfels, der ihr von der Schlange auf unwiderstehliche Weise angepriesen wird, zu widerstehen.

Die Nacht senkt sich über unser Paradies von gestern. Die Linie am Horizont, die den ganzen Tag über so schön grün gewesen war, färbte sich immer schwärzer und verschwand dann ganz im undurchdringlichen Dunkel der Nacht. Doch auf einmal tauchte die unsichtbare Linie des Horizonts in einer ganz neuen Form wieder auf. Die weit entfernte Linie leuchtete in einem zarten und gleichmäßigen Lichte. Es waren die Glühwürmchen. Millionen von Glühwürmchen hatten ihr kleines Laternchen angezündet und erleuchteten die ganze Pampa mit einem gleichmäßigen Licht, das sich bis zu der Linie des Horizonts zog.

Wir waren unserem Traum, unserem Großen Traum gefolgt und er hatte uns in diese Welt, fernab von den heutigen Realitäten geführt – er hatte sich ganz und gar erfüllt. Wir hatten alles erreicht, was man nur erreichen kann, wenn man einem solchen Traum folgt. Wir hatten die La Ceiba, *unser El Dorado, unser Paradies gefunden.*

Das Paradies von gestern.